戰後台灣新世代文學論

朱雙一◎著

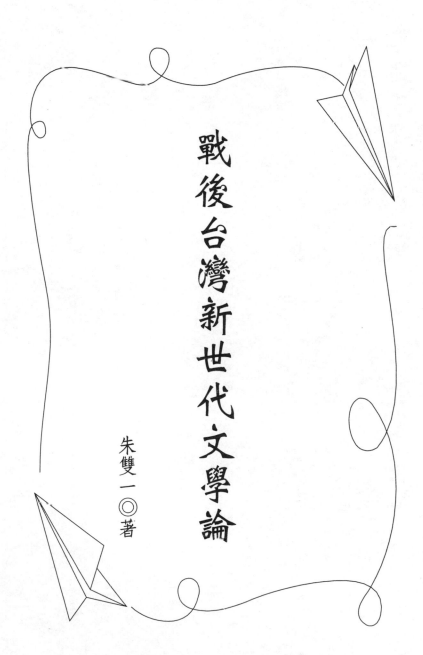

序

李瑞騰

我常有和雙一兄見面的機會，有時在台北，有時在大陸的某個城市，通常是在與台灣有關的學術會場，時間有限，不太可能深入交談，偏偏他又不多話，因此總覺得彼此似有距離，然而卻因讀多了他的文章，略知他的關懷、思路以及用心之所在，看到他時，便也就不感到陌生了。

公元二〇〇〇年九月，我策劃主持的「兩岸文學發展研討會」在台北舉行，請來了八位大陸學者，全是當前研究台灣文學的菁英，雙一兄是其中之一。他人在廈門，任職於夏大台灣研究所，得地利之便，比較能夠迅速而有效地掌握資料，再加上他沉潛用功，每有論文，選題都很有創意，資料也都很豐富，論證又總是那麼小心謹慎。

大約一個月以後，我赴福州開會，特在回程中安排了廈門之行，福建社科院的劉登翰先生好意陪我走了一趟，到廈門以後則全由雙一兄照料。

在兩三天裡面，鼓浪嶼訪舒婷、夏大看台灣研究中心，都讓我留下深刻的印象；在菜市場及里巷之間聽到的廈門話，都十分親切。我因此而更了解雙一兄在大陸研究台灣文學的優勢，除了前述條件之外，從廈門看台灣，閩台關係的歷史與現實，鋪展而成一種豐饒的知識背景，使得他雖是隔海觀察，終究能夠看得清晰。

從一九八六年開始進行台灣文學的研究，雙一兄便已鎖定「八○年代」。「當代研究」得時時注意發展動向，今日回望，他也實在夠大膽，那時台灣尚未解嚴，但一切蟄伏的力量皆已蓄勢待發，雙一兄掌握這樣的時機走進當代台灣，除了宏觀，還得有微視的能力，他充分使用夏大台研所資料，多次來台實地調查，和大陸的同行密切往來，累積的學術能量，終於顯現在《近二十年台灣文學流脈》（廈門大學出版社，一九九九年八月）上面（台灣版更名為《戰後台灣新世代文學論》）。

在這裡，我們見他一路從八○年代往下追到九○年代，海峽兩岸做台灣文學研究的學者不少，但能像他這樣，持續專注在當前台灣文學發展現象進行研究，而且做得那麼全面的，雙一兄或許是第一人。

此書首先是一個台灣文學史的斷代研究，其次是文學社會學的探討，就「斷代」來說，「近二十年」約是七○年代末鄉土文學論戰爆發以來的二十年間，而所謂「文學社會學」，則主要是埃斯卡皮的「世代」和「班底」，書的副題就叫做「『戰後新世代』文學論」，而「班底」的意涵指涉就表現在書名的「流脈」上面。

雙一兄的研究旨趣非常清楚，他最大的挑戰是要面對那麼龐雜的資料，如何去「籠圈條貫」？換句話說，是如何區分與組合的問題，是作家作品如何定性與定位的問題，處理不好，必然雜亂無章，但雙一兄舉重若輕，他從「代」特徵出發，把台灣戰後新世代文學擺入兩個脈絡，一是「多元社會」，一是

「資訊文明」，從關懷與主題、語言與表現方式等方面去區分組合，縱的傳承，橫的聯繫，皆照顧合宜。

這本書即將會有台灣版，台灣的讀者或許不能完全同意其中的分章分節，這個部分還有討論的空間，譬如說選擇這個而不納入那個的問題。進一步說，關於作者及其作品的屬性確定及評價方面，台灣的評論家可能會有不同的看法，譬如比較敏感的統獨糾葛地帶，他就無法接受本土派「意識形態的偏執」，立場很清楚，這似乎是一個難解的結，特別需要經由眞正的對話來異中求同。

雙一兄以「台灣文學的跨世紀」爲「結束語」，最終仍不免落在對於「整合」的期待上，他的願景能否實現，需要時間來檢驗，倒是面對這同源異流的兩岸文學事實，如何更細膩地展開比較研究，可能是更務實的一種思考，這是我的盼望，也藉此向雙一兄致敬，並且相互砥礪。

目錄

下篇　現代和後現代：資訊文明的焦點凝聚

緒論

第一節　「世代」研究——文學研究的一個特殊視角

或許人們始料未及，一九七七年爆發的「鄉土文學論戰」，成爲當代台灣文學發展中的一個重要里程碑。它導致的文壇分裂以及引發的對問題的不同角度的思索，爲文壇的多元化埋下了伏筆。隨著島內環境、局勢和世界情勢的演變，近二十年來的台灣文學發生了深刻的變化。一方面，文學把握著社會的脈動，對二十年來台灣社會格外複雜、激烈的風雲變幻，作了及時的反映，同時以多樣化的題材和主題豐富了自己；另一方面，文壇的多元化發展，使得不同時期、不同流派的藝術經驗，共時性地匯聚在一起，同樣是對台灣文學的極大豐富。其中，在鄉土文學論戰後崛起的所謂「戰後新世代」（本書有時簡稱「新世代」，也稱「新生代」），成爲文壇最具活力、能夠呼風喚雨的創作陣容。他們的文學創作和文學思維，構成這一時期台灣文學的主潮流變。如果我們採取「世代」研究這一特殊視角，其實就可勾勒出近二十年來台灣文學發展的主要軌跡。

所謂「世代」，是有別於「流派」的一個範疇。在對文學發展歷史的整體把握中，「流派」是一個廣受注目的焦點。因「流派」往往是某一創作方法的共同實踐者，某一文學思潮的載體，乃至某一文學運動的發起者和推動者。比如，對於台灣當代文學的發展過程，人們習慣地以現代派和鄉土派的二分法加以概括和描述。然而，只要再深入一步，就會發現有時「流派」並非是萬能的，僅以「流派」的角度，未必能窮盡文學發展的所有複雜性和豐富性，也未必能符合每一時期文學發展的實際情況。八〇年代以來，台灣文壇湧現的一批能文能詩、亦「洋」亦「土」、既傳統又現代的作家，使得「流派」之間的界線日趨模糊，「流派」再也不能發揮其呼風喚雨、鼓動時潮的作用。

法國著名的文學社會學家羅貝爾・埃斯卡皮指出了文學發展中「代」現象的存在，從而提供了文學史研究的又一視角。他認為，文學生產是一個作家群的事實，隨著歲月的流逝，這群人口也要跟其他人口集團一樣，經歷老齡化、年輕化、人口過剩、人口減少等相似的變異。為此他提出了「代」（generation，又譯「世代」）和「組」（equipe，又譯「班底」等）的既有聯繫又有區別的概念。所謂「代」，是指一群作家的出生年代相對集中於某一時期，或者說某一時期相對集中地出生了一大批作家。統計資料表明，文學史上每隔一段時間就會出現相對集中的作家群體、創作高峰、創作方法和文學樣式的週期性變化。雖然不能機械地、主觀地認定一個嚴格的時間表，但仍可見約略七十年（人的壽命）和三十五年（人的壽命的一半）為一循環的大、小變化週期。而當前一代作家中的主要人物超過四十歲，其影響逐漸減弱乃至承認年輕作家的壓力的某個平衡點開始，新一代作家崛起的群芳鬥艷的局面才能出現。所謂「組」，則指一群年齡未必相同相近，但在某些事件中採取共同立場的作家，在一段時間內占據文學舞台，並有意無意地壓制新生力量的成長；而促使它形成的原因，乃是那些包含政治人物更替的政治事件，如改朝換代、革命、戰爭等等。❶如果說「組」的概念比較接近一般所說的「流派」的話，「代」的概念則接近於這裡所說的「世代」。

埃斯卡皮的理論是對文學事實的細緻考察和統計後的產物，這裡我們也不妨做些實證的統計。從七〇年代中、後期開始，特別是八〇年代以來，台灣文壇出現了「派」消解而「代」凸顯的明顯景觀。活躍於近二十年來文壇上的作家中，以一九五〇年前後的一個時段內出生的特別多。當然這種直覺尚不足為據，我們還可以做些更實證的統計。一九九四年，「文建會」委託文訊雜誌社編印《作家作品目錄新編》（以下簡稱《目錄》），收錄作家一千三百多位，其出生年份分布如**表一**，表中年份後的數字為入選《作家作品目錄新編》的該年出生的作家數。

表二顯示的是一九七〇年巨人出版社印行之《中國現代文學大系》和一九八九年九歌出版社印行之《中華現代文學大系》收錄的作家出生年份一覽。這兩部大系都出著名作家、評論家組成編輯委員會，余光中撰總序，所收作品在時間上正好相銜接，分別為一九五〇年至一九七〇年和一九七〇年至一九八九年。前者分為小說、詩、散文等卷共八大本，後者分為小說、詩、散文、戲劇、評論等卷共十五大本，因此可以說是一套涵蓋較為完全的、能反映當代台灣文學發展整體面貌的權威性和代表性的大系。

表一　入選《作家作品目錄新編》的作家出生年份分布

年份	人數	年份	人數	年份	人數	年份	人數	年份	人數
1886	1	1909	1	1925	32	1941	32	1957	19
1893	1	1910	4	1926	21	1942	22	1958	15
1894	1	1911	4	1927	22	1943	24	1959	18
1895	4	1912	13	1928	31	1944	25	1960	11
1896	3	1913	8	1929	30	1945	19	1961	11
1897	4	1914	13	1930	35	1946	19	1962	14
1899	2	1915	15	1931	21	1947	33	1963	16
1900	3	1916	17	1932	33	1948	43	1964	11
1901	1	1917	15	1933	31	1949	43	1965	4
1902	6	1918	16	1934	17	1950	41	1966	7
1903	4	1919	20	1935	23	1951	31	1967	3
1904	3	1920	22	1936	32	1952	32	1968	2
1905	2	1921	22	1937	19	1953	35	1969	3
1906	8	1922	21	1938	18	1954	33	1971	1
1907	10	1923	20	1939	32	1955	34		
1908	10	1924	22	1940	26	1956	32		

表二　入選巨人版或九歌版兩套文學大系的作家出生年份

年份	人數	年份	人數	年份	人數	年份	人數	年份	人數
1895	1	1916	3	1929	4	1941	9	1953	16
1897	1	1917	3	1930	10	1942	11	1954	12
1900	1	1918	2	1931	7	1943	11	1955	9
1902	1	1919	7	1932	11	1944	9	1956	11
1903	1	1921	7	1933	12	1945	11	1957	3
1905	1	1922	5	1934	11	1946	4	1958	4
1906	1	1923	6	1935	8	1947	17	1959	2
1908	1	1924	8	1936	8	1948	14	1960	2
1912	1	1925	11	1937	10	1949	11	1961	2
1913	2	1926	6	1938	6	1950	14	1963	4
1914	1	1927	7	1939	17	1951	10	1965	1
1915	4	1928	15	1940	12	1952	10		

表中年份後的數字爲入選巨人版或九歌版兩套文學大系的該年出生的作家數。

從表一可以看到，台灣文壇確實存在著「代」現象，即某一時期相對集中地出生了大批的作家。如一九一九年至一九三三年的十五年間，每年出生的作家均在二十名以上，特別是一九二四年至一九三三年的十年間，年均作家出生數二七・八人，其中有六年超過三十人。另一個出生高峰期則在一九四七年至一九五六年的十年間，每年作家出生數均在三十名以上，平均高達三五・七人。這兩個平均數都超過一九三四年至一九四六年間的平均數二三・七人，其中一九四七年至一九五六年的一組高出了百分之五十之多。由於《目錄》以至少出版一本書爲收錄條件，而其時間下限爲一九九一年，所以部分新世代作家雖然後來有出色的表現，但在當時尚未達到收錄標準，一九五七年以後出生的作家數遽減與此顯然有關。表二相應年段的平均數則分別爲：一九二四年至一九三三年九・一人，一九三四年至一九四六年九・七七人，一九四七年至一九五六年一二・四人。顯然，一九四七年至一九五六年間的作家出生數仍爲最多。雖然一九三四年至一九四六年間的作家出生數也不低，但考慮到在兩「大系」的編選中，這一年齡段的作家其實占據著最有利的位置——編印兩套「大系」的一九七〇年和一九八九年，正好涵蓋他們二十歲至五十歲的創作高峰期，因此在兩套大系中他們都占有相當的分量，不像老作家在後一套大系中因年邁關係不少已經退出，也不像新世代作家因年紀尚輕幾乎完全沒有被收入前一套大系的可能。所以表二反映的情況，與表一仍是基本吻合的。統計結果證實了「代」現象在台灣文壇的存在。

同時可以看出，台灣文壇「代」現象出現的原因顯然與時代社會環境有很大的關係。一九二四年至一九三三年的第一個作家出生高峰期，其相對應的創作高峰期正是五〇年代至六〇年代前葉。這批當時二、三十歲的作家，經歷戰亂後稍得安定，有著豐富的閱歷，又有了起碼的寫作條件。而當時官方正以高額賞金鼓勵文學創作，儘管提倡的是政治化的「反共文藝」、「軍中文藝」，但客觀上起了吸引人們投入創作的作用。與此同時，現代主義文藝運動也掀起一波波浪潮。這些都爲作家的出現和成長，創造了較爲有利的條件。從六〇年代後期到七〇年代末的這段時間，雖然文壇表面上論爭頻繁，轟轟烈烈，但由於論爭常超出文學範圍而進入社會文化思想鬥爭領域，許多作者將其精力放在論爭上而荒廢了實際創作，因此儘管有若干優秀作家的崛起，但總的講，能在文壇站穩腳跟的新作家，在量上並不是很多。這就造成了三〇年代中期至四〇年代中期這一時段出生的作家偏少。七〇年代末至八〇年代以後，社會環境的變遷爲文學提供了較大的舒展空間，這時走上文壇的一九五〇年前後年齡段作家在量上的壯大，與此不無關係。

一九五〇年前後相對集中地出生了一大批作家，這就提供了從「世代」角度研究近二十年來台灣文學發展的必要和依據。所謂台灣文學「新世代」，乃是相對於已步入老年或中年、在以前某一時期的台灣文壇曾占據中堅位置的「前行代」而言的。它本來是一個指涉對象不斷變化的概念，隨著時間的推移，「新」的終究要變成「舊」的、「老」的。但我們這裡卻相對穩定地用來指涉一九五〇年（必要時彈性地向前延伸至一九四五年）以後出生、大約於七〇年代中期以後陸續在文壇嶄露頭角、並逐漸超越其前輩成爲文壇主要創作力量的一代年輕作家。這是因爲，一九五〇年前後對於台灣乃至整個中國，都是一個劃時代的歷史轉折關口。先是世界大戰結束，台灣回到祖國懷抱；緊接著是國民黨退據台灣，並力圖建成反攻基地。儘管政治上翻天覆地，但對台灣民眾而言，卻是由戰亂走向相對的安定。這一歷史的明顯的斷代，使得在此之前和之後出生、成長的人，其經歷有著極大的差別，相應的，其素質經驗、心理狀態和文學創作也呈現明顯的不同，從而形成了客觀存在的「世代」區別現象。

不過，在考察近二十年台灣文壇「代」現象以及年輕作家的「世代」特徵時，不應忽略台灣文壇「新世代」也帶有埃斯卡皮所謂「組」（或「派」）的意義，即他們的出現與某一政治、社會事件緊密相關，其意識形態、創作理念和美學追求也仍有諸多差異。他們當中年齡稍長者步入文壇時，正值七○年代台灣社會激烈動盪以及「回歸傳統，關切現實」爲標誌的鄉土文學運動蓬勃發展之時。他們在這種時代氛圍下走上創作之路並成爲一批充滿朝氣的弄潮兒。到了八○年代，台灣社會向著都市化急遽發展，社會意識形態發生裂變。他們順應時代的變遷而又有創作上的各種因應。與此同時，另一批更年輕的、或稍遲「出道」的作家於八○年代方步入文壇，他們未經受鄉土文學洗禮而直接投身於都市文學的創作中。這種種差異使得「新世代」具有鮮明、強烈的共同的「代」的特徵，又有模糊的、常難以一刀切分的「派」的區別。這就要求我們的研究，既要能宏觀把握整體的特徵，又要顧及對象本身實際存在的豐富性。

「代」和「派」的出現都和時代、社會有一定的關係。但相比之下，「流派」的出現及其特徵往往與意識形態、美學風格等有更密切的關聯，而「世代」的出現及其特徵則與宏觀的社會政治、經濟、文化環境的變遷息息相關。因此，我們從「世代」角度對近二十年來台灣文學加以研究，既要求聯繫時代、社會背景方能把握文學的脈動，眞正切入「新世代」之本質特徵；反過來，又要使我們能透過文學的視角對這一時期的台灣社會文化的特徵及其發展變化有更清晰的了解。

第二節 「戰後新世代」的社會背景和文學背景

台灣戰後新世代文學「代」特徵的形成，既有著十分深刻的社會、政治、經濟、文化背景，也有經驗傳承和典範更新雙向運作的文學背景。

鄉土文學論戰後的八〇年代至九〇年代，是台灣社會發生深刻的結構性變革的時期。從政治上看，八〇年代以來世界局勢發生了急遽的變化。舊的東西方「冷戰」格局趨於瓦解，第三世界迅速崛起，在國際社會發揮日益重要的作用，「和平」和「發展」成爲不可遏制的世界潮流；但由於新的格局尚未建立和定型，整個世界處於動盪不安的過渡時期。在中國，大陸方面在繼續推進改革和現代化建設的同時，也加快了和平統一的步伐。由於台灣不再是東西方冷戰棋盤上的一粒卒子，使得八〇年代以來台灣社會運動的焦點，集中於內部結構的變革，其結果即是「強人」的消逝和「解嚴」等一系列事件的發生。這一變局，必然使這時步入創作高峰期的新世代作家烙上時代的印跡。無論是前行代在五〇年代至六〇年代所面臨的「橫的移植」或「縱的繼承」的抉擇，或是在七〇年代所面對的因台灣地位變化引起的社會震盪和外來殖民經濟所造成的農村經濟破產、階級對立等社會問題，都未必再是文壇注目的焦點。新世代作家更爲關注的，毋寧是自身周遭正在發生的諸多事件和急遽的變革；他們的思想主流，已由一般的現實意識、民族意識更轉爲具體的、實際的問題意識。這種變化，必然會使「新世代」的審視焦點和創作主題出現新的特徵。

八〇年代以來台灣社會在經濟層面也發生了顯著的變化。首先是資本主義都市社會的基本成形，使整個台灣幾乎成爲「都市島」，相應的是大眾消費潮流的洶湧和都市文化意識的高漲；更由於資訊事業的高度發展，使台灣處於由工業文明向後工業文明過渡的社會階段。這也使文學創作發生相應的變化。如前行代作家反映他們所處時代的生活，較多地書寫著貧窮社會所引起的種種問題。新世代作家卻普遍生活於富裕的都市，他們不僅難以再寫「鄉土文學」，甚至「貧窮」也極少出現於他們筆下。他們更多地寫著人們的「富貴病」，即社會轉趨富裕後新出現的問題。又如，在藝術表現手段上，身處多媒體時代的新世代作家比起只能用筆書寫的前行代，顯然有了更多實驗的可能和馳騁的天地。

世界政治格局的變化、台灣內部的變革、兩岸關係的緩和以及資訊化都市社會的形成，必然使整個社會文化環境和文化流向也隨之發生很大的改變。七〇年代揭櫫的本土化潮流，在八〇年代得到更廣泛的認同，但卻分裂爲中國本位或台灣本位的兩大脈絡，使得新世代作家面臨比前行代更複雜的抉擇。與此同時，西方最新的哲學、文化思潮因著交通、資訊的發達以及人們觀念的開放而大量、快速地引入。整個世界一方面在政治上向著多極化的方向發展，另一方面在經濟上和文化上卻呈現不同程度的一體化傾向。在此文化背景下，「新世代」既不像七〇年代的作家那樣懷抱強烈的民族意識而反對一切「舶來品」，也不像五〇年代至六〇年代的作家那樣未加選擇盲目地「橫的移植」。他們認識到自我的文化閉鎖並不可取，但落入「東方主義」的陷坑，一味地唯西方馬首是瞻更為有害，為此滋長了提升民族自尊之後的一種自覺的文化開放和文化參與意識——力圖解構因歷史而形成的「西方中心／東方邊緣」的文化格局，努力使本民族本地區文學和東方文化躋身世界文化主流，成為其中的一份子。在這種認知下，他們既注意對西方一些最新文化成果的同步、準同步引進，又能將之落實於對本土問題的觀察和思索上，為此甚至不惜進行一些「創造性誤讀」。所謂「後現代主義」的引介和創作實踐就是一個明顯的例子。

思想的紛紜，交鋒的頻繁，抉擇的多樣，使八〇年代以來的台灣社會同時相應地也使台灣文學出現了多元發展的景觀，這時的文壇成為數十年來台灣新文學不同時期、不同思潮流派的各種文學經驗的匯聚。七〇年代崛起的鄉土文學自然餘脈延綿，而在六〇年代興盛一時、在七〇年代遭受貶抑的現代主義文學因著工商社會的成形，去除了「早熟」的嫌疑而得到明顯的復甦。此外，在鄉土文學論戰前後被發掘的日據時期台灣新文學，和因兩岸關係緩和而被允許公開閱讀的中國大陸現當代文學，也成為八〇年代以來台灣文學經驗的組成部分或新的參照系。

共同生存於這樣一個多元化的社會環境和文壇生態中，前行代雖然總體而言在文壇所占份額和比重有所減少，但並沒有完全消退，大多仍孜孜不倦地從事創作，其中部分作家還在一些文學、文化部門（如報紙副刊、出版社、官方機構等）擔任要職，成為文壇「當權派」，或挾其知名度和精緻成熟的作品，在市場上長久地占有一席之地，成爲新世代並不那麼容易超越卻又必須超越的標竿。這樣，新世代雖可以很方便地吸取前行代的經驗，但出於文學創新、典範更替的追求，不可避免地也會產生力圖逃離前人陰影的所謂「影響的焦慮」。這種焦慮在像林燿德這樣充滿衝勁和活力的年輕作家身上，表現得格外明顯。如林燿德發出了「重建當代台灣詩史」❷的強烈呼聲，多次宣告台灣文壇已於八○年代初完成了世代的更替，策劃編選了《台灣新世代詩人大系》、《新世代小說大系》等系列叢書。他和黃凡以「我們書寫當代也創造當代」爲題爲小說大系作總序時，強烈地表現出新世代要以作品「證明自己存在也證明時空存在」的意願，宣稱：「我們有權利擁抱視野所及的一切、化育養成新天新地，也有權利粉碎人間一切斯文掃地的迷思與龜裂崩頹的偶像。」在序陳裕盛《欲望號捷運》的〈「另類」的空間〉一文中，林燿德將具備原創性的作家比爲「太陽型」，其精氣充沛，發光發熱，是「形態形成場」的能源供給者；將承接習染他人文體者比爲「月亮型」，其反映別人的光熱，爲「形態形成場」所鑄造的量產化「製品」。他寫道：「台灣小說家中，出生於一九五○年代至六○年代初期之間的變革者，自黃凡、東年、王幼華迄張啓疆等，確然於八○年代形成了新的『形態形成場』（一種『典範更替』），他們已爲一度流行不輟、惡質劣等的模擬論和反映論打開了一道道缺口，開拓出小說的新共震。」除了這些宣告式的文字外，其實，林燿德等作家那充滿反叛和顚覆意味的創作本身，就明顯透露著「影響焦慮」的光影。

不過，布魯姆所謂「影響的焦慮」畢竟是針對歐美文壇而言的，在文化背景不同的台灣，未必有完全相同的情況。王浩威就曾指出新世代作家實際上還存在著一種與之相反的「期待身分（同一性）被認同、證實被影響」的焦慮：「於是，爲了證實自己的資格和忠誠，詩的語言也就成爲秘語術一般的行話。語言本身也就只能奉行和有限的創新」，而產生這種情況的原因，還在於「詩人社群之間的權力結構問題」。❸或者說，前行代仍掌握某種文壇的「權力」（包括名人效應等虛的和擔任要職等實的「權力」），誘使著新世代作家自願依附於前行代作家的麾下，並以此爲榮。

從台灣文壇的實際情況看，力圖逃離前代影響和渴望從前輩那裡得到提攜幫助的情況，確實都是存在的。前一種情況可能舉世皆然，後一種情況則與中國社會特有的倫理觀念有關。中國傳統的長幼有序、尊長愛幼的倫理道德，體現於文壇，就形成了一種特有的文學倫理。近二十年來成長起來的年輕作家，他們當中不少人出於對文學的熱愛而對成就斐然的前行代作家懷著崇高的敬意，他們願意接受前輩作家的教導而使自己儘快進入文學創作的堂奧。一批年輕詩人復刊《現代詩》雜誌或加入《創世紀》詩社，就是明顯例子。另一方面，不少前行代作家也透過寫序、評獎等方式，熱心扶植年輕一代。如瘂弦、余光中、羅門等，分別爲林燿德、鴻鴻、林彧、陳義芝等的作品集寫序，並在序文中提出了一些十分有見地的意見，對年輕作者本人乃至整個文壇，都有某種指導意義和理論意義。這表明，「文學倫理」起了中和、減輕「影響焦慮」的功用。

「影響焦慮」和主動接受前輩影響同時並存的情況，使新世代作家既具有較強的創新、突破意識，又得以較全面地吸納種種有益的營養。這對於新世代作家擴大其多樣化的創作格局大有裨益。

第三節　「戰後新世代」文學的「代」特徵

「戰後新世代」儼然成爲近二十年來台灣文壇歷史的主要書寫者，端賴他們爲文壇提供新鮮的東西。這些新東西有的屬於作家們的個人風格，有些則是新世代區別於前行代的共同特徵。新世代作家的「代」特徵，主要可見於思想觀念和思維模式的轉變、美感經驗和審美標準的更易，以及由此引起的內容和形式的諸多變化。

在思想特徵方面，「新世代」無論在政治觀念、知識結構或是思維方式方面，都顯現出與前行代諸多不同的特徵。

新世代作家新的思維特徵，首先表現在他們建立了比較寬闊的視野和開放的思維空間，而這和他們身處的社會環境、生活經歷乃至知識結構特徵都有關係。「新世代」成長於一個相對安定富足的環境，能夠接受比較系統、完整的教育，特別是不必像前行代那樣背負著歷史的創傷和戰亂的陰影。雖然從小就接受規格化的制式教育，這種生活、閱讀經驗的雷同化，隱含著創作雷同化的危險，但從總體上說來，他們具有較全面的知識結構，因此能夠秉持科際整合的理念，將不同學科的專業知識帶入文壇，擴展新的素材來源和表現角度。如醫學、心理學知識的引入，對作爲「人」學的文學得以眞正深入人的生理、心理的細微之處，頗有助益。這種科際整合觀念的延伸，便形成了新世代作家「多棲化」的身分特徵。如果說前行代作家對於文學的虔誠反使他們略顯拘謹，常始終囿限於一二專擅的體裁，那一些著名的新世代作家卻往往培育了較寬的「戲路」，如林燿德在詩歌、散文、小說、評論乃至戲劇文學方面，都有令人矚目的建樹，就是一個十分典型的例子。

當然，更重要的是思維模式的變更。首先，新世代作家卸除權威式思想枷鎖，凸顯反逆傳統規範的思維取向。如果說前行代作家，無論是現代派還是鄉土派，其實都免不了遵循某種文學定規，那新世代作家卻常以「無範本、破章法、解文類、立新意」（林燿德語）為重要標舉。葉石濤曾分析道：「從五〇年代至七〇年代的文學發展中，雖然每一階段都有顯明的文學主張和特色，但它們卻不全是嶄新的；作家背後所隱藏的意識形態、創作模式、技巧和構局，大多可以在傳統文學裡找到其淵源或雛形。」❹隨著社會威權結構的瓦解和文化觀念的開放，新世代作家顯然獲得了卸除思想枷鎖的契機，得以充分發揮其豐富的想像力，不拘一格地拓展文學表現空間。如小說家張大春從魔幻科幻、後設小說❺到所謂「新聞立即小說」的實驗，散文家林清玄由個人經歷見識的感性散文、社會採訪的報導文學、讀書閱報的文化省思，到後來的菩提、寶偈系列的佛經新詮，都有傳統文學所無法含納的嶄新內容或形式。其次，新世代作家打破了非此即彼的二元對立的思考模式，建立比較全面地觀察和評價事物的新角度。舉例言之，在對事物的價值判斷中，他們拋棄總要偏向一方的成規，發展了主題以及作家情感態度的模糊性和豐富性，如在社會題材中，打破了曾流行一時的城鄉二元對立模式，展現了對都市或鄉村既排拒又擁抱、既依戀又審視的新的主題畛域；在政治題材中，擺脫了為某一意識形態代言的慣例，創造出一種超越某一政治團體利益而對一切腐敗政治現象進行抨擊和檢省的新型政治文學。新世代作家能夠以比較辯證的觀點看問題，顯然是他們面對日益複雜化了的現代生活所作的藝術調整。

建立於新的美感經驗和審美標準之上的藝術把握現實方式的更遷，是新世代作家區別於前行代的又一共同特徵，而這一特徵的形成，與新世代作家的都市生活經驗有著最爲緊密的關係。新世代作家無論出身城市或農村，大多在都市中長大，長期浸濡其中，早已與城市融爲一體。這不僅使他們的筆觸大多集中於都市生活題材，而且使他們的審美趣味和美感經驗發生了根本的變化。許多人不再以田園式的優雅、和諧爲美，而是以速度、變化、刺激爲美，甚至追求《惡之華》式的以醜爲美。他們不再戰戰兢兢地注視著科技文明帶來的種種變化和威脅，而是張開雙手迎接新的挑戰，許多科技文明產物如機械、電腦乃至原子彈的蕈狀雲，直接成爲他們所嚮往和歌詠的美感對象或新的藝術形象體系的組成部分。現代都市人充滿衝突、矛盾和扭曲的生活經歷和心靈，使得年輕女作家群即使撰寫都市浪漫史，也大大不同於描寫少女青春夢囈的瓊瑤式小說。

除了速度、變化、衝突、矛盾所引起的新的美感經驗外，現代都市那匯集萬物、容納異同，不同性質的活動空間、價值標準和生活方式並列、交錯、重疊的特徵，也改變了新世代作家的時空觀念和審美感知。雖然有些前行代作家感到眩惑與不適，但新世代作家卻習以爲常，甚至著迷於都市生活的豐富性及其體現的強大生命活力，爲此有意無意地修改了他們作品的藝術形式，其中突出的例子，即「拼貼」手法的廣泛採用。如不少小說不再拘守注重事件因果關係和情節歷時發展的傳統敘述模式，而是熱衷於讓諸多並列的形象系列在同一平面上共時性展開的敘述方式，從而使現代都市那豐富、紛雜、多變的特徵直接在小說形式上就有所體現。正如李昂所稱：這類作品在「拼貼的連結點上，更自由、更紛亂、更不具心理的邏輯性，或著重事物的狀況。這群小說家，開始有一種屬於八○年代台灣的特色，那或許是由矛盾、衝突、對比、慌亂、紛雜形成的一種新美學與新意義」❻。

此外，新世代作家依恃都市經驗所建立的藝術把握世界方式的又一新特點，在於出現了向宏觀、理性、抽象化和文化化發展的趨向。較多的新世代作家表現出欲以巨視性眼光對整個時代、社會特徵作總體把握，完整呈現台灣全景社會的宏大企圖。與此相應，作品的理性色彩也明顯增加。作家們似乎並不注重某種細緻的特殊感受和體驗的獲得，卻熱衷於對種種社會符徵加以收集、組合、排比、分析，探索其內含的歷史、文化意義，概括出某些具有普遍意義的抽象理念和規律，或透過藝術形象的精心營構，演繹他所認定的某種理念或原則。新世代作家們還常把探索目光從事物的外部關係延展到事物的本體，顯出一種抽象化的趨向。如在對文學的主體——「人」的刻劃方面，他們不再停留於人的外部階級關係的描繪，而向著人的本體——人性的深層次掘進；在作品主題的提煉方面，不再停留於揭示一般的社會關係和問題，而是喜歡向著生與死、善與惡等宇宙間抽象而永恆的哲學問題縱筆。這種抽象化的本體觀照甚至降臨於文學的本身——對語言反映眞相功能的質疑，於是有了「後設小說」、「後設詩」等的出現。新世代作家的這種宏觀視角和理性化、抽象化的特徵，與他們普遍的知識水準的提高有關，不僅提升了他們的理論和創作，甚至帶動了整個文壇出現了「文學文化化」的趨向，八○年代以來的台灣文學主潮特徵，或許就可用文學哲學化、文化化來加以概括。新的思維方式、美感經驗和藝術表達手段使他們的作品也許不如前行代的感覺細膩、情感充沛、筆觸生動，但在另外一些方面，卻顯示其特長；如果以傳統的審美標準度之，時常令人有表面、膚淺、雜亂之感，但如以新的審美標準視之，卻亦能體會其廣博和深刻之處。

由於所謂「新世代」本來即不是一個固定的指稱，隨著社會步伐的加快，必然會有新的「新世代」的加速出現。八〇年代中後期所謂「新人類文學」的出現，即標示著台灣更新世代作家——主要是六〇年代中葉以後出生的年輕作家——悄然登上文壇。所謂「新人類」，被認爲是「富庶族群」、「樂觀族群」、「消費族群」、「感性族群」。它實際上是當社會步入以資訊和消費的高度發達爲標誌的後工業文明階段，生活其中並建立一套新的生活方式的年輕一代的指稱。

可稱之爲「新人類」的台灣更新世代作家，對於稍早於他們的新世代作家有許多直接的承續，更有一些變革和發展，呈現新的風貌。首先，在文學觀念（對於文學與現實的關係、作家的使命、傳統承續和創新等問題的認知）上，他們發展了一種個人化的傾向。如果說不少新世代作家仍帶有較強烈的感時憂國心緒，那一些更新世代的作家卻不再認爲文學必須承擔某種社會使命，甚至也不認爲文學務必是客觀現實的反映，而是益發把文學直接當作他們個人生活的一部分。契合於這一年齡層年輕人的生理心理特徵，他們一般具有比較強烈的表現自我能力、實現自我價值的願望和追求。他們既不把文學當作改造社會的工具，也不把它當作個人生財之道，而是當作實現自我、驗證自我的途徑之一，或乾脆把文學當作自己休閒娛樂之用。這樣的文學自然具有如下特徵：或側重於藝術的創新，欲以標新立異的創作證明自己的超凡能力和特殊才華；或側重於表達與眾不同的一點個人情愫和認知。其中部分作品，對於帶有「新人類」特質的都市青年次文化現象有所反映，從而也具有一定的現實社會意義。

上述新世代共同的「代」特徵的存在，既指證了社會文化環境對文壇生態、文學發展的巨大影響，也標誌著文學內部典範更替的悄然實現。當然這並不是說「新世代」的創作墮入了某種「模式」，相反，處於「多元化」大環境下，他們的創作具有強烈的個人色彩和個人風格。而明顯的「世代」存在中，更有模糊但又不可否認的「代」中之「派」的維繫。或者說，可將台灣新世代作家約略分爲互有交叉的兩類型。其中一類型對於七〇年代鄉土文學思潮仍有較多的承續，著重於歷史和現實的探究和描寫，但比起前行代，具有多元社會的較廣闊的視野；另一類型則更多地將視線集中於資訊時代的現代都市，刻寫現代或後現代的都市社會運作情形和人的種種表現與心態，在創作中時或透露出對六〇年代現代主義的隔代遺傳，但更多地顯現極爲強烈的創新實驗性。當然，這種劃分只是相對的。本書將分爲上、下兩篇，對他們進行分別的但又相互聯繫的詳細論述。由於新世代的特徵其實也是近二十年來台灣文學發展的主要特徵，以「新世代」爲焦點進行研究，也就能勾勒出近二十年來台灣文學騰挪多姿的思潮流變，呈現其豐富多彩的藝術思維和創作實績。

註釋：

❶羅貝爾·埃斯卡皮，《文學社會學》，參照譯本有符錦勇的上海譯文出版社版、葉淑燕的台灣遠流出版公司版，以及花建、于沛著《文藝社會學》中的相關譯文。

❷林燿德，〈重建當代台灣詩史〉，收於鄭明娳、林燿德編著《時代之風》，幼獅文化事業公司，一九九一·七。

❸王浩威，《台灣文化的邊緣戰鬥》，聯合文學出版社，一九九五，頁四三。

❹葉石濤，〈八〇年代作家的特質〉，《台灣文學的悲情》，派色文化出版社，一九九〇，頁八五。

❺台灣將metafiction譯爲「後設小說」，指的是一種探討小說自身問題的小說作品。中國大陸有稱之爲「元小說」的。「後設詩」可類推。

❻李昂，〈新人類的聲音〉，《聯合文學》，一九八九·十一。

上篇

歷史與現實：多元社會的廣闊視野

第一章　鄉土和傳統根性的維繫

第一節　鄉土文學高潮中「新世代」的登場

「戰後新世代」文學是在鄉土文學思潮逐漸走向高潮的過程中登場的。儘管新世代有著明顯區別於前行代的「代」特徵，但它仍與前行代有著千絲萬縷、各種各樣的聯繫。當現代主義盛行時，新世代作家大多還是中、小學生，或多或少受過現代主義文學的薰染，而鄉土文學崛起時，他們已屆或將屆成年。因此，他們與現代主義的關係是潛在、隱形的，與鄉土文學的關係則是直接、顯性的。特別是年齡稍長的一批新世代作家更是如此。

早在七〇年代初的「現代詩論戰」中，就已見「新世代」（或稱「新生代」）崛起的徵兆。當時「龍族」、「大地」、「主流」等一批由年輕詩人組成的詩社，成爲關傑明、唐文標等掀起的現代主義普遍反省運動的重要生力軍。然而，除了批判現代主義，確立關切現實、接續傳統的新方向外，年輕詩人們也顯露了急於走出上一代陰影，「自成一代」❶的明顯動機。或者說，當上一代沉醉於小康局面的穩定，安排好路子讓下一代依循，新的一代卻深感自己地位的模糊，難以容忍著意的塑造，而欲集合整個世代的浩大力量，在歷史上爲自己尋找定位。《龍族》創刊時宣稱「我們敲我們自己的鑼、打我們自己的鼓、舞我們自己的龍」（施善繼詩句），正是一個典型的表白。

然而，年輕詩人雖然積極加入了論爭，但在實際創作上卻還難以與前行代相匹敵。當時文壇上最受矚目的是黃春明、王禎和等鄉土文學小說家。直到七〇年代中、後期，一大批年輕作者直接以大量的創作介入文壇，才標誌著台灣文壇「戰後新世代」的眞正崛起。此時正值鄉土文學論戰，前行代作家因捲入論戰，其實際創作已呈銳減之勢，而新世代作家並沒有多少介入這場論戰，卻常在各類文學獎上嶄露頭角。雖然他們的創作實際上順應了當時的文壇主潮，承續了鄉土文學的寫實基調和主題範疇，但所取得的創作實績和表現出的巨大潛力，已令整個文壇側目。特別是如下幾個方面的創作已顯示出不讓於前行代的雄厚實力。

一是承續鄉土小說常見的批判主題，反映台灣農村的經濟破產，城鄉下層人民遭受的壓迫和剝削，社會轉型中新、舊價值的碰撞，以及揭露美、日新殖民主義在台灣的行徑和社會滋長的崇洋媚外的心理。主要代表作者有宋澤萊、曾心儀、吳錦發等。

二是弘揚鄉土文學思潮標示的「關切現實，接續傳統」的基本精神，致力於鄉土和傳統根性的探尋和接續。向陽、陳義芝的詩歌，洪醒夫的小說等，都強烈地表現出這種追求。

三是以「報導文學」等台灣文壇新興的文學形式，在深入察訪、調查研究的基礎上，對民生疾苦和社會問題加以關注和揭示。熱心於這一工作並取得顯著成績的有古蒙仁等一大批年輕大學生和社會工作者。

四是將現代思緒和傳統情懷加以融合。這批作家接受了現代藝術的薰染，又對民族傳統保有濃郁的文化鄉愁，因此在作品中將二者有機地結合在一起。蘇紹連、楊澤、羅智成等詩人在這方面有突出的表現。

如果說前兩項尚屬新世代對於前行代的承續，那後兩項則顯露了新世代超越前行代的明顯端倪。當然，新世代對於前行代的更全面的超越，則是八〇年代以後的事了。

第二節　洪醒夫：展現底層農民的貧苦、堅忍和自尊

洪醒夫，原名洪媽從，又名司徒門，台灣彰化人，一九四九年出生於一個世代農民家庭，一九六二年台中師專畢業後，即一直擔任農村小學教師。洪醒夫在六〇年代初就開始文學創作，七〇年代前期連連獲得「吳濁流文學獎」，特別是在鄉土文學發展關鍵時刻的一九七七年和一九七八年，他三次在《聯合報》和《中國時報》文學獎中榜上有名，並出版中、短篇小說集《黑面慶仔》（一九七八），從而名聲大振，與宋澤萊一起，成為繼黃春明和王禎和、楊青矗和王拓之後，七〇年代台灣鄉土文學第三波高潮

的代表人物。此後，他又先後出版了小說集《市井傳奇》（一九八一）、《田莊人》（一九八二）。一九八三年七月，正當他雄心勃勃地立志要在文學的土地上至少再耕耘三十年的時候，卻不幸因車禍而英年早逝。一年後，其小說、散文、詩歌遺著結集《懷念那聲鑼》由號角出版社出版。

與宋澤萊相比，洪醒夫堪稱更為正統和純粹的「鄉土文學」的承續者。從文學淵源看，他延續了黃春明的被視為最「純正」的鄉土文學的一脈，並雜揉了王禎和等其他鄉土文學作家的一些筆法。從作品內容和藝術方法看，其作品則典型地表現出對鄉土根性和傳統根性的強烈追求。

除部分作品的時空擴展至日據後期外，洪醒夫的小說大多以六〇年代至七〇年代的台灣鄉村、小鎮生活為題材，主要的人物是一輩子勞勞碌碌、做牛做馬的「種田人」。由於教育匱缺、文盲充斥、耕作方式落後，特別是異族統治、自然災害和傷疾病痛等天災人禍的侵襲，這時的台灣農村呈現一派貧困艱難的景象。《跛腳天助和他的牛》中的天助家無恆產，僅靠一駕牛車維持一家生計，其命運正和那勤懇老實卻最後累死於勞役之中的牛十分相似。《金樹坐在灶坑前》中的金樹夫婦，由於毫無節制地生養了十多個孩子，飽受窮困煎熬之苦。《吾土》中的兒女們為了醫治父母雙雙罹患的晚期肺結核而蕩盡家產，賣掉一家人在日本人槍口下冒著生命危險墾荒而得的田地。作家滿懷悲憫和同情，描寫農村和小鎮的衰敗、農民和市井小民維生的艱辛，其原因之一在於他覺得這些故事有它們的一些特殊意義，想寫給妻兒及後代子孫看，「希望他們不要忘了我們的來處，不管將來過得燦然或黯然，都不要忘記」❷。

這些掙扎於勞苦之中的「田莊人」，雖然謀生艱難，卻有頑強的生命力，這是洪醒夫描寫的又一重點。這些種了數千年「看天田」的中國農民是認命的，他們並不想與命運對抗，甚至以「認命」作爲化解其現實苦難的一種自我慰藉。然而在這種似乎軟弱的無可奈何中，實隱埋著一股頑強、堅忍的生存力量。洪醒夫反覆描寫了農民們的這樣一種信念：一枝草一點露，不管是貓是狗，它們會有自己的天地（《金樹坐在灶坑前》）。這正是一種人無分窮富、貴賤，都無法被剝奪的生的權利。如黑面慶仔因神經失常的女兒被村中無賴強暴而產下嬰兒，一時無法忍受羞辱和拖累，萌生了將這無父嬰兒送人乃至殺死的念頭。後來從女兒驚恐的眼光中感受到自己的罪惡，反省道：「一個生命已經開始，清清白白乾乾淨淨一無所知的開始，你又怎麼可以叫他結束？誰給了你這麼大的權利？」從此在嬰兒身上傾注了他的殷殷愛心和希望。他還想到：名分問題並不必去計較，自己「從小就是一個極其卑下的人，一天到晚遭人嘲笑、辱罵，已經慣了……養這個孩子別人會笑，不養這個孩子，照樣有其他的事情讓人取笑，養了又有什麼關係？」這其中流露的坦然和篤定，正是中國農民百折不撓，如小草於巨石下仍頑強生長的生命力的寫照。它顯露了特定環境下的中國農民特有的一種人生觀，具有深厚的傳統文化的根柢。

一枝草一點露，這即是一種善良的情懷，也是一種生存的自信。洪醒夫筆下的農民，大多將他們的希望寄託於下一代身上，堅信下一代一定會擺脫困窘，過上比他們更好的生活。爲此，他們傾力栽培下一代。反過來，只要是未被城市污染的下一代，也大多能孝敬他們的長輩。《吾土》中的兒子們爲父母治病而賣盡田產，而父母在得知實情後，感嘆其拖累子孫至此而自殺。上輩人以爲後代人創造一個好一點的生活環境和前途為己任，而後輩人也能將心比心，體會父母的苦心，將孝敬、撫養父母當做自己應盡的責任。這正說明了中國傳統的家庭關係準則和倫理道德規範仍深深地扎根於廣大的農村。

貧困農民的頑強生命力和生存的自信，提升為做人的尊嚴，成為農民性格的閃光點。洪醒夫對此重筆刻劃。如《傻二的婚事》中因從小生活艱苦而瘦小體弱的傻二，為了證明自己不是「最差」，明知被人愚弄，仍有求必應地與傻大進行各種比試。當他扭著傷腳堅持跑完最後的路程時，生命的一切遺憾和「偉力」都在此顯現。《散戲》中的歌仔戲團因受到流行歌舞的衝擊而難以為繼，但戲團寧可倒閉也不同流合污。大家決心好好演完最後一場戲而後散夥的舉動，無疑閃耀著悲壯而又聖潔的光輝。最為感人的，是一些貌似卑賤憨厚實則聰慧善良的心靈，能以極大的寬容，面對來自所謂「高尚」人群的輕視，從而達到一種更高層次的尊嚴和生命的極致。如《四叔》中到有錢人家作客的四叔貌似不懂主人的歧視，其實他心知肚明，並自有其一套準則，從而提升了自己：「別人無禮，我們不可無禮！」黃春明曾寫道：「當我回過頭去觀看中華民族的歷史的時候，最令我感動的，不是帝王將相，仁人志士，而是那些沒沒無聞的小人物，他們無視人們的嘲笑，不想在歷史上占有地位，他們只是一步步地走著，用種種方式讓自己的子孫一代代活下去。」這也正可以當做洪醒夫創作的一個最好的註腳。

洪醒夫的小說十分強烈的鄉土性和傳統性，延續和發揚了台灣鄉土文學的主要精神，顯示了與黃春明等前行代鄉土文學代表作家的血緣關係。然而與黃春明等相比，洪醒夫還有如下的個人特色：

其一，洪醒夫的作品具有更為強烈的人道主義色彩。除個別例外，其作品直接的社會批判性並不強烈，它們更多的是對鄉土小人物的悲憫、同情和頌揚，更多地彈奏著愛的主旋律。而這種強烈的人道主義色彩，與作者的自覺認知和追求分不開。在他罹難前不久的一次演講中，他曾說明作家寫作的動機：「需要文學來撫慰我們民族受盡創傷的靈魂，需要文學來增進我們彼此之間的了解與愛，使眾多誠懇而剛強的生命，結合成爲維持和平與和諧的力量，共同邁向更美好的日子。」這正說明作家描寫了那麼些貧窮苦難的初衷。洪醒夫的文學產生於中國廣闊的土壤，同時又顯現出與托爾斯泰等爲代表的十九世紀俄國現實主義文學的某種精神聯繫。

其二，洪醒夫描寫了不同省籍的人們在愛心基礎上的美滿婚姻。前行代鄉土文學作家陳映眞早在六〇年代就以《將軍族》等小說觸及兩岸人民的結合問題，但該作最後呈現的畢竟是悲劇的結局。洪醒夫的《市井傳奇》刻寫了一外省籍老兵（老廣）和本省籍寡婦（菜花）的圓滿結合，可說對陳映眞有所繼承又有所發展。年過五十的老廣想娶妻，乃出於對「愛」的追求：「只要有一個人，不管生成什麼樣子，不管她對我如何，只要可以讓我去關心她……」因此他娶了勤勞醜陋的菜花，感到由衷的滿足，眞誠地關愛著妻子和她帶進門的兩個兒子，從而獲得了鄰里鄉人的「這個外省人實在眞好哪」的評價。洪醒夫曾說道：「不論你做什麼事，你所要認同的，就是我們中華民族。寫作是完全超越政權的，也就是，我們認定我們是中國人，我們的血脈中有中國人的精神，然後才能發展我們自己的文學。」❸作家致力於描寫兩岸人民的相親相愛，與此「中國情結」顯然不無關係。以此爲基調，洪醒夫在當時眾多的老兵題材作品中獨樹一幟。

洪醒夫執著追求、緊密結合鄉土性和傳統性的特徵，也表現於藝術形式上。一方面，洪醒夫的小說具有中國古代小說的故事性強、喜歡製造懸念、人物刻劃生動傳神、擅長白描等特點，能用抓住事物特點的寥寥數語，就使整個面貌、景觀豁然凸顯。有的作品甚至直接採用古代說書人的口吻，運用民間廣泛流傳的故事素材。這些傳統性特徵使作品更符合中國讀者的文化心理和審美習慣。這些特徵的形成，則與洪醒夫從小接觸許多中國民間藝術和古代文學，如布袋戲、歌仔戲，以及封神、西遊、水滸、七俠五義、薛仁貴征東等演義小說有關。

另一方面，洪醒夫的小說語言具有生動活潑的鄉土色彩，而這得助於他善於採納和化用一些方言、俚語和俗諺。俚語俗諺如「乞食身也想要有皇帝命」等，純然是鄉村小人物的口頭語言。方言則常用在對話和心理活動上，有時也用在敘述語言上。不管用在哪裡，都顯得自然貼切，毫無生硬搬弄之感。他很少運用代音的僻字，而是在流暢順口的前提下，採納閩南方言的一些語法結構和特殊詞彙，使之既透顯鄉土色彩，又不陷入文字迷障。其間尺度的掌握，可能罕有人能出其右。

當然，洪醒夫的鄉土小說也存在著若干不足。如部分作品顯露概念化傾向，個別作品人物性格變化缺乏根據而顯得離奇，有的作品對封建迷信現象缺乏應有的批判。但總的講，洪醒夫在鄉土文學發展和轉折的關鍵時刻大放異彩，其作品典型地體現了鄉土文學的鄉土根性和傳統根性兩大追求和特徵，從而成爲台灣鄉土文學的又一重要作家，同時也是新世代文學中承前啓後的重要人物之一。

第三節　向陽：沐浴於傳統的光照和鄉土的潤洗

在新詩創作領域，追求、維繫鄉土根性和傳統根性最典型的詩人是向陽。向陽（一九五五—　）本名林淇瀁，台灣南投人，中國文化大學東語系日文組畢業，爲《陽光小集》詩雜誌創辦人。著有詩集《銀杏的仰望》（一九七七）、《種籽》（一九七八）、《十行集》（一九八四）、《土地的歌》（一九八五）、《歲月》（一九八五）、《四季》（一九八六）、《心事》（一九八七）等。近年則有評論集《康莊有待》、《迎向眾聲》、《喧嘩、吟哦與嘆息》等。

七〇年代台灣詩壇的「重建民族詩風」和「關懷現實生活」兩大取向，均在向陽的詩作中得到充分的體現。向陽很早就有了實踐這兩個目標的「招牌詩」——十行詩和方言詩。他曾宣稱：十行詩是感應於文化中國的產物，方言詩是思索於現實台灣的產物，這成爲他馳騁於詩領域的兩條跑道。

十行詩得名於每首兩節、每節五行的固定格式。儘管它仍採用現代詩的內在自由韻律，不嚴格規定每行的字數、節奏和韻腳，但它將詩思自覺地約束於固定行數的有限框架內，使得詩質更爲稠密、精粹，避免臃腫浮濫，成爲一種既相對自由又有所規範的新型類格律詩體。除此之外，十行詩所吸取的古典詩美至少還包括如下幾個方面。其一，它具有與古典詩詞相類似的感物、抒情方式。抒情的十行詩常捨「情」不寫而寫景物，藉此映現抒情主角內心的微妙感觸和情緒漣漪，構築情景交融的意境，如〈心事〉、〈秋辭〉等，〈未歸〉則透過景物的變化表現四季的遞嬗和思婦內心情緒的波動。其二，詩中常有詩人人格理想的投射。詠物的十行詩往往將事物的自然屬性與人的某種個性品格聯繫起來，賦予事物以倫理美學的意義，如〈森林〉的直拗，〈殘菊〉的高潔，〈白鷺〉的堅貞，〈種籽〉的執著，〈風燈〉的奉獻，〈草根〉的強韌，〈涓流〉的齊心。其三，十行詩的意象常採擷於中國詩的公共象徵系統，如小橋、流水、飛鳥、落葉、機杼、餘暉等。這有利於藝術聯想的古今延續，顯露了鮮明的民族特性。〈小站〉即是一首頗具代表性的十行詩：

彷彿還是去年秋天
被雨打濕了金黃羽翼的
故鄉的銀杏林下，那朵
畏縮地站在一抹陰翳蒼茫中
鮮紅的，小花？
透過今春異地黃昏的車窗
望去：一隻鷺鷥
　舞動著灰白的雙翅
　　在緋麗的晚雲裡，翩翩

飛逸！

從內容上看，這首詩透過故鄉／異地、小花／鷺鷥、畏縮／飛逸等對比，寄託著一位向城市求發展的農村少年的心緒，瀰漫著台灣處於社會轉型、文化變遷關口的特定的時代氣息，正是當時步向高潮的鄉土文學的常見主題。從藝術上看，作者在詩行排列上巧加運籌——前一節平穩整齊的詩行呈露的靜態和後一節參差不齊的詩行呈露的動感，正印合著抒情主人翁由「靜」（蟄居鄉村）而「動」（前往城市）的經歷和心情，而最後突出的「飛逸」兩字，就眞的像一隻小鳥凌空飛升而起，見出圖像詩的旨趣。加上詩中綺麗多彩的色調，精粹優美的用詞，在在說明「十行詩」的根本精神在於追求鄉土文學的精緻化。對比於當時部分鄉土文學作品缺乏足夠的藝術經營而顯得粗糙的傾向，這顯然是值得肯定的努力。進一步言，吸取古典詩美正是向陽實現其「鄉土文學精緻化」努力的主要手段。〈小站〉採用中國傳統的借景抒情、營構意境的技巧，頗得中國古典詩詞之神韻，如呈對稱結構的兩節分別營造了一靜一動、一近一遠的意境，令人想起杜甫的絕句「兩個黃鸝鳴翠柳，一行白鷺上青天。窗含西嶺千秋雪，門泊東吳萬里船」。

方言詩集中代表著向陽加強鄉土和現實描繪的努力。專收方言詩集的〈土地的歌〉一書分爲「家譜」、「鄉里記事」和「都市見聞」三卷，描寫的空間包括家族、鄉里和城市，這些詩觸及寬廣的現實層面——有的描寫下層民眾困頓窘迫、倍受欺壓的生活及其悲嘆，如〈吃頭路〉、〈在公布欄下腳〉、

〈草蜢無意弄雞公〉、〈春風不敢望露水〉等；有的則著重揭露和嘲諷政治、經濟、教育、社會倫理和風氣等各方面的現實弊端，如〈黑天暗地白色老鼠咬布袋〉、〈著賊偷〉、〈水太清則無魚疏〉、〈八家將〉、〈一隻鳥仔哮無救〉、〈議員仙仔無在厝〉等；還有的呈露了鄉村農民純樸穩健、腳踏實地的精神風貌，如〈未犁未寫水牛倒在田丘頂〉。然而方言詩的最獨特之處還在於以方言寫詩。由於方言（包括一些俚語俗諺）乃下層社會的流行通用語言，而語言又為社會文化靈魂的重要載體，採用它們自然能使所描繪的民間情事、鄉土精髓得到格外真切、鮮活的反映。如以台灣歌謠〈杯底不通飼金魚〉為藍本的〈杯底金魚儘量飼〉，就利用方言俗語將某種民間情趣表達無遺：「杯底不好，不好用來／飼金魚……一杯搏感情，二杯套交情／三杯落腹，朋友兄弟免議論／四逢四喜，爽快上值錢／飲落去看覓：杯底無金魚」，完全是豪爽粗獷的江湖客的口吻，充滿鄉土本色。方言的使用除了承載更豐富的文化內涵和藝術表現上更為生動等功能外，還使詩的語調不再如過路人外在的觀察和感懷，而是如當事者親歷的生活體驗的自敘。這又拉近了與讀者的距離。當然這是對習於閩南方言的讀者群而言的，其他人則反倒覺得生疏與隔膜。這不能不說是方言詩面臨的一個問題。

《歲月》詩集中的作品雖非「方言」亦非「十行」，但它既有方言詩中對現實的大膽觸及，又有十行詩中對於藝術性的悉心經營，實乃二者「不管在題材上或精神上的綜合」❹。如〈向千仞揮手〉形式上為六個十行節的連綴，節與節之間又採用傳統的頂真法，其內容則涉及了生態破壞的現實。最具分量的是敘事長詩〈霧社〉。該詩以三〇年代台灣山地住民武裝起義反抗日本侵略的「霧社起義」為題材，但直接描述戰鬥場面的文字並不多，更多的篇幅用來敘寫少數民族的英雄傳說和舉事前內部的醞釀和討論，從而揭示了抗日事件發生的深層的原因和動力——肉體的損傷或許尚可忍耐，種族的傳承、民族的精神卻不可斫斷，泰雅族人在忍無可忍的情況下拿起刀槍，而民族的傳統正是滋養其戰鬥精神的源泉。此外，這首詩還揭示：泰雅族人的殊死反抗，不僅爲了族群的生存和下一代的幸福，也是爲了維護和提升「人」的尊嚴。誠如鄭愁予所言：中華文化悠久，自古即以「王道」爲立國的張本，其人口眾多，顯然是由無數小氏族平等互濟而交成的；霧社同胞欲以死換取「子孫的尊嚴和自由」，正好是向我們的文化「託孤」，讀之令人不禁肅然。❺在藝術上，這首詩博採神話素材並揉合大量現代藝術技法和意象，堪稱將現實性、傳統性和現代性巧妙融合一體的佳作。

一九八六年十二月出版的第六本詩集《四季》實際上延續了《歲月》的精神，即「傳統光照」和「鄉土潤洗」的結合，但更有所發展。在藝術形式和情致、韻味上它更接近於十行詩，即由清一色的二十四首二十行詩（每首兩節、每節十行）組成，再次表現出將詩思約束於鬆散的現代詩新格律內推演的企圖，但比十行詩又更見系統性和整體構思的藝術匠心。二十四首詩分別以一年中的二十四節氣爲題，內容也力求扣合該節氣的景象和特徵，如〈小雪〉由雪花飄落而勾起思鄉之情，〈清明〉以夜雨低迴、柳枝紛紛等景象營構悼亡懷親的氛圍。《四季》在內容上也更富時代氣息和特色。由於行數的增加提供了容納更多現實生活內容的空間，它超越十行詩僅表現一點內心感觸、情緒或一種人格理想的範式而有更廣闊的視野和主題。從河海、山林、鄉村的巡禮（〈雨水〉、〈夏至〉）到現代都市社會的觀照（〈小暑〉、〈白露〉），從環境污染問題的揭示（如〈秋分〉）到台灣人文、文化現象的考察（〈穀雨〉、〈霜降〉），乃至當前敏感政治問題的關注和發言（如〈春分〉），形成其詩作寬廣靈活的切入現實的角度。藝術方面的經營也如其觀照層面一樣顯得多彩多姿。如〈大寒〉透過科幻設計對宇宙、地球和整個人類命運加以觀照；〈霜降〉將漢語、日語和方言混雜使用，正吻合其所欲表現的世風靡亂和文化混雜現象；別具一格的〈大暑〉、〈小滿〉兩首現代「回文詩」更以其「時空界限之突破，以尋求無限思考之可能」（向陽附於〈大暑〉一詩末的說明）的形式試驗，透露出資訊社會的開放式、多元化思維的時代特徵。

八〇年代中期以後，向陽的主要精力轉向副刊編輯和理論探討上，詩作日漸減少。總的說，向陽是一位順應時代的變化而在內容和形式上作相應調整和開拓的詩人。但無論他如何改變，在詩創作範疇內，他始終努力將其現實關懷納入精緻形式中，始終保持著融合鄉土和傳統的基調和本色，從而和洪醒夫一樣，是鄉土文學的新世代傳人，也是一位銜接七〇年代和八〇年代的承先啓後的詩人。

第四節　陳義芝：心契於中國的人情、秩序和美

陳義芝（一九五三—）原籍四川忠縣，出生於台灣花蓮，先後就讀於台中師專和師大國文系，曾參與或主持七〇年代頗有影響的《後浪詩刊》、《詩人季刊》以及《聯合報》副刊等的編務，著有詩集《落日長煙》（一九七七）、《青衫》（一九八五）、《新婚別》（一九八九）、《不能遺忘的遠方》（一

九九三）以及散文集《在溫暖的土地上》等。

陳義芝有兩方面的個人經歷對其創作產生較大影響。一是他與「鄉土」的密切關係。詩人童年在濱海農村度過，台灣的鄉野風物和父親講述的大陸民間傳說、蜀間舊事給他留下深刻印象。一九八八年他隨父親赴大陸探親，對於大陸的鄉土更有了親身的體驗。二是他與「古典」的緊密姻緣。早在中學時他即大量借閱中國古典小說，在師大又從名師學古典詩曲章句，研讀《文心雕龍》。有此經歷，加上步入詩壇時文學思潮走向的影響，陳義芝的詩藝以「鄉土」與「古典」爲兩大支柱，也就很自然了。

《青衫》詩集主要收錄一九七七年至一九八四年的詩作。這時期的陳義芝是名副其實的「抒情傳統的維護者」（張默語），並因此成爲台灣詩壇在現代詩銜接傳統問題上從七〇年代的學院式爭辯過渡到實際創作階段的標誌。❻在〈第一個十三年──《青衫》小記〉中，陳義芝曾表白使自己成爲一個「心契中國人的人情、秩序、美」的「眞正的詩人」的願望，實際上道出了其詩作的主要情感內容和美學特徵。所謂「美」，主要指形式之美。陳義芝不僅從古典詩詞中汲取了一些經過千錘百煉的詞彙和意象，使自己的詩語言更形精練和典雅，引類譬喻更爲貼切，更吸收了中國詩詞傳統的抒情表意方式。他承襲著農業社會詩人對於自然景物的敏感，又不喜對情感做淺露的直抒，因而多採用寓情於景的方式，透過情景交融的意境寄託情懷。這使他的不少詩作呈現一種古香古色的典雅之美。所謂「秩序」，則指對粗糙、散亂、活生生的現實素材加以整理、提煉、昇華，「在生民的血脈中爬梳出秩序」，以周全平穩的結構、徐疾合度的語調，顯露中和之美的整體風格。所謂「中國人的人情」，則指中國人古今相通的倫理道德、思想感情、民俗風情等。對於詩人來說，與他的內心最爲契合的，是中國傳統知識份子的淑世襟懷。他詩中呈現的抒情主人翁，不是放浪形骸的浪子，也不是心如刀攪的現代「多餘人」，而是淑世憐民、摯愛鄉土的知識份子形象。如〈懷司徒門〉在懷念朋友中表達對基於共同理想的友情的注重；〈蜂螫之愛恨〉透過一鄉間教師爲救學生而以身殉職的動人事蹟，刻寫人師典範，爲中國優秀知識份子留下永恆的禮讚。

陳義芝力求契合於中國傳統的「人情」和古典的「秩序」與「美」，自然面臨著蛻舊變新、避免因襲的挑戰。對此詩人自己有個清醒的認識。他說：「草木禽魚，日月山川，天地萬物，原本是人所共有，可以共用的；問題在各自表現的『意』卻須不同，否則便是抄襲。反之亦然，表意相近，則取象必須不同，寫法也應另創。」❼也就是說，既可用新的「象」表舊的「意」，亦可用舊的「象」表新的「意」，其間的配合就存在著巨大的空間。〈最美的話〉既可視爲一首愛情詩，也可視爲「詩論詩」，它堪稱陳義芝這種新舊「意」「象」之間演化、翻轉技巧的範例和說明：

最美的話是用眼看的
在彈道打滑的目光中
交擊出火花

最美的話是用心感覺的

在履帶軋臨的肌膚上
擁抱出磁場
最美的話是鼻息相通
當雙唇亦覺倦怠時
夜，靜了
幽幽吐出一株
雪香的蘭

如果說它寫的是人們千古詠唱的「愛情」，它在意象和構思上卻頗爲新奇和具有現代感，正印合了所謂「意」同則要求「象」變的觀點。如果將它視爲詩人創作觀的隱喻，則可知詩人認爲寫詩須注重「意象」（「眼看」）、情感（「用心感覺」）以及言有盡而意無窮的含蓄和沉默，從而達到一種典雅靜穆之美——詩人心目中美的境界。而這與詩人的實際創作是頗爲吻合的。不過陳義芝詩作中更多的則是舊象翻出新意，如〈蒹葭〉、〈思〉、〈念〉、〈誰帶我飛〉、〈雪滿前川〉、〈山水寫意〉組詩等。詩人有時在舊的自然山水意象中注入新的人文內涵。如〈山水寫意〉中的〈瀑布〉一詩，透過對「瀑布」的形象描寫，使一個具有經世救國懷抱的俠客義士形象躍然紙上：「白刃出匣顯見是痛飲過江湖的人／辭山悲歌／不爲生別離／爲蒼生有一張輿圖待經緯／轟轟然／盡一顆頭顱飛擲」。有時則在古香古色的傳統意象中寄寓著當代的觀照、發現和關懷，如〈蠶生〉、〈思〉、〈雪滿前川〉等均採用了食桑春蠶和破繭飛蛾等傳統的公共象徵。然而〈思〉抒寫成長歷練的痛苦，已較感念母親撫育之恩的〈蠶生〉更具現代感。抒寫師生關係的〈雪滿前川〉中，一方面〈老師〉抱著春蠶到死絲方盡的情懷，另一方面〈學生〉則是成長、成熟後離去。詩作的奇特之處在於將筆觸放在一位現代社會的教師身上，寫他在爲人去樓空而搔首太息時，凝望著黑板槽中滿積的粉屑，突然發出「啊，雪滿前川」的感嘆，將當時正擔任教職的詩人那種甘於自我犧牲的與社會相契的滿足感吐露紙上，也使整首詩的略嫌陳俗平淡的描寫得到突然的意蘊的昇華。

陳義芝以中國的「人情」爲表現重點，加以秩序化的整理、提煉，並賦予美的形式，從而構成其詩藝的「古典」特色。而這種「古典」又常與「鄉土」結合在一起，此乃陳義芝詩創作的更重要的特徵。正如余光中所言：古典詩詞是中國文學的上層精華，其下尚有舊小說、民間藝術、江湖傳說、鄉土習俗等；善用古典傳統的作家若能兼顧這下層的種種，其風格當會更加深厚沉潛，也更富民族趣味。❽這種既是活生生的現實，又因鄉村社會的緩滯壅閉而積澱著較多傳統人文內涵的「鄉土」，其比重在〈新婚別〉時期日益增加。如果說向陽詩作也兼具「鄉土」和「古典」兩種因素，但他更多地將它們分別盛裝於「十行詩」和「方言詩」，那陳義芝卻是將這二者更緊密地融合於一首詩中。而且陳義芝的「鄉土」包含著雙重的情感認知：一是他生於斯、長於斯的台灣東部農村，另一是大陸的父母之鄉，先人之土。特別是他有機會親履四川原鄉之後，他的歷史文化鄉愁和對中華傳統的孺慕進一步得到歸趨和落實。

《新婚別》詩集中的卷一「新婚別」和卷二「綠色的光」即分別輯錄了描繪這兩種「鄉土」的詩作。特別是敘事長詩〈出川前紀〉和包含十首「返鄉詩」的〈川行即事〉，都是極具分量的作品。後者描寫返鄉途中從飛機上瀏覽祖國河山時的眞切感受。詩人見山巒如聽到「生在山川長在山川／化成泥依舊山川」的鄉親的呼喚，見河流則如「牽引我痙攣的血管」，見村莊更覺「不知名卻感熟悉／如我兒時遠足行經的台灣鄉下／隔世重逢／始信江山如畫／時間的煙幕／起起落落不能改變它／雲開是中國雲合還是」。〈出川前紀〉則透過一四川老人談蜀中舊事，描寫了本世紀前葉軍閥據地、外敵入侵、民不聊生的亂世情景，充溢著國家有難、匹夫有責的民族傳統精神，對於四川的民俗風情也有極爲生動的描寫。如將此詩和陳義芝早期的〈海上之傷〉相比，可知陳義芝詩的精華，還在於如〈出川前紀〉的能契合於「中國人的人情」的描寫，也可知近年日益熱絡的兩岸交往對於詩人的助益。陳義芝在〈新婚別〉詩集的後記中寫道：「時間，近四年來我比較用心經營的主題，台灣中部鄉村的童年，或父親成長後遠離的長江邊，人與事，情與景，無一不成爲我的鄉愁」，「我一面寫『從前的家』，一面寫『現在的家』，空間延長，時間拉遠，多少映出了一點時代的心影。」如果說陳義芝的前期作品以古今相通的倫理情感和淑世胸襟的呈現，初步樹立了一個傳統知識份子的抒情主人翁形象，那近期詩作更向鄉土縱筆，表現底層民眾的苦難悲切，並更貼近現實。而本世紀以來整個中國的時代風雲被攝入筆端，使他與「詩史」杜甫更爲相近。

九〇年代後，陳義芝似乎更追求一種天然渾成的境界：「我已厭煩文縐縐苦行僧式的遲重表現，更厭惡故作詩語的膏藥把式」，爲此儘量放鬆語氣，追求「以清通可解的句法，創造雖不可解而可意會的情境」❾。其吟詠的重心，則仍在台灣鄉土和童年舊事；增多了的對於生命的感喟，顯示其情感和詩藝均更爲圓融和成熟。

總體而言，陳義芝以現實鄉土和古典傳統的融合爲其主要特徵，開創了自己的一片獨特的藝術天地，成爲近二十年來台灣詩壇追求、維繫傳統和鄉土根性的代表性詩人之一。

註釋：

❶陳芳明，〈新的一代，新的精神〉，《鏡子和影子》，志文出版社，一九七四。

❷洪醒夫，《黑面慶仔·自序》，爾雅出版社，一九七八。

❸洪醒夫，〈關愛土地和同胞——談小說創作〉，《自立晚報》，一九八三·七·二十九。

❹向陽，〈歲月：苔痕與草色〉，《歲月》，大地出版社，一九八五，再版，頁一七〇。

❺鄭愁予，〈爲詩獎撥起高峰的一首詩〉，《中國時報》，一九八四·十·二十七。

❻游喚，〈陳義芝論〉，簡政珍、林燿德主編，《台灣新世代詩人大系》，書林出版公司，一九九〇，頁二三九—二四一。

❼陳義芝，〈情與景——一點有關詩的看法〉，《新婚別》，大雁書店，一九八九，頁一八九。

❽余光中，〈從嫘祖到媽祖——讀陳義芝《新婚別》〉，載陳義芝，《新婚別》，頁二四。

❾陳義芝，〈自序〉，《不能遺忘的地方》，九歌出版社，一九九三，頁二。

第二章　傳統和摩登價值的摩擦和碰撞

第一節　宋澤萊、曾心儀：鄉土文學批判傳統的承續

台灣的「鄉土文學」從其萌發的日據時期起，就有反帝反封建的批判傳統。經過一段沉潛，於六〇年代中期再出發後，除了以「關切現實鄉土」和「回歸民族傳統」兩大標幟外，並再續了鄉土文學的批判傳統。當然，批判的對象已不同於日據時代。他們透過對當代台灣社會文化變遷的觀察和描寫，反映當前社會存在的階級矛盾和階級鬥爭，揭露美、日新殖民主義的經濟、文化入侵及其對台灣民眾的禍害。同為這一鄉土文學思潮孵育下的戰後新世代作家，和洪醒夫等的著重於鄉土和傳統根性的追求有所不同，另有一批作家更直接地承續了鄉土文學的批判傳統。宋澤萊、曾心儀等，即其中的重要代表。

在七〇年代後期，宋澤萊被視為鄉土文學的一顆新星，新世代小說家的翹楚。他原名廖偉竣，一九五二年出生於雲林縣，在台灣師範大學畢業後，於中學任教。一九八〇年前，他出版了小說集《打牛湳

村》（一九七八）、《羅谷日記》（一九七九）、《骨城素描》（一九七九）、《蓬萊誌異》（一九八〇），中篇小說《紅樓舊事》（一九七九），長篇小說《惡靈》（原名《廢園》，一九七九）、《變遷的牛眺灣》（一九七九）等。其中《惡靈》、《紅樓舊事》等爲帶有現代派色彩的早期作品，被作者自稱爲「當時閱讀深層心理學和社會心理學所生的誤解」、「心靈曾誤入歧途的見證」❶。一九八〇年後，因參禪而有一段小說創作上的沉潛，後來又出版了《弱小民族》、《廢墟台灣》、《抗暴的打貓市》等。一九九六年，則出版了《血色蝙蝠降臨的城市》。

《打牛湳村——笙仔和貴仔的傳奇》、《花鼠仔立志的故事》、《羅谷日記》、《大頭崁仔的布袋戲》等四篇作品組成的「打牛湳村」系列，堪稱宋澤萊的代表作，被高天生稱爲「文學史上表現農村問題最生動與深入的小說」❷。確實，敏銳地抓住當前現實中的問題點加以描寫和揭示，是宋澤萊與其他一些鄉土小說家最大的區別之一。在《打牛湳村》、《羅谷日記》中，作者都著重描寫了農民以血汗換來勞動果實後，卻在銷售環節上受到中間商（包田商、瓜販等）的無情剝削，淪落破產或瀕臨破產的境地。而這確實是當時台灣農村的主要癥結之所在。這些小說正由於切中了當時農村中最緊迫的問題點而顯示其「重大現實主義的意義」❸。

將敏銳捕捉到的「問題點」放到整個龐大的社會背景和歷史脈絡中加以透視，揭示問題產生的深刻原因，這是宋澤萊小說的又一重要特徵。以上述中間商剝削問題爲例。誠如陳映眞所言，此問題的產生，乃因五〇年代的「土改」和六〇年代以來資本經濟的建立，使得分散、零碎、散漫化的小農經濟與資本主義對大農業的需求之間產生了巨大的矛盾。農民不僅缺乏現代農業所必需的資本，更由於缺乏現代資本主義經營的精神和技術，以及對於詭異萬端的市場的了解和運輸、營銷的手段，只好任憑已成壟斷之勢的中間商的剝削。這樣，抓住了「包田商」問題，不僅可以反映出農村的現實狀況，更可以揭示整個社會的變遷脈絡。

此外，宋澤萊筆下的農民並非都是逆來順受，其中不少人敢於起來反抗、鬥爭。如《打牛湳村》中的貴仔，不斷發出「黑暗的打牛湳」的譴責之聲，而《羅谷日記》中的農民更憤怒地拿起柴刀砍了神案，發狂似地大喊：「伊娘！搶一塊錢判死刑，搶一百萬一千萬的人卻一點罪也沒有，這款的法規！」這類描寫，加上《鄉選時的兩個小角色》等作品對選舉等政治活動和事件的直接涉及，《骨城素描》、《兩夫子傳奇》等對宗教迷信、教育界齷齪現象的尖刻揭露，《糜城之喪》等對「民意代表」、「立法機構」等的諷刺，無疑都增加了作品「在描寫、批判和抗議上獨特的積極性」❹。這是宋澤萊對王禎和、楊青矗、王拓等前行代鄉土派作家有所承續又有所超越之處。

八〇年代中期，宋澤萊相繼出版了《廢墟台灣》和《抗暴的打貓市》等中、長篇小說。前者爲一環保政治小說，它利用科幻、誇張以及現實影射等手段，描繪出一幅台灣島在極端黑暗的專制統治及日益加劇的環境污染中毀滅的可怕前景。小說的特點在於將環保和政治問題結合在一起考察，比起一般單純描寫環境污染問題的作品，具有更強烈的批判性。後者的副題爲「一個台灣半山政治家族的故事」，虛構了一個李姓的「半山」家族，從祖父起即攀附日本人，光復時，父親從大陸回來，對接收的軍隊頂禮膜拜，並拜高層官僚爲義父、乾祖父，從而成爲顯赫的貴族，二二八事件爆發後，他們化身爲打貓市的「抗暴軍」，實際上充當奸細的角色，暗中記錄「抗暴軍」的人名，戰鬥中設法放「芋仔軍」一馬，讓他們逃脫，自己也轉身隨官方軍隊進入打貓市，展開驚人的屠殺，並在此後統治打貓市數十年之久。小說採用超現實的誇張筆觸，充斥著溢於言表的憤恨，如描寫李氏兄弟均不得好死，還未死時即已散發腐臭氣味，死後無人收屍等。小說猛烈抨擊了專制政治的殘暴，卻有意渲染了本省人和外省人之間的族群矛盾和爭鬥，這是和宋澤萊在「統」「獨」之爭中的立場相呼應的。至於在一九九六「大選」之年推出的長篇小說《血色蝙蝠降臨的城市》結合魔幻寫實的手法、十九世紀浪漫派小說的風格和大眾連載體小說的文體，著筆於當今「選戰」熱潮及黑金政治。小說以血色蝙蝠附身的黑社會青年彭少雄興衰起滅的經歷爲主軸，描繪出國民黨、在野黨之間彼此鬥法、互揭瘡疤，跟黑道攜手往來的政治怪象。小說中出現佛教道教的法術，基督教的神蹟，還有奇花異果、飛禽走獸……情節千奇百怪，卻仍保持著作者一貫的強烈的現實批判性。

值得指出的，從藝術形式上看，上述三部小說都已超出寫實主義的範疇。宋澤萊較早就曾提出懷疑：「是不是寫實是唯一的一條路呢？不限於寫實會不會更好呢？寫實要加上些什麼東西才能爲人接受呢？」❺爲此他認爲要引入偵探、幽默、諷刺、玄奇性等各種手段和因素，避免過分嚴肅的敘述、遲滯平板的語言：「有時純文學作家會抱怨，爲什麼通俗小說大行其道，而純文學乏人問津，最後自怨自艾。這是不正確的。假如純文學作家不努力讓他的小說含攝通俗小說的趣味性和優點，最後我們會看到純文學之滅絕即在目前。」❻大量採用各種通俗文體和超現實手法的三部小說可說將作者的這種認知付諸實施。至於這種手法的運用是否眞的帶給讀者審美愉悅，誇張如果過了頭是否成了「油滑」，則是另外的值得注意的問題了。

出生於一九四八年的曾心儀（原名曾台生，江西永豐人）也是一個批判性強烈的戰後新世代女作家。她曾說：「我對文學的認識：它不再是裝飾生活，不再是消遣，而是一種使命，爲人們說話，說出痛苦，說出願望，說出方法。它是一把利刃，劃破虛僞的面具，看出它的病症。它是我們的力量。」❼她於一九七四年開始創作，已出版小說集《我愛博士》（一九七七）、《彩鳳的心願》（一九七八）、《等》（一九八一）、《那群青春的女孩》（一九八一）等。《彩鳳的心願》被李元貞改編爲劇本，用於帶動台灣戲劇轉向「探討當今的社會問題」的方向上來。❽

也許出於一個女性的切身體會，描寫台灣婦女遭受壓迫和剝削的悲苦命運，是曾心儀小說的重要題材。如《大溪來的少女》、《烏來的公主》等都描寫農村少女爲求生計來到城鎭，不想卻淪落風塵，成爲酒吧女郎或陪客女，肉體和精神均遭摧殘，即使想奮爭，也難以如願，只好默默忍受生活的磨難。中篇小說《一個十九歲少女的故事》則不僅反映了風塵女子的苦難生活，還表現出她們淪落後的憤懣和掙扎，並揭示逼迫她們一步步走向絕路的原因——貧困、歧視和社會的缺乏愛心。

曾心儀的另一部分作品更直接地揭示資本主義的殘酷性和虛僞性。《彩鳳的心願》、《美麗小姐》

等都描寫了女店員們被迫承受高強度的勞動，而所得卻少得可憐，吃、穿、住等生活條件極端的惡劣。更有甚者，資本家還要引誘或強迫她們出賣色相、肉體為其撈取利潤。這些小說直接反映社會存在的剝削現象和階級矛盾，觸及了資本主義的勞資關係問題，可說承續和延展了楊青矗的創作主題。

曾心儀的第三個重要主題，是譴責外國勢力在台灣的肆虐，嘲諷社會上存在的崇洋媚外思潮。如諷刺小說《我愛博士》中的常博士，披著「歸國學人」的外衣以驕國人，到處兜售其販來的洋理論以迷惑青年，自我標榜「高貴」、「博學」，其實只是個不學無術的民族文化虛無主義者。《酒吧間的許偉》則塑造了一位為維護民族尊嚴勇於挺身而出，對抗駐台美軍欺侮女同胞行徑的正面人物。這些小說與黃春明、王禎和、陳映真等的相似主題作品可說有異曲同工之妙，由此可知曾心儀和當時的鄉土文學思潮是完全合拍的。

曾心儀在藝術上的主要特點，是不拖泥帶水，具有「刀筆般的明快俐落」❾。這一特徵，使曾心儀的小說更凸顯其強烈的批判性和現實主義的本色。

第二節　吳錦發：價値碰撞和摩擦的時代性主題

如果說宋澤萊、曾心儀等很大程度上仍繼承著前行代鄉土作家的批判性主題，著重揭示階級矛盾和資本主義勞資關係弊端，反映工農民眾遭受壓迫和剝削以及在外來殖民經濟凌虐下農村破產、世風頹靡的事實，那在稍後的一九八〇年前後，這一鄉土文學的傳統主題已有所改變。對新湧現的一批新世代作家而言，更吸引他們的是社會中正在出現的一種似乎是更深層次的變化。這種變化內蘊複雜，情勢微妙，使他們難以簡單地用「是」或「非」來加以判斷，自然減少了作品的直接批判性。他們在作品中，更多地描寫「現代」和「傳統」兩種價值的摩擦、碰撞以及後者的無可挽回的式微，體現社會的變遷，並表達面對這種變遷的迷惑和兩難。這一主題的短篇小說曾一度成爲一種時尚，詹宏志當時甚至認爲，這一衝突是牽動整個社會的最能體現出時代精神和社會發展趨向的「屬於一個時代」的「對決」。[10]

這類作品，有的以喜劇筆調描寫和嘲諷不適應新價值的僵化人物，主題傾向於與舊價值的決裂。如黃瑞田的《爐主》，描寫主角從年輕時代起就欽羡並競爭「爐主」位置，直到垂暮之年才完成宿願，未料此時「爐主」早已失去以往的顯赫權勢和利益，成爲人們避之惟恐不及的賠錢貨，主角只能落個蕩盡家財、家破親離的絕境。與此相反，有的作品以悲憫筆調描寫舊價值的堅守者，刻寫和讚頌他們性格上的某些閃光之點，但由於這些人物必趨沒落的歷史命運，作品塗染上一層悲劇色調，如吳錦發的小說。此外有些作品直接描寫舊事物、舊規範、舊觀念的崩潰，如藍博洲的《傷逝》透過某大家族老祖母的喪禮上，子孫們空有繁文縟節而無眞正哀思的表現，宣告大家族以及依附它的舊觀念體系的壽終正寢。另有些作品則著力刻劃新事物、新觀念的崛起，如洪中周的《顧豬彭仔》塑造了社會轉型中的新的人物典型——保持著勤奮節儉傳統美德，又能接受新的商業觀念，靠個人奮鬥致富的農民。顯然，這些作品從不同角度爲台灣社會變遷留下影像，共同顯示一種不可阻擋的歷史趨勢。然而舊傳統中仍有一些美好東西令人眷戀難捨，而新的價值、新的文明建立時，難免與罪惡俱來而令人疑懼。因此一種抉擇兩難的困惑情感或多或少滲透在這些作品中。最爲典型的作品有廖蕾夫的《隔壁親家》、履彊的《楊桃樹》等。前者透過田多丁旺、勤奮守規的阿龍伯一再落敗於服膺現代商業觀念、不擇手段（包括利用女兒的美色）獲取不義之財的粗皮雄仔的故事，直接反映衝突中農村傳統價值的沒落和城市摩登價值的升揚。《楊桃樹》則透過一農家子弟攜眷回鄉省親時父母和妻子的不同表現，將城鄉價值觀念的差異和主角對田園的眷戀之情表達得淋漓盡致。

吳錦發的小說（特別是其早期作品）對上述主題做了較集中的表現。吳錦發受前輩作家鍾肇政的青睞，於七〇年代後期開始崛起文壇，先後出版《放鷹》（一九八〇）、《靜默的河川》（一九八二）、《燕鳴的街道》（一九八五）、《消失的男性》（一九八六）、《春秋茶室》（一九八八）、《秋菊》（一九九〇）、《無用台灣人》（一九九一）等中、短篇小說集，並有散文集《永遠的傘姿》等。他於一九五四年出生於高雄縣美濃鎮，少年時期的鄉村生活、就讀大學社會系所培養的對社會問題的關注，和畢業後擔任電影編導的經歷，在他的創作中留下了明顯的痕跡。他的小說帶有鮮明的鄉土色彩，但又呈現了和前行代鄉土派不甚相同的創作風貌，可說豐富了台灣鄉土小說的精神內涵和創作技巧。

吳錦發的早期創作中，描寫都市膨脹、農村崩潰的社會轉型期中，鄉村和都市兩種不同價值系統的摩擦和對立是一個重要的主題。〈堤〉、〈大鯉魚〉、〈牛王〉、〈烤乳豬的方法〉、〈悲歌〉、〈出征〉、〈祠堂〉等，都是這方面的力作。和一般以批判都市、回歸田園爲指歸的同類作品有所不同，吳錦發著重表現農民對於土地、耕牛等生產資料的淳樸深厚的感情，刻劃鄉村人（特別是老一代）勤勞樸實、堅強不屈的性格。如〈堤〉中綽號「青番」的「阿公」，爲了保護幾代人辛勤開墾出來的土地，立意要在河中築堤擋水，儘管腿被摔傷，幫手中途背棄，築起的堤因已將土地賣給廠商的兒子暗中破壞而屢次被沖垮，但他仍一次又一次地重臨戰場，可謂雖九死而不悔。作者極力彰揚的，就是這種「鬥不過它就不叫青番」的不屈不撓的精神。〈烤乳豬的方法〉、〈悲歌〉等篇涉及一九七九年間台灣發生的豬價慘跌、千萬養豬農人血本無歸的現實事件。除了以此反映台灣農村崩潰的事實外，作者又著重刻劃了鄉村農民對於勞動成果和勞動本身所懷的特殊感情，如描寫豬牯嫂視豬崽爲兒女，對於兒、媳燒烤早已不值幾文的乳豬，起先贊同，後又不忍的心理；描寫阿木仔含淚撲殺了鄉親放生在山裡、摧毀了他的木薯園的豬群的近乎瘋狂的舉動。由於社會不可抗拒的發展趨勢，這些土地、田園的堅守者往往以失敗而告終。但作者一般把這些人當正面人物來寫，在他們身上寄寓著深厚的同情，因此他們的失敗，就如同有價值的東西被撕破一樣，顯得格外悲壯。當然，作者並非留戀長期停滯不前的農村社會，而是著重彰揚村民們的鄉土情懷和傳統美德。這是吳錦發與眾不同的地方。

稍後吳錦發擴展了他的題材範圍，不再單純寫農村，也寫他從事社會工作和電影工作時周遭人們的苦難和歡樂，以及他所接觸到的現代都市的一些問題。其中很有特色的，是一些在台灣文壇較早地觸探了山地原住民問題的作品，如〈燕鳴的街道〉、〈有月光的河〉、〈暗夜的霧〉，以及描寫退役老兵生活的〈夜半琴聲〉、〈兄弟〉等。而數量最多的，則是都市生活題材的小說。這些作品著重揭示生存於都市夾層中的小人物因人性的斫傷和壓抑所導致的心理變態，以及這些受傷的心靈如何展開其特殊形式的反抗。如〈指揮者〉、〈那個叫托西的傢伙〉、〈囊芭〉、〈風箏〉等。特別是一九八五年至一九八七年間接連推出的〈黃髮三千丈〉等帶有卡夫卡變形記小說和拉美魔幻寫實特徵的作品，由於誇張、變形手法的運用，獲得了較好的藝術效果。〈消失的男性〉中的主角李欲奔因寫詩和賞鳥屢遭無端干涉，產生了化身爲鳥，逃離現實壓迫的意願，結果眞的長出一身羽毛，變成一隻野鴨飛升而去；〈烏龜族〉中某報副刊的小編輯、小說家阿根在遭受上司斥責時發現自己特異的「縮頭功」，從此白天爲人，晚上則夢化爲龜，與一群在社會上飽受壓抑的挫敗者、退縮者爲伍，成爲亦人亦龜的「烏龜族」。這些小說均描寫主角遭受壓迫而產生生理上的奇譎變化，所幻化的物象（鳥、龜）等與其心理趨向（逃避、龜縮等）緊密吻合，在小說人物背後，又隱約可見台灣現實生活中某些知名人物的影子。這是吳錦發比起國內外同類創作的創新之處。

這些作品雖未直接處理傳統和現代價值碰撞的主題，但仍隱約可見逃離都市、回歸田園的一縷情思。而八〇年代後期的兩部中篇小說《春秋茶室》和《秋菊》，則更明顯地又融入了早期作品中常見的童年和田園迷戀的主題。某種意義上，這兩部堪稱姐妹篇、可能帶有自傳成分的作品均可納入「少年成長小說」的範疇。《春秋茶室》的「我」（吳再發）目睹山地少女陳美麗淪落風塵而試圖加以救助，經過這一事件，他從一個調皮搗蛋的「問題少年」變爲一個充滿正義感和愛心，感悟生命自由意義，認識自己在社會中的位置和責任的人。《秋菊》中的「我」（發仔）同樣由於鄉村自然的薰陶和愛情點化之功，其生理和心智漸趨成熟，特別是秋菊病亡事件的衝擊和磨練，其精神獲致飛躍，青春少年騷動的心靈得以平靜。兩部小說都沒有強調師長的訓誡力量或個人的長期歷練，而是強調大自然對人的靈魂的淨化，以及美好情感對人的精神境界的提升。不同的是，《春秋茶室》中與少年心理成長主線糾結在一起的，是一個山地少女遭受迫害的故事，觸及了人口販賣等嚴重社會問題；而《秋菊》中伴隨少年成長過程的，卻是對於台灣社會變遷中城鄉衝突和倫理迷失的見證。作品的主角已從鄉村進入都市。他將都市的混濁和鄉村的清純做了對比，將秋菊和都市中的一群「騷馬子」做了比較，由此顯示自然的淳樸和美的魅力。而秋菊的死去以及由此引起的一種無可奈何的哀愁情調，或許也是作者對於沒落中的家鄉農村的感情寄託。

吳錦發小說的藝術特徵，一是想像力極爲豐富，故事性強，筆觸揮灑自如，流蕩不羈，常有逼眞、風趣的描寫；二是作者似乎拿著「文字攝影機」在寫小說，在場景描繪和跳接上，都運用大量電影技巧；三是作者採用了許多方言口語和民間日常詞彙，以飽含感情的筆觸描繪鄉村景物，使小說充滿鄉土氣息。當然，他的小說最具思想深度、給人深刻印象的，還是他爲社會轉型期農村和城市、傳統和現代兩種價值的摩擦和碰撞，留下了人的行爲和心理的影像。

第三節　凌煙、蔡素芬：小兒女悲歡折射社會變遷

戰後新世代作家對於台灣由農業社會向工商社會轉變的歷史過程的反映，可說經歷了三個階段。一是七〇年代中、後期的宋澤萊等，他們著重透過階級矛盾和階級鬥爭的描寫，揭示農村破產的歷史和體制性的原因。二是七〇、八〇年代之交的吳錦發、廖蕾夫等，乃是透過經濟的和道德的、現代的和傳統的兩種價值的相互摩擦、碰撞加以表現。第三階段則是八〇年代中期以後。這時的作家未必描寫階級鬥爭或價值碰撞，而是普遍採取文化視角的多方位、全景式的反映策略。如王幼華試圖對台灣社會融匯多種文化成分的複雜型態作出獨特的藝術概括。這三個階段的變化，其實緊密呼應著台灣現實社會脈動和文化的變遷。值得一提的是更爲年輕的女作家凌煙、蔡素芬等。她們在鄉土文學已趨式微之時，從自己所擅長的角度切入，承續了鄉土文學的常見主題和寫實主義創作方法，成爲鄉土文學已日漸稀少的年輕傳人。

凌煙獲得《自立晚報》百萬小說獎殊榮的《失聲畫眉》，透過一個歌仔戲團的興衰，以小見大地反映了世風頹靡、人慾橫流的「整個社會的沉淪」⓫。凌煙本名莊淑貞，台南人，一九六五年生。她從小酷愛歌仔戲，因此在省立高雄高工畢業後，毅然離家出走，隨歌仔野戲班「明光歌劇團」走唱半年。此時歌仔戲班實已淪爲變相色情演出團體，她終因失望而歸家。《失聲畫眉》正是這段經歷的錄述。該書

「自序」中寫道：「那個爲學歌仔戲而不惜離家出走的慕雲，正是我的化身，所有的心路歷程，歌仔戲班裡的喜怒哀樂，點點滴滴匯集成這部小說。」

如果說王幼華相當準確地捕捉和表達了他所著重觀照的八〇年代前、中期台灣社會的多元混雜、變動不居的精神特徵，那凌煙對整個台灣社會世風頹靡、墮落的描寫，同樣準確地捕捉了八〇年代後期以來台灣社會的精神特徵。小說的情節並不複雜，其主要內容包含兩方面，一是歌仔戲班台上演出（包括觀眾反應）的情景，一是歌仔戲班台下生活的情況。歌仔戲原是流傳於閩台一帶的已形成基本規範的民間戲劇藝術形式。然而近年來，它卻由原來的演員口唱，演變爲以錄音帶對口演唱，最後竟淪爲一台戲主要是低級、色情的歌舞表演，歌仔戲只是點綴。這種轉變，當然是迎合某些觀眾之需求的。現在的觀眾要看的是「黑盤子戲」，三千元一個，脫光跳二支歌，甚至更下流的表演，「莊頭最興的是這個」，連歐梓桑（老頭子）也不例外地露出猥褻、曖昧的眼神。此外，戲班的「生意」大都來自鄉間酬神活動等，而這又與「大家樂」賭風緊密相關。由於歌仔戲是一種與民間結合最緊的藝術，它的變化也最能反映出世風的流變。作者的一段特殊經歷使她得以選擇這一極爲適當的題材和角度，將台灣當前社會文化狀態眞實、生動地呈現。正如姚一葦所言：「作者將範圍控制在這樣一個小世界中，實際上卻反映了整個大社會的變化和畸型。我們的社會在經濟發展下，帶來了無可救藥的墮落和頹廢，而舊文化遭到完全的破壞，新文化卻無法建立起來。人除了追求金錢之外，可以說是一無所有。」⑫

關於歌仔戲班成員台下的生活，小說的特異之處是對同性戀的描寫。與其他同類題材作品相比，凌煙沒有將同性戀歸於遺傳原因，或是成長過程中的性倒錯等心理原因，而是揭示其產生的生活環境的根源。戲班漂萍般四處流浪，女演員們朝夕相處，同寢共眠，加上社會上男性主義的陰影籠罩，眼睛所見婚姻中均是女性受苦吃虧，產生同性戀情結，其實是很自然的。作者飽含同情和理解地刻寫了這種撕心裂骨、生死相許的強烈情感，揭開了一個鮮爲人知的特殊世界，而它的產生又是環境所致。這樣，作者對同性戀的描寫就與她對社會文化狀況的揭示結合起來。這是小說的一個獨到之處。

作品的描寫稍嫌平面，僅陳列出社會的現象而沒有深入透視產生這種現象的原因，這是其不足之處。但它抓住時代的特徵，寫出了台灣社會的整體性的墮落和沉淪，筆觸乾淨俐落，不枝不蔓，因此仍具有一定的審美的和認識的價值。

蔡素芬，一九六三年出生，台南縣人，淡江大學中文系畢業，後就讀美國德州大學雙語文化研究所碩士班，曾獲《中央日報》文學獎、《聯合報》長篇小說獎等多項大獎。著有短篇小說集《六分之一劇》、《告別孤寂》，長篇小說《鹽田兒女》、《姐妹書》、《橄欖樹》，以及有關「龐大姐」的系列中篇《白氏春秋》、《水源村的新年》、《返鄉》等。

從蔡素芬的短篇小說集《告別孤寂》看來，作者涉及的題材還是相當廣泛的。如〈阿送傷春〉敘寫貧困時代農村婦女的悲慘命運，〈遺失的畫〉則描寫城市上班族在機械式重複的日常工作中將理想消磨殆盡；〈八零一病房〉刻劃勤工儉學的年輕女學生的善良、敬業和愛心，〈金套〉則揭示作爲富商外室的母子倆因遭歧視而心理變態……當然，也有著重描寫男女愛戀情感的，如〈山那一邊的戀人〉、〈一段路〉等，即使不是專寫愛情的，其中最生動的片段，往往也是書寫小兒女情懷的。但縱觀蔡素芬的作品，其特點之一，就在她不像一般年輕女作家那樣，耽迷於言情小說的寫作。她寫得最多的，還是貧困時代的農村生活、眷村數十年來的變遷等等。

長篇小說《鹽田兒女》的故事背景涵蓋了六〇至八〇年代台灣社會型態發生巨大變化的三十年，由農及商、由台南鄉下到高雄港都地寫了三代人，而重點在第二代的幾個人物身上。小說女主角明月勤勞、本分、善良，與大方青梅竹馬，卻屈從母命與慶生結婚。慶生嗜賭成性，每當明月勸阻他，即拳腳相加。但明月畢竟生長於社會轉型的時代，她不再是一個純粹的傳統女性，而是具備了若干現代女性的素質。因此她在內心保存著對大方的愛情，並與之生下了一個兒子祥浩；她最後不滿足於鹽田鹹濕的空氣，前往高雄開拓新的天地。小說的重心，在於透過人物性格矛盾衝突寫出鄉村社會淳樸、善良的人性。慶生固然有著賭習難改的致命弱點，並因此與勤儉本分的明月產生性格衝突，但他對兒女仍是眞情疼惜，即使對並非親生的祥浩，也是如此。而明月對慶生也並非只有恨，她感動於慶生對兒女的愛護負責，對他產生又恨又愛的複雜情愫。另一重要人物大方則有著更高的情感境界，儘管與心上人未成眷屬，但他將愛始終不渝地珍藏於內心，即使十八年後事業有成，與明月邂逅時仍是一往情深，並未讓銅臭薰染了他純潔的愛心。這種美好人性甚至延續到第三代人身上。如幼小的祥春已懂得凡事爲別人多著想，她考慮到父母如果離婚，父親將難以生活下去，所以不願放棄任何一方，這種善良的天性，終於挽救了家庭免於破裂。在當前人心敗壞、人性泯滅現象日益突出的背景下，蔡素芬對美好人性的刻寫和呼喚，無疑使人倍感溫馨，也使她的創作顯得別樹一幟。

「龐大姐」系列寫的雖然是蔡素芬本來並不很熟悉的眷村生活（並向前和向後延伸至大陸抗戰時期生活和近年來的旅外華人生活），但和《鹽田兒女》相似，它以較長的時間跨度、豐富的平民生活素材，呈示了民族文化傳統在台灣這一特殊區域的播遷和延展。第一部曲《白氏春秋》描寫「龐大姐」（白帛珍）作爲大家閨秀的少女時代，爲了家裡日益窘迫的產業，以一個活潑天真的女校學生，被迫嫁給鄰村富戶趙家痴傻的兒子，生下一對兒女後，逃離趙家，時值抗戰爆發，白帛珍成爲軍醫院護士，並與醫院同事龐正人相戀，歷盡曲折解除與趙家的婚姻關係，一九四九年隨軍來到台灣。第二部曲《水源村的新年》的背景已轉到了台灣某眷村。龐大姐以娘家的傳統工藝製作蜜餞，積累了殷厚的家產，廣施樂濟，卻因替人作擔保而在經濟上遭受重創，加上老實本分的龐正人離職退休，從此每年春節前來拜年的人愈來愈少。作者既寫出了中國傳統社會那種溫馨的人際關係，也寫出了這種社會常見的世態炎涼，具有濃郁的華夏民族的文化況味。

不過，蔡素芬也並未過分耽溺於傳統文化的氤氳中。作爲新一代的女性作家，她對於新的時代的精神，也有所把握，這是她和老一代鄉土文學作家的不同之處。《鹽田兒女》曾被認爲它所表現的人性過於偏重了傳統意識，甚至已是新一代青年的祥春、祥浩，他們的思想也仍停留在老一代的水平上未有新的進取和突破。⓭但在其他作品中，卻可以看到一些具有現代素質的新形象。如《水源村的新年》中的小店老闆的女兒，既有傾慕英俊斯文的男青年的自然人性的表現，又有對人生道路的自主的抉擇意識，不像傳統女性那樣沉溺於愛戀情感中難以自拔。《工地阿吉》中的阿吉，猶如都市吉普賽，四處遊走打工而自得其樂，拿得起放得下，是一個截然不同於安土重遷的傳統農民的新形象。

蔡素芬採用的是寫實主義的創作方法。她曾說：「某些小說的故事大環境和小環境都必須很注重，大環境是小說人物所在的時代背景、大歷史，小環境是人物的身世和生活周遭的風土人情。」⓮這種對典型環境和具體細節的並重，加上作爲一個年輕女作家的特殊經驗，使蔡素芬承續了「大時代兒女情」的傳統寫作模式，在對芸芸眾生的人生刻寫中，盡其所能地折射出時代的演變、歷史的進程。她注重人物性格的刻劃，主要人物常有來自現實生活的模特兒，而後注入自身經歷和時代環境的光影，並加以具體的形象思維，因此顯得格外生動。她筆下的少女形象往往最爲栩栩如生，如學生時代的白帛珍，《水源村的新年》中小店老闆的女兒等，她們都有著天眞無邪、活潑靈動的少女情懷，十分討喜。這得益於作者的自身經驗，同時也因爲她從長輩女性那裡聽到的，大多是婚姻的不幸和苦楚，而她們講到年輕還沒結婚前，生活卻總是非常快樂。蔡素芬根據這些生活素材揣摩人物的性格、行爲，並據此安排曲折生動的情節線索。在敘述觀點的設計上，她則常以一個善良的小人物作爲旁觀觀點的敘述者。她稱：「對於人物的描寫，我常常花很多時間設身處地去揣想，尖銳的人物、溫和的人物、木訥的人物，他們遇到不同的事情會有哪些不同的反應？有些人反應特別敏銳，有些人很遲鈍，而有些人根本沒什麼感覺。如果對於人物的性情能夠抓得準確，情節安排往往能順境而生。」⓯最後，在語言上蔡素芬也做了很好的處理。她以流暢規範的漢語普通話作爲敘述主體，但在對話中則斟採鄉村方言。這是因爲她以往在讀一些鄉土文學作品時，雖然自己平時講方言，是道地的本省人，但還是覺得有語言上的障礙，所以寧可堅持在敘述時讓讀者能夠很輕易地讀懂——「在對白的部分我儘量用方言，因爲這些鄉土人物沒有受過太深刻的國語教育，但是在敘述上，我就不想刻意用方言，而以平實樸素的文字敘述，如果讀出聲，仍是國語的。」⓰

雖然在一些讀者眼裡，蔡素芬的作品或許略嫌過於中規中矩，缺少變化，但在寫實主義不再時髦的當前，這或許反倒成爲一種「新鮮」。有如《聯合文學》在刊出《白氏春秋》時所加的編者按語中指出的：「在文學技巧備受講究的年代，小說往往不再有故事和傳奇，小說人物的世界也常常支離破碎；蔡素芬則反其道而行，以不苟的刻劃經營，爲分裂的小說重拾時代企圖和令人愉悅的可讀性。」⓱

註釋：

❶宋澤萊，《惡靈·自序》，遠景出版公司，一九七九，頁三。

❷高天生，《台灣小說與小說家》，前衛出版社，一九八五，頁一六六。

❸許南村，〈試評《打牛湳村》〉，陳映眞，《孤兒的歷史，歷史的孤兒》，遠景出版公司，一九八四，頁一三二。

❹許南村，〈試評《打牛湳村》〉。

❺宋澤萊，《台灣人的自我追尋》，前衛出版社，一九八八，頁一四一。

❻轉引自高天生《台灣小說和小說家》，頁二三四—二三五。

❼曾心儀，〈我的寫作過程〉，《我愛博士》自序，遠景出版公司，一九七七。

❽曾心儀，〈《彩鳳的心願》演出前後〉，《彩鳳的心願》，遠景出版公司，一九七八，頁一九一。

❾王津平，《我愛博士．代序》，遠景出版公司，一九七七。

❿詹宏志，〈在我們的時代裡〉，《六十九年度小說選》序言，爾雅出版社，一九八一。

⓫葉石濤語，見〈第四次百萬小說徵文決審過程記錄〉，凌煙，《失聲畫眉》，自立晚報出版部，一九九〇，頁二六四。

⓬同上，頁二六二。

⓭包恆新，〈善良人性的生動呈示〉，《文訊》，一九九五．五。

⓮魏可風訪談，〈幫小說中的人物過一生——蔡素芬答客問〉，《聯合文學》，一九九五．七。

⓯同上。

⓰同上。

⓱《聯合文學》，一九九五．七，頁二八。

第三章　民生疾苦和社會問題的察訪

第一節　七〇年代青年社會運動和報導文學的興起

正當小說家、詩人們掀起「回歸傳統」的熱潮或熱衷於反映社會文化變遷的「大主題」時，另有一部分年輕作家卻注目於更具體的社會問題，立足於眞人實地的調查和察訪，並以報導文學的形式見諸報刊書籍，使得報導文學成爲七〇年代台灣令人矚目的文學樣式，同時也是一個主要由戰後新世代的操作而興起的文學體裁。

台灣的報導文學可說是時代的產兒。七〇年代初台灣風雲變幻的時代氛圍及由此引發的「上山下海」的青年學生運動，直接促成了報導文學的崛起。首先，這時發生了幾件對台灣極具震撼和衝擊性的重大事件，即一九七〇年十一月開始的釣魚台事件，一九七一年台灣退出聯合國事件，以及一九七二年的尼克森赴中國大陸訪問、台灣與日本斷交等等。特別是釣魚台事件，使台灣同胞看清了「美國與日本互相勾結侵略中國的醜惡面孔」，民族意識遽然覺醒，「於是幾十年來難得過問國是的國內大學生們紛紛在校園舉行國是座談、舉行示威遊行」，也公開援引了「五四」運動和對日抗戰時的愛國口號，以激發民眾的民族自覺。面對一些在變局中表現出自私、投機、逃避現實的人，青年學生深刻體認到：「我們能做、應該做而且必須做的，是要在這個地方腳踏實地，向下扎根！」其次，在台灣，工商業經濟的發展和繁榮，帶來了財富分配不均的現象，農村面臨破產，農產品的價格和工人的工資在鼓勵工商經濟發展的政策下被犧牲，「這種現象自然被愛國的、希望在社會扎根、熱情地要改革社會的民眾和知識青年所不滿」。正是在此背景下，一個頗具規模的青年社會運動應運而生。大學生們「憬悟到校內清談不足濟事」，紛紛成立「社會服務團」，上山下海，對各種農林、漁村與工礦問題進行實地調查和了解，使得「許多原來被隱藏掩蓋著的勞工同胞們淒慘的不平的生活現實被無情地揭發了」，如各地工廠危害工人健康的職業病，美、日商人虐待中國工人、魚肉農民、污染環境等等，而礦災的拯救、工人權益的保護等問題，也被提了出來。❶台灣的報導文學創作，就是伴隨著這一運動的展開而出現並發展起來的。

此外，報導文學的崛起還與七〇年代台灣報刊的「媒體革命」有關。其中由高信疆執編的《中國時報》「人間」副刊扮演了「登高一呼，應者雲集」的重要角色。當報導文學剛出現於該刊時，編者即「鼓勵作家走出閉塞的自我，擴張關懷社會的使命，把寫作題材導入現實的挖掘」❷。一九九五年十一月十八日，「人間」副刊上名爲「現實的邊緣」的報導文學專欄開始刊出。該專欄分爲域外、離島、本土三篇，其中報導台灣本土這塊土地上的人與事、歷史與地理的「本土篇」規模最大。此後，《聯合報》、《台灣時報》、《民生報》、《自立晚報》、《台灣日報》、《民族晚報》、《台灣新聞報》以及《綜合月刊》、《戶外生活》、《大同半月刊》、《皇冠》、《漢聲》、《時代週刊》等雜誌紛紛以顯著版面開闢了報導文學的園地。一九七八年起，更有各報紙陸續設立報導文學獎，無異於正式承認報導文學進入文學殿堂。八〇年代後，報導文學向著更深廣的層次拓進，甚至有報導文學的專門刊物，如《人間》雜誌的問世。

台灣的報導文學，由於崛起於一個特定的時空，從一開始除了現實反映，特別是底層民眾、特殊族群困窘處境的反映外，還縱筆於環境保護、人文關懷等領域，從而組成了三大題材系列。現實反映系列包括對一些最緊迫的社會問題，如突發性的政治、經濟、社會事件，以及政策不當、分配不公、貧困失業、暴力犯罪等觸目可見的社會弊端的報導或批判。如有的作品描寫台灣在經濟繁榮的表象下，由於存在剝削制度等原因，社會下層民眾仍在貧困中掙扎。薛不全的《礦工淚》、胡方的《失嬰記》、陳銘磻的《賣血人》等均為顯例。有的作品呈現不合理的政治、社會制度對各階層人民造成的巨大的物質和精神的危害。阿圖《手扶鐵窗向外望》展現監獄各種損害人權和人性的舉動，陳銘磻《最後一把番刀》、古蒙仁《黑色的部落》、曾月娥《阿美族的生活習俗》等除了描寫高山族部落特有的文化型態外，也揭示了他們所受關懷不夠，甚至遭受歧視而導致貧困落後的現實。此外，反映台灣色情行業猖獗、青少年犯罪嚴重等社會問題的報導文學也占了相當大的比重。該系列中最重要的新世代作家有古蒙仁等。

人文關懷系列包括對於一些具有較深遠意義的文化現象，如民俗風情、文物古蹟、山地文化等的發掘和報導。這類作品並不著重於揭露社會弊端，反而立足於彰揚某些優秀人物的優良品格和行為，但其現實關懷精神仍與前一系列一脈相承。如孔康的《捕蟲者》塑造了無私無畏地獻身民族科學事業的優秀知識份子形象；黃沁珠《裸得像一座神》記敘了台灣第一個人體模特兒排除世俗觀念、勇開風氣之先的堅忍、開拓精神；李利國的《海洋的看守》刻劃孤島上的燈塔管理員勇於與困難搏鬥，在平凡崗位上實現自我價值的人生態度；朱恩伶的《讓我唱首沉默的歌》描寫著名女作曲家有被排斥、剝削的困頓，也有頑強、勇敢、超越的成長；范情《看星星》敘寫一群大學生透過觀察天文的課外活動增長知識、陶冶性情，擴大了眼界和胸襟。這些作品透過正面的藝術形象為社會樹立楷模，顯示社會良性發展的可能和方向。

在人文關懷系列中，對於文化人的採訪報導占了一定的比重，林清玄即從事這一工作的重要作家之一。此外，對於民俗活動的報導也為該系列的重要組成部分，劉還月（一九五八年生，台灣新竹人）是其代表性作家之一。如他的《台灣民俗誌》一書，詳細、系統地記錄了台灣四時節慶禮俗以及八家陣、挽茶車鼓等民藝活動。作者並無意於專門的學術研究，而是將「重點擺在過去跟現在民俗的演變上」❸，對於台灣由於社會結構的變化而引起的民俗文化的變質和淪落，如歌仔戲團大演脫衣舞、進香團包租電子花車等現象，一一加以揭露，並有針對性地發出感言和評價。因此，這些作品既是對傳統民俗的調查和整理，又是對台灣的現實環境——社會文化變遷和當前社會風氣——的反映。由此可知，報導文學以其對現實的直接反映和批判而為一批具有強烈社會使命感的作家所特別鍾愛，同時也以其與民眾利害攸關的題材以及融合了新聞報導性和文學性的文體特徵，吸引了廣大的讀者。

報導文學在「環保文學」中扮演了特殊的重要角色。這方面的重要作家有心岱、韓韓、馬以工、劉克襄等。心岱（原名李碧慧，一九四九年生，台灣彰化人）自一九七六年改變文風之後，便投身與社會脈動息息相關的報導文學創作中，並成爲台灣爲環境保護鼓吹與呼籲的第一代作家。她秉持著「實證的態度，參與的熱情，承擔的精神」親自走南闖北，透過田野山間的實地採訪，細緻的觀察、取證和記錄，又疊合著個人的沉思、反省和批判，更揉入作者綜合的生態保育觀念和出色的文學才情，於一九八三年出版了環保文學的重要代表作、報導文學集《大地反撲》。作者提醒人們注意人類與自然的彼此相互依存關係，向人們敲起大自然反撲的警鐘。近來，心岱從長期的奔波中，又認知到「生態問題所反映的，並非僅僅是環境品質的惡化而已」❹。或者說，心岱力圖從環境保護出發，擴展到對更爲廣泛的社會問題的關懷。韓韓（本名駱元元，一九四八年生，江西人）、馬以工（一九四八年生，南京人）合著的《我們只有一個地球》堪稱台灣環保主題報導文學的又一重要代表作。全書的十八篇文章，分別報導台灣的各類生態問題，如遭受破壞的紅樹林、海岸線、森林，以及被捕捉、燒烤的鳥類等。該書的特點是顯出感性和知性的融合，既講究「動之以情」，但也不輕忽「訴之以理」，兼具辭藻之美和科學之眞，因而能對現實發揮更切實的巨大作用。

由此可知，台灣的報導文學是七〇年代「關懷現實，回歸傳統」的文學、文化潮流的產物，也是戰後新世代作家對於台灣文壇的一個特殊的貢獻。

第二節　古蒙仁：探視歷史和直面人生

古蒙仁，本名林日揚，一九五一年十月五日生於台灣雲林縣虎尾鎭，中學時期即開始文學寫作。考入輔仁大學中文系後，耽讀於西洋和中國的現代文學作品，並於一九七二年三月正式發表第一篇小說《盆中鱉》，引起文壇的注意。

古蒙仁早期以小說創作爲主，先後出版了《狩獵圖》（後改名《夢幻騎士》）、《雨季中的鳳凰樹》等小說集，其小說創作也可約略分爲兩個階段。前一階段，古蒙仁主要「描寫校園的生活，刻劃男女學生的情愛，以及學院教育與個性的對立等」[5]。作品不時流露小資產階級的浪漫情調，或顯露現代主義影響的明顯痕跡，其原因在於古蒙仁和許多新世代作家一樣，在其廣泛吸收文學營養時，正值現代主義文學在台灣占主導地位。當時他的主要興趣，即在沙特、卡繆等現代派大師以及本地的《現代文學》等刊物上。另一個原因是古蒙仁爲陳映眞的作品所吸引，從而有意無意地仿效陳映眞早期的一些現代主義色彩的創作。

從《夢幻騎士》等開始，古蒙仁的創作更切近了鄉土的現實。如《碧岳村遺事》因較早觸及高山族生活題材而凸顯其重要意義。更爲引人注目的苦苓湖系列作品，以「樹仔叔」一家爲焦點，反映了現代城市文明衝擊農村的社會文化變遷的主題。儘管這些作品的主題與當時高倡的鄉土文學並無二致，但在藝術表現上則仍有一定的區別。如古蒙仁的小說語言較爲文縐，人物對話未能透顯鄉土韻味和個性特徵，甚至老農講的話也如知識份子一般；同時，他的小說鋪敘較多，有時像流水帳一樣展現生活流程，而缺乏如中國古典小說那樣的截取生活斷面的精練結構和扣人心弦的情節與懸念。如將他和洪醒夫作一比較，其區別是顯見的。不過，這反倒使古蒙仁更符合從小接受同一制式教育的戰後新世代作家的整體特徵。

古蒙仁對台灣文壇的突出貢獻，則在於報導文學領域，因他在七〇年代以來台灣報導文學從少到多、蔚然成風的發展過程中扮演了一個重要的角色。當高信疆開創「現實的邊緣」專欄時，古蒙仁即是首批作者。此後，他出版了《黑色的部落》、《失去的水平線》、《台灣城鄉小調》、《台灣社會檔案》、《天竺之旅》等報導文學作品集。

古蒙仁報導文學創作的藝術個性和成就，與他對此特殊文體的獨特性質的明確認識緊密相關。沈謙就從古蒙仁的《黑色的部落》中總結出報導文學的兩個「最重要」原則。其一是報導性，即報導文學不應停留在單純的事實報導，而應「提供背景的認知，挖掘事實背後隱藏的意義」，並貫穿作者的文化理想，「除了外在活動的記錄之外，還要有精神的關照」。其二是文學性，即不同於收集整理資料的報告或論文，它須具備文學的形式、技巧和語言，發揮文學的感染力。❻這不失爲對報導文學的一種比較深刻和周全的認識。

古蒙仁還進一步從創作中獲得了對所謂「文學性」的更深層的體會，從而強調對「人性」和「現實」

的把握：「報導文學和其他文學類型相通的一點，同樣是建立在『刻劃人性』和『反映現實』的這兩塊基石上。我們的目的，就是發掘社會、記錄社會和人生的現象，促進社會的進步。但是這不應該是高調，我們強調關懷和愛，可是我認為，眞正好的報導文學作品，不應該出現這樣的字眼，流於口號，而是具體地去實踐這種精神。」❼這裡可說將報導文學與一般的新聞報導區別得相當地清楚。古蒙仁報導文學創作的個性特徵和藝術成就即由此建立。

古蒙仁的作品集固然各有特色，如《黑色的部落》冗長翔實，面面俱到；《台灣社會檔案》正義凜然、氣勢雄壯、有血有淚，像是悲壯蒼鬱的交響曲；《台灣城鄉小調》委婉敦厚，談的都是社會和諧、溫暖的一面；《失去的水平線》等則有意識地嘗試了倒敘、對白、敘述觀點的變化等小說技巧，但他的報導文學仍有貫穿始終的脈絡，這就是作品所追求和表現的格外強烈的現實、歷史、鄉土和人道情懷。

古蒙仁的報導文學作品無一不是現實觀照的產物。他認定：報導文學其實是用腳寫出來的。為此他毅然走出書齋，跑遍台灣的山山水水、社會的每一個角落，親臨現場，蒐集原始資料，與工人農民同吃同住同勞動，從而了解底層民眾的眞實生活情形，發現社會存在的緊迫問題。這樣的報導文學，就能為時代、歷史作見證，也表現作者實證的科學態度及現實主義精神。如古蒙仁學生時代的報導文學處女作《一個沒有鼾聲的鼻子——鼻頭角滄桑》即是作者在這個台灣最北部的偏僻小漁村生活了二十多天的產物。在撰寫《幾番蘭雨話礁溪》時，為了實地了解狀況，作者特地選擇颱風來襲之時，騎自行車上河岸堤防，目睹風雨的肆虐和河水淤積的恐怖，從而深切了解水利工程改造的必要，得以向有關部門發出警告。到了作家任職於《時報周刊》期間，他更以「跑新聞」的敏捷觸角和動作，追蹤報導各種突發的或關係著國計民生的重大社會新聞和事件，並使其報導益發轉向動態和即時。如《沒有水的稻田》發表時乾旱仍在繼續，堪稱最即時的動態新聞性作品。此外，諸如煤礦淹水、洪患大旱、車禍空難等天災人禍，青少年犯罪、色情活動猖獗、人力市場上臨時僱工謀生艱辛、援外勞工受騙、被迫遷村農民遭遇不公、老藝人晚景淒涼等社會現象，因外貨傾銷造成對本地菜農果農的巨大傷害、環境污染造成的魚鳥種類的消失等經濟環保問題，成爲《台灣社會檔案》、《失去的水平線》等集子關注的焦點。

如果說現實關注乃一般報導文學的普遍特徵，那濃郁的歷史、鄉土和人道情懷則帶有古蒙仁的個人特徵和色彩。古蒙仁在觀察某一現實對象時，常要回眸該事物的歷史狀態和沿革變遷過程。這是由於現實乃從歷史中延展長出，對於歷史的回顧，可以了解先民的生活型態，引發對民族傳統的深刻認知，從而達到對現實的更深刻的認識。如古蒙仁歷盡艱辛實地考察後撰寫的《黑色的部落》，乃台灣文壇較早將視線投於高山族弱勢族群生存情景的代表作之一。該文頗爲詳細地介紹了泰雅人生活的各個方面，從山窮水盡一孤村的地理位置，到茫茫天涯路的交通瓶頸；從山田燒墾與狩獵相結合的傳統生產方式，到種植香菇的新路；從莘莘學童的教育環境，到村民的宗教信仰活動，都被作者納入筆下。作品中既有涉及廣泛的面上介紹，也有解剖一個家庭的個案分析。作者還特別列出專節介紹泰雅人的風俗習慣及其變遷。古蒙仁明晰地坦露了這種描寫的目的：「這許許多多的奇風異俗，表現了泰雅人對他們所生存的空間、所遭遇的人事、所祀奉的鬼神的一些基本態度和看法。唯有透過這諸多的生活層次，我們方足以了解這個部族在早期的生態環境下，如何發展出他們的生活原則，並從而窺出變化的痕跡。」

了解先民生活型態的目的之一乃是爲了發掘民族傳統精神。《破碎了的淘金夢》中更多的筆觸用以描寫礦山百年來由盛而衰的歷史沿革，目的在使人們感受到某種民族精神的光輝。如礦業巨子顏雲年以一雙白手，崛起於礦區，進而擊敗對手日軍「御用商人」，建立起龐大的黃金王國，作者稱其「爲我炎黃子孫揚眉吐氣，在整個台胞抗日運動史上，創造一個振奮人心的光榮時刻」。在描寫當今一些殘存的礦工在破敗的礦井中頑強、默默地繼續挖掘的情景後，作者又寫道：「我彷彿看到了遠古的中華民族身上那種樂天安命的傳統精神，忍辱負重的生命意志，所塑造出來的一個典型」。

歷史的回顧還爲了勾勒社會變遷的軌跡，這一意圖在《台灣城鄉小調》的「城鄉篇」中表現得格外明顯。如《小發財進行曲》從俗稱「小發財」的小型汽車先後在勞力密集的製造業、消費導向的服務業，乃至當前的文化界、娛樂界發揮巨大作用的過程，透顯台灣的社會變遷和大眾文化的演變。《暖暖的歌仔戲》顯示儘管時代急遽變化，但透過民間戲劇等方式傳播於底層社會的傳統文化精神在農村尚根深柢固。《三輪踩遍小鎮》、《集集支線最後之旅》等則描寫時代進程對一些生產資料和生產方式的汰舊換新。古蒙仁雖然較少涉及新、舊價值觀念的衝突，但透過對一些社會現象的來龍去脈的描寫，仍使其作品成爲台灣社會轉型的歷史見證。

此外，回顧歷史還爲了展望未來。在挖出病症後還開出診治的藥方，灌注作者的文化理想，這是古蒙仁報導文學的獨到之處。古蒙仁在發掘問題時，總是先考察其歷史，最後又坦率提出自己的期望和建議。如他看到了湯仔城的溫泉給礁溪帶來的繁榮與熱鬧，同時指出其建築於色情買賣上的經營方式，對礁溪的眞正影響可能是負面的，而礁溪的其他觀光資源，實蘊藏著更龐大的潛力，今後應更積極地加以開發。像這種基於歷史和現實的縱橫考察而提出其發展的正確途徑，在古蒙仁的作品中俯拾皆是。

由於古蒙仁認爲報導文學「文學性」的核心在於它對「人性」的把握，因此，對人性、人情和人的命運加以重筆描繪，並在作品中處處灌注深沉濃郁的人道精神，這也是古蒙仁報導文學的最顯著特徵和重要標記之一。作者對底層小人物的悲苦人生深表悲憫和同情。面對種種悲苦，他不是抱著好奇地旁觀欣賞，也不是以救世主的姿態高高在上，而是與之同悲同樂，融爲一體，眞誠希望受難者早日撫平創傷。甚至對娼妓、少年犯等「失群的羔羊」，作者亦非一味地責備，而是著眼其流露的「善良的本性」，盼望著「浪子回頭」一天的到來。對那些雖悲苦而不喪志，頑強地與命運搏鬥的人們，古蒙仁更不惜加以重筆描繪。如《台灣城鄉小調》中的一些作品，描寫原本沒沒無聞的小人物，抱定一個目標和信念，經過長期鍥而不捨的努力，終於有所成就而獲得社會的承認，其中包括貝殼收藏家藍子樵、花鯰的推廣繁殖者潘光華以及不惜賣血買材料的屢敗屢戰的水電工邱水文等。另一類型人物乃原本已有較高成就，卻不料遭遇不幸，面臨人生轉折，他們沒有一蹶不振，而是表現出極大的耐心和毅力，力求贏得最後的成功。如《快快升起吧！月亮》中的年輕女歌星李佩菁。對人的意志、智慧和無分貴賤的人格尊嚴的彰揚，構成了古蒙仁作品的重要的人道內涵。

一九八三年古蒙仁前往美國威斯康辛大學留學兩年，中斷了報導文學創作。回國後出版了散文集

《流轉》、《小樓何日再東風》等。《流轉》乃作者留學生涯的記錄，其中既有遍覽美國名山大川、風景名勝的遊記，也有抒發日常生活種種感受的散文。作者在台灣創作報導文學時那種事必躬親的習慣，在異域仍延續下來，只是這時已非爲了觀察現實問題，而是爲了主動接受異域文化的薰陶，以開闊心胸，擴展視野。在《小樓何日再東風》集子中，古蒙仁則將其視角又轉回了台灣本土，並採用一種恢諧幽默的筆調。作者仍注目於種種社會現象，點繪人間百態，但更多地著筆於日常生活中人們見怪不怪的可笑的事物和行爲，如〈股市的最末班車〉的股票投機狂熱，〈百萬名車刮刮樂〉中恣意損害他人物品的行爲等。古蒙仁由充滿悲劇感和人道情懷的報導文學轉向略見「小說化」的幽默散文、雜文的寫作，固然有其早期小說中就表現出來的作者幽默資質的脈絡可尋，但也許與台灣社會本身的變化有更大的關係。隨著台灣由工業文明向後工業文明狀態的過渡，種種光怪陸離的現象湧現，社會本身益發成爲一堆笑料，這時以「笑」的方式應之，顯然極爲適合。因此這本集子也就成爲服膺現實主義的作者因應社會變遷而進行的一個新的藝術嘗試。

古蒙仁對台灣文學發展的突出貢獻在於報導文學創作。他那種事必躬親，並將採訪過程和當時個人感受寫入作品中，使之與描寫對象融爲一體，相得益彰，同時增加作品的故事性和眞實感的作法，開創了台灣報導文學的一個特殊傳統，爲後來的藍博洲、劉克襄等人所承續和發揚。

第三節　劉克襄：生態意識和自然寫作

七〇年代萌生、八〇年代後蔚爲大觀的一種特殊的主題類型——環保文學，與報導文學實有不解之緣。生態環境問題既是報導文學的一個重要的題材，而報導文學又是環保文學的最常見的一種文體形式。

台灣的生態環保文學，可約略分爲兩大類。一爲「土地傷口報導」，另一則爲「野外拙趣散文」。❽前者主要以報導文學形式直接凸顯人們加諸自然環境的種種不義和傷害，如工廠廢氣、森林盜採、河川污染等。這方面的代表作品，除了前述心岱、韓韓和馬以工的作品外，還有楊憲宏《走過傷心地》、池宗憲《台灣的血脈——我們的河川巡禮》等。至於宋澤萊的《廢墟台灣》、張大春的《天火備忘錄》等，則是以科幻的形式，設想未來遭受核污染等的恐怖情景，可說是上述「土地傷口報導」的變奏。

「野外拙趣散文」則更接近於純粹的「自然寫作」。它又可約略分爲有所不同的兩類。一者如孟東籬、陳冠學、粟耘等，其作品帶有傳統文學的山林田園情趣，以單純的心情尋求山林草澤間的感動，沒有對污染的抱怨，沒有「搶救」的焦慮，而是充滿一種恬靜安謐、與自然和諧平衡的愉悅和禪意。另一類則更屬於八〇年代台灣文學的新創造，其代表作者有洪素麗、王家祥、陳煌，以及此類寫作的「始作俑者」劉克襄等。不同於傳統文學僅籠統地以自然生物的種類（如花、草、鳥等）作爲抒情的依托，這類創作將文學才情和專業知識相結合，透過鍥而不捨的野外實地追蹤觀察，達成對自然生物的更具體、準確的認知和描寫。它們可讓讀者「多識於草木鳥蟲之名」及其樣貌習性、當前處境，進而思考自然與文明的關係，提升尊重自然生命、與自然生物相依共存的自覺。正如基於這類創作的特殊價值而策劃了「新動物列傳」專題的《聯合文學》編者所稱：在「弱肉強食」的「進化」、「競爭」準則下，人類往往忘記了自己也是動物界的一員，而「以強凌弱者人恆欺之」的惡性循環也就更觸目可見；這個專題的用心，「正在於企圖重新拾回某種能力——這種能力便是對其他生命尊重和愛的義務。……因為只有當別種的生命和別人的生命都自在無礙，我們的生命也才能悠游於豐饒的海，在租借而來的生命裡，讓諾亞的方舟不要再來。」❾

劉克襄，筆名劉資愧、李鹽冰等，一九五七年出生，台中人，從一九七八年起著有詩集《河下游》、《松鼠班比曹》、《漂鳥的故鄉》、《在測天島》、《小鼯鼠的看法》，散文（報導文學）集《隨鳥走天涯》、《旅次札記》、《山黃麻家書》、《後山探險》、《橫越福爾摩沙》、《台灣舊路踏查記》以及「小綠山」三書，動物小說《風鳥皮諾查》、《座頭鯨赫連麼麼》以及「豆鼠」三部曲《扁豆森林》、《小島飛行》、《草原鬼雨》等。

劉克襄以「鳥人」、「漂鳥詩人」等稱號聞名於台灣文壇。這是因為他選擇了一條與一般作家不同的道路，十數年如一日地歷遍台灣的山山水水，從事鳥類的觀察、攝影和報導。如〈沙岸〉一文，乃作者選擇淡水河下游，歷盡千辛萬苦從事一年的鳥類調查的產物。作者十分詳細地分別記下了沙岸冬、春、夏、秋四季中各種鳥類的遷徙、繁衍和活動情景，字裡行間透露出一絲不苟的科學態度和鍥而不捨地從事這一工作的各種甘苦、如有所發現的樂趣和遭受挫折的苦惱。近年來的《小綠山札記》則如日記般逐日寫下了觀察各種動、植物的收穫和心得。這些記錄，不僅巨細靡遺、聲色俱全，有如科學著作的細緻，而且充滿了與自然生物融合交感的欣慰和樂趣。

劉克襄的賞鳥等活動並非閒情逸趣，有時甚至要冒著生命的危險。而這活動，至少有如下一些重要意義。其一，有助於人們認識自己和培養嶄新的思路。劉克襄的賞鳥更注重觀察的「過程」而非「結果」。他認爲，結果只告訴我們鳥類特異的棲息方式，觀察過程卻教導我們認知的方法和途徑。觀察本身額外提供了一種多數人已忽視的行爲，如觀察必須等待，等待必須耐心，這一連串關係，往往促使人認識自己原本具有的原始性和在自然界中所扮演的角色，感悟生命存在的意義，從而培養一條嶄新的思路；❿其二，劉克襄的賞鳥活動本身就具有提倡「知性旅行」的表率作用。在〈沙岸〉中，作者曾針對海水浴場萬人麇集，半里外的賞鳥現場卻形影相吊、煢煢孑立，而發出憂慮的嘆喟：「幾十年來，同胞們對自然的態度一直未改，無法將感官的遊樂方式轉變得有益於教化，形成知性旅行的風尚。這種惡習繼續不變，每過一代將會付出巨大痛苦的代價。」其三，最終具有推動生態環境保護運動的作用。有關賞鳥的記錄、報導和撰著，將成爲台灣當前還十分缺少的、以長期完整的調查爲基礎而又通俗可讀的生態書籍，有助於提高人們對於周遭生存的植物花草、飛鳥走獸的認知，而這正是全體民眾「參與生態危機共識的基礎」。透過賞鳥，人們會發現鳥被捕殺、數量銳減以及棲息環境縮小等現象，從而深切感受到生態環境遭到污染、破壞的現實，時日一久，他們的關心層面又擴大到其他公害問題，從而「懷疑到未來長遠的環境危機」⓫。顯然，自然觀察和自然寫作不僅增強人們對生命的認識和關愛，更有針對現代物化文明的反思意味。正是在此意義上，劉克襄自詡台灣的賞鳥人士爲「大眾消費文化下，逃避物質化的先鋒」⓬。

由此可知，劉克襄的自然寫作雖然貌似清新淡雅、不著一塵的田園小曲，卻總是試將其意義延伸，或與環保運動相連，或與人性探究相接。廣獲好評、膺得多項文壇殊榮的寓言小說《風鳥皮諾查》（一九九一），更是一部具有多向度思想內涵的作品。小說以一隻名爲「皮諾查」的年輕環頸鴴爲主角，描寫它由於良好的素質和飛行技巧，承擔起族群長老們賦予的找到傳聞中的英雄——「黑形」並解開牠從候鳥變成留鳥之謎的任務。爲此皮諾查歷盡艱難險阻，偏離了環頸鴴的習慣路線來到一島嶼，在與一些留鳥的接觸、交往中，逐漸認識到牠們留下來並非完全因爲懶惰，相反地，「留」作爲一種反叛傳統的舉動，需要面臨更嚴峻的種種挑戰。牠最終也留了下來，成爲「黑形」的化身，並在第二年遇見了一隻奉長老之命前來尋找英雄皮諾查的年輕環頸鴴。

這部小說顯然有多種讀法。它可當作勵志小說來讀——皮諾查面對風沙雨暴、叢林峻嶺等環頸鴴難以適應的困境，能以頑強的毅力加以克服；爲了飛得更快、更高以及實現體驗冰雪的理想，不惜冒險犯難，使生命得以昇華，其精神對讀者無疑具有激勵作用。它又可當環保小說來讀——小說描寫鳥類棲息生存的沙灘被人類的垃圾所堆滿，以及一隻名叫馬南的留鳥無辜被槍殺等等，都可視爲對破壞生態環境行爲的控訴。它還可當作象徵小說來讀——皮諾查由候鳥變爲留鳥的經歷，也就是破除神話、抗衡體制、扎根土地的過程，正可視爲台灣甚至世界上一部分人經歷的象徵。此外，把這部小說當作介紹環頸鴴知識的文章來讀亦無不可。作者以他長期觀察所得到的知識爲基礎，對環頸鴴做了細緻描寫，使得完全不懂鳥類的讀者在閱畢後亦能侃侃而談環頸鴴。作者使專業知識和文學描寫有機結合，相得益彰。或者說，專業知識的融入使小說顯得更爲生動、細膩和富有新鮮感，反過來作者的鳥類知識由於以富有感染力的小說形式加以負載，無疑更能引起廣大讀者的興趣，得到更廣泛的傳播。從這個意義上說，劉克襄以自然寫作開拓了文學創作的新的可能性。正如林清玄所言：看鳥的同好可能很多，但能把鳥的心情寫成文章的並不多；研究鳥的人很多，但能用美與欣賞的眼光看鳥的則很少見，劉克襄可以說是『鳥作家』的第一人」⑬。

號稱「新動物武俠小說」的近著「豆鼠」三部曲，實際上仍延續了《風鳥皮諾查》的路了，只是有著更引人入勝的故事情節。以《扁豆森林》爲例，如作爲政治小說來讀，時時可感覺到對現實的某種影射；如當做勵志小說來讀，可見對好大喜功者的揶揄。從它對豆鼠的種類、習性、天敵等的細緻描寫看，它還是一部基於詳細野外觀察基礎上的有趣的科普讀物。

無論是「鳥散文」、「鳥詩」、「鳥小說」或「動物武俠小說」，都顯示了與現實社會問題的密切關聯。雖然它們在形式上和報導文學有所差別，但無論其現場觀察的方式，或是其對現實問題的介入，都與報導文學有某種精神上的相似。劉克襄也確實寫了不少的報導文學作品，其中現場勘察、以歷史人文或自然科學知識取勝仍是其主要特徵。如近年出版的《台灣舊路踏查記》，是一本作者憑藉著「對古道按圖索驥的快意、自我尋覓的欣喜所寫出來的書，作者費勁蒐集前人探索古道所留下來的記錄，本身對大自然、動植物又累積了豐富的知識，這一切加深對他周遭景觀細密的觀察。他充分捕捉一瞬間的場景、感覺、聲色……將之連綴，化成一篇篇清新可喜的『遊記』❹，堪稱劉克襄創作的又一道風景線。

註釋：

❶王拓，〈是「現實主義」文學，不是「鄉土文學」〉，《仙人掌》，期二，一九七七・四。
❷轉引自心岱，〈環境守望者的心聲〉，《文訊》，期六四，一九九一・二。
❸栗耘，〈星・月・天空——《台灣民俗誌》序〉，劉還月，《台灣民俗誌》，洛城出版社，一九八六。
❹同註❷。
❺古蒙仁，〈校園捕手〉，《古蒙仁自選集》自序，世界文物供應社，一九八一，頁八。
❻沈謙，〈精神的關照，文學的感染〉，《中國時報》，一九七八・四・二十九。
❼丁琬訪談，〈行者的路〉，《台灣時報》，一九八〇・十・十二。
❽沿用陳健一說法，見〈筆耕土地，文繪自然——台灣自然寫作的譜系〉，《中國時報》，一九九四・十

一．十。

❾《聯合文學》，一九九四．七，頁七一。

❿參見劉克襄，〈賞鳥是生態環境運動的立樁點〉，《中國論壇》，期一九七，一九八三．十二。

⓫同上。

⓬同上。

⓭林清玄，〈生命意義的重新思考〉，載《風鳥皮諾查》，遠流出版公司，一九九一，頁六。

⓮許雪姬，〈古道綿長——評劉克襄《台灣舊路踏查記》〉，《聯合文學》，一九九五．九。

第四章　向政治場域掘進和意識形態分化

第一節　政治主題和本土意識的凸顯

八〇年代後的鄉土文學，除了因島內都市化進程的加速而欲振乏力外，還呈現兩個顯著特點，一是政治主題的上浮，一是本土意識的凸顯和以「統」、「獨」爲焦點的意識形態分化。

台灣新文學由於誕生於日本殖民統治下，從一開始就有較強烈的的反抗的政治主題。日據時期的眾多台灣作家，雖無暇細緻刻劃民眾日常生活，卻持有一個共同的立場，即表現民眾的苦難歲月，以文學爲武器，喚醒人民與殖民統治者浴血奮戰。一九四九年後，文壇格局發生根本的變動，其「政治文學」具有如下特點。其一，政府當局只允許某種觀點（即反共和吹捧政府當局）的政治「文學」的合法存在，但這種文學因其虛假的內容和概念化的表現等致命弱點而趨於消亡；其二，其他的政治文學作品迫於政府當局的封殺、框禁，往往繞開對政治制度、政治人物、政治理念的直接描寫和表達，而將其批判性若隱若現地藏匿在一般的社會生活的描寫中。即使是以現實主義爲旨歸的鄉土派作家，也是如此。部分新世代作家在八〇年代後的廣義的政治文學創作，仍延續了這種傳統。根據其主題和表現方式等，至少有如下幾種類型：

一、透過歷史的觀照和反思，表達對帝國主義、殖民主義民族壓迫的揭露和反抗。向陽的〈霧社〉、白靈的〈圓木〉等敘事長詩，是顯著的例子。

二、反映現階段台灣社會仍存在的嚴重的階級壓迫、剝削的事實，以及貧苦階級民眾爲此所進行的抗爭。如八〇年代「工人文學」代表性作家陌上塵的《夢魘九十九》和李昌憲的《加工區詩抄》等。

三、揭露和批判在泛政治格局下台灣現行官僚體系延布、伸展於社會生活各個領域，迫害民眾，爲特權階層謀私利的各種行徑。興盛一時的所謂「教育小說」，反映的即是不良政治竟然在校園內蔓延的情景。林雙不、苦苓、張大春、黃凡、許台英、陳燁等在這方面都有所涉及。

四、正面反映人民革命鬥爭和知識份子的愛國、民主政治運動。如渡也的長詩〈宣統三年〉即描繪了辛亥革命的經過。

然而，眞正代表八〇年代以來台灣政治文學最新發展的，是一種勇敢突破政府當局設置的種種禁忌，直接向現行政治體制發起挑戰、批判政治弊端、表達爭取民主和人權的政治主題的新型政治文學。首先叩開大門，並引起較大震撼的，是一種出自當過「政治犯」的作家之手，並側重於監獄生活描寫的「牢獄小說」的創作。如果說這種小說的作者主要是前行代作家如施明正、陳映眞、楊青矗、王拓等，那接踵而至的「二二八小說」、「人權文學」以及反映五〇年代白色恐怖史的創作等，則由戰後新世代作家充當主要的創作者。

數十年來，「二二八」這一施加於台灣人民身心上的傷痕一直是政府當局的最大禁忌之一。一九八三年前後林雙不的《黃素小編年》等，直接涉及了二二八事件，突入了一個敏感的禁區。此後，楊照的《黯魂》、王湘琦的《黃石公廟》、陳燁的《泥河》等，也都描寫了這類題材。他們的共同特點在於將大量的筆觸放在揭示事件對台灣人民產生的長期、深遠的影響上，既是對歷史的反思，又是對現實的鑑照，從而凸顯其強烈的政治批判意義。「人權文學」的提出標誌著台灣作家的政治抗爭和批判擴展到更廣闊、普遍的現實生活領域。政府當局長期以「戒嚴法」或所謂「國安法」施行嚴密控制，剝奪人民的民主權利乃至基本的生存權和人身自由。這種黑暗的專制政治首先成爲眾矢之的。如李勤岸的詩集《一等公民三字經》表達了對人有呼吸新鮮空氣、喝乾淨水、自由生長免遭斫戮乃至通訊自由、工作保障等基本權利卻被剝奪的抗爭。八〇年代後期以來，在陳映眞等的帶動下，年輕的《人間》同仁如藍博洲、鍾喬等，致力於五〇年代白色恐怖史料的挖掘出土、梳理公布，重現當年的腥風血雨，塑造爲革命理想而不怕坐牢、勇於犧牲的樸實、堅定的革命者形象，具有更強的批判力度。

然而，八〇年代台灣文壇爆發的台灣意識（台灣結）和中國意識（中國結）之爭，在新世代作家中也有明顯的投影。如宋澤萊、林雙不、陳芳明、彭瑞金等，都偏向於台灣意識的片面強調。曾明確提出「人權文學」概念、推動其發展的宋澤萊，卻在闡述時不無褊狹地將許多作家排除於「人權文學」之外；更爲要害的，他不惜違背歷史事實和趨勢，企圖將「人權文學」引申爲所謂「獨立文學」，歪曲了「人權文學」的眞實內涵，實際上阻礙了人權文學的健康發展。

其實，所謂「中國意識」和「台灣意識」，雖有其不同的側重點，如前者偏重於對母體文化的直接承續，後者偏重於對母體文化之鄉土型態的肯認，但從日據時期直至七〇年代，它們同爲外來政治、文化的對立物，呈現極爲明顯的同質性，是整體和局部、共性和個性的辯證關係。到了八〇年代，這種同質性和辯證關係卻不斷被人爲否定和割裂。部分作家甚至企圖透過對已被褊狹化了的台灣意識的強調，爲社會上日益膨脹的政治離異運動服務。這種做法自然無法得到包括大部分新世代作家在內的廣大作家認可。

一個很值得注意的現象是，一種試圖擺脫歷史的包袱，抛開意識形態的爭執，以超越黨派紛爭、統獨糾葛的姿態面對台灣現實的傾向，在新世代作家群中悄然滋生和蔓延。有些作家試圖超然於當前台灣任何政黨、派別之外，對現實政治中他所認定的醜惡現象，諸如統治機器的舞弊黑幕、情治機關的掌控行徑、投機份子和政客的卑劣行徑等等，均毫不留情地加以揭露和嘲諷。張大春、黃凡以及早期的苦苓都有突出的表現。又有一些作品在對現實政治現象的描寫中涵蘊著一個較爲抽象的主題，即揭示政治參與本身的虛妄性或非必要性。常見的是採用降格嘲諷手段，寫出小人物在政治場域中的被動和渺小，或透過對政治理想的崇高性或歷史記載的眞實性的質疑來達到這一主題。如朱天心的《新黨十九日》、《佛滅》等小說，將參與政治的熱情寫成如情欲一樣的東西，或將政治抗議活動寫成純屬私利的驅使。

李潼的小說《屏東姑丈》描寫當前年輕一代普遍擯棄父輩認定的唯有感時憂國、投身政治才是人生正道的傳統價值觀念，轉而樹立起掌握某種知識、技能以服務社會的新的人生追求。這種視政治參與未必需要的認知，雖不無消極的意味，但實際上是政治高壓下的產物。它一方面反映了在長期專制統治下台灣人民的一種特殊政治心態——對充滿弊端的現行政治極端厭倦，希望遠離政治的是非之地；另一方面也反映了他們希望能消除嚴重泛政治現象，避免和化解各種政治的紛爭和乾擾，建設一個安和樂利社會的願望。

九〇年代以來，一批以「邊緣寫作」為志向的作者經營了與上述傾向有精神聯繫但又有所區別的另一種「政治文學」。這些作者試圖以自己所站立的「邊緣」對抗、鬆動、瓦解「中心」，因此致力於邊緣議題的開發，書寫著各種「邊緣」的東西，以此作為對現行道德法律、社會規範和主流秩序的顛覆和反叛。本書將在下篇加以論述的這些創作未必直接描寫政治，但它們以邊緣顛覆中心的本質，其實也已涉入了廣義的「政治」。

第一節　林雙不、陳燁：二二八小說和當代校園小說

林雙不、陳燁、楊照、雪眸等，均為本土意識較強的戰後新世代小說家。

林雙不，本名黃燕德，一九五〇年出生於雲林縣東勢鄉的一個貧苦農民家庭。十三歲開始以「碧竹」

爲筆名發表作品，二十歲考入輔仁大學哲學系，至三十歲，已出版了十二本散文集、四本小說集和二本短篇寓言集，並改筆名「林雙不」，預示著三年後創作的巨變。

「碧竹」時期的六十四篇小說主要包括幾個方面的題材。一是作者最熟悉的貧困農村生活及農人的思想感情；二是作者感觸頗深的大專聯考的巨大壓力及學生所受的各種折磨；三是作者上大學後出外打工時接觸的社會各方面的人、事、物；此外，他還寫了一些大學生的戀愛故事。散文方面，碧竹的作品幾乎就是他生活的實錄，而這種自敘性，使碧竹的作品格外貼近眞實的生活，能充分表達作者對生活的獨特而又鮮明的感受。當然，使他這時期的作品具有相當大的藝術感染力的，還在散布於作品中的一種「愛」的主旋律。作者描寫著親情之愛、友情之愛、人情之愛，「我們在碧竹的作品中，幾乎尋覓不到較爲激烈的怨怒情緒……一些怨憂怒憎之情，總是被處理成溫和而平靜的局面」❶。

然而進入「林雙不」時期，特別是一九八三年以後，他的創作風格有了巨大的變化。這時他主要寫小說，出版了《筍農林金樹》、《大學女生莊南安》、《小喇叭手》等短篇小說集及長篇小說《決戰星期五》、《大佛無戀》。小說的素材主要集中在兩個方面。第一大類仍是台灣農村生活，描寫台灣愈來愈嚴重的農村問題。第二大類則是校園生活，刻劃台灣教育體制的種種弊端。這些作品明顯表現出與現實社會問題的貼近和政治抗爭意識的增強，其筆觸顯出無所顧忌、不加掩飾的直接和尖銳。如果說林雙不的早期創作感應和得益於當時崛起的鄉土文學，而其八〇年代初的轉變，則與高雄事件等的刺激以及台灣社會的嘈亂變動不無關係。

包括三十篇系列小說的《筍農林金樹》在林雙不創作中堪稱一個重要的過渡。小說副題「台灣島農村人物誌」，寫的全是農民及其子弟。作者塑造了許多生活貧困、地位卑微但具有美好、善良品格的農民形象，如老一輩農民爲了栽培下一代成才，不惜含辛茹苦，作出極大的自我犧牲。〈憨面田的心肝火〉中的阿怨，雖然淪爲脫衣舞女，但仍保持潔身自好的骨氣，面對凌辱，寧死不肯屈就。他們使人想起黃春明等早期鄉土文學中的某些人物形象。

然而林雙不又有不同於一般鄉土文學的獨特性格。作者固然將這一系列小說按所描寫生活的時間順序加以排列，從而使台灣近百年來各個時期的社會面貌、時代特徵得以凸顯——上一世紀末台灣同胞反抗異族入侵的血淚鬥爭；本世紀五〇年代台灣農村不得溫飽的貧困寒素；六〇年代開始加劇的商業投機和基層官僚腐敗；七〇年代的社會財富膨脹，年輕一代的離鄉進城和代溝，以及日益猖獗的封建迷信和詐騙、倒債等經濟犯罪；八〇年代的社會風氣敗壞、環境污染、社會資源分配爭執、官商勾結坑害農民……一一在作品中展現。在爲數不少的小說中，林雙不爲日暮途窮的絕望老農安排了自殺的結局，顯示作者雖然對農民滿懷同情，但在現實主義創作原則下，能洞察並寫出農業社會的必然沒落，爲其唱起了輓歌。然而，林雙不和一般鄉土文學作家不同，他並沒有特別地傾心於鄉土和傳統根性的追求，也沒有在一篇作品中凸顯出社會文化的變遷和新舊價值觀念的衝突。林雙不的每篇作品，均只描寫某一時期的農村生活景況，只有將所有作品串聯起來，才能展現歷史的進程和文化的變遷。其作品中表現得更爲突出的，是台灣社會（特別是農村）存在的階級差異、階級矛盾和階級鬥爭，其作品反映的社會變遷，主要並不是文化價值觀念的嬗變過程，而是階級矛盾、階級鬥爭益發趨於激烈的變遷歷史。這是林雙不作品不同於一般鄉土文學的獨特性格。它們和施明正等的「牢獄小說」、「二二八小說」一起，都代表著鄉土文學的現實批判精神向政治領域的掘進。

林雙不透過他的系列作品揭示階級壓迫、階級剝削和階級矛盾的不斷激化，而這與政治制度本身有最緊密的關係。因此作者自然而然地將其批判鋒芒指向「政治」。《筍農林金樹》小說集的強於一般鄉土文學作品的政治批判性，即表現在它描寫發生的各種事件及其發展變化時，未必揭示其經濟上、文化上的原因，而是常著重發掘其政治層面的原因。如危害最直接、最嚴重的，是官商勾結坑害農民的問題，這成爲林雙不描寫的重點。〈筍農林金樹〉一作描寫官府硬性規定蘆筍改由農會統一收購，而實際上是官營的農會則和商販勾結，任意壓低收購價格，從而造成筍農的重大損失乃至破產。又如對於環境污染問題，許多作家常將之歸於工業文明的荼毒，而林雙不仍從政治角度入手，著重揭露官商相護乃造成並加重環境污染的重要原因。〈老村長的最後決戰〉中因化工廠的污染而稻米絕收和患病死亡的村民怒斥道：「不要陳情了，無三小路用！……自古以來，大官虎和生意人就褲帶結相連，大官虎當然掩護大生意人，西瓜依大邊。別人的兒子死不完，政府不會管我們的死活！」可謂道出了農民對官府本質的深刻認識。法律問題是林雙不集中探討的另一重要方面。小說中人物——實際上也是作者——認爲，貌似公平的法律，其實乃代表上層社會的利益，用於欺壓下層人民的工具。如〈搶案發生以前〉中資方藉故拖欠工人半年工資並關廠停產，造成工人的失業，然而維護工人有關權益的「勞動基準法」第二十八條卻已被立法委員們決議刪除。林雙不透過這些小說，表達了他對台灣現實政治的階級本質的認識，以及他對於這種政治的極端不滿和批判。

林雙不小說的政治批判性，在校園題材作品中有了進一步的加強。林雙不熱衷於這一題材，原因之一是他長期在教育界工作，對圈內的生活，特別是其弊端，有親身的觀察和感受。其中政治弊端仍成爲林雙不審視、批判的首要目標。如短篇代表作《大學女生莊南安》、《小喇叭手》等，著重對在校園裡實行僵硬的制式管理乃至實施特務政治的教官制度加以猛烈的抨擊。在長篇小說《決戰星期五》、《大佛無戀》中，作者以自己對教育界的多年觀察乃至曾經發生過的眞人眞事爲素材，描寫學校校長、訓導主任等利用手中權利仗勢欺人，公報私仇，壓制和迫害學校師生，以及他們本身的種種卑劣心態、齷齪行爲，並塑造了「林信介」這樣敢於對抗權勢，並向學生宣揚社會改革思想的教師形象。林雙不曾宣稱，在這些小說中，他堅持了寫實文學三原則，即記錄性、抗議性和引導性。❷

然而在這些「校園小說」中，也明顯可見作者的另一些企圖。這就是作者有意地渲染和突出台灣社會的「省籍矛盾」。林雙不在其小說中，常將是非、善惡之爭設計爲本省人和外省人的爭鬥。如《大佛無戀》中外省籍校長欺壓本省籍教師的事件發生後，作者讓小說的敘述者柯永強開始「有意義地」二分「台灣人」和「中國人」。❸《小喇叭手》中，學生和主任教官的矛盾，最後也演化爲學生家長爲代表的本地人與教官等外省人圍繞本土文化等問題乃至政治問題的抗爭。本來任何人群都會有好人和壞人的混雜，如果單純以人的籍貫等外在因素來爲人物貼上固定的標籤，不僅違背了現實主義創作原則，同時也可能導致政治上的偏頗。如果聯繫林雙不這一時期在社會上的諸多言論（可參見林雙不演講集《大聲講出愛台灣》等），這種偏頗就更爲明顯了。政治的偏頗同時導致藝術的退步。王德威在評述《決戰星期五》時指出，這本有意象徵一場「學生與教師決戰，教師與教師決戰，教師與校長決戰，島內與島外決戰，黨內與黨外決戰，還有最原始的，男人與女人的決戰」的小說，以其百無禁忌、嘻笑怒罵、嘲謔恣肆的筆調而具有「殺傷力」，但他「敘述的方法卻似染患了上吐下瀉的虎烈拉——『放』即不可收拾」；「作者似乎太不放心讀者的領會能力，因而把肚裡的貨，不問好壞，一齊泄出。我們讀者忙著淌渾水之際，不免窮於分辨何者是他要諷刺醜化的，何者是他要頌讚美化的」；而這種曖昧現象也出現於《大佛無戀》中。❹如果說《筍農林金樹》無論在主題思想上或是在藝術表現上都不無可取之處，代表著林雙不創作的一個高峰，那此後的創作則常超出某種必要的「限度」而走向反面。林雙不和宋澤萊一樣，代表著分裂後的鄉土文學作家走上片面強調「台灣意識」的一翼，這時其作品中的政治因素對其藝術性造成了極大的斫傷。八〇年代中期以後的林雙不，完全證明了這一點。

陳燁是八〇年代崛起的一位草根性強烈的新世代女作家。她本名陳春秀，一九五九年出生，台南市人，台灣師範大學國文系畢業，後於中學任教。著有小說集《藍色多瑙河》（一九八八）、《飛天》（一九八八）、《燃燒的天》（一九九一），以及長篇小說《泥河》（一九八九）等。

與一般女作家的纖細多情的筆調不同，陳燁以其渾厚質樸的筆觸建立了獨特的陽剛風格。最明顯的特徵，在於她的小說融入了一個台南望族的家族身世背景，凸顯出府城特有的地緣色彩；而這複雜的家世背景，又有助於作者所致力的對於複雜人性的挖掘。原來陳燁的父親從小過繼給陳姓大房，父親的生父（陳姓三房）卻續弦了母親的再嫁生母，這兩位作者親生的祖父和外婆，後來又撮合了浪蕩半生的父親，和自小過繼他人、爲籌措養母喪葬費結婚復離婚的母親——在作者剛出生時，她帶來了五位失父的異姓兄姐，其中大哥因政治事件坐過牢，二哥是徘徊在黑社會邊緣的浪子，三哥因嫉恨殺人止在牢中，四哥是個沉迷於「大家樂」的苦悶工人，五哥是流動攤販需躲避警察；而母系親戚在台灣的「經濟奇蹟」中蛻變成暴發戶後，便一再挑剔起母親二嫁的羞恥。「對於這樣繁複亂愕的家族關係，我卑微的生命既無力挽回陳氏望族的尊嚴，也無法改變母親兄姐們的困厄境遇；唯一能做的，只是憑藉著這支還不夠圓熟的筆，爲這些生活在台灣歷史、社會及政治運作下的親人做記錄。他們對生命永不休止的奮鬥，都是我源源不竭的創作動力；他們的憂樂悲喜，更交織成我小說裡的有情天地。」❺這就點明了作品的寫實基調和家族背景的異色情調。

這種特色在小說集《藍色多瑙河》中表現得最爲充分。集子中的人物大多爲現實生活所困厄，這種困厄並非一時的或偶然的，而是如一張巨大的網罟，籠罩於人們的頭上，讓人無從逃避，也無從突破。用小說中的話講，就「好像穿了洗不清淨的濕衣褲，肌膚黏著鼻涕濃痰，甩不掉，叫人嘔吐」。如寫三哥一家的〈天堂的小孩〉，父親因母親「偷客兄」憤而殺人坐牢，安良則成爲母系和父系親屬爭吵的出氣筒。小說將小孩那無辜、無助的處境和面對成人暴力的惶惑恐懼心理表達得淋漓盡致。〈夜戲〉中的遲暮女子〈母親〉追求兩情相悅的眞正愛情終不可得，而〈春江〉中的「我」排拒無愛的制式婚姻而追求情投意合的眞愛，卻陷入了無法釐清的欺罔羅網和「龐大的黑暗」之中。除了肉體的困厄外，更有著精神上的窘迫和戕賊。繁複、不幸家族以及神秘、衰敗命運的陰影，始終覆蓋著作品的角角落落，構成一種焦躁、鬱窒、悲悒的精神氛圍。小說中那一環連接一環的無從掙脫的困境，市井社會小人物的焦慮、憤恨、無奈的幾近病態的心理狀態和「浮游生物」（語見〈玻璃千〉）般的頑強生命力，很容易讓人想到王幼華的作品，而那織結家族傳奇而溝通內在深層生命的內容，則更可看出作者所喜歡的拉美文學大師馬奎斯的影子。

陳燁常以「大河」意象作爲作品的象徵。這大河有時雲霧低鎖，泥沙沉滯，有時洶湧澎湃，翻滾向前，有時則寬宏廣納，悠悠流向天際，象徵著作者「以悲憫的情感化解脆弱人性所造成的仇恨」的期望，同時也強化了陳燁小說的陽剛氣質。當然，這種其他女作家較爲少見的陽剛氣質的出現，還因作者對於政治題材的大膽涉入。如《飛天》小說集主要捕捉和鋪陳了當前校園中的形形色色的問題。特別是〈縱火者〉等，涉及了情治部門在校園延伸所造成的恐怖陰影及其對青少年心理的斫傷。被作者視爲其小說創作的「重大轉捩點」的中篇小說《藍色多瑙河》，試圖「藉著寬諒、包容的親情，來記錄五〇年代的政治受難者，如何艱辛地重回台灣的生活軌道裡」❻。

《泥河》堪稱台灣文壇上第一部長篇的「二二八小說」。小說分爲「霧濃河岸」、「泥河」、「明日在大河彼岸」等三部曲。它的特點在於：不僅直接呈現二二八事件的火光血色，更將大量筆觸放在描寫事件對台灣人民產生的長期、深遠的影響上。它著重以數十年後的現在爲描寫對象，揭示事件不僅直接導致某大家族的破敗和瓦解，其陰影更如夢魘般幾十年仍未消散地籠罩著所有人的生活。這樣，小說既是對歷史的反思，又是對現實的鑑照，正是在歷史和現實的連接點上，凸顯了強烈的政治批判意義。但即使是這些「政治小說」，作者的以家族歷史爲背景的特點和注重於複雜人性的挖掘描寫的取向，也並沒有根本的改變。

楊照雖然在八〇年代就開始小說創作，但成爲一位眾所矚目的多產小說家兼評論家，卻是九〇年代以來的事。他本名李明駿，一九六三年生，台北市人，台灣大學歷史系畢業，後於美國哈佛大學攻讀博士。著有小說集《蓮花落》、《黯魂》、《獨白》、《紅顏》、《星星的後裔》、《往事追憶錄》，長篇小說《大愛》、《暗巷迷夜》，散文集《迷路的詩》等。

楊照眾多的評論，顯示了鮮明、強烈的本土立場，而對台灣當代政治歷史發展的深厚關注，構成其小說創作的重要動力。因此，二二八、冤獄、懸案、家族歷史、知識份子的理想和幻滅等等，構成其小說的重要題材和背景。然而，與前行代的充滿涕淚悲情或血淚控訴的同類題材作品相比，楊照的小說具有更迷人的可讀性。一方面，他的小說仍充斥著作爲寫實主義最基本單位元素的現實時空片斷，讀來順暢明瞭；另一方面，他的小說又不拘限於傳統的寫實主義的敘述模式，而是不斷玩出分解、拼貼、重組等各種新鮮的「花招」。如《大愛》採用了一個富家女與貧家男逾越階級差異的通俗羅曼史的故事框架，「以一段青梅竹馬的朋友之情或男女之愛不堪回首的滄桑歷程來反映象徵整個時代社會的變遷」。與此同時，小說又穿插不少引人發噱的笑料隱喻、雋永動人的奇聞軼事，並包含著一般通俗羅曼史所未見的諧擬嘲諷的意味。小說諧擬的主要對象乃「三三」式「才子佳人校園戀情融合民族大愛的言情體」。憑藉著這種諧擬嘲諷，小說「反顯出台灣解嚴以來政治權威的階層秩序與反共復國神聖史詩的大敘述體解咒除魅的抓狂歷程」❼。

稍後又出版的《暗巷迷夜》仍延續著歷史浪漫傳奇的路數而更見成熟。小說中一對姐妹淑玲和淑芬，共同擁有一段不足為外人道的家族往事，後來卻由親而疏，竟致斷絕往來。某大學台籍政治系副教授蔡政達當年曾與這對姐妹為鄰，因著偶然機會，他成為姐妹之間的傳話人，透過電話或訪談，為姐妹倆建立起間接的對話，而那如煙的往事，即經由第三者的述說而源源不斷地傳達出來。小說利用了日本推理小說的形式，圍繞著鄰家的滅門血案等，敷衍了一則則撲朔迷離的線索，將破碎的家庭、青春的愛戀、奔流的情欲、政治的迫害、學界的暗潮、金錢的糾葛……纏繞一體。經由蔡的穿針引線，姐妹倆記起原已被遺忘的，也忘掉不願再記起的。而在那黯影幽光、迴旋掩映的圖案間，有一處記憶的死角潛藏不露，那是兩姐妹既想不起、卻也忘不掉的生命創痕。因此，如何表白、敘說這想不起卻又忘不掉的創痕，「成為小說中的兩姐妹的執念，也成為楊照寫作上最大的挑戰」❽。小說的表層主題固然是控訴二二八以來台灣人的血淚，揭露國民黨對島民的身體和精神的壓迫，而更深一層，卻是述說著歷史血淚的「難以述說」性。為此，小說並非一了百了的政治文宣，而是一場場綿延迷離的「不成功」的歷史見證，「惟其『不成功』，我們乃更加驚慟歷史加諸我們的暴力，一至於斯，也更須敬謹的在回憶的暗巷中，摸索前進」❾。

雪眸本名林國隆，一九五一年出生於苗栗，成功大學中文系畢業，曾任中學教師、工廠作業員、雜誌社編輯等，出版小說集《明天》、《有情》、《十字架上》等，一九九四年前後則接連推出了《悲劇台灣》、《坦克車下》、《惡淵荒渡》等「小長篇」。在文壇上，雪眸傾向於獨來獨往，不黨不派，有文學界的「孤雁」之稱，爲文外貌冷峻，具備客家人特有的硬朗作風，對於文字又有極自主的講究，建立了獨特的藝術風格。

雪眸將其戲劇性的人生經歷和生活體驗寫入小說中，自然使其作品塗染一層特異的情調。早期作品著重表現對現實桀傲不馴的叛逆，稍後則凸顯爲眾人慷慨悲歌的人道情懷，近年來則較多地涉入了政治的議題。如《悲劇台灣》以書中的三位主角代表當前台灣的「統」、「獨」以及自由派三種意識形態。老畫家朱安捷以其對民族大統的效忠而被視爲「統派」；他的得意弟子顏波岸成爲「街頭畫家」，並以大型壁畫《悲劇台灣》顯現了他的「獨派」立場；另一女弟子留學歐洲，選擇了不預設立場的自由主義。然而，從這部小說中也正可「察覺作者軟化政治議題的企圖」，因這三種意識分歧都受到某種程度的顛覆，使這本書不致流爲政治工具，小說透過人物關係的描寫表露三派不可分的依賴關係，因爲他們生在同一塊土地上；明顯地，作者「力求拋開政治的膠著，而由對藝術生命的探討折射出更寬大的九〇年代台灣意識的認知問題」⑩。

上述作家都有較鮮明、強烈的本土意識，也都不同程度地將自己的創作和現實政治聯繫在一起。這與「解嚴」前後台灣民眾曾有一度政治參與的升溫不無關係。然而，除了林雙不外，其他的幾位都有不同程度的軟化政治議題的傾向。陳燁的小說流露和反映出府城民眾因歷史創傷而視政治爲畏途的特殊心態；楊照常爲其小說披上一層浪漫的乃至偵探推理的外衣，並熱衷以漫漶的歷史謎團揭示記憶之不可靠，歷史之無法重現，不可避免地削弱了小說的政治意涵。雪眸則以多元理念沖淡了對某一特定意識形態的執著。他們代表著分裂後的鄉土文學的強調本土意識的一翼，同時也顯示了這一脈絡隨著台灣政治環境和社會思潮的演變而呈現的相應的改變。

第三節　藍博洲：揭開白色恐怖的歷史迷霧

八○年代後台灣鄉土文學分裂爲強調「台灣意識」乃至「台獨」意識和肯認「中國意識」、追求國家統一的兩翼，其意識形態上的分歧自然體現於文學創作中。在「解嚴」前後延綿數年的「歷史翻案風」中，雙方作家均對光復至五○年代的那段腥風血雨的歷史投於極大的關注。強調台灣本土意識者特別喜歡以二二八事件爲題材，並在作品中有意突出本省和外省同胞相互對抗和慘殺的「省籍矛盾」。與此相反，另一部分作家並不局限於「二二八」，而是將更多的目光投向一九五〇年前後政府當局鎮壓左翼人士的白色恐怖歷史，並認爲當時發生的諸多政治事件的本質是階級之間的對抗和鬥爭。因此，表面看來僅是取材上的細微差別，實具有「統」、「獨」鬥爭的背景。

如果說統派領銜人物陳映眞在八〇年代初即以《山路》等小說首開對戰後台灣白色恐怖歷史的追溯，那稍後《人間》雜誌同仁藍博洲、鍾喬等，可說是這一主題的新世代傳人。藍博洲爲祖籍廣東梅縣的台灣苗栗人，一九六〇年出生，曾做過多種粗工，大學畢業後，於《漢聲》、《南方》、《人間》等雜誌擔任文字採編等工作，著有小說集《旅行者》，後致力於台灣民眾革命鬥爭歷史的發掘，出版了《幌馬車之歌》、《沉屍・流亡・二二八》、《尋訪被湮滅的台灣史和台灣人》、《日據時期台灣學生運動（一九一三—一九四五）》等書。

藍博洲的早期創作主要是收入《旅行者》集子中的五個短篇。青春期的「性」，是這些小說的一個共同的焦點。然而正如蔣動所指出的，台灣的性行爲的隨便和性觀念的閉塞之間存在不可思議的矛盾，使得青少年對於性難以有健康的認識，「藍博洲的小說便以極直率的方式觸動了青少年的性的禁區」，毫不避諱地寫青少年在性的反應上純屬官能的興奮和好奇，這樣的描述，「非但不是性的污穢與矯情，卻呈露了青春期少年對性極其純潔的、誠實的告白」⓫。藍博洲則自稱爲「習作」，宣稱：「除了鍛鍊寫小說的基本動作之外，我並沒有忽略或停止努力去圓滿自己的世界觀」⓬。

一九八七年進入陳映眞創辦的《人間》，是藍博洲創作的一個轉折點。他從此開始了對終戰前後台灣左翼革命者事蹟和五〇年代台灣白色恐怖史的田野調查和紀實報導。他的這類創作具有如下特點：

其一，藍博洲眞實地揭示了當時台灣社會的主要矛盾，乃是統治、剝削階級和被統治、被剝削階級之間的「階級矛盾」，而非所謂「省籍矛盾」。他認眞蒐集了光復初期簡國賢、宋非我等組織「聖烽演劇研究會」，排演話劇《壁》和《羅漢赴會》引起轟動的有關資料，詳細敘述了因「帶有挑動階級鬥爭的內容」而被警察局禁演的《壁》一劇的情節和演出過程，並廣泛引用了當時社會輿論的第一手資料。如在引用《民報》社論所言：「這劇是以一片壁爲界，一面演著貧者的悲慘生活情形，一面在描寫花天酒地的富者的極樂世界，以和平的方法解決這種社會矛盾，也許是信奉三民主義爲政者的責任」之後，作者評說道：「透過這篇社論向長官公署所提的警告，我們可以理解：半年後發生的『二二八』，其實乃是戰後台灣歷史發展規律下的必然，而『聖烽演劇研究會』的演出，則恰如其分地描寫了現實社會上『荒淫無恥與飢餓受難』的兩種生活，並且因此而受到感同身受的民眾們的熱烈歡迎。」⓭這實際上指出了二二八事件的發生主要乃是階級矛盾激化的結果。藍博洲還呈示了這樣的史實：其時國民黨捕捉殺害的是左翼份子，並不管他是省籍或非省籍人士，不少外省籍人士也慘遭槍決（《幌馬車之歌》）；而簡國賢在二二八時的當眾演講中，「除了批評政府的腐敗、官員的歪哥外，他還特別呼籲大家不要傷害無辜的外省同胞」（《尋找劇作家簡國賢》）……這些都證明了那些強調省籍矛盾的說法，並不符合歷史事實。特別可貴的，作者還不斷揭示五〇年代的白色恐怖具有國內和國際的雙重階級對抗的性質：「就國內而言，它是國共兩黨長期以來階級內戰的延續。就國際而言，它是戰後美蘇二體制對立下，在美國霸權主導下的全球反共大協作體系布局下的一個環節。」⓮這種世界史的視角，無疑是深刻的。

其二，藍博洲透過史實有力地揭示：當時社會運動和革命鬥爭的目標和理想，是消除欺壓、剝削等社會弊端，追求民主、自治和國家的統一，而非某些人所說的「台灣獨立」。作者引用當時擔任《自由報》總編輯的蔡子民所言：《自由報》的基調是台灣地方自治，此乃因國共「重慶談判」簽訂的「雙十協定」中規定要積極進行地方自治，實行由下往上的普選，「我們認為，當時台灣剛光復，經濟社會情況與大陸很不一樣，且在國民黨統治下，台灣人民處於無權地位，所以我們提出台灣高度的地方自治主張」⓯。這和所謂「台獨」，顯然有著南轅北轍的本質的區別。相反，無論是當時蒙難的革命者、社會活動家，或是他們的現在還活著的遺孀家屬，都表現出對「台獨」的不屑和對祖國統一的憧憬。《為了和平民主的鮮花開》一作中敘述一九八八年「中國統一聯盟建盟大會」上，頭髮斑白的蔣碧玉走向前列，面對群眾說：「中國統一不但是我父親蔣渭水和我先生鍾浩東的遺志，更是我一生的願望」，令作者也彷彿聽到了「歷史已經對面臨歷史轉折的兩岸人民，發出了要求反省、批判、團結、探索和重新出發與奮鬥的召喚」；而在接受長時間的採訪過程中，蔣碧玉在回顧那些可以令人充滿仇恨的遭遇時，總是以寬廣的寧靜的心情，不慍不火娓娓敘述著近現代的台灣青年，在追求民主、統一的路上所作的奉獻與犧牲，「這當中，一切扭曲、褊狹的民族觀，一切所曾身受過的侮辱、迫害，都在一種宏觀的歷史下沉靜了下來」。

其三，藍博洲注重人物形象塑造，努力再現當年蒙難左翼人士的英雄形象和光輝人格。這些人數十年來被政府當局醜化為邪惡的乃至青面獠牙的罪犯，藍博洲則還他們充滿正義情感和理想、甘為民眾福祉奮鬥獻身的熱血英雄的本來面目。如《尋找劇作家簡國賢》詳細描寫了簡國賢不僅以話劇創作表現了對階級剝削現象的抨擊，而且在日常生活中處處關愛他人，實踐其平等、博愛的理念。流亡中，「即使只是幾塊餅乾，他也一定讓那些小孩平均分著吃」；甚至在獄中，簡國賢也「從來不曾考慮過自己私人的利害關係，他個人的生活用品一直都讓全體公用；而有時候，他太太送食品來時，連隔壁的難友也能分享得到」。作品中並未有慷慨悲歌的壯烈場面，而是娓娓述說著革命志士對理想的執著和為此所作的腳踏實地的工作。那種一片肉、一口飯、一件衣也要與難友勻分共享的胸襟，那種「安得廣廈千萬間，大庇天下寒士俱歡顏」的理想，必然深深叩動人們的心扉。作品所具有的強大藝術感染力，部分的就來自這種人格的力量，眞相的力量。從這裡也可看出藍博洲等與林雙不等「本土派」作家的區別。後者的「二二八小說」所刻寫的人物大多是遭受迫害後消沉、頹靡乃至發瘋的形象，這是因為他們未能以寬廣的胸懷、前瞻的眼光去發掘歷史人物的眞正的精神內涵，建立起面對創傷的健康、積極的態度，而是沉溺於所謂「台灣人」的「悲情」中難以自拔，其精神境界和感染力難以與藍博洲等作品相比。

其四，在藝術形式上，藍博洲主要採用具有感情色彩的紀實筆觸加以敘述和描寫。藍博洲立足於田野調查，其作品大多是言之鑿鑿的歷史資料，或是作者歷盡千辛萬苦尋找當事人和知情人的採訪記錄的梳理和連綴，具有無可辯駁的眞實性和可信度。這一點，又與宋澤萊、林雙不等的虛構的乃至奇幻色彩的小說作品有著極大的區別。然而，與一般的歷史著作乃至一般的報導文學作品不同，藍博洲不僅塑造英雄形象，以人格、眞相的力量感人，而且在作品中重筆刻寫一些情感的片段，或在作品中融入自己的濃厚感情。作者常將其田野調查的細緻過程，包括線索的發現、對象的尋覓、採訪的經過等，也一起寫了出來，這就便於作者將此過程中個人的切身感受和情感波動等，也呈現於讀者面前，不僅增加了可信度，也增加了可讀性和感染力。作者對於眾多的第一手資料，並非流水帳式的羅列，而是有所選擇、剪裁和排比，特別是一些能夠反映人物的情感世界和人性內涵的片段，作者不惜筆墨地重彩塗抹和描繪，如王添燈被殺害後其七十歲老母的悲傷，簡國賢在獄中掛念、關心妻小的生活和得知刑期將近寫給老母、妻子的兩封遺書，以及作者本人在發現宋非我晚年的孤獨潦倒後，決定不再做職業性採訪，而是去探問一個可敬、孤寡的老人等片段，均有感人肺腑、催人淚下的藝術魅力。也許正是這種藝術的魅力，使得這些本屬於紀實、報導文學範疇的作品，如《幌馬車之歌》、《尋找劇作家簡國賢》等，先後被不同的編者選入了爾雅版的年度小說選，甚至獲得了「洪醒夫小說獎」的殊榮。藍博洲的作品並不很多，但很有特色，無論在意識形態、政治文學的領域中，或是在紀實文學藝術形式的探索上，都有其特殊的意義。

第四節　鍾喬：以民衆劇場實踐「第三世界文學論」

鍾喬，苗栗三義鄉客家人，一九五六年出生於台中，自幼在福佬人的社會中成長。曾先後擔任《中國時報》記者、《人間》雜誌主編、優劇場團長等職，除了詩和小說外，更熱衷於報導評論。著有詩集《在血泊中航行》、長篇小說《戲中壁》，以及報導、評論集《回到人間現場》、《都市邊緣》、《亞洲的吶喊》、《邊緣檔案》等。

鍾喬最早的興趣在於詩。和藍博洲相似，求學時曾有過一段耽溺於卡繆存在主義的時期，孤獨、困絕、叛逆，與合辦《潑墨》詩刊的朋友們，「相互猬集在高高的塔樓上，宣洩著虛幻的苦悶與空虛」[16]。一九八一年，在台北念研究所的鍾喬開始參與社會運動，並成為其自我反省的開始，文學的社會功能，成為鞭策詩人由浪漫、玄想的彼岸世界回到具體、現實的此岸世界的重要信念。同時，鍾喬讀到了蔣勳的《少年中國》詩集，「從他自然、朗闊的風格中，我看到了民族、歷史淵遠流長的血脈；更深刻地體會到，原來個人、生活的起伏跌宕，也存在著這麼豐厚的精神泉源。」從此立志「走出個人落寞、感傷、甚至陰晦的心靈領域，朝著人生活的鄉村、城市、海隅，去索尋文學感人至深的生動圖像」。[17]

結集於《在血泊中航行》中的詩作，有著蔣勳式自然、朗闊、雄勁的浪漫主義風格，字裡行間貫穿著「唐山到台灣」三百年歷史的悲壯情蘊和島嶼河川山野的鄉土氣味，喜歡採用諸如炎陽、風暴、湖泊、回流等大自然的意象，這一點上甚至帶有聶魯達之風。但和蔣勳的呼風喚雨、積極向上的基調有所不同，鍾喬詩中更多的是懷舊的情調乃至蕭索的悲泣、無奈的嘆喟。他寫著路過家鄉〈小鎮〉的鄉愁：「每一次的告別，／都是在荒涼的暗夜，／每一次的回首，島嶼，／彷彿都垂下悲馴的淚水」；寫著〈廟前〉的老人：「他的老伴過世之後，／洪水曾經沖垮家園，／卻淹不去他腳下的土地」；還寫著

〈新墳〉：「我死了，躺在闃靜的地底，／你還悲哀地活著。／我死了，躺在這片新墳下，／你卻躲在破舊的門廊邊」；有時更近乎絕望地詠唱道：「失去的不只是藍天，／還有層疊的山脈，／潮汐湧進的海灣。」「失去的不是禁忌，是愛！」「失去的是光，不是黑暗」（〈失去的是光，不是黑暗〉）。對此作者並非沒有自覺。他反省道：每一次面臨轉型的衝擊時，始終缺乏思想深度上的釐清和調適，因此整理、翻閱舊作時都會發現，「原來自己內心曾經埋藏著這麼多的彷徨與困頓；這麼多的無奈與喟嘆」；然而，「這樣困頓苦索的文學性格，多少反映了，作者在面對往而不返的文化頹敗現象時，仍然堅持嚴厲的自我批判的寫作風格；並深信，唯有在衝突、激盪中持續推進，文學才成為了革新行動中的一部分。」⓲這就說明了這種悲戚的情調，其實包含著強烈的批判性。這種批判性，與他後來的報導文學作品有著一脈相承的關係。

在以激進的姿態參與社會運動後，報導和評論超過詩成爲鍾喬最主要的寫作體裁。在八〇年代中期，鍾喬寫的大多是社會報導。不同於藍博洲的焦點集中，鍾喬的涉及面較爲廣泛，舉凡環境保護、民眾生活、社會運動以及原住民、都市邊緣人……都是他關注的對象。其特點，一是他並不拘限於就事論事，而是常將對象放置於大的時代、社會背景中加以考察，從而得到較爲深刻的結論。如在考察台灣成爲觀光資源的溫泉時，他進一步將它「納入了深層的社會分析架構中」，探討「其背後存在的政治、經濟發展背景」（《最後的溫泉鄉》）。其二，鍾喬努力貫徹以「人」爲中心的理念。他認爲，長久以來的政策，都是以統計數字、利潤率、生產效率、國際政治……而不是以人——他的精神與物質的福祉、他與大自然的關係、他的尊嚴與價值、他的文化需要——爲核心。他試圖反其道而行之。如在考察鹿港的反杜邦運動時，他發現大眾傳媒極少有報導鹿港廣大居民的意見、感受的文章，由此論斷：「台灣的經濟發展問題的討論中，依然缺少了民眾的觀點。」因此他的〈用鹿港人的眼睛來看〉一文，即著重於對鹿港一帶現地各階層人民的採訪報告。

九〇年代開始，鍾喬將他寫作的重心放在報導劇場、電影等與表演藝術相關的議題上。另一個變化則是愈來愈強調一種「參與式觀察」。他認爲，報導固然需力求客觀，但並不意味著報導的眞實只能在假象的客觀上打轉，在寫出一篇篇現場報導的同時，「我緩慢地了解到掌握社會結構性脈動的重要性。沒有觀點便很難去觀照事實背後的眞實。」當然，觀點一旦過度氾濫，又會形成喪失美學自主性的危機。在從事表演藝術的報導工作上，「如何從體制化的政、經決定論裡『疏離』出來，重新賦予表演藝術的美學空間，同時又不忘政、經環結的觀照？這是我經常面對的主題。」⑲

透過「參與式觀察」，鍾喬將其寫作的焦點集中於下述兩個界面：

・歷史與人民記憶的復甦。

・亞洲經濟流動中的支配→被支配或支配→反支配的關係。

關於前者，鍾喬試圖以發生於五〇年代的白色恐怖爲素材，經由小說、劇本創作與演出呈現「記憶的眞相」，亦即希望能從體制化的歷史中走出來，重構人民記憶的當代意涵。戰後初期台灣左翼劇作家簡國賢的生平事蹟，因此成爲鍾喬的首選題材。寫作中鍾喬驚訝地發現，五〇年代的白色恐怖事件，固然是官方刻意湮埋的一頁歷史，但同時有一種稱作民間反對力量的聲音，以截然有異於人民記憶的立足點，詮釋著他們想法中的歷史形貌。這二者（官方的和「台獨」派的說法）顯然都有悖於歷史的眞相，爲鍾喬所不取。鍾喬試圖透過自己在詳細調查基礎上的寫作，恢復歷史的眞貌。他稱：「歷史證言和事實眞相的具現，總在趨動著我們從體制所刻意遺忘的邊緣檔案裡去找尋人民的聲音。」[20]

長篇小說《戲中壁》就是一個明顯的例子。小說寫的是聖烽演劇社排演《壁》，並因此慘遭政府當局制裁的事蹟。關於這段歷史，政府當局總是試圖掩蓋由於其專橫腐敗而導致民不聊生、奮起反抗的眞相，而台獨派則不顧當時階級矛盾上升爲社會主要矛盾的事實，片面強調和突出當時居於次要地位的或只是階級矛盾的表現形式之一的省籍矛盾。這兩方面的正本清源，正是鍾喬所孜孜以赴的。如小說中寫道：在《壁》之前，基隆鐘聲劇團的張淵排演了一齣戲，講一個名叫「趙梯」（台語發音意爲「該打」）的接收專員的故事。坤松老大在解釋這齣戲時稱：「阮台灣人對外省人都有一種刻板印象，認爲他們該打……」而老伍繼續著他的話，說：「但是，外省人也有好壞之分啊！」宋非我並將此戲的演出情況放入每日廣播電台播放的「土地公遊台灣」廣播劇中，稱：「阮土地公看了《趙梯》這齣戲之後，向演戲的酒家女說，外省人也有很多好人，千萬別亂『梯』一陣喔！」這些都眞實揭示了當時省籍矛盾確已存在，但不少台灣同胞已能夠用階級觀點而非地域觀點正確地看待這一問題。

至於第二個界面，鍾喬試圖透過「民眾劇場」的推動，揭示亞洲乃至世界上第三世界國家在西方主導的資本主義體系中所處的邊緣位置和被支配的處境，以期喚起人民的意識覺醒。「民眾劇場」的倡導和實踐，成爲鍾喬對台灣文壇的另一值得稱道的貢獻。

一九九〇年六月間，已多年脫離戲劇活動的鍾喬，因偶然的機會，參加了在韓國舉辦的亞洲民眾劇場訓練營，對於民眾劇場的理念以及它在亞洲部分國家和地區的發展情況，有了較深刻的認識和理解。民眾劇場的理念，與鍾喬固有的現實主義文學觀念，一拍即合。他以此觀察台灣劇壇，發現八〇年代中期起興盛一時的小劇場運動，雖得以揚棄了反共意識形態或現代主義的既定模式，卻因過於強調實驗性的意念表達而無法吸引來自民眾關注的眼光，「表演者想從僵弊的制式化型態中脫離出來，卻又陷入另一種框架中：形式的創新，只爲服務叛逆的意圖，卻極少去關照一般民眾的生活。」㉑這一弊端，正是民眾劇場要加以克服的。

所謂「民眾劇場」，指的是「以民眾生活爲重心的劇場」㉒。它包含兩個要點，一是努力吸取民族傳統文化和民間藝術，拓展具有東方民族特色的表演美學；另一則是使劇場回到當前民眾生活的現場，承擔培養民眾自主意識的任務，使劇場成爲改造社會的預演。「民眾劇場」實際上是對數千年來西方表演美學體系的的一種反撥。鍾喬引用巴西籍的導演、劇作家奧古斯托．波瓦等「民眾劇場的先行者」的理論，指出：在西方支配了幾千年的亞里斯多德的表演體系中，觀眾將力量交由舞台上的演員，讓演員替觀眾思考並做決定，而民眾劇場的主要目的在於將劇場中處於被動位置的觀眾轉化爲主體，讓觀眾成爲戲劇行動中的演員，「民眾劇場的工作者應該將劇場表演帶到民眾生活的現場，讓鄉野或社區的居民能夠自主地以劇場來討論他們的生活」。

鍾喬進一步將提倡民眾劇場提高到對抗西方國家對於第三世界的宰制體系的高度上來認識。鍾喬認爲，當前全球第三世界進步文化運動的主要方向，是爲掙脫外來消費文化的惡質化影響，進而讓具體存在民眾生活當中的本土文化能夠重現生機，「亞洲第三世界民眾劇場，或以反映政治現狀，或以揭露戰爭罪行的風貌展現在民眾眼前。即使各國家或地區在對待現實議題上有著因現實處境不同而導致的區別，反對戰爭暴行，反對戒嚴統治的軍事獨裁體制，以及反對外來新殖民主義在政經體制上的支配，卻成爲亞洲民眾劇場的共通特色。」㉓值此國際冷戰解體，亞洲經濟圈將在國際社會登場的時刻，「凝聚亞洲第三世界民眾文化的力量，進而深刻地交流、互換民族文化的寶貴經驗，怕是刻不容緩的一件差事罷。」㉔

在台灣文壇上，八〇年代前期曾有過彭瑞金、宋冬陽等的「台灣本土文學論」和陳映眞等的「第三世界文學論」之爭。這一交鋒其實帶有「統」、「獨」論爭的意味。鍾喬希望透過「民眾劇場」的活動，加強亞洲乃至全球第三世界國家和地區進步文化界的相互溝通和聯合，共同反抗西方資本主義霸權體系，可以說是「第三世界文學論」的一次生動實踐。這一實踐表明陳映眞等前行代鄉土文學作家所揭櫫的「第三世界文學」旗幟，有了它的得力的新世代傳人。

第五節　苦苓：超越黨派的政治批判

台灣社會的多元發展和新世代作家逃脫老一代的政治恩怨、意識形態糾葛的傾向，造就了一種新型政治文學。它傾向於超越現實政治派別，對它所認定的醜惡的政治現象加以揭露和嘲諷。八〇年代的苦苓，可說是這種「政治文學」的典型代表。

苦苓（一九五五－　），本名王裕仁，原籍河北，在台灣宜蘭出生長大。一九七六年就讀台灣大學中文系時，與羅智成、楊澤等共同創辦台大現代詩社。八〇年代初期主編《陽光小集》詩雜誌時，相繼推出「嚴重關切現實」、「敘事詩」、「政治詩」等專輯、專號。苦苓作爲一位多產且多體裁的作家，著有詩集、散（雜）文集、小說集等數十種。

苦苓最早以詩名。一九八三年前寫就的三本詩集尙帶有較多的抒情氣質，但現實關懷、政治批判的取向已露端倪。這時的苦苓喜歡作歷史的回顧，每每因某一古蹟、古物而引發思古之幽情，進而思索一些比較抽象和恆久的政治問題，但總是又回到現實上來。如《埃及》觸及了君主與人民、統治者與被統治者關係的問題。這樣的歷史回溯，實際上已埋下了現實批判的種苗，只等積蓄更大的力量和勇氣噴薄而出。

詩集《每一句不滿都是愛》收錄一九八三年至一九八六年的詩作。這時的苦苓已正式踏入批判現行體制的政治詩創作領域，並一發不可收，成爲戰後新世代詩人中創作「政治詩」的前驅和重鎮。概括起來，苦苓的政治詩具有如下鮮明的特色。首先是絕不妥協、反對到底的批判性。苦苓宣稱自覺地與當時盛行文壇的「軟骨文學」劃清界限，儘管常會受到某種壓力，但他想要選擇的是「永遠站在人民的立場，扮演反對者」，做一名有話要說，反對到底的作家。[25]在〈反對者〉一詩的「後記」中，他引用諾貝爾獎得主、捷克籍詩人塞佛特所言：「一般人如果遭逢不義而沉默，或許是不得已；一個作家如遇不義而沉默，那就是撒謊！」苦苓顯然認同於此，《每一句不滿都是愛》中幾乎每首詩都包含著對某種不義的揭示和批評。如卷二「人間」較集中描寫了貧苦階級的困頓生活；卷四「歲月」較集中描寫了政治反對者乃至普通民眾在專制體制下如履薄冰的處境；卷一、卷四、卷五中的部分作品，透過對陷獄或流亡海外的朋友的懷想，揭露白色恐怖並表達爭取自由的理想。詩人的「有話要說，反對到底」的決心，也透過這些因從事政治運動而備受艱辛、甚至遭受生命危險，卻仍頑強鬥爭的人物身上表現出來。

超然於具體政治派別，對一切醜惡政治現象均加以揭示和批判，這是苦苓政治詩的又一鮮明特色。他自稱在台灣詩壇上是「最難歸出派別的」，既不喜歡笠詩社，也不屬於「春風」，更不受老右派詩人的歡迎，但作品在各門戶派系的刊物上皆有發表。苦苓明確宣告：「詩人，是天生的反對者」，在〈反對者〉中，他既反對K黨，這些「半夜使人失蹤的傢伙」，也憤慨於T黨，因「他們是以復仇爲樂的集團」。〈語言糾紛〉也有相似旨趣。

苦苓政治詩的第三個特色，體現於若干特殊的政治批判角度的採用。如有些作品著重揭示表象與眞相、符徵與符旨的相乖違，從而呈露某些政治現象的虛假性。如〈萬世之王〉中諷刺了那些想要當「萬世之王」的君主塗改歷史、弄假成眞的面目。〈忠烈祠對話錄〉虛擬祠內四位「烈士」的自白，顯露他們的「烈士」頭銜與他們的實際經歷的不符，進而揭示官方欽定「歷史」與事實眞相的悖離，瓦解了前者的權威。由於「歷史」乃統治者維持其統治「合法性」的依據之一，苦苓顯然找到了一個與眾不同而又深刻有力的批判角度。

除了強烈的批判性外，某種意義上說，苦苓的政治詩也是其迷惘心態的眞實呈露。這種迷惘與他的不黨不群的處世態度和父母分別爲大陸人和台灣人的成長背景不無關係。它常表現在對兩岸關係問題的關注和省思上。在三十歲時，他寫了一首〈三十年〉自訴衷腸：「眼裡漲滿了冰冷的淚水／我想親吻久別的土地／卻發現腰已不能彎曲／海水鏽蝕了我的一生／卻折不斷死硬的脊椎／認識每一隻飛過的鳥／忘記了所有親人的臉／送我回到陌生的家鄉／不如留在習慣的孤島……」詩人既要面對現實，扎根於生養他的寶島台灣，又不能忘記情於父祖之鄉的親友同胞。當這種複雜情緒投射於政治層面時，他同樣產生了兩難。他表白說：「在血緣上、文化上、思想上，我實在無法自外於中國，『一刀兩斷』的做法，我是無法接受的」，但作爲一個實際上與大陸長期隔絕的台灣同胞，他也產生了「未來在哪裡／卜個卦看看／烏龜翻了身／救星沒消息」（〈飄〉）的悲觀和「我不知道風從哪一個方向吹」（〈那時侯〉）的迷惘。然而，這也是他以及相當一部分台灣同胞的眞實心態的呈露。透過思索，他希望台灣這塊土地上所有新生嬰兒的籍貫欄裡塡的都是「中國、台灣」。

八〇年代中、後期以降，雜文成爲苦苓最主要的創作形式和「戰鬥」武器。這些雜文具有更直接、強烈的批判性，其特點，或可用「廣」、「準」、「猛」等加以形容。

所謂「廣」，指苦苓觀察、揭示、批判的事物範圍十分廣泛。數以十計的雜文集，既有進行一般的社會批判和文化評論的，如《苦苓狂想曲》、《敏感問題》、《大男人和小女人》、《愛情講義》、《大戰婚姻》、《誰偏激？》等；也有著重對教育界存在弊端加以揭露的，如「校園檔案系列」的《老師有問題》、《少年叛徒》、《離校出走》、《校長說》；還有直接針砭政治，對官僚統治者加以無情嘲諷的「消遣名人系列」，包括《消遣名人》、《苦苓開炮》、《名人修理站》、《苦苓神話》等。這些構成了苦苓雜文的三大題材類型。以第一類（社會文化批判類）爲例，它涉及了男女婚姻、生態環保、大眾傳媒、交通住房……幾乎所有人們可以見到乃至想到的問題。像《敏感問題》一書分爲「觀念篇」、「兩岸篇」、「政治篇」、「社會篇」、「電視篇」、「體育篇」、「感情篇」、「教育篇」、「文學篇」等。僅「社會篇」中的〈便飯〉、〈地下鐵〉、〈投資公司〉、〈選美〉、〈愛國獎券〉、〈問題玉米〉、〈名節〉、〈汽車關稅〉等，就涉及了大吃大喝請客送禮、台北地鐵籌劃近二十年未見開工、地下投資公司非法集資而通行無阻、「選美」活動虛僞造作、政府當局貿然宣布廢止愛國獎券的輕率不切實際、政府當局處理進口劣質玉米的措施不力、不法商人對消費者的欺騙行爲、進口汽車關稅過高等形形色色的社會問題，可見其關涉面之廣。

所謂「準」，指苦苓常能準確地擊中問題的要害。或者說，苦苓並不停留於一般現象的羅列，而是立足於從表象看本質，從一般現象找出問題的癥結之所在。也正因爲如此，苦苓的三大雜文題材並非截然分開，而是相互交叉的，無論是社會文化批判或是教育問題揭示，歸根結柢常要挖掘到政治的根源。這一點，在「校園檔案系列」中表現得至爲明顯。如《校長說》一卷各篇，均採用「校長」演講、報告記錄稿的形式，讓校長在講話中自己露出馬腳，以揭示當前台灣教育界的種種弊端。其要者，一是制式教育，要求學生俯首聽話，斫傷學生的生命活力和創造力；二是校長及其他當權者只顧牟私利，不惜貪污、搜刮學生錢財，呈現對上逢迎拍馬，對下苛刻刁難等諸般醜態；三是整個學校籠罩著抑鬱、可怖的泛政治氛圍，校方動輒要揪「壞份子」，甚至布眼線，實行特務統治。顯然，這些弊端都可說是專制政治在校園裡的延續。校方一方面抨擊民眾的民主政治活動爲污染源，另一方面卻在校園裡大力灌輸維護政府當局統治的「好」政治。這種泛政治現象，甚至在中、小學課本、教材中都有其流毒。

所謂「猛」，指的是苦苓在周遭充斥各種禁忌的情況下，大膽觸及敏感政治問題，將批判矛頭指向了台灣政府當局的政要乃至頭面人物，揭其瘡疤，挖其疽癰，可謂無所顧忌，所向披靡，有如匕首般銳利和勇猛。在「消遣名人系列」中，「消遣」對象之多，對象官職之高，是其他作者很少可以相匹敵的。在寫於一九八九年的〈苦苓訪問苦苓〉一文中，對於爲什麼對國民黨罵得凶，卻很少責備民進黨的問題，苦苓自問自答道：「國民黨是執政黨，所作所爲都關係到全民的福祉，我當然義不容辭要盯得緊一點……至於民進黨或其他反對黨，根本上還是弱勢，何況我們很需要這些制衡的力量，我對他們寬容，不表示他們沒有缺點。如果有一天他們執政了而又幹得不好，當然我也不會放過他們的……」[26]由此可知，九〇年代以前苦苓的雜文，基本仍持不黨不派的立場，秉持政治民主、社會公正、發展自由等理想，對一切他視爲醜惡的社會現象加以透視和批判。近年來他的政治觀念、立場的某些變化，則有待進一步的觀察和評價。

苦苓還寫小說和散文，但顯現其強烈的政治批判性的，主要是詩和雜文。從藝術上講，苦苓的詩和雜文各有其可觀者。在政治詩創作中，他總能找到這樣或那樣的藝術形式，鍾煉出某種詩意，使作品有別於實用性的宣傳品，例如，他的詩在字行排列上靈活多變，並不拘守於一，但就某一具體的詩而言，卻常有略見整齊、對稱的結構和詞句複沓反覆的設計，賦予詩作某種節奏感。當然這不是濫情的一唱三嘆，而是質問的激切，追尋的執著，造成層層遞進的氣勢。苦苓詩的語言似乎平白如話，卻是經過詩人精心鍾煉的精緻、準確的文學語言，讀來簡潔流暢。爲了增添詩質，苦苓有時將對比、象徵、意境塑造乃至詞性變換借代、音樂上的和音設計等運用於作品中。除了形式外，更重要的是詩人把個人小我的經驗，「擴大成某種象徵來看」，投射進歷史的光影，而詩的含蓄性，能使詩人的某些比較模糊的意念、迷惘的感觸、隱曲的衷懷透過詩加以表達。與此相反，雜文顯得愛恨涇渭分明、批判鞭辟入裡，而其藝術特徵，在於多種多樣諷刺手段的巧思和巧用——有譏嘲，有反諷，有讓對象「現身說法」而自己露出馬腳，也有欲擒故縱的「歸謬法」。如收入《敏感問題》的〈授田證〉一文，作者先從所謂「戰士授田證」的發放中看出爲政者的虛僞、社會制度的不公平，以及受害老兵的悲慘境遇，此後突發奇想，稱：「中央民意代表」（即「老國代」）每個人非要三百五十萬不肯退職，全體納稅人又捨不得花這個錢，何不每個人頒給他們一張授田證呢？可謂以其道反治其人之身，一箭雙鵰，令人啞然失笑，痛快淋漓。也許「解嚴」後，一方面言論尺度得到開放，另一方面，台灣也陷入社會更爲混亂、政治鬥爭更爲激烈的境地，因此苦苓已不必也來不及錘煉含蓄象徵的詩語言，而是更多地採用能快速反應的雜文形式，益發成爲一個主要從事雜文創作的多產而暢銷的作家。

註釋：

❶王灝，〈從碧竹到林雙不——黃燕德的散文觀及作品小探〉，林雙不編，《散文運動場》，蘭亭書店，一九八三，頁一九七。

❷林雙不，〈我的校園寫實文學〉，《大聲講出愛台灣》，前衛出版社，一九八九，頁一六六。

❸高天生，〈現實迷霧中升起的燈盞——小說社會學〉，《自立晚報》，一九八八．四．二十。

❹王德威，〈要發洩，還是要排泄？〉，《中國時報》，一九八八．十一．十四。

❺陳燁，〈文學之路——忠實的記錄〉，《藍色多瑙河》代序，聯經出版公司，一九八八，頁二——三。

❻同上。

❼路況，〈反寫實的煙幕迷霧——評楊照的《大愛》〉，《聯合文學》，一九九二．四。

❽王德威，〈回憶的暗巷，歷史的迷夜〉，《聯合文學》，一九九四．四。

❾同上。

❿許聖瑤，〈藝術和政治的疊合〉，《中國時報》，一九九四．八．十一。

⓫蔣勳，〈告別青春〉，藍博洲，《旅行者》序，爾雅出版社，一九八九。

⓬藍博洲，〈開始和結束〉，《旅行者》後記。

⓭藍博洲，〈尋找台灣新劇運動的旗手——宋非我〉，《聯合文學》，一九九三．四。

⓮藍博洲，〈「特赦令」歧視下的「另一種聲音」〉，《幌馬車之歌》，時報文化出版企業有限公司，一九九二，頁三二一。

⓯藍博洲，〈永遠的王添燈〉，《幌馬車之歌》，頁三八。

⓰鍾喬，《在血泊中航行．自序》，人間出版社，一九八七，頁二二。

⓱同上。

⓲同上。

⓳鍾喬，〈自序：報導人的邊緣檔案〉，《邊緣檔案》，揚智文化事業股份有限公司，一九九五，頁四。

⓴同上，頁七。

㉑鍾喬，《亞洲的吶喊》，書林出版公司，一九九四，頁一五〇。

㉒同上，頁一五四。

㉓同上，頁七五。

㉔同上，頁六七。

㉕苦苓，《每一句不滿都是愛》，前衛出版社，一九八六，頁一四〇。

㉖苦苓，〈苦苓訪問苦苓〉，《苦苓開炮》序，自立報系出版部，一九八九。

第五章　文化視線的再開拓

第一節　文化型態和深層心理結構探幽

雖然一些戰後新世代作家承續鄉土文學精神，關注著社會的階級矛盾和差異，不惜以筆墨方式乃至親身投入於政治鬥爭中，但隨著時代的變化，人們已經感覺到，階級的和政治的鬥爭，並不是社會生活的全部，也不應該是作家關心的唯一場域。他們試圖將文學的視線擴及更廣泛的文化層面，或宏觀地歸納台灣社會文化型態的特徵，或探討生長於這塊土地上的人們的深層心理結構，或致力於同胞健康、理想人格的形塑，或傾心於民俗文化的記錄和呈現，或熱衷於將中國傳統文化中的「禪」融入現代生活之中，使之起某種調節作用……極大地豐富了台灣文學的文化內涵。王幼華、王湘琦、龍應台、林清玄、阿盛等等，都對此作出了各自的貢獻。

比起凌煙、蔡素芬等，王幼華對於台灣社會文化變遷的全景式反映，有著更強烈的企圖心。而其深刻之處，在於他試圖對台灣社會文化的性質和特徵，作一總體的觀察和把握，並透過藝術形象加以表現。王幼華在其長篇小說《廣澤地》（一九八七）中曾以「沼澤」作為重要象徵，以沼澤地周遭人物世界作為整個台灣社會的縮影；在一次訪談中，更以「沼澤」意象為喻挑明了他的這種見解——「它豐富複雜，像介於河海與大地之間的沼澤一般，充滿生機。」❶這一認定，也許是相對於所謂內陸型文化和海洋型文化等概念的引申。不同於海洋的擴張、湧動和內陸的封閉、穩固，沼澤容百水而成淤，吸納、沉積、攪和多種成分，成為各種微小生命體生殖、繁衍的場所。因此所謂沼澤型文化乃是一種混合和拼湊多種文化組群而成的文化類型。由於特殊的地理、歷史、政經結構等原因，台灣似乎命定地成為多種文化風雲薈萃之地，而在當今進行著全方位的結構性變動的年代尤甚。外來的東、西洋文化挾持著先進物質文明長驅直入，滲透浸淫於社會各細胞；而固有的本土文化卻仍根深柢固，作為一種基礎因素發揮著不可抹滅的深遠作用。後者不僅包含了作為中華文化核心的中原文化因素，而且包含了中華文化的若干分支，如不同歷史時期先後進入台灣的閩、粵地方文化，以及台灣原住民文化等。王幼華小說極力展現的，就是多元、變動的文化格局及相應的價值觀所造就的魚龍混雜、泥沙俱下的「四不像」社會型態。例如，這裡演出著西方式「議會」選舉，而又蔓延了賄選、暴力以及情治部門監視、干擾等封建專制政治的毒瘤；這裡有高速發展著的現代科技和產業，也有城隍大廟、混玄太祖壇、五聖宮前的鼎盛香火，以及虔誠的信徒和裝神斂財的惡棍；這裡充斥著凶殺、搶劫、淫亂，但也不時傳出親情和母愛的聖歌，還有人試圖以孔夫子的「克己復禮」來解決伴隨繁榮而來的罪惡；大眾傳播媒體迅速成長和墮落，封建幫會、武術館之間的惡鬥頻仍發生；山下已是高樓大廈鱗次櫛比，山上卻仍是一片混沌未鑿的原始鄉村野趣，處於二者之間的是大堆無法處理的城市垃圾和違章建築；心靈灼傷的都市人迷醉於大自然的清純、神秘而遁入其中，淳樸的山地人卻不顧一切地撲向車水馬龍的大都市。最為典型的文化混雜現象甚至大量存在於社會基本細胞——家庭之中。上代人的勤懇、憨厚、敬業乃至愚忠、僵直與文化傳統的長期薰染有關，而不少年輕人卻眩惑於瞬息萬變的浮華世界，紛紛喪失其父祖堅持的古老價值和理想主義，任憑欲望氾濫和肆虐。對於這種文化現象進行較為集中的描述和闡發的，是長篇小說《兩鎮演談》等。如書中對「諸神同座」的五聖宮、義民廟、慈雲宮等以及共存的各種教會的反覆描寫，正可看做文化混雜現象的縮影及對其歷史淵源的揭示。

這種現象在王幼華眼中與其說是文化「融合」，不如說尚處於油水難融、流弊甚多的拼湊、混雜階段。不過他也並未絕望。因沼澤的污濁來自微小生命體的大量繁殖、生息、腐爛；而多種成分的沉積，正為這些微小生命體的生長提供必要的養分和適宜的環境。沼澤成為雙重的隱喻。它既是污穢、惡濁的，又是變動發展、充滿生機的。因此王幼華飽含感情地描寫各類浮游生物在這片溫熱的「廣澤地」中，以「無法抑制的驅動力」快速地繁衍、成熟。在現實社會中，對應於作品裡作為象徵的沼澤浮游生命體的，是掙扎在社會最底層的芸芸眾生，所謂「引車賣漿者流，老軍殘疾者流，力役勞苦者流」，乃至娼妓、罪犯、無業遊民、問題青少年、黑社會人物等，這些也就是王幼華所致力描寫的。在多種文化匯撞而形成的多重價值競爭下，這些社會的「浮游生物」被拋入隨時面臨挑戰的緊張狀態中，被迫培養他對當代台灣社會文化整體風貌及其演化變遷的獨特而又深刻的觀察。

如果說王幼華相當準確地捕捉和表達了當前台灣社會多元混雜、變動不居的文化特徵，另有一些作家則試圖從現實生活中探究深層的文化心理結構問題。王湘琦是其中頗爲突出的一位。其重要代表作亦即一九八七年獲得首屆《聯合文學》小說新人獎第一名的短篇小說《沒卵頭家》。小說描寫某漁村漁民羅患血絲蟲病，卻因舊觀念作崇而諱疾忌醫，導致整個村落的生計都受到嚴重影響。這些漁民們既愚昧又自大，習慣於自我解嘲，不論受到什麼挫折，都能很快地轉變爲阿Q式的精神勝利。作者以魯迅式的嘲諷筆調，揭示了中國漫長歷史文化型態所造就的國民劣根性的長期存在及其對現實生活的巨大危害。作者後來又發表的該作品的續篇，也有相似的旨趣。

羅智成多寫詩和散文，難得一見的小說作品《東岳計畫》，寫了一個「黑色正義行動」。主角陸仲明和他的幾個學生策劃「東岳計畫」，原想透過長期蒐證，最終將社會惡勢力的內幕曝光，藉以製造輿論，喚起民眾的對抗邪惡的自覺。在陸仲明發現自己患了腦癌後，遂改變了計畫，靠著從國外學來的高超技藝和購得的新式武器，自行對爲惡社會的人實行制裁，試驗能否對社會治安有根本的改善。這個「東岳計畫」實際上起源於對國民性的一種自我反省和檢討。陸仲明求學異國時，對當地居民有充分能力與權利保護自己權益的情形印象深刻，也影響了他對故鄉同胞「公善力」不振的反省。他認爲，公善力是善良沉默的大多數人遂行共同意志的力量，也是健康社會最根本的支柱，「正義的維護與遂形，是每個人對這個社會基本天職之一」。然而東方民族普遍缺乏這種「公善力」，「中國人被長期代理了這個天職後，忘了這個天職」。作者還透過人物之口，深挖這種國民性的傳統政治文化根源：「在東方，善良的人永遠是少數，分散、漠不關心的少數，壞人因此成為多數，壞人不節制力量，有組織有共同目標，主動而有意志，好人只好單獨躲避，彼此不知道連結的弱者，這是順民傳統下的必然結果」；統治者總認為善良百姓必須有如稚子，有如綿羊，全心依賴注定的代理人、父母官，「在那樣的國度裡，任何權利和好處都是被賜予的，正義尊嚴或身家性命，都必須仰仗上天或朝廷的德澤或施捨，不能自己來爭取……」

此外像吳永毅《聖人再世》中被政客利用為拉票工具的卑微而又自我膨脹的老嫗，也顯出阿Q式精神狀態。王湘琦、羅智成、吳永毅等的小說要麼獲獎，要麼被選入各類選集之中，這說明這一主題的創作，在八〇年代曾成為一個引人注意的小熱點。

第二節　龍應台：健康人格的形塑

龍應台原籍湖南，一九五二年出生於台灣。成功大學外文系畢業後留美，獲英美文學博士學位，並在美國高等學府任教，一九八三年八月返台，先後任職於中央大學和淡江大學美國研究所。一九八六年八月旅居蘇黎世，一九八八年五月遷居法蘭克福。著有《龍應台評小說》的她初以文學批評介入台灣文壇，卻以雜文創作刮起一陣更大的「旋風」。一九八四年十一月二十日，〈中國人，你爲什麼不生氣〉一文在「人間」副刊登出，引起出人意料的巨大回響，從此一發不可收。一九八五年三月「野火集」專欄開始，同年十二月，《野火集》正式出版，幾年內已突破一百版，成爲台灣有史以來在短時間內版次、銷量最多的書籍之一，文壇遂有「龍應台旋風」之稱。

《野火集》是從事社會批評的雜文集。與一般雜文一樣，作者指摘社會弊端，剖析社會病態，其中以環境、教育、政治方面的問題最爲作者所關注。如〈生了梅毒的母親〉敘寫了淡水河等的嚴重污染，〈啊！紅色〉刻劃了專制政治引起的政治過敏症，〈天羅地網〉抨擊當局無孔不入地進行思想灌輸的可笑舉動，〈精神崩潰的鼠〉則暗示著足於導致人的精神崩潰的台灣教育體制。

然而，《野火集》的與眾不同的特點在於，除了一般的社會批評外，更向文明（文化）批評的深層次掘進，將議論的重點放在如何建立一個具有健康人格的社會人群，因爲這是消除社會病態的關鍵。正如作者所寫：「台灣革新很難，一方面固然是由於許多制度的僵化……一個更大的障礙，卻是民眾本身的缺乏動力。」（〈台灣是誰的家〉）在〈不會鬧事的一代〉一文中，龍應台希望造就一個關心現實世界，能獨立地作價值判斷、有充分的道德勇氣、敢於行動的下一代，這或許可作爲龍應台心目中的健康人格的註腳。她處處以此健康人格作爲觀察、批評社會的參照系，同時也直接倡揚新人格的建立。龍應台對社會弊端的揭露，實際上也多服務於這一主旨。例如，在其成名作〈中國人，你爲什麼不生氣〉一文中，作者就明確表示，比環境污染、交通混亂等現象更令她生氣的，是國人的懦弱自私、姑息邪惡、不敢與壞人壞事作鬥爭的性格和風尚。這一主題在此後的雜文中一再涉及，成爲《野火集》的一個主旋律。由於現行社會規範和制度的弊端是造成有缺陷人格的重要原因，對此的揭露便成爲《野火集》的又一主要內容。如〈難局〉一文抨擊極其龐大而權威的社會規範對於活生生的「人」的忽視和框限。教育弊端是培養健全人格的最主要障礙之一，因此成爲龍應台最關心的問題。〈機器人中學〉揭露中學教育中限制學生正常活動的諸多框框及其對培養思考活潑、具有天馬行空般智慧的下一代的阻礙；〈幼稚園大學〉則揭露由於採取生活上「抱著走」、課業上「趕著走」、思想上「騎著走」的教育方法，致使國內大學生雖然聰慧、純潔、奮發，卻毫無獨立思考和處事能力，只會盲目服從權威的可悲現象。除了揭示不健全人格以引起國人警覺外，龍應台還在不少篇章對新的觀念、人格加以直接的闡揚。如〈「對立」又如何〉旨在闡釋民主的觀念，因爲這也是龍應台心目中健康人格必不可少的基本觀念。〈正眼看西方〉揭示國人掙扎在崇洋與排外之間的心緒，並探討如何建立客觀冷靜、不自大也不自卑的心態，以便使中國人從西方巨大的陰影中站出來。〈不一樣的自由〉則直接彰揚「有勇氣穿跟別人不一樣的衣服」、「有勇氣做一般人不敢做的事」的敢想敢說敢做敢爲精神。

在龍應台心目中的健康人格的組成中，「理性」占有舉足輕重的地位。她認爲，空有對生於斯長於斯的土地的一份情感是不夠的，還須有冷靜的理性的支持，因爲「判斷與行動需要堅強的理性」（〈不會鬧事的一代〉）。當有人指責她「嘩眾取寵」時，她明白指出，她所寄望投訴的，是個拒絕受「嘩」之眾，有深省與批判能力之「眾」。當有人說她只提出問題而無答案時，她鼓勵人們：答案「在你的自省與思索中，不在我這裡」（〈傳遞這把火——寫在出書前夕〉），意圖點燃人們的理性之光。實際上，龍應台的雜文本身就是理性人格的典型表現。例如，它表現出極強的獨立思考、判斷能力，絕不人云亦云，〈我的過去在哪裡〉對於某些人所謂保存古蹟是迎合西方人口味的論調的分析，即是如此。又如，它表現出極強的自我反省、絕不掩飾的特徵，在〈台灣是誰的家〉中，龍應台明確指出：有自信就不怕暴露自己的缺點和病痛，避諱或掩蓋才意味著信心不夠，才是眞正的危機。這種建立以理性爲核心的健康人格以及以「立人」帶動社會改革的不懈追求，正是龍應台雜文的靈魂，也是它區別於其他雜文的突出特徵。

龍應台旅居歐洲後所作、出版於一九八八年六月的《人在歐洲》，中心議題仍是如何才能造就一個大寫的「人」，彰揚的仍是開放、自由與理性。只是作者的視野更爲開闊，更多地站在「地球村」公民的角度來觀察問題，探討民族主義與世界公民關係，探討如何把人的價値擺到首位，眞正做到尊重人、關愛人。在該書題爲〈一隻白色的烏鴉〉的「序」中，龍應台述說了自己曾有的思想矛盾和轉變過程。由於自身在外國居住遭受的誤解和歧視，起先龍應台認爲就地球村的整體文化而言，「白種文化的絕對強勢所造成的世界同質化傾向，對弱勢文化中的作家毋寧是一種危機，一種威脅」，而世界各民族「談四海一家，必須先站在平等的立足點上」；稍後，她仍從切身經歷中體會到「在所謂種族歧視上，各個民族其實是相當平等的」，並從瑞典等西方國家確實存在的較高的文明程度以及世界上人與人的關係愈來愈密切的現實中，認同了七等生所謂「種族、國界，對我都沒有意義，我相信人的價值是唯一的價值，那價值是共通的」說法。這種矛盾和變化，在其書中不無表現。例如〈給我一個中國娃娃〉描寫受到黑人小孩抱黑娃娃的觸動而思考如何重新反省現行價值觀以建立必要的民族自尊。而〈斜坡〉則透過蘇黎世街道上照顧兒童和盲人的斜坡設計，體悟「富而有禮」的社會準則和理想。〈燒死一隻大螃蟹〉更將「地球村」的概念從人擴展到其他生物，顯示了更爲深遠的眼光和廣闊的愛心。

一九九六年龍應台返台出版的新作《乾杯吧，托瑪斯曼》有著異國漂泊的思鄉之情和對台灣社會文化的冷靜、深刻的觀察，被視爲「以長鏡頭閱讀台灣」之作。代替十年前《野火集》之強烈、直接的社會批判的，是作者「對台灣或對大陸的殷殷盼望」❷。在新書發表會上，龍應台講出她對當前台灣社會的觀感：這是個泡沫很多，相當庸俗的文化；剛自威權下解放的台灣社會，有如水壩的蓄水，原本被人爲結構所制約，洩放後經過亂石、淺灘，難免產生大量泡沫，發出喧嘩，必須經過沉潛和過渡，才有可能走到水深流靜、雍容大度的社會。❸

也許「龍應台旋風」的興起本身就是一個值得深入探討的社會文化現象。對此龍應台自己也有所涉及。首先，「旋風」的驟起說明這個社會確實是一個有病的社會。因爲「對一個健康人，你擰擰他的手臂，掐掐他的腿，他不會起什麼激烈的反應。相反的，一個皮膚有病的——不管是蜜蜂叮咬的紅腫、病毒感染的毒瘤或刀割的淌血的傷口——只要用手輕輕一觸就可能引起他全身的痙攣」（〈傳遞這把火——寫在出書前夕〉）。其次，它說明這個社會還遠非一個民主、開放的社會。「台灣如果是一個眞正開放的社會，什麼問題都可以面對，任何事情都可以討論，人人都可以據理爭辯，那麼《野火集》再怎麼『勇敢』也只是眾多火炬之一，不會引起特別的矚目。是因為我們的社會有特別多的禁忌——碰不得的敏感腫塊，『野火』才顯得突出。」（〈傳遞這把火——寫在出書前夕〉）其三，它又說明了社會文化的變遷。台灣正處於「轉型期」——從「一元化、權威分明的社會」向多元化社會的轉變，而人的追求也發生了巨大的變化。上一代人為之拚命爭取的衣食飽暖，這一代人早已垂手可得，他們當然不會以此為滿足，而要追求「更高層次的福：民主、自由、人權……」（〈野火現象〉）。正如吃過蘋果的亞當發覺自己的赤裸，於是急切地想看清現實，解決問題，臉上卻緊綁著蒙眼布，於是撕掉蒙眼布就成為廣泛的要求。這正是「焦灼的時代需要批判的聲音」，而龍應台的雜文適時地應運而生，表達出人們的心聲。

龍應台的雜文能引起那麼大的轟動，除了社會文化原因外，當然也有作者創作本身的原因。首先，龍應台所寫均為現實生活中與人們息息相關的事情，她的批判又是出於對「生了梅毒的母親」——台灣的熱愛，因此能引起廣泛的共鳴。其次，龍應台一改以往社會批評吞吞吐吐、不痛不癢的常見病，以「不戴面具、不裹糖衣」的直率和眞切贏得了讀者。其三，龍應台雜文內容上的理性特徵也貫徹到行文上，總是條分縷析，絲絲入扣，將意思表達得格外清晰而絕少情緒性或模糊的語言。她視讀者為朋友，以平等的姿態與讀者坦誠交心，並不想向讀者強行灌輸某種理念，而是引導讀者自省和思索，還常能向讀者講清利害，揭示事物未來的發展，這使她的雜文較易為人所接受。其四，龍應台的文章明快俐落，不賣弄詞藻文筆，舉例也淺顯通俗，這種脫盡鉛華的形象反而博得人們的好感。這些既是龍應台雜文廣受歡迎的原因，也是龍應台雜文創作的藝術特徵。

第三節　林清玄：禪佛文化與現代生活的鍛接

林清玄於一九五三年二月出生在高雄縣旗山鎮，世界新聞專科學校電影技術科畢業後，曾任職於《中國時報》，後專事寫作。他從七〇年代初開始文學創作，至今已出版報導文學集、散文集和少量的評論、電影小說等達數十部之多，成爲台灣文壇最爲多產而又暢銷的作家之一。

林清玄著作等身，但所有作品有其主要觀念和特徵貫穿其中。《林清玄文化集》的「自序」稱：在這些評論中，很早就確定了一個「寫作的一貫精神」，這就是「把評論定在文化的範疇，虛心的探究文化問題」，「訓練自己對一切事物的反應都用文化觀點來思考」。實際上，這也是貫穿林清玄繁多作品的一條清晰主線。或者說，在政治關注和文化思考之間，林清玄將重點放在後者；而在藝術技巧的經營和文化內涵的展示之間，林清玄同樣更傾心於後者。這正是林清玄創作個性之基點。

早期林清玄散文和報導文學並重的創作呈現如下特徵：

其一，它們具有濃郁的鄉土情懷，又具有特殊的文化關注。特別是報導文學創作，乃作者懷抱著當學生時立下的「對台灣鄉土人民單純的志願」（《海的兒女．自序》），深入廣大農村、廠礦考察、採訪而得的結果。在其報導文學處女作《行遊札記十帖》中，作者將那瀰漫著甜涼香味的鄉野泥土視爲自己的立命之處，並以大量的筆觸描寫和讚頌鄉村勞動者平凡而偉大的品格。當然，這些報導文學作品對諸如社會轉型中農村的衰敗（〈香蕉王國滄桑記事〉）、煤礦工人生命和健康的無保障（〈最黑的生命〉）、環境欠佳引發的地方惡病（〈不敢回頭看牽牛〉）、民間藝術的沒落和藝人的辛酸（〈斷弦有誰聽〉、〈拾起寂寞的影子〉）、色情氾濫和賣笑女郎的悲苦（〈溫泉鄉的吉他〉、〈華西街印象〉）等各種社會現實問題也加以關注和揭示，呼應了七〇年代文壇的時代主潮，與此同時，林清玄以「文化」爲關注重心的特徵，已約略顯露。與古蒙仁等人相比，林清玄顯然更側重於發掘所描寫的民俗活動所包含的文化意義，揭示鄉土人物所體現的民族文化靈魂。這種特殊取向影響了作家的創作風貌。如他的報導文學作品中，人物專訪占了相當的比重。他曾表白：「我做了一段時間的報導，警覺到文化的中心原來是以人爲主，於是開始把重心轉入人物的訪問。」「做了許多民俗的報導，我開始思考中國文化精緻化與未來的可能，這種想法使我的人物報導轉向，開始做一些文學藝術家的訪問，企圖在這些不同的對話中，找到文化比較多元的方向。」❹

其二，它們表現出深厚的傳統情懷和民族意識。這是林清玄的最鮮明的個性特徵之一。這種情懷和意識如此強烈，使作家在其早期作品中常以氣勢磅礡、流轉酣暢的筆觸加以直接的抒發。如作家面對沈葆楨的銅塑感動於其「用生命的狂歌，爲中國人中國的歷史寫下『忠義』兩字」（〈冷月鐘笛〉）；因「紅毛城」的收回而回顧和體知曾使他們感慨萬千的「中國的傷痕」（〈刺青〉）。除了個人的直抒胸臆外，林清玄更著重描寫存在於廣大民眾中的民族情感和文化傳統。〈土地〉一文敘述自己參加田間勞動而深刻體會農民們根植於土地的民族認同感及其形成過程——他們體認到大地是萬物的母親，因有這土地，體知大眾原是同一祖先，便會想：「黃帝下來，是岳飛；岳飛下來，是文天祥；文天祥下來，是鄭成功；鄭成功下來是我祖父，我父親，再來就是我了」，從而「感覺自己的血脈中流著黃帝的血液」。基於這種認知，人與人之間即使陌生，多少總是親切，即使幫助別人幹活，也樂於把全副生命投注。在這裡，鄉土和民族情懷融爲一體。

除了共同的土地之根外，民族認同感和凝聚力還來自民間宗教信仰和風俗習慣所承載和播揚的民族傳統文化。因此林清玄不惜對各種宗教民俗活動加以格外關注和重筆描繪。〈燃香的日子〉、〈大甲媽祖和她的子民們〉等文對大甲鎭民眾前往北港媽祖廟進香謁祖的盛大活動加以詳盡的描寫。作者著重挖掘這些活動所包含的中國傳統文化精神，指出：媽祖信奉是民眾心靈的寄託，中國人屢遭困厄仍能安身立命之所依，同時也是我們民族講究愼終追遠懷念祖先的倫理觀念的表現。作者由此斷定：一千餘年的媽祖是中國文化根深柢固的一部分，媽祖的存在有著絕對的價值。

其三，它們顯示作者對於「傳統」和「現代」關係的辯證把握。如果說傾心於傳統文化積澱著民族智慧的一面是林清玄的一個特點，那不拘泥於傳統，尋求溝通傳統和現代之間的橋樑，則是林清玄的又一顯著特點。他提出一個獨到的見解，即媽祖和現代化的進展是不衝突的。因爲媽祖信仰並非迷信，而是寄託著人們消災攘禍、安居樂業，人與人之間親密友善、和諧相處的理想和願望。這種情懷，甚至在現代社會更有其無比的魅力和現實需要。在大多鄉土文學作家筆下，理智上對現代價值的服膺和感情上對傳統價值的留戀常構成一個明顯的衝突和悖論。而林清玄揭示「傳統」和「現代」兩種價值相調和的可能，顯得別具一格且具有特殊的意義。

在題為〈現代？中國？畫？〉的評論文章中，林清玄對極端傳統主義加以批判，指出西方也有好而公平的聲音，而中國也有壞而扭曲的聲音，因恐懼西方現代主義而老羞成怒，順口對西方現代主義加以鄙夷，這種「恐西症」才是眞正的自卑。❺作家思考著傳統的出路，甚至遠渡重洋走訪一批旅外藝術家，「希望透過他們的中西藝術經驗，為東方和西方、傳統和現代找到一條新路」❻。因此在林清玄所報導的人物中，能較好地融匯中西、調和古今的占了極大的比重。如兼具傳統東方的氣質和十九世紀以來西方壯健風格的雕塑家侯金水；表現了傳統的圓融老拙風格又能超脫古人格局、開創新意的女書法家董陽孜；追求泥土原始的風味，又受美國現代陶藝的啓發，試圖將陶藝的實用提升到藝術純粹世界的楊元太……。

其四，顯示林清玄深刻體會了人與自然的密切關係。在他的眼中，自然萬物都是具有生命和感情的。太陽光有可感可觸的香氣鮮味（〈光之四書〉），海浪則和人的呼吸共振合拍（〈風的文章〉）在寧靜的觀照中，作家完全與大自然融為一體，覺得自己是風的一個逗點，陽光的一個分號，山的一個引號，麻雀的一個破折號，以及風的一個驚嘆號，是天地宇宙的一個句點或者開頭。有了這種天人合一、物我一體的感覺和自然有情的認知，就會明白我們其實不是萬物的主宰，而是自然的一份子，從而建立熱愛自然、順應自然、追求心靈自由的處世哲學。由於對人與自然關係的特殊感悟，使得林清玄的觸及現實社會問題的作品也常採用與眾不同的特殊角度。這就是多從生命和人性自然發展的觀點提出問題和立論。〈舞草的聯想〉、〈綠色宗教〉等觸及環保問題的作品，就是明顯的例子。

最後，林清玄早期作品，就已表現出格外濃郁的宗教情懷。或者說，林清玄文學觀照人生和探尋生活智慧的核心內容和主要特徵，在此已露端倪。作家的宗教情懷大略而言，包含著對人之悲憫和對己之超脫。〈溫柔的世界觀〉寫的是以象徵著溫暖和溫柔的手套作爲材料進行創作的韓國畫家鄭景娟。林清玄指出：她是一個企圖心很大的藝術家，力圖捕捉、呈現人類共同對美和愛的嚮往，「在這個冷漠的世界裡，如果每個人都表達出溫柔和溫暖，那麼世界的希望就較可期待了」。林清玄將此稱爲「溫柔的世界觀」，並稱也就是《林清玄人物集》這本書所採寫的藝術家共同的人生觀。

對己之超脫——一種感恩知足，隨遇自適，超塵脫俗的氣質則是林清玄創作最迷人的因素之一。面對生活中的種種困厄和不平，林清玄並不怨天尤人，或施以猛烈的抨擊，而是透過心靈的自我修練加以吸收和抹平。他認定：人生具有時達時窮、時順時逆的無常本質。面對困厄和苦楚，人們可以堅毅的精神承受並力求加以克服。然而與此積極抗衡相比，林清玄毋寧說更傾心於一種超脫的姿態——既然「情愛」和「時間」不能並存，我們不妨樂天知命，不以愛喜，不爲情悲，回到個人「心靈的城堡」，將心中的重擔放下，將內心的俗念清除，待心靈的傷口復原，再做一次更好的出發（〈小千世界〉）。既然人生困厄不可免，要化解它，只有把握永恆和短暫的辯證。〈生平一瓣香〉寫道：世事如夢，年輕的愛與夢想都已遠離，眞的是鏡花水月，空留去思，「可是重要的是一種回應，如果那鏡是清明，花即使謝了，也曾清楚的映照過；如果那水是澄明，月即使沉落了，也曾明白的留下波光。」如此就能比較坦然地面對磨難，不必管無情的背棄，不要管苦痛的創痕，只要維持一瓣香，保有清澄朗淨的水鏡之心，「我們還會再有新開的花和初升的月亮」。至於心靈的修練，《溫一壺月光下酒》開出的妙方之一是「性靈」的追求。作者在此塑造了一個個冰清玉潔、美侖美奐的意境——用瓶子把今夜的桂花香裝起來，秋後再細細品嚐；將月光裝在酒壺裡，用文火一起溫來喝。林清玄寫道：這非關格調，而是性靈，「若能忍把浮名，換作淺酌低唱，即使天女來散花也不能著身，榮辱皆忘，前塵往事化作一縷輕煙，盡成因果，不正是佛家所謂苦修深修的境界嗎？」。必須指出，林清玄後來創作出融合禪理和現代生活的「菩提」、「寶偈」系列，在此已聞先聲。

可以看出，林清玄的散文創作，正由最早豪言壯語的浪漫抒懷，轉向深沉的生命思索，其境界由急流般的激越雄壯，轉向湖泊般的平靜澄明。這是嚐過生活的甘苦，歷盡滄桑即將步入中年的一種心境。此後林清玄繼續向此方向發展，得以在台灣文壇開闢一種獨特的風格和境界。

八〇年代中期以後，林清玄主要經營其「菩提」系列散文集，並使之成爲台灣有史以來最暢銷的圖書之一。這些作品主要是佛經的詮解，「企圖用文學的語言，表達一些開啓時空智慧的概念，以及表達一個人應該如何捨棄和實踐，才能走上智慧的道路」[7]。作者並非從概念到概念地宣講教條，而是常運用淺顯生動的生活事例加以說明，所以能爲最廣大的讀者所接受，而這也典型地體現了林清玄作爲一個入世的佛教徒的本色。作家孜孜於尋找開啓宇宙的智慧，宣稱經過多生多世的尋覓，終於有了肯定的答案：在佛教的經典裡。然而林清玄認定：只有眞正進入人間的菩薩，才有資格講出世，或者說，修行之所應該是在人間。因此林清玄心目中理想的佛教徒形象應該包括過正常人的生活，即擁有朋友、家庭、社交等群體生活及對社會保持熱情關心的態度等。基於此，林清玄開始寫佛教禪理文章時就希望自己能傳達一些訊息，包括：佛教是美麗動人的；佛法是慈悲而有智慧的；佛法是要實踐的；人要透過自覺，才能走向非凡美麗、悲智雙運的世界等等，希望透過自己的文章，使人對佛法產生興趣，生起大乘的信心。❽因此這些作品並非玄而又玄，而是如談家常般娓娓而述。這樣，林清玄就將屬於中國傳統文化一部分的「禪」和現代人的生活作了連接和融合，使之成爲現代人能夠接受並樂於採用的生活智慧、行爲準則。這也許是這些書能廣受歡迎的原因。

總的說，林清玄是一位以其獨特的詮釋生活的角度和作品內涵建立其鮮明個人風格的多產散文家。如將他與古蒙仁等相比，古蒙仁等大多著重挖掘和顯示題材所包含的社會意義，而林清玄卻著重於體悟和表達題材所蘊蓄的人生啓示和生命哲理；古蒙仁等著重於表達對各種現實社會問題的人道主義的關懷，而林清玄則更興趣於挖掘和描寫民間社會所延綿不絕的中華文化傳統因素，以及尋求和感應著中國式的智慧。當然，林清玄並非完全沒有使命感。但相比之下，他注重的並非具體的社會問題的解決，而是個人的自我修練。他寫道：「如果我們眼中所見到的世界不夠美好，不要先悲怪這個世界吧！應該先看看自己夠不夠好。」❾他常講隨順、慈悲，其主要目的即在於自我的修養和完善。在〈四隨〉一文中他寫道：「我們順著人的苦難來滿足他們的願，用更大的慈悲和心情讓他們不要在窗口空手離去，那不是說我們微薄的錢眞能帶給賣花的人什麼利益，而是說我們因有這慈愛的隨順，使我們的心更澄澈，更柔軟，洗滌我們的污穢。」在林清玄看來，努力使每個人都有一個美好的心靈，這才是解決社會問題的根本之道。

這種傾向乍看似乎有點不食人間煙火，但細究之，不無時代的投影和特殊的意義。如果說建立於農業社會基礎上的一套傳統價值觀念在七〇年代至八〇年代的工商社會中已明顯呈現其不合時宜，那林清玄所彰揚的心靈的澄明、精神的提升、感情的超脫、境界的清靜等，對於湧現了大量的「富貴病」——心靈的孤寂和人際關係的疏離——的現代社會，反而是一劑清涼的藥方。林清玄從早期的散文、報導文學到近期的禪理文學作品都與中國傳統文化有極爲密切的關係，但他擷取和彰揚的主要是博大傳統中飄逸超脫、空靈靜謐，注重性靈禪思的一脈。這種吸取既包括生活態度和人生觀念上的，也包括藝術表現方式的。林清玄作爲一個出現和成長於關懷現實、回歸傳統風潮中，曾致力於密接現實的報導文學創作的戰後新世代作家，雖然一開始就有清靜、超脫等宗教思想影響的痕跡，但其後愈演愈烈，最後成爲一個佛經禪理的文學詮釋者，這既有個人生活經歷的關係，更有時代變遷的投影。林清玄由此形成寬闊的文化視野，獨特的藝術風格，也奠定了他在台灣文壇上的位置。

第四節　阿盛：小傳統和大傳統的交織

祖籍福建，出生、成長於台南新營鄉村的阿盛（一九五〇—　），在鄉土文學論戰方酣的一九七八年初突現文壇，一開始就以《廁所的故事》等作品成爲鄉土文學的新世代傳人，卻又以獨闢蹊徑的藝術風貌呈現了對傳統鄉土文學的超越。他秉承著寫實主義的文學觀，認定創作脫離不了人和土地，作家應有參與社會的責任感，但又與當時論戰中的前行代鄉土文學作家有所不同。他認爲就描寫光明面或陰暗面的問題做兩極化的爭論並無意義，在寫作時先設定一個意識形態也不正確，「寫實應該是一個中性的字眼，描寫經濟進步或者農村凋蔽都是一種寫實」⑩。這種觀念，使阿盛從步入文壇起，就具備了突破台灣鄉土散文題材窄化傾向，擴展創作的文化視野的自覺意識和潛力。

儘管阿盛近來創作了長篇台灣歷史題材小說《秀才樓五更鼓》，但總的說，他的主要成就在於散文，先後出版《唱起唐山謠》、《兩面鼓》、《行過急水溪》、《綠袖紅塵》、《如歌的行板》、《春秋麻黃》、《吃飯族》、《滿天星》、《春風不識字》、《阿盛講義》、《心情兩紀年》等十數本散文集。其創作的散文可分爲兩大類，一是一般的記事抒情的散文，另一則是雜文。前者憶寫過往經驗，後者刻寫現實百態。當然這種劃分只是相對的。這是因爲，阿盛文學緊緊抓住了一個特定的角度——反映台灣時代、社會的變遷，因此他的散文憶寫著過去又聯繫著現在；他的雜文針對著當前又多回首歷史。以歷史鑑照現實，或反過來挖掘現實的歷史、文化淵源及其演變過程，這成爲貫穿阿盛作品的共同特徵和鮮明標記之一。

就主題而言，阿盛緊緊扣住的是「土地」和「人性」。這兩大主題，正好分別由其散文和雜文承擔重責。由於阿盛整個少年時代都是在故鄉村鎮度過的，他要表現其「土地」情結，很自然地就從自己的童年記憶開始寫起。他描寫著麻雀、田鼠、木麻黃等鄉村物事，也描寫著父老兄弟、族親師長、左鄰右舍等鄉村人事。這些作品流露些許懷鄉戀土、傷逝念舊的情調，然而這種「懷鄉」，並非單純地理意義上的，而是有著更深刻的人文蘊涵。首先，「土地」凝聚著祖先蓽路藍縷、渡海開台的艱辛歷史，也寄託著祖先香火傳承、世代繁衍生息的樸實願望。在不少篇章中，作者追溯家族祖先乃至「國姓爺」鄭成功的歷史足跡，在《春秋麻黃》中，作者更描寫了故鄉土地上的木麻黃林所見證的日本殖民者的倒行逆施及父祖先輩的不屈服精神和反抗舉動。〈春風朵朵開〉等文則寫出了多數中國農人的謙忍心性。他們從不奢望吃穿以外的情事，念念不忘的只是「薪火傳遞」這麼一樁大事，如〈六月田水〉中老祖母堅持兒孫做鄉下人，其唯一理由即是：「爾祖交給爾父，爾父將來交給爾等，就是這塊田」。正是體會於此，阿盛寫道：「前前後後到台灣來的漢家郎的子孫們……爲了不愧對自己的祖先，只有更加勤奮地在祖先用血汗澆肥了的田地裡耕作，這是深植在中國人心中，報答祖先恩德的最佳作爲，也是紀念祖先開荒的實際行動。」（《唱起唐山謠》）

其次，故鄉的「土地」永遠留存著親情的溫暖，也孕育和流轉著樸實厚道、勤勞堅韌的民族性格，重視親情和融洽人際關係的倫理道德，以及崇尚自然、與天地共生共長的農家樸素的宇宙觀和人生理想等。如〈乞食寮舊事〉透過故鄉親戚中以撿拾破爛爲生的老藤哥培養三個兒子成爲大學生，而爲富不仁的劉三升，其只會吃喝玩樂的敗家子弟最終流落街頭的對比，讚揚了窮人忍辱負重、堅毅不屈的志氣和品格，同時證實了一支草一點露、世間禍福窮富變換、風水輪流轉的農家樸實的認知和信仰。〈拾歲磚庭〉、〈稻草流年〉等則透過老一輩農人對麻雀、田鼠等與人爭食的小動物的寬容，表現傳統農民憫人愛物、與大自然相契合的情懷。

使阿盛念念不忘家鄉的土地的，還因爲那裡生長著一些世代相傳的、曾對阿盛的人格成長產生重大影響、因此成爲他刻骨銘心記憶的鄉村民間習俗和宗教信仰。〈契父上帝爺〉詳細描寫「我」從小由祖父做主，到眞武殿寄名歸屬爲上帝爺的契子，雖然頗受「迷信」之譏，但至今仍不改其俗地隨身攜帶向上帝爺乞討來的香火袋。這是因爲「香火袋」與祖父緊密相連——它孕育了祖父那寬容隨和、與人爲善的處事方式，寄託著父祖對後輩的殷殷愛心，同時也顯露農民在與自然的嚴峻鬥爭中造就的敬鬼信神，祈靠鬼神去邪除惡，護佑好人的民間願望。在〈散文廟群島〉、〈稻草流年〉、〈古早一句話〉等更多的作品中，阿盛反覆描寫自己自小從那些內含著底層民眾的價值觀念和性格特徵的民俗文化——童謠、俗諺、講古、宗教信仰等等——中所受到的薰陶和吸取的智慧。

如果說源遠流長的中華民族文化中存在著以儒家經典正統教育爲核心的「大傳統」，同時也存在著具有地域和族群色彩的、透過四時節令風俗、口耳相傳的故事、宗教信仰模式、地方戲曲、民俗藝術乃至語言本身，使得歷史、人倫教育無孔不入地直貫民間底層的「小傳統」，那阿盛顯然更傾心和注重於後者。然而所謂「大傳統」和「小傳統」並非絕然對立，它們之間存在著共性和個性、整體和局部的辯證關係。在〈秬舅遊龍記〉等文中，台灣特殊的歷史際遇、閩台地方文化氣息和中華文化「大傳統」因素雜然並陳，融為一體。戲班演出的《薛平貴與王寶釧》等戲碼本來自中國五千年歷史，但在台灣鄉間的長期巡迴演出中，摻入了大量本鄉本土的成分，成為一種最鄉土的形式，是當時台灣農村小孩接受文化傳統、人倫教育的最重要來源。這在阿盛的作品中得到反覆的描寫。正如詹宏志所指出的：台灣的文學家同時擁有這兩種不同的傳統，毋寧是極自然的；阿盛實際上是一個本土作家自尋出路的好例子，在他的文學中，你可以讀到台灣，又讀到中國；他的存在和成績，一樣要讓中國結與台灣結的辯爭啞然，因為像阿盛這麼「台灣」的作家，仍然要唱〈唐山謠〉，仍然承認自己是「漢家郎」的子孫；這證明匯入中國文學的傳統，並不需要以犧牲本土性為代價，文學中的台灣經驗與台灣化，不盡然就脫離了中國文學的大傳統。⓫

阿盛的散文透過鄉土的描寫達到對民族文化傳統的觀照和接續，而他對傳統的關注，又緣於一種清醒的歷史觀，從而使他的散文緊扣著反映時代、社會變遷這一總主題。他曾說：「我們不可能不求進步，正如同不可能一生停留在放風箏捏泥巴的幼年時光，但是，沒有回顧，前進的腳步必然錯亂。」（《唱起唐山謠》）或者說，阿盛乃力圖以傳統為參照系對照現代都市社會的種種，從而描繪出新、舊價值體系的碰撞和時代、社會變遷的鮮明軌跡，並表達對社會健康發展的一己之見。早期代表作〈廁所的故事〉，稍後的名篇〈火車和稻田〉、〈發事春秋〉等，乃至近期的《心情兩紀年》一書中的許多篇章，都圍繞著這一主題展開。如〈故事杏仁〉等透過農家後代忘恩不孝等故事，揭示現代社會的道德淪喪；而〈地動那年春節〉、〈天狼星的仰望〉、〈母親不說那個字〉等文，則以殷殷母愛或鬱鬱鄉愁的描寫，涵蘊著對繁雜、寡情、敗德的都市的對照和省思。進一步言，阿盛的文學主要產生於他離開故鄉定居於都市之後，對社會變遷的感觸正是他創作的原動力之一。他在一次訪談中稱：這是一種沉澱了的懷想而非單純的念舊，總有些什麼值得提出來用心思「發酵」一番的人、事、物，而心中那分對土地的感情，也大有別於昔人離鄉別井的詠嘆，「我可以說，比詠嘆更深刻——含有歷史觀在內的深刻」⓬。

阿盛的另一部分刻劃世態或針砭時弊的作品，姑且稱之爲「雜文」。如果說阿盛的「散文」以「土地」爲主要抒情對象，那他的「雜文」則以「人性」爲重點刻劃目標。阿盛曾稱抓住人性，「放心下筆大是好」是他創作十餘年來最緊要的一個「頓悟」（〈土地沒有規矩〉）。那些刻劃世態的作品往往就是各式各樣人物的特寫。如〈打狗村奇人列傳〉刻寫了專搞標會、投資「愛國獎券」最後負債累累的賴萬財、爲出口惡氣傾家蕩產參加競選的王柏林、踏進演藝圈而淪落風塵的蔡投香、崇洋媚外而將名字改爲「黃保羅」的黃土猴、靠炒祖墳地皮發家而使原來輕藐他的勢利之人另眼看待的李仔高、當上醫學博士卻視艱辛栽培他的父親如糞土的張果雄等。〈人鼠千秋誌〉則將人與鼠相類比，刻劃、展現當前社會中公然強掛艷幟的「桃色鼠」、橫行四方的「遊方鼠」、憑藉銀彈牟取公職權力的「金錢鼠」、專賣「鼠速康」毒害公眾的「白面鼠」等遍布各個「黑暗角落」的世相。顯然，阿盛並非執意於彰揚「善」或抨擊

「惡」，而是著眼於人世百態乃至畸人異事，將光譜般無窮色彩的人生逐一呈現。這是因爲阿盛深知「一樣米養千種人」，眞實人性中往往包含著無法截然分開的「善」與「惡」，所謂全善大善或全惡大惡反倒矯飾不眞。阿盛主要著筆於民間社會中有善也有惡的芸芸眾生，使他的作品流溢著原眞的生命活力，觸及了活生生的人性本質。

值得指出的，與阿盛的憶寫鄉土的散文相似，這些刻劃人性世態的雜文，仍是具有歷史和文化視角的觀照。首先，阿盛將其人性考察放在民族文化傳統的背景上。如頗爲著名的〈兩面鼓先生小傳〉以千餘字篇幅刻寫了一個早年英氣勃發、頗有大志而屢遭挫折，逐漸降低目標終至頹廢喪志的人物形象。和魯迅的阿Q一樣，阿盛未給出「兩面鼓」先生的眞實姓名，然而「兩面鼓」卻成爲一個揭示未能持之以恆的所謂「五分鐘熱度」的國民性弱點的藝術典型。又如，〈吃飯族本紀〉對於當前台灣大吃大喝的社會風氣加以掃描，並將之與中國人在「吃」的方面一些文化習俗如「吃啥補啥」等相聯繫。〈藤條戰國〉中描寫的小學中的體罰、「惡補」等現象，也有其傳統教育思想和體制的根源。像這樣的揭示就非停留於表面，而能挖根溯源，具有更深沉的諷喻作用。其次，阿盛又將其世態刻劃放在台灣社會文化變遷的背景上。如〈西門族與衣服〉透過三十年前南台灣鄉下的衣著、自己現在的服裝與當前被稱爲「西門族」的都市青少年的奇裝異服相比較，刻寫盲目模仿、追求時髦、注重表面的輕浮世風。歷史的透視和鑑照使得作者嘻笑戲謔的筆觸下仍顯出深刻。

與上述作品相比，《滿天星》、《春風不識字》等集子中的作品可算是比較典型的雜文，短小精悍，如匕首般對準某一不良社會現象加以揭露和抨擊。在這些書中，阿盛創造了一些獨特的表現方式，或析字，或解詞，或採古詩詞句、俚語俗諺加以新解。如他析「皇」字爲「奉白種人爲王」，諷刺挾洋自重以驕國人的崇洋媚外者；析「民主」爲「人民之主」，指出「若是不去除『人民之主』的病態心理，『民主』不可能眞正實現」；析「老大」爲「老百姓最大」，指出須翻轉官僚們的「牧民」心態；析「文化」爲「文飾美化」，指出所謂「文化復興運動」只是官僚們掩飾其「金錢掛帥」、「色情第一」等的表面儀式而已。又如，阿盛以俗語「做官若清廉，食飯要攪鹽」揭露官商勾結、官貪吏污的社會風氣；以「咸豐三，講到今」諷喻當局對「二二八」等歷史事件眞相的掩蓋及其必然的窘境；以「序大無好叫，序小無好應」映現台灣當前「立法院」內爭鬧不休等社會混亂無序狀態等等。顯然，這些作品更多地涉及急迫的社會政治、經濟問題，但涵蘊深刻歷史觀、文化觀的特色並沒有改變。

阿盛的散文、雜文作品膾炙人口，和它們獨特的藝術風格分不開。最令讀者喜愛的，是那詼諧、幽默的風格。其中有嘲人，也有自嘲，但都謔而不虐，犀利中有溫厚，文字不帶火氣，總是婉婉而敘、輕輕一刺，揭示對象本身的內在喜劇性而獲得諷喻效果。此外，阿盛作品的喜劇效果還得益於作者對文字詞句的驅遣。

除了幽默風格外，阿盛作品在藝術形式上還具有如下極爲突出的特徵。

一是文體上不拘於固有規範，大膽地進行融合和創造。不僅散文和雜文之間沒有明顯的界限，就是散文和小說之間也常難以截然劃分。而這並非無意的混淆，而是作者有意的經營。他曾明白表示：我喜歡「不規不矩」地「我手寫吾口」（〈土地沒有規矩〉）；文學是個天大地大的籠子，遊走在靠近散文這一邊，遊走在靠近小說那一邊，或是來回遊走在散文小說兩邊，都沒有什麼不好，堅持劃清界線，與劃分你派我派一般無趣；文不出格，筆下多礙，勿必勿固，乃能精彩（〈胎生．卵生．蠶〉）。散文的小說化，使他的作品時有曲折的故事情節、鮮明的人物性格，具備較強的可讀性和藝術魅力。

二是語言上追求了無痕跡地融入若干方言的「台灣（式）國語」（楊牧語）。阿盛並不像一些前輩鄉土作家採用的同音借代、隨文附註、音義同表等方法，更不像近來某些作家提倡和嘗試的拼音方式，而是著重於某種鄉土氣韻的融入。因此方言常被運用於人物話語或文中採用的俚語俗諺裡，或者體現於詞句的組合結構上。阿盛的方言運用似乎堅守寧缺勿濫的方針，以能表現鄉土的生動性又不造成語言隔閡爲原則。如「村長大人笑了個半死」（〈打狗村奇人列傳〉）、「夕曝雨說變就變，恰如春天後母面」（〈六月田水〉）、「生吃都不夠，還曝乾？」（〈故事杏仁〉）等。

三是廣泛、靈活的「用典」。所用之典既包括中國古代文學的典故，也包括鄉土文化中的一些「典故」，如代代流傳的諺語警句；此外，它還包括當代的「典故」，如一些名人話語、逸事等。對這些「典故」，阿盛並非照抄照搬了事，而是加以若干變造，使之適應文章主題的要求，又能形成濃濃的諧趣。「古」典的化用如〈打狗村奇人列傳〉採用「龍門太史公曰」的方式開場，又自喻「新營成血子」曰：話不在多，有心則明，調不在高，順耳就行……，顯然化用了劉禹錫〈陋室銘〉。〈潑皮財神蔡二記〉連續化用了李白詩和東晉淝水之戰的典故；〈等閒不做吹彈客〉插入張若虛〈春江花月夜〉和《紅樓夢》

中〈好了歌〉中的詩句。「新」典則有當代詩人如鄭愁予、瘂弦等的詩句，一代名人、偉人如孫中山的話語，甚至流行歌曲也被化入作品中。當然，阿盛運用得最多、最自然的是一些台灣鄉村俚語俗諺、民歌童謠、農人口語。阿盛能夠這樣自如地優游於古典和現代、高雅和俚俗、鄉土和城市相混合的文學空間中，乃得助於他的成長經歷以及作家的某種自覺意識。李弦在〈變中天地〉一文中曾中肯地加以評說：鄉鎮的成長經歷給予作家的是素樸的、原始的生命感，而文學科系的修養則給予歷史的、精緻的文化感。在兩種交相孕育中，常會調和成一種具有人間世的、有生命力的文學。阿盛正是在這種契機下開展他的文學生命。他創作的源頭是活生生的；而廟堂文學的精緻美好可以協調地與民間即興的說唱融為一體，成為一種全新的調子。⑬

必須指出，這種融合大傳統和小傳統、廟堂文學風格和民間文學風格的特徵，也正是新世代的與前行代的鄉土作家的一個重要區別。阿盛文學的最基本思路和創作格局是緊扣著鄉野事物，追溯若干相關的歷史，然後從中思索一些現代社會的問題。現實主義仍是其創作的圭臬。但與前輩鄉土作家的強烈使命感和執著入世精神有所差異，阿盛似乎轉向寬容和超脫；與前輩鄉土作家的注重階級的、政治的主題不同，阿盛更傾向於民族的、文化的主題。阿盛的創作因此成為台灣新世代作家開拓其文化視野的又一典型例子。

註釋：

❶張深秀，〈有亂石之巨川——王幼華訪問記〉，《新書月刊》，期二〇，一九八五．五。
❷鹿憶鹿，〈野火以後的春風〉，《文訊》，一九九六．七。
❸賴廷恆，〈龍應台以長鏡頭閱讀台灣〉，《自由時報》，一九九六．四．二十九，版三二。
❹林清玄，《林清玄人物集》，光復書局，一九八七，頁一二、四八。
❺林清玄，《林清玄文化集》，光復書局，一九八七，頁一四五—一四八。
❻同註❹，頁二三〇。
❼林清玄，《紫色菩提．自序》，九歌出版社，一九八六。
❽郭乃彰，〈清泉初唱——訪林清玄談「現代佛教徒的形象」〉，林清玄，《拈花菩提》，九歌出版社，一九九〇，頁二五一。
❾林清玄，《紫色菩提》，九歌出版社，一九八六，頁一九〇。
❿楊錦郁訪談，〈抓住人性做文章〉，《幼獅文藝》，一九八七，期二。
⓫詹宏志，〈城鄉暗角的采風者——禮記阿盛的《綠袖紅塵》〉，《閱讀的反叛》，遠流出版公司，一九九〇，頁一三七。

⓬見張曦娜，〈天地皆文章——阿盛參加新加坡「國際華文文藝營」談文學創作〉。

⓭李弦，〈變中天地——阿盛的散文風格〉，《文訊》，期二九，一九八七．四。

第六章　現代思緒融入傳統情懷

第一節　楊澤、羅智成：文化鄉愁和歷史尋根

具有較寬闊的文化視野，試圖從傳統文化中吸取詩情和靈感，在這一點上，詩人楊澤、羅智成、蘇紹連、馮青以及散文家簡媜等，與林清玄、阿盛等有類似之處。但與後者較強烈地具有「鄉土」情結、較多地著眼於具體的「民俗文化」不同，前者的文化情結，表現爲一種更抽象的「文化鄉愁」，他們所尋之「根」，往往指向更遙遠的歷史的源頭。另一方面，由於與「鄉土」關係較疏，與「都市」關係較密，他們往往又敏感於「現代」的種種，無論是思想主題或是形式技巧，都顯現較強烈的現代性，因此在作品中構成了一種傳統／現代、歷史／現實的強韌張力。應該說，「傳統」和「現代」的關係，是數十年來台灣文壇的一個重要的論爭母題。五〇年代至六〇年代的作家在處理這個問題時，往往將二者割裂而偏執一方，而八〇年代至九〇年代的新世代作家，卻常以各種方式使二者得到平衡和融合。這種特

徵，在本章所論諸位作家身上，表現得更爲典型。

楊澤（一九五四—）本名楊憲卿，台灣嘉義人，就讀台灣大學外文系時與羅智成、苦苓等共組台大現代詩社，曾赴美留學並任教於布朗大學。楊澤創作起步甚早，主要作品完成於七〇年代中後期，著有詩集《薔薇學派的誕生》（一九七七）、《彷彿在君父的城邦》（一九八〇）等。楊澤以其一以貫之的婉約綺麗的抒情格調，成爲台灣詩壇戰後新世代中抒情一脈的代表詩人之一。

青少年是多夢的年代，而年輕人的夢大多是愛的憧憬。甫入詩壇的年輕楊澤即傾力編織著愛的夢境。他在許多詩中設置了一個忠實的傾聽者「瑪麗安」，以纏綿的口吻，華美的詞彙，如泣如訴，一唱三嘆地向她傾訴愛的衷腸，也傾訴他因愛而生的憂愁和感傷——因年輕人的愛之夢常是虛無縹緲，難以際遇和實現的。在〈一九七六記事〉中詩人寫道：「當我習慣了在黑暗中呼喚妳的名字，瑪麗安／這彷彿就是我前世離開妳的僻靜海灘／……一種太眞實以致縹緲的愛／瑪麗安，這彷彿就是妳離開我，留給我的／絕望與愛。」一種刻骨銘心的隔世之愛，塗染了少年慘綠的哀情；然而這種潔白無瑕的純情，也使瑪麗安成爲詩人唯美意念的替身，從而道出了楊澤所自詡的「薔薇學派」的美學特徵：

你一直是我懷中的一株夢裡帶淚的薔薇
瑪麗安，我能否把妳種植成一片祥和溫馨的

薔薇色黎明，在來世的夢裡

縹緲如夢而又綺麗眞切，慘淡哀苦而又溫馨多情，執著於愛的憧憬和追求，這正形成楊澤早期的也是以後大多詩作的抒情基調。

「薔薇學派」以「愛」爲精神龍骨，而詩人鍾愛的對象除了戀人外還有「詩」，「詩」乃成爲楊澤創作的又一主題。詩也是「瑪麗安」，詩人的情人，楊澤爲它尋找定位，以唯美的意念質疑著非詩的觀念：「爲了向人們肯定一朵薔薇幻影的存在，／我們必須援引古代，援引象徵／甚至辯論一朵薔薇的存在？」實際上，「愛」和「詩」二者原本即互爲依存，有「愛」才能有「詩」，有「詩」才能寄託和表達「愛」；詩既源遠流長，而愛也必然是永恆的，如此它們才能成爲楊澤詩作的共同主題。常被選入各類選本的〈煙〉即以尋求認同的呼聲，顯示了「愛」與「詩」的雙重題旨。詩作擬爲焚屍爐中升起的一片虛無縹緲、面目模糊的「煙」的獨語。「請讀我——請努力讀我」、「請努力努力讀我」，既可代表卑微、孤獨、遭人漠視的小人物的呼聲，也可以是「詩」的呼聲。儘管「詩」不能與眞實的大千世界的豐富性相比，也未必有明確、巨大的實用功能，而只是「非掌非臉非鐘非碑」，「縮影八〇〇億倍的一個／小寫的瘦瘦的i」，但「我是生命，我是愛，我是不滅的詩魂」。在這裡，無論「我」所代表的是「人」或「詩」，他（它）們都在尋求著自我的肯定，而楊澤也在其中寄託了對「人」的深厚同情和對「詩」的尊愛。

從第一本詩集的壓軸詩〈漁父．一九七七〉起，楊澤的詩有個明顯的演進。這不僅表現在形式上抒情史詩式作品的增多，更表現在內容上向中國歷史文化場域的縱筆，以及益發濃烈的田園情緒和文化鄉愁的衍漫。楊牧曾精闢地指出：楊澤詩裡最重要的主題之一，即是源頭的追尋，愛是源頭，詩也是源頭。準此，抒情主人翁的四處飄蕩的「感傷的旅遊」，即是對於「愛」和「詩」的不懈追尋。而楊澤詩創作整體的步向中國歷史文化的趨向，可說是這種「追尋」主題的自然延伸和深化。因中國自古以來即是詩的國度，詩人追尋「詩」的源頭，必然將眼光投向古代。他嚮往著屈原含英咀華的高潔：「月與列星為證，請讓我們佩玉帶蘭／詩人啊，溯你而上，／讓我們回到信美的故土，永恆的家鄉」，也孺慕著杜甫憂國憂民的沉鬱雄渾：「天地如寄，誰是／你的志業的承襲？……我獨自／浪跡在此；／站在永恆的對面，像群山一樣／沉吟你的名字／月湧江流，我願是——／你高古文體的繼起。」楊澤不僅從古代中國找到了「詩」的源頭，而且從屈原、杜甫等詩人身上體會到「詩」的本質，特別是「詩」與現實的辯證關系。他以「水」的意象為「詩」的隱喻寫道：「在南方，多河流的南方／濯纓或者濯足，漁父啊／都是一種高蹈／水的方向雖然不一定是／歷史的方向／水的方向是人民的方向／水的眞理永恆如／南山的眞理」。顯然，詩有別於現實政治（所謂「不一定是歷史的方向」），但它卻是淑世的，是與人民同呼吸共命運的（所謂「是人民的方向」），唯有如此，詩才能獲得永恆，至此，楊澤使「詩」獲得了明確的定位。

楊澤的田園情緒一方面表現在時間上對母體文化的濃郁鄉愁，另一方面表現在空間上對機械荼毒的躲避和對抗。楊澤追尋著「詩」和「愛」的源頭，但「詩」與「愛」已受到戕賊，這一發現，使楊澤詩中增添了現實批判的因子。他注視和憂慮著碩鼠的肆虐、黃鐘的毀棄，這正是所謂「薔薇學派的動向」。楊澤常將過去和現在、古代詩人和現代詩人加以並置對照。詩人心目中的古代是一片溫馨和諧的田園風光：「河的上游或者是，並不怎麼遙遠的古代／馬在河畔飲水，壯士樹下撫劍／一些女子在市井邊搗衣，在水湄／浣春天的紗，浣夏天的紗／浣春天夏天秋天冬天的紗」。現代社會則充斥著機械的喧囂，環境的惡化，銅臭的薰染，虛假的氾濫。其實，對「愛」和「詩」的摧殘並非始於今世，屈原和杜甫的顛沛困頓、命運多舛就是見證。然而詩人在夢與現實之間，仍選擇了夢，選擇「兩千年後繼續流放的命運」，也就是選擇了詩。詩人試圖以詩美的追求對抗機械文明的傾軋，挽救日漸靡靡的世道，但又懷疑能否如願：「相對於大海，千古的良苦詩心是否只意味著／一種無效的抗辯？」因此難免觀望、猶豫，坐成「一株無言的落葉木」。詩人出入古今之間，詩中貫穿中國古文化凋零的滄桑感和作者在現代的悵惘。在〈畢加島〉等詩中，楊澤也表現了以溫情的愛取代激進的抗爭、化解苦難的傾向。

楊澤背對著現代文明的喧囂尋找著「詩」和「愛」的源頭，因而找到了田園，更找到了中國。他認同了屈原和杜甫，同時也認同了中國的歷史文化。詩人的「愛」因此更擴大爲民族愛、祖國愛。此時詩人反觀現實，對現實就有了歷史的透視和方向的認知。在〈在中國〉詩中，詩人唱出「這是中國，我紅底金字的愛，我永生的婚約」。在〈從基隆到花蓮的航行途中〉，詩人站在甲板上而思緒萬千。他寫道：「相對於我們的船，瑪麗安，我們離開陸地的首次航行，我們的島是一塊古老的大陸；而相對於島上方，我們最古老的大陸——我們最親愛的母親，瑪麗安，我們的島同樣是一艘正在航行的新船，在她東南的海上。」顯然，詩人對大陸和台灣的關係有了較明確的認知。他希望台灣繼續開拓它的前程，又不要脫離中國的根基：「我在心裡揣想著，這將是一次充滿愉快的旅程／只要我們沿著海岸航行／我們將永遠不會迷失方向。」詩人滿懷深情地詠唱道：「我閉上眼（婆娑之洋，美麗之島）／我終於爲我們的島找到了／她在天空下，在大海上的正確方位／我終於爲我們的愛找到了／海洋一樣莊嚴、博大的表現方式……」。

由此可知，楊澤是一位富有個性的抒情詩人。他不僅以「愛」，而且以「詩」本身作爲追尋、抒情對象，將他對繆思的鍾愛之情以及對詩的認知、體驗寫入詩中，這是比較特別的。另一方面，他對「愛」與「詩」的追尋，並非一種純粹的唯美傾向，而是建立在對歷史的反思和現實的觀照之上。他所追尋的古代理想，既包括以屈原、杜甫等爲代表的「詩」（藝術）的理想，也包括以先秦諸子爲象徵的社會政治理想。這使他的詩具有一定的政治涵蘊和歷史的深度，並充斥著一種深沉的悲劇感。在藝術上，楊澤具有結合中、西文學因素的特徵。他那向某一虛擬戀人直訴衷腸的傾訴體，以及諸如畢加島、巴塞隆納、蘇格蘭、男爵、遊吟詩人等西方名詞、意象和十二王子童話等西方典故的大量融入，「寂寞」、「憂傷」、「愛」、「夢」、「眞理」、「仇恨」等直接情感性字詞的充布詩中，都使他的詩帶有較多的十九世紀西方浪漫派詩人的餘韻。另一方面，他的詩從早期起就帶有中國古典詩歌的抒情質地和基調，後來隨著文化鄉愁的凝聚和加濃，他更多地向中國歷史文化索取詩情，其詩作融入了更多的中國古典意象和情調。總的說，楊澤的詩充斥著現代與古典、東方和西方、鄉土情感和中國意識等的相互交織、激盪、回響，這成爲楊澤詩的特色，也是台灣現代詩的一個獨特景觀。

羅智成（一九五五－　）是位在台灣詩壇具有較大影響的戰後新世代詩人，其詩體在年輕的校園詩人有不少的仿效者。他原籍湖南安鄉，台灣大學哲學系畢業，美國威斯康辛大學文學碩士，著有詩集《畫冊》（一九七五）、《光之書》（一九七九）、《傾斜之書》（一九八二）、《擲地無聲書》（一九八九）、《寶寶之書》（一九八九）等。在中學就曾與人合組詩社，爲藍星詩社同仁和台大現代詩社創辦人之一。

早慧的詩人十五歲就正式發表作品，二十歲出版處女詩集。他因耽於傳譯自我的早期創作而被形象地稱爲「微宇宙中的教皇」❶。自一九八〇年前後發表〈一九七九〉、〈問聃〉、〈離騷〉等開始出現的轉機，因一九八二年的赴美留學而得到強化。在主要收錄留學時期作品的《擲地無聲書》詩集的〈序言〉中詩人寫道：因對求學當地情感上的不介入，以及對家鄉的不能充分介入，使其寫作題材和對象嚴重地受到限制，「我不得不像早先幾個前輩，就近採訪了正努力涉足的（也是一直掛念著的）書籍或文物中的故國；或就近，觀察了輕微轉變的自己」。這樣，該書（也可說是羅智成的整個創作）實際上可分成兩個部分。一部分乃著重內在精神世界的挖掘，重複建構著「自我心智的螺旋回梯」（林燿德語）；另一部分則由「自我」轉向中國的歷史和文化，以現代人的觀點重新塑造和詮解古代聖賢的形象。前者涵蓋了羅智成的大部分詩集和二十餘年的創作全過程，後者爲羅智成八〇年代創作的重心。雖然在總的數量上難以與前者相比，但其意義和價值並不亞於前者。

羅智成構築自我微宇宙的大量詩作顯露了極鮮明的個人風格。首先是個人性、內向性和傾訴體等特徵。詩人立足於寫自己的一絲感觸，一個夢境，一則奇想，一點惋惜、一片憂慮或自豪的情愫，乃至一段愛的憧憬或回憶，它們純屬個人隱私，專爲自己或最親密的知己而寫，甚至稱：「當有人欣賞你的作品／很可能他誤解了／很可能你對自己經驗的發掘／還沒深到只有自己理解的深度」（《寶寶之書．十二》）。爲此，羅智成在詩中設置了一個顯在或潛在的重要角色——「寶寶」，後來被詩人稱爲「我最親密的第二人稱」，他（她）曾經是「戀人、孩童、神祇、同志，或導師，或自己。或可能成爲戀人的人」，「一切可能的聆聽者的暱稱」，詩人藉此構成了一種輕聲慢語，款款而訴，有如促膝交談的傾訴體風格。詩人稱：「向這些親密而虛擬的對象傾訴，主要是因爲要表達的事物太細瑣，不是極關心你的人不會傾聽；要表達的太幽微，不太了解你的人無法深切體會。」「有了完美的聆聽者，我們自然也會有說不完的完美經驗。」❷

羅智成這類詩作感人的魅力，除了來自傾訴、交談的語調外，還在於常見的妙幻詭譎的突發奇想，絢麗多姿、感通聯覺的意象，節奏鏗鏘、流暢活潑的語言，以及在純稚淺顯的外表下時常隱含著的玄思哲理。在《寶寶之書》中最頻繁出現的意象是「星星」，它以晶瑩剔透的神秘光點，勾動詩人的好奇心和想像力，吸引著抒情主人翁——一個天眞頑皮而又喜沉思冥想的多情少年。他有時幻想「有一顆下凡的星星／偷偷和我戀愛」；有時又看見「掉在海裡／那是一顆溶於水的星星／光暈了開來」；有時則迫不急待地與人分享他的不可告人的秘密：「我緊緊在口袋裡握著／一顆昏昏欲睡地發光的星星／興奮得像無頭蒼蠅——／這舉世無匹的幸運毫無用處／因我連炫耀它也捨不得／啊，／我擁有一顆不可告人的星星」。羅智成的這些詩知感交融、音韻綿密，意象新奇而不繁冗堆砌，時含哲思而不古板嚇人，具有十分可人的韻致。正如他所自況的：「喜歡我的作品的人都覺得／它確實悅人／軟軟的句號看守著準確的語意／荒謬、乖張但／十分和善。」當然，羅智成也有部分詩作在內向挖掘中呈現失去臉孔的自我，或致力於營造纏綿情欲中的黑色神話，負載著濃郁的現代感思和知性反省的重量。

《傾斜之書》、《擲地無聲書》中以古代聖賢為題材的詩作，被詩人自詡為「題材與方向上一個重大而根本的改變」❸。詩人首先把觀照的對象和為之寫作的對象都由「自我」轉向「他人」——「它們幾乎是清楚地為寫給看的人的，是一種展現。理念、表達能力與態度上的展現」；又把描寫的焦點由個人的內心知感轉向民族的歷史和文化，其孜孜以赴的根本目標，在於模塑可代表其社會文化理想的人格類型。他稱：「為一個彷徨的社會尋求文化理想，對一個從事文學創作的人來說，最出得上力的，很可能是對更實際人格的探索和理想人格的塑造。」載於《擲地無聲書》封底的一段〈少數宣言〉，也許是理解羅智成所追求的理想人格的一把鑰匙：「在創作或生活中追求理想，我們不甘但也不必畏懼淪為少數。做一個熱情奮進、滿懷奇想而又意識清明的人，我們無法不對自己作更高的期待與要求，也無法抑止原創的靈魂對種種更好的可能充滿探索與規劃的熱忱。是的，做為一個新知識與新經驗的冒險者，我們不甘但也不必畏懼淪爲少數。只要眞誠地面對自己，我們必能更接近世界的眞相與生存的意義。」據此及其具體作品，可歸納出詩人所彰揚的理想人格主要包括如下幾種精神：

其一，崇尚知識和理性，勇於探索和突破成規的人格精神。如〈徐霞客〉塑造了「習於向天外張望」，總是懷著「無法饜足的好奇」躍躍欲試地「朝下個目標」前進的探險者的形象，並希望「這世世代代緊伏於生態地表的民族／……有機會站起來／眺望一下經驗外的那一塊地。」〈荀子〉一詩被詩人自稱爲「諸子篇」組詩完整構想的起點，荀子那「能澄清地把問題分進正確的籃子裡，又有足夠的『推理記憶』去從事深度思考，而不願意將就著把結論交給修辭學」的品格，正是「這個古老的文化中一直非常短缺的人格類型」❹。

其二，不甘也不懼爲少數，敢於對抗強權和庸眾的耿介人格。「對上哈腰對下板臉的／我沒有敬意／好惡被豢養於成規裡的／我沒有敬意」、「我喜歡的是我自己／此時此地的孑然獨立／任性狷狂、任人唾罵／對抗明顯的優勢／說不出的得意」的齊天大聖，「不停地把世界讀錯／不時把筆蘸進湯裡」、「一把琴發出它所不該有的樂音」的李賀，「當眾人皆醉的時候／在鵬鳥墜毀的池邊端詳自己」的屈靈均等，均爲詩人所心儀。

其三，雖非完美，但充滿活力，不無瑕疵，但大節卓然的內涵豐富人格。〈說書人柳敬亭〉中的柳敬亭及透過他的眼睛所看到的明末清初爲國家興亡而奔勞、奮戰的一代仁人志士即屬此列。既寬大又凶暴，既建功立業又擄掠廝殺的耶律阿保機也是典型例子。這是詩人「用以抵抗傳統偏執、一元的拘謹呆滯的文化氛圍」而塑造的又一人格類型。詩人透過人物之口表白了這樣的認知：「偉大總是包含著／渺小人格所不能承擔的衝突和雜質。」

這些詩人精心挑選並加以重新詮釋的人格，既是詩人針對古老文化的一種新的展望，同時也包含著詩人自況的意味。詩人並不寫孔孟，而寫非正統或反正統的奇人異端，從而表達了自己獨到的文化理想和見解。這些作品在藝術技巧上仍可見與其他作品的某種內在聯繫，但它們視野開闊，氣勢恢宏，已從一己悲歡的表達擴大為民族歷史文化的深沉思索，成為詩壇別具一格的重要收穫。

第二節　蘇紹連、馮青：從傳統感性到現代知性

蘇紹連一九四九年十二月生於台中縣沙鹿鎮。一九六八年就讀台中師專時，與洪醒夫等組創「後浪詩社」，其詩作〈茫顧〉由周夢蝶推薦於詩宗社叢書《雪之臉》發表，從此跨入詩壇。一九七一年參與創立「龍族詩社」，翌年退出，重整後浪詩社，並出版《後浪詩刊》（後改版易名《詩人季刊》），在當時頗有影響。一九七八年出版處女詩集《茫茫集》。一九八〇年後，常有長篇敘事詩獲各類文學獎。一九九〇年出版了《童話遊行》、《驚心散文詩》等詩集，輯錄其新舊詩作。

初入詩壇的蘇紹連，以新鮮的意象、富有歧義的語言和豐富的暗喻系統，表達自我的掙扎和無依的愁緒。最值得注意的是古典變奏的「春望」、「河悲」系列。它們脫胎於古典名作，卻在詞句中加以增

滅、重組或諧音替代，使之脫離古詩原意，轉而表達現代人的心靈感受。這類詩作，在七〇年代回歸潮流中有其啓示意義。但蘇紹連最爲傾心的是散文詩創作。蘇紹連自稱：「散文詩是我的原愛」，因其形式類似散文，但字字句句所構成的思考空間卻完全是詩。❺他於一九七四年八月至一九七八年二月間創作的六十首總題「驚心」的系列散文詩，受到詩壇的格外矚目和推許。

《驚心散文詩》的最重要主題，是描寫、呈示人（特別是現代人）的生存境遇，並進而探究生命和存在的本質和意義。數十首散文詩，可說從多方面進逼這一主題。如〈混血兒〉寫出了人被外在名稱所界定的荒謬和自我身分迷失。〈七尺布〉以母親裁布縫衣的情境，揭示人的生命成長必經痛苦的歷練。〈讀信〉、〈削梨〉、〈葬影〉、〈空氣〉等展現了人與環境相對立、人與人之間難以溝通乃至相互殘害等情景。〈梯子〉則涉及了人的勞動產品反過來壓制、戕害人本身的異化主題。最爲詩壇推崇的〈獸〉一詩，暗示了人的本質中人性和獸性並存的複雜性以及當今時代人性墮落獸性膨張的悲哀。由此可知，蘇紹連著重展示人類生存實況和生命悲淒的原型，刻劃現代人精神痛苦、自我分裂、人際疏離和人性異化，「爲現代人繪出一顆受傷的靈魂」❻。而這些主題是和西方存在主義頗爲接近的。

然而，蘇紹連的創作並非西方存在主義的翻版。他至少有如下一些自己的顯著特點：

其一，蘇紹連較少寫那種無法解脫的夢魘般的困境，而更經常寫與命運的抗衡，具有明知不可爲而爲之的悲劇感。如〈蜘蛛〉不惜耗盡時間和生命而守候，爲的是一個自我完成的理想：黏住一隻飛蟲，並向牠說：「我已吐盡了啊！」〈爆炸〉更寫出了不惜分裂肉體和精神以追求永恆目標的努力。〈生日〉

中「我」明知無法挽回時間和生命的流逝，仍要化身「一支會流淚的紅蠟燭」，與其他燭光緊緊連成一片，以做最後的堅持；〈梯子〉中的「我」不顧梯子的警告和油漆工人的前車之鑑，仍要往上爬，最終「把自己漆去」。從他們身上都可以看出勇於對抗命運、不惜做出犧牲以實現自我的悲劇精神。

其二，蘇紹連的作品不僅挖掘現代人的生存本質，而且具有較濃厚的人道主義精神底蘊。一方面，蘇紹連較常著筆於普通勞動者，而不是以抽象的「人」爲書寫對象。另一方面，詩人經常塑造具有捨己爲人、扶弱濟困胸襟的人物形象。如〈電視機〉的「我」爲雙目失明卻自稱在看電視的小孩的內心憧憬所感動，遂化身爲一架電視機，「在流著淚的畫面上走動的，是許多失明的小孩」。〈瓶〉中的「他」爲了解除淚水透過時狹窄瓶頸的疼痛，而欲投入瓶內成爲一支唧管，「任透明的天空抽啜著瓶中黃濁的液體」。這正是「人道主義廣被天下寒士的襟懷的體現」❼。

其三，蘇紹連的詩與社會現實有較多的聯繫，常將其對人類生存境遇的探究放在工商文明發展的現實背景上。如〈芽〉涉及工業文明對人性的困窒和對自然的戕害，在台灣詩壇較早直接觸及環境污染問題：穿紅裙子的小女孩（代表純潔、童眞）玩著跳方格的遊戲，而「幾萬條黑煙的芽從四周竄升起來」，把天空遮蔽。〈地窖〉等詩更表達了對文明轟毀、人類重新墮入原始蠻荒的深沉憂慮。面對工業文明的過度發展，蘇紹連有些詩表現了回歸田園和童眞的想望及其難以實現的無奈和悲哀，如〈髮〉、〈青梅竹馬〉等。

由此可知，雖然具有強烈存在主義主題的《驚心》在鄉土文學高漲的七〇年代是一異數，但仍帶有明顯的時代色彩。特別是人道主義和田園情結，正是鄉土文學思潮的重要內涵之一。蘇紹連似乎是反潮流的，其實又呼應著潮流。這種吸取、融合不同流派的折衷性，正是七〇年代年輕詩人的普遍特徵，不僅表現於主題，同時也表現於藝術形式，只是蘇紹連的現代主義色彩更爲強烈些。

蘇紹連散文詩的「驚心」效果，很大程度上得助於藝術上的經營。首先，蘇紹連將其詩藝基於一種虛實相間的設計。既爲散文詩，必然具有一定的敘事性，以一定的眞實細節和邏輯關係爲基礎。詩人旨在審視人類生存境遇和命運，而將它們放入現實生活歷練中加以考察。這也許就是蘇紹連選擇「散文詩」的原因。但如果拘囿於實境的描寫，必然使詩等同於散文，爲曾撰文呼籲「消除詩中文意」的蘇紹連所不屑。這就要求詩人扭轉散文式直線、連續的思維路向，製造超現實的場境，以逃離散文的界域。這雙重要求使他常似設實境卻爲虛境，或從實境突轉爲虛境，虛實相參，邏輯和非邏輯交錯。而在營造非邏輯的虛境時，他常以超現實手法加以變形處理。既超越表象而達到本質的眞實，又造成藝術上的驚愕、悚慄效果。〈獸〉中教「獸」字的教師異變爲獸，〈壁燈〉中的「我」發現自己變爲小白兔等，都有此等功效。〈螢火蟲〉的前段虛實相間地寫窮學生「我」爲大專聯考捉蟲「偷光」讀書，反遭螢火蟲圍捕，後段則是超現實的場景：

> 我逃回了家，立刻脫下黑褐色的套衣及褲子，走到書本的面前，搖著頭流淚，在黑暗中，我的肚腹竟然發散出綠光，忽熄忽滅。

這一場景既有卡夫卡《變形記》中人遭現實困厄而異變爲蟲的旨趣，又帶有蘇紹連特有的人道主義涵蘊。「我」自己也可以發光，不必求於他人，這正提供了認識自我而達成存在自覺的可能。這些歧義性的豐厚內涵，不能不說是得助於超現實的藝術手段。

《驚心》的另一個藝術特點是追求場境的整體效果。蘇紹連不像現代派詩人那樣注重字詞提煉、意象經營等，而是更注意整首詩在結構上的完整、有力。他曾自述其創作過程：「我彷彿先置身於一幅詭異的畫前，或置身於一個荒謬的劇場中，再虛構現實中找不到的事件情節，營造驚訝的氣氛效果，並親自裝扮會意演出，把自己的情緒帶至高潮，然後以凝聚的焦點做強烈的投射反映，透過綿密的語言文字寫作，最後才完成了一首首《驚心》系列散文詩。」❽因此常見的結構方式是：每首詩就如一篇短篇小說，只有一個場境，前後兩節先敘述眞實的現實情景，接著採用物我換位、自我分裂、變形等超現實手段造成突轉逆變等悚慄效果。羅青在〈論白話詩〉一文中曾論述散文詩（分段詩）的文體特點：以「詩的神思」中所產生的象徵動作爲主；化「神思」中的動作爲一個深刻的「隱喻」，化整首詩爲一驚人的「句子」；以散文的、合乎文法的分析性語句來表達非散文的、多跳躍性、多暗示性的詩的神思。《驚心》散文詩正與此若合符節。必須指出，這種不求煉字煉句而以整體結構取勝的藝術思路，在羅青等人的詩作中也可看到。而這正是七〇年代年輕詩人區別於前輩詩人的一個普遍特點。

鄉土文學思潮高漲時蘇紹連傾心於現代主義主題，到了八〇年代現代主義復甦、後現代主義抬頭時，蘇紹連卻反過來熱衷於書寫現實。系列敘事長詩集《童話遊行》堪稱此期創作的代表。該系列由九首敘事詩組成。雖然前後共用了十餘年的寫作時間，但詩人似乎早已有了整體構思，九首詩基本上由遠而近地依時序敘寫，緊扣著時代的脈動，頗爲完備地涵蓋了台灣四十多年來的歷史進程和社會狀況。如〈玉卿嫂〉描寫台灣舊的家族社會中封建禮教和宗族戒規所導致的愛情悲劇；〈扁鵲的故事〉透過一癌症患者與醫生、朋友的糾葛，表現瀰漫於六〇年代台灣的那種灰心與絕望的氛圍；〈雨中的廟〉刻寫七〇年代民藝工作者傾盡心血修建廟堂以延續鄉土傳統的故事。〈台灣鄉鎮小孩〉透過十三位小孩及其家庭狀況的刻劃，構成八〇年代台灣鄉鎮各種社會問題的抽樣。有些詩甚至大膽地觸及了敏感政治問題。如〈三代〉涉及政治犯家族；〈童話的遊行〉敘寫街頭抗議遊行；〈深巷連作〉被詩人自剖爲一對戀人歷時三十餘年的深度愛情故事，但他們那歷經曲折、分離的種種痛苦而又相互深深眷戀的情景，令人聯想到海峽兩岸關係。不過，內容的接近現實固然標誌著蘇紹連詩風的轉變，但在藝術技法上，他並沒有完全擯棄現代主義。隱喻、象徵、意象語、乃至超時空虛擬等的大量運用，絕非單純的現實主義所能涵括。這些詩，與其說是現實主義的，不如說正可證明緊密聯繫現實的詩作未必就要寫得平白膚淺，以犧牲詩質密度爲代價。

由此可見，蘇紹連的詩路歷程可說是反逆潮流和呼應潮流的辯證。他努力以獨立的藝術思考避免爲潮流所吞捲，但也並非要躲入個人天地與時代潮流隔絕。實際上，他傾向於吸取多種藝術因素而進行新的創造，從而爲詩壇奉獻了較豐富多樣的產品。蘇紹連詩創作的獨創新變之處頗多，始終不變的卻是那種「每寫一首，艱苦如經歷一場浩劫，幾乎要瘋狂似的」❾全身心投入的藝術敬業精神。這也是其作品之所以深刻、感人的原因之一。

馮青本名馮靖魯，江蘇人，一九五〇年出生，中國文化大學歷史系畢業，曾加入創世紀詩社。她是一位結合著現代感思和女性傳統的感性筆觸，創作呈蛻變、發展之勢的詩人，著有《天河的水聲》、《雪原奔火》、《快樂或不快樂的魚》等詩集。她在第一本詩集的序言〈詩是我心裡的風景〉中宣稱：「我極愛兒童的感覺，他們較近事實，既銳利又原始」，小孩的妙語，「不帶世故的印象，充分想像的自由，是詩！是浪漫又鬼靈的傑作」。顯然，詩人珍重的是一種原始的感覺——一種不包裹成年人的理性邏輯、世俗成見和對事物、語言的固定反應的純粹心靈感應和觸動。這一詩觀，正是開啓馮青詩世界的一把入門鑰匙。馮青早期一些小巧玲瓏的詩作，均以女性特有的敏感，輕輕觸探自然萬物，捕捉獨特的瞬間感受，並演化爲新鮮可感的意象和意境。如〈仰臉看你〉中抒情主人翁仰臉看樹葉掉落而心生愁緒，無意中低頭竟發現小小凋葉也仰臉看著他（她）。詩歌所表達的正是一種難以言傳的奇妙的心靈觸動，爲了傳達這種特殊的感動，馮青常以略帶敘述性的筆觸，娓娓講述一個隱然成形的故事，但更能代表其早期創作特色的，是她常使視覺、觸覺、聽覺、嗅覺等相互交感、轉換，融爲一體，或捕捉各種突發的奇想奇喻，構成一個多姿多彩、有時甚至是超現實的感性世界。諸如「燈光是一群疲憊的綿羊／在江流中吃草」（〈夜問〉）、「紛紛的雨絲／該不會是蛙背上滑下來的花紋吧」（〈天黑的時刻〉）等，都是充斥著詩人新奇感覺和大膽想像的戛戛獨造的詩句。顯然，馮青追求的是感覺的「眞」，而非客觀外貌的

「眞」，她並不想複寫自然萬物，而是要構築主觀和客觀相交融的詩世界，即她所謂的「心裡的風景」。這與古典詩詞的「意境」頗爲相似，只不過馮青不僅在景物中注入情感，更注重的是感覺的捕捉、表達和想像的自由飛躍，以構築頗爲獨特的「意境」。如〈夜遊國父紀念館〉以「有人擊筑而歌／歌聲，從冷色的石階上／以融雪的速度化去」、「飛檐斜掛著／七十二顆星宿／與銅像焦慮的眼神默默相對」、「我悚然見到／長廊的一排石柱／破空而去」等詩句，營構了具有歷史的悲壯感和崇高感的藝術氛圍，顯示馮青頗爲獨特的意象選擇和感覺表達方式。

注重感覺的表達及相應的藝術手段，使馮青詩作帶著傳統女性文學的婉約。然而早在《天河的水聲》中，就開始顯露詩人的某些方面的超越。如卷四中的〈空白位置〉、〈黑荷〉、〈顫動的歌〉等均蘊涵哲思；而在卷三中，詩人更將筆觸直接伸入社會現實之中，描繪了一幅幅現代都市風情畫。〈一婦人〉、〈河〉、〈失時〉、〈那麼一天〉、〈野菊〉、〈成長〉等，或刻劃上班族被異化的苦衷，或描繪問題叢生的頹靡世風。它們也許未臻成熟，卻爲以後詩風的發展埋下了伏筆。

如果說傳統婉約風格和現代感思的張力，在《天河的水聲》中還若隱若現，並主要以前者爲主導，那在後來的兩部詩集中，正如林燿德所描述的：「《天河的水聲》中水晶渾圓的感官世界，在《雪原奔火》時期擴張爲龐碩的心靈幻象，到了《快樂或不快樂的魚》，又迸裂成稜角四突的碎片……」❿馮青最爲引人注目的發展在於跳出抒發一己感受的格局，以極爲寬闊的視野探入歷史的縱深和人的潛意識世界，觀照現代社會的異化和人類未來的命運，從而創造出一種以婉約的抒情筆調包裹厚重深刻的現代感思的新型抒情詩風格。雖然詩人仍保持著捕捉特殊感受和清新意象的特色，但其氣魄更為擴大、視野更為深邃了。她觀海而聽到「宇宙母親的咳嗽聲」、「海底心臟的搏跳」，手持半開的玫瑰而感受其玄秘的由強而弱的生命電波。在《雪原奔火》的序詩中，詩人將「黑色的船屋」駛入十萬年前的蠻荒雪原，觀看地球初始的運動，在那雪與火的糾葛中，感受正與負的永恆的輪迴和交替。詩人顯然要對人類文明和宇宙、生命本身進行深沉的潛航，因此即使是愛情詩，也有了與以往不同的面貌。從卿卿我我、兒女情長的傳統女性角色，轉變為帶有自強自立等現代觀念的新女性，從花前月下的場景，轉移到荒涼落索或風狂雨暴的「黑色」情境，從小我兩造關係的描寫，擴大到對各種社會問題乃至人類生存處境的觀照。如〈雨過河原〉中出現的是一位「年歲抛下，紅顏割捨／馱著瘦肩的行囊／默默遊遍幾萬年的黑」的孤絕傲岸、堅忍固執的女子形象。她並非一味傾瀉自己的柔情蜜意，而是明知對方注定失敗的命運，仍要介入他的生活和感受。〈河灣〉中隔世重逢的已不是年輕貌美的情侶，而是老態龍鍾的翁嫗，相逢的地點不是「輝煌過的峽谷」，而是不知名的荒野，「多疑且流血的河口」。詩人透過一段貫穿生死輪迴的愛情，透視人類發展前景並敲響文明自我毀滅的警鐘。長詩力作〈女角〉中的女演員陷入了情感作假的作戲和內心真實的欲情的衝突，而承受了「劇本無法描述的痛苦和詭異」，既暗示了「假才性要戰勝假節操」的充滿虛假和騙局的時代特徵，同時也觸及了符號與真相關係的後現代課題。這些情詩中出現的冷冽或荒蕪的「黑色」情境，顯然是詩人所感受到的現代都市的疏離、陰冷和暴戾的折射。詩人在其婉約風格中摻入了現代生活經驗，因而演出了不同的變奏。

在《快樂或不快樂的魚》詩集等近作中，馮青似乎將她的深邃目光，更多地轉向現實社會——由衰颯、貧窮、傳統的農村走向紛亂、雜沓而罹患集體精神官能症的都市後工業社會。如〈黃昏嶺〉、〈白牡丹〉等以俚俗的旋律彈唱著數十年來台灣庶民生活的悲涼；〈三聲無奈〉呈露了社會改革先行者未能喚醒民眾的無奈和悲劇；〈案例說明〉更以癲癇症患者的湧現暗示狂亂和荒蕪的社會情緒。這些詩作顯示了順應時代發展的新的脈動和詩人視野的進一步開拓。在後兩部詩集中，詩人運用了更多的邏輯跳躍、文法切斷、矛盾語法和比喻象徵，詩歌語意空間的擴增帶來了幾分艱澀，對於原始蠻荒和意識深層的掘進，也使詩作增添了壯闊和深厚。然而，對於原始感覺和清新意象的捕捉也未必絕跡。馮青可說是一個能包容古典主義、現代主義和後現代於一體的詩人，從她身上，正可看到近二十年來台灣詩風轉變的若干痕跡。

蘇紹連和馮青雖然性別有異，經歷不同，但他們的詩創作卻有著一個共同點，即充斥著現代和傳統、歷史和現實、原始蠻荒和人類文明等兩極矛盾的巨大張力，這些矛盾的兩極似對立，實相互依存，融爲一體。這些不僅是詩人們的觀照對象，同時也體現於他們的藝術形式和創作技巧。作爲台灣的著名詩人，他們融合傳統和現代、歷史和現實的共同特點，說明了台灣戰後新世代創作的普遍傾向之一，也是新世代不同於前行代的重要特點之一。

第三節　簡媜：以生命意識燭照事理人情

簡媜，本名簡敏媜，一九六一年生於台灣宜蘭縣農村，台大中文系畢業後，曾於佛光山翻譯佛經，又曾任職於《聯合文學》雜誌社，一九八六年起卸職從事專業創作，後與張錯等人籌創「大雁書店」。著有《水問》、《只緣身在此山中》、《月娘照眠床》、《浮在空中的魚群》、《下午茶》、《空靈》、《夢遊書》、《胭脂盆地》、《女兒紅》等散文集，以及小品集《一斛珠》、《七個季節》，札記《私房書》等。

簡媜創作的主要成就在於散文。「銜文字結巢」、視書寫為「夢遊者天堂」的信念，童年生活於農村對自然萬物榮、枯、生、滅法則的體認，以及大學畢業後往佛光山翻譯佛經、參禪理佛的經歷，使簡媜從早期創作起就具備豐盈的生命體驗和向內發掘自我心靈的傾向。簡媜深刻感知人生無常、終歸幻滅的宿命，更樹立了服膺命運、無所怨悔，人生在世盡其本分的生命倫理。隨著年歲、閱歷的增長，更由於簡媜重視境界追求的「過程」，將散文創作視如攀爬階梯，希望每個階段都看不同的風景，因此其題材、主題、觀照焦點都有所變化或擴展，如《水問》收錄大學期間的作品，以呈現當時「心靈的史跡」；《只緣身在此山中》為作者於佛光山耳聞目睹出世僧尼的感人身世，結合個人對佛家人生觀的體會所創作的散文合集；《月娘照眠床》則主要是對童年時代鄉村生活的憶念和描寫。《下午茶》一書分爲「器之卷」、「茗之卷」和「韻之卷」，乃藉「茶」書寫人物和人生……然而，儘管簡媜從早期偏重於個人經驗的內省，轉向後來的以大量筆觸對城鄉凡民生活加以寫照，但她固有的生命意識、人生追求和處事哲學，仍如一條主軸貫穿於她的創作中。無論是她對男女愛情問題的處理，或是她對台灣社會變遷、都市問題的觀照，都體現出這一明顯的特點。

和其他女散文家一樣，簡媜也以「愛情」爲其創作的重要題材，不同之處，作家在其愛情觀中融入了生命意識、人生理念，因此她所宣揚的男女平等觀念，也與眾不同地建立於自我修練和人生感悟之上。她不再像一般的女性愛情散文那樣熱衷於描寫痴迷的曠世之愛或纏綿的閨閣之怨，而是更執著於「靈魂牽手、異地同心」的精神戀愛，或忘年之交、隔世之愛的命定緣分。在〈四月裂帛〉、〈夢遊書〉等文的現實場境或夢境中，「我」和情人「理智地辯論著」愛情和婚姻的種種問題——從雙方的緣於年齡、經歷的性格差別，到兩人愛情生活的實現方式，從愛情與兩人各自工作和現實責任的關係，到婚姻對兩人的利弊等等。

這裡，簡媜首先確立了一個最基本的原則：男女之間具有平等的關係和各自獨立的人格，並不需要女子在工作、生活各方面被迫作出犧牲。簡媜寫道：必須用更寬容的律法才能丈量你我的軌道，你不曾因爲我而放棄熟悉的生命潮汐，我也不必爲你修改既定的秩序，「現實給予多少本分，傾力做出分量的極限；不願偏執殘缺而自誤，亦不想因人性原欲而磨難他人。任何人不欠我半分，我不負任何人一毫，只有心甘情願的責任，見義而爲的成全」（〈夢遊書〉）。其次，簡媜表陳了一種獨立世俗之外的愛情追求和觀念。對內而言，男女雙方是平等的，對外而言，愛情生活則純屬兩人之間的事，並不需別人的流言蜚語、指手劃腳。爲此，簡媜在〈摘自夢遊者手札，未寄部分〉中，仔細分析、考辨著「情人」對兩人的愛情產生「質疑」的原因和責任，寫道：「如果你的過去經驗破壞了你對愛的信任能力，以此投影我，則你對我不敬；如果你在外聽到關於我的揣測、編派（也包含你對我過往重新閱卷，產生微醋）因此而動搖，則你對你自己不敬。此二者，我都不必負責。」而「我」要給「你」的，是「一分在任何人面前都不被羞辱、訕笑的清白之愛」。

必須指出，簡媜雖然傾心於反世俗的愛情、婚姻觀念，但並非放縱，而是強調愛情需對提升雙方的精神境界有所助益。簡媜認定：「每一樁生命的墾拓，需要吮取各式愛情的果實。」在愛情生活中，「我」得以在「你」身上複習久違的倫常，而「你」在不知不覺中已被「我」修改，按著我心中的形象發音。更主要的，愛情需要和能夠在克服現實缺陷中發揮特殊作用。簡媜認識道：「現實若圓滿無缺，人的光華無從顯現，現實的缺口不是用來滅絕人，它給出一個機會，看看人能攀越多高，奔赴多遠，堅韌多久？它試探著，能否從獸的野性掙脫爲人，從人的禁錮蛻變出來，接近了神。」因此「任何一樁情緣，如果不能激勵出另一種角色與規則，以彌補夢土與現實之間的斷崖，終究不易被我珍愛。」簡媜目睹現代社會中兩性道德觀念鬆綁，使得「靈」不斷萎縮，「欲」多方擴張，指出：「愛的定力來自於德性定力。」美之所以成立，乃因在愛情裡包含德性與浪漫的完整實踐，「貞誠、信任、尊敬是德性的條目；猶如『性』只是浪漫的一款。我無法想像靈魂不曾纏綿、欲望單獨行動的事情。無靈，就等於無欲狀態。」爲此簡媜宣稱其愛情論有嚴苛的十誡，這種戒律落實於兩人的情愛，則是現實責任的承擔：「我們之所以互相珍貴，除了愛的眞誠，亦含攝能否以同等眞誠克盡現實責任，實踐爲人的道義。」簡媜由此認定：「使靈魂不墜的是愛，使愛發出烈焰的是冰雪人格。」可以看到，簡媜的融入其生命意識的愛情觀，既具有反世俗的現代品格，其實仍保有堅貞、守德的傳統的因子。當然，這「傳統」已剔除了那些殘斫人性的腐朽成分，成爲現代人免於物欲戕賊的生活立足點之一。

作爲一個出生、成長於農村，卻任職、生活於都市的作家，簡媜涉入台灣社會轉型和變遷的主題是很自然的。但與吳錦發、履彊、廖蕾夫等著重描寫新、舊兩種價值的衝突和舊價值無可奈何的沒落不同，簡媜仍以對生命、人生的清澈感悟和圓融觀點對待社會變遷問題。如〈銀針掉地〉描述了「阿嬤」的令人難以接受的過分節儉。然而作者很快就釋然了。她認識到社會的變遷是一種歷史的必然，老人活在他們的舊時代裡並不容易改變，「代溝」不需硬性地加以彌合。因此，她表示「不要吵醒在地底的伏流，讓阿嬤在她的年代裡梳髻，我在我的年代裡散髮，我們只不過共用一個晨光而已。」〈已飲閻浮提一切河水〉更從人類世代傳承和個體生命獨立意義的宗教式感悟，看待代溝和社會變遷問題。她寫道：「紅磚綠瓦的時代不再了，老先生老太太們的心事我們也不可能去親歷，但，他們認眞守護過的時空卻延續成今日我們的立足之地；而我們認眞看守住的每一寸時空亦將成爲孩子們歌聲的草原！那麼，舊與新嬗遞的傷痕不重要了，老與少不相識的鴻溝夷平了，每一個人都是圓渾的終點且是晶瑩的始程，就像是一首源源不絕、緣緣相護的天籟，任一個音符都躍向無限。」在這裡，「傳統」和「現代」由於作者求取內心自我修練的思維取向和寬愛超然的人生觀而獲得了融合，這種境界，不同於吳錦發等的小說而和林清玄的散文相互輝映。

作爲一個現代女性，簡媜對於寂寞、困惑、挫折、疏離等現代人的心理徵候，不會沒有強烈的切身體會，這自然而然地在其作品中有所表現。如〈背起一隻黑貓〉、〈寂寞像一隻蚊子〉、〈三隻螞蟻吊死一個人〉分別以黑貓、蚊子、螞蟻等構築整體象徵或寓言故事，將現代人的心理特徵表現得維妙維肖：「困惑，總是踩著黑貓的步子，躲在人生道旁的草叢裡，等待暗夜行路的人，猛然抓住人背，引起一陣尖叫。」挫折則是「叫人死不了，活著又不爽快。好比春花爛漫的季節裡，早晨醒來，發現身上的薄被爬滿螞蟻。」寂寞更像無法掩飾的生命內裡的不潔，「就算殺盡蚊子，還是祛除不了腦子裡的嚶嚶之聲」。簡媜試圖爲之開出療治的藥方。但這藥方並非批判、抗議和對社會加以改造，而仍舊是自我的修行和對人生的透徹感悟。有時作者想躲入與世隔絕的小天地，以保持自我的純淨。如早期〈美麗的繭〉中寫道：「讓世界擁有它的腳步，讓我保有我的繭。當潰爛已極的心靈再不想作一絲一毫的思索時，就讓我靜靜回到我的繭內，以回憶爲睡榻，以悲哀爲覆被。這是我唯一的美麗。」而近期的〈夢遊書〉則以這樣一首詩作結：「我們占據沙灘，／驅逐馬鞍藤，叫浪濤閉嘴。／月光是我們的蠶絲被，／睡成一個繭後，／誰也不准出來。」除了這種顯得消極的自我放逐外，作者更常把面臨挫折、困惑等視爲人生的必然，當做人的必要的修行，並鍛造出一種超然物外、隨遇而安的人生態度。簡媜寫道：「如果人生總是平坦順遂，無重擊或死別，我們很難在荒煙廢墟中體悟生命曾經多麼甜美，友誼如此珍貴。」（〈大踏步的流浪漢——哀王介安〉）「人生的結構，也像月之陰晴，草樹之枯榮，一半光明，一半黑暗。我們之所以容易受傷，乃因爲在盡情享受美好的一半之後，更貪心地企求圓滿。」（〈三隻螞蟻吊死一個人〉）因應之道，在於「清醒而透明地看待人生道上的悲歡生滅」，認識「人生好比流水漂木，有理由千軍萬馬地爲所摯愛的人事，向風沙揮戟；也有理由當一切崩圮之時，杯酒碗茶之間含笑釋然。執與不執，困與不困，都是一念繫三千。就像推敲背上的黑貓，當我行走，它是隕石；當我躺臥，它是我的柔軟睡榻。」（〈背起一隻黑貓〉）有此修練，自然能在窮達之間伸縮自如，視「所有過往的繁華，只不過是一襲繡花的屍衣」，情願做「藍布衣的草民」，而「誓不肯再穿上針縷腐敗的龍袍」（〈下午茶·桂花蒸在龍井上〉）；視「緊緊捏在手上的鈔票將如紙灰一樣，飛散在永不能再來的人間」，從而更傾心於錢所買不到的純粹的友情和愛（〈一札錢〉）；甚至將挫折的來臨，視爲一種新的契機，「它可能藉著顚覆現行秩序，把人帶到更廣闊的世界去」（〈三隻螞蟻吊死一個人〉），從而顯出一種比自戀和自我放逐更爲積極的人生態度。

如果說簡媜文學的重心不在求取社會的改造，而是在於追求內心的自我修練和道德的自我完善，其對世事採取了超然豁達的態度，顯示了簡媜主要承續了中國古代文化中道家、禪宗的一脈，那對愛情的忠貞和現實責任的強調，又顯現了儒家文化影響的深刻刻痕。但無論何者，它們都是中國傳統文化的一部分。另一方面，簡媜的文學又躍動著濃郁的現代情思。無論是其對現代都市社會人的心理特徵的深刻觀照，或是其帶有新女性主義色彩的愛情、婚姻觀，乃至其削弱傳統女性文學纏綿的抒情，而改以理性筆觸感悟和思索人生眞諦的藝術手段本身，都顯示著簡媜與傳統女性文學的不同。簡媜以特有的包含著「一點點生活情趣，一點點禪意哲理，一點點鴛鴦蝴蝶，一點點痴心妄想，一點點品味矜持」的表現，而被頗爲恰當地稱爲「新古典的現代性靈派」⓫。

在藝術手法上，簡媜同樣表現出集傳統和現代於一身的包容性。總的說，簡媜並沒有表現出學者散文所具有的豐富的知識性，甚至也沒有突出地顯現一般女作家對事物的特有的敏感，而是巧妙地採擷了古典風味和現代情調，由此合成了一種富有魅力的獨特藝術風格。她的描寫童年記憶、鄉村生活的感性散文，多用自然口語；而記載一個現代知識女性對於人生、愛情等問題的觀察、感悟和思索的作品，更多地採用得益於古代文學經典的典雅精緻的筆觸。另一方面，簡媜又注重創作中的個人獨立創造，不爲成規所囿。她宣稱：人們可以從小說裡擷取一段成爲散文，爲什麼不能在散文裡來一段小說，如對話之類？詩，必須注意音律，散文爲什麼不能講究音韻美？爲此她根據藝術表現的需要而打破體裁之間的界限。散文的「小說化」在其描寫鄉村生活題材作品中不乏其例，而散文的「詩化」則在其思索人生問題的作品中更爲常見。

簡媜散文形式上的古典韻味主要表現在遣詞造句方面。她充分發揮了中國文字特有的多光譜、多層次的豐富表現潛力，十分靈活而又貼切地使用各類詞彙，特別是動詞、量詞和形容詞等，具有中國古代文學鍛字造詞的效果，卻又渾然天成，毫無雕琢之痕。在不少段落中，她常採用排比、對偶句式，增添了行文的氣勢而又多所變化。古代文學作品的典故也經常爲作者所借用，但並非「掉書袋」，而是了無痕跡的化用。簡媜還善於驅遣長詞短句，安排遞進轉折，文章顯得騰挪多姿；不少段落有意無意地押了鬆散而又明顯的韻腳，設置靈活的音節節奏，讀來如行雲流水，金石鏗鏘。簡媜散文的現代美感則主要表現在充斥作品中的一種慧黠的靈光，創新的躍動。如她的作品中到處可見戛戛獨造、出人意表的新鮮比喻，不時流露對事物知性觀照的幽默感，常能將明喻暗喻、新詞故典以及自己的一點感觸，流轉自然、天衣無縫地融爲一體。

註釋：

❶林燿德，《一九四九以後》，爾雅出版社，一九八六，頁一一三。
❷羅智成，《關於寶寶之書》，少數出版社，一九八九，頁一。
❸羅智成，《擲地無聲書·序言》，少數出版社，一九八九，頁六—八。
❹羅智成，《擲地無聲書·序言》。
❺蘇紹連，《驚心散文詩·後記》，爾雅出版社，一九九〇。
❻一九八四年洛夫爲蘇紹連獲「創世紀二十週年紀念詩創作獎」時所擬的評語，見《驚心散文詩》，頁一。
❼蕭蕭語，見《驚心散文詩》，頁一四〇。
❽蘇紹連，《驚心散文詩》，頁一四二。

❾蘇紹連，《驚心散文詩．後記》。

❿林燿德，〈馮青論〉，《台灣新世代詩人大系》，頁一〇一。

⓫萬胥亭，〈品味與共識的歷史辯證〉，《聯合文學》，一九九二．二。

第七章　弱勢族群的呼聲

第一節　原住民文學的崛起及莫那能詩歌的抗爭主題

在近年高漲的族群論述中，有人提出當前台灣社會存在著閩、客、「原住民」和一九四九年前後移居台灣的「外省人」等四大族群。這一提法的科學性或許尚需斟酌，但它提示了台灣社會族群關係問題歷來複雜，於今爲甚的狀況。如何克服因政策失當而造成的族群不平等關係，調解族群間的利益矛盾，使之和諧共存，共襄繁榮，是社會面臨的重大問題。從社會正義和人道的立場出發，所有族群，無論它屬於強勢的還是弱勢的，其生存環境和命運都應得到社會的關心。這也許是近十多年來原住民文學和「老兵小說」、「眷村小說」等先後出現、成長的背景和意義。

「山地文學」的崛起是八〇年代台灣文壇引人注目的重要文學現象。嚴格意義的「山地文學」是指高山族作家的文學創作，廣泛意義的「山地文學」則還包括漢族作家以高山族生活爲題材的作品。在台灣文學史上，廣義的「山地文學」早已出現，但並不繁盛，狹義的「山地文學」（現一般稱爲「原住民文學」）更微乎其微，但八〇年代後，卻雙雙獲得了較大的發展。特別是後者，繼一九八三年布農族小說家田雅各登上文壇後，幾年內又有排灣族詩人莫那能、泰雅族作家瓦歷斯·諾幹（柳翱）、雅美族散文家波爾尼林、布農族小說家娃利斯·羅幹、雅美族作家施努來、卑南族作家孫大川等等，相繼崛起。相較於漢族作家的「山地文學」，他們的創作顯然具有更重要的意義，因其代表著在長期不平等族群關係下，似乎早已喑啞無聲的弱勢族群的首次系統的發言。漢族作家的創作，畢竟只是一種外部的觀察，並無法深入了解少數民族的內部關係和深層的文化肌質，也無法以第三人稱越俎代庖地表達他民族內在自我的生命型態、眞實細微的內心感受和深層的文化內涵，也無法對以聲音的喪失爲重要標誌之一的弱勢族群的生存危機有根本的彌補。由高山族作家親自操觚的「原住民文學」方能達成如此使命，從而爲台灣鄉土文學增添了一個特異而又道地的成分。

近年來，由於社會教育的普遍化，高山族的教育事業也有一定的發展。儘管數量有限，高山族畢竟有了自己少量的到平地受過高等教育的知識份子。「原住民文學」主要就是這些屬於「新世代」的知識份子、作家創作的。原住民文學十多年來的發展呈現了兩個主要脈絡。其一可統稱爲「抗爭」主題。這類作品直接介入當前社會各種政治、文化的焦點議題，反映作爲弱勢族群的高山族遭受壓迫、摧殘而面臨的種族生存危機，進而向當局表達他們的不滿和憤慨，號召族人奮起反抗，爲爭取民族平等權利而鬥爭。其二可稱爲「文化」主題。這類創作更多地注目於本民族歷史文化血脈的接續，蒐集和整理源遠流長的凝結著民族集體智慧的風俗民情和神話傳說等口傳文學資源，以此呈現本民族特有的生命、文化型態和性格，以族群文化的保存和建構尋求民族生存的「一種新的可能」（孫大川語）。在上述兩大脈絡的消長變化中，後者不斷增強並有超越前者的趨勢。或者說，原住民文學實現了由向外爭取「主體」地位，到向內認識自己是誰，由激越的吶喊和反抗，到深沉的文化扎根和更高層次的人性追求、生命表現的轉變。從作家的具體傾向看，莫那能堪稱「抗爭」主題的代表，施努來、孫大川等更傾向於「文化」主題，而田雅各、瓦歷斯·諾幹等則似乎介於兩者之間。

莫那能漢名曾舜旺，一九五六年出生於排灣族一個貧苦的家庭裡，曾當過採砂工、捆扎工、搬運工等。由於先天不足，青少年時代營養不良，再加上過於沉重的體力勞動，使莫那能從一九七八年起罹患弱視眼疾，此後視力繼續下降，終至完全喪失，只好以按摩爲生。莫那能談到自己的苦力生涯時，不無感慨地說：從我踏到平地都市的第一步，即爲職介所的人口販子騙走了身分證，被關在廁所裡，變成任人喊價的勞力；在山地裡，我們不用契約來約束人與人之間的關係，更不知道契約背後的法律就像鎖鏈、鞭子一樣被掌握在壓迫者的手中，套牢著弱者的命運，鞭打異族的身體。

莫那能的家庭和個人都是十分不幸的，但對他來說，更爲不幸的是本民族正面臨著部落解體、文化失落、種族滅絕的危機。從小就面臨的不幸遭遇，使他早慧地對人生和社會有較清楚的認識，對眞善美、假醜惡有較深刻的感悟。這啓動了他的寫詩天賦。他以詩爲高山族的生存和發展而吶喊、抗爭和謳歌，感情奔放，愛憎分明。因此有人把他的詩歸入「政治詩」，譽他爲「原住民民族解放運動第一個詩人」❶。一九八九年，他的第一本詩集《美麗的稻穗》出版。

莫那能的詩，寫個人與家庭，寫友人與同事，更寫整個部落、民族——從「小我」到「大我」。他以大量筆墨，敘寫民族集體心靈深處沉積的抑鬱、怨恨和自卑。這種感情如此強烈，即使在新婚喜慶之夜，也無法須臾沖淡。在〈遺憾〉一詩中，「我」對新婚的妻子說：「當妳依偎在強壯／厚實的胸肩，／請妳要聽見，／這失明的軀體內／正橫行著癌。／當妳滿心分享著／喜樂的情緣，／請不要想起，／那荒遠的高山上／殘破的家園，／作妓女，失去子宮底／妹妹的哀怨，／患肺結核底／父親的心酸，／百歲老祖母的愁顏……」這是一個充滿創傷，積疊著無比的抑鬱和憤懣的心靈，也是受欺壓最重的少數民族才會有的特殊心態。

莫那能爲高山族同胞被迫沉淪於台灣社會最底層，青年男女成爲廉價勞力或肉體商品而疾聲抗議；爲本民族賴於生存的根基——自然環境被龐大資本體系所摧殘而發出怒吼。他的詩，對高山族同胞可悲的生活情景作了充分的反映。如〈流浪——致死去的好友撒即有〉一詩中，敘述了撒即有從十二歲起，就被「當」在焊槍工廠，「忍受惡臭，長期禁足／不准外出，沒有報酬」。三年期滿後，到一家磚窯廠，「得到最少，付出最多」。他不停地換廠，不停地流浪，最後遠渡重洋到阿拉伯做工，被挖土機的手臂奪去生命。詩人好像聽到好友最後在說：「我懂了，流浪是無奈的壓迫／死亡才是眞正的解脫。」於是詩人只得這樣說：「去罷！流浪漢／流浪到未知的世界／或許那是一個和平的地方。」在充滿壓迫和欺榨的社會裡，撒即有命運多舛，儘管他努力拚搏，付出幾多辛勤，幾多心血，但卻找不到一塊淨土，而處處都受到煉獄之苦。他最終被迫到天國去了。詩人對他的死無可奈何，欲哭無淚，只能以調侃、揶揄告慰亡靈罷了。

詩人不忘個人、家庭和友人的苦難，而更使他難忘的是整個民族的命運和前途。在〈恢復我們的姓名〉中，詩人對高山族同胞的姓名被遺忘和受侵害，發出抗爭的激越呼喚。詩人深深地知道，他們的命運，「只有在人類學的調查報告裡／受到鄭重的對待和關懷」。而在姓名被遺忘的背後，即是民族的重重災難：「我們的姓名／在身分證的表格裡沒了／無私的人生觀／在工地的鷹架上擺蕩／在拆船廠、礦坑、漁船徘徊／莊嚴的神話／成了電視劇庸俗的情節／傳統的道德／也在煙花巷內被蹂躪／英勇的氣概和純樸的柔情／隨著教堂的鐘聲沉靜了下來。」詩人深深地知道，姓名與尊嚴密不可分，因此提出恢復他們的姓名，也恢復他們的尊嚴。這是高山族同胞爭取民族尊嚴的強烈呼聲。

莫那能雖然抑鬱、憤恨，但對自己的民族還是充滿信心和希望的。在《美麗的稻穗》序言中，莫那能寫道：「我的詩最大的衷願便是：在絕望中找到希望，在悲憤中獲得喜悅。」而希望來自鬥爭和反抗。因此〈爲什麼？〉寫道：「只要太陽還升起／只要高山還聳立／只要大河還奔流／被迫離鄉別井的／失散顚沛的民族／終要憤然崛起。」在〈鵲兒，聽我說——給山地知青〉中，詩人以鳩占鵲巢，比喻外來的侵占，呼籲對待侵占者，「善良不能過分」，指出「妥協只會加速自己的滅亡」。因此他提倡鬥爭哲學，鼓勵人們採取積極的態度，相信經過奮鬥和努力，高山族終會獲得「土地的芬芳」、「陽光的溫暖」與「和平相親的歌唱」。

莫那能絕大部分的詩，對高山族的過去、現在和未來所作的反映，眞實而準確，但也有個別的詩，帶有偏激情緒。如在〈燃燒〉一詩中，詩人對當政者說他們是中國人，十分反感。這種情緒的產生，自然有很複雜的原因，其中之一，即是當局的政策不當，對高山族缺乏關愛，甚至加以傷害，致使詩人產生埋怨、牴觸情緒。然而，中國是多民族統一的國家，高山族是中國多民族中的一個成員。這種根本性的認識，在詩人的腦子裡還是存在的。他的詩接著這樣寫道：「無數小溪匯成巨大的聲音，／它叫大河。／無數民族匯成巨大的聲音，／它叫中國。／我是少數民族的一支，／我是人民，我是小溪，有了我，／才有中國……」對此陳映眞評論道：「……詩人對於人爲民族之本，個別人的權利與尊嚴是國家與民族的根柢，以及中國之爲多民族統一的國家的認識，竟遠遠超出時流之上。」❷

莫那能的詩，出現於高山族不論在政治、經濟或是文化上都處於困頓甚至分崩離析的種族危機時刻。他那有力的詩句，對於更新和激勵民族的靈魂，喚回民族往日的尊嚴、光榮和驕傲，以便以新的面貌，和其他民族人民一起，共建一個平等互敬、和平相處的社會，具有啓蒙和鼓舞作用。這也是莫那能詩歌的特殊意義之所在。

第二節　田雅各、施努來：弱勢民族的性格呈現和文化扎根

與莫那能相比，田雅各、施努來、瓦歷斯·諾幹等較傾向於將激情冷凝內斂，以更多的自省取代純

然對外的控訴，將主要的筆觸用於挖掘漫長歷史中所累積的族群生活經驗和智慧，較深刻地呈現了原住民族的文化性格及其透過文化扎根以求自我安頓的努力。當然，這僅是相對而言的，且三位作者之間也還有明顯的區別。

施努來（夏曼．藍波安）原本寫詩，近年來多寫小說且致力於高山族民間口傳文學的蒐集和整理。他出版有《八代灣的神話》一書，並明確表示，他所以放棄出版詩集的機會而先撰寫、出版這本雅美族神話傳說，乃因爲發現自己的詩只不過是以前在台北的空虛生活中所激發出來的情結的痛苦表現，無法與民族古老的詩歌、神話相比，「除了吶喊之外，如果我們能循著祖先的足跡從大武山開始走起，相信自己的創作一定會更豐富」❸。在該書的自序〈孤舟夜航的驕傲〉一文中，他還對這些傳說的文化意義加以表述：「我以爲，初民民族神話故事之流傳，有其充分的自然背景及必要的社會條件；而這些便是她的文化世界觀、哲學觀、價值觀等的整體。所以，神話衍生出來的習俗之內涵，絕不是現代人主觀意識所謂的『迷信』、『荒謬』的；反之，神話故事的消失，即是一個民族文化思維的貧窮。」如題爲〈小男孩與大鯊魚〉的故事中，醜陋但善良的大鯊魚主動與一對雅美族夫婦的獨生子交朋友，每天載他遊覽海底世界，都能有驚無險地平安返航，使小孩的父母及族人也改變了原先對鯊魚的成見。〈飛魚神話故事〉則講述道：有飛魚託夢於人，自言其飛魚神魂乃雅美族人生命之源泉，只要漁人尊敬牠們，遵循其所述一切禮儀，每年就會讓他們有吃不完的飛魚。這些故事體現的，其實是一種人和自然相依相契、和諧共存的「自然世界觀」❹。

夏曼・藍波安不僅透過整理民間傳說傳達出高山族緣於地理自然環境及代代相傳的生活型態而造就的「自然世界觀」，而且透過自己的小說創作加以正面的表現。在〈黑潮の親子舟〉❺中，作者敘寫了自己在台北都市社會生活了十多年後，重返故鄉加入本民族傳統的捕魚行列的種種感受，塑造了年邁但仍勤勞不息的雅美族勞動者形象，並揭示了未開發民族的可敬之處——用勞動累積的成果來累積自己的社會地位。小說最爲生動之處，在於詳細描寫了從伐木造船到下海捕魚的全過程以及其間的種種儀式和禁忌，主要是對山、海、樹木、飛魚等被視爲大自然神祇的事物的敬畏和祝福。顯然，只有在親炙本民族傳統的生產生活方式之後，才能達到與大自然的親密無間的感情交流，體會到「宣洩的浪花是海洋眾孫子迎接的笑容」，也才能明白雅美人的傳統品德和行爲——敬畏神靈、服從祖訓和禁忌、恪遵一切生產活動前後的祭典儀式等。或者說，雅美人的疼山愛海，乃因爲海洋、山林是他們賴於生存的根本，正如老人所言：「樹是山的孩子，船是海的孫子，大自然的一切生物都有靈魂，你不祝福這些大自然的神祇，你就不是這個島上有生命的一份子……有了這些儀式，大自然就不會淘汰我們的民族。」顯然，作者返鄉融入民族生活並致力於蒐集、整理民族神話傳說，因此對這種與自然靈犀相通的文化型態不僅有感性的經驗，而且有了理性的認識，才能有意識地在作品中加以表現。在這一點上，它比起原住民文學的早期作品，顯得更爲明確、自覺和強烈。

本來此類特殊的世界觀、價値觀、審美觀就融化於每個原住民同胞的血液中，而對口傳文學的發掘和整理，更增強了高山族知識份子、作家對此的自覺認知。這必然對他們的創作產生影響。在田雅各的小說中，上述「自然世界觀」不僅成爲一個重要的主題，而且轉化爲一種特殊的審美感受，無所不在地溶解於作家描景抒情的具體過程中，成爲最能體現其「原」汁「原」味的所在。

田雅各本名拓拔斯．塔瑪匹瑪，布農族人，一九六〇年生於南投縣。就讀高雄醫學院醫學系時，曾加入該校阿米巴詩社。一九八三年因發表以他的布農族本名爲題的小說處女作《拓拔斯．塔瑪匹瑪》而一舉成名，同時也揭開了由新世代主導的八〇年代原住民文學創作的序幕。繼一九八七年出版小說集《最後的獵人》之後，一九九二年又出版了《情人和妓女》。這兩本小說集浸濡和散發著特有的「原」汁「原」味——一種非本族人所難以深切體會、表達和模仿的特殊感受、氣質和審美情調。如果說他的成名處女作《拓拔斯．塔瑪匹瑪》透過汽車上一群族人的談話，揭示當前台灣高山族所面臨的深刻的種族生存危機，並流露出作爲弱勢族群一員而又外出求學、受到現代文明洗禮的作者複雜、矛盾的眞實心緒，那稍後發表的早期代表作《最後的獵人》則對布農族人獨特的生產方式、文化型態、生活感受和心理性格特徵等作了全面的展示。如小說描寫年輕人承續祖輩的「不是農夫就是獵人」的信念以及婦女懷孕後的禁忌、男人打獵時害怕滑倒的忌諱、下山的獵人要分一塊獸肉給上山的獵人的習俗等。特別是充斥於男主角比雅日內心的對於打獵和成爲勇士的渴望，顯然不是一般的願望，而是一種具有深厚文化內涵的、與民族神話相聯繫、融化於布農人代代傳衍的血液中的氣質和心態。

人和自然相契相依、和諧共存的「自然世界觀」，是普遍存在於原住民文學中的又一特色內涵。在田雅各早期作品中，這種自然世界觀即已出現並成為最能體現其「原」味的因素。如《最後的獵人》充分體現了布農人對於有著「純淨的泉水」、「雄偉的峭壁」，可以獨自聆聽「鳥、風、野獸和落葉的聲音」的「謎般的森林」的傾心熱愛，以及與相依為命的獵狗等動物的相親相愜；《拓拔斯．塔瑪匹瑪》更直接表達了布農人所秉持的動物自然循環觀念及外來的砍伐造林、禁止狩獵等行為和法律破壞了他們與自然固有的和諧關係的認知。這一主題在《妓女與情人》一書中仍是一個回響不絕甚至不斷強化的主旋律。該書敘寫了更多的神話傳說和風俗、禁忌，體現的仍是族人出於生存需要而與大自然和諧共生關係及由此衍生的勤勞、誠實、勇敢等品格。如〈訪布農織布女郎記〉透過布農先人與Ga-Vid（百步蛇）從友善到交惡的故事，宣示貪心懶惰、戕害自然生物必遭天譴的訓誡。〈安魂之夜〉更揭示生活中眾多的禁忌實乃族人在長期與大自然密切相處中其生產勞動和生活經驗的總結。這些禁忌和神話傳說一起，代代相傳，成為族人行為的規範。族人傾向於服從禁忌而厭惡法律，因為後者是外加的，並不符合布農人的與自然和諧共處的生活本質和實際。

「自然世界觀」不僅成為田雅各創作的一個重要主題，而且轉化為一種特殊的審美感受，無所不在地溶解於他的創作中，成為其重要的藝術特色。田雅各經常採用與本民族生產、生活關係密切的自然事物構成新鮮奇妙的比喻，如寫時間有「一粒又半個月亮的日子以前」、「燒熟一粒蛋般大甘薯的工夫」；寫動作有「我像隻遲鈍的笨獵狗手忙腳亂地站起來，踮起兩腳尖，豎起兩耳板」；寫數量有「流了吐一次檳榔汁般多的血水」等。而獵人血統的天賦感覺能力，更使作家在描寫過程中不斷散發出一種狩獵民族特有的情蘊。這主要是格外敏銳的視、聽、觸、嗅等五官感受。如在視覺上，田雅各善於描寫一天中不同時段的富有層次的天空色彩，並捕捉鳥類等一閃而過的遊動目標。在聽覺上，田雅各擅長分辨各種蟲鳴鳥叫、乃至樹葉摩擦碰撞的聲音，並以聲音揣摩各種生靈的動向。特別是在嗅覺的表現上，田雅各更具有一般作家所難以企及的細膩和微妙。如〈卑賤與憤怒〉一作中，作者不斷寫出其前往某部落爲一車禍而死的同胞驗屍途中的種種感受：「一路上香草味塞滿鼻腔」，「陡峭臨海山崖開滿樸素的黃花，延伸到路旁來，氣味沾黏滯留於水氣上，如木箱裡擺放單身男人的襪子」；「潮濕的空氣迎面襲來，水氣在眼鏡上形成薄膜……只看到路旁不被霧氣侵透的岩石，墨綠色的輪廓逐漸明朗，眼前沒有陽光幹擾，石緣看來凸顯有力，像極了保衛島民的眾天神，英勇不可侵犯。」顯然，作家善於將各種敏銳的感覺充分調動，相互融合，使景物描寫也爲其民族形象的塑造服務。而這不能不歸功於作者從其民族文化中所吸取和建立的自然世界觀和對自然萬物的天賦感受能力。

原住民文學近年來的另一個重要發展，是作品中體現出的對於民族自我定位的轉變。或者說，以前較多地刻劃高山族作爲被損害、被欺侮的屈辱形象，而現在則更多地挖掘和顯現本民族的並不比其他族群稍差的高尚品性和人格。無論是整理高山族神話傳說的熱潮，或是現實題材創作的高漲，其目的之一即在翻轉外人由於種種原因而形成的對高山族的刻板印象，從而重新建立起民族的自尊和自覺。在田雅各的創作中，這一趨向也表現得十分明顯。如其較早期作品〈馬難明白了〉雖然也對族群歧視表示了不滿，傾吐了各民族平等相待、和諧共處的善良願望，並要求族人消除自卑，但歸根結柢，作品還是以弱者的身分發言，帶有請求強勢民族平等待我的意味。而在近期創作中，一種自信自尊、自強自立乃至在人格上超越強勢民族壓迫者的自豪感，取代以前多多少少存在的弱者的自卑感，從而使作品在格調和氣勢上有了相應的轉變。如在肖像描寫中，前期作品立足於消除人們對面貌特徵的偏見，旨在說明外貌的差別並不足以爲人格低賤的理由。然而近期作品中這種自我辯護的氣氛明顯淡薄，作家更多的是以一種自我肯定的自豪筆調對本民族的外貌特徵加以描寫，如大眼睛、高鼻樑顯露的聰慧，發達的四肢、略深的膚色顯現的孔武有力等。顯然，體貌不再令族人自卑，反而使他們增添了自信和自尊，特別是當他們從其自然世界觀出發，將這一切和圍繞著他們的大自然緊相聯繫，認識到所有族群都是自然造物者的賞賜而無貴賤之分的時候。在他們眼裡，有著高山峻嶺、鷹隼雲豹、嫩草瀑布的自然造化，正是他們生命活力的源泉；而作爲「自然」的一份子，他們尊貴而非低賤。

正如孫大川所言：布農族田雅各和雅美族施努來的小說正好呈現了「山海文學」的兩個重要面向：山的靜穆，海的波動；它們雖有不同，「卻都交會在與大自然和諧並存的神聖經驗裡；這恐怕是原住民文學中最吸引人的地方」❻。

第三節　瓦歷斯：原住民心理的療治和再建

台灣泰雅族作家瓦歷斯．諾幹（即瓦歷斯．尤幹），漢名吳俊傑，曾用筆名柳翱，一九六一年出生於台中縣和平鄉泰雅族部落，畢業於台中師專，後於花蓮、台中等地任小學教師。這一經歷，塑造出作家特異的「漢原融溶」的特質——既有頗爲規範的漢語表達，又有不同於漢族作家作品的特殊的「原」味。師專三年級時，瓦歷斯加入台中師專的「慧星詩社」（其前身爲七〇年代著名的後浪詩社），從閱讀周夢蝶、余光中、洛夫、張默、楊牧等的現代詩而開始寫詩，直到接觸了吳晟的詩集，才脫去文藝青年的慘綠外套，成爲現代主義表現形式的叛離者，「憶起部落老人的祭典對吟，事實上就是絕美的詩意境的表現」，從此泰雅族的人民歷史記憶、俗民日常生活的思維字彙，在瓦歷斯捕捉詩意象之時即不請自來地活潑跳躍著。在金門服役時，瓦歷斯進行著一種「身在海島，心在部落」的無字詩創作，逐漸棄離華貴虛矯的文字身段，與童年的部落生活記憶對話，試著將部落老人的祭典對吟譯爲漢文。後來當了教師，他才嘗試著將這些無字詩和腦譯創作轉化爲文字。❼

一九八七年前後，由於初識「老紅帽」（指「台共」），瓦歷斯．諾幹大量閱讀《夏潮》、《人間》等雜誌，並從中概略了解到台灣原住民的社會狀態，「當時給我的震撼是，爲什麼我從來都不知道族人的另一面，而陶醉在自己所編織的『文學家』的夢幻中？」他原以爲透過作品的不斷見報，能夠改變原住民的社會地位，慢慢地卻產生了無力感，爲此他開始介入了社會運動，最後更將精力集中於原住民運動，創辦或主持了《獵人文化》（後改組爲「台灣原住民人文研究中心」）、《原報》等著名原住民刊物。這時瓦歷斯已不僅是一位原住民作家，更是一位原住民文化論述者乃至原住民運動活動家。

瓦歷斯的散文、詩歌對於原住民特殊的生活型態、風俗習慣、文化特徵、民族性格乃至對事物的獨特感受和情感，對於族人生存其中的社會文化環境的變遷，以及原住民當前面臨的嚴重政治、經濟、文化困境，有著較全面的反映和表達。面對本民族的沒落，瓦歷斯懷著極爲深切的關注和悲憤。除了聲討種種加諸族人的不公不義外，同時也需喚起族人爲本民族的生存而振奮和抗爭。而要達此目的，族人的心理建設是關鍵的一環。對此的關注，成爲貫穿瓦歷斯創作的一條主線。瓦歷斯顯然認爲，「自卑」乃族人的心理癥結之一。原住民本來並不「自卑」，原住民各族的族名，在他們各自的語言中，其實都是「人」的意思，似乎包含著與天地自然萬物平起平坐、融洽相處的涵義。原住民現在變得如此自卑，乃與他們作爲弱勢族群，遭受強勢族群的歧視和欺凌，以及由於當局的政策不當、工商文明的侵入而造成部落的人員外流、經濟衰敗緊密相關。而只有克服這種種因素造成的自卑，樹立起自豪和自信，原住民才有可能挺立於民族之林。在曾獲得一九九二年「年度詩獎」的〈關於泰雅〉一詩中，瓦歷斯如此描寫甫出世的泰雅族嬰兒：

出來了，嬰兒出來了，

一對鷹隼的眼睛閃閃發光，
四肢如強健的雲豹，
熊的心臟，瀑布的哭聲
嫩草的髮，高山的軀體
完美的嬰兒，
自母親的靈魂底層，
成爲一個人（Atayal）。

顯然，和田雅各相似，與多數民族有所差異的容貌，不再使詩人自慚形穢，相反，他爲族人那和大自然一樣生機勃勃的容顏和體格深感自豪和欣慰。

當然，要建立族人自尊和自信的健康心理，單靠外貌問題上的「除魅」還不夠。要增強自豪感，還必須恢復民族固有的價值觀，給予族人代代相傳、現在卻受到衝擊的傳統價值觀念予適當的定位。瓦歷斯在回歸部落的過程中，逐漸重新認識了族人的「自然世界觀」的價值，同時把自己的這種感受寫在作品中。他稱：「我慢慢的在丟掉一些所謂漢人社會體制當中所教給我的價值觀……比如同樣是面對一棵樹，以前的教育大概會告訴我們這棵樹砍掉以後，可以做哪些用途，賺多少錢，也就是從商品、金錢的角度來看這棵樹的價值，但在我們族人眼裡是不一樣的，樹可以供養鹿或是飛鼠的食物和棲息，或者是招來小鳥築巢，而很多的樹就可以成為森林，這是很不一樣的價值觀。」❽在〈山的洗禮〉一文中，作者回憶從小雅爸就教導他，要多向山學習知識和智慧，並經常帶他碰觸「山的肌膚」，甚至闖進山的心臟地帶，因為只有進到山裡，才能成為眞正的泰雅。年幼的作者問父親：八雅鞍部也會說話嗎？父親仰視著肅穆的群山說：「帶著你瘦小的耳朵去問八雅鞍部，也許會高興地扯著喉嚨對你說——你好嗎？也許扳著臉孔怒斥——好無禮的人！」作者試著用力大喊：「我來了——」，山林果然有了回聲，「我在小小的心房室回答自己，山眞的會講話，聲音是如此雄渾而親切。」來到山的心臟，孤獨一人靜坐，脈搏漸次減緩，繼之而起的是山風摩擦、蟲鳴鳥啼的聲響，「一時之間整個森林彷彿奏起了雄壯悲戚的交響曲；我往四周搜查，手裡握緊番刀，叢林間毫無異象，只有鼻間嗅著鮮嫩的氣味，也許氣味來自葉面的毛細孔，也許從泥土裡跳躍上來，我感覺得到，它們正和我的身體談話，它伸出觸手拂弄著我細柔的髮梢，搔著我的肌膚，像親密的朋友彼此交換未知的訊息。」❾顯然，山林是泰雅人安身立命之所在，它帶給泰雅人生存的智慧和技能，也帶給他們生命的啓悟和美感。有此比平地漢族人更為強烈的生存、生命的智慧和感悟，有此與大自然更為融洽的關係和價值觀，正是原住民足以引為自尊自豪的東西。瓦歷斯如此認為。

進一步，瓦歷斯認識到要除去自卑，增強自豪感，對自己民族歷史文化的了解和認識也是必不可少的一環。他顯然認為，多數民族對於原住民的「刻板印象」，部分地就來自於某種刻板的歷史書寫，如在教科書中廣泛宣講的吳鳳的故事。這使原住民沉重地背負著某種「惡名」，倍受歧視，深感孤獨。瓦歷斯回憶他在部落的小學就讀時，由於族人占了多數，客家人反成了少數，大家與漢族同學和諧相處。但到鎮上上中學後，包括福佬人、客家人的漢族人占了絕大多數，原住民的學生由於膚色、像貌的差異，特別是漢族人對於原住民的刻板印象，作爲原住民少年的他，從此落入孤獨的境地。類似的情況，在〈德茂商店〉、〈部落貴族〉等文中也有詳細、反覆的描寫。瓦歷斯寫道：「有志於恢復原住民文化的原住民新生代，當著力於新文化的提升與舊惡習的揚棄，許多問題絕非是政治角度所能解決，從文化著手不失爲重拾信心建立部落尊嚴的有力支柱。」（〈酗酒之外〉）又稱：「背負著『污名』的原住民，散居在島嶼各處，祖先的歷史猶如隔著一層迷障，如果不懂得歷史，如何能解開心頭的自卑。」（〈污名的背負〉）因此瓦歷斯不僅用散文，也用詩來再現民族的歷史文化。詩集《想念族人》中的「我們的家族」、「我們的部落」、「我們的族人」等輯，即是向這一方向的努力。而這本曾獲得文學大獎的詩集也成爲作者回顧民族的坎坷歷史、吐露難以訴說的原住民心情且藝術表現最爲成熟、完美的作品集之一。

當瓦歷斯從「人」的高度強調原住民的自尊自愛時，他顯然將族人文化上的安身立命和政治經濟上的平等訴求結合起來。他認爲，把人當人看待「似乎是唯一的也將是最後的救贖」。在《都市的表弟》中，表弟阿瑟由於工作態度認眞而被老闆極度信任，加上有著泰雅人愛開玩笑的性格，帶給老闆全家快樂，老闆的女兒也對他產生好感。但當老闆正式提出「女兒嫁給你，鐵廠歸你開」時，他卻逃回部落。作者得知此事後，生氣地說：我們泰雅族就不是人嗎？除非你看不起自己的祖先，那就不要和平地人結婚。表弟終於樹立了信心，重返工作崗位。作者顯然透過這一故事激勵族人認清自己作爲一個「人」的尊嚴，不自卑自貶，方能挺立於天地之間，與其他族群平等和諧相處。在更多的文章中，面對族人遭受的歧視和壓迫，瓦歷斯以不同的方式，發出了「原住民也是人」的強音。

一九九七年一月出版的散文集《戴墨鏡的飛鼠》，副標題爲「原住民與當代文明的黑色喜劇」。書中作者描寫和凸顯了泰雅人幽默的天性，作者顯然認爲，這也是族人獨特的民族性格之一。這種幽默，其實在他的早期作品就有所表現，而現在所謂「黑色喜劇」，自然比一般的「幽默」包含著更豐富的內涵。

原住民的「幽默」也許源於台灣歷史和現實發展的某種「荒謬」性。面對這種荒謬性，原住民深感無奈，而以一種任之隨之、自得其樂的方式對待之，因此這是一種「黑色」的喜劇。瓦歷斯早期作品中的「幽默」，其實帶有無可奈何的悲涼況味。如〈快刀俠咻咻咻〉寫出了爲求生計而無師自通的部落理髮師那聰慧、親和、平實、充滿樂趣的性格和作爲，但至今已不知流落何方；〈部落裡的教堂〉則寫出了酗酒成性的父親在勸止他的神父面前表現出魯迅先生所謂的中國農民式的「狡獪」，其實飽含著對於外來族群的恐懼和排拒。而在《戴墨鏡的飛鼠》一書中，作者似乎更注意到，泰雅族人的幽默天性，乃根植於他們與大自然的關係中。由於族人與大自然最爲接近，從天地自然中吸取靈氣和智慧，在與自然的和諧相處中，養成了淳樸、樂觀、隨和的性格，並進而懷抱和其他族群和睦共存的願望。這種樂觀、隨和，正是「幽默」的基礎。〈泰雅人疼愛的孩子〉一文寫泰雅人對猴子和對小女孩一樣稱呼，乃將牠們當作在山林裡玩耍的「孩子」看待，認之爲人類的朋友。有次雅爸在溪邊休息，有個人在背後要火點煙，回頭一看竟是隻猴子，雅爸慎重地說：「那隻猴子至少大學畢業了！」〈戴墨鏡的飛鼠〉則寫年輕人晚上上山「照飛鼠」無功而返，父親宣稱乃因他們不按禁忌規定行事，他叫林管處的巡山員發給每隻「可愛的飛鼠」一只墨鏡，好讓他們照不到。這些都是充滿幽默情趣的片段。

在這本書中，作者還以幽默的筆觸刻劃了家族中的外族人親戚。如〈外省爸爹〉中寫了「我」的唯一的乾爹、外省老兵的「紅爸爸」以及來自安徽的壯碩無比的「巨人岳父」。這是族人與其他族群相親相愛、和睦共存願望的最好證明。顯然，這種植根於與大自然和諧關係中的「幽默」，並不會使作者感到羞恥和無奈，相反，成為他認知民族性格特徵和培養民族自信心的一個組成部分。

在當前社會環境下，保持清醒頭腦以認識環境的惡劣，反省和糾正自身的某些缺陷，克服迫在眉睫的種族生存危機仍是當務之急，因此盲目的自高自大並不足取。然而，健康的、有深厚文化根基的自信心、自豪感乃是高山族同胞自強自立、從根本上擺脫種族危機的必要一環。特別是在某些人的有色眼鏡下形成的刻板印象還十分頑固的情況下，這種自信和自豪顯得格外重要。瓦歷斯除了正面的抗爭外，還關注文化的扎根，注重於原住民心理的療治和再建，這是其創作的特色和特殊價值之所在。

第四節　蘇偉貞、朱天心：眷村小說展現「外省人」的處境和心態

隨著時間的推移，四〇年代末跟隨國民黨湧入台灣的所謂「外省人」，已逐漸由強勢族群轉變為弱

勢族群，而台灣文學對於這批「外省人」的生存處境和命運的關心，也經歷了一個曲折的演變過程。活躍於五〇年代的外省赴台「第一代」作家，並沒有把太多的筆觸投於他們當時在台灣的生活上，而是更多地「回憶」著以前他們在大陸的種種，甚或描寫著官方虛假宣傳所提供的大陸正「發生」的事情，乃至這一時期的文學主流被總括爲「大陸文化的回顧」⑩。較早將審視焦點轉移到這些外省人到台灣後的生活的，是已屬於大陸赴台人員「第二代」的白先勇。然而他將主要筆觸放在上流社會的達官貴人、名花巨賈等身上，對於占赴台外省人大多數的中、下層人員，並無多少涉及。眞正承擔起對「外省人」在台灣生存情境的較全面反映的，是戰後新世代的年輕作家們。當然，他們當中不少人仍屬於外省人的第二代，但多出生於台灣。由於缺乏大陸「經驗」，他們不再取材於大陸而是更多注目於台灣特別是下層社會的生活，是很自然的。

在中下階層的「外省人」中，首先受到作家們的格外關注並大量作爲描寫對象和題材的，是「老兵」們。眾多的新世代作家如鍾延豪、張大春、苦苓、履彊、王幼華、吳錦發、黃驗、洪醒夫、曾心儀、李赫、朱天心、蘇偉貞、雪眸等，均曾涉筆於此。作品反映出，這些跟隨國民黨來到台灣的「老兵」們，其老境普遍不佳。在離開軍隊後，由於身無長技，甚至因年老而喪失了資本家所需要的簡單勞動力，在唯利是圖的資本主義社會裡，必然被拋入社會的最底層。而當政者也視其爲要設法甩掉的包袱，並未做妥善處理，因而釀造了一幕幕社會悲劇。老兵們在婚姻問題上經常面臨的困窘處境是作家們最常描寫的題材之一。這些作品的一個十分明顯的共同特點，是它們往往不約而同地側重於展現老兵們的精神和行爲的種種變態。

如果說一曲曲的老兵悲歌顯示了台灣文壇對遷台「外省人」生存處境的不斷加深的關注，那稍後出現的「眷村小說」更將這種關心推進到一個新的層次。所謂「眷村」，乃國民黨遷移台灣後爲其帶有家眷的中、下層官兵提供的住所，少則幾家幾十家，多則成百上千家聚落爲村而得名。從「老兵小說」到「眷村小說」，不僅是描寫的對象從「老兵」擴展到他們的眷屬，同時更是一種文化視域的擴展。

「眷村小說」本身呈現了發展變化的前、後兩個階段。一九八〇年前後的第一階段，眷村小說往往是當時一些年輕「閨秀」作家的感性之作。朱天心的中篇《未了》、蘇偉貞的長篇《有緣千里》堪稱其代表。儘管這些作品保留著太多當時作者清純、自傳式的感性文體特徵，但仍有其不容忽視的特殊認識價值和美學價值——它們都在某種程度上提示了「眷村文化」的存在並反映出其特質。這種文化特質至少包括如下幾個方面。

其一，眷村是一個非血緣、非宗族關係建立的聚落，經濟來源主要靠當局的薪俸，因此形成一種不同於本地原有村落的社會組織型態。眷村外的人「常以好奇又不解的眼光冷眼望向眷村，而眷村，自己存活著」⓫。另一方面，眷村雖然對外而言形成一個封閉式的自足的小天地，其內部卻又有著同喜同悲、休戚與共的較密切的相互聯繫。台灣各地的眷村有著幾近雷同的建築格局，大多是一排排低矮、簡陋的平房，戶戶緊臨，門雖設而常開，聚鄰而居的又是一些具有相似的經歷和願望、從事著相同性質工作的人們，因此雖然沒有血緣、宗親關係，但鄰里之間來往頻繁，小孩子也總是玩在一起，某一家發生的事，往往很快成爲街頭巷尾、家家戶戶議論的焦點，瀰漫著「共有分攤的種種情感、情緒、情結」（張大春語）。

其二，眷村在離亂的低沉、無奈氣氛中透露出希望。眷村人起初大都將台灣視爲暫時避難之地——眷村「只是一個過程，並不是目的」⓬。但不久就發現反攻回大陸的希望並不現實，但一時又難以或不屑於融入本地社會中，甚至擔心著連這一塊寄人籬下般的立錐之地也難以長保。離亂的記憶、鄉愁的煎熬、現實的擔心使眷村籠罩在一種低沉、無奈的氣氛中。但不同於白先勇筆下高官貴婦的無可奈何的沒落，也不同於一般老兵的一蹶不振的悲運，眷村具有下一代，而新的一代正是未來的希望所繫，因此眷村子民並未完全消沉，在低迷中仍有殷殷指望。同時，他們感到「雖然不是生在這兒，卻長在這兒」⓭，逐漸對眷村有了感情，把眷村當作第二故鄉。這對未能扎根土地的失根狀態有所扭轉，也是對社會的一種必要的調適。早期的眷村小說由於描寫了下一代的成長以及眷村子民心態的一些轉變，爲作品增添了不少亮色。

其三，眷村瀰漫著十分濃厚的中原傳統文化的氣息，而這成爲眷村子民共同的道德規範和行爲方式。這個後來被朱天心等稱爲「濃濃的眷村味兒」的東西，正是眷村的最主要特徵之一。如敬老愛幼、善盡睦鄰之責的傳統美德，在離亂逆境中相濡以沫的溫馨情誼，乃至眷村子弟熱愛生活、努力上進、樂於助人的精神品格以及子承父志、報效國家的自詡和努力，在蘇偉貞《有緣千里》中得到重筆描寫。所有這一切，構成一種特有的「眷村文化」。如果說四十多年前隨國民黨赴台人員單獨構成一個「族群」，那很大程度上也是基於這種特殊的「眷村文化」而言的。

如上述，早期的眷村小說因展現了特有的「眷村文化」而獲得其特殊的價值和意義，但它們並沒有族群關係問題凸顯的嚴峻背景，作者並非想表現某種有關族群的意識形態。這時的眷村小說仍較多地流露出對眷村子民的同情和欣賞，而對眷村外的本地居民則顯得較爲隔閡。在審美情感的價值取向上，她們傾向了前者。如《有緣千里》中描寫了造成趙致潛這個專情、勇敢的大陸籍女青年的愛情悲劇的，是以其男朋友的母親爲代表的具有保守、專制的封建色彩的台灣本地大家族傳統勢力。朱天心的《未了》也有將外省人描寫得較斯文，將本省人描寫得較「土」的傾向。這種情況要到近期的眷村小說才有根本的改變。應該說，這並非某種刻意的偏見，而是作者當時基於個人成長背景的一些內心眞實的感觸和想法。她們相當眞誠的描寫，總是成功地展現了眷村生活的內裡，有助於眷村內外的人們了解這一相對封閉的世界的情況，而「了解」正是消除鴻溝、走向融合的前提。早期的眷村小說正是在此意義上顯示了它的又一價值。

早期的眷村小說往往被視同於描寫兒女情長的閨秀小說而未引起人們的特別注意，近年來出現的眷村小說創作新熱潮，則因具有當前族群問題凸顯的社會背景而格外引人注目。相對而言，它們本身也增加了思想的深度和歷史的幅度。

眷村小說的近期發展，最主要的體現於反思意識的加強。作家們不再滿足於對眷村生活的情意纏綿的自戀式感性描寫，而是以理性的眼光審視眷村過去發生的種種，思考著眷村子民走過的歷史途程、它和當前台灣各派政治勢力的關係以及未來前景等。

首先，作家們一改以往著重於對眷村正面描寫的傾向，轉而注意觀察和揭示眷村的種種不盡人意的缺失。如羊恕《壘城》將眷村子民在低沉氣氛下的灰色生活——太太們終日無所事事，沉溺於方城之戰，爲小事而爭爭吵吵；小孩結夥遊蕩，無聊至極；失去大陸祖產的軍官爲子女暗藏金條等等——刻劃得淋漓盡致。小說採用的戲謔、諷刺筆調，與以前女性作家的溫馨筆觸判然有別。這種諧謔筆調在蘇偉貞一九九〇年十一月出版的又一部規模更大的眷村小說——《離開同方》中也時常可以看到。這部新著不再像《有緣千里》那樣將幾位賢良、熱情的太太、母親作爲小說的主角，而是圍繞眷村幾位精神失常人物展開一幕幕悲泣的故事。如段叔叔是一位孤僻的潔癖患者，又是一個一挨近老婆便渾身發抖的性障礙患者，最後更因其太太（席阿姨）幫忙照顧重病的小侈叔叔而發展到極具侵略性和自虐狂傾向；李媽媽則是一個具有表演天賦、本能流溢而理智喪失、無法說出其子女的父親是誰的精神病患，隨戲班走後更患了遺忘一切的失憶症。袁伯伯是一個放蕩無羈、酗酒尋歡、放縱男女關係的男人；方媽媽則因獨生女兒的失蹤導致身體和精神的雙重崩潰，躺在床上怪獸般嘶喊。這種心理病態、性格變異甚至感染了下一代。如袁寶因高燒而導致痴呆；狗蛋從小寡言少動，過於寧靜而散發出一種神秘的氣息，最後當了神職人員；平時似乎修養甚好的趙慶，最後也成了告密者和殺害其繼父的凶手；即如三歲的小白妹也因過於敏感和嗜睡而顯得怪裡怪氣。其實，作者的意圖尚不止於此。作者似乎想說，簡直整個村子都具有瘋狂的傾向。如小說描寫老太太們為了挽留戲班，發了狂似地挨家挨戶「樂捐」，散盡以前珍藏的金銀首飾，最後不管青衣、武生、老旦一亮相，「她們就跟染病似的笑個不停」。當全如意（李媽媽的藝名）隨戲班重回同方新村，其子女想澄清與其有關的複雜關係時，全村更幾乎發瘋似地傾巢出動，充當「看客」的角色。小說中的恩怨故事最後在「大家都瘋了，場面完全失去控制」的互相廝殺的描寫中落下帷幕，印證了作者幾次透過人物之口發出的「我們村子全瘋了」、「這裡的人沒有幾個是正常的」等論斷。

當然，作者對心理變態瘋狂人物的這種刻意描寫，並非搜奇獵怪、尋求刺激，而是要藉以表達對眷村乃至某種時代社會問題的深刻觀察。一方面是歷史的原因。這些人的精神病變顯然與他們曾經飽受離亂之苦不無關係。幾個神經失常的人物，在大陸戰爭時期都曾有過一段流離坎坷的經歷。如怪癖的段叔最後發現自我角色的顛倒：「我原來是個種田的，怎麼會當上軍人？而且還當那麼久！」李伯的孤異怪譎的性格，乃其被戰爭剝奪了生殖能力，又因兵荒馬亂而湊合了不正常婚姻的經歷所孕育。顯然，「時代的殘缺使一些人瘋了、健忘了、無品了，或無奈地不完整地煎熬著」⑭。另一方面從現實看，眷村氛圍本身的壓抑、窒悶是心理病變繁多的又一個重要原因。這種壓抑、窒悶的空氣來自整個時代氛圍，來自某種僵直的意識形態的籠罩，也來自眷村內某種封建傳統的迂腐氣質。眷村某種意義上乃軍營的延續，而部隊裡的「高級長官」連吃喜酒都硬梆梆地「從頭到尾沒換過姿勢」。趙慶的告密行徑說明連眷村小孩也感染了迂腐和僵直。眷村人常以看熱鬧的心態圍觀別人家發生的事，使人想起魯迅筆下中國傳統社會的愚昧「看客」形象。方姐姐和小余叔叔的戀愛波折，則反映了眷村中門第觀念等封建意識和家庭專制作風遠未掃除。正如愛亞所言：「當年眷村的矮小平房，不論灰瓦紅瓦，每一個小小的單位都充斥了強而可畏的父權，以及保守、炎熱、壓抑……」⓯

壓抑、窒悶、僵直和疏離於本鄉本土的失根態必然使眷村喪失生機，趨於腐爛，精神失常患者的增多是其結果和表現之一，反過來，普遍的精神病態又進一步促使眷村的混亂和沒落。正如小說中「我」的爸爸所說：「麼麼拐高地風氣愈來愈壞，沒幾個正常人。我看如果有機會我們得離開這裡。」小說取名「離開同方」的深沉涵義也許就在此。小說中最早離開同方的，正是幾個精神失常者或受壓制最烈的反叛者，如李媽媽、段叔叔、方姐姐等。而從某種意義上說，神經病患有時卻有著超乎常人的敏銳感受，以及不受理智束縛的勇敢舉動。他們也許最早感受到了眷村的腐敗、沒落的氣息，並在行動上有所體現。小說描寫的重心在「離開同方」，而開頭結尾卻是寫的「回到同方」，這也許正寄託著作者對於眷村及其子民的某種既恨且愛、拒受兩難的複雜感情。作者從早期的擁抱、留戀眷村，到近期的審視、批評乃至離開眷村，顯示了作者的自我反省意識的不斷增強。在作家的筆下，眷村從一塊污泥濁水中赫然挺立的淨土，一下子淪為混亂不堪、瘋狂沒落的淵藪，這固然會令眷村子民讀來倍感淒涼悲傷，但也許更能激起反省的力量，也更能引起社會對眷村子民命運的普遍關注和思索。

無獨有偶，朱天心近期的眷村小說《想我眷村的兄弟們》也對眷村生活採取了審視和省思的態度。

當然，其視角未必雷同於蘇偉貞，但這樣反能多角度地全面揭示眷村的問題。例如，作者對於眷村人未能扎根土地的現象有深刻的反省。她寫道，她所熟悉的兄弟姐妹們起碼在那些年間，並沒有把這塊土地視爲此生落腳處，沒有人沒有過想離開這個地方的念頭。這種失根、無根的狀態，必然使眷村鬱悶窒息，斫失生機，終至腐朽——「原來，那時讓她大爲不解的空氣中無時不在浮動的焦躁、不安，並非出於青春期無法壓抑的騷動的氾濫，而僅僅只是連他們自己都不能解釋的無法落地生根的危機迫促之感吧。」而這種浮躁迷茫正和本地農家子弟的篤定怡然形成鮮明對照。與此相關的，作者又對眷村與國民黨的微妙關係作了思考。雖然無法否認眷村與國民黨的千絲萬縷的聯繫，然而居住於眷村的多爲中、下層官兵及其眷屬，並非如當今社會上某些人所認爲的是既得利益者，也難以接受因爲父輩是外省人就將全家等同於國民黨的血統論。因此眷村人對於國民黨持矛盾的態度。一方面，「與其說你們是喝國民黨稀薄奶水長大的……你更覺得其實你和這個黨的關係彷彿一對早該離婚的怨偶……其中還多了被辜負、被背棄之感」；另一方面，「儘管終其一生你並未入黨，但你一聽到別人毫無負擔、淋漓痛快的抨擊它之時，你總克制不了的認眞挑出對方言詞間的一些破綻爲它辯護，而同時打心底好羨慕他們可以如此沒有包袱的罵個過癮」。

顯然，朱天心對於日漸消失的眷村仍懷有無法消弭的濃厚感情和無法割捨的情愫，在反省中充滿對眷村的理解、同情和無奈。因此，作者反覆體味和描寫了所謂「濃濃的眷村味兒」。這種無論在哪裡，都能憑著它從人群中一眼辨認出眷村子弟的「眷村味兒」，說穿了乃他們長期受共同的文化薰染而形成的相同的道德規範和行爲方式，如始終抱持「國家興亡，匹夫有責」、「以國家興亡爲己任」的理念，儘管這種根深柢固的情懷往往被誤導和濫用。這使眷村人顯得有點虛浮乃至迂腐，但又有幾分可敬。即如作者對於某些已無法成家立業，依附於眷村，不時幹出猥褻少女舉動的單身漢（與張大春筆下常對著女明星畫像自瀆的「四喜」們有神韻相通之處）的重筆描寫，與其說是譴責，不如說包含著對其可悲命運的幾分憐憫和同情。正是這種思索、反省和同情、憐憫同在的質地，賦予朱天心近期「眷村小說」的藝術感染力。它說明作家對眷村的省思並非對它的背棄，而是著眼於未來，冀望於其子民對社會作出其應有的調適。作者要表達的是：封閉式、失根態的眷村已失去生命活力，只有與這塊土地上的所有族群相融合，才有出路和前途。

總的說，老兵和眷村題材小說展現了一個社會弱勢群體的生存型態，有助於消除人們對它的誤解，這也許更符合於人道，對社會的走向和諧也更有好處。眷村已經、正在或必將消失，但眷村子民並不會跟著從台灣的土地上消遁。他們或多或少仍帶著他們的「族群」特徵——所謂「濃濃的眷村味兒」——散落於台灣社會每個角落。因此社會（無論是官方、政黨或民眾）不能也無法抹殺他們的存在，更不宜於對他們加以有意的歪曲或人爲擴大他們與其他族群的矛盾。對於這些一九四九年隨國民黨赴台的人們及其後代，特別是因種種原因而陷入困窘境地的下層人士，社會應給予必要的關心和平等的發展機會，而他們也應自我反省，克服各種不必要的心結，調適並融入社會，以此造就一個正常、健康的族群關係。這正是從老兵題材作品到眷村小說所孜孜探索的問題，也是它們所透露出來的代表著一部分台灣人民的要求和願望。

註釋：

❶陳映眞，〈台灣內部的殖民地詩人〉，《美麗的稻穗》，晨星出版社，一九八九，頁一七三。

❷陳映眞，〈莫那能——台灣內部的殖民地詩人〉。

❸楊錦郁記錄，〈流傳在山海間的歌——台灣原住民作家座談會〉，《聯合報》，一九九三・七・十四。

❹借用王浩威〈番刀出鞘——台灣原住民文學〉一文中的概念，《中國時報》，一九九二・十・九。

❺載《山海文化》創刊號，一九九三・十一。

❻〈編輯室手記〉，《山海文化》創刊號，一九九三・十一。

❼魏貽君，〈從埋伏坪部落出發——專訪瓦歷斯・尤幹〉，《聯合報》，一九九三・六・十八。

❽瓦歷斯・諾幹，《想念族人》，晨星出版社，一九九四，頁二二一—二二二。

❾柳翱，《永遠的部落》，晨星出版社，一九九〇，頁一二三。

❿見《聯副三十年文學大系》總序〈風雲三十年〉，聯合報社，一九八二。

⓫愛亞語，《八十年短篇小說選》，爾雅出版社，一九九二，頁一七二。

⑫蘇偉貞，《有緣千里》，洪範書店，一九八四，頁一八四。

⑬蘇偉貞，《有緣千里》，頁一六六。

⑭陳義芝，〈悲憫撼人，爲一個時代作結〉，蘇偉貞，《離開同方》，聯經出版公司，一九九一，頁六。

⑮愛亞語，《八十年短篇小說選》，頁一七三。

第八章　中、外文化交匯下的文學創作

第一節　保真、顧肇森的旅美「留學生文學」

由於特殊的歷史和現實的原因，台灣和台灣文壇較早就與域外有著較多的聯繫。而在台灣文學接觸世界的過程中，有兩支隊伍起了特殊的作用。一是從台灣去外國留學人員的文學創作，造就了頗爲壯觀的「留學生文學」；另一則是從旅居國（主要是東南亞）來到台灣唸書的「僑生」的文學創作。它們特有的融匯著中、外文化因素的作品，極大地豐富了台灣文學的題材、主題和藝術風格。隨著世界性文化交流的日益頻繁，戰後新世代作家的這兩類創作，有著不讓於甚至超越於前行代的可觀的成績。

台灣的「留學生文學」由來已久。六〇年代以於梨華爲代表的此類作品，主要透過留學生婚姻題材反映中、西文化的衝突，並最終聚焦於倫理層面上。然而七〇年代以後，留學生文學的題材重心，卻開始轉移至經濟層面乃至政治層面。由於作者和作品中的主人翁均由學生逐漸轉變爲從業人員，其主題由表現海外學子無根的失落轉向描寫在異域謀生的困境及千姿百態的旅美華人臉譜。而漂泊於外國他鄉的知識份子無法忘懷於中國，始終關心著中國的命運和前途的「中國情意結」，也是此類作品表現的重點。如果說，張系國在七〇年代就已顯露了這種轉折，那稍後的新世代小說家保眞、顧肇森等，有著更爲典型的表現，集中代表著台灣「留學生文學」近二十年來的新發展。

保眞，本名姜保眞，北京人，一九五五年生於台灣，中興大學森林系畢業，一九七九年赴美留學，獲碩士學位，回台灣任職於「中央研究院」植物研究所。一九八三年再次出國，獲瑞典皇家農業科學大學林木遺傳學博士，後受聘於加拿大阿爾貝他大學。著有小說集《水幕》、《人性實驗室——尋人記》、《森林三部曲》、《邢家大少》等，此外還有《歸心》等散文集多種。《邢家大少》曾獲一九八四年台灣的優良圖書「金鼎獎」，兩年內再版十次。作者稱它「是我的小說中引起最廣泛討論的一本」，「代表我個人小說寫作歷程上的大轉折」❶。

流浪和漂泊，是保眞小說創作最突出的主題。小說集《邢家大少》所包括的〈兩代之間〉、〈姜以毫與錢燕華〉、〈邢家大少〉、〈陳師慶夫婦〉、〈西風的話〉、〈斷篷〉等六篇，均以美國和台灣爲背景，人物除了在美國獲得學位後就業定居的留學生外，還有老年移居美國的夫婦，隨父母在海外生活的兒童，以及商人、教授等。這些「流浪的中國人」，像飄鳥一樣，聚散無常。如〈兩代之間〉的雷氏夫婦從大陸來到台灣而又移居海外，三個子女分處三大洲，自己則因業務關係往來於菲律賓和台灣，但爲了保住在美國的永久留居權，一年半載就得飛往美國一趟，雷伯母就因不堪奔波，在飛機上心臟病發作而命歸九泉。另有一些老年人不惜離鄉背井來到美國，固然有優渥的生活，但更多的只有依附於子女，成爲子女的沉重負擔，或產生文化、心理的不適應，如〈陳師慶夫婦〉。時風所及，有些父母將尚未成年的子女送往國外，這群在美國長大的小留學生，由於與「中國」日漸疏遠，「已經不完全是中國人了」，作者爲此發出了深沉的感慨。年輕一代大多爲了學業來到美國，但他們也是居無定所，聚散無常，理想、志趣、性格、命運等都隨著「流浪」的生涯而消失或發生變化。顯然，正是流浪奔波，帶來了分別和離散，也帶來了不同的生活經歷和境遇，從而塑造了五顏六色的性格和各式各樣的人生；而這些性格和人生的變化，即體現出時代的投影以及人物的深層社會文化內涵。

儘管性格、命運不同，這些「流浪的中國人」卻有著類似的交織著迷惘、惆悵、焦慮、孤獨、痛苦、掙扎等的錯綜複雜的情感世界。這種心態，固然與流浪帶來的離別、新環境的不適等有關，但這些旅美華人的無法忘情於「中國」，是一個更重要的原因。這是保眞小說描寫的重點，也是他作品最重要的特色。保眞在《邢家大少》的〈十版前記〉中說過：他從未見過像在美國的中國人一樣愛國愛得那麼痛苦的。小說著重展現的，正是這種「在我們這時代中何等獨特的一種思想感情」（〈斷篷〉）。作者筆下出現的人物，老一代人往往念舊、厚道、耿直、感時憂國，雖來到異域，心裡裝的是割不斷的對祖國、家鄉以及過去的憶念，是無論如何也抹不去的中國人的本色。最典型的莫如〈斷篷〉中的季博士。這位因躲避戰亂而到美國留學，至今已三十多年未歸的生物學教授，表面上已極度洋化，似乎早已忘了自己是一個中國人，並宣稱自己未欠中國一份情。但他身上始終攜帶著刻有中國獅子和「斷篷」字樣的圖章；總忘不了年輕時苦難家鄉的往事以及父祖爲外國人當奴僕的情景，更無法改變血管裡流淌的中國人的血液——仍固守著中國人的倫理傳統和處事準則。誠如他所表白：「雖然穿著西裝，在美國的大學教書，我還是像大多數中國人一樣，知足，滿足……我還是受那個老中國的影響，但是我已經回不去了。」這種在表面與祖國決絕中所深藏的巨大悲哀、痛苦和掙扎，實非言語所能傳達。

年輕一代錯綜複雜的情感世界，一方面表現爲他們的感時憂國，甚至背負中國的「遺傳重擔」——一種以高標準衡量族群弱點以圖改進的思維取向。〈兩代之間〉「我」的二弟就稱：「我討厭他們老講什麼PR，今天重要的不是我們自己能不能申請到美國的永久居留權，重要的是我們這個民族能不能光榮地在地球上申請到永久居留權。」作爲知識份子，他們以天下爲己任，面對當時國內的落後和民眾普遍的未覺悟，深感報國無門而生無限煩惱。〈斷篷〉中另一人物蔡天錫學成返台受困又舉家赴美，他不無感慨地宣稱：「我發覺一件事，其實我們這些所謂的知識份子，回不回國對中國都沒有影響，我們只是中國人的一小部分，人才外流不是中國的悲劇，眞正在演悲劇的是我們這些流浪的知識份子，我們多唸了一點書，多增加了一籮筐苦惱——那些一生沒有動過的中國人哪裡有這種煩惱？」保眞所寫的，就是這樣一群懷著中國情意結、具有獨特、複雜情感世界的「流浪的中國人」。他們遠離中國，甚至拒斥中國，可卻不能忘懷於中國，又爲民族的前途感到迷惘、痛苦和憂傷。作者眞實地描寫了這個情感世界，他的作品因此成爲炎黃子孫的流浪組曲，亂離異域的赤子之歌。

《邢家大少》中的小說大多沒有驚天地、泣鬼神的戲劇性情節，只是娓娓述說一些極普通的日常情事：「沒有風雲將相，只有平凡的中國人在流浪中的悲傷、欣喜、掙扎、挫折。」❷這種形式賦予小說一種欲語還休的深沉美感，也適合於眞實表達人物心靈上的無聲之痛。這是一種深沉的無奈，一種如附骨之蛆的揮之不去、銘心刻骨的內在痛苦和掙扎。顯然，小說的形式正與描寫這種具有深刻內蘊的獨特情感世界的需要相吻合。

《邢家大少》中的幾篇小說均採用與作者年齡相當的留美學生作爲第一人稱敘述者。作者曾指出，由於這是有關「中國」的小說，而自己即包含在這個「中國」之中，特別是「流浪的中國人」這一題材，作者無法置身事外，因此選擇了小說中參與感最強烈的第一人稱觀點。這樣可以把目睹的旅美華人的生活融入自己的生活，引導讀者去經歷作者曾經歷過的那段憂喜交織的日子，體驗那錯綜複雜、難以言傳的獨特情感，使作品成爲旅美華人現實境遇和獨特心靈世界的眞實寫照。

顧肇森，浙江諸暨人，一九五四年生，東海大學生物系學士，美國紐約大學醫學院理學博士，後任職於紐約醫學院神經科。著有小說集《拆船》、《貓臉的歲月》、《月升的聲音》，散文集《從善如流》等。其中以「旅美華人譜」爲副題的《貓臉的歲月》獲一九八六年金鼎獎，數年內重印了近二十次。如果說保眞著重描寫的是流浪於異域而又情繫於中國的華人的矛盾複雜心態，那麼顧肇森這些以生活在紐約的中國人爲描寫對象的小說，涉及的題材更爲廣泛。無論物質生活的困頓還是作爲東方黃種人在美國遭受的歧視，無論是文化的隔閡、衝突還是資本主義社會對人的心靈、人性的扭曲和異化，均在他的筆下展現。小說描寫各種類型的人物，從利用姿色走紅的女企業家到淪落風塵的按摩女郎，從行醫於黑人區、最後遭搶劫致死的華人醫生到走火入魔、蕩盡家財的賭棍，從婚姻多舛的女留學生到受丈夫欺壓的家庭主婦——他們就像一個個標本，爲作者所精心擇取、製作，組合成一幅全景式觀照的旅美華人生活畫卷。

從顧肇森的小說中，首先可以看到旅美華人在艱難的處境下爲了糊口而奔波忙碌的情景。他們無法取得好的職業，只能出賣廉價勞動力。如〈王明德〉中的王明德一家租住於一間半夜熱水管就被關掉的地下室裡，雖然腿部痠痛難忍，還是每天連續在兩個廠家幹活，像個家奴似勞作。正如小說中李俊所言：「很多老中在這裡過的是老鼠的日子。住地下室、坐地下車、在地下工廠打工……」這些在美國當苦力的中國人，在台灣都有安穩、合適的職業，如王明德本爲高中教師，其妻爲醫院裡的護士長，李俊則爲知名作家。小說由此揭示那些被許多台灣人所稱羨的旅外華人的眞實生活情景，說明將大洋彼岸視爲幸福樂土的流行觀念純屬一種誤解。

困擾旅美華人的，除了生活的窘迫，還有他們在美國社會中的異族身分。如〈卜世仁〉中的卜世仁就因爲是一個上了年紀的外國人，無法打入有錢的白人區，只好像廉價工人一般，撿著美國醫生不願涉足的地方開診所。單身鰥居的胡明意圖擇偶，但每當記起自己是扁面孔的東方人，立刻「漏了氣」，而當他與白種女子走在一起時，不斷遭致疑惑和嘲笑的眼光。〈王明德〉中描寫這樣一個細節：「一個行乞的醉漢，看到王明德也如看到賤物、怪物一般驚叫：『支那人』。」小說顯示了旅美華人在那個社會裡是被冷落、歧視的一群。工作的辛勞、種族的歧視和文化的隔閡，使旅美華人的心靈受到嚴重的斫傷，以致產生精神扭曲和異化，失卻了做為一個人的基本尊嚴和生存意義。

旅美華人更嚴重的精神病症是流浪生活和物欲追求所導致的異化、變態心靈。如〈李莉〉中的老林，本來也是來讀書的學生，現在卻「滿腦子只是居留居留」，爲上司答應幫他辦居留權而欣喜若狂，稱「有了綠卡，找老婆也容易一點」。〈曾美月〉中的女主角因少年時家境的貧困而立意追求財富和地位，拋棄只能當教師的戀人而嫁給一個五十多歲的美國人。在美國，這位不甘於貧窮和寂寞的人物徹底爲金錢所異化，名爲企業家，形同以色相換取金錢的高級妓女，在表面的輝煌下，埋藏著一顆孤獨、麻木的心靈。最嚴重的莫如〈王瑞夫婦〉中的王瑞。他對於所有與中國有關的東西都感到刺心的落伍，偶爾和美國同事說到中國，滿口都是「他們中國人」，彷彿這樣一來便劃清了界線，有置身事外的安全感。小說呈現的是爲了物欲連祖宗也不認，喪失民族尊嚴的可恥心靈。

作者自稱：「這本集子中的人物身分互異，心態懸殊，既非大中國的縮影，也沒有轟轟烈烈的英雄性格……只是活在時代的影子裡的小人物罷了。」但透過這些大多是有著貪婪、虛弱、不安、憂懼、猜忌等人性弱點的凡夫俗子，卻折射出時代的影子，體現出社會文化的典型意義——如果不是離鄉別土、流落異域的艱難、孤獨、低人一等的無根生活，這些本來聰明、勤勞、純潔的炎黃子孫，何至於心靈扭曲到此地步！

在藝術風格上，與展現這些身分、性格、命運各異的旅美華人臉譜的需要相適應，顧肇森採用的是第三人稱全知觀點，每篇都有集中刻劃的主要人物、相對完整清晰的情節線索以及生動細膩的細節描寫。小說的結構方式靈活多變，如〈李莉〉通篇由書信和日記構成；〈卜世仁〉、〈曾美月〉等篇開頭語即製造了懸念。由於作者著力刻寫人物百態，所寫既有令人憐憫或肅然起敬的人物，也有引人發噱的有缺陷人物，對此作者採用不同的語調。如〈張偉〉、〈梅珊蒂〉、〈李莉〉、〈王明德〉等篇懷著對人物的深切同情，所以筆調沉穩、嚴肅乃至悲切；而〈曾美月〉、〈林有志〉、〈卜世仁〉、〈胡明〉等篇著重指摘人物缺點，所以筆帶調侃、誇張，形成一種頗特殊的略帶嘲諷的幽默語調。就藝術風格而言，如果說保眞的小說粗獷流動，激越奔騰，那顧肇森的小說則環環入扣，精緻完美。

第二節　李永平、張貴興等的馬來西亞「僑生」文學

李永平、溫瑞安、方娥眞、張貴興等，都是祖籍廣東，出生於馬來西亞，到台灣求學，畢業後定居於台港地區，並在台灣文壇具有較大影響的戰後新世代作家。他們的創作帶有馬華文學的一般特徵。作爲中國僑民及其後裔的創作，馬華文學一方面常流露出華人對故國家園無比眷戀的情愫，以及離鄉別井的羈旅鄉愁；另一方面，也必然開始正視當前落地生根的土地上的現實，描寫在新的國度的新生活和新感受。因此中原母國情結和南洋本土特色的並存，成爲馬華文學的最重要特徵之一。當然上述作家又有

其特別之處——一方面他們更長期、直接地浸濡於中華文化氛圍中，自然對民族文化傳統有著更廣泛、深刻的感應，對中國情結也有更強烈的表現。另一方面，他們離開馬來西亞來到台灣，不管他們對馬來西亞持何種評價，這畢竟意味著第二次的移民，第二次的離鄉別井。因此他們對馬來西亞懷有格外複雜的感情，這使他們筆下的南洋景觀，透顯出特異的光澤。這些特點，也使他們的創作成為當代台灣文學的一個特殊的景觀。

嚮慕祖國的中原情結和文化鄉愁，在溫瑞安、方娥眞夫婦的詩作中有十分強烈的流露。溫瑞安的詩充斥著豪邁雄壯的陽剛氣勢，龐碩深沉的悲劇氛圍。長篇組詩《山河錄》以中國人民萬代傳頌的英雄豪傑荊軻、岳飛等為原型塑造抒情主人翁形象，在大量古聖先賢的文學典故中隱匿其深沉的寄託，其空間涵蓋了從京畿腹地到塞外邊陲，從名山大川到武林勝地的整個中國的萬里疆域，而詩中那指點江山、激揚文字的抒情主人翁出入古今，在中國的千年歷史中穿梭馳騁，藉以表達作者那濃郁得化不開的中國歷史精神和情結。與之相反，方娥眞則沿用了中國古代婉約派詩詞的「閨怨」主題。溫瑞安詩中那志在四垓、浪跡天涯的抒情主人翁，正是方娥眞深閨思念的對象。方娥眞似乎對歷史興亡、世事滄桑有著更冷靜、清明的觀照和感受，以女性的纖柔細膩，互補了夫婿的率性和粗獷。縱觀方娥眞的詩作，溫瑞安那寄託於神州萬里江山、古代英雄豪傑和俠士般自我形象的「文化中國情懷」，並沒有太多地重複出現，但方娥眞從另一方面顯示了她的中國色彩，這就是對中國古典傳統的婉約詩風的承續。一對大妻詩人，他們不僅在生活上，而且在文學上也十分稱職地擔當了對方的「另一半」，這也許不能歸於偶然，而是說明無論是他們的生活，或是他們的觀念，都是那麼「中國」的；也充分說明了遠離母土的華人，他們往往有著比生活於本土的人們更為敏感、強烈的祖國情懷，對於被視為其生命根柢的民族傳統，有著更深厚的感情和孜孜不倦的追求。

小說家李永平的創作就顯得更為複雜些。李永平沒有像溫瑞安那樣直抒其強烈的中國情懷，但和方娥眞相似，其藝術表現形式本身就呈現了與中國文學傳統的深厚關係。他的系列小說集《吉陵春秋》由分為四卷的十二篇獨立小說所組成，每篇各有其主要人物及場境，但它們都發生於同一區域——以吉陵為中心的村鎮；描寫同一群人——此篇主角在彼篇中作為配角出現；圍繞同一個故事核心——某年觀音慶典中大流氓孫四房強姦棺木店劉老實之妻長笙，使之含辱自殺，劉老實操刀復仇——而向前後左右時空輻射延伸。上述核心事件的三位主角在首篇〈萬福巷裡〉之後，即基本退出舞台，接替他們成為各卷核心人物的，是孫四房手下四個當時助紂為虐的潑皮。由他們則又牽引出其親友、鄰坊，組成一個多色譜的人物世界。書中各篇大多採用限制性第三人稱觀點，捨略了敘述者未能親歷的某些場景，造成懸疑、回宕效果。但由於每篇作品的敘述者並不固定，因此從整本書來看，又具有不斷移動、變化的多重敘述觀點，使得某篇中被略過的部分，更換另一觀點在其他篇中得到補足，從而呈現整個事件的較完整面貌。顯然，作者不想將整個故事一覽無遺地呈露，而是引導讀者前瞻後顧，細心追索和組合各個片段，然後了解故事的來龍去脈。這正如中國古代繪畫中的「散點透視」，既可隨意游目，又能獲整體縱覽的效果；而從主角不斷變換而又篇篇相互鉤連的小說形式中，隱然可見中國古典章回小說和說書人傳統的影子。

李永平刻意承續中國文學傳統的另一個更主要的表現，在於文字方面的努力。從《吉陵春秋》中各個單篇發表於報刊上到修改後結集出版，顯示作者努力清洗歐化語句和「新文藝腔」，延續和發展中國語文傳統的一條軌跡。李永平在《吉陵春秋》的〈二版自序〉中寫道：當初自以爲所努力的是對台灣流行的惡性美國化中文以及東洋風的反動，矯枉過正的結果，卻造成中國語文傳統的另一形式的褻瀆；痛定思痛，決定趁再版機會對標點和字句作若干修正，「作者一片衷心，爲的還是中國文字的純潔和尊嚴……希望《吉陵春秋》的風格意境更能夠保持中國白話特有的簡潔、亮麗，以及那種活潑明快的節奏和氣韻，令人低迴無限的風情。這一來，作者對中國語文的高潔傳統，就有了一個交待，而個人的文學和民族良心也得到撫慰。」將散見的和結集再版的作品作個比較，可見其改動主要有：一是採用簡約形容詞、增添標點等手段，縮短某些句子，使之更像活靈活現的說書人的口氣；二是刪去一些連接詞，使作品更類似蒙太奇的場境跳接和呈現；三是常將「的」字結構的定語改爲狀語；四是採用更加鮮活、統一的俚俗口語。李永平由此建立了疏密有致、長短相宜、生動活潑的句型、語調風格。在「遺詞」方面最能體現其傳統追求的，是作家對漢字固有的豐富性、形象性特質的發掘和利用。漢字對一個動作，常有數種乃至數十種差別細微的不同層次、角度的表現詞彙。李永平花費巨大功力於此詞彙的推敲鍛鍊上。他像中國古代小說一樣並不重視心理刻劃卻注重顏色、聲音、動作等的傳神描繪，特別是眼和手的動詞的運用，最爲豐富靈活。這種文字錘鍊的苦功直至稍後創作洋洋數十萬言的《海東青》時仍是如此。他曾在某一天突然對妻子景小佩說：「我寫出獨特的文體與文字風格出來了——摸索了三十萬字才形成——眞是，苦得很——」；又稱：「我是用詩的文字來寫《海東青》的。」如果聯繫李永平少年時代讀書的艱辛，將更能體會作家的一片拳拳之心。難怪景小佩感嘆道：「永平，全台灣的文學教育眞是愧煞了你。這種地方成長出的華僑孩子，能寫出如許中文靈魂，我們環境如何論較？」❸這種對中國文字懷著嚴肅態度和虔敬心理而認眞加以經營，從而寫出比在中國本土成長的許多中國人更爲純正的中文，甚至致力於發掘中國文字固有的美質而加以發揚光大的傾向，反映了一種因遠離母國文化中心而對民族傳統文化更爲鍾愛的逆反式心理。

然而，儘管李永平懷有強烈的中國情懷，但對於南洋，也並非能夠一刀兩斷，南洋的影子，在他的創作中仍頑強地表現出來。特別是小說的某些原始摹本，便透露著作家的創作動機和意念。

吉陵鎭的萬福巷和觀音神轎「繞境」儀式是《吉陵春秋》中核心事件的主要背景，而它們分別有其不同國別的摹本。所謂「吉陵」，有著李永平出生地的影子——砂勞越古晉確有一個萬福巷及棺材店等，而《吉陵春秋》中曾露過一面的僑生、在《海東青》中成爲主角的「靳五」，其姓氏正和古晉的「晉」字同音。這使人有理由發問：作家爲其人物取姓「靳」，是爲了紀念其出生地「古晉」，還是爲了暗示這位主角的自況意味？

從內容上看，「吉陵」和「古晉」似乎還有更深一層的關係。《吉陵春秋》是一部較多涉及妓女生活的小說。我們固然可說這是台灣社會色情氾濫現象的投影，但小說的背景似乎是經濟才剛開始發展，傳統觀念還根深柢固的小村鎮。歷史研究表明，從上世紀至二十世紀前葉，賣淫業在海峽殖民地一帶十分興盛，其主要原因是中國僑民多是男性單身在外，在這個男性占絕對多數的華人社會裡，女性人數的不足造成對她們的強烈需求。另一方面，賣淫業的高額利潤也造就了一大批妓女販子和妓館老闆。他們透過誘騙、購買乃至擄掠等手段，從華南一帶運來一批批少女供他們榨取利潤。李永平也許正是目睹或耳聞了這種情況，引發了他創作《吉陵春秋》的最初動機，因為小說中所描寫的，正與上述情況不無吻合之處。

當然，這並不意味著小說描寫的即都是在「古晉」發生的事。相反，李永平將更多的台灣的（或者說中國的）情事放到「吉陵」這塊土地上演出。在《吉陵春秋》的首篇和末篇都出現的觀音神轎遊街的盛大場面，實際上乃移用了每年三月媽祖誕辰北港朝天宮媽祖出巡「繞境」的儀式。台灣著名作家林清玄在其報導文學作品《燃香的日子》中就曾詳細描寫過這種場面。只是李永平將時間由三月改為七月，將轎子中的神祇由媽祖改為觀音，趴在地上讓神轎踩踏以求贖罪的也改為主要是妓女們。這樣的改動固然是小說情節安排上的需要，同時也可從作者的南洋經驗中找到原因。新、馬地區由華人建造的寺廟大多供奉受到華人廣泛崇拜的觀音菩薩，如檳城最早的華人寺廟廣福宮；而馬六甲的青雲亭除了以觀音為主神外，還供奉航海保護女神天后（亦稱媽祖或天妃）和戰神、商旅保護神關帝於左右兩殿內；新加坡的天福宮則主要供奉天后，觀音和關帝次之。由此可知，在南洋華人心目中，媽祖和觀音有時可融為一體，或可根據實際需要而側重其中之一，但其宗教內涵並無本質的區別。對於小說中那些陷入罪孽苦海之中的妓女們來說，送子觀音顯然更能滿足她們的需要。李永平將媽祖改爲觀音，是很自然和恰當的。《吉陵春秋》以古晉爲原始摹本，已足以說明李永平與其馬來西亞家鄉仍有著強烈的情感聯繫，儘管作家在公開場合常要加以否認或掩飾，但它卻在私生活或潛意識領域頑強地存在著。用林建國的話說，他有來自「原初拓樸斯的召喚」，這「拓樸斯」乃李永平私生活之源，而作家並沒有「切除了私生活，在中原集體意識裡純化」；創作時，作家不停召喚其原初拓樸斯，而後者也不斷反過來召喚他，兩者相互召喚和應答。這樣，透過感應著作者的原初記憶和儲存情感的小說創作，使得「古晉（以及它所表徵的南洋）有了歷史，在我們面前打開一個嶄新的世界」❹。

儘管《吉陵春秋》有爲古晉（乃至南洋華人社會）寫史的意味，但在作者筆下，吉陵又是一個罪惡的淵藪。這顯示作家對那個地方的偏於負面的價值評價。這可能緣於作者當時作爲一個貧苦孩子的觀感，也可能與華人在馬來西亞的處境有關。在一個種族利益關係的處理尚非公平、健全的社會裡，這種情況毋寧是很自然的。同時，由於台灣社會素材的大量融入，吉陵更是一個道地的「中國小鎮的塑像」。或者說，作者乃融匯其域內的和域外的華人社會經驗，用以塑造一個具有象徵涵蘊的華人社會圖像。作家描寫這一社會的罪孽，同時也描寫它在中國土地上、依恃中國傳統文化力量的救贖——觀音神轎的出遊和妓女們爭相跪伏路上以求踐踏，正是救贖的舉動和希望。然而救贖未必能夠成功。末篇〈滿天花雨〉描寫妓女們合資爲觀音娘娘添置紅綢新裝——觀音顯然被低俗化了。觀音不僅不能獎善懲惡、度人之危，連自己也難以護持自保，其墮落即成爲吉陵鎮墮落的極致象徵。更具反諷意味的，作爲長笙事件主要幫凶的四個潑皮中，唯一改邪歸正的保林，也是唯一慘遭報復，連無辜的妻兒也受到株連的。善惡的對比、命運的反差，有力地指控了吉陵鎮仍爲罪惡的淵藪。如果說，贖罪意識的出現透露某種希望之光，那贖罪的失敗令人重新墮入絕望之中。這正是小說的悲劇力量之所在。在這些描寫中，台灣社會近年來風氣頹靡的狀況有了更多的投影。

如果說由於作者對其原初摹本的有意掩蓋，李永平小說中的「南洋色彩」並非顯性的存在，那另一位小說家張貴興的作品，則展現另一種情況。

早在馬華新文學初創時期就有人對「南洋色彩」的實質內涵有過精彩的表述。如一九一九年如焚〈南洋文藝特徵的商榷〉一文中寫道：

歸根的異點，南洋文藝即是文藝之列，背景成因當然也是逃不出一般公例。我們看至寬裙赤足的女人，聽至熠熠的椰風，這不但證明此種民族充滿著「侍兒扶起嬌無力」的神態，而且此種社會實是懷著自由放任之巨孕。再論到它的長年沒冬，發育力強，衝擊力也就急激。妙齡少女，竟能現身情場；纏綿沉醉的音樂，似哀含怨的歌聲；在生理有辣椒刺激，在心田的蘊蓄熱裡帶溫。從各方面歸納起來，可以證實它是「溫情」情緒的民族而有餘。此種民族把文藝範圍來比較它的特徵，

「偏於詩歌」大概不致無稽之談吧。

戰後初期馬華文壇爆發的有關「馬華文藝獨特性」和「僑民文藝」的論爭再次涉及這個問題。周容的〈說馬華文藝〉一文中寫道：「當地華人社會的生活，雖然還帶著八九十巴仙的傳統的中國方式，但是，歷史（時間）和環境（地域），已經使它部分地改變了，或者可以說是增加了新的色素。也就是說，馬印兩大民族和西歐人的生活，尤其是前兩者，給了華人很大的影響。這些異族的藝術，有的已為華人熟染了，為華人喜聞樂見了。再說，熱帶地方的日常生活，也和中國那種酷熱苛寒的氣候下的日常生活，有著很大的差別。由於這種種的因素，馬華社會的生活方式，以至於藝術喜好，與中國方面的自然免不了有若幹的不同。根據這樣的社會基礎創造的藝術，自應有其特殊性了。」

這些論述揭示了馬華文學的「南洋色彩」至少包含這樣兩個大的方面。一是南洋特定的自然地理環境所形成的——熱帶特有的自然風光，以及這種環境孕育下的熱情放縱的民族性格；二是特定的社會人文條件所導致的——歷史造就的多種族社會，以及由此形成的多元文化的相互交融和吸收。一九六九年「五一三事件」後，馬華文學有了新的變化，其中之一，就是環境的惡劣，使部分作家遁入內心，追求自我的表現，加上六〇年代第三世界國家的普遍現象，馬華文壇也出現了較強勁、持久的現代主義潮流。張貴興的創作，正好在這幾個方面都有充分的體現。長篇小說《賽蓮之歌》堪稱典型一例。《賽蓮之歌》描寫的是處於青春發育期的少年雷恩對於愛情的憧憬、追求和幻滅。雷恩迷戀於希臘神話，特別是那些河海湖沼的精靈、山水草木的化身，亦仙亦妖，常勾搭凡人，也常被半人半獸的男神誘拐和施暴的女妖們。班上新轉學來的女生安娜，具有陽剛、野性之美，集不良記錄於一身，雷恩卻因她身上體現的某些神話人物的特質而傾心愛慕著她。安娜終因違反校規而被除名。雷恩又認識了同學的姐姐、活潑可愛的凱瑟琳並得到她的歡心，然而雷恩卻視此爲「庸俗的愛情」而無法接受。某種意義上說，這是一部現代主義色彩的少年成長小說，展現了掙扎於肉體與精神、愛欲與愛情之間的少年身心的歷練和成長，是一幅「孤寂、渴慕、惶惑的青春圖像」（陳黎語）。

與《吉陵春秋》有意模糊時空坐標不同，《賽蓮之歌》明確標明寫的是發生於婆羅州一個小鎮上的事。不僅如此，作者以大量筆觸描繪這蠻荒島嶼的帶著原始、神秘氣息的熱帶風光——它的熱帶雨林氣候，它的流溢著原始生命力的溪流，它的各種天然音籟。張貴興筆下充滿生機、繁衍不息的草木鳥蟲五花八門，多得難以盡數，如植物有檳榔、棕櫚、樅樹、芭蕉、橄欖、檸檬、榴槤、山竹、椰子樹、熱帶柳、波羅蜜、紅毛丹、龍葵……，動物則有大蜥蜴、食蟹猴、迷途鳥、白腹秧雞、攀木魚、魚狗、魚燕、食猴鷹、蜂鳥、穿山甲、兩點馬甲、蠑螈、蟒蛇……作者甚至以擬人化的大蜥蜴的心理、行爲對原始欲望作出暗示和象徵。而所有這一切，正構成與小說人物性格和事件十分協調的底色和背景。正如陳黎所指出的：「這類意象遍布全書，有如熱帶雨林中糾結繁密的枝葉，使人彷彿置身陷阱重重、陰鬱詭秘的生命叢林，孤獨、惶惑、驚懼和歡愉交纏的情欲沼澤。」❺

小說的女主角和熱帶雨林一樣，也充滿了原始的生命活力。安娜比一般女生壯碩高大，古銅色的皮膚和驃悍的肌肉使人聯想到馬拉松、摔角等肢體運動。粗壯的腰桿，臀部有一種來自畜欄的氣味和活力。她的頭髮比一般女生長，裙子比一般女生短，適合揮舞鐵鍬、鏟子的手臂配合一種粗俗音樂似的擺蕩和扭曲。

運動場上囊括錦標的戰績和放蕩無羈的生活、行為方式證實著她那過人的生命力，然而「我」還是更多地感受到她那「舉手投足之間流露著天眞、坦率和豪爽，以及大型動物的稚氣和良善」，從而想起「土著原始創生神話人物」。最吸引「我」的，則是安娜對自然美的熱愛和她自身所體現出來的自然流韻的美。安娜在其課桌上以墨水瓶安插一枝鮮花。每當太陽從綠屏風浸入教室時，安娜展腿伸腰的姿態就像一棵向陽植物。她全心全意迎接陽光，甩頭撣髮，或肘桌掌腮凝視插花，但是身體仍舊慢慢地蠕動，調整到最自然、最不費力氣的憩息狀態。正是這一自然生動的景觀，使「我」感受到安娜和神話人物類似的氣質而頓生慕戀之心。

很值得玩味的，充滿原始生命活力的安娜在世俗的眼中，是個惡貫滿盈的壞女孩，但在雷恩的眼中卻是聖女般的高潔。他對她懷著的愛戀完全超越了原始肉欲而進入精神的層次。相反，凱瑟琳在世俗的眼中比安娜完美得多，富有教養，達觀大方，但對雷恩而言，終成為庸俗的肉欲的化身。這裡作者成功地刻劃了青春期少年反世俗的叛逆性格及其經過生活歷練所達到的心智的提升，同時也寄託了作者自己的反世俗精神。特別值得注意的，安娜是個純粹中國血統的女孩，而凱瑟琳則帶有英國血統，其生活方式也是英國貴族式的。這種設計也許並非偶然，它隱約透露了作為華人的作者有意識或潛意識對馬來西亞社會不同族群的情感評價。

除了上述自然人文特色外，張貴興還展現了馬來西亞多種族、多元文化並存的社會特徵，這也是「南洋色彩」的重要組成部分。小說寫的小鎮，就是一個有中國人、馬來人、印度人、白種人和被稱作達雅克、加夫、拉比族的原住民「以一種法律，數種語言、風俗習慣、傳統和思想互相牽就和疑竇」的地方。甚至作者的描寫文字也見出不同文化成分的融合。書中既有希臘神話的意象和典故，也有中國文學的常見修辭和譬喻。寫的是現代青年的充滿現代感的心理和行為，卻常以鍾馗、孫悟空、《水滸》中的潘金蓮、《聊齋》中的狐狸精……等為比喻。

一方面逼眞地呈現出孕育於熱帶島國的熱情奔放、生命力旺盛的南洋人群特色，另一方面有意無意地流露與中國文化和台灣現實的割不斷的內在聯繫，張貴興的其他小說，同樣顯現這兩方面的鮮明特徵。如《薛理陽大夫》取材於中國古代傳奇人物。出身清貧的薛理陽發憤學醫，名滿天下，卻忽然應惡霸淫魔段福仁之聘，任其專屬醫生，小說由此刻劃了一個充滿矛盾、承載著種種道德課題的「缺憾英雄」。小說還透過無饜獸欲、疽癰腐肉的描寫，營構了一個詭異怪譎的氛圍，某種意義上成為當前台灣整個社會氛圍的一種折射或投影。又如，早期作品《伏虎》就刻劃了充滿原始野性和強盛欲望的人物形象。而近作《頑皮家族》更展現了馬來西亞華人的樂觀、強悍，在艱難處境中釋放出無窮生命能量的生存情態。這些因素固然早已存在於這些來自廣東的移民的本性中，但小說揭示南洋風土、社會環境才是造就這種性格和生存型態的更主要的原因。

李永平、張貴興都是很有個性的戰後新世代作家，他們的融合本土和異域色彩的作品，對於台灣文學來說，無疑是一巨大的豐富。

第三節　初安民：韓國經歷與彌合家國裂創的期盼

初安民（一九五七－）原籍山東牟平縣，成功大學中文系畢業後，曾任中學教員、雜誌編輯，現任《聯合文學》總編輯。著有詩集《愁心先醉》（一九八七）、《和伊》（一九九〇），並以此登上新世代重要詩人作品「銷售紀錄的首席」❻。

初安民出生和成長於韓國的特殊經歷，在他的詩中有著明顯的投影。有些詩直接以韓國政治事件和民眾生活爲題材。如〈只一聲槍響〉有感於朴正熙被殺事件而作，〈乒乓〉記錄一位韓國殘廢退伍軍人那「自從扛鋤頭底肩／換成扛槍底肩後／就再也未能／鋤過自己底家園／扣板機底手／忘記插秧的方法／能夠記憶的只有／生與死底等待」、「不是桌球／卻像桌球／被兩邊的拍子／打來打去／不知誰是贏家／輸家」的宿命。而朝鮮半島分割局面造成的家國創痛，爲詩人所深刻體會和書寫。如詩人這樣描寫〈板門店〉：「板門店／靜靜地牛僵在傷縫間／如風中脆弱的一根線／牽繫著劃破的傷口／搖撼著兩地的鄉愁」，「板門店旁／鐵絲網耕耘停戰協定／店內／販賣下跌的和平股票／腰斬的白楊猶叮叮作響／恍惚仍聞到斧痕深深／板門店／把戰爭流成歷史／大悲劇小悲劇／小悲劇大悲劇／似血的循環／板門店就是心臟／跳動著湧不完的悲哀」。

當詩人回到自己的國土上，這種異民族分裂創痛的體驗，轉化爲對本民族暫時分裂狀態的超乎常人的敏感和深沉悲痛。〈自剖〉是詩人二十八週歲時所寫，雖然詩人還年輕，但回首自己的二十八年，卻已飽嚐了漂泊流浪的滋味，有著歷經滄桑的心緒：「未曾目睹國破家亡的動亂／卻有家國底疼痛／未曾經歷顚沛流離的日子／卻有漂泊的歲月／未曾走過錦鏽壯闊的江山／卻有鄉愁的身世／固定不移的籍貫裡／到處登記著流浪的住址」，「飲著自己爲自己／備好底慶生酒／不知何時，靜靜地／靜靜地，流下／業已冰冷底兩行眼淚」。由於祖籍和出生地都在北國，「雪」在詩人心目中自然有不同尋常的意義：「台北，如果落雪／我將脫光衣服赤裸自己／然後走遍台北每一個角落／來驗測雪中自己赤裸底身軀／還能不能負荷／最純白底冷」；而更主要的，雪勾起詩人無比的鄉愁親思：「如果台北，落雪／似乎才能取出埋入／箱底多年的皮襖」，這皮襖注定已揉皺、斑白，如同漸漸遺忘、遠去的記憶，所有的故事都將斑白——

獨獨當年離家時伊底眼神
永遠清晰
落雪底碼頭上
伊揮著皸裂底手喊著

等你回來
等你回來
等你回來
等　你　回　來
只有一波波不結冰的浪潮
像我的被拉長又拉長了的手
撫摸著漸漸遠去的海岸線

戛戛獨造的新奇比喻承載的是割不斷的情思。

詩人深切感受民族分裂、親情隔離的創痛，但他並沒有被這種創痛所淹沒，而是理性地思索海峽兩岸中國人「矛盾」和「恩愛」相交纏的關係，期盼著創傷的彌合，這是詩人的極可貴之處。在〈一個叫黎明的地方〉中，詩人深自省思：「傷口是傷疤的回憶／傷疤是傷口的結／我們環繞在結上／嘆息以及久久不去」。對於某些沉溺在「一聲聲嘆息」、「一聲聲低泣」的悲情之中的現象，詩人深感不安之餘，正面提出其理想：「讓我們點亮燈，並且／關掉所有底仇／關掉所有底恨／關掉所有底往事／然後開始／走過雨過天晴，到／一個叫黎明的地方」。而在有著交響樂般沛然氣勢的〈我們是地球最後的恩愛與矛盾〉一詩開頭，詩人寫道：「我們是地球最後的恩愛與矛盾／夾著命定的無限纏綿與彼此仇恨底身世／在掰開的冰冷與酷熱底兩極之間／交換原始底最初諾言／任窗外是狂暴的風雨抑或溫暖陽光／我們勢必是擁有一顆心臟底連體嬰／共同喘息同一命運的生與死與愛與恨」。詩的最後，詩人又明確對「伊」表達了永世不渝的愛戀：「親愛的伊，願我擁著伊／再流一次眼淚／承諾不再記憶從前種種，永遠／親愛的伊，我們彼此選擇對方，依舊／做爲今世今生重大抉擇，唯一」。這種承認確實存在的「矛盾」而又體認「連體嬰」般無法割斷的「恩愛」，著眼於告別過去、共創未來的態度，具有深刻的內涵。

當然，初安民也沒有局限於家國之思，在部分詩作中，他擴展了一種全球性的視野。如〈黎巴嫩・一九八四〉以悲沉的筆調，勾勒中東地區「世界奇妙的被捏在對自己的酷愛／以及對別人的極端仇視之中」，「唯炮彈徹底貫徹全部仇恨與愛」的戰亂情勢及其對婦孺百姓的戕害；〈阿富汗〉則以時事爲題材，刻劃了這個中亞國家「全身上下／到處是病與痛」、「躺在灰黃骯髒的病床上」，而「那位大鼻子外科醫生／手術途中／匆匆丟下手術刀／扭頭就離開了滿頭／大汗，一貧如洗的／老病人」的窘境。這些作品充溢著反戰的主題和人道主義的情懷。在一些以韓國見聞爲素材的作品中，初安民表達他對有關政治問題的觀察和思索。如〈速寫南韓〉的三小節，其一刻寫大選時的情景並隱含譏嘲：「許多夢想與理想隨著到處張貼底政客／肖像遠揚」、「在遞嬗底政權中延續無法更新底示威內容」；其二以一位在示威中血染雪地的青年學生為焦點，而詩的後半部分連續提出幾個問題：他寫詩嗎？他喜歡哲學嗎？他有女朋友嗎？他熱愛人生嗎？他彈奏吉他嗎？他的作業有沒有寫完？他是誰？誠如林燿德所言：作者的策略是「設身處地進入某一參與者的生命現場，質疑生命現實與政治現實之間的矛盾和辯證」，或者說，詩人感覺此類政治參與的無謂，以及它與人的生命本質的相頡頏。該詩第三節末尾，示威者發出「堅硬的聲音」：我們不是宿命的是非題、選擇題或塡空題，「在貶徙的時空中／我們但求／一個能讓自己發揮的問答題」，表達了詩人貶斥獨裁、嚮往民主的心緒。

此外，初安民還有一些詩作寫的是當前台北都市生活的情景。〈這一題，會不會考〉諷刺了應試教育的弊端，〈我在台北討生活〉、〈武昌街二段〉等則呈現了當前台北都市生活的浮世繪，其特點，在於對台北社會已出現的若幹後工業文明現象，有著敏銳的捕捉和描寫。

初安民的詩作雖然在內容上有一種全球性的視野和現代氣息，但在藝術上卻有著濃郁的傳統韻味。這也許是這些作品能受到廣泛歡迎的原因。他的詩，語言顯白而不拖沓，讀來流暢親切，有時還略帶情節性或押韻。比如寫自己上班族生活的〈加糖〉，融入幽默的自嘲成分，帶有打油詩的趣味。最具傳統韻味的，是一些詠物詩，像〈樹〉、〈雞〉、〈白千層〉、〈滿天星〉、〈鳥〉等。詩人常抓住描寫對象的某種自然特性，而賦予其倫理美學的意義。詩人最為欣賞的品質之一，乃是一種極普通事物，也有其自我的追求，經過頑強的奮鬥，終於有所成就，但仍保持其樸素本色。如〈滿天星〉：「因為終於知道／無論如何的奮鬥／也開不成炫亮明麗的花朵／只有將自己迸裂／滿天，一小朵一小朵／零星的小花／占領全部底天空」，以及〈白千層〉：「從透明到第一層白／從第一層白到第一千層白之間／會不會有無數的色彩／浸染過最容易受傷底白／如同激情的波濤到靜止的止水／如同小沙彌熬成入定的老僧／物欲與愛恨／掙扎與妥協／千般萬般動搖過／左右過一段又一段的跋涉路途／／如今／我平靜的定位在這裡／平靜的綻放出一勺小白花／什麼話也不說／什麼話也不說」。可以看到，雖然託物言志的藝術路徑是中國傳統式的，但無論所頌揚的品格，或選擇用來言志的「物」，都很獨特，可見詩人的創造性。這種創造性使初安民的詩總體看來具有靈活多變的藝術方式和格調，如有的詩作顯得沉鬱悲憤，有的詩顯得輕鬆俏皮，有的詩充滿哲學意味，有的詩映現世俗色彩，而〈路過竹林路〉則見出圖像詩等多種藝術經營的旨趣。

初安民由於其特殊經歷而對國家分裂等問題有特殊的敏感，對中國文化傳統有特殊的感應，對現代文化也有廣泛的吸收。他的詩，是一種以民族感情爲根柢，以世界爲思考對象的文學，從中可見中、外文化交融的質地。近年來，他在其主編的《聯合文學》的〈編輯室報告〉中，時時針對社會、文化問題發表精闢看法，而各種專題、專輯的策劃和設計，使《聯合文學》辦得有聲有色，成爲近年來台灣最大型、最有影響力的文學刊物之一。這也是初安民對文壇的特殊貢獻。

註釋：

❶保眞，《邢家大少》，九歌出版社，一九八五年第十版，頁二、五。

❷保眞，《邢家大少．十版前記》，九歌出版社，一九八五．十

❸景小佩，〈寫在《海東青》之前——給永平〉，《聯合報》，一九八九．八．一一—二。

❹林建國，〈爲什麼馬華文學〉，《中外文學》，期二二六，一九九一．三。

❺陳黎，〈孤寂、渴慕、惶惑的青春圖像〉，《聯合文學》，一九九二．九。

❻林燿德，〈初安民論〉，《台灣新世代詩人大系》，頁五七五。

第九章　文學的社會、歷史、文化學闡釋

第一節　彭瑞金、楊照：本土傾向的文學批評

與葉石濤等相比，彭瑞金屬於年輕一代的本土派文學評論家。他生於一九四七年，新竹縣人，於高雄師範學院國文系畢業後擔任教職，著有文學評論集《泥土的香味》（一九八〇）、《瞄準台灣作家》（一九九二）以及《台灣新文學運動四十年》（一九九二）等，並編有《台灣作家全集》（戰後第一代）等書。

彭瑞金文學批評的重心在於具體作家、作品（主要是小說）的評論。他曾自稱二十餘年來，心無旁騖也是懂得藏拙地「自囚於『評論』的有限領域裡」。如《泥土的香味》主要是作品論，而《瞄準台灣作家》主要是作家論。然而，彭瑞金並非滿足於孤立、零星、片段的評論。在《瞄》書的自序中，作者寫道：「我的台灣文學觀察，所以不以耳聞目睹爲限，也有著這樣小小的願望——試圖挖掘出台灣文學

比較完整而清晰的面貌，這些年來，所寫下的有關台灣文學以及台灣作家的觀察文字，無不是朝著這個方向努力……但願透過這些個別作家的描繪，猶如整個民族文學點滴的積累，能連綴出台灣文學的面貌來，則是個人小小的野心。」這就透露了作者全面梳理和描述台灣新文學發展歷史的宏大企圖。因此當彭瑞金應約撰寫類文學史著作《台灣新文學運動四十年》時，這些作家、作品論顯然提供了比較厚實的基礎，同時它們本身也與主要勾勒文學思潮發展的「四十年」一書形成互補——將它們合起來看，一部台灣新文學發展史已約略可見雛形。

彭瑞金的文學理念以寫實主義爲基調。文學創作與現實生活的關係，成爲他評判作品的首要標準之一。一些密接社會、眞實地反映現實生活的作家和作品，受到他的肯定和褒揚。如他認爲鍾理和的文學是「打從自己靈魂發出的聲音」，這種道地的「農民文學」眞誠自然地反映了農民的生命觀和生存哲學，由此「提供了文學就是生活，文學就是人生這樣的文學宣言」（《鍾理和的農民文學》）。而這種評判標準，也使彭瑞金較能發掘對象的現實主義品質和特點。如他指出八〇年代以來一些現實主義創作的新特點即在於現實的「立即相關性」的增強，即是一個明顯的例子。

相反，對於一些非寫實主義的，特別是唯美、虛無等創作傾向，彭瑞金則持否定態度。如對施明正八〇年代以前創作中那種「過分膨脹的榮耀感，加上浸泡在藝術酵素中過久的有辛酸味的『唯美』詩句，把藝術弄得十分誇張、浮大」的傾向，彭瑞金明確表示自己無法欣賞（《懷念施明正》）。又如，對於寫作始終抱持著一種「玩票」態度，自稱依靠靈感創作的廖清秀，彭瑞金指出：「這種態度的確構成作品世界的某種局限，明顯的便是作品時間、空間定位的模糊。表面上這些作品適位於任何空間與時間，緊緊抱住了文學的永恆性，但從整個作品的建築而言，卻不過是湊集了文學最浮面的趣味性、諷刺性和教化性，結構相當單薄，甚至作者的人生觀照，也不被凸顯出來。」（《從時代波浪淩波而過的廖清秀》）由此可知，文學密接現實的理念猶如一條主線貫穿於彭瑞金的評論生涯中。他曾稱要試著找出不同年代台灣作家的某種「共同追求」❶。這種現實主義特質，也許就是其中之一。

不過彭瑞金也並非偏執、機械的寫實主義論者。他曾寫道：「小說載道之說，固然可被視為理所當然，但也應承認有不理所必然的例外。」❷因此他對林芳年「載的是人性人心的泛道，關心人心人性偏執的暗面，以開拓人心境界為職志」的特點，給予相當的肯定；對於賴和堅持賦予文學獨立自主的生命，宣稱「文學自有其存在的價值和使命，不能把道德律，來範圍其作品，來批評其價值」，也表示了認同並加以強調（《打下第一鋤，撒下第一粒種子的賴和》）。即使是指出其文學觀念造成創作之局限的廖清秀，彭瑞金也認為他所提供的「另一種堅持的文學聲音」不應被忽略，而是值得文壇加以反省（《從時代波浪淩波而過的廖清秀》）。他還根據王幼華、黃凡、雪眸、張瑞麟、戴訓揚等新世代小說創作指出「台灣現代主義文學的二度萌發」已「具備了培育它的溫床」等等。這類論述並未模糊彭瑞金的現實主義基本立場，而是使其評論更形周延和成熟。

即使是單個作家、作品的評論，亦見出作者的「史識」，這是彭瑞金文學評論的另一個顯著特點。出於透過作家的個案分析連綴出台灣文學整體面貌的「願望」和「野心」，彭瑞金常採用比較的手段，將作家、作品放在整個文學發展的歷史長河中或作家個人的創作歷程中加以定位，指出他（它）們的特點和特殊意義。如〈由詩人桓夫蛻變的小說家陳千武〉一文中，對於陳千武的總題爲「台灣特別志願兵的回憶」的小說集《獵女犯》的評說，就是一個典型的例子。首先，彭瑞金指出了該作品在題材和主題上的開拓意義。他寫道：在《獵女犯》系列出現之前，太平洋戰爭下的台灣一直是台灣作家關懷的焦點，從鍾理和、吳濁流、文心、廖清秀、鍾肇政，甚至李喬，都在此駐足過，但他們都還沒有機緣涉獵南太平洋這塊台灣人戰爭文學的處女地；陳千武以他曾被征赴南洋的親身經歷獨占鰲頭，成爲「以這個時代、環境背景寫作小說反省太平洋戰爭的第一人」。其次，彭瑞金述說陳千武詩創作及詩觀的種種，試圖以此詮解《獵女犯》小說集中與眾不同的「異質」現象。他寫道：「陳千武以長期從事詩運動的健將也插足小說，它的意義不僅止於新鮮而已，他把詩人獨具的觀景窗、觀人術和詩的語言特質輸入小說，的確提出了台灣小說值得省思的一些題目。」其三，彭瑞金將對象放在當時社會心態、人心眞相的背景上，分析作品表現出的台灣民眾的心靈史。他寫道：太平洋戰爭期間，由於台灣是日本的殖民地，數以十萬計的台灣青年被捲入戰爭，分別在台灣本土、中國大陸、南太平洋等地爲日本人爭戰；然而，台灣人與日本的敵對依然存在，日本人所謂「聖戰」的意義，對台灣人而言，根本不存在，參與這樣沒有榮譽期許的戰爭，不僅止於「戰爭」與「死亡」的毗鄰而居，特別凸顯的是它的荒謬。勃蘭兌斯嘗言：「文學史，就其最深刻的意義來說，是一種心理學，研究人的靈魂，是靈魂的歷史。」❸彭瑞金深入把握時代精神、民眾心態，其作家、作品論也就有了文學史的深度和幅度。

彭瑞金所具備的「史識」，使他的評論總能發現和把握對象的特點和意義，發人之所未發。在評論布農族年輕小說家田雅各（拓拔斯）時，彭瑞金將他與漢族作家描寫原住民生活的作品以及六〇年代一位原住民小說家的創作作了對比，指出田雅各沒有成爲原住民生活困境的訴苦人，而是冷靜地提供了原住民心靈、生活世界的眞相、原貌；並進一步申論道：自從寫實主義的風信球升起之後，台灣作家一直背負著過分沉重的社會參與使命，「因過度急切、焦慮而將文學作品與現實生活放在攪拌機裡交集的文學現象，顯然已經矯枉過正了，徒然暴露了文學的無力感」，而當台灣文學因寫實傾向弄得凝重不堪的時候，「拓拔斯輕快開朗的啼聲成爲台灣文學最令人愉快的聲音」（〈狩獵者拓拔斯〉）。這樣的立論，顯然較爲新穎、深刻而又準確。

具有明顯、強烈的本土傾向，是彭瑞金文學批評的又一特點。在一九八三年間的「中國結」和「台灣結」的爭論中，彭瑞金明確提出「台灣文學應以本土化爲首要課題」。他認爲，由於台灣文學的歷史文化特徵所形成的駁雜多元性及由之引發的無根漂泊的隱憂，急需建立以台灣文學的本質爲前提的檢視網，做爲尋覓台灣文學源頭，以及對現代作品自我檢查的信條——「有人把這樣的檢視網稱做『台灣文學』的『本土化』特質，其實這不只是一項特質而已，應該是台灣文學建設的基石。」換句話說，彭瑞金認爲台灣文學的本質特徵即在於「本土化」，而這也是評判台灣文學作品的首要標準。由此彭瑞金爲「台灣文學」下了如此的定義：「只要作品裡眞誠地反映在台灣這個地域上人民生活的歷史和現實，是植根於這塊土地的作品，我們便可以稱之爲台灣文學。」因之有些作家並非出生於此，但只要其作品和這塊土地建立存亡與共的共識，便可納入「台灣文學」的陣營；反之，有人生於斯、長於斯，但並不認同於這塊土地，那「即使台灣文學具有最朗廓的胸懷也包容不了他」❹。

本來這些話並不複雜。問題在於所謂「本土化」歷來有兩種解碼——它既是相對於西方世界的中華民族本位的「本土化」，也可能是相對於大陸而言的台灣本位的「本土化」。前者主要集中於文化層面，而後者在本土化運動中已被加入了大量的政治內涵，甚至滋長了分離主義傾向。彭瑞金所謂的本土化，即屬於後者。意識形態上的偏頗，對彭瑞金的文學批評產生了相當大的影響，使之在某些地方出現片面、生硬、牽強、狹隘之弊。如他所稱的「台灣作家」，主要指台灣省籍的他認爲屬於本土派的作家，這無疑縮小了他的評論視野。又如，在論及賴和、吳濁流等老一輩作家時，往往強調他們的「台灣意識」或「孤兒意識」等，卻忽略了日據條件下所謂「台灣意識」，實際上與「中國意識」具有很強的同質性，如賴和堅持穿的「台灣衫褲」，實際上即是漢民族服裝，吳濁流筆下的胡太明，既有因特殊經歷而產生的「孤兒意識」，更有台灣知識份子「深入骨髓的漢民族意識，即使被視爲『庶子』、『奸細』也不改的漢民族意識」❺。但這些在彭瑞金的評論中卻都避而不談，顯然無法再現歷史的本貌。意識形態的偏執不僅使彭瑞金對某些客觀存在的東西視而不見，還使他對某些未必存在的東西加以拔高、硬套。在〈打開天窗說亮話〉一文中，彭瑞金努力證明李喬的描寫妓女血淚及其反抗的長篇小說《藍彩霞的春天》乃「台灣人醒覺的使命文學」，李喬「台灣主義」正式亮相的標誌。他並將《藍彩霞的春天》和《紅樓夢》相提並論，預言「藍學家」的出現。但由於作品本身的形象體系未必能承載論者「挖掘」出的「重大」題旨，其預言的情景並未眞的出現。這是一個因觀念偏頗導致評論失眞的明顯例子。

如果說彭瑞金作爲本土派文學批評家循一般常規地抱持著寫實主義文學理念，那楊照則提供了本土主義意識形態的文學評論，也可採納非寫實主義的角度和手段，化用西方的一些新思潮、新理論的明顯例證。

楊照既是新世代的小說家，也是一位文學、文化評論家。他於一九六三年出生，台北市人，台灣大學歷史系畢業，後於美國哈佛大學攻讀博士。除了長、短篇小說多部外，還著有文學評論集《文學的原像》、《文學、社會與歷史想像》、《夢與灰燼》等。

楊照雖然受過完整的高等教育，但並不像一般從理論出發的學院派，而是更注重於文學與社會的密切關係。這與他從小由生活環境形塑的市井性有很大關係。楊照童年成長於台北雙城街，這是一個充斥著美軍顧問團、酒吧酒女、晴光市場的委託行等等的地方，接觸得到的都是勤勤懇懇工作賺食的市井人，沒有高官，也沒有知識份子，「這種雙城街的市井性深深地浸漬了我的內在」，心中充滿許多「成見」，如「討厭和生活無法直接建立關係的東西」，不能忍耐空洞的知識討論，無法認同所謂大眾是沒有品味的、文學文化是少數人的特權等說法，使他對權威缺乏足夠的尊敬，長期不信任某些別人奉爲眞理的刻板印象……這種「市井性」還使他從未眞正迷戀過中國或西洋的經典名著，「只有當代的台灣文學讓我廢寢忘食，忽忽如狂，而且愈是與生活貼近的，愈發令人無法抗拒」❻。由此楊照建立起從文學中了解、認識現實社會，以社會、文化角度來闡釋文學的現實主義的評論風格。

楊照格外強調文學批評的「歷史感」。這固然與他個人的史學修養有關，但還有其他更重要的理由。首先，他認爲眞正深刻的文學批評不可或缺歷史的觀點，「作品可以因被放入較爲深廣的時間縱軸裡，而讀出許多更豐富的意義來」❼。如楊照認爲台灣的文學批評本身缺乏「史」的整理和書寫，也就缺乏「批評的批評」——對自身的反省。也許有感於此，他自己撰寫了〈台灣戰後五十年文學批評小史〉。該文中，楊照對陳芳明很早就能夠「援引所受的歷史學訓練，從詩史的角度來解詩」表示讚賞，對王德威一開始就有敏銳的「文學史自覺」，格外留心於由作品與作品聯繫而成的「傳統」的評論風格，也給予較高的評價。相反，對於龍應台轟動一時，卻缺乏歷史觀照的小說評論，則未加青睞。他除了認爲龍應台乃以主觀量尺來測驗作品與量尺的相合程度外，還指出龍應台只針對單一作品，既不參考同一作者前後期作品的脈絡，也不細究作者寫作的時空身世背景，更不處理文字文類內部思想、形式傳承問題；以及認爲批評是打分數、指出優缺點，而不是挖掘作品的意義，或帶進不同文化資源與作品撞擊、製造新詮釋等，說明「她對批評活動所作的定義、示範是極其狹隘的」。有此認知，楊照自己的文學批評自然避免這些缺陷，具有較深邃、廣闊的歷史和文化的視野。

楊照強調文學批評的「歷史感」，還因當前台灣社會現實的需要。楊照認爲文學應反映社會，甚至對社會問題的解決有所助益。而當前台灣社會許多問題的梳理，實有待於歷史的澄清。他曾自述在閱讀近二十年來台灣的兩場重要論戰——鄉土文學論戰和王作榮、蔣碩傑的經濟論戰——的文章時，深感困擾迷惑，因爲「單獨看哪篇文章，好像都言之成理，可是綜合起來，不同的作者卻堅持不同、矛盾、不能並存並立的結論」。楊照由此寫道：「兩次論戰給了我一樣的教訓。那就是最終評斷是非的關鍵恐怕存在於過去、記憶與歷史。對於我們的舊日時光，分處陣仗兩端的人有完全不一樣的說法。這是眞正的各說各話，與邏輯、推理的圓滿、正確與否毫不相干。純粹是紀錄、記憶找不到焦點的一團混亂。」❽這就提示了釐清歷史眞相對於當前台灣政治的重要意義，也說明了台灣史研究在當前台灣成爲「顯學」的原因。文學作品作爲生活的折鏡、歷史的見證，對它們的評說自然不能脫離歷史的觀點。這是楊照無論小說創作或是文學評論都充溢著強烈歷史感的重要原因。

不過，楊照與前行代不同的，是他具有一種對社會歷史複雜多元的認知。他認爲，「社會」這樣一個名稱的使用，主要是方便我們對周遭的種種關係、互動能有宏觀、整體的掌握，卻不應誤以爲有一個同質性的「社會」的存在，「所以當我們凝視社會、思考社會的時候，社會就不只是一個，或者說，社會不只有一個簡單的面貌。文學與社會的關係更不可能只有一種。文學文本中的層層反映、互文、組構，再搭上社會的複雜網路、脈絡，其間可以牽扯出的交涉折衝模式，何止千千萬萬。」❾這樣，文學反映的社會歷史自然有多種面貌，而作爲歷史社會的換喻或隱喻的文學也必然豐富多采。既然文學一定會對現實社會作出反映，而任何時代的文學又都不可能反映全部的社會，「我們應該尋覓文學中的社會再現圖像改變的軌跡。我們應該看文學中的社會，再看社會中的文學，再看時間縱深裡文學、社會互爲因果的牽制、影響。我們應該透過文學去想像逝去了的社會，我們應該串聯這些想像來補充記錄的不足，並追問記錄中無法充分回答的生活細節演變，我們應該把文學與社會放進歷史的架構裡，還給它們流轉的動態原貌，而不只是靜態的塊狀的存在。」❿顯然，楊照的文學觀念和他的小說都呈現了一個共同的特色，這就是承認窮盡歷史眞相的不易爲和不可爲，從而保持了一種「解釋『歷史』應有的寬容和多元」⓫。

楊照文學理論批評不同於前行代甚至不同於彭瑞金等的第三個特點，是他能較快地採用當前世界流行的新理論、新方法，將自己匯入新興思潮的湧動中，甚至化用非文學學科的知識和理論，表現出科際整合的明顯傾向和新一代本土派理論批評家的獨特個性。

〈「失語震撼」後的掙扎、尋覓──論葉石濤的文學觀〉一文，可說充分體現了楊照文學理論批評的上述三個特點。文章採用心理醫學上有關「失語症」的理論和術語，聯繫各時期台灣社會狀況和人的心態，追溯葉石濤數十年的創作歷史，從而較能自圓其說地凸顯葉氏理論和創作的特徵，並對許多文學現象作出解釋。如他指出葉石濤從四〇年代後期開始的近二十年的沉潛，主要還不在於由日語轉爲中文的技術上的困難，更主要的是國民黨來台初期的政治恐怖氣氛和葉氏本人遭受的政治牢獄之災等，所導致的「失語震撼」和總是自覺無法找到符合主流語言規則乃至政治框限的話語來表達自己想要說的話的「布洛卡型（結巴型）失語症」。對於六〇年代復出後的葉石濤堅定地提倡「鄉土文學」而自己的實際創作卻充滿浪漫情調這一矛盾的文學現象，楊照也將之放在「『失語』的集體脈絡」下觀察，指出由於自己的「失語」經驗，而擴大到相信文學應該替所有沒有聲音、默默受苦的人代言，可是現實的語言系統裡卻沒有受苦者使用的語言，「於是『鄉土文學』只能存在論理、應然的層次上，卻無法落實爲創作的實然」。加上從歷史上看，葉氏在四〇年代曾有一段用熟練日語寫作具有浪漫情調小說的創作高峰期，而要使失語者復原，一個辦法就是回到「失語震撼」發生前的語言氣氛、脈絡裡。葉氏的小說創作也許正反映了一種回到「失語震撼」前的潛意識本能想望。這樣的解說，可說具有一定的深度、新意和說服力。

楊照並不諱言他的本土派的政治立場，有時甚至公開鼓吹一些具有分離主義傾向的論調。但他廣泛涉略了西方社會科學理論，爲文角度新穎，視野開闊，常將其政治觀念掩埋於學術性的討論中，而非直露的乃至強詞奪理的喊叫，從而表現較爲靈活、深刻、多元的樣態。在一次和黃春明的對談中，他對本土論述中某些情緒化傾向甚不以爲然，說道：「我認爲『本土化』和『愛台灣』是兩回事，應該分清楚，否則『本土化』這樣下去會愈走愈窄」[12]，表現出區分「文化」和「政治」的意願。楊照代表著「本土派」文學理論批評的新發展，也代表著他們向對手提出的新挑戰。

第二節　詹宏志的文化文學評論和呂正惠的現實主義批評

詹宏志與其說是位文學評論家，不如說是位文化評論家更爲恰當。他是台灣南投人，一九五六年生，台灣大學經濟系畢業，曾先後於兩大報副刊或藝文組任職，亦曾擔任遠流出版公司總經理。著有

《兩種文學心靈》、《閱讀的反叛》、《趨勢索引》、《城市觀察》、《城市人》、《創意人》等書，編有爾雅版《一九八○年度小說選》和《一九八八年度小說選》。

使詹宏志在文壇名聲大噪的是載於《書評書目》一九八一年元月號的〈兩種文學心靈〉一文。文中出於對台灣當代文學愛深責切的期許，表示了台灣文學如不自奮勉，有淪爲中國「邊疆文學」之虞的「杞憂」——「如果三百年後有人在中國文學史的末章，要以一百來字來描寫這三十年的我們」，而這一百字又是遠離中國的，像馬戲團一般充滿異國情調的歷史評價，那「我們三十年來的文學努力會不會成爲一種徒然的浪費」？應該說，詹宏志的這一說法本來並不全面，因任何一個作家在文學史上的地位端賴其創作成就而非所處地理位置的邊遠或中近。然而他視台灣文學爲中國文學一部分的出發點，仍引發了一些本土派作家、評論家的不滿和圍攻，後者甚至藉機公開打出台灣文學「自主性」的旗號。然而，無論是這篇文章，或是詹宏志的其他評論，其實都還有不因「邊疆文學論」而引人注目的理由。

〈兩種文學心靈〉一文，詹宏志主要表達的是對具有較強烈的社會性主題，履行了藝術的社會性責任，因此具備了長遠的歷史價值的「意見型」文學的重視。他從一些外國的社會科學理論中受到啓發，並以台灣的兩篇得獎作品（袁瓊瓊的《自己的天空》和廖蕾夫的《隔壁親家》）爲實例，歸結出文學具有「感受型」和「意見型」兩類的說法，並表白自己對後者的「偏好」。他認爲，感受的鋪陳只是好小說的充分條件，意見的提出才是必要條件，「感受型」的小說是小說家自己的體操，「意見型」的小說才是屬於社會大眾的。當單篇小說被閱讀的時候，好的感受型與好的意見型小說都可以同等地感動人，但意見型的小說會形成讀者意識底層的記憶，感受型則不能，「當三十年或一百年眾多的小說作品被擺在一起的時候，益發顯得純粹的感受型小說的不知所措」；三十多年來，台灣很多的現代主義小說，大抵上就陷入了「沒有意見」的匱乏，「這樣的文學風潮百年之後，會發現它什麼都沒說，什麼都沒有，豈不是很可怕嗎？」由此可知，詹宏志對台灣文學成為一種「徒然的浪費」的擔心，其實是基於一種「歷史性的眼光」，對三十年來台灣文學缺乏能夠避免「被時間鏽蝕風化」的「眞正偉大的文學心靈榜樣」的反省。這裡，詹宏志完成了自己作為一個從事文學的歷史、文化、社會學批評的文學評論家的定位。當然，詹宏志並非「主題掛帥」者，他持有「做為一份藝術，藝術的基本責任應先履行」等辯證觀點。這一點，在此時就已表露，而在以後的批評實踐中更反覆表現出來。

詹宏志的歷史、社會學批評的特點，在他先後選編的兩本爾雅版年度短篇小說選中有極為典型的表現。按慣例，詹宏志為它們寫了總序及每篇入選小說的短評。在第一本一九八〇年短篇小說選的「編序」中，詹宏志開宗明義地宣稱：「不朽的作品常常先屬於一個時代，然後才屬於每一個時代」，而他即努力尋找那些能夠體現「時代精神」的「屬於一個時代」的作家和作品。為此他先檢視所身處的時代，發現機器怪手高舉、良田改種鋼筋水泥作物、以機巧聰明迅速斂財的投機者代替誠實的工作者成為父母教育子女的楷模等「變動」，儼然成為這個時代的特色。而他發現選出的能代表該年度短篇小說創作水平的九篇小說，雖題材多樣，面貌各異，卻可以找到一個普遍的主題，即「摩擦性的價值失調」，或者說，這一年小說家最關心的，「是社會中的價值遷變，與遷變價值下的不適應者（misfits）」。此外，詹宏志還將它們放入台灣文學的發展歷程中加以檢視和定位，指出：「這個趨勢，應該是國內流行現代主義文學以來最爲成熟的一個反動。」他認爲，現代主義文學最大的遺憾是價值的虛無，而鄉土文學乃是以絕對的寫實作爲反抗，把現實問題的暴露做爲文學的唯一任務，不免又失之於淺薄。這一年的小說，則發展出較爲調和的路線，「一方面它是立基於現實社會的，但另方面它又從現實中抽粹出若干綱領性的思考」，因此它們極可能成爲「屬於一個時代」，甚至「屬於每一個時代」的作品。

這裡詹宏志孜孜於發掘「屬於一個時代」的作品，和他當時對「意見型」作品的倚重和對台灣文學能否在歷史中存留的擔憂是一致的。然而幾年後選編一九八八年短篇小說選時，他卻有了截然不同的編選標準。與選編前一本小說選表現出的自信和確定不同，詹宏志稱這份選目「似乎是流動的眾多可能組合中的一種」，是「我心底自覺的或不自覺的評選標準相互對抗的一種結果」。這裡他明確地提出了一個所謂閱讀的「享樂策略」，即選編者「放棄了對小說『內容意義』（或所謂的主題意識）的優先肯定」，也不預備讓這些小說和該年的「社會眞實」有任何歷史對應的關係，而是採取一個「放鬆的、伊比鳩魯式的（Epicurean）閱讀態度」，「放任一種『本能的』閱讀享受帶引我」，以閱讀時「過癮」的程度來決定作品的美惡，至於最後是否能完成一個「觀照時代」的體系，則任其自然了。他還進一步指出：這種策略的採用，是針對著數十年來台灣評論活動中表現出的禁欲性格，即評價與詮釋的活動「不斷地被放在各色各樣的道德和政治範圍來決定」的傾向的。當然，詹宏志仍表白他所選的是所謂的「嚴肅創作」或「藝術作品」，與給讀者直接、迅速的滿足的通俗作品，有很大的區別。

詹宏志的這種轉變，看來似乎使他背離了原來的歷史、社會學批評的立場，其實不然，因爲這種轉變本身是和台灣社會文化變遷相合拍的。一九八〇年到一九八八年，台灣社會文化最強勁的潮流，即是多元化和大眾消費文化潮流。「享樂策略」的提出，顯然與此潮流不無關係。在這篇一九八八年短篇小說選的編選前言中，詹宏志又指出了該年小說創作的又一個特點，即普遍採取了一種「個體政策」（micro-policy）——它們不再處理「一組大規模的社會現象」，而是處理「一個一個獨立個別的人」；這些人是否代表了某一階層、某一族群、某一社會意義，這些小說並不在乎，它們更在乎的，是「那個角色」的愛恨、思維和本質。這種轉變，體現的是對以前犧牲角色的眞實性來照顧社會意義的成規的反省，其結果，是小說家開始各寫各的，漸漸看不出什麼「主流」來，而「沒有主流」就是新的潮流。詹宏志指出，這是和一九八八年台灣其他社會部門的趨向相一致的。

雖然兩本小說選的編選方針和對小說主題的概括有了很大的不同，但有一點是相同的，即詹宏志總是能夠把握當時時代的主流和脈搏，道人之所未道地提出對文學脈動的眞知灼見。這是詹宏志的文學批評雖然篇幅不多，卻能在文壇產生較大影響的原因。

除了基於對社會脈動、時代精神的把握而顯出眼光較爲深遠、意見較爲深刻外，詹宏志的評論個性還集中體現在：他並不拘囿於文學的狹小領域內，而是對中外各種社會科學理論進行廣博的攝取。或者說，詹宏志不僅在基本文學理念上，就是具體寫作過程中資料的選擇和運用上，也處處離不開以社會歷史文化爲重心的特色。在早先對兩種文學心靈的概括時，詹宏志就從Sir Isaiah Berlin和海耶克（F. A.

Hayec）的理論中受到啓發。在評說詹美娟的小說《移站》時，詹宏志指出其屬於知識性寫作的特質，並以世界名著《白鯨》似嫌囉嗦的描寫爲例，說明「在文學中，效率和浪費有同等魅力」，小說中一些似乎多餘的描寫，其實正是羅蘭·巴特所謂融人類一切學科知識在內的文學與其他著作不同的重要價值所在。在評說馮青的小說《藍裙子》時，詹宏志則用西方記者挖苦在醜聞中自己永不沾惹麻煩而讓屬下倒楣的政治人物的「鐵弗龍」一詞，用於說明女主角的出污泥而不染的性格。楊照曾寫道：「詹宏志當時年輕氣盛，以非文學系科班身分得以縱橫文壇，靠的就是他將許多『異門類』學問牽來詮釋文學作品，或衍發作品意義的本事，從經濟、法律、哲學到物理科學，無不在他『博取』的範圍內，自然又和『新批評』講究成套術語、分析模式的風格大異其趣。」⓭這可說是中肯之論，而詹宏志在台灣文學批評史上的特殊意義，也就在此。

呂正惠爲台灣嘉義人，一九四八年出生，於台灣大學中文系、中文研究所畢業後，又攻獲東吳大學博士學位。早年雖也曾涉足現代文學評論，但主攻方向爲中國古典文學，著有《杜甫和六朝詩人》、《抒情傳統和政治現實》等專書，學院派所專擅的「新批評」在他身上留下了明顯的刻痕。但從八〇年代中期開始，他卻如一匹黑馬出現於當代文學批評領域，所著《文學和社會》、《戰後台灣文學經驗》等書給台灣文壇以強勁的衝力。究其原因和特色，主要在於他的文學評論標舉「現實主義」的鮮明立場，在對台灣文壇自身的反省和批判中表現出敢想敢說、不留情面的批評銳氣。當「現實主義」在台灣似乎日漸式微之際，他卻勇敢地宣稱自己是「一個無可救藥的寫實主義的擁護者」，不僅成爲台灣文學現實主義脈流在理論批評界的承續者，而且相對於前行代而言，糾正和彌補了原有的某些偏向和弱點，使現實主義的理論和批評，得到了明顯的開拓和發展。

呂正惠格外傾心於匈牙利文藝理論家盧卡契，盧氏的現實主義成爲他最重要的理論來源。他指出盧卡契在文學應反映社會現實這一基本理念上，和一般寫實主義並無不同，其特殊之處，在於他另外發展出一套概念體系，著重說明文學是「如何」反映現實的。其中兩個核心概念，即整體性（totality）和典型（type）——作家透過「典型」來揭示基本社會關係（特別是階級關係），方可把握社會的「整體性」即社會的「本質」，而並非要寫盡社會的每個角落、階層不可。由於呂正惠認識到，盧卡契文學理論批評的精華不僅在於其「骨架」，更在於其「血肉之軀」，因此除了闡述盧卡契的基本概念和理論架構外，還較詳細介紹了盧卡契的一些實際批評範例，特別是對自然主義和現代主義的批判。呂正惠自己的批評實踐與盧卡契頗多相似之處。如偏重於實際批評，具有對時代精神整體把握的敏銳歷史感等。顯然，呂正惠吸取了盧氏理論加以消化，從而衍生出自己的現實主義理論批評特色。

和一般現實主義理論家一樣，呂正惠堅持文學應反映現實社會生活，揭示社會階級矛盾和各種社會關係，提倡作家眞誠、嚴肅的創作態度，反對玩弄技巧以彌補內容上的空洞和虛僞⓮。然而與鄉土文學論戰前後的台灣現實主義文學理論相比，呂正惠又呈現了自己的若干鮮明特點。

首先是現實主義的「具體化」，或者說，呂正惠使現實主義從作爲一種規範主題範疇的創作理念，延伸爲指導具體寫作過程的創作原則。他並不停留於文學是否應反映現實的觀念爭辯上，或拘守於作品是否反映了現實的評價標準，而是進一步探究作家是「如何」反映現實的，評判其反映現實的手段、效果等的優劣。這正是呂正惠與前行代的重要區別之一。

對於作品是「如何」反映現實的，呂正惠著重從小說中的人物、情節、細節等方面加以分析，並相應地反覆強調「行動」、「過程」、「感受」等概念。在盧卡契理論中，它們也正是現實主義創作的一些最重要環節。如呂正惠強調人物塑造的重要，而其關鍵在於描寫人物的「行動」。這是由於作爲現實主義作品關注焦點的「社會關係」是透過人與人的交往、牽涉、互動等體現的，只有透過「人物的行動」，社會關係才具體化；而作爲「行動」主體的人物，就成爲這類小說的重心。小說家的重要責任是創造一些生動的人物，透過他們的「行動」及這些行動所激發的「衝突」，把互相起作用的各種社會因素的「互動關係」具體地表現出來。在文學作品中，所謂「典型」人物就是能夠「最淋漓盡致地呈現出其基本的社會關係的人」；有此「典型」人物，才有社會關係，才有社會的「整體性」或者說社會「本質」的把握，然後才能成爲「偉大的文學作品」。重視「行動」正與現代主義的重視「心理」截然相對。呂正惠據此「人物帶動社會關係」的原則對張系國的《黃河之水》、黃凡《反對者》、劉大任《浮游群落》等作品加以評說，指出他們在人物描寫方面的某些缺失。

除了「人物」和「行動」外，呂正惠又強調了「情節」和「過程」，以及與此緊密相關的「結構」。這一方面是因爲只有在發展、轉折的「過程」中，人物性格和社會關係的眞相才能得以呈現；另一方面是因為對於一個社會的了解，並不需全盤的鳥瞰，而是要有敏銳的眼光，注意「事件背後那牽一髮而動全身的社會關係」，從社會的某一處取到一個適當的「橫切面」加以放大，憑著想像力重新建構，從而全面描寫出整個社會。因此，是否描寫出「過程」成為呂正惠最為常用的一個批評準則。如他指出陳映眞《鈴鐺花》的高明之處在於「成功的創造了一個情節，在這一情節裡合情合理的表現了台灣社會的某一面」；而大陸作家張潔的《方舟》、《祖母綠》等作品，或重視「描述」而缺乏事件的發展和高潮，或沒有把人生受挫的主角在工作中找到生命源泉的「過程」具體而生動的描寫出來，因而使人物喪失了部分眞實感，未能達到震撼人心的藝術效果。

此外，呂正惠還特別強調「細節」和「感受」，而這是避免概念化的有效途徑。他指出，現代主義關懷的是個人在永恆的宇宙中的命運，寫實小說所關懷的卻是個人在具體的社會中的命運，「只有憑藉翔實的細節與複雜的事件，我們才能眞切感受到個人如何在人群中沉浮」。而要有生動的「細節」，就必須以現實社會生活的眞實感受為基點，而非預設的觀念的演繹。他認為陳映眞的部分作品過早地以他的意識形態和歷史架構去「模鑄」他的題材，陳若曦的《歸》也未能透過具體生活的細節來反映主角辛梅夫婦在大陸生活不調適的情形而使作品顯得粗糙。

顯然，呂正惠並未將現實主義貼上政治標籤，也不停留於文學是否應反映現實的觀念爭辯上，而是將「現實主義」運用於對作品的人物、情節、細節、結構等的實際分析中，以現實主義的要求衡量作品，從而使現實主義得到了「具體化」。雖然對作品的細緻分析顯露了「新批評」的某些影子，但這裡

「新批評」顯然已得到改造，成爲呂正惠現實主義文學批評的有機成分和營養。

將文學現象置於廣闊的時代、社會背景下加以考察，著重於某一時代的整體歷史趨向、時代精神的把握和社會各階級的分析，從而精闢、中肯地對各種文學現象和作品作出解釋和評價，這是呂正惠的現實主義文學批評區別於前行代的又一顯著特色。呂正惠深知現實主義的文學批評中一種敏銳、眞切、豐厚的歷史感和哲學透視力的不可或缺。他傾心於盧卡契，也正因爲盧卡契具有這種「使他對整個時代的分析有一種動人的氣魄」的特殊稟賦；而葉石濤等前行代批評家在歷史分析方面的某些弱點，則成爲呂正惠的「前車之鑑」。在〈評葉石濤《台灣文學史綱》〉一文中，呂正惠指出：由於葉石濤對每一個時代的歷史缺乏一個完整的概念，因此敘述歷史時，常顯得粗枝大葉，甚至支離破碎，變成流水帳的大事記；其次是他對歷史背景和文學發展的關係，幾未加以分析，歷史背景成爲一種奇異的附加物而已。如果說葉石濤對於歷史的了解過於粗疏，那陳映眞對於歷史的掌握就過於僵硬。呂正惠據此認定：具體而有效地分析文學作品與社會、歷史條件的關聯，需要堅實的歷史知識、社會理論，以及細緻的文學敏感度。而這也正是呂正惠對自己的期許和要求。正是在了解前行代弱點的基礎之上，呂正惠開始了對前輩理論家的超越。如〈八〇年代台灣小說的主流〉一文對八〇年代台灣政治、社會改革運動及與之相呼應的鄉土文學、政治小說等進行階級分析，指出因作爲運動主導者的「中間階層」（中、小企業家和小資產階級）的淺薄、短視、軟弱，在八〇年代末即認爲社會已改革成功，導致作爲這一運動的文學反映的政治小說等的消沉，堪稱精闢、深刻之見。最典型的是〈現代主義在台灣——從文藝社會學的角度來考察〉一文。該文在探討現代主義在五〇年代至六〇年代台灣的發生時，認爲如果只從「比較文學」的角度去探討它跟西方現代派文藝的關係，並不一定可以了解這一文學現象的全部眞相，「我們還必須從宏觀的、歷史的、社會的觀點去看待這一問題」。爲此，呂正惠首先從「中國本部現代歷史、文化發展的脈絡」加以考察，溯源至五四時期，追蹤當時嚮往共產主義的和崇尚自由主義的兩系知識份子的分流，指出跟隨國民黨到台灣的是影響力愈來愈小的自由主義一系，這就「先天」決定了未來台灣文化及文學發展的體質和特有的現代主義風貌，即其西化和反傳統是沒有「根」的，並不能以民族主義和現實主義作基礎。接著呂正惠又論述了台灣現代歷史的獨特性，以及這種獨特性在國民黨政權的統治下所發生的變形發展——其歷史傳統的連根拔除。因此當時台灣文化界所呈現的最大特色是「傳統的斷絕」：中國本部五四傳統的斷絕，以及台灣本土傳統的斷絕。在這樣的統治型態下，「當然只有造成台灣知識份子的政治冷感」——他們不能關懷當前的政治社會問題，雖然生活在這個社會中，但並不眞正屬於這個社會；而不能作爲某一具體社會的一份子存在，就只有作爲普遍人類的一份子而存在。他們的思想與創作不是從「社會環境」的立場去發展，而是從「人間境況」的立場去發展。他們因爲被迫從社會中疏離（或「異化」）出來，就只有面對自己赤裸裸的存在，不得不考慮到自己的「存在問題」。正是在此社會和心理背景下，他們很自然的就接受了產生原因不同但同樣具有疏離經驗的西方的現代主義，導致了現代主義在台灣的流行。像這樣從大處著眼，追溯至五四時代不同思想體系和政治傾向的知識份子的分流及其在海峽兩岸的衍化，挖掘和描述台灣本土文化傳統和特殊的政治、經濟發展歷程和條件，進而把握當時台灣社會總體文化環境和取向的宏觀視野，在台灣批評界並不多見。這是對台灣現代主義文學的一種頗為中肯的深度分析。顯然，抓住了主要的社會脈動，就能抓住主要的文學脈動。這種立足於對時代精神和歷史趨向的整體把握的豐厚的歷史感，正是呂正惠超越於其前輩理論家的重要方面。

呂正惠有所區別於前行代的第三個特色，是他自覺、明顯地在文學批評中運用辯證法，並將其現實主義的理論觀點和其追求祖國統一的「統派」政治立場相結合，使其文學理論批評顯現出特有的深度和進步性。最典型的例子是針對近年所謂「台語文學」之風昌熾而撰寫的〈台灣文學的語言問題——方言和普通話的辯證關係〉一文。一方面呂正惠仍從歷史入手，追溯中國「書同文」的悠久傳統，指出採用普通話「白話文」當書寫文字的必要性和必然性，以及近年台灣議論頗多的所謂方言「文字化」的不妥和不必。他寫道：「書同文」的形成，其實是「文化中心區」逐漸往各處擴散的結果。「文化中心區」是文明的主要創造者，它的文明影響到各方言區；各方言區的特殊文明也可以被吸收到「文明中心」裡，而成為「文明中心」的一部分。所有這種文明的產物，基本上是以「書同文」的「文」（古代所謂「雅言」、現代所謂「官話」、「普通話」、「國語」）而非方言來記載的。因此不論何方人士的語言現實中，屬於各方言的獨特部分反而比較小，而屬於「雅言」或「官話」記錄的部分反而比較大，這就使方言「文字化」失去了必要性。

然而呂正惠並不偏執一端。他指出全中國「言殊方」的實際存在，強調和肯定方言乃「眞正最『活』的語言」，提倡適當地加入方言以豐富「白話文」，並對國民黨壓制方言的政策加以尖銳的批評。為此呂正惠引用毛澤東關於人民的語言是作家語言的源泉的論斷，推崇趙樹理的通篇以「口語」腔調寫成的現實主義作品，並對大陸作家常將各地方言「腔調」融入普通話，以各具特質的普通話並列組合成五彩繽紛、眾聲齊鳴的普通話「整體」的情況大加讚賞。他指出：普通話和方言應該是一種「互相交往」的辯證關係。方言是「活水源頭」，透過它們的供應與支援，普通話一直處在「成長」和擴大之中；反過來講，方言也可以從普通話裡吸收到「文明中心」的養分，豐富自己的詞彙和內容。如果以普通話為最基本的語法和詞彙架構，再加上特屬於某一方言的語氣和字句，那麼普通話就會和各種方言保持「活絡」關係，生機綿綿，永不止息，使得「白話文學」的道路變得寬廣。和處理其他問題一樣，呂正惠還將這一問題放到社會、歷史背景上加以考察，指出了某些提倡方言「文字化」和「台語文學」的觀點所可能包含的分離主義傾向。

也許出於追求祖國統一的政治理念和對現實主義的傾心，呂正惠對大陸新文學表現出極大的興趣，頗多評述，並主張「放開胸懷，勇敢接納」，促進兩岸文學、文化交流。如果考慮到相當一部分原本服膺現實主義的台灣「鄉土」作家八〇年代以來接受了分離主義的政治理念的情況，那呂正惠的文學批評就更顯出其難能可貴的重要意義。

當然，呂正惠的文學批評也並非十全十美。如作為一個堅定的現實主義者，他以現實主義的原則和標準衡文，時有求全責備，過多地干涉作家的形象思維的傾向。對其他流派的創作，他常未能全面挖掘其固有的藝術內涵和審美價值，一律給予較低的評價，甚至痛加貶責，其單一化、模式化的傾向與當前台灣文壇多元化的趨向並不合拍。但總的說，呂正惠的文學批評立場鮮明，充滿銳氣，以知性的反省和批判風格為台灣文學理論批評注入新的活力。他結合其社會學、歷史學的學術根柢，引入盧卡契的理論，將現實主義在批評實踐中具體化，使台灣的現實主義理論批評大大向前推進了一步。而這也許正是呂正惠對文壇的最重要貢獻。

註釋：

❶ 彭瑞金，《瞄準台灣作家・自序》，派色文化出版社，一九九二。
❷ 彭瑞金，〈兼具浪漫和諷世的行吟詩人——林芳年〉，《瞄準台灣作家》，頁四九。
❸ 勃蘭兌斯，《十九世紀文學主流》第一分冊，張道眞譯，人民文學出版社，一九八八・八，頁二。
❹ 彭瑞金，〈台灣文學應以本土化為首要課題〉，《文學界》，期二，一九八二・四。
❺ 陳昭瑛，〈論台灣的本土化運動：一個文化史的考察〉，《中外文學》，期二七三，一九九五・二。
❻ 楊照，《文學、社會與歷史想像・自序》，聯合文學出版社，一九九五，頁一四。
❼ 楊照，〈台灣戰後五十年文學批評小史〉（下），《聯合文學》，一九九五・十二。
❽ 楊照，〈文學、社會與歷史想像——戰後文學史散論〉，《聯合文學》，一九九五・七。
❾ 楊照，《文學、社會與歷史想像》，頁一五。

❿同上，頁一八—一九。

⓫〈編輯室報告・眞理〉，《聯合文學》，一九九四・四。

⓬魏可風整理，〈作家、時代、本土——黃春明vs.楊照〉，《聯合文學》，期一一三，一九九四・三。

⓭楊照，〈台灣戰後五十年文學批評小史〉，《夢與灰燼》，聯合文學出版社，一九九八，頁三三。

⓮呂正惠，〈性與現代社會〉，《小說與社會》，聯經出版公司，頁一六〇。

下篇

現代和後現代：資訊文明的焦點凝聚

第十章　現代都市社會的全景俯視

第一節　台灣的都市化及其文學呈現

生生不息、川流不止的文學發展，總是又有傳承又有新變。本書上篇所著重描述的較多傳承了七〇年代「回歸傳統，關切現實」主潮的文學脈絡，其實已顯出了眾多的新質。然而新世代文學與前行代文學的最大區別之一，或者說近二十年來台灣文學最重要的發展，卻在於一個新的文學領域的開拓，這就是「都市文學」的揭櫫。某種意義上說，台灣的新世代文學即是社會步入都市化時代的文學，而黃凡、林燿德所謂「都市文學已躍居八〇年代台灣文學的主流」❶的斷言，隨著台灣文壇世代更替的進行，也成爲一種必然。

都市文學的興盛，與台灣都市社會的發展緊密相關。台灣在經歷了六〇年代的加工出口經濟的起飛、七〇年代初石油危機的衝擊及相應的調整後，從七〇年代的中後期開始，進入了加強交通、能源、鋼鐵、石化等基礎設施和資本技術密集型工業的經濟升級、擴張階段，八〇年代更選擇高科技、高附加值的電子資訊工業爲主導產業。隨著「十大建設」、「十年經建計畫（一九八〇—一九八九）」等的實施，台灣的都市化程度急遽提高，而農村卻相對萎縮。從一九七六年至一九八六年間，工業平均增長率爲百分之十，而農業卻僅爲百分之一左右；至八〇年代末，農業生產在「國內生產淨值」中的比重僅爲百分之五・九。由於農村人口的湧入，城市人口在一九八五年已近達全島人口的百分之八十左右。八〇年代後期，出現了第一產業日趨萎縮，第二產業停止膨脹，第三產業逐步擴張的趨向，「這一趨向顯示台灣經濟開始步入後工業社會」❷。除此之外，都市化進程還明顯表現在政治、文化型態上，如具有較高教育程度和廣泛社會聯繫，重視資訊和知識，活躍參與政治的中產階級的成長壯大等，特別是資訊傳播網絡的無遠弗屆的籠罩，使整個台灣在某種意義上已變成一個「都市島」。如果說上述數字式描述未免過於抽象，那詹宏志以一個文學作家的眼光所看到的，則是一幅幅具體的圖像：

——所向無敵的怪手機器，正在我們生活的左鄰或右鄰，高舉龐碩的鐵拳，摧枯拉朽地鏟除舊日文明的痕跡……

——昔日以生產肥美糧食爲傲的良田，一夕之間廢去了阡陌，插上五彩繽紛的旗幟，改種一種鋼筋水泥的高價值方形作物……

——誠實的工作者不再被父母親引爲兒女教育的模範，替代的是那些能以技巧聰明迅速取得財富的投機者……

——公司組織企業體的身影愈來愈巨大，彷彿將吸進所有的社會人，並以其巨輪的轉動爲一切心靈作息的根本依據……

——聲光文字的各色傳播媒體，以排山倒海的力量，將無數有益或無益的資訊，傾注入沒有抗拒能力的個體，並改洗了他的大腦……

——一位出軌的少女，流離在大都會的暗角，她失去了舊日倫理所緊守的價值，卻自以爲賺到了新社會的泉源……❸

源於現實生活的文學思潮和創作必然受此都市化進程的影響。最明顯的表現之一，乃文學的現實關注焦點的轉移。在七〇年代前後的資本主義工商業取代傳統農業的社會轉型期中，受到最大衝擊的是農村和農民。因此圍繞此而衍生的問題成爲鄉土文學作家們關注的焦點。刻劃扎根鄉土、默默耕耘於窮鄉僻壤的貧苦農民形象，展現外國殖民經濟入侵造成的城鄉各種問題，描寫社會轉型中傳統價值和現代價值的碰撞等，成爲鄉土文學最重要的主題。然而到了八〇年代，隨著台灣工商社會型態的確立和膨脹，各種新的、滋生於工商社會的問題和矛盾紛紛浮現和激化，成爲廣大作家關注和思考的新焦點。如果說反映農村新、舊價值衝突和遷居城市的農家子弟的鄉土眷戀的作品在八〇年代初還曾興盛一時，從而被詹宏志稱爲「屬於一個時代」的作品❹，那很快地，它們又被新的時代主題——反映「富裕社會的問題」——的作品所取代。著名鄉土派小說家季季編選爾雅版《一九八六年度小說選》時，在「編選序言」中曾敘述了她和菲律賓作家希歐尼荷西圍繞此的一段對話。當荷西問：「以前你們的作家大多在描寫貧窮，現在你們的經濟已經很富裕了，作家寫些什麼呢？」季季答道：「貧窮有貧窮的問題，但是富裕也有富裕的問題啊！」荷西表示贊同，並進一步稱：「而且富裕的問題可能比貧窮的問題更嚴重！」認識到此，季季即將「描寫的不是過去窮苦人家單純的想要賺點錢改善生活的欲望，而是在已近富裕的基礎上有了更深邃更複雜的欲望」的所謂「現代都市夢」的作品，列爲編選的重點❺。這正透露出文學思潮轉換、更替的明顯信息。隨著這一轉換，反映現代都市富裕社會的環境污染、交通混亂、住房擁擠、人口膨脹、色情氾濫、青少年墮落、外遇和離婚率遽增等隨處可見的弊端，描寫充滿傾軋、爭鬥、投機的工商經營活動和機械平庸、支離破碎的上班族生活，刻劃因社會重壓和人際關係疏離而陷入孤獨寂寞、焦慮不安的都市人病態心理特徵的作品，空前地大量湧現。而它們的主要創作者，即新世代作家。

由於文學不僅是社會物質型態的折射，更是社會精神狀態的映現，因此都市文學必然感應著現代都市人的特殊精神內涵——新型都市文化意識的活躍而產生。不少新世代作家著重從都市文化意識的角度對「都市文學」進行理論的闡述。如林燿德認爲：「都市文學」並非拘限於與「鄉村」對立的地域界限內的文學題材，也不再側重於描繪外在的都市景觀，而是「主要表現人類在『廣義的都市』下的生活情態，表現現代人文明化、都市化以後的思考方式、行爲模式；它的多元性、複雜性、多變性。」❻與此相應，許多新世代的「都市文學」作家、作品，一改鄉土文學與都市格格不入的純粹批判姿態，表現出對都市的「有憎恨也有歌頌，有排拒也有擁抱」的多元情感態度。而這種情感價值的兩面性，實源於都市生活本身的兩面性。由於作家們大多長期在都市中生活，早已密不可分地融入都市之中，他們也許苦於都市生活的機械、單調、緊張，但又慶幸於生活的富足、優裕，再無飢寒之虞；他們感受到道德淪喪的危機，又喜於能較充分發揮個性的自由和公開競爭所帶來的種種機會；他們擔心被席捲而來的資訊浪潮所淹沒、誤導，但又得益於訊息發達所帶來的開闊視野、嶄新觀念。隨著都市崛起而出現的求強求勝、充滿競爭活力的新的人格，以及諸如流動而非固守的、開放而非封閉的意識觀念，成爲作家們彰揚的對象。在一些作品中對於充滿活力、精明幹練，掌握現代經營手段，卻又崇尚實力，恪守恃強凌弱、爾虞我詐的資本主義法則的「都市強人」形象的塑造，即典型例子。此外，對自我價值的肯定、個性發展的張揚，顯然也是都市文化意識的重要內核，這是由於雖然機械的整齊劃一可能壓制了個性的發展，但另一方面，自由發展和競爭的資本主義經濟，使人從封建宗主關係的束縛中解放出來，轉向對於商品經濟關係的依附，這就爲個性發展創造了條件。這種觀念轉變對創作的深刻影響，首先即是作家們從農業社會對於群體的重視，轉向了都市社會的對個體的重視，創作的重心則由鄉土文學的注重「寫人的生活」，轉移到「寫生活中的人」。作家著重處理「一個一個獨立個別的人」，不在乎這些人是否代表了某一階層、某一族群、某一社會意義，而是在乎那個角色的「愛恨、思維和本質」。這就是詹宏志在選編一九八八年年度小說選時稱之爲作家的「個體政策」的文學現象。

如上述，台灣的都市化是伴隨著資訊事業的發達和大眾消費文化的流行而來到的，因此新世代的「都市文學」也就呈現爲資訊文明的焦點審視。他們努力把握「都市作爲正文」和「正文作爲都市」的辯證，認爲創作者同時兼具了都市正文的閱讀者，以及正文中都市的創造者的雙重身分。或者說，創作者一方面將都市本身當作正文加以閱讀，從各種都市符徵中了解城市的外觀和內在，成長和變遷；另一方面，其創作活動本身（包括仰賴現代印刷術和銷售策略而成名的過程）即是一種「都市化的社會實踐」——都市正文書寫的組成部分，它們反過來成爲詩人觀察、描寫的對象。而這種對創作行爲本身的再觀察和思索，則已屬於「後現代」的範疇了。

具體言之，新世代主操的「都市文學」，有的呈現對工業文明狀態下都市作爲多系統的有機整體的觀照，有的則對日益逼近和不斷湧冒的後工業文明現象的審視；有的向內挖掘現代都市人的心理病變，有的卻思索著人類文明的歷史、現狀和前景；有的透過對現代女性處境和心態的透視彰揚都市文化意識，有的則致力於解構固有「中心」和「霸權」的邊緣反抗……它們構成了八〇年代中期以降台灣文學的主流，也是戰後新世代作家對於文壇的最大的貢獻。

第二節　黃凡：都市作為多系統的有機整體

在八〇年代台灣文壇上，黃凡是一個引人注目的名字。他本名黃孝忠，台北人，一九五〇年出生，畢業於中原理工學院工業工程系，以一個理工科出身的學子而涉入文壇，從一九七九年十月發表第一篇小說《賴索》後的十餘年內，已出版了《賴索》、《大時代》、《零》、《自由鬥士》、《傷心城》、《天國之門》、《反對者》、《慈悲的滋味》、《上帝們》、《曼娜舞蹈教室》、《都市生活》、《上帝的耳目》、《東區連環泡》、《解謎人》（與林燿德合作）、《你只能活兩次》等長短篇小說集。黃凡不僅多產，而且在文學發展中不斷扮演一個開風氣之先的角色。不過到了九〇年代，黃凡卻突然從文壇「失蹤」，令不少文壇人士深感不解和遺憾。

黃凡最初的「轟動效應」來自一種新型政治文學的創作。這些作品和一般的具有鮮明政治立場和明確政治訴求的「政治文學」不同，它有意避開具體的政治立場和意識形態的糾結，轉而注重於台灣政治運作形式，諸如台灣政治機器運行的特點，它對社會生活發生作用的方式及其弊端缺失等的探究；或超然於社會政治派別之外，對所目睹的不管出自何黨何派的醜惡政治行爲均加以譏諷、批評。如成名作《賴索》刻劃了一位因從事政治活動而流亡海外，返國後搖身一變成爲傳播媒體上的大紅人，卻視早年追隨他而遭囹圄之苦的下層人物如同路人的政客型人物的嘴臉，顯然對執政當局和反對派都有所揶揄。此後在《自由鬥士》、《將軍之淚》等短篇小說中，作者透過人物經歷和性格，反覆揭示了政治的無常和虛僞，固守某種意識形態的荒謬和可笑，人在政治運作中的渺小、被動、無力和無助。而在長篇政治小說中，黃凡著重揭示政治和社會其他部門的複雜關係。如《反對者》描寫道：一方面，台灣社會存在著嚴重的泛政治現象，政治無孔不入地滲透到教育等社會部門，干擾了這些部門的正常運行——書生氣十足的大學教師羅秋南突然被校方以風化罪名加以審查，與其曾身居要職的岳母乃至高層權力鬥爭有緊密的關係；另一方面，政治也受社會其他因素的制約，如羅的哥哥就憑其強大的財力及各種人事關係將此事擺平。另一部長篇《傷心城》則呈現了政、經勢力相結合入侵文化界的現象。如主人翁范錫華遽起急落的政治生涯完全操縱於其岳父、財勢兩全的陶慶甫手中，當他懷抱自己的政治理想越出既定軌道時，立刻從顚峰跌入谷底，落個客死他鄉的下場。

意識形態的中立立場和政治派別的超然性，使黃凡的政治小說似乎在批判著什麼，但批判的具體對象卻是模糊、閃爍的，因此被稱爲「曖昧的戰鬥」❼。其實，這是作者有意使然。黃凡曾有感於某些作家依權附勢而斫傷了創作的生機，呼籲作家獨立於權力團體之外，超越政治和所有各種干擾，立志成爲時代的良知。❽顯然，黃凡認爲文學應具有更廣大、普遍的關懷，因此將具體的意識形態的是非評判，轉爲對當前台灣政治運作形式的考察和批判。在他心目中，這種運作形式顯然極不完善，甚至是荒謬、畸形的，而孕育了這種弊端百出的政治運作形式的，正是台灣長期專制政治本身。這就是黃凡政治小說最主要的批判鋒芒指向，也是黃凡表面看來已經消失了的「立場」所在。這裡表現出的對於「政治」的戒心和厭倦感，反映和代表著相當一部分台灣民眾希望遠離政治是非之地的一種特殊心態。這種心態是長期專制政治和嚴重泛政治現象的直接產物，同時也是對它們的擯棄。

然而代表著黃凡創作主要成就的，還是所謂「都市文學」作品。就其反映的對象而言，這些作品可分爲兩部分。一是對一般工業文明階段台灣都市生活的反映，前期作品較多屬此；二是對後工業文明階段（或向此過渡階段）的都市生活的反映，這在稍晚的作品中愈來愈多見。對於前者，黃凡首先把關注的焦點放在對台灣都市社會的整體考察上，著重揭示整個都市如何構成一個由經濟、政治、道德、宗教、藝術等多重關係相互糾纏盤結、各部門相互滲透制約的有機的大系統，其代表作之一、系列短篇小說集《都市生活》即以此作爲貫穿全書的主線。書中的八個短篇分別以商業生活、藝術生活、道德生活、政治生活、宗教生活以及都市生活的幼年期、少年期、成年期爲副題，即充分顯示作者的整體考察企圖。書中「少年期」一篇即以〈系統的多重關係〉爲題。所謂「少年期」，正是猛然頓悟生活眞諦、瞭然社會眞相的年齡，顯示作者對這一命題的重視。作者著力揭示，田園社會的淳樸和單調已不復存在，都市社會的所有生活領域，都難找到一塊純潔清白，不被滲透、污染的淨土。〈正直的范樞銘〉中總經理一天的商業活動就與藝術、政治、道德生活混雜在一起而顯得頭緒萬般，他那勢利的待客態度使他的所謂「正直」成爲一種反諷。〈角色的選擇〉中編劇導演們的藝術理想，既因人的私欲而搖搖欲墜，更因商業法則而徹底破碎。〈晚間的娛樂〉中蘇恆虔誠的宗教信仰，在受墮落風氣影響而變態爲色欲狂和被虐狂的太太面前，完全失去了聖潔的光環。

在這都市社會多重關係的複雜糾結中，必有某些因素起著關鍵的支配作用。只有釐清種種主從關係，才能眞正把握都市的整體特徵和神髓。長篇小說《財閥》（原名《賴樸恩的小朝廷》）就以此爲重要主題。黃凡顯然認爲，當代台灣都市首要的支配因素是經濟，或者說財力、金錢。小說中的賴樸恩，其實就是錢財的化身。一方面，他自己時刻受著金錢的支配，追求錢財是他的人生目的，爲了資產，他費盡心血，不擇手段，甚至安排自己的情人與別人結婚；反過來，他又善於運用金錢來支配別人，小至擺平家庭糾紛，大至影響當政部門決策，駕馭整個社會。小說中無時不感受到賴樸恩無所不在的強大支配力。他就像坐在金字塔尖，緊握一根根繩子操縱著無數傀儡。而賴樸恩作爲大財團的代表，他的支配力就是大財團對於都市生活的支配力，錢財的支配力。除了經濟因素外，在都市生活中另一起較重要作用的因素是政治，而這是由台灣社會特點所決定的。正如吳錦發在〈八〇年代的台灣文學〉一文中所指出的：台灣資本主義型態融合了第三世界政權常有的「買辦型經濟」以及傳統中國的「封建型經濟」，在相當大的部分是和統治者利益結合在一起的。黃凡對政治和經濟相互滲透、制約，政府和財團相互依賴、利用狀況的描寫，可說和這一說法頗能相互印證。

在這種複雜的都市有機系統中，人們必然產生種種新的思維方式和行爲表現。對此加以刻寫，才能全面呈現都市生活的本質。這方面黃凡也有出色的表現。求強求勝、勇於競爭是黃凡著意刻劃的某些都市人的行爲模式之一。從早期的著名人物典型秦德夫到《往事》中的華琳、《都市生活》中的范樞銘、《聰明人》中的楊台生，再到《財閥》中的賴樸恩，形成一個一脈相承的都市強人形象系列。一方面，這些人充滿活力，勇於進取，精明幹練，掌握現代經營手段，對於都市複雜的多重關係網絡，不僅能避其束縛，還能將它轉化爲發揮才幹、施展謀略的場所。秦德夫朝氣蓬勃的生命活力，范樞銘能伸能屈、善於處理各種關係的管理才能，賴樸恩運籌帷幄、縱橫捭闔、不貪小利、高效決斷的企業家氣魄和瘋子般的工作熱情，均使人印象深刻。另一方面，這些人崇尚實力、強權，恪守恃強凌弱、爾虞我詐的資本主義法則。如賴樸恩最不能忍受兒子的頹廢無爲，要他們像他一樣擁有「拳頭」，而在驅逐農民、收買整個溪頭鎮的計畫中，充分暴露其圈地式資本積累的殘酷本質。顯然，這些人並不是傳統道德規範中的正經人，但都市中那股粗糙、強烈的生命力就部分地來自他們身上，他們的財富和成功爲人們所稱羨，他們的行爲自然也爲人所崇尚和仿效。從這個意義上說，他們是都市人的精神代表和行爲典範。正如〈天國之門〉中那充滿市儈氣的、在道高一尺魔高一丈的競爭環境中一敗塗地的小老闆柯立所感嘆的：「這些人比我更有資格活在這個世界上。」

作爲上述都市強人鮮明對照的是都市生活的失敗者或叛逆者。優柔寡斷、懦弱退縮是這些人共同的性格特徵。他們的心靈是孤寂、焦慮的，人際關係是疏離、隔絕的。〈守衛者〉、〈紅燈焦慮狂〉、〈憤怒的葉子〉等篇描寫了廣大都市上班族，身體從事著單調、機械的工作，精神上卻須應付多重關係盤纏交錯的複雜局面所產生的嚴重精神危機。〈雨夜〉中詹布麥幫助喪母小孩的善行引來醫生、警察、家長的誤會和斥責；〈國際機場〉中高思對酒廊侍女依萍的同情最先也被疑爲居心不良。《曼娜舞蹈教室》中的唐曼娜對自己的愛人都缺乏信任，想像出一套被拋棄的「故事」自欺欺人，並進一步惡化爲被虐狂和報復狂。〈慈悲的滋味〉中老太太遺贈房產的善舉引起受益房客之間新一輪的角鬥傾軋。這種做好事被人誤解或後果不佳的現象充分說明，所謂人道、愛心、互助等已經與都市人的一般行爲和思路相違拗，在這個都市中成爲稀罕怪異之物。「這個時代已經沒有聖人了，就算有，他們在台北也找不到停車位」（《財閥》）。

若干都市意識較強的都市人（常是知識份子），他們的焦慮、孤寂和苦悶就更爲深沉和鬱重。他們有的執著於自己的一片精神領地，如《往事》中的秦書培、《人人需要秦德夫》中的何律師都執迷於愛情及正常的家庭生活，難以忍受妻子變節的事實而倍受煎熬；有的因盤雜交錯的多重關係致使生存空間更形狹小而深感焦慮，如《反對者》中的羅秋南、《財閥》中的何瑞卿，都因本屬自己的空間被外來因素所侵占，急切地想逃離台北到鄉村享受片刻無憂無慮的生活，顯示了奪回生存空間的苦心和努力。他們還都因爲自覺受支配卻難以解脫而痛苦萬分，並萌發了叛逆意識。羅秋南終於領悟到自己的尊嚴和價值被所有人漠視的事實而決心爲個人名譽而戰。何瑞卿雖然身爲賴樸恩的私生子而受到照顧和重用，但他發覺無論怎麼努力，總是無法擺脫受人擺布的處境，遂決定以沉溺聲色犬馬之中作爲對賴樸恩的反抗。這一舉動隱約透露出都市精神由「現代」向「後現代」的過渡和轉變。

這樣，黃凡以他的部分作品爲我們展現了一幅台灣都市社會的完整藍圖。他關於台灣都市社會是一個多重關係的複雜系統的考察，一反台灣作家拘囿於較單純關係描寫的習慣模式，以巨視的眼光對當代都市生活作深中肯綮的反映，堪稱台灣都市文學的一大收穫。他關於經濟和政治勢力相結合主宰台灣社會的描寫，反映出獨特的地域和時代色彩。圍繞著資本主義的核心事物——金錢，黃凡從巴爾扎克式的側重道德反省轉到對都市運行方式的省察，揭示它如何成爲支配社會的首要因素，具有創新性。此外，黃凡對於都市精神的捕捉，對於都市人行爲模式、思考方式和精神狀態的刻劃，也處處反映出台灣工業文明狀態下都市整體運作的特點。黃凡以他的宏觀視角，顯示了對都市文學的新開拓。

當然，上述內容並未能囊括黃凡都市文學的所有特點及其爲文壇提供的所有新鮮經驗。對於台灣由「現代」向「後現代」都市社會過渡中不斷冒現的後工業文明狀況，黃凡也敏銳、準確地加以捕捉和描寫。如訊息的發達和普及所促成的社會多元無序狀態，大眾消費導向引發的猥瑣、膚淺、碌碌無爲、及時享樂的風尙，商業邏輯對「文化」等領域的入侵及理想主義的被摧毀，對於媒體、資訊等的造假功能的透視等。黃凡作品本身表現出的拼貼、通俗化等特點，更使黃凡在台灣後現代文學的興起和發展中，也占有不可忽略的重要位置。

第三節　林彧：白領階層的灰色人生和自我迷失

如果說黃凡從大處著眼，對都市的方方面面及其複雜關係作宏觀的考察，林彧則從小處著手，著重爲都市中的某一階層——白領階層的生存情景和精神特徵作寫照。

林彧（一九五七—　），本名林鈺錫，台灣南投人，著有詩集《夢要去旅行》、《單身日記》、《鹿之谷》、《戀愛遊戲規則》等。他以創作都市詩而著稱。他的作品大多針對著一個特定的範圍和層面，即上班族的日常生活和精神特徵，從而被頗爲恰切地稱爲「受薪階級青年知識份子的代言人」❾。這雖是一個相對狹小的角度，卻正凸顯出林彧獨具的特色，因爲「八〇年代初葉，應當被詩人關切的白領生涯題材，總算在林彧的筆下及時大規模展現，如果說林彧應景，應的也是新時代的實景，而非詩壇流行的風景，他的眼光與膽識是値得吾人稱許的」❿。林彧與七〇年代寫實詩風的區別，也許正在於此。

林彧主要從如下幾個角度切入白領階層的生存情境。其一，描寫上班族處身於龐大社會機器中的單調、無聊、機械式的工作和生活，以及由此產生的空虛、寂寞、失落的異化心靈。白領階層的苦衷，顯然不在手提背馱、餐風露宿等肉體上的磨難，而在因受制於現代都市龐大機器而感到自我喪失危機的精神上的夢魘，表面的安適下，其實隱藏著極大的精神痛苦。如《單身日記》以時間列表方式描寫夜晚惡夢侵襲和發自心頭的痛苦呼喚。這種痛苦，部分地來自理想和現實的矛盾，因此白領階層機械、單調的灰色人生和充滿詩情、幻想的心靈衝突，以及他們在機械、人群的壓力下力圖保持個性而不可得的悲劇，成爲林彧詩作的一個常見視角。〈會〉、〈積木遊戲〉、〈雙頭蠟燭〉、〈獵〉等對此都有所描寫。如〈卡〉這樣刻劃上班族的無聊：「我已不再等待奇蹟了，／整個下午，除了一根／雀毛落在辦公室外的陽台上，／漂鳥只在泰戈爾的夢域翺翔。」而他們的日常生活，被掩埋於日復一日、時復一時的等因奉此的瑣碎中：

是的，經理；是的，主任；
好的，馬上辦；好的，立刻來；
人聲，鞋聲；鈴響，鐘響，
上班下班，打卡打卡

〈積木遊戲〉中的「我」，則處身「四壁鮮白的辦公室」中，小心堆砌著七情六欲，謹愼地核計著薪資、升遷、男歡、女愛——

夢也不做了，然而，依稀
聽見，那聲音，那遙遠的呼喊
放我出去，放我出去
讓我爬上，讓我爬上

這些作品帶有自況或自傳的成分，成爲白領階層上班族異化生活的眞實寫照。

其二，揭示現代都市社會充滿隔閡和競爭性的人際關係，以及由此產生的孤絕、冷漠的精神特徵。〈名片〉、〈B大樓〉、〈夢見一群人〉等，描寫表面熱絡實爲虛情假意的社交活動使人感受到人際的疏離；或以外部世界的嘈雜、「光華」反襯一己的孤單和內心世界的空茫。如〈名片〉寫「我」在一次歡宴後整理著各式各樣的名片，突然發現已經忘了送名片人的臉孔、聲音等；同時又想到對方可能也不知道我是誰而將名片撕毀：

在這裡，在那裡，我聽到
無數個我被撕裂的聲音

可說由人與人之間的隔膜進一步延伸到自我失落的主題。〈更上一層——科員歲月〉則刻劃了在相互傾軋、爭鬥的社會關係中，淪爲別人踩著往上爬的階梯和爭強鬥勝工具的可悲形象。如〈拔河〉擬爲「爲了決定一場與我無關的勝負」而被人拉來扯去的繩索的口吻，發出了「他們索討的是勝利，並不擔心／我在他們的手下無辜地／斷了」的悲嘆。現代都市人與人之間冷漠無情、難以溝通和契合的情形躍然紙上。

其三，展現現代都市頹靡世風及其他嚴重社會問題。如〈藥〉對於傳播媒體爲包庇達官貴人的經濟醜聞，避重就輕，爲之塗脂抹粉的作法加以辛辣的嘲諷；〈愛迪達〉描寫拋棄儉樸作風，轉而追求虛榮的下一代；〈媽媽，請您也保重〉表達身不由己靠色相謀生的風塵女子的苦衷。〈酸雨〉、〈宗卷生活〉、〈酒量〉、〈分貝〉、〈劇情〉、〈涼風四起〉等，更分別揭露或全面羅列了環境污染、交通混亂、工礦災變、封建迷信、東洋崇拜、盜竊賄賂、選舉弊端……等嚴重社會問題。這些作品展現了上班族生活於其中的社會環境，揭示了上班族精神痛苦的原因之一，同時也顯示了詩人批判視野的擴大。

除了刻寫上班族的生活困囿和精神異化外，林彧的部分作品也描寫了不願屈服於惡劣生存環境所作的種種掙扎和向上追求，或頌揚親情、愛心等美好情懷。〈深夜撐竿〉以體育運動比喻作家、詩人的漏夜筆耕，呈露其超越自我極限的努力。此外，林彧尚有其他題材作品，如田園詠物、抒情感懷的有早期詩作〈七行四首〉、〈草之四帖〉、〈白色的揚帆手〉、〈爲你合起兩扇小小的窗〉以及〈春天在我血管裡歌唱〉等；涉及國際事物，顯示人類關懷的有〈是誰最後離開〉、〈全世界只點亮一盞燈〉等。《鹿之谷》詩集則「帶著現實的紅塵走入自然」，「表現現代山水中人和山水的困境」⑪。

林彧詩作，語言平實，意象簡潔，並無「超現實」之類的特意經營，其詩藝的妙處，主要在於一種虛實的轉換騰挪之間，而這又是與十分生動、恰當的比喻、象徵分不開的。如林彧善於以身邊的細瑣事物比喻人的處境且新奇貼切。〈迴紋針〉一詩以迴紋針比喻上班族，兩者不僅形似——曲折回繞和弓背彎腰，而且神似——迴紋針的「左轉右轉」、「上壓下擠」，正如上班族的忙忙碌碌、承受來自上下的壓力；此外，更有存在意義和價值上的相似——兩者都卑微和渺小。在結構上，林彧常經營一種虛實相生、遞進轉合的結構。如〈B大樓〉，將「實」（眞實大樓的熱鬧嘈雜）和「虛」（內心「大樓」的空蕩、冷落）放在一起，形成強烈的對比。將景延伸爲情，事周轉爲意，物演化爲人生處境的象徵，正是此類詩的妙處，也是林彧創作的一大特色。此外，如〈分貝〉、〈酒量〉、《單身日記》等，都或多或少採用平面羅列、共時呈現諸多社會現象的構思，直接與資訊時代表意方式的特徵及其所反映的列表式都市生活相吻合；前二者還引入了測量噪音和酒精濃度的計量術語作爲貫穿全詩的線索，不僅暗指著現代社會的嘈雜無序和精神病症，而且使本來無序的諸多事件呈現出一種層遞趣味，從而產生特殊的氣勢和力量。林彧的詩，意象並不繁複，語言並不炫奇，卻能因特殊構思而包含著耐人咀嚼的深刻涵義和旨趣，雖然偶爾出現作者的現身議論而影響詩的含蓄的缺陷，但整體上並未造成大的損害。當然，相對而言，林彧的詩作在題材、主題上的開拓性意義，要超過其詩藝經營上的意義。

註釋：

❶黃凡、林燿德，《新世代小說大系．都市卷前言》，希代書版公司，一九八九。
❷李非，《戰後台灣經濟發展史》，鷺江出版社，一九九二，頁二六三。
❸詹宏志，〈在我們的時代裡〉，《六十九年短篇小說選》，爾雅出版社，一九八一，頁二—三。
❹詹宏志，《六十九年短篇小說選．編序》。
❺季季，〈最後一節車廂〉，《七十五年短篇小說選》，爾雅出版社，一九八七，頁九。
❻轉引自瘂弦，〈在城市裡成長——林燿德散文作品印象〉，林燿德，《一座城市的身世》，時報出版公司，一九八七，頁一四。
❼高天生，〈曖昧的戰鬥〉，《台灣小說和小說家》，前衛出版社，一九八六，頁一七一。
❽轉引自葉樺，〈黃凡眼中的世界〉，黃凡，《傷心城》，自立晚報社，一九八五，頁二四八。
❾余光中，〈拔河的繩索會呼痛嗎？〉，《中華日報》，一九八四．七．四。
❿林燿德，〈組織人的病歷表〉，《一九四九以後》，頁二〇六。
⓫簡政珍，〈林彧論〉，《台灣新世代詩人大系》，頁六一〇。

第十一章　現代都市人的心理病變

第一節　王幼華：人格分裂者的心理攝像

台灣社會的資本主義都市化發展，一方面使社會政治、經濟、文化等宏觀領域出現巨大的變貌，另一方面也使人的內心微觀世界發生深刻的變更。從寬闊的田園到擁擠的都市，人的生活空間狹窄了，欲望膨脹了，生活節奏加快了，價值觀念改變了，人際關係疏離了……這一切，都使人陷入焦慮、孤獨、迷茫之中，導致了大量的心理變態現象的湧現。自然地，反映這種心理病變的文學作品也大量地應運而生。這種「心理小說」的創作，同樣由戰後新世代作家扮演重要的角色，如王幼華、張國立等，都有出色的表現。

王幼華原籍山東，一九五七年生，淡江大學中文系畢業。他是一位具有鮮明個性的新世代小說家，至今已有《惡徒》、《狂者的自白》、《欲與罪》、《熱愛》、《洪福齊天》等中短篇小說集和《兩鎮演談》、《廣澤地》、《土地與靈魂》、《騷動的島》等長篇小說出版。這些作品構築了一個頗為獨特的文學世界。第一本小說集《惡徒》有一篇短小而未引起人們注意的自序，早已為此描下了一幅藍圖，並對作者的文學觀作了言簡意賅的呈露。其一，文學創作使作家煩擾多欲、盲動不已的魂魄有了歸宿，因此他視小說為自己生命的另一種表現方式，專意灌注生命於筆下；其二，王幼華傾心於杜甫「沉鬱高華的美、對人世邦國熾愛的感情、寫實批判的勇氣」等，渴望能與他血脈相連；其三，「自然，人性的開發，精神心理的挖掘、探索，複雜而多元的社會、世界」為王幼華所願投身而入，做更多的嘗試和了解❶。可以發現，王幼華的創作正是基本上沿著上述藍圖發展的。這說明，王幼華對於創作方向是一種自覺的選擇。

「人性的開發」和「精神心理的挖掘」是王幼華文學世界最為重要的內容和突出的特徵。他早期就有一些著重描寫個人內心體驗的小說，儘管顯得冗煩、枯燥，卻已透露出作者觀察社會的與眾不同的角度。後來王幼華的創作有了很大的豐富和發展，但「透視人類心靈的各種折曲」❷的目標和興趣始終如一。如果說一般作家較為關注的是人物的行為，那麼王幼華最為關心的卻是人物的心理；一般作家的心理描寫常止於敘述人物的喜怒哀樂，王幼華卻要深入挖掘人物精神痛苦的原因。因此王幼華不僅著眼於人物的社會階層，多寫被認為代表著台灣社會生命力的「引車賣漿者流」等芸芸眾生；更主要的是從人物的心理特徵入手，充斥在作品中的是一群失望絕望者、失戀者、空虛者、孤獨者、困頓寂寞者、癔症患者、精神分裂症患者、犯罪狂、報復狂、精神萎縮者、人格異化者、單相思者、妄想症患者、懷疑論者、自毀自殺者等形象。例如，王幼華塑造老兵形象時，並不限於描寫他們的困頓和懷鄉，而是深入刻劃他們扭曲的靈魂。〈兄弟倆〉中的李漢，懷著變態的自尊，成爲自我封閉的「套中人」和蓄錢奴，最終導致精神崩潰而自戕。而〈天魁草莽錄〉中的老兵，則是一群終日等待「反攻」的「好消息」，結果卻飽受永生精神煎熬的失望者。〈健康公寓〉中的黎小姐和〈狐〉中的「她」都是年輕女子，但前者飽嚐現代都市人際關係的冷漠，連父母也斷絕了聯繫；後者因丈夫外遇，在潛意識中萌發追求個人幸福的欲念，但卻顧及傳統婚姻觀念而躊躇恍惚。從〈狂者的自白〉、〈模糊的人〉、〈首市亂彈〉等篇中，則可以看到一群懷著出人頭地的強烈願望，卻只能幻想不敢行動的「多餘人」和精神陽萎者。如果說這些飽受精神痛苦的現代人具有某種共同特徵，那就是他們都不同程度地表現出自我人格的分裂。如在以人格分裂人物爲主構成的《廣澤地》中，李神父在神聖的教職和世俗的情愛享樂之間處於兩難；退伍兵老金由於「超我」對「本我」的壓抑而陷入「愚忠」的泥坑導致靈魂的完全扭曲；畫家蘇清淡也自覺總是處於液體（迷茫）、氣體（輕鬆）、固體（理性）三種人格的變換中。《兩鎮演談》中的丘老師，由於童年遭受的屈辱而心懷怨懟，又因父母的善良、寬厚養成他求善的強烈自覺，從此在兩個極端之間擺蕩。

王幼華小說世界中所呈現的，就是這些形形色色的人格自我分裂者、心理變態者。作者顯然認爲他們在現代社會中具有極大的普遍性。當然，王幼華並沒有停留於「呈現」，而是更著意於「剖析」，即進一步探究病態心理大量湧現的原因。在這裡，他擯棄了單純生物學觀點和單純社會學觀點，刻意從多維視角加以考察，深刻揭示引發心理變態的生理因素、心理因素和社會文化因素三者之間交相作用的複雜情況。這一點，在王幼華小說中兩個最爲引人注目的形象系列——瘋子系列和犯罪者系列——上有相當清晰的表現。

從某種意義上說，瘋狂和犯罪都是變態心理的重症表現。王幼華並不否認個人遺傳因素（如體質體型、精神類型特徵、家族病變史等）在其中所起的重要作用，這種因素有時早已埋下禍根，如《廣澤地》中的女教師梅子，就有小腦病變的家族病史，發病前夕，具有如小蟲般蠕動等各種神秘內心體驗。阿麻的長子繼承父親的粗壯體型和過於充沛的精力，這是他淪爲犯罪少年的原因之一。〈狂徒〉中的季牙，上有昏昏然的父親，旁有極端自私的兄弟，下有患蒙古症的兒子，自己則專事搶劫賭博，可見其遺傳基因的缺陷。

王幼華也不否認個人成長經驗累積所形成的人格類型、理想信念、情緒傾向、思維方式、智慧特徵等心理因素在心理變態發生中舉足輕重的作用。《廣澤地》中的懷疑論者何承聖，他那過度敏銳激切的情緒傾向，顯然來自一個在育嬰院長大的戰爭孤兒那壓抑、無愛的童年生活；他那懷疑一切、目空無人、耽於幻想、怯於行動的處事哲學和人生觀，則源自青年時代追求道德的神性生活而難以生存，轉而憤世嫉俗，視人性爲惡的結果。他在受到傷其自尊的刺激後，從一個極端的懷疑論者突發性地變爲瘋狂的實踐者，驅車橫衝直撞以消弭挫折感，也就毫不奇怪了。而老金那不識好歹的「愚忠」，何嘗不是軍旅生活經歷中受到意識形態灌輸和模鑄的產物！

然而王幼華最爲重視的，還是社會文化因素所起的關鍵性作用。他顯然認爲，社會轉型、文化變遷和生活的快節奏變動所帶來的心理不調適，多元的文化衝撞和未形統一的社會價值標準所造成的迷茫或激烈的心靈衝突，現行的某些社會規範對人的本能欲望的壓抑，是導致心理變態現象大量湧現的最主要原因。

心理學認爲，一切心理行爲的變態，都可以在不同程度上歸因於人的社會文化關係的失調，而這又常是社會文化環境和現實生活的急遽變動所致。失調現象的出現及其程度取決於兩個條件，一是這種變動的激烈程度，二是當事人對變化的敏感度及適應水平。〈歡樂人生路〉中的「我」就因無法承受生活的急遽變動而發瘋。固然父母的缺陷、童年的屈辱已種下病因，但眞正的要害卻是進入「歡夢宮」色情場所當警衛所經歷的巨大變化。那突如其來的畸形的「富裕」以及旋踵而至的破滅；那赤裸裸的色情放縱，對道德規範的肆無忌憚的摧毀，顯然都不是「我」本來就已脆弱的心靈所能承受，終於被社會轉動的巨輪徹底碾碎。王幼華小說中不乏此類對社會變動適應不良而產生不同程度心理障礙的人物。如李神父之所以從一個素以苦修和愛心聞名的神父變爲在愛情、欲望、純潔與罪惡之間打滾的人格分裂者，就因爲他從鄉村遷入都市，新的環境使他內心燃起無法抑制的世俗的欲火，摧毀了長期修練的「正果」。

多元文化的匯聚，價值標準的飄搖不定，顯然是產生分裂人格和迷惘心態的溫床。《香格里拉戀歌》中的林羅在善惡之間舉棋不定，是一例證。《廣澤地》中何承聖執迷於懷疑論，何嘗不是多元文化、多重價值所致。他在紛至沓來的文化衝擊面前迷茫，轉而走向絕對的虛無，不分青紅皀白地否定一切文化，退回原始、獸性當中去，這就是他受刺激後野性總爆發的根由。王幼華稱：「在犯罪前後人的狀態中，精神是畸異、恍惚、易驚嚇、焦灼、矛盾的，那裡面有極豐富的人的奧秘」❸，正是對包括何承聖在內許多犯罪現象的極好總結。甚至無惡不作的小太保蕭郎（《廣澤地》）也有豐富的內心奧秘。他因缺乏母愛滋潤而內心創傷，深羨阿麻的兒子們，因而當後者在他唆使下作惡而危及生命時，他想到的是阿麻如若失子將遭受的痛苦，放棄了獨自逃跑的機會，爲救老二而身負重傷。這顯然不僅是一種義氣之舉，而是對母愛理想的捨身護衛。小說最後描寫蕭郎的這一舉動，無疑使他洗去了「原罪」的嫌疑，「原罪」是與生俱來，無可救贖的，蕭郎卻可以救贖，因爲他和其他青少年一樣，心靈本是潔白的，他的墮落乃社會所致，當社會的價值標準「惡」占優勢而對「善」加以凌遲時，就必然要引起年輕人的人格分裂，造就一代的「問題青少年」。

台灣社會文化的急遽變遷和價值標準的分裂，顯然對人們的心理施加了不小的壓力，使不適應者產生心理障礙或變態。而更爲直接的壓力則來自某些社會規範對人的正常生活欲求的禁抑。梅子老師的發瘋固然有遺傳因素，但眞正的導因卻是正常人性所受到的摧殘。她無私地愛護學生，卻因色貌原因無法在工商社會裡得到一個正常人所應得的愛。當她連與情夫保持曖昧關係的權利也被剝奪時，精神崩潰就在所難免了。引人注目的〈超人阿A〉和〈龍鳳海灘考古記〉，也都涉及到社會重壓使人趨於瘋狂的主題。阿A想標新立異，出人頭地，本來社會可以爲其實現自我價值提供一點方便，結果卻適得其反。〈龍鳳海灘考古記〉中的林合財馳騁其豐富的想像，對遠古某部落歷史作了一番聲色俱全的假設。本來

「脫離規則的、理性的、辛苦挫折不如意的現實，進入想像、迷離的世界，顯然是人們與生俱來的能力」（《兩鎮演談》），但林合財只不過是考古系的一名老雜工，這種「與生俱來的能力」和人的權利，同樣受到壓抑和摧殘。

細讀之下，還可感覺這兩篇小說尚有弦外之音。對於阿A，固然可斥之爲不甚現實，但他力圖突破成規陋習的超人意識，未嘗不是社會進步所需。林合財的情況則更爲複雜。歷史事實本身眞僞難辨，而林合財對歷史的推測卻似乎頗能自圓其說。是林合財眞的瘋了，還是說他瘋了的社會出了問題，遂成爲一個懸疑。應指出，這樣的構思並非王幼華首創。早在世紀初的章太炎、魯迅等人筆下，就曾出現大批的瘋子、狂人形象。文學大師筆下的革命者由於其卓拔超群，敢於衝破傳統成規而被視爲「瘋子」，這種「瘋子」實爲眞理的擁有者。無獨有偶，林合財也發出「善良的人才會變成神經病，這個世界就是這樣」的宏論。這既是自我辯護，也是對社會的控訴。類似的情節在王幼華小說中反覆出現。如〈神劍〉中，一個不會說謊的小孩被人看成智能低下，神經不正常；〈欲與罪〉中，當楊傑申訴自己近年來的清白，表達要努力用愛來挽救自己的願望時，竟被警察懷疑爲神經病。《兩鎮演談》中的范希淹更直接了當地指出：「這個世界是瘋癲的，有太多錯亂的地方」。顯然，和魯迅等人一樣，王幼華寫「瘋癲」的人，爲的是說明「這個世界是瘋癲」的事實，並對這個瘋癲的世界反將瘋癲的罪名強加於人提出指控。這無疑是小說主題的一大深化。

王幼華強調引起心理變態的社會文化因素的作用，較爲圓滿地解答了心理變態在當代都市社會特別繁多的原因，同時也表達了作者希望社會得到療救的願望，因爲遺傳因素是無可改變的「原罪」，心理因素也多爲過去的經歷所塑就，而社會文化因素畢竟是現實人爲的，可以經過人的努力加以改變。

王幼華在藝術形式上也是一個探索者和創新者，這主要表現爲小說「複合模式」❹的採用。它們未必像傳統的「情節模式」那樣根據事物的因果關係組織人物的言行及相關生活片斷，使之成爲有起有迄逐步展開的完整故事，而是常使諸多形象系列在同一平面上共時性地展開。如被稱爲八〇年代台灣「第一篇」都市小說的〈健康公寓〉中，作者順著字母編號對公寓住家逐戶加以敘述，就像拿著攝影機一間一間房屋往復掃描，由此展現了各行各業人士似不相干實相互聯繫的日常生活，顯示了都市人普遍形成的自私、冷漠、貪欲的徵候。小說似乎只是一系列互不相干的形象單位的流水帳式羅列，但其中實有某種深刻意蘊加以統攝。王幼華的小說有的乾脆由數個不相關聯的或若斷若續的故事連綴而成，有的則隨意地插入許多非情節主線上的敘述內容。這種形式雖因異於傳統習慣而時遭結構鬆散、枝蕪太多的非議，其實對主題的表達卻有莫大的功效。除了有助於作者融入大量的哲學、宗教、民俗、歷史、政治、經濟等方面的資料，從而實現其全面反映台灣社會文化景觀的宏大企圖外，還有利於作者深入挖掘和逼眞展示人物心態，因爲人的精神世界中，除了較爲規則的意識部分外，還有很大部分是混亂無序、隨機發生的無意識、潛意識，特別是人格分裂、精神變態者，其內心更爲紊亂，複合模式那比較寬鬆、隨意，不受情節主線嚴格限制的取材、敘述方式，正十分適合於表現這種混亂的內心世界。

進入九〇年代以來，王幼華的創作有新的發展。他不僅關注現代都市人的病態心理，而且較多地將目光投向歷史，同時也更密切地注視和描寫現實的動態。如長篇《土地和靈魂》以一百多年前的傳奇歷史人物為本事，描寫英國船長兼探險家的荷恩於遇險船覆後，在噶瑪蘭的大南澳一帶的荒僻谷地，動員屢遭漢人驅迫的「番人」（高山族原住民）一起墾伐闢耕，自建家園，在歷盡艱辛始見成效時，卻遭附近漢人窺覷，經曾勒索敲詐的地方官吏上報清廷，復照會英、德政府，一同派兵清剿，夷平墾地。小說充斥著良知自省的意味，但對歷史重加詮釋的意圖，未必能得到廣泛的認同。稍後的中篇小說《洪福齊天》以魔幻寫實的筆觸，透過一個意識復活的骷髏頭的眼睛觀察和呈現世相，顯示作者創作更爲成熟和開闊。一九九六年出版的《騷動的島》，以媒體工作者麥慶夫為中心人物，串連起台灣現實生活切片，藉以揭露蛻變中的社會脈動和市民精神，被視爲批判性極強的「關懷台灣全貌」❺之作，也再現了王幼華一以貫之的創作企圖和風格。

第二節　東年：海船作為現代人生存空間的象徵

東年，本名陳順賢，台灣基隆市人，一九五〇年生，台北工業專科學校畢業，曾赴愛荷華大學寫作班研習，著有短篇小說集《落雨的小鎮》、《大火》、《去年冬天》以及中、長篇小說《失蹤的太平洋三號》、《模範市民》、《初旅》、《地藏菩薩本願寺》、《再會福爾摩沙》等。

在台灣文壇，東年因「海洋小說」的創作而占有特殊的位置。其實，這位小說家至少具有三種身分，即：

——台灣「海洋小說」的開拓者。

——現代人焦慮不安的集體潛意識的挖掘者。

——民族歷史文化和精神特徵的觀照者。

這三者環環相扣而又漸次深入，從而賦予東年小說以視角獨特、含蘊深沉的整體風貌。

台灣四面環水，先民從大陸渡海而來，並不乏與黑潮濁浪搏鬥的可歌可泣的故事，但也許與民族文化傳統有關，台灣的海洋小說並不彰顯，偶爾出現的，如司馬中原的《逃婚》，也不過以漁村生活爲背景，沾濡了一點海的鹹味而已，並未深入大海的內部。這種情況直到東年、呂則之等的筆下，才有了根本的改觀。一九七四年五月，東年曾隨遠洋漁船到達南非開普頓，後即以此海上見聞爲素材，歷經近十年的精雕細琢，寫成了《失蹤的太平洋三號》，一九八四年發表後，被譽爲「數十年來眞正展開了中國海洋文學風貌」❻的長篇小說。而在此之前，東年即已發表了一系列膾炙人口的短篇海洋小說，如《海鷗》、《暴風雨》等。在這些作品中，作者不僅生動地展現了變化無羈，時而溫柔如處子，時而凶暴如狂徒的大海景觀，更著重描繪船員們爲了生存與大自然搏鬥乃至他們之間相互爭鬥的情景，刻劃了他們在特殊環境中培養出來的粗獷暴烈的性格和心懷恐懼與孤獨的特殊內心世界。作者顯然有意將人物置於一個特定的場合，如面對惡劣的自然或人際條件的生死關頭，使人物的內在性格和眞實人性得到最充分的表露和展現。像《最後的月亮》、《惡夜的暗笛》均描寫漁船發生意外事件後船員們爲了生存與大自然的殊死搏鬥；而《暴風雨》、《失蹤的太平洋三號》等除了大自然的肆虐外，更有船員之間因利益關係而發生的內訌、相互殘殺事件。曾獲時報文學獎的《海鷗》，描寫一位年輕畫家，興致勃勃隨船出海寫生，但在面對詭秘、死寂的大海，並與粗俗、鄙陋，終日沉溺於感官欲望中的漁民的朝夕相處中，其本來心平氣和、溫文良善的心境，也漸趨暴戾，遂以濫殺海鷗爲樂，後來更在極度的孤獨和恐懼中，被捲入一場拳腳相加、刀槍相見的船員糾紛中，受到難以癒合的精神創傷。小說的主人翁（其實也是作者）在經過親身的海上體驗後發現，對於求生存過程中人與自然，特別是人與人的關係，「海鷗」正可作爲十分恰當的比喻：人們總以爲自由翱翔在海天之際的海鷗，其實過著極爲緊張的生活；牠們幾乎所有時間都在遠離陸地的海上，不停地飛來飛去找東西吃；牠們長的灰背和白腹，都是一種保護色，因爲牠們的上、下都有隨時的危險——與海水相似的灰背用於矇騙空中的猛禽，與雲朵同色的白腹用於躲避大魚的襲擊；但牠們最迫切的危險竟是來自牠們的群體生活內部——牠們總是成群相聚，爲了爭食，牠們的尖喙和利爪時常弄得彼此皮破血流，甚至瞎了眼；海鷗就是這樣緊張地度過牠們命定的、永無希望的一生，而人，通常也是如此。

顯然，東年致力於開拓「海洋文學」的嶄新領域，但其視野和動機，並不僅局限於「海洋」。他在「海鷗」身上，找到了大海和人世的一個連接點。其實，還不止於此，作者是把海上航船那種無可逃避的拘囿、封閉的空間，整個地當作現代人生存處境的一種縮影和象徵。作者在中篇小說《去年冬天》中寫道：「非常多的人聚集在相對而言不夠寬敞的空間生活，分配不足分配的貧乏財富，這個境況，使我們大部分人的腎上腺分泌過多，容易焦躁、容易昏頭、容易撕咬……」這就是現代社會普遍存在的「焦慮不安」的集體潛意識，對此的揭示，正是東年創作的一個重心。對這種普遍社會心態的形成及其生理、心理和社會的成因，作者又在〈飆車的精神分析〉一文中作了頗爲精到的分析。他認爲：人具有覺察和滿足諸種基本需要的遺傳基因和內在驅動力，當這種滿足無法遂願時，就會累積焦慮不安，因而產生異常的行爲。古代封建體制的種種禁忌、壓抑使絕大部分人的欲望不能充分發展和實現。隨著現代社會對於各種禁忌的解除，人們的需求得到空前的滿足，但這反而使各種欲望更形膨脹。人們因著與別人對比相形見絀而覺察社會的不公平，因著激烈的競爭而感受巨大的壓力，因此焦慮不安就成爲一種普遍的社會心態；近年流行的青少年「飆車族」，即是想憑藉喧囂的排氣管發泄他們被壓抑的怨恨，憑藉作爲一個「挑釁者」的自我誇大的補償作用來克服他們的焦慮不安的一群。東年的小說就著重揭示這種爲現代社會所斫傷的心靈狀態。如果說他的「海洋小說」乃透過具有象徵意義的特異環境——大海和航船——表現這種心態，那其他作品則將筆觸移到更爲直接的現實舞台上。如《大火》描寫一位來自農村的善良、謹慎的年輕工人，想與人爲善而不可得，最後因不堪忍受隔室一群小青年的騷擾和侮辱，放火焚燒了整座樓房。《死人書》則由一位死囚自述他如何感受那不友善的鄰居所施加的難以解脫的壓力和陰影，一步一步地被逼上殺人犯罪之途。顯然，人們的焦慮不安乃至由此引發的罪惡，除了乍然作醒的欲望難以滿足等生理、心理動因外，更與他們「所陷的社會關係方式，如壓制、不公平、強迫的依賴和挫折所產生的敵視」等，有著直接的關聯。透過這一點的揭示，東年的小說增強了它的社會批判意義。

然而，東年不僅致力於揭示焦慮不安心態的自然生存和社會關係層次的原因，還要將其提升至整個民族的歷史文化和精神特徵的高度加以觀照，使主題得到進一步的深化。這種努力，在《失蹤的太平洋三號》和《模範市民》兩部長篇小說中表現得格外明顯。作者試圖檢視近一個世紀以來「我們整個民族的精神分裂的病症」——這是焦慮不安心態產生的更加深沉的原因之一，而這主要透過知識份子形象來加以負載。東年筆下的知識份子一方面感時憂國，先知先覺，與一般群眾的愚昧、落後，只爲欲望驅使而奔勞形成鮮明對比。如《失蹤的太平洋三號》中，華北、李梅岑等知識青年肯思索，有理想，富有民族自尊心，而一般的船員卻大多爲縱欲逐利之輩，沉溺於鬥毆、賭博、酗酒、抽煙、嫖妓之中，偷懶怠工，欺小凌弱，毫無民族意識和組織紀律性，這巨大的反差正反映了民族歷史文化負面因素的沉重包袱、知識份子改造國民性的艱巨使命。另一方面，這些知識份子除了脫離群眾的弱點外，本身也產生了嚴重的精神分裂，而這主要是理想和現實的矛盾造成的，如李梅岑在企圖以自己的意志影響粗愚的船員，將他們導向其烏托邦理想，卻遭船員以世俗的追求加以抵制時，精神病發作，放了氨氣將全船人員毒死，而在慌亂中砍死李梅岑得以逃生倖存的華北，卻從此過著自責和自虐的悔恨生活，終因精神分裂而自殺。《模範市民》中犯了搶劫殺人罪的廖本群，何嘗不是一個「有理想、有熱情，對國家民族以及社會有遠大見解」的知識份子，他的焦慮不安和變態舉止，除因長久失業而面臨生存危機外，還因他具有實現自我價值和政治理想，維護社會正義和社會平等的更高層次的需求。因此他始終掙扎於善與惡之間，一方面爲自己殺人的罪惡感到自責和內疚，另一方面又認爲自己只是殺了一個對社會有害的歹徒而已，並非想搶錢去吃喝玩樂，目的在於提拔自己在一個不平等的境況中有個平等的能夠爲之奮鬥的立足之處和起點。顯然，知識份子的思想迷茫、虛無和精神分裂，乃因他們「被教以天下爲己任，上卻無法充分自由地參與政治和社會，下也無法分享經濟發展的豐盛成果」❼之故。這樣，作者透過知識份子形象表現了他對民族歷史文化和社會現實的雙重反思。

東年對於資本主義條件下人的生存處境和精神狀態的揭示，使他的小說具有較深的內涵。但由於涉及了人的自然欲望以及藝術氛圍營構上的需要，也流露了若干神秘、宿命色彩。當然，對社會整體的精神分裂病症，東年也並非全然的悲哀和絕望。他開出的藥方是理性、寬容，在獸性的殘酷中，肯定人性的同情和諒解，在這無法自我封閉的現實空間裡，認同彼此的尊嚴。如《乩童》中家人的溫馨親情和諒解，促成了一段「浪子回頭金不換」的佳話，使一位少年時不愼失足而流浪在外十八年的人，重返家鄉的土地。而《去年冬天》更描寫了一位曾積極參與政治運動的知識份子，經過一段人事的滄桑和潛心深思後，滋長了一種理性、寬容，追求社會安定的非暴力的人生觀。這一藥方是否有效另當別論，它卻體現了台灣一部分中產階級的願望和心態。其實，作者對於社會精神病症的觀察和省思，本身就包含著除舊佈新的希望。正如作者所表白：「關於歷史，我的看法是這樣的：所有的昨天都將成爲民族神話和史詩，所有的喜怒哀樂、榮耀和屈辱，都將豐富後人的想像力和進取心。」❽這也許是作者寫出那麼些社會悲劇的根本動機。

一九八六年起，東年推出「初旅」系列短篇小說，後連綴、擴充成書，書名即爲《初旅》，於一九九三年出版，一九九四年又有中篇小說《地藏菩薩本願寺》。這兩部小說顯示東年創作的一個明顯變化。前者以知識份子家庭出身、外婆家在鄉下的小學生李立爲主角和敘述觀點，透過他那童稚、純眞的眼光觀察和呈現五〇年代至六〇年代台灣城鄉的種種風貌——從農家子弟打赤腳上學、二舅在穀倉中偷情、火車冒著煤煙駛過田野、糧食局以地產米換泰國米賺取外匯，到台灣生產出第一輛小汽車、縣城蓋起第一座七層樓房；從美軍大兵穿梭於歌廳酒吧，到金門炮戰、「總統」連任、同學的父親是「匪諜」、愛講話的阿清舅被通緝而四處流亡、政治氛圍令父母噤若寒蟬……一切都在平淡不經意的、似懂非懂的口吻中講出，從而顯得那麼眞實，又那麼含蘊深刻。

《地藏菩薩本願寺》的主角仍爲李立，但他已屆中年，並因防衛過度殺人而剛出獄。這令人想起同樣寫了知識份子殺人犯的前期作品《模範市民》等。新作和舊著雖然都以一個不甘等同於一般庸眾的、具有正義感和使命感、善於思索的知識份子爲主角，但人物的心態，卻顯示了由孤傲焦慮向平和寬容的轉變。《模範市民》中的廖本群如杜思妥也夫斯基筆下人物般被放在萬難忍受的境遇裡試煉——「審問者在堂上舉劾著他的惡，犯人在階下陳述他自己的善」[9]，「不但剝去了表面的潔白，拷問出藏在底下的罪惡，而且還要拷問出藏在那罪惡之下的眞正的潔白來」[10]——不僅透顯了主角具有實現自我和理想，維護社會正義等諸般追求卻難以實現，反而爲庸眾、歹徒所困，從而陷入極度的鬱悶、焦躁、虛無和精神分裂中，同時也可看出作者本人所擔負的沉重的使命感和知識份子的思想自覺。

然而所有這一切在《地藏菩薩本願寺》中卻有了極大的變化。與《模範市民》取材於廖本群犯罪後至案破前的人物內心鬥爭不同，作者截取的是李立服刑出獄後的人生階段。這就使人物免於再陷入廖本群式的自我考辯的心理狀態；而主角原本火爆、急躁的性格，隨著故事的進展，漸漸地煙消雲散，歸於豁達、平寧和寬容。這種轉變，原因自然很多，歸根結柢，即在於愛的感染和宗教人生觀念的心靈淨化作用。小說更多地表現出人與人之間的相互調和、容納，乃至相互關愛的殷殷情誼。主角出獄後即陷入親戚朋友的層層保護之中——除了姑姨舅妗外，還有舊識新交的女子們溫情脈脈的關愛。他與陳安祺在因緣際會的接觸中極爲自然地產生一段似有似無、溫馨可人的情感。而另一位女性胡陵玉，卻與李立因著母親的關係、兒時的友誼以及現在的同情、關心乃至男女之間的相互吸引而發生了婚外的兩性關係——「希望你會快樂，我竟然動用了我的身體」。胡陵玉一方面以平常心和灑脫的態度對待這種近乎自然發生的事——「我沒事，你不用擔心」；另一方面，又能以理智對情欲加以自我節制，避免了「失控」行爲的繼續發生。這些濃郁的「愛」，溫慰和溶解了主角原本傲硬不馴的心。在佛教人生觀的淨化作用方面，生前作爲虔誠佛教徒的母親立下遺囑，一方面要求李立承擔菩薩石像的雕塑任務，另一方面又稱：「你並不需要一尊菩薩」，「你需要的是知道一尊菩薩是如何雕成的」——或者說需要知道的是菩薩是如何修練成的。她的將其骨灰放諸溪流的遺願，以及在其人生最後一刻所聽到的來自心底的訊息：「像流水來去」，使李立「感悟到那種徹底消融在宇宙天地的啓示」。李立深感：所有的一切，包括眼所見的外在世界，心所感的內在世界，都如流水來去，變動不居，隨緣生滅，因著時間和條件運轉而變動。抱持這樣非有非無的空觀，方可坦然面對人生，從煩惱和愛欲的束縛中解脫。於是，李立以前那種擇善固執的「使命感」軟化、消融了，而這反過來使李立能更貼近人生，更重視親情和友情。李立從自己的不幸經驗中得到的感悟：漫無止境的知識追求會同時產生傷害自己或外人外物的暴力。也許正是這種觀念，使李立改變了對自在活佛等的觀感。他起先對參與股市、廣告等活動的自在活佛及其弟子、信徒等眾存有相當的戒心，但後來卻漸漸認識到，這或許正是與時並進的明智之舉。苦行僧般帶點迂腐之氣的淨月法師固然可敬，但自在活佛及其弟子等，也值得眞心誠悅地加以認可和讚賞。他爲他們的「爲人生的指導求法卻又如此充滿歡笑的場面」而喝彩，同意他們那把道場弄得光華亮麗以取悅信徒，使來者都能感到幸福和乾淨的作法。顯然，世俗化了的自在活佛所注重的現世的生活樂趣，取代了苦行僧的淨月法師頭上的神聖光環，在主人翁心目中占有了更高的位置。其中透露的訊息是：與其執著於某種「教義」，不如了無牽掛、隨緣流動地融入世俗的「生活」之中，方能更契合於人的本性，更能達到眞正的人生幸福之境。當然，這種使命感的自我消解，並非淪入庸眾式的無知和愚昧中，而是一個知識份子經過世事滄桑和宗教的感化後，達到一種澄明瀟灑，自在無礙的生命境界，一種見山又是山的二度自覺。

如果說東年的前期作品著重於描寫現代人的焦慮和生存競爭，那近期作品則著重描寫現代人在都市化程度不斷提高的新的社會條件下，對人生的新的理解和因應。作者創作的主題重心已由國族、社會問題轉向相關人生的話題；從對知識份子社會使命感的執著，轉向人性的挖掘和對善美人性的呼喚。至於一九九八年的新著《再會福爾摩沙》爲台灣歷史題材的小說，也許標示著作者再一次新的出發。

第三節　張國立、葉姿麟、賴香吟：現代人的生活重壓和內心孤寂

張國立（一九五五－），江蘇人，一九七八年畢業於輔仁大學東方語文系，曾任職於《時報周刊》等報刊。著有《小鎮罪行》、《保衛蒙古人》、《都市男女兵法》、《無限江山》、《謀殺愛情》、《嘿，你到過忠孝東路沒有？》、《哈羅！先生貴姓大名？》、《小五的時代》、《占領龐克希爾號》、《愛你一萬年》、《最後的樓蘭女》等小說集十多部。一九九八年，以漢朝名將李廣、李敢、李陵祖孫三代的事跡為題材的《匈奴》，獲第二屆「皇冠大眾小說獎」首獎。

張國立的部分小說刻寫現代都市的人際關係，以及在此關係下人的孤獨、寂寞的內心世界。首先，現代社會沉重的生活壓力導致的心理病變，為張國立多所著筆。如《保衛蒙古人》寫的是都市社會「上班族」在諸如「科長」、「處長」等位置的追逐壓力下，變成幻想狂的故事。《小鎮罪行》的主角「大腦殼」從小失怙，由母親含辛茹苦撫養成人，由表姐資助開了一家米店，平時孝順守本分。三年前母親臥病不起，大腦殼既要做生意，又要服侍病人，在財力和人力上都承受極大壓力。一天，他向保安隊自首，說半夜扶母親解手時，將她推入湖中致死。「明察秋毫」的保安隊長判他槍斃。但行刑那天清晨，表姐的馬車載回了母親。事情真相大白，原來表姐為了替姑媽治病，將其接到城裡，那一天晚上是大腦殼親自將母親抱上馬車的。儘管如此，大腦殼還是咬定母親已被自己所殺：「我該槍斃，我是天打雷劈

的逆子，槍斃一萬次也洗刷不掉我的罪過。」顯然，這篇小說寫的也是不堪生活的重壓而產生心理病變的事件。

現代社會男女愛情、婚姻關係的變質，也是現代人產生心理徵候的原因之一。《你還記得我們的契約嗎？》擬爲一個千方百計找到情人，前來履行十年前定下的一紙婚約的年輕女子的口吻，述說著她對愛情的堅貞、對婚約的守信，其實，這一切都是蹲在宿舍裡、兩天沒有到學校上課的吳老師，在結婚願望無法實現後的幻覺。《不知誰家的狗×了誰家的狗》、《拉上窗帘》等更描寫了日益腐敗、商業化的兩性關係及其在人的心理上的投影。如前者中的王正人，面對房事沒有興趣的妻子，先是在朋友的唆使下，發現了花錢找樂的門徑，後來更找到了不用花錢，又沒有後顧之憂的固定的性伴侶，其實是出賣了公司的利益作爲交換。後者中的老張，因偷窺隔鄰樓房某一房間中發生的一場三角戀愛，引發了創作靈感，寫出了一篇有關情殺案件的推理小說，在報紙副刊上發表，幾天後，果然發生了採用同一手段的凶殺事件。作案人供稱乃是看了小說才採用此等手段的。小說既對因金錢的糾纏而導致的兩性關係複雜化有所揭示，同時也對「偷窺狂」的心理變態者有所揶揄。

當然，並非所有現代人都庸俗不堪、沉迷肉欲，失去了做人的尊嚴和追求。在《火箭瓊》的主角「瓊」身上，就可以看到些許現代人精神追求的光亮。在瓊的周圍，仍是一群因現代社會的機械單調和人際關係的疏離而造成心理、行爲扭曲的人物。這群年輕人在一起吃吃喝喝、打打鬧鬧，表面上很熱鬧，其實內心極爲寂寞、孤獨，甚至連性愛行爲，也僅是肉欲的，而非精神的。隨著年齡的增長，孤寂愈將大家籠罩：原先來往親密的老同學、老朋友們先是各談各的戀愛，接著各抱各的老婆，各洗各的奶瓶，有人提議去看場電影，居然被視爲怪物，偶爾湊在一起，又各喝各的咖啡，各抽各的煙，就連一頓「屁」也各打各的，最後再各看各的錶，找個藉口各閃各的，「這個世界根本就是如此一成不變的循環，大家都在輪迴之中，落單的只有努力泡妞，泡一個算一個，結果就是結婚，這叫人生」。因此儘管「我」並不特別喜歡「大嘴蟹」，但從下班後沒事幹，相約「吃個小飯」、「跳個小舞」，沒幾天就發展到「上個小床」，結果婚還沒結，在婚禮的前一天，大嘴蟹就賭氣跑回娘家了。相比之下，「瓊」是比較傾向精神追求的，然而這種精神追求卻與這個社會格格不入。「瓊」雖然很有「女人緣」，但他眞正投入感情的是與「比利」的同性戀情。比利最終卻爲女色所吸引，拋棄了瓊。小說最後寫到失蹤的瓊原來成了太空人，經常乘坐火箭遨遊太空。他對「我」說：「你知道嗎？只有飛在那上面，我才會開始想念地球。」瓊的遨遊太空顯然具有深沉的寓意，瓊的寂寞和孤獨，甚至帶有宇宙性孤寂的意味。

《里長伯去散步》中的主角國柱比起火箭瓊，更堪稱一個現代社會的孤獨英雄。國柱不滿足於開個雜貨店平庸地過一輩子，總想幹點大事業。但他充滿理想主義的作爲，總是到處碰壁。自願當「義警」，十分賣力地驅趕違章攤販，結果挨打；自費辦起社區報紙，並競選里長，結果落敗，報紙也因負債累累而倒閉。此後又有徒步環島旅行等「怪招」，而他的相片出現於大報上，乃是爲了抗議化工廠的污染而獨自到「立法院」靜坐示威。顯然，小說的主角在現代社會中被框限於某一卑瑣的特定角色中，卻有不甘寂寞的靈魂，屢屢幹出驚世駭俗的舉動，卻難於爲人所理解，成爲沒有同伴一起奮鬥的「孤獨」

英雄。這種「孤獨」，比起大多現代人因爲人際關係的疏離和處於機械的包圍中所感受到的寂寞，實在更爲深沉和巨大。

張國立小說的背景未必局限於現代，他有時將小說的時空移到歷史或未來，以天馬行空般的狂放、戲謔、超現實的筆觸，展現奇異怪譎的人物舉動。但即使寫的是歷史或未來，其中仍有著現代人生存困境和心理病變的投影。或者說，張國立乃是藉歷史和未來書寫現代。這是張國立的特點之一。如《王二的天空》背景是清朝太平天國時代，小說主角王二無意中捲入的環環相扣、無可逃脫的悲運，似乎也是現代人存在困境的寫照。類科幻小說《尋找一個號碼》寫的是二十一世紀三〇年代的事。主角的電話簿被扒手竊走，使主角陷入絕境之中：失去了與所有朋友的聯繫，完全與外面的世界隔絕。電話號碼升至十一位外加四個字母，使人無法背記；郵政局編印的電話簿上，早已不再有人登記眞實姓名，因爲每個人都要「避免一切不必要的干擾」，曾經有人愚昧地接受陌生人所主動付出的友好而喪失了一切，因此「我們必須一刻也不敢鬆懈的保護自己……現代的大台北市民是沒有表現關心的壞習慣的」。一般人的電話聯繫，都按約定而行，半個月裡有七個人打電話來，但「我」不敢告訴他們丟了電話號碼，因爲「我」不能輕易地暴露自己的缺點，而對方也不敢將自己的號碼告訴電話那頭無法確知是否爲朋友的通話者，約了下次通話時間後，他們都將等待「我」的電話，但「我」已無法與他們聯繫，這意味著永遠地失去了這些朋友。這些「朋友」，是「我」經過長期奮鬥取得優異成績，被允許遷入台北市時由「市政府」分配的，而女朋友小芬更是進入台北四年，有了一定地位後，市社會局配給的。想向市當局重新申請分配朋友是不可能的，「一人只有一次機會，台北市不會有那麼多需要朋友的人。」主角擔心從此失去了他的女朋友：扒手可能將她的電話號碼轉售他人，奪走小芬。「我」也曾來到小芬的住處，但大廈管理員爲安全起見，要求在樓下先打電話聯繫，否則不讓上樓。就這樣，電話機一天一天地沉默下去，「我愈接近無期徒刑」，「我被剝得乾乾淨淨，赤裸裸」。作者就這樣發揮其豐富想像力，一步一步地將主角置入一個密不透風、無可逃脫的生存絕境中。而在這過程中，現代社會的冷漠、缺乏同情，現代人的相互隔閡及其極端孤獨、寂寞的心理，被表現得淋漓盡致。

小說中的「我」後來來到「電話號碼簿之友」酒吧，沒有電話號碼的人在這裡相聚，但因發生一次以美色竊取電話號碼而導致的流血事件，酒吧也規定不得交換電話號碼。不過電話號碼所能給人的歡樂，酒吧都能給，而酒吧所提供的，則非電話所能給出：「這不是一杯酒或一整晚的愉悅喧鬧，而是可貴的眞誠，在那兒我不必隱藏自己，更不必羨慕公園內戴著面具演說者的勇氣」，「我」找回了自我，體會到人生的美好滋味。酒吧裡的同伴們以「何必認眞呢」爲信條，認定「我們不回顧過去，不奢望未來，我們只把握現在」，這使這篇小說和另一篇描寫知識份子性格卑瑣化的《非常呼・非常止》一起，透露了作者對於正在來臨的後現代社會的敏銳感應。

葉姿麟（一九六〇－　），台灣屏東人，台灣大學生物系畢業，曾任《台北評論》編輯、《自立晚報》編輯。她從一九八五年開始發表小說，出版有《都市的雲》、《曙光中走來》、《陸上的魚》等小說集。李昂曾評其風格：「要表現這樣一個分崩離析的現代社會，作者用的手法自然也有別於傳統的寫實，於是，片斷的組合與穿插，述說了從故事到內容都不完滿的夢」⓫。

與張國立借助於歷史和未來的廣闊時空表現現代人的孤寂有所不同，葉姿麟的《陸上的魚》從一個童稚而又早熟的小孩子的特殊觀點看家庭關係，卻同樣表現了現代人內心世界難以溝通的寂寞和空虛。也許因為生長於現代社會，從電視等管道接收了許多訊息，七歲的小力和妹妹都能侃侃而談生、死、愛、恨等問題，甚至已有與女同學談戀愛的願望。而他們的父母和安瑞阿姨，在平靜相處的表面下，其實正上演著婚外的三角戀。因此媽咪平時做事總是心不在焉，安瑞阿姨最終投水殉情，從「陸上的魚」回歸碧藍的水中。小說的特異之處在於以一個也在「談戀愛」的小孩的似懂非懂的眼光來看成人世界，而這小孩也感受到人與人之間相互溝通的困難：「媽咪是聰明的，但也不能完全知道我的一切，媽咪了解也僅只是她自己」，「我想媽咪從來不去評析安瑞阿姨的心情，是因為媽咪相信除了他們自己，沒有人能清楚兩人之間的感覺」。當安瑞阿姨事件發生後，「我（小力）瞪著這個世界，我才七歲我已看到了這麼多，我不是小孩子，我已經經過愛，經過死亡，我經過愛與死——愛的背面並非恨，而是死；愛即是生，生跟隨死，隨著愛情而來的都是死亡」。小孩有這些其實他並不能真正理解的深奧的話語，對於現代社會人際關係的隔膜、人的內心孤寂，是一種深沉的反諷。

年輕作家賴香吟（一九六九—　）對於相似的主題，則又有另外的表現技巧。這位來自台南、就讀台大經濟系一年級的文壇新秀，一九八七年發表的第一篇小說《蛙》就獲「台灣省第三屆巡迴文藝營」短篇小說首獎。這是一篇「雖屬新人習作，卻具名家水準」⓬的精緻的作品。小說描寫都市上班族那機械、單調、壓力沉重的日常生活。「先生通常固定加班，不到八點不回家。她嫁過來之前，並不覺得他家怎麼窮，每次去作客，人聲笑語夾雜在電視的吵鬧聲裡，悶熱中總有些安樂的感覺。沒想到自己生活起來卻不是那麼容易了；她吵著要先生搬出來，心想兩個人的經濟算計起來或許簡單一點。夫婦二人像遊牧般地到處遷徙，不是租金太高便是受氣太多。狠下心來買了房子，貸款又變成個大包袱讓他們累呼呼地拖著。先生開始拚命加班，每天回來渾身油氣和著汗臭便一屁股坐下來扒飯」，這種情況讓太太深覺「先生未免太不解風情」，先生卻認爲：「存錢又不是壞事，繳貸款、備急用，何況以後小孩也要——」

小說的特異之處，在於巧妙地設計了一個「道具」——躲在主人翁家下水管道裡的一隻快樂的青蛙。這隻「蛙」作爲一種隱喻，如此緊密無間地和主人翁的生活遭遇和內心情緒相契合。起先，當女主角爲生活的拮据和無趣而生悶氣時，蛙鳴使她覺得詭異，好像暗藏著什麼難以臆測的危機。一個燥熱難安的晚上，這蛙一聲接一聲地不停鳴叫，「使得夫婦二人之間的沉默更顯尷尬」，先生終於忍耐不住，像狗嗅著肉味，在廚房四處翻找起來，卻無功而返。丈夫離去後，「那蛙兀自在下面叫著，或短或長，或微或亮，好似已經體會這廚房中的寂寞，而主動與她對話」，昏暗廚房裡做飯菜的聲音，「摻著那奇異的蛙鳴，加上她的疲倦心緒，使她想起自己的美麗虛擲、先生的冷情無趣、廠裡學來的品頭論足，也想起那個有著大肚皮卻愛穿絲質透明襯衫的領班」。當然，青蛙也使這對年輕夫婦回憶起充滿情趣的童年田園生活，只是女主角也同時想起中學實驗課解剖青蛙等經歷，使她對青蛙頗感噁心。一天，婆婆來到他們家裡，聽到蛙鳴而提起蟾蜍能治不育症的話題，並要媳婦試試看，引起女主角的極大懊惱：「那死蛙不叫就沒事！」，她覺得這隻蛙看準她的束手無策，「以悠閒的手法在四周慢慢砌起牆來禁錮她的自由……企圖讓她成爲一個不會思考，只會煮飯生小孩，在塔中蜷伏一如牠在管裡蜷伏的原始動物」。一天，女主角正在收拾準備下班，蛙的鳴叫聲在記憶中逐漸上升，她想著回去如何消除牠的叫聲，早已垂涎她的美色的領班卻過來企圖施暴，她用力咬了領班的肩膀而得以逃脫。領班舔了舔傷口，「口水在表皮形成一層薄膜，恰似蛙腹隱約可見血管的肚皮」。女主角喘著氣跑回家，拿出一瓶稀鹽酸，挖開排水蓋，卻見一隻青蛙，「以極大的圓弧軌跡騰空而去」。小說將蛙擬人化，賦予其快樂、達觀的性格，與主人翁的苦悶、鬱抑寡歡形成鮮明對照，具有明顯的反諷意味。

一九九七年一月，賴香吟出版了小說集《散步到他方》，其中包括獲一九九五年《聯合文學》小說新人獎中篇小說首獎的〈翻譯者〉一作。這篇小說同樣寫現代人的內心孤寂和人際間的難以溝通，但似乎視野更開闊，主題更深刻。小說女主角「我」在父母先後謝世後，從A地來到B地，幫一位曾在他們家住過的老教授L先生整理翻譯資料。「我」的母親W（也是「我」一直在寫的一篇傳記作品中的傳主）是一位專業的翻譯工作者，但到了晚年，卻產生了強烈的自我表達的意願。其實，她的性格裡從年輕到年老始終留有一種孩童般的天眞和執著，這種未經處理也未經沉澱的精神質素漸漸成爲她的「苦惱」。她希望親近的人們能夠體會到她所感受的，那麼，席捲她心頭的莫名狂潮便不至於那樣令人感到恐懼，可是，她的丈夫及其同伴們整天忙著跑組織、編雜誌，無暇顧及這種「個人」的事。她鼓起勇氣從頭去學畫畫，但總是不對勁，焦躁不安仍沒有被撫平，直到她看見L先生：一個和她一樣，「被不能明確翻譯之物所苦擾的形象」。W從L的眼神中感覺到，L好像在煩惱著什麼。漸漸地，她明白原來L身上那種拘謹不只是來自他的文化背景，也來自於他那種補償般的人道情懷。他和她的丈夫一樣，對任何歷史痕跡都懷有過多的抒情，只是她的丈夫有明白的意識，L的意圖卻說不清楚。她看著L在運動狂潮中守住一種沉穩的質素，在刻薄的生活裡保有他自己原來的姿勢。W覺得她與L之間永遠用不著翻譯，不是因為W使用他的語言，也不是因為L聽得懂她的語言，而是，他們幾乎沒有多少時間可以談話；屬於他們之間私密的語言根本就沒有表達的機會。L和她一樣架在軌道之上，任何具體可觸摸的幸福，對他們來說，似乎都不可能也幾乎是一種奢求：「一切無從敘說，無理可循，像是找不到合理的文法，她根本就沒辦法把內心的意願對著外頭的倫常翻譯出來；她訝異於所有依據過的文本居然不足以支援自己」。她覺悟到了自己翻譯者的身分，原來她生活著只是依恃翻譯的方法，翻譯別人的語言，翻譯自己的語言，翻譯自己的姿態，原來任何道理任何說辭都是耳耳相傳，語語互譯。她陷入一種悲傷之中，「這悲傷要怎樣說呢？就是這樣悲傷，竟連悲傷都說不出來」。這也許是她晚年長期保持沉默，並將興趣轉向繪畫的原因。無獨有偶，作為W的女兒的「我」，雖然母親去世時年齡尚小，但也感染上母親的沉默。「我」來到B地，除了L先生外，也不想與任何人交談，即使讓人視為啞巴也無所謂，「這幾年我的確對開口說話這件事感到疲倦，或挫折」，「有什麼理由我不能省略那些少之又少的購物問路閒聊等等語言呢？」

由於認識同鄉青年G時，「我」已處在不說話的狀態中了，只好繼續沉默下去，怕的是「他愈是追問細節，我就不得不模擬出更多答案。如此謊言愈散愈成一張大網，一個啞人的謊言」。由此可知，她們的不說話，乃是深覺語言並無法窮盡眞相，也無法憑藉語言來眞實、完全地表達自己的內心，與他人溝通。這也許正是孤寂的極致表現。

正如平路、張大春、莊信正等在《聯合文學》小說新人獎決審時所說的，這篇小說的主題，從頭到尾講的就是人生最重要的課題——溝通，就是代與代、性別之間的溝通；講的是世界都是翻譯沒有創造，語言無效、文本不可靠。⓭當然，小說的可貴之處還在於它並沒有局限於抽象的語言哲學，而是很自然地涉及了政治運動、經濟糾葛、文化差異和隔閡等眾多話題，具有較寬闊的視野。小說保持著一種「幾乎無事的悲劇」的格調，語言似乎淡流暢而深藏韻味，這是作者一貫的長處。馬森稱：「它好的地方是文字感染力很強，雖然它的口氣是很平淡的，但是可以給人一種感動，特別是在結尾時……所表現出來的孤寂感力透紙背，它完全寫出那種孤寂的感覺，這是它高明的地方。」⓮

註釋：

❶王幼華，《惡徒‧自序》，時報出版公司，一九八二，頁一。

❷葉石濤參加《自立晚報》第三次百萬小說獎決審時對王幼華的評語，《自立晚報》，一九八七‧二‧十

五。

❸張深秀，〈有亂石之巨川——王幼華訪問記〉，《新書月刊》，期二〇，一九八五・五。

❹借用南帆《小說敘述模式的革命》中的概念，上海三聯書店，一九八七。

❺徐開塵，〈《騷動的島》關懷台灣全貌〉，《民生報》，一九九六・二・二。

❻林燿德編，《海事》，號角出版社，一九八七，頁一一。

❼東年，《模範市民》，聯經出版公司，一九八八，頁二二一。

❽東年，〈船過水無痕——序《失蹤的太平洋三號》〉，聯經出版公司，一九八五。

❾魯迅，〈《窮人》小引〉，《魯迅全集》，卷七，人民文學出版社，一九八一，頁一〇四。

❿魯迅，〈杜思妥也夫斯基的事〉，《魯迅全集》，卷六，人民文學出版社，一九八一，頁四一一。

⓫轉引自台灣「文建會」印行《作家作品目錄新編》，冊四，一九九五，頁九一。

⓬東年的評審意見，《聯合文學》，一九八七・十一，頁二一三。

⓭聯合文學編輯部，〈小說新江山——第九屆「聯合文學小說新人獎」決審實錄〉，《聯合文學》，一九九五・十一。

⓮聯合文學編輯部，〈小說新江山〉，《聯合文學》，一九九五・十一。

第十二章　現代社會的女性處境和心態

第一節　新女性主義文學及「新女性」的角色設計

早在五〇年代就有所發展的台灣女性文學，隨著社會的都市化進程，到了八〇年代新世代女作家筆下，有了較大的轉變和發展，主要呈現出三大脈絡。一是以黃子音、張曼娟等爲代表，集合了被稱爲「小說族」乃至「紅唇族」的一大批年輕女作家，抒寫著都市浪漫史，承續了瓊瑤、孟瑤通俗言情小說的若干因素，並感應著新的都市環境而做了某些藝術調整（如更多地描寫畸戀、婚變等）。二是以平路、朱天心、許台英、陳燁、蔡秀女等爲重要作家，包括張讓、詹美娟、梁寒衣、葉姿麟等，在其部分作品中一改傳統女性文學的柔性書寫，大膽觸及敏感政治問題和現實社會弊端，或廣泛融入知識性、人文性題材，從而發展出陽剛風格。三是李昂、廖輝英、蕭颯、袁瓊瓊、蘇偉貞、黃有德等，介於上述二者之間，仍以愛情婚姻題材爲主，但多以此視角切入社會問題，融入較多社會內容和現實關注，從而超越了傳統女性文學。這一脈絡是近十多年來女性文學的主流，所謂「新女性主義」，主要即由這些作家所揭櫫。

新女性主義文學乃是表達女性作爲「人」的覺醒，要求從傳統的男性中心主義的枷鎖中解放出來，改變女性歷來飽受歧視和偏見的屈辱地位，追求男女平等的文學創作。一九八〇年前後，曾心儀《彩鳳的心願》、袁瓊瓊《自己的天空》等發表並受到好評，堪稱新女性主義文學的一個良好開端。此後，女作家們以各自不同的角度切入這一共同的主題。台灣這一文學的產生既受西方蓬勃發展的女權運動的影響和啓迪，同時也與台灣社會上的新女性主義思潮和運動緊密呼應。它是台灣由封閉的農業社會走入現代都市社會，女性普遍獲得接受教育和參加工作的機會後，作爲都市文化意識重要組成部分的新女性意識空前覺醒的產物。它使女性文學脫離風花雪月、男歡女愛的既定模式，成爲近十多年來台灣文學中具有較強烈社會意義的厚重部分。

新女性主義文學首先是對男權社會中種種歧視、壓迫、損害女性的陳舊思想和行爲的揭露和批判。然而尋求婦女解放之途，不僅需要「破」，而且需要「立」——造就有別於舊傳統的女性人格，樹立新的女性形象。後者不僅是台灣新女性主義文學的創作重心，也是這一文學不斷發展和走向成熟的表現。而這種「新女性」的角色設計，至少可有如下三種類型：

一曰角色翻轉，反客爲主。這種女性對男權主義的壓迫有深刻的體會和憤慨，不惜以各種方式加以反抗；或認定女性的能力並不比男性差，常以其超群出眾的成就凌駕於男性之上，甚或以其道反制其人之身地對男性施於壓迫和制裁。它以「女尊男卑」的關係式對傳統兩性關係作了一百八十度的翻轉。

二曰保持特性，呈示自我。這類女性並不否認男、女之間客觀存在的差別，但卻不承認所謂男優女劣的傳統認定，因此順應自然地保持著女性諸多固有的特質，並由此顯示了女性「自我」的存在和價值。它顯現的關係式是兩性的「並列」。

三曰雙性人格，雌雄同體。這一類型認爲男、女的性格中各有其優點和缺點，因此理想的人格應是取長補短，擯棄各自的缺陷，將雙方的優點融於一體。它顯示的兩性關係式是雙方的「融合」。

這三種類型的「新女性」，在新世代女作家的筆下，均躍然可見。

一、角色翻轉，女尊男卑

當女性文學走過淒哀地描寫和控訴男權制度下女性之悲慘命運的層次，開始進行「新女性」的角色設計時，最早出現的，即是試圖反客爲主，取男子而代之的形象。深受男權主義之苦的女性，在衝出樊籠之際，將從來就在籠子外充當囚禁者和飼養者的男性作爲效法的榜樣，其實是很自然的。

八〇年代初袁瓊瓊就創作了這樣的作品。《自己的天空》、《小青和宋祥》等作品中的男、女主角都明顯表現出角色的翻轉。十年後，從雜文轉向小說的龍應台以誇張的筆觸將此問題放大——《黃健壯的一天》描寫了一個現代的「女兒國」。小說中所有的男人均在家裡操勞家務，所有的總經理、董事長等要職都由女子擔任，包括尋花問柳等情事，也成女性「專利」。這種全方位的角色翻轉的設計，似有兩個目的，一是以荒誕情景，讓男性設身處地體驗一下女性長期遭受性別壓迫的滋味；二是以嘲謔筆調揭示，以其道反制其人之身的「大女人，小男人」模式，未必是女性眞正的解放之路。

蕭颯的長篇小說《如何擺脫丈夫的方法》刻劃出一個極爲典型的「女尊男卑」的家庭。小說女主角苡天嫁給了她所崇拜的「才子」褚浩成。褚浩成懶散不思進取，卻安分守己，包攬了家務事。而事業有成的苡天進取心十分強烈，丈夫愈體貼，她愈看不順眼，甚至生出強烈的憎恨和厭惡，最終找到了「擺脫丈夫的方法」，即離婚了事。這場婚姻悲劇實際上透露了男權社會傳統觀念尾大不掉的訊息：這些「新女性」仍固守著一個亙古不變的準則——美滿的婚姻必須有作爲家庭支柱的「男子漢」的存在，因此無法容忍自己的家庭成爲一個「女子主導型」的家庭，不能容忍一個在事業上比不上自己的丈夫。這說明數千年來沉積下來的女性「依附意識」仍牢固盤踞在這些「女強人」的頭腦中。小說同樣深刻地揭示：女性取男子而代之，成爲新的性別歧視者，並無法眞正達成女性解放的理想。

這種翻轉角色、反客爲主的現象，在一些「殺夫」故事中得到更強烈的刻劃。蕭颯《姿美的一日》中的女主角有「殺夫」的念頭，並未實施。袁瓊瓊的《燒》則是一個實施了的變相的「殺夫」故事。李昂的《殺夫》更有對此的極致的描寫。這些強烈報復男子的女人，幾乎都是遭受非人禁錮、壓迫而產生心理變態的女人。她們總有機會（如男人睡覺、生病時）反過來宰制男人。在這短暫的時刻，她們由被壓迫者翻轉爲壓迫者，取男性沙文主義者而代之，「將女性分崩離析、飽受切割的自我主體，投射到男性的肉體上」❶。顯然，以極端方式報復男性也未必是女性解放之途。如古添洪認爲：「《殺夫》這小說對婦女問題，尤其是在傳統社會裡與男性相對峙下的婦女問題，有震撼性的演出，但並沒有帶來什麼能使婦女問題與婦女運動向前推進的東西。」❷張系國則乾脆寫了《殺妻》與《殺夫》遙相對應。當然，能引發這種反彈，本身就說明李昂等已達到其給「男性沙文主義豬」一個震撼和警告的目的。從這個意義上說，這類角色翻轉的「新女性」形象，值得世上的男人和女人共同來加以反省。

二、保持特性，展示自我

上述翻轉角色、反客爲主的「新女性」之途未必行得通。另一些新女性主義者則承認男女之間確實存在著某些差別，並試圖以此差別重新確認和強調女性自身的價值。她們力除父權文化認定的「男優女劣」的刻板印象，爲此不憚於披露女性不同於男性的眞實內心世界，包括情、欲方面的特殊感受。

這類作家可從阿德納式圖解中得到理論上的支持。阿德納以兩個相交圓（X和Y）來代表男性「支配團體」和女性「無聲團體」的關係。這兩個圓大部分是交疊的，但各有一未交疊的月牙形部分，代表男、女各自的特殊經驗區域。大部分的Y無聲圓被包括在X支配圓的範圍內，唯有一月牙形Y在支配範圍之外，這月牙形Y便能保持「原始狀態」——它是一個完全沒有男人的區域，代表著有別於男性的女性生活樣態。對一些女性主義文學家而言，這個原始區域或「女性空間」就是建立一種眞正女性中心的文學藝術和理論批評之所在。❸了解到此，就可理解爲何立志描寫女性特徵的女作家們最多地涉筆於欲情題材，因這正屬於所謂「原始區域」，爲男性所不知，其內中的感受也與男性最爲不同。透過此描寫，最能達成對女性自我的探究。

黃有德的作品雖少，卻幾乎都對準著女性的「情欲」問題，並由此揭示了女性情欲心理的一個重要特徵——複雜性和婉曲性。詹宏志稱她以「一個男女關係的光譜呈現」，揭示了欲望的「千種面貌」❹。《牛郎織女》中的陳太太則全無禁忌、完全按內分泌發情行事地放縱欲望。《玉貞的手稿》中的玉貞是嚴守貞節的女子，因禁錮本能欲望而逐漸枯萎，終至了無生趣而自殺；她們正代表著「性關係光譜」的兩個極端。在她們之間的是《嘯阿義，聖阿珠》、《異教徒之戀》等描寫的情景。將幾篇小說合起來看，可見女性「情」、「欲」的格外複雜的存在型態。

蘇偉貞、蔣曉雲、廖輝英等，常著眼於「以女性的本性來寫出兩性關係中的潮流與危機」❺。所謂「女性的本性」，即女子在情愛生活和婚姻問題上不同於男子的心理感受、觀念意識、情感態度和處理方式。蘇偉貞塑造的女主角，多是有知識，有教養，如出塵的蓮花，清明高潔，又具有一份「無可理喻」的眞情。她們有的「情到深處無怨尤」，明知寡情的對方終要離開，反而格外疼他惜他，心甘情願地要陪他走一段（《陪他一段》）。即使能逃出「痴」境而淡然釋然，取寧缺勿濫的姿態面對「愛的闕如」，其內心仍有著對「愛」的執著，才這樣毫不放鬆的要求有「眞愛」的婚姻。在與大多數男性角色對愛情態度的自私、輕率乃至齷齪的對比下，蘇偉貞寫出了一個女性獨特的感情世界。

蘇偉貞在這方面的典型之作是得獎作品《沉默之島》。這部被施淑稱爲「以愛情故事的形式所作的關於人的欲望的實驗報告」的長篇，別出心裁地設置和穿插敘述了兩套略見對稱的人物和故事情節。兩個女主角都叫晨勉，其妹（或弟）都叫晨安，又都有個情人丹尼，等等。然而兩個晨勉的身世卻是不同的。也許是女主角感懷於自己的畸異家庭，出於心理補償和窺探自己另一種可能的潛意識願望而幻化出另一個性格、遭遇都很不同的晨勉故事來。

小說固然也涉及一些社會文化論題，如婚姻、生育觀上的中、西文化衝突，但更主要的，在於寫出一個女人在情愛生活中獨特的身心感受。除了表現「情」——心靈對身體的控制和支配，它同時以大量筆觸揭示了「欲」——一些非意識所能左右的身體本能活動和體驗，一種從身體深處彼此需要的眞正的愛。兩個晨勉的性格發展甚至是反向的——正身的晨勉原本清高，後爲商業利益跡近賣身地與工商巨頭糾纏，生活趨於糜爛；幻身的晨勉原本風流放縱，遇到美籍華裔祖（英文名丹尼）後眞正感受到身體的兩相契合，情感轉趨專一——但她們在欲情生活中的感受卻有某種自然存在的共同性。兩個晨勉最後都懷上了丹尼的孩子，隨著幻身晨勉的墮胎，其故事也戛然而止，而原身的晨勉則保存胎兒並爲之找了個名義上的父親。既要掙脫男權束縛和舊的貞節觀念，尊重自己的身體並滿足其愛欲需求，又對愛情的永恆抱有一種潛意識的內在想望，這也許是晨勉複雜的愛怨情仇的根源。或如東年所言：「與充滿活力的男人相遇並且懷孕：（至少）成爲沒有精力亂搞的母親，或許才是女性精神底層最強烈的期盼和獨一不二的夢想。」❻認識自己最深層的內在企望，正視它，擁有它，享受它，如此欲情生活也就成爲女性了解自我、發現自我的過程。這也許才是作者所要表達的重心之所在。

此外，李昂的早期作品（如《雪霽》、《轉折》、《莫春》）以及袁瓊瓊的長篇《蘋果會微笑》等，也都表現了女性將順應自然的性愛作爲對女性自我的開發和肯定的主題。這些作品中以及蘇偉貞、廖輝英等筆下的女性雖然缺乏抗衡男權主義的鋒芒，但她們與那種從一而終，死守貞節的傳統女性，已有很大區別，可說已進入了「新女性」的行列。只是她們仍保持著較多的「女人味」——一種不同於男性的獨特的女性氣質和情感特徵，不管這些特徵是根植於女性生理或心理的固有特質，或者其實是男權社會長期以來強加於女性的觀念意識。這些人物在現實生活中的淒惻命運，說明這些純女性化的角色，和那些反客爲主，試圖凌駕於男性之上的純男性化角色一樣，均難稱完美的人格。女性不能模仿歷史上的男性成爲新的性別歧視者，同樣，女性也不能在父系文化限定的女性精神內求得自我的完善和解放。

三、雌雄同體，雙性人格

無論是男、女角色的翻轉或兩性角色的並列，顯然都未盡人意。部分女性主義者則提出了所謂「雌雄同體」或「雙性人格」的設想。凱若琳·G·赫布蘭在〈雙性人格的體認〉一文中寫道：「我相信未來的救贖全賴超脫性別的兩極化和禁錮，而邁向一個允許自由選擇角色和行爲模式的世界。」其理想的「雙性人格」，乃是「剛健與柔弱混合，威凜與嫵媚並存」。或者說，這種角色設計要求性格的劃分與生理性別徹底分手，女性可以涉足原本屬於男性的精神領地，而男性角色也可以具有傳統的女性風度，男女之間取長補短，互通有無，從而建立一種兼具兩性優點的更完善、和諧的人類。

在台灣女性作家中，朱秀娟、呂秀蓮等較多地塑造了這類人物。這兩位作家雖已不屬「新世代」，但均爲台灣新女性主義文學重鎮。朱秀娟《女強人》中的女主角林欣華一改傳統女性自卑畏縮、依附性強等弱點，面對聯考挫折，毅然選擇透過社會實踐以求成才的道路。無論是起步階段的超常人的刻苦學習，或是稍後在競爭激烈的商業運作中獨當一面，敏捷、果斷地處理各種事務的能力和魄力，確令人有「巾幗不讓鬚眉」之嘆；而她在愛情婚姻問題上表現出的以事業追求爲重、自尊自愛、不爲「情」字所役的理性態度，也與傳統女性判然有別。然而，作者在賦予人物這些似乎屬於男性專利的優點後，卻讓她仍舊保持著若干女性固有的性格特徵——或稱傳統的女性美德。如在家庭中能忍辱負重，表現出對家庭成員的孝心和親情；在工作中表現出作爲一個女性的較能與同事協調配合的特點，以及對所服務公司的某種程度的忠誠。正如論者所言：「這種胸襟與氣質，乃天性之至剛至強，始能具體表現出甚柔至弱的修爲。」[7]

小說不僅塑造了性格向男性方向滑移的女主角，同時還刻劃了一位性格向女性方向滑移的男配角——葉濟榮。這一人物的塑造，有意無意正吻合了「雙性人格」提倡者的這樣一種認定：富創造力的男性比創造力稍遜者更常表達天性中女性化的一面。這是赫布蘭在引用心理學家麥欽南一項性別傾向測驗研究成果後的論斷。朱秀娟著力塑造男性化的女子形象和女性化的男子形象，並讓他們雙雙成爲勝利者——事業上和愛情上的勝利者，而這似乎正寄託著作者的理想——一種融合兩性固有優點的「雌雄同體」的「雙性人格」。

朱秀娟的另一部長篇小說《丹霞飄》塑造了類似的「女強人」形象，只是這位女主角尹桂珊保持著更多的傳統女性品德特徵。她具有超乎一般男人的堅忍不拔、鍥而不捨的稟賦，也取得了不少男人無法企及的輝煌成就；但她又具有自潔自愛的品格、親切大方的風範、剛柔兼濟的素質。小說的男主角劉炳弘則與《女強人》中的葉濟榮相似，扮演著以其寬闊的胸襟、堅強的毅力和聰穎的智慧，鼓勵、協助、支持妻子攀登事業高峰的「新男性」角色。

另一位傾向於刻劃「雙性人格」的作家是呂秀蓮。在〈新女性知多少〉一文中，她斷然否定新女性崇尚男性化、重女輕男、要與男人為敵等說法，並明確肯定新女性能兼具陽剛與陰柔，主張權力的平等也強調義務的均衡，願和有理性、重人道的新男性攜手締造更融洽的兩性社會。這一理念，在其《這三個女人》、《貞節牌坊》、《小鎮餘暉》等小說中得到藝術的體現。

呂秀蓮對「貞節」觀念作了新的詮釋。小說中明確、反覆地表明了如下觀念：貞操不是某種生理表徵，而是心理的忠貞，因此它不以傳統的「性」關係為限；它應是兩性共同的責任，而不應是單方面的苦守，更不是為了光宗耀祖，滿足男性片面的虛榮；「貞操應該從禮教的桎梏提升為人性的修練，從被動的束縛轉換成主動的操持，更從女性片面的倫理擴充為兩性全面的道德戒律」。她一方面向本無關乎「貞節」的男性頭腦中注入「貞節」觀念——一種對自我尊嚴和生活原則的操守和堅持；另一方面，她使女性在「貞節」問題上由被動改為主動——從被迫的壓抑人性的舉動變為主動堅持的精神上的操守。這樣，其小說中的男女分別從兩性對峙的兩個端點相向滑移，終能在某一點上相遇擁抱、握手言歡。而這一會合處，呈現的即是融合兩性優點的「雙性人格」。

然而，所謂「雙性人格」在當前現實環境中仍只不過是一種理想。婦女的不同於男子的心理特徵和社會角色儘管有著令人憤慨的歷史因由，但既已形成，要在短期內完全消除並不現實。另外，這種十全十美的女性，實際上仍應合了一般男人對女人的期待。因此，這類作品經常顯得過於理想化或概念化，乃至有媚俗之嫌。張惠娟就曾對朱秀娟的作品有較爲中肯的評價：「趙光明的故事（指袁瓊瓊《蘋果會微笑》——筆者按）儘管結局突兀，其通篇潛藏的嘲諷至少提供了另一層反省的深度。相較之下，朱秀娟的《女強人》則『完美』得像『一本中規中矩的女性勵志小說』，其情節安排屢屢予人以不眞實之感。女主角欣華的故事充滿了巧合……浪漫有餘，而深刻不足。」[8]

綜言之，世間女子只有在兩性關係式中建立起自己的新人格和新形象，才算爲婦女的解放找到了明確的方向。上述三種女性角色，雖然不同程度地衝破了男權主義的樊籬和傳統貞節觀念的枷鎖，但都還有不盡人意之處。這顯示了婦女解放課題本身的複雜和艱巨，而並非都是作者在創作上的缺失。相反，「新女性」形象的多樣化，說明作者藝術思維在廣度和深度上的開拓，這也是新世代對於女性主義文學發展所做出貢獻。

第二節　廖輝英、蕭颯：新舊縫隙中的兩性糾葛

在同一群落的女性作家中，廖輝英是最執著於情愛、婚姻、家庭題材的一位。如李昂對政治多所涉

獄，蕭颯同時關注著青少年問題，蘇偉貞、袁瓊瓊則騰出心力抒寫了眷村經驗和生活。唯廖輝英十餘年間的一、二十部小說，一以貫之地著筆於當代社會的女性處境和心態，並以兩性關係為焦點刻寫錯綜複雜的社會人際網絡。廖輝英曾表白：由於工作上頻繁接觸人群，「我的小說，先天上『閨閣氣』稍淡，而社會性與時代感較強」，特別偏愛去處理人際之間的對應與相處關係，而在當前社會，男女相處所糾纏交結出來的問題，最爲錯綜複雜，「更多愛悅多年的夫妻反目離異；更多『愛人結婚，新郎或新娘不是我』的愛別離感傷事件演出……外遇氾濫相當程度威脅著現代婦女，生存競爭尖銳殘酷；失婚女性情感錯置的問題嚴重；年輕男女擇偶條件物欲化；家庭功能的退化、婚姻制度岌岌可危；老年問題與兩代關係之棘手……一時之間，觸目所及，盡是在『軌道』外流離失所的男男女女、老老少少。」正是這些現象，使富有同情心的廖輝英深感驚心，立志以自己的流暢筆觸，「去做不同年齡、不同階層、不同角色的各色人等的代言人」❾。這樣，她的作品，不僅是男女愛戀情感歷程的寫眞，同時也是從一個似乎相對狹小的特殊視角對當前嚴重社會問題的關注和揭示。

雖然廖輝英的創作起步較早，但步入創作高潮期，是一九八二年《油麻菜籽》獲時報文學獎後。此後十來年內除了《兩性迷思》、《兩性拔河》、《女性出頭一片天》、《擦肩而過》、《自己的舞台》等有關女性意識和兩性關係議題的散（雜）文集外，出版了《油麻菜籽》、《不歸路》、《今夜微雨》、《盲點》、《落塵》、《窗口的女人》、《藍色第五季》、《芳心之罪》、《朝顏》、《木棉花與滿山紅》、《歲月的眼睛》、《在秋天道別》等眾多的小說集和長篇小說。就主題而言，這些作品顯示了當代女性在尋求自身解放的人生歷程中所面臨的「男人」、「家庭」和「自我」等關口，而它們分別標示著廖輝英創作發展變化的若干階段。

以《不歸路》為代表的第一階段，包括《今夜微雨》、《紅塵劫》、《昔人舊事》以及稍後的《芳心之罪》等中、短篇小說，揭示了當代女性面對的第一個對手是異性，所要突破的第一個關口是「男人」關。具體而言，即是男性中根深柢固地存在著、並因著社會的轉型而益發凸顯的「大男人主義」，乃至視女性為玩物、不負責任的荒淫齷齪心態。這些不同的作品有著共同的兩性關係模式，即「純情女子負心漢」。如《今夜微雨》中美麗多情的杜洛佳，先後將愛情獻給兩個男人，或同居數年或結婚生子，為愛情付出一切，得到的是被拋棄的相同命運。又如，《不歸路》中的李芸兒，受有婦之夫方武男的引誘而失身，基於自然愛欲情感和託付終生的傳統觀念，儘管方武男純粹把她當作召之即來、揮之即去的玩物，她仍向他乞討溫存，求男方承擔責任而不可得，葬送了十年的青春年華。顯然，這一模式中所描寫的女子多為「純情」的。她們或因年輕稚嫩，不諳世事險惡和一些男子的叵測居心而上當受騙，有的則因自己畢竟是血肉之軀有情有欲，所以在感情戰場上總是有所牽掛，像負了債一樣無法成為來去自如的自由人，最終仍為移情別戀的男方所負。與女子的純真多情不同，這些作品中的男子大多是薄倖寡情之輩。造成這種現象主要有幾個方面的原因。一是工商社會中，錢財的地位已遠遠超過了感情，許多男子擇偶時為省「三十年的奮鬥」而看重女方的經濟條件，有時甚至貪圖金錢、權勢而拋棄原先的戀人。其次，社會轉型後傳統道德觀念的喪失、社會風氣的頹靡，導致許多男子在兩性關係上十分隨便，常在風月場所尋花問柳，蓄養情婦、「午妻」成風，且害怕承擔責任，能對愛情忠貞不二的男子愈來愈少。其三，社會上男尊女卑的舊意識、嚴於女而鬆於男的片面貞節觀念也對男性的負心起了推波助瀾的作用。明顯的例子如《紅塵劫》中，黎欣欣由於加班趕任務，無意中與課長唐某在辦公室留宿，造成所謂「風化」事件。事後男方毫無損失，而黎欣欣卻因此而被辭退。廖輝英透過「純情女子負心郎」現象及其原因的揭示，達到對男女不平等的社會制度的批判。

稍後出版的《盲點》、《藍色第五季》等長篇小說，揭示了「家庭」是女性所面對的另一個關口。應該說，《盲點》中的齊子湘基本上並非一個負心、放蕩的壞男人，丁素素和他婚姻破裂的悲劇，主要是充滿著舊封建意識、把兒媳當舊時「小媳婦」來役使的「婆婆」所造成的。《藍色第五季》與《盲點》有著類似的構思和主題，只是小說中女主角季玟的婆婆江彩珠的凶狠刁潑，較之齊老太太更有過之而無不及，而季玟的丈夫葛洪也比齊子湘有著更濃厚的大男子意識。這些小說以「家庭」爲焦點，以婆媳矛盾爲重心，從更寬闊的層面上描寫了男女不平等、女性遭受壓迫的現象，並對其歷史的和思想觀念上的原因加以揭示。正如廖輝英在〈我爲什麼寫《盲點》〉中所表白的：《盲點》不同於《油麻菜籽》、《不歸路》、《紅塵劫》等早先的作品，它立意較深遠、企圖較宏大，所處理的人際關係層面擴大，所經營的組織規模更爲壯實，也隱含著作者更大的悲憫，是作者「晉入某一種成熟技法」後積極要傳達理念的作品。

所謂立意深遠、企圖宏大，主要表現在作者將女性遭遇放到了社會文化變遷的背景上，對新舊夾縫中的兩性糾葛和觀念碰撞加以刻寫。這是廖輝英一個執著的視角、深刻的主題。《盲點》中的丁素素顯然已具有獨立、自尊等現代女性意識，作爲教師也具有足以生存的經濟能力；而早年就守寡的婆婆則具有隨意管束和差使媳婦、害怕媳婦奪走兒子等陳腐的理念。齊子湘一方面要遵循孝敬長輩的傳統道德觀念，另一方面又要順應時代的變化，服膺進步的觀念意識，安撫妻子，避免家庭破裂，在他身上，最集中體現了新舊交纏下的困頓和艱難。

除了反映的社會關係層面更爲擴大外，《盲點》的另一重要特點，是其中包含著某種現代女性自省的意味。作者曾稱：《盲點》「與其說是在鋪陳一個故事，不如說，它企圖由錯綜複雜的情節中，爲號稱獨立、而其實猶在茫然摸索中的現代女性，提供一面自省的鏡子，也爲夾縫壓力下的夫妻情緣、婆媳關係、女性地位、男性角色，鋪排一種新的、可嘗試的組合與排列。」[10]小說中寫到婆媳因嬰兒餵養的事情又起爭端，丁素素爲了婆婆看不到自己的優點而頗感憤慨，而孝母又愛妻的夾在中間的齊子湘一針見血地指出了問題的根本：「所以，我就說這是癥結，你們互相不喜歡，所以看不到對方優點。充滿恨和耽於溺愛的人，都有他們看不到的地方，所謂的盲點就是。」這也是這部小說命題立意之所在，也是作者所要積極傳達的「理念」。這種自省的意味，說明作者自己也已從單純、一味地批評男性、責怪男性的褊狹中走出，開拓了更爲理性、全面地爭取眞正的女性解放和男女平等的新境界。與此相應，小說中的人物形象由早先的主要是純眞、善良等正面素質的單純形象，變成有優點也有缺點的複雜性格的形象。這一轉變，在此後的創作中表現得更爲明顯。

長篇小說《落塵》、《窗口的女人》和中篇小說《野生玫瑰》等，標誌著廖輝英對於女性處境和兩性糾葛的探索進入又一新的層次。它們顯示女性在其人生道路上除了要過「男人關」、「家庭關」之外，還要面對「自我」的挑戰。如《野生玫瑰》的女主角較爲現實地嫁給醫生——一個其貌不揚，歲數稍大，但收入豐厚的男人。她碰到的顯然不是「壞男人」的問題，她的男人殷實可靠，極富責任心；她碰到的也不是「壞家庭」的問題，她的家庭極爲單純，公公婆婆遠在美國。儘管她由此脫離了忙碌拮据的低下階層，過了幾年安康富泰的生活，但仍漸漸增長了不滿——婚前就感覺到的丈夫的平庸外貌，益發成爲嚴重問題；丈夫的中規中矩，也成爲缺乏情趣的表現。她最終移情別戀，平靜和好的家庭慘遭瓦解。

《落塵》中類似的情景再次出現，只是長篇小說的大容量，使它把「自我」挑戰的人性主題，表達得更爲充分。標緻可人的少女沈宜苓嫁給小有成就的貿易公司老闆李成家後，因丈夫寵愛有加，生活過得富裕舒適，無拘無束。但由於丈夫是一個務實的生意人，女主角漸感寂寞、無聊，覺得丈夫的庸俗難以忍受，又泛起婚前的浪漫性情和對丈夫風度上潛在的不滿。在好友的慫恿下，她義無反顧地投入年輕男子卓劍飛的懷抱，最後東窗事發而遭李成家無情的報復。這部小說與其說表達了某種女性意識，不如說女性自省的味道更重些。作者不再單純地爲女性低於男性的社會地位打抱不平，塑造的女性也不再純然是正面的或受害的形象。作者轉而著重表現女性對於「自我」內在欲求、眞實人性的開發和追求，而在這種追求中，難免產生與傳統道德規範的摩擦和衝突，人物性格良莠難辨的模糊性於此產生。廖輝英描寫了沈宜苓人性中難免存在的自然欲望——在對丈夫感到難以滿足的同時，她憶念起集俊朗、英挺、放蕩、佻達於一身，自己少女時代差點被勾引上的浪子李正輝。在她感覺與丈夫心靈無法溝通、心性難以契合的時刻，在舞廳中邂逅了卓劍飛，在共舞中感受到男方身骨傳來的「無限年輕的訊息」，觸及到那「青春的跳動」，敏感覺得「自己沉睡已久的、最纖細的女人自覺甦醒了」，從此決心拋棄她引爲最大憾痛的「食之無味，棄之可惜」的婚姻，恣意享受勢如洪水傾盆而來的男歡女愛。雖然她滿足了自我內在的情感欲望的要求，卻違背了一般的社會道德準則，導致婚姻的破滅。這也許是自然人性和社會道德的兩難。小說顯然不想提供解決問題的方法，也未對人物作出明確的價值判斷，但卻具有極爲強烈的女性自省的意味。

《窗口的女人》以兩位女性遭遇的對比，更加深了這種女性的自我省思，也對新舊交纏中的女性處境作了深刻的反映。朱庭月本是一個安靜、本分的普通女子，二十七歲時發現沒有豐厚嫁妝和妖冶體態的自己，已錯過了尋找一個如意丈夫的年齡和機會，遂決定主動地追求自己所喜歡的同事何翰平，即使以清白之身只能當個地下情婦，也在所不惜。何翰平本是一個穩重、負責的有婦之夫，他並不想破壞已有的安定幸福的家庭，但在被動地接受朱庭月後，也逐漸與她建立了感情，特別是朱庭月懷上了他朝思暮想的男性胎兒，更使他將感情天平傾向了她。何翰平的髮妻葉芳蓉十多年來操勞家務，撫養女兒，爲家庭付出了極大的犧牲，同時也是一個性情剛烈、寧折不屈的女子。當她最終得知丈夫的婚外戀情後，無論如何都無法接受，只有走上自殺一途。

從某種意義上說，朱庭月是一個已庸俗化和商業化的婚姻制度的勇敢叛逆者，也是一個女性自我的自覺追求者，她的作爲是可以理解的。然而，葉芳蓉的以死捍衛她的家庭和作爲妻子的地位，令人遺憾卻也是無可厚非的。某種意義上說，她是傳統道德規範的最堅定的捍衛者。作者顯然也無意對這兩位女性作出善惡、對錯的判斷，而只是展現她們的人生歷程供人們探討和省思。作者將她們擺在一起描寫，最鮮明地體現了當前台灣社會傳統和現代兩種價值激烈碰撞、糾葛的時代特徵，也爲女性如何在這樣的社會中處理愛情、婚姻和家庭等等問題，提供了深入思索的空間。

進入九〇年代後，廖輝英繼續保持高產的創作態勢，其主題也有新的發展。如《朝顏》塑造了一個不失女性的嫵媚和機靈，以卓越的專業知識和競業精神，周旋於本是男人主宰的商界，取得了令人拍案叫絕的成功的女性形象，被稱爲「現代女強人的最佳寫照」，某種意義上，也呼應了早期作品《油麻菜籽》中就已出現的女性自強自立的新女性主義主題。然而縱觀廖輝英的創作，她並未刻意強調這一主題。她將更多的筆觸用於描寫社會轉型期中的女性處境，描寫她們的歡樂和痛苦，情感和欲望，展現了兩性糾葛的多種面貌。作者寫得那麼細緻、逼眞，如同娓娓向你述說著發生於你的周圍的故事，而又峰迴路轉，曲折動人，使人感受到生活本身的豐富。這種現實眞切性、曲折豐富性，也許是廖輝英小說擁有眾多讀者的主要原因。

蕭颯原名蕭慶餘，江蘇南京人，一九五三年出生，台北女專畢業，著有短、中篇小說集《長堤》、

《日光夜景》、《二度蜜月》、《我兒漢生》、《霞飛之家》、《死了一個國中女生之後》、《唯良的愛》，以及長篇小說《如夢令》、《愛情的季節》、《少年阿辛》、《小鎮醫生的愛情》、《返鄉札記》、《走過從前》、《如何擺脫丈夫的方法》等。

蕭颯曾表白其多方面的文學淵源：小學時看的言情小說，中學時讀的《紅樓夢》和翻譯名著，以及上師專後如飢似渴閱讀《現代文學》、《文學季刊》、《筆匯》等，這顯然為她創作的較寬闊視野打下了基礎。張系國曾認為蕭颯最擅長描述大都市裡錯綜複雜的男女關係，而這些瑣事，多半有著無可奈何的結局。⓫其實，這一論斷也許僅適用於《日光夜景》。從《二度蜜月》以後的集子表明，工商社會中各式各樣的上班族、小商人、文化事業從業者、中小學師生乃至一般市井小民的生活，也是蕭颯熱衷描寫的對象。因此蕭颯的創作實際上有兩個主要的題材範域，一是婚姻、家庭和女性問題，一是一般的社會問題。

《二度蜜月》、《我兒漢生》等早期集子取材相當廣泛，但卻有一個相當突出的主題，即工商社會中，人的自我價值為商品價值所吞噬，人的理想為惡劣環境所挫敗。充斥小說中的，是一群內心孤獨寂寞、人際關係隔閡疏離的人。如《鬧鐘吵醒的早上》中的劇作家聶洪原以為回台灣後可以有番作為，沒料到卻被想要以煽情題材求媚於觀眾的老闆所「困死」，淪為其賺錢的工具。《浮光鏡影》中的梁復生剛進公司時，天天抱怨受不了外國人的趾高氣揚，曾幾何時，他憑著陪外國人喝花酒、對上司唯唯諾諾的「本事」爬上高位。《我兒漢生》的漢生，更是理想受挫的典型。他有熱誠、有愛心，以史懷哲為榜樣，但終無法敵過充滿自私、醜惡的現實環境，在庸俗的商品價值面前鎩羽而歸，同意放棄服務社會的理想，遵從父母讓他從商的安排。這些作品中蕭颯有時也描寫外遇、離婚、婚外戀等，但它們其實也是理想受挫、自我喪失的產物。小說中人物要麼以畸形的「性」作爲自己麻木心靈的刺激，如聶洪原「飢渴的需要一些刺激來推動自己」；要麼以「性」當作證實自我存在的一種手段。如《實驗電影展》中傾盡家財想要推動藝術發展，卻遭商業化時潮困厄的世淳，只能以自己還有性欲聊作安慰。

儘管蕭颯的早期作品略帶現代派色彩，但它們仍以寫實爲基調，且具有自己獨特的觀照視角，這就是反映時代的變遷、社會的轉型以及相應的人的價值觀念和精神面貌的變化。八〇年代後的長篇《如夢令》、中篇《霞飛之家》等，這一主題更爲鮮明和突出。這些作品的一個明顯特色，即作者設置了較長的時間跨度，並緊緊把握著兩個焦點——不僅著筆於貧困時代的社會現象，而且透視了社會轉向富裕後產生的種種問題。如《霞飛之家》分爲兩部分，前一部分描寫當女僕出身的母親桂美年輕時在貧困中掙扎、奮鬥，終能建家立業；後一部分寫的是二十年後大女兒接替繼母掌管擴大了的「霞飛之家」飯店，這時環繞著她的早已不是飢寒問題，而是爲分家產兄弟姐妹勾心鬥角，未有男友深感孤寂，以及外人以談戀愛爲誘餌的詐財行爲等。《如夢令》的女主角于珍則一身先後經歷了貧窮時代和富裕時代社會問題的煎熬。年輕時因家貧而初戀受挫，出嫁後飽受婆婆和丈夫的欺侮，離婚後幾乎淪落風塵，後經個人奮鬥終能在商界立足，而這時社會業已轉型，她除了需應付商場競爭，更面臨著十多歲的女兒逃學吸毒、受騙懷孕等富裕家庭的棘手問題。母女兩人的經歷正說明了困擾人們甚深的青少年問題，可能因貧窮而產生，也可能因富裕而出現。如果說在台灣文壇上，反映貧窮時代社會問題的任務主要是由老一代鄉土文學作家所完成的，那反映富裕時代社會問題的使命則主要由八〇年代後的新世代作家所承擔。蕭颯則身兼二職，從而較好地表述了數十年來台灣社會變遷的主題。

此後，蕭颯這一題材作品繼續向廣度發展，並表現出現實立即相關性的增強，如青少年問題日益成爲台灣民眾最爲擔憂的社會痼疾之一。蕭颯較早就寫了《死了一個國中女生之後》、《小葉》等短篇反映這一問題，在《如夢令》等長篇中也有相當的涉及。《少年阿辛》則是一部專門描寫問題青少年的生活，並探討問題產生的家庭、學校和社會原因，尋求解決途徑的長篇小說。這些作品顯示作家較爲敏銳的觸角和深厚的同情心。又如，八〇年代中期海峽兩岸關係逐漸鬆動。蕭颯敏感地把握這一時代脈搏，寫出了涉及兩岸同胞往來關係的長篇小說《返鄉札記》和中篇小說《香港親戚》。

如果說蕭颯揭示社會問題的作品由早期的著重刻劃因理想和現實的矛盾而產生的迷茫和焦慮，向著後來的更廣泛地觀照多種多樣社會問題的方向演變，那她的婚姻、家庭題材作品則由早期的較爲平面地描寫表面現象，向著後來更多地對外遇、婚變增多的原因及女性的出路問題進行省思和探究的方向發展。

蕭颯最早和一般女性作家一樣，是從愛情、婚姻、家庭題材切入的。《日光夜景》中幾乎所有的作品均屬此類。雖然這些作品初步顯露了蕭颯善於寫出女性的特殊性情和微妙心思的特長，但總的說，其描寫是平面的，既缺乏剔透世相的深度，也缺乏主體的省思和探究女性出路的成分。如〈意外〉、

〈禪〉、〈戰敗者〉等，都沒有超出一般女性文學的範疇。這種情況延續到《愛情的季節》還是如此。這部長篇寫的是若干男女之間複雜多角的關係。女主角林佩心拋棄貧窮的未婚夫潘健一嫁給戴維良，儘管丈夫溫存體貼，她卻總是有莫名的悵惘，先與潘健一藕斷絲連，後又與一有婦之夫有染。她的女友方芸卻暗戀著戴維良，其夫莊伯文則外遇另娶懷了孕的貝絲。此外，戴維良的前妻王莉萍也常來糾纏。經過一番風風雨雨，林佩心最終又回到戴維良身邊。儘管小說反映了工商社會中兩性關係的日趨混亂多變，對女性的內心世界也有細緻、眞實的描寫，但總的說，仍使人覺得它並未比肆間流行的通俗愛情小說高明多少。

蕭颯的這類題材作品發生較大轉機，是在一九八五年前後。一九八四年十二月出版的《小鎭醫生的愛情》雖然寫的仍是外遇，卻有較深沉的內蘊。小說描寫的是一個步入暮年的醫生面對著青春少女所引發的種種情緒激蕩和肉欲掙扎。利一對於賢淑妻子月琴不是不知感激，但診所新來的護士光美那年輕而豐盈的身軀，又使他心愛得無法自制。光美尊敬利一，先是不知道該不該拒絕，稍後是麻醉般不知反抗，最後則達到眞正的兩情相悅。作者著重刻劃眞情實欲和道德倫理之間的矛盾，對掙脫束縛後的人性欲望給予必要理解和肯定，並藉此對傳統婚姻觀念和制度加以審視和檢討。月琴對丈夫的外遇始終無法釋然，淒清頹喪，離家出走，最後中風而亡，其作爲令人同情卻無法叫人讚賞，而小說強調了光美對自我獨立人格的與日俱增的追求，隱約透露了新女性應走的方向。

一九八六年後發表或出版的《唯良的愛》、《給前夫的一封信》、《走過從前》等小說表明作者已將現代社會中女性如何正確處理愛情婚姻問題作爲自己藝術思考的重心。作者觀察和思索著外遇事件等急遽增多、女子在此類事件中容易受到致命傷害的原因，以及女性遭遇婚變時所應採取的正確態度和對策。

《唯良的愛》寫的是一個以極端方式處理丈夫外遇的女子。唯良得知丈夫外遇的訊息，因毫無思想準備，一時天地變色。她怨恨搶走她丈夫的安玲，甚至想殺死竟然愛上別的女人的丈夫，更想殺死自己，因自己只是個棄婦。後來其情緒由恨轉哀，始終無法解開心結，最終打開煤氣，全家同歸於盡。值得注意的，小說對女子在此類事件中表現得軟弱無力、缺乏應變手段的現象加以描寫和省思。唯良也曾離家出走，但她立刻發現，自己結婚後，生活裡除了丈夫、孩子，就再沒有別人了，因此她沒有親友可以投靠。她也沒有錢，爲養活自己想找個工作，又發現自己一無所能，不得已返回家裡，這無異於向丈夫繳械投降。顯然，作者給天下女子一個深刻的告誡：不能只守著一個家，而應自強自立，學會自我生存的本事，才能在任何意外事件中立於不敗之地。

小說中另一個女子安萍，則寄託著作者認可的對待婚變的正確態度。遭婚變後她認識到：女人碰到這種問題，只有自己換過氣，站起來。這種思想，在另一篇擬爲遭遺棄女子口吻的重要作品《給前夫的一封信》中得到更全面的表達。小說的女主角也是敘述者的「我」比起安萍，有著更全面、理性的省思。她反省自己：從前的我，一心一意只想做個賢慧的妻子，甘願過沒有自己的日子；現在則「決心要改變一下自己的生活」，即「打開自己的心扉，接納外面的世界，付出關愛，欣賞各式各樣的美與善，不讓自己仍然只是個自私、怨怒的小女人」。有此認識，她終能在每次怨痛襲來想要找前夫理論一番時，又得以平息，也「從此才能再見、再聽、再感覺到，這個世界上原來還有別的男人呢！」因此能坦然、勇敢地去追求自己的眞正的幸福。在小說的「前序」中，作者稱這是一篇「現代女性如何面對婚變的文章，以作爲向所有離婚後自立、自足、自愛、自重，不再以小愛斤斤爲計，而轉化成大愛、關心社會的眞正現代女性致敬」。這篇小說採用書信的形式，缺乏生動的細節而有點概念化，但其表達的思想，無疑是深刻的。正如李元貞所言：從蕭颯小說中可得到這樣啓示：「不必痛恨世界的裂隙，有裂隙才有泉流。如果我們女性總是把萬事萬物固定地對待，只接受溫室的純潔，我們就辜負了女性生命本身的廣闊和韌力。如果我們把愛囚禁，自己成爲獄卒，我們就眞正喪失了愛的能力，變成可悲可笑的苦婆子，一條清溪也會逐漸乾涸，永遠望不見海洋，成爲海洋。」⓬

長篇小說《走過從前》使得《給前夫的一封信》中表達的思考得到更爲形象的體現。小說寫出了丈夫外遇的女子由哀怨到自立再到寬容的心路歷程。女主角何立平在丈夫魏學勤外遇、自己全身心建構的溫馨家庭破滅後，一方面自求生計，一方面也在與年輕時傾慕的男友陳凱文的一夜纏綿中，眞正了解到「人本能的追尋愛情和快樂的欲望，原來強烈到了這樣難以想像的地步」。同時，她從陳凱文身上看到了丈夫的影子，因此不再痛恨後者，並從內心眞正地原諒了他。此後，何立平忍受痛苦拒絕了已有家室的陳凱文的再次求歡，因爲她對婚姻又有了更客觀的看法：不愉快的婚姻，她贊成結束，可是卻絕不能欺騙，外遇便是欺騙的一種。她主動與魏學勤離了婚，並認眞地對他說：「我認爲對於我，這次的婚變全是得，如果沒有這樣的經歷，也就沒有今天的我……如果我還是從前的魏太太，那麼也永遠只是男人的附屬品，看不見外面的世界，也沒有開闊的心胸……」顯然，女主角從人性的和現實社會的雙重角度探究外遇現象產生和增多的原因並給予充分的理解，以女性自強自立和自身人格的提升作爲最好的因應之道和出路，從而達到了新女性主義的思想高度。人生是有裂隙的，它是一種必然的存在，因此並不可怕，端賴人們正確地面對，不僅要克服它所帶來的創傷，而且要從中獲得再生的契機。

此後蕭颯繼續保持對新女性主義課題的濃厚興趣。在寫完《走過從前》後與季季的一次對談中，她稱：「我現在正著手想寫一對母女，女兒十五歲，母親四十一歲正逢婚變，我希望能發展出一個嶄新的，不同於過去中國人傳統經驗的母女關係。也希望這是最後一個直接再觸及到婚變問題的小說。」⑬然而似乎樹欲靜而風不止，一九八九年出版的《如何擺脫丈夫的方法》涉及的仍是這一課題，也仍保持著蕭颯這類作品的特色，即思索、反省多於濫情、理想化的描寫。

除了主題的深刻外，蕭颯小說創作的較高成就，還得助於藝術技巧方面的經營。

其一，取材於市井平民的日常人生，作品富有人情味。「它沒講什麼大道理，只是講一個人應該怎麼樣。行其所宜，心安理得，自有一種深厚的人情味與感染力。」⑭彭歌對於《霞飛之家》的這個評語，正點出了蕭颯小說藝術魅力的主要所在。無論是早期作品中的市井小民，或是後來長篇小說中移情別戀的男男女女，如果是「好人」，仍有著人性的弱點，如果是「壞人」，也常表現出未泯滅的良善，正如生活於我們周遭的活生生的人們一樣，因此顯得極眞。

其二，蕭颯善於將多種主題融於同一篇作品中。如《如夢令》既反映了由於貧窮而引發的社會問題，也反映了富裕後出現的新的社會問題；既涉及了日益嚴重的青少年問題，也反映了女性問題並透露了新女性主義觀念。由於蕭颯取材和觀照層面較爲廣泛，而在現實生活中，各種社會問題實際上也是交織在一起的，因此在一篇作品中同時觸及多種主題，並無生硬拼湊之感，相反，顯得天衣無縫般的自然，符合於生活的實況，因而是一種更純正的寫實主義。

其三，蕭颯文字樸實簡潔，犀利有力，因爲它們是從生活中直接提煉出來的，如小說中的人物語言和心理描寫，無論是問題青少年的，或是各式各樣的女性的，都活脫出那個階層的特點。語言的簡樸作爲蕭颯一種鮮明的個人風格和作家個性的體現，只要與大約同齡的部分女作家的刻意修飾、豐贍華麗的語言相比，可以看得十分清楚。

第三節　李昂、袁瓊瓊：性愛與政治的交纏和女性真我的展現

如果說廖輝英、蕭颯以婚姻問題中的現實透視見長，李昂、袁瓊瓊則更注重於女性內在自我的挖掘和呈現。而後二者的區別在於李昂更多地涉入政治，袁瓊瓊則常將此置入世俗風情的框架中加以描寫。

在台灣文壇，袁瓊瓊被視爲承續張愛玲傳統的代表性作家之一。最容易使人將袁瓊瓊和張愛玲聯繫在一起的，是兩人都喜歡描寫畸形人生、變態人性。張愛玲的重要作品如《金鎖記》、《茉莉香片》

等，其主角均是心理失常的角色。袁瓊瓊《滄桑》一集中也多見此類人物。如〈談話〉和〈顏振〉中的男主角，都因內心存留著兒時母親自殺的夢魘而對婚姻心懷恐懼，視一切男女間的美滿爲虛幻的假象，因此形成各種怪異的性格和舉動。又如，〈家劫〉中早年守寡的方老太太，收養了兩個女孩以供其白痴獨生子發泄性欲，當養女之一拒絕爲其懷孕繁衍後代時，竟憤而將其棒殺。這令人想起《金鎖記》中的曹七巧。這兩位孤寡女性干涉、扭曲下一代婚姻關係的狠毒、凶殘作爲，顯然與她們因長期壓抑而變態的心理不無關係。

然而，僅描寫變態的人性，充其量只是一些套用佛洛依德理論的西方作品的翻版。張愛玲的妙處，更在於她對身處時代中國的風俗人情的觀察和描寫。這一點，亦是袁瓊瓊受張愛玲影響至爲明顯且意義深遠之處。她們都有一些作品揶揄了年輕人的浪漫幻想爲現實所戳破的情景。如張愛玲的《封鎖》，寫一輛被堵暫停的電車上，大學女助教邂逅一位男會計師，興起一段情投意合的浪漫遐思，但車開後男子離去，一切似乎從未發生，原來會計師主動前來攀談只爲躲避討嫌的親戚。袁瓊瓊《鄰家女兒》的一段異國情緣也起於公共汽車上。女主角那中國女性固有的矜持畢竟抵不過被愛和愛人的綺思遐想及男女肌膚相觸的誘惑。然而這位洋青年也只是逢場作戲，情緣旋起旋滅。顯然，兩位作家都將人性的刻寫置於中國社會倫理道德習俗的關係網絡之中，其筆下人物不僅受本能欲望的驅使，同時也受中國固有的風俗人情的影響和制約。袁瓊瓊的《江雨的愛情》也許最能凸顯與瓊瑤式言情小說的區別。小說描寫一年輕司機對一富家中學女生的暗戀。這種在瓊瑤筆下能夠實現的戀情，袁瓊瓊用其更具現實性的筆觸證明它並不現實。

袁瓊瓊一九八八年出版的第一部長篇小說《今生緣》不僅僅因書名與《半生緣》的一字之差令人想到張愛玲。張誦聖認爲這部小說存在著只重視技巧而缺乏創新內容以及結構欠統合等缺陷。⑮筆者則以爲這部小說在將「人心的眞相」放到中國社會習俗的框架中加以描寫，並由此反映特定時期台灣社會文化變遷等方面，有其獨到之處。小說第一部著筆於一九五〇年前後初抵台島時，重在描寫離亂中普通民眾爲求生存相濡以沫，互幫互助，共度難關的情景；第二部敘寫的五〇年代末，其時人際關係已不那麼單純，出現了父子不和等家庭矛盾，妓女賣春等社會醜象，以及相應的人的精神畸形和病變；描寫六〇年代的第三部，則出現了更多的開店經商、艱難謀生、遭逢厄運、生活動盪等情事，說明人們的關注點已移向經濟方面，社會不再那麼貧窮，但也日漸複雜化。這其中社會演變的線索相當清楚。小說最有價値的，則在於透過諸多細節對人物的眞性情——所謂「人心的眞相」（夏志清語）——加以刻寫，特別是小說的第一部最爲生動。在那特殊的時期，書中人物有的夫妻離散，有的投靠舊友，數家同堂，幾代共室，其間關係頗爲微妙。作者使動盪紛爭、硝煙瀰漫的「大時代」退縮爲僅是小說的背景，重筆刻寫的是人生的悲喜苦樂、飲食男女，包括患難夫妻怨懟撒嬌、枕邊調笑；有情男女旁敲側擊，心旌搖動……等諸般情事，都直接呈現於小說中。如陸智蘭已有家室，他的早年情人、現爲校長夫人的吳寶玲來訪，使他頗爲亢奮，倒不是他還想跟寶玲怎麼，而是證明自己於她確有不同的意義，「這心態也不是可以說破的，但是給了他特別的亢揚之感，好像徒然間年輕許多」。像這類深透中國人的人情世故、處事哲學以及凸顯人性隱密的敘述描寫，充斥於小說中，編織成一幅幅極為生動的世俗風情畫。夏志清在論評張愛玲的若干作品時曾指出：「我們這個社會是個過渡社會，構成的因素很複雜而常常互相矛盾，張愛玲的這些小說是這個社會的寫照，同時又是人性愛好虛榮的寫照：在最令人覺得意外的場合，人忽然露出他的驕傲，或者生出了惡念。」⑯張愛玲這種從社會習俗中刻寫人的「眞性情」的特徵，用來形容袁瓊瓊，也是頗為合適的。

縱筆社會風俗人情賦予作品深厚的文化含蘊和歷史感，挖掘人性中某些永恆、普遍的東西增添了作品的哲學意味，這使作品描寫的凡俗生活背後流轉著一股蕩蕩莫能名的情愫，構成了夏志清所說的張愛玲作品的「蒼涼」風格。袁瓊瓊《今生緣》等作品與張愛玲的神似之處也正在此。這種「蒼涼」風格，說穿了是一種以小見大的藝術手段和特徵。她們筆下呈現的無非是兒女私情與匹夫匹婦的柴米油鹽，活動著的是充滿人性弱點與具備生命活力的小人物。然而幾千年來的中國人民是這樣活過來的，這也許才是民間社會的眞正現實。這種表現方式使張愛玲，也使袁瓊瓊連接上了中國傳統白話小說的平民色彩和人文精神。

當然，袁瓊瓊並不雷同於張愛玲。這主要是張愛玲始終抱持著悲劇的人生觀。在她看來，在傳統的羅網中，人（特別是女人）是沒有出路的，有的只是一個個無可救藥的扭曲心靈和走向毀滅的人生。袁瓊瓊抱持的卻是較為正面的人生觀。因此，在她小說中，精神畸變、行為怪異、自我毀滅的人物愈來愈少；雖然有些缺點，但更有相親相愛之心，能眞誠享受世俗樂趣的人物愈發多了起來。這是因為她認同於自己的生長環境，對台灣社會的世俗狀況也持寬容、認可的態度。

袁瓊瓊的另一更重要建樹是女性主義文學創作。一九八〇年發表的短篇小說《自己的天空》，奠定了作者在台灣新女性主義文學中的開創性角色的地位。其實，這一主題的涉入是作者固有題材和觀照視角的一種自然的延伸。因爲將人性的觀察和描寫置於社會習俗、倫理關係的網絡之下，從認可世俗歡樂、追求人生幸福的要求出發，必然對束縛人性、特別是壓抑女性自我的一些傳統理念（如貞節觀念）提出質疑，因此這種延伸，早在張愛玲筆下即已出現。如其《創世紀》等作品可爲例。

袁瓊瓊較早涉及女性主義主題的作品，其呈現的男女關係式多爲對抗式。特別是《滄桑》一集，其中多精神變態人物，而它所呈現的男、女的對峙，也最爲觸目驚心。如〈燒〉中作爲家庭婦女的女主角不放心於外出上班的丈夫，對其嚴加管制導致夫妻不和，爲了滿足完全占有丈夫的欲望，當丈夫患病時，她堅決不送醫院而自己買藥治療，導致丈夫的死亡。其間隱約揭示了女性鎖閉於家中產生的心靈扭曲。〈慕德之夜〉則顯示，男權社會用來壓制女性的傳統貞節觀念，其實也是男性自己的可怕夢魘——平時謹守婦德的女主角的懷孕，有可能是意外遭受強暴所致，但她卻堅持不墮胎，使得丈夫陷入精神崩潰的境地。

除了玉石俱焚式的直接對抗外，袁瓊瓊筆下的部分女性走上了自強自立的解放之途。《自己的天空》中的靜敏在丈夫有外遇而提出分居時，狠下心要求正式離婚，從此自謀生路，從一個絕少出門的弱女子轉變成一個有把握、能自主、事業有成的「新女性」。工作中遇到一個自己很喜歡的男人，雖是有婦之大，但靜敏「決定自己要他」，主動追求，最終如願以償。一次偶然與前夫相遇，這時她表現出的是本屬於男子的陽性氣質，而她的前夫則萎縮爲陰性角色。《小青和宋祥》中的女主角具有類似男子的剛強個性和舉止，獨斷專行。鑑於母親、姐姐婚姻的教訓，她只要同居而堅決不結婚，也不願生兒育女。然而女強男弱格局中的女性未必就能因此獲得眞正的解放。小說對小青的揶揄筆調，也許就透露了這樣的訊息。

如前述，承認男、女之間客觀存在的某些差別，率性眞誠地披露女性不同於男性的眞實內心世界，並以此差別重新確認和強調女性自身的價值，這是新女性主義的另一脈絡和取向。縱觀袁瓊瓊作品，可知她對保持女性特質，挖掘和展示女性的眞實自我有著更大的、且愈來愈濃厚的興趣。短篇集《兩個人的事》等較早作品中所寫的，既有一些浪漫的婚外情，也有邂逅的青年男女自然發生的相慕相戀之情；不僅正常、健康的人如此，就是病弱、殘疾之人也有其感情和欲望。〈夢〉中癱瘓於床上的馴，夜裡亦夢亦幻地盼望和經受著年輕男子的擁吻，這種連母親也難以洞察的自我感覺，說明了「性」作爲一種自然本能在女性心靈中無法抹去的存在。〈男女〉中的愛達，其男友小喬另有女友，她幾次與之分手又再回來，只因眞心愛著他，直至悄悄懷上他的孩子，才眞正與之分離。顯然，她不顧一切追求的是「自我」的完成。另一篇描寫婚外戀的〈白髮〉，透過女主角發現情夫頭上幾根白髮的情節，刻寫了女子的各種細膩的感覺。這時兩人已因熟膩而呈懶怠之狀，女主角決定適時地結束關係。他們之間顯然已不是女性對男性的被動的付出，也不再受到社會倫理習俗的制約，而是兩性之間爲滿足自我情感和欲望而建立的平等的互惠。新女性主義的觀念意識在這些作品中躍然可見。

更自覺地透過女性欲情生活的描寫展示女性的眞實自我及其心理成長的，應數一九八九年出版的長篇《蘋果會微笑》。女主角趙光明在中年喪夫後與其他老的或少的男人的關係，有的是無愛之性，有的出於一種戀慕青春的本能，其共同點，是她對男人的一種習慣性服從。這種情況直到她與信德相識後才有所改觀。兩人的戀情是在「無心插柳柳成蔭」的自然狀態下成長的。信德向光明「血淋淋地披露自己」，使光明「感覺了自己在信德心上占有了特別的位置」，從而心悅誠服地展開肉體和心靈接納他，並認之爲「此生唯一的男人」。與此同時，光明逐漸認識到以往自己所過的是「沒有自己的生活」，決定在與海祥的婚姻糾纏中「豁開來」，自己「設法愉快」，也首次敢於斷然拒絕一個求歡的男子（小彭）。女主角終於在欲情的海洋裡找到了眞正的「自我」。

這部小說要表達的，一言以蔽之，就是「任性」和「誠實」。作者曾稱：「必須要任性才能誠實。」⓱一方面，作者是任性和誠實的。她推崇瀨戶內寂聽的作爲，因這位日本女作家爲避紅塵而出家，卻未能削減愛欲之心，於是也就安然的接受，「這也不失爲一種誠實」。袁瓊瓊自述道：「這本書之所以會存在和呈現出來，其實也是根源於自己這點想誠實的任性，因爲想試著來面對自己的肉體，來面對自己四十年來身爲女子，對愛與性的感覺。」⓲另一方面，小說女主角也是「任性」和「誠實」的，她幾乎拋開了一切禮教習俗，誠實而任性地追求、展現自己的情感和愛欲。因此趙光明也是一個追求和實現自我的「新女性」形象。正如瀨戶氏所分析的：許多人已有了賢慧的妻子或足可依靠的丈夫，爲什麼還要移情別戀，更求肉體上的愛？「回答似乎只有一樣：因爲他們是人，自有人類以來，人就已經是這樣子的了。」❾顯然，在瀨戶氏和袁瓊瓊看來，這種「任性」和「誠實」，正是實現女性主體意義和體現「人」的自我價值之所在。

一九九四年袁瓊瓊在評論蘇偉貞的得獎小說《沉默之島》時又重申了對「自我」的重視。她認爲：兩個晨勉在學習的是與內在的自己相安，「我覺得晨勉也是你也是我，人人都是島嶼，能夠有的眞的也只有自己。」⓴袁瓊瓊後來愈發關注女性作爲一個「人」的自我的實現，可說擴展了新女性主義的主題視野，而她一以貫之的特點，在於將此主題與對社會習俗、凡常生活的描寫緊密地結合起來，試圖以女性特有的敏銳感知記錄常人的情感和人生。對此傾向人們似乎常有一種偏見，認爲只寫兒女情長，飲食男女，未免堂廡偏小，格調偏低。其實，這種現象自有其深厚的傳統根柢和人文內涵，這類作品也有其特定的認識、審美價值。

十六歲時就一舉成名的李昂，是二、三十年來台灣最受關注和爭議的著名女作家之一。主要寫作於高中年代的處女集《混聲合唱》（洪範版改名爲《花季》）具有十分濃郁的現代主義色彩。以施淑的話說，它們是「一套以心理眞實爲軸心的生活的迷幻戲劇」，「表現同一心理境況的循環故事」㉑。這一「心理境況」即：被囚禁於某一步步緊迫，卻無法自己打開缺口的封閉空間；爲某一未知、神秘或權威的外在力量所逼迫而無法自主；因某種無法突破的困境而不斷重複著徒然的努力。如

〈婚禮〉中的主角爲送一籃「素食」給「菜姑」而進入一個由重複的廳堂、甬道、天井等組成的奇譎的房屋；他不明白自己爲什麼來到這裡，卻被迫著一層復一層的向內走。〈長跑者〉中的「我」曾被囚禁於一「鹽屋」中，鹽貪婪地吸食「我」體內的水份，膨脹其軀體縮小空間來壓縮「我」；「我」想逃跑而用手去挖鹽粒，可是它們似乎無窮無盡，永遠也挖不通；在那實際已成了陷阱的黑森林裡，「我」所能做的是不斷地奔跑，以反抗被追蹤、獵捕的命運，然而這不過是注定失敗的逃亡。甚至這些小說敘述上那喪失時間和方向感以及情景重複和變化出現的「迷宮式的結構」，也同樣是李昂此一階段「心理實況」的一種反映。㉒

這些現代主義作品的產生，首先與這位中學女生的閱讀面有關。李昂曾自述，初中階段就爲卡夫卡、卡繆等的作品「深深著迷」㉓。其次，與李昂此時正面臨一場被迫全力以赴的人生硬仗——大專聯考也有很大關係。此外，還和作者從小廝磨的鹿港小鎮的歷史文化氛圍緊密相連。李昂曾稱：以她當時是個學生，處身鹿港那樣小鎮社會中，不免深切感受到那種只能靜待變化或救贖的空茫，因此，主角們採取一種最無望的自衛方式——如〈混聲合唱〉裡女主角自己也不知道的等待，〈長跑者〉徒然的逃跑。她寫道：「如果有人曾在小鎮——尤其像鹿港那樣殘存過去光輝的地方長期住過，相信更能了解這類由家族聯合起來的小鎮，只屬老年人，或至少必得上年紀，才能眞正彼此相屬相連，對像我這年齡的女孩，是太大一種負擔。」㉔

如果說這些存在主義色彩的小說，相對於李昂主要屬於現實主義範疇的創作整體而言，似乎是一個游離其外的特殊存在，那它們當中所瀰漫的鹿港風情，卻能提示李昂這些早期作品與其後來創作之聯繫。另一能提示這種聯繫的則是有關「性」題材的觸及。李昂的部分早期小說就著重從女性對「性」、「性別」的特殊感受的角度切入，而這種對女性感覺的眞實描寫，可說是李昂所有作品中最爲優異的部分。如處女作〈花季〉描寫一個逃學的中學女生，爲了買聖誕樹，坐在陌生花匠的自行車車後時，既擔心又渴望某種事情發生的起起伏伏的心理感受，細膩地刻劃出一個少女剛萌生的對於「性」的懵懂認知和恐懼。又如〈有曲線的娃娃〉，早年喪母的女主角從小依戀女性的豐腴溫暖的乳房，結婚前後轉爲對丈夫肌體的耽喜，其後又渴望丈夫胸前長出一對可以令她重新感覺新奇和安全的奶子，以及在祈禱的恍惚幻象中想要獻身於神祇派來的人獸而不可得，再到「相信唯有帶著原始情欲凶殘的黃綠色眼睛能夠帶給她快樂和某種解脫」，想像在故鄉甘蔗園中，「會有千萬條不同的尾巴拂過她的肢體，會有鳥類的白色羽毛充滿她的下體，會有森白的獠牙噬咬著她的乳房，但那裡是甜蜜而黑暗，安心的可以讓她休息，讓她隱藏自己。」二十多年後李昂回顧其情愛題材的作品時，認爲該篇「或許才深入到一個女性自我的深處探索」[25]。

七〇年代初，呂秀蓮開始在社會上大力宣傳「女性主義」，李昂爲之吸引並參與一些實際工作。有關性、情愛和女性問題的觀照和探索，也上升爲李昂創作的最重要主題。對有關「性」的種種的大膽觸及和描寫，是使李昂作品引起「轟動效應」，也是其作品引發爭議的重要原因之一。然而李昂寫「性」絕非用來招徠讀者，而是有著更深刻的意義。李昂寫道：「我們是爲男性或女性，性別應具有何等意義和特性，必有一段混淆的時期，歷經成長的轉變，性是爲一種自我存在的肯定。那也是何以性在我的追尋中占有這般重大的意義。」㉖如〈莫春〉中的女主角唐可言覺得「唯一實在的只有那可證實自身的男性身體及由此引發的行爲」，透過作愛「點細體知出新臨的樂趣」和一種「緩緩注入生命基礎源泉的安慰」，覺察「潛藏體內的未知部分悉數被開發了」，從而證實自己「是一個完整的女人」。這篇小說以極爲大膽的筆觸直接刻寫女性在性愛過程中的感受，確有驚世駭俗、突破禁忌、令人耳目一新的作用。

不過，李昂對這篇小說並不滿意。她自我檢討道：「我沒有將這小說推展到另一層次，去問，爲什麼我們的社會會產生這種病根，這種如此迫切的想要藉性來解決問題的矛盾。」㉗〈生活試驗：愛情〉一篇，可說典型地表現了作者從單純描寫性愛到更多地涉及社會問題的意願和努力。在一次宴席上聽到一個木匠妻子與情夫外出遊玩而摔傷的事情，引起女主角丹丹浮想聯翩。她猜想：該是在一個簡陋但溫馨的房子裡，一個上年紀的木匠和他中年的妻子平穩地共同生活；經過平定的許多年後，妻子爲著內心洶湧的激情驅策，終於還是和鄰近的年輕男子有了戀情。小說最後附錄了幾段所謂〈一個社會工作者的手記〉，使得眞相大白。原來這並非一個婚外戀的浪漫故事，而是粗俗的貧家婦人爲生活所迫，在丈夫支持下的一場自願賣身的交易。生活於美國的溫飽無虞的丹丹，正因著自己一場婚外戀而「眞正感到自身被開發並贏得了肉身的自由」，以此經驗來猜想一個木匠妻子的作爲，結果與眞實情況南轅北轍。小說有力地說明了：女性要從性愛方面實現自我，溫飽等經濟條件仍是基本的前提。如果社會仍存在貧困，必然會有女性陷入遭受欺壓的不平等境遇中。

值得指出的，這篇小說實際上標誌著將女性問題和社會政治、經濟等問題緊密結合加以觀照的李昂創作基本格局已告成形。約略同時的作品如《人間世》、《她們的眼淚》等，後來的一些名篇如《殺夫》、《暗夜》乃至《迷園》等，實際上仍是這一取向的延續和發展。這種基本格局的形成並非偶然，它乃是李昂生活經歷中所孕育的一種自覺的取向。後來李昂回顧道：「如果說我不幸錯失了文學流派上的盛事，但卻不曾錯失台灣的社會、政治運動，而且還有幸深入參與了兩個極其主要的運動：女權和人權。」㉘而她在創作中孜孜以赴的，也正是要將「性」的問題與社會的問題、女權的問題和人權的問題結合在一起加以考察。在台灣文壇，表達女性主義觀點的女作家有之，不憚於涉筆政治的女作家有之，但像李昂這樣一以貫之地力圖將二者結合起來考察的，並不多見。因此，這也是李昂創作的最重要特色之一。

創作於八〇年代初的《殺夫》、《暗夜》等，引起文壇的極大回響，標誌著李昂創作進入了一個新的階段。這些作品將「性」被「物」所主宰、異化的狀況刻劃得淋漓盡致。《殺夫》中，無論是陳市的母親或是陳市自己，都是由男人提供食物，她們提供可供泄欲的女性身體作爲交換，忍受男性任意施加於其身體的暴力。由於「食」需由男人提供，使得女人的「性」完全變質，成爲換取「食」的手段。如果說性愛是人的一項自然需求，其實現正是人實現自我的一個重要標識，那在貧困、不平等的社會條件下，卻因「食」這一更爲重要的生存條件而失去了「性」的本來意義。如陳市的母親在餓極的情況下，在受姦淫時仍渾然不知似地只往口中塞那男子提供的白飯糰。顯然，物質上的困窘完全剝奪了她們作爲一個女人在自然性愛中所可獲得的快感，而成爲純粹的被奴役的被動工具。

《暗夜》提供了「性」被物化的另一種情景。黃承德爲了能繼續炒股票維持公司，甘願忍受太太與朋友通姦的恥辱。丁欣欣則優遊於幾個男人之間，窺伺著獲取最大的物質利益。如獻身葉原是因爲能得到一些昂貴物品；接近孫新亞則爲了能擠進較高階層的圈子以及撈取出國留學的機會。顯然，《殺夫》和《暗夜》在刻寫「性」被物化的題旨方面，有其相通之處。然而，《暗夜》似乎是僅有一部以都市爲背景的，而《殺夫》中導致陳市精神崩潰的還有傳統封建文化的濃郁氛圍，這正顯示了鹿港小鎮的特色。對此的揭示在台灣文壇並不多見，因此《殺夫》也顯出更深厚的文化內涵和價值。

九〇年代初問世的《迷園》，是李昂創作的又一里程碑。或可說這部長篇是李昂創作的集大成者。在空間上，它橫跨都市和小鎮；在時間上，它涵蓋當代和歷史；在主題上，它結合了性與政治、女權和人權；藝術形式上，它於寫實的基調上廣泛納入象徵、魔幻、後設、意識流、時空交錯等多種手段。然而，這部小說在集中了李昂創作的一些優點的同時，也集中了它的一些缺點，從而成爲一部瑕瑜互見之作。

和李昂其他作品一樣，《迷園》試圖結合女性主義題旨對當前台灣社會進行觀照。不同於《殺夫》、《暗夜》等僅及於社會經濟和倫理道德層次，《迷園》將其觀照擴展到台灣歷史和現實政治的層面上。爲此《迷園》採用歷史和現實雙線絞結的結構方式，歷史線索更多地涉及政治問題，現實線索則更多地涉及倫理道德和女性問題。

歷史線索的主角是朱影紅的父親朱西彥。朱西彥原是有別於一般富家子弟的有理想、有抱負的青年，留學回台後致力於創辦高中，推廣文化運動以「喚醒台灣人不再接受異族統治」，卻因此在一九五〇年前後的白色恐怖中被捕入獄，後因病保釋，被軟禁於「菡園」家中，從此揮霍家財打發日子，在玩物喪志中消磨一生。

另一條當前現實的線索，主要鋪展朱影紅和房地產業鉅子、暴發戶林西庚的感情、婚姻糾葛。在這裡，李昂仍發揮了她最初就具備的眞率地表達女性在情愛生活中的特有感受的特長，如描寫了朱影紅爲林西庚所吸引而渴望被臣服的心理；描寫了朱影紅與Teddy張的無愛的純生理接觸也能帶給她的回應和愉悅；更描寫了與林西庚的建立在眞正感情上的性愛所帶給她的對女性自身的發現：「那身體的欲求，竟像是無底的深淵，潛伏自身處處，在我作爲女人的如許多年中，甚且不曾知曉，只待到眞正被挑起，才赫然發現它的存有。」

另一方面，李昂表達出女性的情愛，畢竟與社會環境緊密相關。女性要獲得眞正的幸福，還需靠自強自立。小說中林西庚對朱影紅總是若即若離，視同一般的歡場女子。朱影紅逐漸明白，自己必須是林西庚追求的對象而非他豢養的女人，否則將永遠不得翻身。她一反往常以林西庚爲中心，一切配合著他的生活的行爲方式，毅然拿掉了所懷他的胎兒，並告訴他不要再糾纏。她那無所欲求的沉靜語調反倒使林西庚不知如何回應，恐慌著她從此高不可及，反過來向朱影紅求婚並答應幫她修復菡園。顯然，小說透過這一情節表達了女性主義的思想內涵。如果說《殺夫》寫的是底層婦女，沒有文化和經濟地位，又受傳統僞道德觀念的圍困，只能以極端方式對男性的虐待進行反抗，實際上並未取得眞正的勝利，那《迷園》則是寫一個受過良好文化教養的富裕家庭的女性，當她沉迷於感情，心甘情願地「臣服」於男性時，節節敗退，幾乎淪爲情婦不如的地步；只有當她掙脫感情的枷鎖，立足於自強自立，方能尋回自我，達到自己夢寐以求的目標。

除了以「歷史」和「現實」兩條線索指涉「政治」和「女性」兩個主題外，李昂還試圖切入更深層的文化題旨。這使李昂又回到了鹿港——小說選擇具有綿遠歷史傳承的鹿港小鎭上一個台灣最大世家及其祖傳庭園「菡園」爲重要背景和場所。透過小說，李昂表達了她對台灣文化的如下幾個觀點。

其一，李昂試圖說明台灣文化的多元混雜的特徵。作者描寫曾在朱家有過重要地位的先祖母陳氏，無論其習俗上（不纏腳）、長相上（大眼睛）或血緣上（與高山族有血緣關係），都呈現混血、綜合的特徵，而這些特徵多多少少遺傳給了朱家的後代。作者顯然想以此表明：「台灣文化特色在於它的高度混血、綜合特性。」

其二，作者強調了「本土化」的必要性。這主要是以菡園裡栽種的植物爲象徵來表達的。整修園子時，朱西彥刻意地砍去祖先模仿大陸園林而種植的松、梅、刺桐等，改種鳳凰花、苦楝、楊桃等「台灣本地的花木」。前者往往因水土不宜而瘦小萎縮，失去原有功用，後者卻欣欣向榮，一派生機。然而，朱西彥畢竟因那株百年刺桐乃「先人種的」而「實在下不了手」，也自始至終未曾改去「菡園」的名稱。乃至到老時，他更滋長出一種寬恕、從容的生命境界和宗教情懷。這些描寫可說比較眞實地展現了部分台灣民眾的複雜感情和心態。一方面，他們認識到因地制宜的「本土化」的重要性；但另一方面，他們也認識到台灣與大陸的深遠的歷史、文化承傳，它的根在大陸，絕非一朝一夕可任意斫斷。

其三，小說以藝術形象對現代和傳統、開拓和守成等相反的文化取向進行辯證的考察和探究。朱家的先祖朱鳳乃海盜，具有冒險犯難的開拓精神。林西庚實際上乃朱鳳精神的現代傳人。朱家的先祖母、海盜婆陳氏則代表堅忍守成的一面，其精神在朱影紅父女身上得到延續。作者試圖以前者代表台灣的一種強勁的生命活力，以後者代表台灣的一種深沉的傳統力量。在當代，林西庚代表暴發的台灣資產階級，既有敗德腐化的一面，也有精明強幹、勇於開拓的一面。朱影紅代表著歷史和傳統。她嚮往和臣服於林西庚，說明林所代表的現代精神的強大吸引力。然而朱影紅最終敢於和能夠挫敗林西庚，說明歷史、傳統力量的深厚、強韌，以及延綿不絕的生命力道。小說透過人物形象展現了當前台灣兩種文化精神的相互對峙、包容和糾葛，同時也表現出作者並不全然否定或肯定一方的複雜感情和心態。

《迷園》顯示李昂堅持著早期就已形成的將社會問題和女性問題相交雜揉地進行觀照，並融入鹿港小鎮歷史文化素材的特點，並加以發展，使之更具系統、全面和豐富性。然而小說也暴露出，「政治」其實並非李昂之所長。在《迷園》中，除了朱西彥遭軟禁及其消極反抗的方式略見特別外，作者有關台灣政治及相關的歷史、文化觀點，並無多少新意，只不過重複著近年台灣文壇和社會的一些流行觀點和話題，其中不無褊狹之處，其描寫也有概念化、類型化之嫌。而小說中「政治」和「女性」兩大線索和主題，並未能有機地絞結。實際上，李昂文學自始至終最爲出色的部分，還是她對於女性問題的觀照和審視——包括女性特殊的心理和感受的吐露，女性社會地位和處境的描寫，以及女性自強自立、爭取自身解放的女性主義主題的表達。李昂文學的特異之處就在於，她比別人更為坦率、真誠、毫無掩飾地寫出女性作為一個社會的又是自然的女人，其本能欲求和社會需求的雙重糾葛，以及這種欲求遭受男權社會的長期壓抑下，女性的心理和感受，覺醒和奮鬥。李昂在創作中益發將此主題放在廣闊、深遠的歷史文化和現實社會環境中加以表現，成則使女性主義思想得到更有力的表達，敗則使「政治」主題吞噬了「女性」主題，使概念吞噬了部分生動的形象思維。這一點，顯然還有待作家的深自警戒。

一九九七年，李昂以《北港香爐人人插》一作再次引發文壇轟動和爭議，其熱烈情況比過去有過之而無不及。作品雖有「八卦」化（或被「八卦」化）的嫌疑，但主題仍扣著「政治」和「女性」；作品採用的嘲諷諧謔筆調，對李昂來說，似乎是一種新的嘗試。

第四節　黃子音、張曼娟、吳淡如：抒寫都市浪漫史

八〇年代中後期起，圍繞著《小說族》月刊等通俗文學雜誌和希代、晨星等出版社，新興了一個年輕而又暢銷的女性作家群，其中包括張曼娟、吳淡如、黃子音、彭樹君、詹玫君、林雯殿、林黛曼、陳稼莉、黃秋芳、楊明、蘇菲、伊凡、黃雅歆、葛愛華等等。這個作家群崛起於台灣工商社會日趨爛熟、大眾消費傾向日益嚴重的時刻，有意無意地帶上了屬於這個時代的某種特色，也正是這種特色，使她們

與前輩或稍早於她們的新世代女性作家創作區別開來。

其一，她們仍以愛情、婚姻、家庭生活爲主要題材，但與蕭颯、袁瓊瓊、蘇偉貞等有所不同的，她們更集中地以女性（特別是年輕女子）的心路歷程和感情世界爲描寫對象，更細緻、多角度地展現各種情況下都市男女的感情、欲望及其相互關係、交往方式等，因此可稱之爲新都市言情小說。

其二，與蕭颯等相比，這些年輕女作家更喜歡幻想，更善於編造各種故事情節來表達女性心理特徵和內心的眞實感受。正如溫小平主編《浪漫與寂寞之間》一書中對彭樹君的介紹：「對她來說，寫作是一種生命的延伸方式，現世裡不曾實現或無法企及的，可以在她的作品裡完成；因爲創作，生命成爲立體，有無限的可能，不再像平面一般的單薄。」這正道出了這批作家的一個普遍特徵。這一特徵使她們的作品更像通俗言情小說。然而，這些創作更微妙、細緻、眞實和強烈地表現了現代女性的感覺和氣息，更多地描寫了工商社會背景下湧現的畸形的婚戀和性愛，從中表現人情的澆薄，感情的玩票，性愛的商業化，並在一些出格的情思和行爲中，見出人性的眞實，這與瓊瑤式的言情小說有很大的不同。

其三，這些年輕女作家的作品雖然也有社會的投影，如以苛刻保守的婆婆爲代表的傳統規範壓力對於已婚女性的戕害，男性對兩性關係的輕率放縱和「性」的商品化顯示的女性地位的低下等等，都在作品中有所表現，從而觸及了女性主義的題旨。但一般而言，這種觸及都較爲膚淺，也很少塑造能超越傳統角色認定、勇敢追求女性解放的新女性主義人物形象，即使有，也不夠豐滿有力。面對女性的不良處境，人物表現出的是迷茫、憂鬱和無奈，有的更以放縱欲望作爲追求自我的方式，從而使作品有時流露一股詭異奇譎之氣。這是這類作品與袁瓊瓊、廖輝英、蕭颯等的創作的又一重要區別。

其四，她們的作品大多文采熠熠，順暢流利，前者增加了作品的感傷浪漫情調，後者則符合於通俗文學的要求。這一特徵與她們的學歷、文化素養有關。她們大多是大學文學、藝術科系科班出身，有的還具有碩士、博士學位，既有古典文學修養，又掌握現代藝術技法，駕馭文字自然得心應手。這些高學歷的作者卻熱衷於通俗情愛小說的創作，這種現象被視爲嚴肅文學和通俗文學之間界限已趨模糊的例證之一。

這一作家群具有共同特徵，但她們每個人之間也有著各自的特點和區別。其中張曼娟、吳淡如、黃子音等，頗具代表性。

吳淡如出生於一九六四年，台大法律系和中文研究所畢業，著有《淡如輕風》、《人淡如菊》、《冬日吉普賽》、《昨日精靈》、《淡如流雲》、《尋找初戀情人》、《多情搖滾》、《青春飛行》等作品集，大多爲小說。這些作品的風格，正如作者名字和部分書名，輕淡溫和，如輕風，如流雲。和年輕女作家群中其他人一樣，吳淡如主要著筆於愛情、婚姻、家庭。作者當然不是寫風平浪靜不起一點漣漪的生活，那樣未免平淡無味不成小說，但她也並不寫生活中的驚濤駭浪。她寫的是正常生活中的一點點越軌之思、非分之想，或竟只是一種誤會、流言，卻未曾鑄成大錯，當出現丈夫移情別戀、家庭出現破裂危機時，經過一段痛苦的煎熬，女主角常以一種較爲理性和超脫的方式加以對待，而未必引發激烈的對抗。如《尋找初戀情人》一書，寫的大多是與女主角的初戀有點關係的故事。〈舊情突襲〉中的裕珍突然接到幾年前曾拋棄她的舊情人的約會時，憤怒、猶豫、喜悅、羞怯五味雜陳，後轉爲興奮、期盼和幾天的失眠；未料瞞著丈夫購置新衣精心打扮赴約後，才知舊情人的目的，只不過是向她借錢而已。〈外遇疑雲〉中的祖美，畢業後在家專心當家庭主婦，因葛太太的報信，誤以爲丈夫有了外遇，甚至花盡私房錢僱用徵信社偵查，後來才知道丈夫與所謂「情婦」王莉蓮，完全是工作需要而較常一起出入而已。作者在描寫這些周折的同時，將女性的各種複雜心緒曲盡其妙地呈現出來。此外像〈尋找初戀情人〉一篇描寫人到中年的婦人潛意識中始終無法割捨的對初戀情人的關愛，〈患難姐妹〉刻劃被丈夫拋棄的兩位既同病相憐相依爲命有時又相互妒忌拆台的中年婦女，〈漁家少婦〉描寫對長年在外的船員丈夫保持忠貞純情的美麗少婦，〈騷擾夢魘〉描寫遭受「老不修」的老闆垂涎騷擾的上班族年輕女子等，可知作者有意多角度地、多側面地展現各種女性遭遇、處境，特別是由此產生的各種複雜、微妙的心境。這正是吳淡如的一個特點和長處。

與黃子音等的著重於挖掘工商社會背景下的「人性」底蘊不同，吳淡如的作品較多地揭示了社會傳統規範的陰影。如〈兩個女人之間〉中女主角蘋眞的從家鄉來台北的婆婆，用傳統婦女的角色來界定、要求、干涉媳婦，因此破壞了原本和樂的生活。〈誰喜歡單身〉中從收入豐厚的銀行跳槽的幸純，因男同事對「老處女」的偏見和議論，而接受了相親的安排，碰到的卻是和她母親一般見識的斤斤計較錢財收入多少的庸俗男人。《青春飛行》中的靜依的婆婆，更是一個對媳婦百般刁難、虐待的舊式婦女，而其丈夫，又是一個對母親盲目順從的「孝子」……這些描寫，又多少顯示了吳淡如與朱秀娟、蕭颯等熱衷於描寫女性社會處境的女作家的某種傳承關係。然而與後者不同的，吳淡如的作品融入了較多注重個性發揮和尊重自然人性的現代女性新觀念。作者在〈雞尾酒婚姻〉中，透過女主角的感受，表達了對其丈夫朱朝恩那種表面敦厚謙恭，其實愚昧呆滯、缺乏責任感的性格的否定，而對李放言那種表面看來有點「邪」，以男歡女愛為生活方式，不斷地更換女友，堅持縱欲的「逸樂傾向」的性格，則給予實際的肯定。

吳淡如的第一部長篇小說《青春飛行》，如朱天文、朱天心等的早期作品一般，寫的是高中、大學女生多愁善感的青春心情，將她們的校園、家庭生活和情竇初開的心緒以及逐漸在社會實踐中克服少女的稚嫩而趨於成熟的過程描寫得維妙維肖，某種意義上，成為一部少女成長小說。吳淡如在小說的「自序」〈就在那憂鬱而美麗的青春〉中寫道：「原來的『陰謀』便是：小說中主角必須是女性，而且年齡和我差不多。當然，她的故事不必是我的故事，但她『必須是』一個善良可愛平凡，有一點多愁善感的女孩，在她平凡的生活裡有衝突有挫折不過沒有眞正悲劇……我討厭一種尋常小說手法中慣用的不幸，一步一步非把可憐的年輕女孩推入黑暗陷阱不得翻身不可；其實大多數人青春時候遭遇的挫折都是小風小雨，我不要用慘不忍睹的結局來賺人熱淚。」這實際上道出了作者的重要的藝術特徵和追求。

與吳淡如的輕淡相比，張曼娟寫的是較為激烈的情感，小說的場境、情節也顯得較為奇異。她生於一九六一年，河北人，文學博士，曾任教於東吳大學、文化大學等。著有小說集《海水正藍》、《笑拈梅花》，長篇小說《我的男人是爬蟲類》，散文集《緣起不滅》等。〈海水正藍〉寫的是父母的離異造成七歲小孩的心靈創傷並最終剝奪其生命的故事。母親出於她認為已無法溝通和彌合的破裂感情而堅決要求離婚，固然有其無可辯駁的理由，但最終導致其敏感於母愛喪失的愛子離家出走，為暴風雨所吞噬，這未必不是值得深加反省、引以為誡的事。作品的意旨，顯示著對傳統道德的歸趨。而使這個已顯得有點陳舊的題材煥發新意的，是作品中始終流布著的對「愛」的呼喚，這在現代社會私欲氾濫、人情澆薄的背景下，顯得格外醒目。正是在此意義上，張曼娟的作品最鮮明地顯露其古典的情蘊。

另一代表作〈儼然記〉更將作者「古典的浪漫」（苦苓語）的風格表露無遺。小說中的女主角樊素不為世俗的、表面的愛欲所動，傾心的是命中注定的心靈感應式的眞情，一種無法言說、不可理喻的刻骨銘心的愛。在一次演劇結束後，某種神秘的力量終於牽引著她發現了觀眾席上的「他」——雖然是一位身著僧袍的陌生的出家人，但樊素心靈的異樣的波動和震顫證明就是他：「這不只是二十幾年執著的等待；這是一種亙古別離後，刹那重逢的狂喜，卻又如隔千層雲、萬重山的遙遠」。此後的兩年內，這觸電般的一見，使得前途無量的佛界新秀閉關靜修，日夜獨自承受內心波濤的折磨；而樊素雖有殷勤不懈的崇慕追求者並已論及婚嫁，但內心未免彷徨，當她無意中得知那位年輕僧人的舉動後，大病一場，取消出國結婚的計畫，最後擇一教員職位，與祖母相依為命，平靜度日。

苦苓在詮釋所謂「古典的浪漫」時寫道：所謂古典，是針對時下愛情小說的表達形式而言的，目前坊間流行的愛情小說，幾乎無一不是充滿了性的暗示和色情描寫，好像非如此即不足以爲「愛」，而張曼娟所描寫的愛情，著重在心靈和精神的層面，細緻而不露骨，含蓄而有餘味，採取的是傳統愛情的表達形式，也許不夠激烈，但是深刻而且久遠。至於浪漫，則是針對時下人心的「現實」而言的：似乎有很長的時間我們不再看見海枯石爛、天長地久的愛情了，堅貞、永恆、不顧一切都成了現代愛情裡的絕響，人們如浮萍般漂流，相聚容易，分離也不猶豫，一切現實的世俗條件，都拿來在所謂的愛情裡計較，再沒有人爲愛犧牲了，至於殉情，那更是一句古老的笑話；而張曼娟作品裡的愛，都是無怨、不悔、生生世世的，這樣的愛情，使人心底深處緩緩升起那逸失已久的、遺忘了的溫柔與溫暖，使人覺得這世界未必已如寒漠……。㉙這一評說是頗爲中肯的。

相對於張曼娟的「古典的浪漫」，黃子音可說「現代」得有點「邪」。黃子音，一九六一年生，上海市人，文化大學戲劇系肄業。她學的是戲劇，寫的卻是小說，著有《紅塵有愛》、《寂寞星期五》、《台北一千零一夜》、《愛情罐頭》、《桃花遊戲》、《一個男人的特別假日》等書，曾獲時報短篇小說獎。文壇人士對她的評說也頗爲特別。如《小說族》主編陳素金稱：「她像個邪惡的仙女。」詩人陳克華稱：「毫不熱衷道德的塑造與批判，坦然走進『惡』，是對她作品印象深刻之處。」女小說家蘇菲則說：「眞擔心她小說裡的『有色部分』，會讓男人退避三舍，害她嫁不出去。」林燿德卻說：「想必她不是處女，但比處女更純潔。」㉚所以有這麼一些說法，是因爲黃子音確實比較大膽地呈現了城市中男男女女的情欲世界，以及他們那不再有矜持和含蓄的兩性關係。

對現代社會兩性關係商業化傾向的揭示，是黃子音小說的重要主題之一。或者說，現代城市中的男女關係變得如此放縱、混亂，很大程度上是受金錢利益的驅使和決定的。有些男女爲了金錢，被迫或自願地出賣肉體，而另有些男女，卻因有錢而可以隨意得到可供縱欲的異性身體。由於以金錢爲鵠的，所以完全喪失了男女相悅的感情因素，同時益發顯出其速食式的特徵。長篇小說《桃花遊戲》對此有較爲詳細的描寫。小說女主角思佳是酒廊應召女郎，由於手頭拮据，難以維生，並發現前任男友的離去，根本原因是她沒有錢，因此她急於釣個「大凱子」，甚至不顧羞恥、迫不急待地求富豪吳權將她納爲情婦，以求得一筆固定的收入。而她不能忘情於前任男友，卻須枉稱自己發了財，才能約得男友的到來，男友來的目的則僅是爲了借錢。小說中開了一家裝潢公司的男主角裴得也有殊途而同歸的遭遇：受到一婚姻受挫、生活無聊的富家女以提供業務爲誘餌和籌碼的糾纏，而爲了錢，裴得也不得不與之周旋。

如果說商業化是現代城市男女性愛關係的物質特徵，那及時行樂則可說表現了現代男女關係的精神特質。黃子音經常描寫在咖啡店、MTV等休閒娛樂場所偶然見面的陌生男女，很快地就能摟摟抱抱甚至上床發生性關係。然而，使黃子音沒有淪爲庸俗的色情展覽的，是她同時揭示了產生這種非道德、速食式性關係的社會心理原因。這就是現代都市人普遍的孤獨、寂寞和人際的疏離。如短篇《玩一次》中的李明，由於臨近入伍服役的時間，好像死刑犯臨刑前要求滿足一項願望一樣，幻想能和一個他喜歡的女孩子好好地「玩一次」；而作爲幼稚園老師的欣欣，與母親、姐姐都難以有心靈的溝通，她們「即使湊足一家人，也湊不完整一個共同的話題」，因此在家人都已忘記的她的生日裡，獨自出來遊蕩，放縱自己接受陌生男性的撫愛。顯然，他們都因孤獨、鬱悶而力求從性愛中得到安慰和解脫。《夜祭》中的陳琳，也有和欣欣類似的處境、心理和舉動。某夜，她刻意打扮後，抱著寧願溺在人群中也不願在電視機可怕的無聊熱鬧中度過以及「今晚，我要活得愈自在愈好」的打算，無目標地出外遊蕩，出門前在鏡子上寫下「等我回來」，透露出她渴望朋友而不可得的寂寞難耐。終於來到舞廳，很快地就有了與陌生男子的邂逅。在那一堆瞳孔裡燃燒著肉欲之火的陌生男女相擁而舞的環境中，她也逐漸放鬆了軀體和意志，因她原本就告知自己：要活得自在，如果戀愛得用到腦力，那麼一切變得冗長、繁瑣，「爲什麼她還要在一個男人的懷裡，去探索經過億萬年也確定不了的關於兩性間種種的答案呢？」最後以相偕上旅館作爲結束。當然，這也未必就能如願以償地得到快樂。小說的一個深刻之處，是揭示了這種及時行樂的現代人行爲方式產生的原因之一，即對以往有著太多痛苦的記憶，對將來也不抱太多的希望，因此急切地想要斬斷過去和將來，而只截取當前的一段快樂盡情享受。《夜祭》中的陳琳是如此，《桃花遊戲》中的思佳何嘗不也是如此。貧困的家庭，以及幾次對男人的眞愛得不到尊重和回報的慘痛經歷使她對以往不堪回首，而連今天都把握不住何來明天的希望這一認知，更使她決定放開一切，與此濁世「同流合污」。

當然，黃子音小說並不放棄透過男女的欲情深掘人性的本眞。在作者看來，人性其實是靈與肉、情與欲的結合。黃子音並不否認人有包括性在內的各種欲望，也不認爲現代人還應受縛於傳統的規範而過分壓抑欲望。因此她筆下的人物對於兩性關係的處理是開放的乃至放縱的。除了商業的或內心寂寞等原因外，有時性愛也是自我內在的需要。黃子音的小說中不乏女性從性愛中眞正獲得歡愉喜悅的描寫。從這個意義上說，脫離舊禮教束縛的白由的性愛，未嘗不是女性解放的一種途徑和標尺。然而，一個正常的人除了「欲」外還有「情」，特別是尙未眞正求得社會平等的女性更是如此。《桃花遊戲》中那些掌握社會主要財富的男人，對於女子往往只有「欲」的需求而無「情」的眷顧，他們只要求女性盡快和他們上床而不想發展友誼，或視性愛爲單純的生理快樂而力求擯棄一切情感的糾葛。如思佳所碰到的朱茂達、吳權乃至阿強之輩，都是如此。然而這種態度正是思佳所最難接受的。她多愁善感，也有著對人間眞情的浪漫憧憬和追求。也許正是這點追求，使得樸實嚴肅，待人誠懇負責、不花天酒地的裴得，雖非富豪，卻如鶴立雞群般受到思佳、王萍等女子的垂青。小說的最後，思佳——拒絕了金錢的誘惑，而獲得了與裴得的兩情相悅的眞正的愛情，雖然有點落入俗套，但無疑爲小說增添了些許光明的色澤，爲頹靡世道帶來幾抹希望的光芒。

顯然，黃子音的小說著重揭示：現代都市的兩性關係，在解除了封建禮教的束縛後，如能再拋棄工商社會所帶來的商業性、速食性和非情性等，方能達到「靈」、「肉」結合的「人性」的境地，女性也才能從性愛中尋回自己的眞正的感覺、歡樂和自我。這是黃子音作品中隱含著的女性主義的題旨。如果說一般女作家對於「人性」的探究著重在受傳統禮教、道德束縛的「欲」的一面的解放，而黃子音對於人性的探究，卻是著重在工商社會肉欲氾濫下對於「靈」的一面的恢復和重建。這是黃子音的獨特之處，也是其深刻之處。

註釋：

❶張惠娟，〈直道相思了無益〉，鄭明娳主編《當代台灣女性文學論》，時報出版公司，一九九三，頁五五。

❷古添洪，〈讀李昂的《殺夫》〉，《中外文學》，期一六六，一九八六．三。

❸參見伊蘭．修華特，〈荒野中的女性主義批評〉，《中外文學》，期一六六，一九八六．三。

❹詹宏志，〈欲望有千種面貌〉，《閱讀的反叛》，遠流出版公司，一九九〇，頁一一二。

❺賀安慰，《台灣當代短篇小說中的女性描寫》，文史哲出版社，一九八九，頁八八。

❻東年，〈與《沉默之島》對話〉，《中國時報》，一九九四．十一．十三，版三九。

❼濟賢，〈現代社會的心路標誌——《女強人》讀後印象〉，朱秀娟，《女強人》，中國友誼出版公司，一九八五，頁七。

❽張惠娟，〈直道相思了無益〉，《當代台灣女性文學論》，頁五五。

❾廖輝英，〈今夜又微雨——序〉，《今夜微雨》，聯經出版公司，一九八六。

❿廖輝英，〈我爲什麼寫《盲點》〉。

⓫張系國，〈少年漢生的煩惱——《我兒漢生》讀後〉，蕭颯，《我兒漢生》，九歌出版社，一九八五，頁二〇九。

⓬李元貞，〈從清溪到海洋——給蕭颯〉，《中國時報》，人間副刊，一九八六．十．二十三。

⓭季季，〈站在冷靜的高處——與蕭颯談生活和寫作〉，蕭颯，《走過從前》，九歌出版社，一九八八，頁三八五。

⓮蕭颯，《霞飛之家》，聯經出版公司，一九八一，頁一二——一三。

⓯張誦聖，〈袁瓊瓊與八〇年代女性作家的張愛玲熱〉，《中外文學》，期二七二，一九九五．一。

⓰夏志清，《中國現代小說史》，傳記文學出版社，一九八五，頁四二〇。

⓱袁瓊瓊，《蘋果會微笑．後記》，洪範書店，一九八九。

⓲同上。

⓳瀨户内寂聽，〈你能赤裸著從男人面前走過嗎？〉，《蘋果會微笑》代序。

⓴袁瓊瓊，〈每個人都是一座島嶼〉，《中國時報》，一九九四．十一．十二。

㉑施淑，〈鹽屋——代序〉，李昂，《花季》，洪範書店，一九八五，頁一四。

㉒同上。

㉓李昂，〈從花季到迷園〉，《中國時報》，一九九三．七．十五。

㉔李昂，〈寫在第一本書後〉，《花季》，頁一九九。

㉕李昂，《甜美生活．寫在書前》，洪範書店，一九九一。

㉖林依潔，李昂訪談錄〈叛逆與救贖〉，李昂，《她們的眼淚》，洪範書店，一九八四。

㉗同上。

㉘李昂，〈從花季到迷園〉，《中國時報》，一九九三．七．十五。

㉙苦苓，〈古典的浪漫——我讀《海水正藍》〉，張曼娟，《海水正藍》，希代書版公司，一九八八，頁二五六。

㉚〈一個叫黃子音的女人〉，載黃子音，《一個男人的特別假日》，晨星出版社，一九八九，頁三—五。

第十三章　後工業文明和後現代文學

第一節　後工業文明特徵及其文學表現

八〇年代中後期起，台灣文壇上出現了一面醒目的旗幟：後現代。一般認爲，後現代文化思潮是伴隨著後工業社會而出現的。資訊事業的高度發展和大眾的商業、消費取向，是後工業文明的兩個最顯著特徵。就總體的生產力發展水平而言，台灣目前尚未進入後期資本主義階段，但它卻具有不同於一般資本主義社會的特殊複雜性，即由於電子製造業的特別發達以及社會財富的急劇膨脹而引發的服務、消費行業的勃興，使台灣社會提早出現上述兩種特徵，因而在某些方面或層面超前地進入後工業文明狀態，爲後現代文學的問世提供了必要的社會背景。加上台灣特殊的歷史和現實所造就的文化型態和社會心理，如中外多種文化因素的混合和歷史悲運引起的割斷、忘卻歷史的集體潛意識等，使以混雜、拼貼、無歷史、去中心等爲特徵的「後現代」更有了生長的土壤。因此在台灣，「後現代」很快遍及人們物質生活和精神生活的各個層面，而在文學、戲劇、音樂、舞蹈、繪畫、建築等藝術領域，有著或多或少甚至十分突出的體現。

「後現代」的文學表現，首先指作品中對於後工業文明狀況的描繪、反映和省思。由於台灣都市社會發展的不平衡性，都市頂端那屬於工業文明階段的龐大系統容或還未發生根本動搖，但屬於後工業文明的種種社會現象卻從金字塔底層大量湧現，浸透在人們日常行爲和觀念中。例如，隨著各種傳播媒體、電腦等的普及及其重組複製功能的發揮，爲個體提供了驟增的多種選擇的可能，那爲工業社會所強調的整齊性、集體性、統一性，逐漸爲訊息社會的變化性、差異性和多樣性所取代，致使社會趨向多元無序狀態。羅青的詩作《錄影詩學》、黃凡的《東區連環泡》、王幼華的〈健康公寓〉、張大春的《公寓導遊》等小說，都用攝影機般的掃描鏡頭呈現一幅幅零散、紛亂、雜沓的現代都市怪世相。社會大眾的消費導向，致使商業邏輯輕易地入侵了文化領域，摧毀了理想主義的最後堡壘，使「文化」也淪爲消費品。黃凡〈娛樂界的損失〉中年輕歌手姬國瑞的走紅和沒落，完全受制於市場價值和大眾流行口味的需要；〈求職記〉、〈不願畢業的大學生〉、〈飛越斑馬線〉等幽默小小說中的大學生、知識份子，紛紛離開專業崗位，以各種手段牟取高額收入。伍軒宏的後設小說《前言》中對於工商社會的「職業斜率」——窩蜂爭相出國學電腦的狂熱現象，作了誇張的描寫，既反映出資訊社會的快速到來，也說明了商業邏輯對於教育文化領域的侵襲和支配。隨著社會向後工業文明狀態的過渡，都市人的性格也發生了某些微妙的變化，即從原來孤獨、焦慮、疏離然而不乏求強求勝的競爭性的一群，轉變成懦弱、猥瑣，玩世不恭、得過且過，追求現世享受而缺乏生活理想和目標的一群。黃凡《鳥人》中腋下長出翼毛的青年因跳樓而發現自己能飛行的特異功能，遂拋棄無謂的「自尊」，自得其樂地利用這一功能爲自己謀幸福。同樣是變形的人物，卡夫卡《變形記》以及吳錦發《消失的男性》、《烏龜族》中那社會重壓下的孤獨和苦悶，在這裡化解爲極易滿足的豁達和樂觀。

除了作品所反映的社會內容外，作者某些新的觀念的出現本身就是後工業社會正在到來的明證。例如：電視、傳眞機等傳播媒體的崛起，霎時間縮短了世界的距離，促使作家萌發了星球意識，其眼光不再拘囿於本島本土，而是擴展到整個「地球村」乃至更遠的「太陽鄉」、「銀河國」，在作品中更多地表現出對世界事務的關心和全人類命運的思索。如具有「宏偉」視域的科幻小說、科幻詩大量湧現，而林燿德的《人類家族遊戲》組詩將歐美亞非十數國的重要政治人物、事件收攬於筆下。此外，許多新的藝術品種和文學現象的產生，也與後工業文明結下了不解之緣，如詩的多媒體化以及電腦詩、錄影詩等的問世，無不反映出後工業社會科技、訊息的發達狀態及生活其中的人們的審美習慣的變化，而後現代作家科際整合的普遍特徵，也與訊息時代的知識爆炸緊密相關。至於廣告詩，本身就是消費需要和資訊傳播的結晶，它的誕生，體現了後工業社會藝術商業化、商業藝術化的趨向。

一種新的文學現象的誕生，固然與外部社會條件緊密相關，但也必有文學內部發展規律的作用。台灣的後現代文學，一方面是台灣正在過渡和形成中的後工業社會的產物和反映；另一方面，也是對以往先後占據文壇主導地位的現代派文學和鄉土派文學的反撥。

後現代文學的美學特徵主要從兩個方面體現出來。對內而言，它具有強烈的反省藝術自身的傾向；對外而言，它促使文學向著大眾化、通俗化的方向演化。後現代文學與解構主義等哲學文化思潮有緊密的淵源關係，而它解構的對象首先即是邏各斯中心主義（Logocentrism）。它強烈的自反自評、自我指涉的中心課題，就在於破除一種「語言拜物教」——對語言符號能窮盡事物眞相的盲信。既往的文學觀，不論是寫實主義的或現代主義的，都相信總可以找到某種精確的語言以傳達事物的眞相。「後現代」則對此觀念產生了根本的質疑。一方面，它否認能夠透過自己所說所寫將「我」充分呈現，否認語言文字能夠將事實眞相原封不動地搬到紙上；另一方面，它又揭示語言文字具有界定「眞相」，甚至達到以假亂眞程度的能力。這二者，即所謂語言的困難和陷阱。對於這種語言哲學的闡釋，主要集中於後設小說和後設詩的創作上。

所謂「後設小說」（metafiction）是一種探討小說自身問題的小說，即小說家直接在其作品中對有關小說創作的一些問題加以討論。汪宏倫的後設小說《關於他的二三事》中的一段話很好地表白了作者們的創作動機：我們處在一個充斥各種符號，並運用這些符號進行想像、推理、認知世界的時代，但透過這些符號，種種迷思也在建構著；如果我們缺乏一套「後設系統」對這些符號加以分析思考，就有深陷在一團迷思中而不自知的危險；爲此，有必要採用「後設」觀點來觀照一切對象事物，以保證一種更高層次的自覺。❶由於後設小說認定作品是作者與讀者共同創造，因此常採用基本情節和後設部分相互交疊的套層結構，基本情節負載有關現實生活的內容，而作者則透過後設部分在作品中直接露面，與讀者交談，將構思、寫作過程向讀者「交代」，藉以表達作者的語言哲學和創作觀念，其要點，往往在揭示文學（特別是小說）創作虛構的必然性。如被視爲台灣後設小說之濫觴的台大學生伍軒宏的《前言》，具有後設、再後設的無限伸展的循環結構：「我」向朋友展示一篇題爲《前言》的論文小說，其內容爲對一篇題爲《前言》的短篇小說的評論，而被評論的短篇小說的內容，又是記錄一篇名爲《前言》的小說的讀者反應……所有這些，又不過是「我」擬撰寫的《前言》小說的內容；至於「前言」之後的正文，小說直接了當地指出：它在讀者的腦子裡。小說作者之所以苦心設計如此撲朔迷離的情境，無非要提醒人們認識到：你剛開始閱讀時不知不覺被吸引而信以爲眞的「故事」，終究不過是作者所虛構、編造的。後設詩也有相似旨趣。如林燿德〈蚵女寫眞〉向讀者袒露爲蚵女拍照的過程和心理：開頭「我」信誓旦旦要「忠於鏡頭」、「忠於歷史」，以「誠實」爲準則，但漸漸地就露出了馬腳——所謂選擇底片、適度曝光、剪裁等，無不顯露人爲加工的痕跡；直至替蚵女在面頰上抹上泥巴以「保持自然的神色」，要蚵女側頭哭泣以獲取社會大眾的同情等，所謂「寫眞」的神話便徹底轟毀了。年輕詩人楊逸鴻的〈讀史三章〉則透過幾個鏡頭，如隨意杜撰的武俠小說在幾億年後出土，成爲博物館中「上古史」的眞本，隨著某史學權威個人情緒的變化，同樣的一頁「歷史」在其筆下呈現截然相反的面貌等，使人領悟到，所謂歷史記載，也未必就與事實相符。

後現代文學這種對語言和歷史書寫眞實性的質疑，並非完全是象牙塔上的遊戲，而是有其產生的現實原因。它與資訊社會的複製、傳播功能不無關係。資本主義社會本來就存在許多虛假之事，而隨著資訊社會的到來及其複製等功能的發揮、「形象」（大多來自影視）的氾濫和仿造假冒商品、人工造境的大量湧現，更使人時刻懷疑自己面對的是一個虛假的世界。年輕詩人侯吉諒就曾面對著電子遊戲機，內心不禁升騰起「所謂時空／不過只是電流穿過IC板／經過映像管不斷掃描的光影」（〈電動玩具超人〉）的感觸。訊息傳播的暢通、如潮水般湧來的資訊固然給人們帶來了研究、比較的便利和選擇的更大自由，但也可能造成一個隨波逐流、被僞造和複製的強勢資訊所誤導的龐大人群。因此，對傳播媒介（包括語言文字）的質疑成爲必然。反過來說，人們既心存戒備，力求對這個世界投以更爲獨立的觀察和思考，對一些原來堅信不疑的事物加以重新的審視，就必然使一些傳統說法乃至「官方說法」的權威受到動搖。這就是後現代文學的語言哲學探索的現實意義之所在。

後設作品著重於破除「語言中心主義」，這主要是針對粗糙的寫實主義模擬論的反撥。與此同時，後現代文學也向現代主義一元論和中心決定論挑戰，由此開拓出一個新的藝術空間。這一特點在詩歌中表現得最爲充分。既往的現代主義文學執守對「純粹」的嚴格要求和「詩」與「非詩」的既定界限，極力排除所謂非文學的語言（如經濟學、自然科學語言）進入詩中，要求詩的語氣、聲調乃至意義的完整統一，一首詩自成一個無懈可擊的完美整體。後現代詩人則取開放姿態，不拘一格地拓展詩歌表現手段，使科幻詩、電腦詩、錄影詩、推理詩等相繼登堂入室。如科幻詩將大量的科學用語、科學意象引導入詩，錄影詩則不再是局部、偶然地借用蒙太奇手法，而是有意識地動用了特寫、淡入、淡出、伸縮、跳動、剪接、配音等與錄影相關的整套機器語言及思考模式來寫詩，使詩歌更符合已習慣於影視娛樂的現代讀者的欣賞習慣。此外，計算機程序及其從二進位原理出發的運轉方式也被年輕詩人引導入詩，如黃智溶的〈電腦詩〉。

為了進一步「解構」現代主義的「純粹」性格和「貴族」姿態，後現代文學除了努力拓展本身的表現手段外，還樂於與「外族」聯姻。詩的多媒體化就是突出表現。詩與繪畫的結合，產生了視覺詩，詩與音響、光線等的結合，則導致了有聲詩集、聲光藝術發表會等的大量湧現。同時，詩歌離開注重內心刻劃和為藝術而藝術的現代主義立場，轉而更密接社會，甚至直接為商業服務，新聞詩、報導詩、廣告詩等新門類應運而生。這些都意味著詩歌終於逐漸改變其「高傲」的貴族姿態，轉到大眾文化和消費文化的方向，改善其被定位為小眾傳播甚至淪為讀者的絕緣體的境況，以較為可親的面目出現在大眾面前。如果說後設作品具有較濃厚的學院色彩，錄影詩、廣告詩等則具有較明顯的大眾風格。由此印證了後現代又一個重要特徵：將貴族文化和大眾文化相混合的傾向。

後現代文學最顯著的藝術手段和特徵還有拼貼、戲謔筆調等。「分解和重組功能」的發揮和「多元平面拼貼法」的運用，使小說家不再拘守結構嚴密、線索清楚的傳統模式，而是常「節外生枝」地插入大量情節外內容，以負載更豐富、更多方面涵括的素材。有的作品則立足於將古今中外各種文學傳統和因素加以吸收和混雜，融為一個新的文學世界。對於後工業時代人的性格變化的把握，也促使作品更趨喜劇化。正如弗·傑姆遜所說：「現代主義時代被異化的主體所感到的焦慮、孤獨、惆悵等等，在後現代零散化的主體身上消失了，強烈的情緒消退了。如果說現代藝術風格是『熾熱』的，後現代則推崇

『冷漠』。」❷因此，在後現代作家筆下，那種飽含強烈情感的悲劇相對減少，而知性的戲謔、嘲諷明顯增多，作品的喜劇氣氛較爲濃厚。

對於後現代文學現象的評價，必然牽涉到對其產生的背景、創作實績和對文壇影響的考察。從整個文壇格局著眼，後現代對於一元論、中心論的反叛，意味著對於某種「霸權」的瓦解。在台灣文學的發展過程中，現代派和鄉土派長期相互對峙，此消彼長，它們帶著強烈的排它性，都曾在某一時期的文壇占據主導地位。而後現代文學正是新一代作家力圖跳出此類「霸權」的陰影，面對開放的未來重作文化選擇的一個產物。它固然迥異於粗糙的模擬論寫實主義，也與孤芳自賞的一元論現代主義劃清了界限。但在反叛的同時，它又分別吸收了寫實主義和現代主義的某些東西，如現代主義的前衛實驗精神，寫實主義對現實的反映和批判等，因此，這是一種既有否定又有吸收的「揚棄」。後現代文學正是帶著這種「混雜」性格走向多元化的目標，同時將各種「權威」、「霸權」化解於無形。

台灣後現代文學的理論和創作，無可否認地帶有較濃厚的舶來色彩，它與一部分年輕作家、學者的刻意引進不無關係。但基本上，它是台灣社會發展變化和文學內部運動雙重作用的結果，是一種歷史的必然。它的出現代表了台灣年輕作家們的強烈的願望：面對訊息傳播日益發達，世界日益成爲「地球村」的時代，他們嘗試著借助於一個新的世界性文化潮流的同步或準同步引進，使自己盡快躋身於世界主流文化的行列中；同時也因著後現代「去中心」的多元化傾向，將它當作對抗、消解固有權威的工具。當然，目前的後現代文學未臻成熟，帶有很大的實驗成分，有些作品顯得生澀、矯飾。對此，孟樊的觀點值得參考。他對於後現代文學目前的弊端並非視而不見，甚至因而產生「不喜歡」的情緒，但他仍秉持文學典範必須更新的觀念，認定台灣後現代文學的興起，是社會文化變遷的產物，是文學史發展極自然的演變，對於它的出現表示了審慎的歡迎，對於它的開放精神，給予充分的肯定。❸這也許是對待後現代的一種較爲公正、持平和明智的態度。

第二節　張大春：媒介陷阱的顛覆

張大春（一九五七－　）小說創作中的奇招迭出、內容和形式的不斷更新，堪稱台灣文壇之最。司馬中原曾稱：「在當代文壇上，『張大春閃電』確是耀人眼目，他學習鑽研的玩意兒，統括了上九流、中九流和下九流，他天生具有一種敏銳的內感，一種冥冥的靈動，加上不是常人所能比擬的想像和組合能力，以及極具爆發性的語言創造力，這許許多多因素造就了他，我曾形容他爲『野鬼托生的文學怪胎』……」❹在張大春二十年來創作的《雞翎圖》、《時間軸》、《公寓導遊》、《四喜憂國》、《刺馬》、《大雲遊手》、《歡喜賊》、《大說謊家》、《病變》、《少年大頭春的生活週記》、《我妹妹》、《沒人寫信給上校》、《撒謊的信徒》、《野孩子》、《本事》等長、短篇小說集中，就囊括了寫實、科幻、後設、魔幻寫實、黑色幽默、歷史傳奇、現代偵探、政治影射，以及所謂「新聞立即小說」等令人眼花撩亂的小說品種。

張大春的早期作品並未越出一般寫實小說的範疇，只不過顯露若干特別之處，如較明顯的突破陳腐事物束縛的企圖，以及較多的時空交錯、心理分析手法等。〈懸蕩〉刻劃一空中纜車意外停車事件時旅客們形形色色的行爲和心理，顯示作者觀察和捕捉生活細節的特殊能力；〈雞翎圖〉描寫主人翁將精心飼養的的一群雞當作大陸親友的化身及自己人格尊嚴的寄託，並因鄉愁親思的煎熬和遭人格屈辱而產生棒殺群雞的瘋狂舉動，與一般老兵題材作品相比，顯得別具一格；〈新聞鎖〉透過某老教授蓄意陷害有創意、有才華學生的卑劣行徑，揭發教育機構的專制和腐敗，在同類作品中亦屬罕見。稍後幾年的〈七十六頁的秘密〉、〈拳醉〉、〈長髮之假面〉等可視爲這類作品的延續。如後者，似爲揭開一改名換姓的長髮女郎的「假面」，實爲剝下一位曾爲人師表的「正人君子」的僞裝，將其齷齪心靈暴露於光天化日之下，同時對台灣教育制度抑制正常人性的弊端也有所針砭。它們均爲諷刺性和批判性極強的作品。

張大春一波又一波的藝術實驗開始於八〇年代中期，其中較爲引人注目的，是所謂「魔幻寫實」的創作。一般認爲描寫一位將軍晚年具有「穿透時間，周遊於過去和未來」的超自然能力的《將軍碑》爲此類作品的代表，實際上小說的主題另有它屬。相比之下，〈從莽林躍出〉與魔幻寫實的關係顯得更爲密切。小說敘述遊歷於南美洲亞馬遜河源流區域的奇異見聞。一踏上那塊神奇的土地，親炙於古老民族中間，諸如會哀哭的乾縮人頭、使人飄然飛升的神樹等似乎不可思議的事物都漸漸轉化爲現實。作品可看作魔幻現實主義理論的形象闡釋和印證。但小說寫的全是異域風光。嚴格意義的屬於中國的魔幻現實主義，應是作家對客觀存在於中國土地上的具有神秘色彩的現實的發現，它要反映中國人（或部分中國人〉心目中眞實的然而卻是神奇的事物。以此觀之，將民族神話和台灣現實狀況扣合在一起的〈最後的先知〉、〈飢餓〉等，才可說屬於更嚴格意義的魔幻寫實作品。

這兩篇略見連續性的小說都是寫某海島雅美族伊拉泰家族的故事。這個家族不僅有父親隨著兒子改名的怪異習俗，而且出現一種奇異的隔代遺傳現象，即無論在性格、志向上，兒子均與父親相悖逆，而孫子又回復到祖父的模樣。他們一方是保守、甘於自足的，另一方則具有開放的心靈，渴望著變化、向外學習和拓展。更令人驚異的，這個家族具有某種單傳的預見能力，在〈飢餓〉中，又增添（發現）了一項特異功能——出現了一位百食不厭、百塡不滿的巨食者。透過這些描寫，張大春虛虛實實地構築了一個處於較原始狀態的民族的文化境況。作者著意描寫兩代人的對立狀態，暗示著這個古老的民族正處於歷史的十字路口。然而獲得文明的代價是慘痛的。這個小島被當成了核廢料場，而巴庫的巨食特異功能也被利用來當食品商廉價的活廣告。隨著最終巴庫肚皮的一聲爆響，記下了工商文明對於未開發族類的又一樁罪惡。這樣，作者對於神奇詭譎的山地民族文化的描寫，又回到了現實中，對包括頗爲敏感的山地住民生存環境問題在內的種種社會現象做了透視，可說把握了魔幻現實主義的精髓。

描寫一位以掏糞爲生的退伍老兵朱四喜模仿政要撰寫、散發所謂「告全國同胞書」的荒唐舉動的《四喜憂國》，常被視爲張大春「黑色幽默」的代表作。構成小說強烈喜劇色彩的，是朱四喜及其周圍底層人群的愚昧。這些人本無文化，加上長期某種意識形態的灌注，其極度的僵直、愚矇在所難免。然而這些卑微、渺小的人也有其從自然生存到政治層面的各種欲求，他們在這「世界也愈來愈糟」的「黑色」

境況中所作的無益掙扎，爲作品增添了深沉的悲感，使人欲笑無聲、欲哭無淚。作者有意將最「神聖」、「尊貴」的與最猥瑣、粗鄙的事物拉在一起，並大量採用模擬嘲諷筆調，實際上也開了上層社會的玩笑。小說是否屬於嚴格意義的「黑色幽默」作品另當別論（它並未像西方此類小說那樣呈露面對無法改變的永恆荒謬時無可奈何的絕望），但它無疑是張大春探索人的靈魂最深、現實意義和諷刺性最強、藝術形式頗爲獨特的作品之一。

一九八六年至一九八九年間推出的《歡喜賊》大荒野系列短篇以及長篇歷史傳奇小說《刺馬》、《大雲遊手》等，堪稱張大春藝術領域的一個新開拓。這些作品所寫的具體事件並不雷同，如《歡喜賊》中作品圍繞著河北歸德鄉的一群受安撫而限地聚居的賊戶，《刺馬》涉及清朝四大奇案之一的兩江總督馬新貽遇刺事件，《大雲遊手》描寫廣東沿海一帶海盜、扒手等爲大宗煙土（鴉片）而展開的殊死爭鬥，但它們又有一些共同特點，即都選擇十九世紀中後期風雲變幻的近代中國社會爲背景，對當時洋人入侵、清朝官府欺壓百姓、鎮壓農民起義、民間會黨幫派林立、販毒海盜行徑風行的社會混亂現象作了生動的反映。小說不以帝王將相爲主角，卻著重刻劃社會最底層的人，諸如扒手、海盜、江湖俠客、投機商人、幕僚小吏及其他市井小民，特別是一些懦弱的供人擺布的小人物。如《刺馬》從頭細說刺客張汶祥從山東一普通人家的獨生子，到加入忠義會幫會組織，事敗後流落江浙一帶，成爲海盜群夥中的一名小夥計，最後在各種複雜因素的推動下，幹出轟動一時的刺殺案，構築了張汶祥奇異而又屈辱的一生。顯然，作者感興趣的是眞正屬於民間的喜怒哀樂及其執著的生存追求，願以反逆官府的民間正義觀念爲遭受冤屈的歷史人物在心靈深處加以平反，以此逼近民族傳統和民族心理的核心。

從一九八九年起，張大春又推出了「探子王」系列中篇《迷彩叛將》、《我們的罪惡》等。小說以私家偵探杜子厚爲主人翁，力圖呈現諸多人物相互窺伺或相互背叛的複雜關係。作者的目的之一，顯然是揭示一個充滿欺騙、投機、相互傾軋，由誤解和陰謀交織而成的現實世界。杜子厚是一名極端頹廢並蓄意自毀的人物，決心扎根於罪惡，堅決杜絕一切可能使自己脫離罪惡淵藪的可能性。這是因爲這個社會充滿了罪惡，所以他要以沉溺罪惡作爲「對於罪惡的最最貫徹的懲罰」。小說顯然爲台灣文學增添了一個新的藝術典型。

九〇年代初，張大春以「大頭春」之名相繼出版了少年成長小說《少年大頭春的生活週記》、《我妹妹》、《野孩子》等。小說以青春的哀愁、生命的無常冷酷作爲貫穿小說的重要線索，處理了「青少年在破碎環境裡的成長的經驗」❺，可說是具有反映社會變遷和嘲謔制式教育等特殊視角的少年成長小說。

張大春的早期小說固然也觸及政治議題，但他先後於一九八九年、一九九四年和一九九六年完成的《大說謊家》、《沒人寫信給上校》、《撒謊的信徒》等長篇小說，對於時政有著更爲直接的介入、譏嘲和抨擊，姑且稱之爲「時政小說」。如《沒人寫信給上校》以當時發生的尹清楓沉屍命案及與之牽連的軍購弊案爲故事背景，設想案情發展始末和眞相，藉此寫出了統治機器的種種弊端，特別是對那陰謀套著陰謀的舞弊黑幕以及情治機關的掌控行徑所構成的令人發瘋的氛圍，有著形象的描繪和傳達。《撒謊的信徒》於所謂「總統」選舉前夕的一九九六年三月間推出單行本，即刻登上暢銷書排行榜首，並引起評論界空前的關注。在台灣，可能沒有人看不出，小說的主角李政男其實就是甫進入衝刺階段的國民黨「總統」候選人李登輝；另一候選人，民進黨的彭明敏以彭明進的名字代替；至於蔣介石、蔣經國父子，則原名原姓地出現在小說中。這部替台灣高層權力集團寫「外傳」的小說於此時推出，其中不無戲謔「搗鬼」成分，但似乎也帶著些許影響選戰的企望。

小說描寫李政男知遇於蔣經國而爬上權力的顛峰，卻從來就是一個平庸懦弱、見識短淺的無能之輩。光復之際，他就曾爲留居日本或回歸台灣而躊躇再三，慨嘆「做台灣人眞沒意思」。後來雖參與左派耕耘社的活動，其實只是一個並無理想信仰、淺嘗輒止的無意中的捲入者。但因此而遭受情治部門的追查監禁時，即矢口否認了自己的這段歷史，逃過一劫，成了一個道地的撒謊者。小說因未重筆描寫和揭示情治部門嚴刑酷打等行徑而被一些評論者視爲缺憾，如陳映眞就認爲：缺少對國家組織性的暴力的描寫，一個人的信仰的告白和放卻，就像筵席中無甚意義的對話。❻但我們似乎也可這樣理解：一個人在酷刑和死亡面前的撒謊和退卻，或者還情有可原，而一個本來涉入案情就不深的人，在未見棍棒時就舉手投降，只爲了很平庸的個人「前途」、「幸福」就可以轉向、背叛，更顯出此人本性上的懦弱和卑怯。而當歷史的「贏家」不再是「偉人」而是這樣的庸劣之輩，當「政治」的「眾人之事的管理」這一詞語本義轉化爲權勢的追逐，當國民黨「正統」的統治者和承續者、民進黨的頭面人物乃至新黨人士都受到作者不同程度的譏嘲時，作者達成了對當前台灣頻頻上演的政治鬧劇和庸劣政治現象的揭露和嘲弄。

由此可見，張大春的文學世界是豐富多彩的，但在這表面的炫奇多變下，卻有一條貫穿始終的主線，這就是對語言反映眞相功能的質疑。早在《雞翎圖》序言中，張大春就寫道：「如何假定我的描述是『寫實』的？又如何證明我的詮釋不是大膽而武斷的？我所框架所呈現的文化景觀是未經扭曲的嗎？至少，某些故事裡的人物是我現實生活中所接觸甚至相處過的人們的投影，而無論有意無心，投影勢必導致曲折和差異，勢必是朦朧的。那麼，我是夠『公正』嗎……」這一質疑，後來即成爲作者反覆彈奏的主旋律。具體而言，張大春致力於揭示語言的困難和陷阱。所謂「困難」，指語言並非如一般認爲的能對事實眞相加以複印式的精確記錄，常因言不及意、記憶錯誤、甚至有意歪曲等原因，使敘述和眞相之間產生了差異；所謂「陷阱」，則指某些語言（如習慣性語言或權威性語言）對人的思維具有某種支配性，可影響人的觀念、行爲，甚至可建構虛假的「現實」，使人陷入錯誤的泥沼之中。二者殊途而同歸。這一語言哲學，作者不僅在後設小說中做了集中的呈露，在其他小說中也反覆涉及，或利用各種機會順便加以印證。這樣的執著，在台灣文壇也是絕無僅有的。如《將軍碑》的主題，在於透過將軍在過去和將來的神遊，對歷史書寫與事實的相悖加以直接的揭示。《走路人》的主角直接了當地指出：記憶就像毛髮、指甲一樣，是會「隨著時間而生長和改變的」。《如果林秀雄》中作者在情節發展中不斷作出各種假設而衍展出不同的發展路向和結局，其目的之一在於證明：以虛構的語言建造一個感官上可信的不存在的世界是可能的。後設小說〈寫作百無聊賴的方法〉直接呈露作家創作一篇小說的過程以揭示創作虛構的必然性。《透明人》、《公寓導遊》等或設置神經異常的病人爲敘述者，或用開玩笑的語氣安排情節，暗示其敘述內容的可信度並非毫無問題。〈晨間新聞〉、〈印巴茲共和國事件錄〉則利用新聞報導的口吻敘述完全虛構的故事，證實不眞實的內容多麼容易地利用人們對於某種習慣口吻的盲信而使自己僞裝成「眞」。這一語言質疑並可擴展至其他傳播媒介。既然語言文字所反映的、歷史書上所記載的、傳播媒體上所宣講的，都可能是不準確甚至是完全歪曲的，那人們原來盲從輕信的習慣說法乃至許多官方說法的權威性都受到了動搖。這樣，小說不僅具有自我指涉——探討創作本身問題——的意義，同時也是對台灣資訊社會的複製、僞造特徵的一種揭示，具有一定的社會、政治批判的深度和力度。即使在「時政小說」中，對於傳播媒介寫眞功能的質疑和對官方說法不眞的揭示仍是一個強烈的主題，也是作者最有力的現實批判角度之一。作者筆下，權勢可以界定「眞相」，當政者無一不是撒謊者，即如「日記」這種本來最私密、紀實的東西，當成爲政治的「道具」時，也可能充滿了謊言。如《撒謊的信徒》中，張大春詳細描寫和「證明」了經整理後公開發表的蔣氏父子日記的不眞——一九四九年某日父子間的鬥嘴抬槓，出現在日記中變成風和日麗、父慈子孝的場面。《大說謊家》中，作者不無戲謔意味地指稱：「這部歷史將在二十一世紀末成爲人類研究前一個世紀末『台灣騙局風格』的重要引證」。而《沒人寫信給上校》的最後寫道：尹清楓的屍體浮上水面，而眞理卻沉到了最深最深的海底。

縱觀張大春創作，除了執著於反省語言與眞相關係的最主要特點外，尚有若干明顯特徵。其一，張大春不僅藝術探索是多方面的，對於現實的反映和批判也是多方面的，如何將二者結合起來，張大春提供了自己的答案。諸如魔幻寫實、黑色幽默、科幻傳奇等種種手段，其藝術功能特徵可用「誇大」二字加以涵括。這種誇大，「有一種好處，就是說可以把很多東西壓進去」❼。它們未必是寫實的，但卻可能比寫實具有更豐富的現實蘊涵、更大的力度、給予讀者更強烈的震撼。其二，張大春「戲路」很寬，舉凡歷史的、現代的、現實的、幻想的、內心的、外在的、正常的、變態的、傳統的、前衛的、通俗的、精緻的……種種因素，均被納入其創作世界中。如果說張大春的較早期作品還有借鑑西洋技法的明顯痕跡，那在晚近的幾部時政小說中，作者更注重於戛戛獨造的敘事美學的開拓。這些涉入現實政治最深的小說，同時也是作者敘述手段最大的實驗場。如《大說謊家》號稱空前絕後的「新聞立即小說」，乃因作者每天到《中時晚報》上班時，翻閱當日報紙，將所載新聞寫入小說中，並在當天的晚報上登出，連載數月而成。《沒人寫信給上校》，可說是「準新聞立即小說」，亦號稱「小說破案」。它於案發而未破案之時，即在報上開始連載，作者參考媒體上不斷透露的尹清楓命案偵調過程的各種訊息，設想案情發生始末，其可亂眞的程度，甚至引起案情調查部門的關注和詢問。小說並在敘述方式上亮出新的「花招」——實際上由一百八十多節詞語註解連綴而成，情節發展不斷被作者的「說文解字」所打斷或跳接，作者以此夾入自己的議論和評說。《撒謊的信徒》爲了容納大時間跨度的歷史素材，採用了魔幻寫實作家慣用的時空跳躍和「多年以後」式敘述筆調，這固然已不新鮮，但小說在每一章前均冠以一小段摘自宗教聖典、名人巨著的格語箴言，與小說中人物行爲的猥瑣庸劣形成反諷的對照，也具有一定的新意。顯然，張大春試圖用敘述上的「奇招」造成一種嘻笑怒罵的遊戲姿態，用於表現他對於腐敗政治的不屑和嘲弄，無形中，卻爲敘事美學開拓了一些新的可能和空間。小說的這種美學的意義，也許並不亞於小說的思想意義。張大春爲台灣文學開拓了新的藝術想像空間，對於文學發展具有重要的推動，有些年輕作家呈露受其影響的明顯痕跡。

第三節　平路：後現代策略的現實批判

平路，本名路平，原籍山東，一九五三年生於台灣高雄。台灣大學心理系畢業，美國愛荷華大學統計碩士。平路從一九八三年前後在美國開始業餘小說創作，很快引起台灣文壇重視，曾多次獲得兩大報文學獎。著有小說集《玉米田之死》、《椿哥》、《五印封緘》、《在世界裡遊戲》，小小說《紅塵五注》，戲劇、小說集《是誰殺了×××》，長篇小說《行道天涯》，以及評論集《到底是誰聒噪》等。一九九八年，平路頗具爆發力地一舉推出《百齡箋》、《女人權力》、《愛情女人》等新著。

平路感受到長年定居海外的一種「無可跳脫的生存困境」，同時對台灣又懷有須臾未減的「急切的關心」❽，這二者所激發的種種人物心理和行爲的矛盾衝突，成爲致力於將其部分自我寫入小說的平路早期創作的重要題材和主題。或者說，身在異域的土地家國眷戀，猥瑣現狀中的理想追求，無所作爲中無法斷絕的使命感……種種的內心煎熬和行爲衝突乃是平路早期小說人物的鮮明標記。如《大西洋城》

中的「我」（荣仔），本爲哈佛MBA碩士，當年也曾參加「釣魚台」示威活動，畢業後卻苦於一職難求，只好應聘於大西洋賭城的一家大酒店，利用專業知識和對中國人心理、習俗的熟稔，設計種種新穎有效方式引誘華人前往賭博，榨取其血汗錢。小說描寫主人翁從躊躇滿志落入頹喪齷齪的可悲境地，細緻刻劃其痛苦、無奈和良心的掙扎。另一得獎小說《玉米田之死》著重描寫了一位無法忘懷於家鄉的旅美華人陳溪山，因住宅附近一片類似於家鄉甘蔗地的玉米田，勾起了對童年、家鄉的強烈憶念情感無法自拔，終於在玉米田裡自戕；而中年漂泊異國、事業無成、家有極端物化和洋化之「惡妻」的敘述者「我」，從陳溪山的遭遇中受到極大的震撼和啓示，克服了原先的猶豫，毅然辭職返國服務鄉梓。

創作於八〇年代中後期的《五封印緘》顯示了平路創作的若干變化。這種變化有兩方面的原因。一是作者認識到「過於強調光明的單一信念，其實可能斫傷了原創力，形成創作上的負擔」❾。在很早以前，平路就感動於陳映眞的一句話：「作一個好作家之前，先問問自己是不是個好人」，以爲好的作品無非使世界更和善、溫暖一點，於是有了《椿哥》等充滿對弱小者的人道關懷的作品。後來平路認識到「道德感強要出頭」的「危險性」，適當調整了題材和主題。二是平路這時看了不少卡爾維諾、昆德拉、馬奎斯等的作品，「心情豁然開朗」，認識到「原來屬於作者的世界極豐富極寬廣，寫作的過程也是遊戲，我可以選擇任何一種有趣的表達方式」，於是「創作情緒漸能不苦楚」，創作出了豐富活潑，「完全開放讓讀者神遊參與」的作品。❿或者說，《五印封緘》、《按鍵的手》等作品顯示了作者對於後現代文學的開拓和嘗試。

《按鍵的手》是一科幻作品。小說中那既是電腦工程師，又是業餘科幻小說作者的「我」，突然閃過一個念頭：我眞的是人嗎？怎麼知道，不會根本就是一部電腦，或電腦控制的機器人？於是他回憶成長過程中與父母的關係和父母對他的形塑，想起自己生來就具有的清晰異常的邏輯頭腦和似乎被父親扼殺了的創造力，特別是當他將自己記得的所有行爲輸入電腦，得出計算結果：「我，正是一部電腦」，其錯誤的機率只有九百萬分之一，便陷入極度的震撼、憤怒、悲傷、無奈，以及希望餘留一絲「人」的尊嚴和人生意義的困獸之鬥中。與許多科幻小說著重揭示人類反而被自己所製造出來的產品（電腦等）所控制的異化主題有所不同，平路的這篇小說直接對「人」的身世和性質——是靈性之物或僅只是「機器」——提出懷疑。而「我」的願望並非當個現代主義式的英雄，而是做個「有情有義、有血有肉的人，即使是個糟糕的人、討厭的人、愚蠢的人，又有什麼關係？」可說帶有更多的後現代社會人的心理特徵。

小說最後有個「P.S.」（附言），第一人稱敘述的主人翁（或作者？）直接提醒「親愛的讀者」：「你可得要小心，當心於你那沾沾自喜的心念之外，在那更高的層次之上，會不會？也有一雙自以爲是在彈琴的手？」這種對人類受控於某種更高層次的事物卻茫然無知的疑慮，實際上也是後設小說《五印封緘》的主題。這篇小說以兩個在美國不同城市中生活的中國女子爲主角。甲女子相貌平平，年過三十而未婚，篤信藏於讖語餅中的預言，常以看書掩飾其孤獨，有個若即若離的已婚男友戴。乙女子則是與丈夫一起躲債到美國的曾上過銀幕、拍過內衣廣告的小演員，喜歡看國片錄影帶，老公爲求綠卡而揚言要開一家讖語餅公司。小說分為五部分，第一部分寫甲女子在一家廣東餐館裡，看著一篇題為《五印封緘》的小說，又從餐館提供的讖語餅中得到驚人消息：「注意，銀河系土地重劃，地球即將成為高速公路」，感覺自己正陷入一個圈套，「或者上面又有更大的陰謀，或者，我已經陰差陽錯地成為選民，負責傳播讖語餅中的訊息？」第二部分的主角轉為乙女士，而上述第一部分其實是她正在看的一本小說的第一章，這時他們接到一個奇怪的電話，一名女子語無倫次地訴說著有關讖語餅、讖語書的事。第三部分又再轉過來寫甲女士，乙女士的童年生活和從藝經歷成為她正在觀看的影片中的情節。第四部分再次以乙女士為主角，她不僅也在看著《五印封緘》這本書，家中螢幕上演的，是和甲女士在餐館中的經歷相似的故事。第五部分的主角則非甲亦非乙，而是一位正在讀上述內容的科幻小說的讀者，他沉思著小說的作者為何人，回味著作者對自己寫作過程的表白和與讀者的交談。小說的怪異之處在於：各位主角原本是以局外人的身分欣賞小說、電影、電視劇的讀者（或觀眾），轉眼間他們卻都成為被作者安排好台詞和動作寫入作品中的虛構人物。作者精心設計這一時空交錯、互為後設的情景，或許正在說明現實和虛構、讀者和被讀者、控制者和受控者之間彼此易位、角色轉換的恆常關係。或許正如乙女士所感覺到的：

丟下書，我順手摁著遙控器，我想到那本書的作者或許正遙控著我，或者我已不由自主地進入情況，按照作者的設計，我一步步掉進情節中。

人常自以爲是萬物之靈主宰著世界，其實，我們又怎麼能夠確定，冥冥中沒有一隻「按鍵的手」在操縱、約束著我們，令我們檢點，使我們無法爲所欲爲？這種自覺，也許正是平路的深刻之處。

從《玉米田之死》到《五印封緘》，無論寫的是現實、歷史或未來的時空，一個顯著特點是小說中放入了各種現實社會現象、事件以及許多當前的流行詞語。如《五印封緘》中除了傾城之戀、周潤發、竹籬笆外的春天、上海灘、土地重劃、高速公路等詞彙以及平路小說反覆出現的童年回憶、鄉土眷戀等情節令人勾起現實的聯想外，小說中反覆渲染的世界末日般的氛圍，正可作爲當前邁向後現代的社會情緒的寫照。此外，《在巨星的年代裡》揭示通俗文化已成爲一種新的政治工具，《郝大師傳奇》刻劃被人尊奉的宗教大師其實也具有欲情世界和死亡恐懼，都是對現實中日益明顯的後現代社會現象的一種藝術的反映。

這種現實反映達到登峰造極的是一九八九年的獲獎作品《台灣奇蹟》。作者曾表白，該作某種角度上是《玉米田之死》的續集，男主角或許是同一位，他的太太彷佛也沒有換；上篇故事結束時他決心回國，這個故事起頭時他再度來到美國，「可是時日中台灣的變化，莫說讓男主角幾番滄桑，連我身爲作者，都必須借助大不同的文體，才能夠講清楚了」⓫。

小說略帶科幻色彩，通篇採用的卻是戲謔嘲諷的筆調。它有著思憶過去的口吻，寫的卻是當前正發生的事，它將背景放置於美國，描寫的事情實際上大多發生於台灣。如房地產狂飆，股票暴漲，地下投資猖獗，大家樂、六合彩賭風昌盛，乩童迷信復熾，黑槍氾濫、進入「動員戡亂時期」實施戒嚴，議會中新老「國代」糾葛爭鬥，乃至地頭擺攤、電子花車、「午妻」流行……。作者藉此指稱「台灣化」已成世界性趨向，「台灣化」成爲包含「未來」、「賭場社會」等多種涵義的專有名詞，儘管因此引起爭議，但其勢仍不可擋。正如楊昌年所言：「它以超現實的想像將美國社會台灣化，採取反非爲是的變形表現，實質上是對國內社會痛切的針砭，諷刺性很強。」⓬特別値得注意的，作者指出了台灣人的片斷切割、瞬息即過的記憶短暫的心理特徵：當時間的切分趨於極小，因果關係不再存在（如人可以從棺木裡誕生，火柴用來讓烈焰熄滅），過去和未來不一定發生關係。小說中的「我」宣稱其努力參研出的解釋是：「惟當我們自己有了這樣不連貫的認知，將眞實的敘述與小說一般的場景隨處跳接，也就是說，當我們終於從心裡接受台灣的過去與它的現在、它的未來不再相關的事實，才算搭上了『台灣化』列車，有機會與它一齊奔向未來！」這就揭示了當前台灣社會割斷歷史、淺薄破碎的典型後現代特徵。

經過幾年苦心孤詣的創作，一九九四年平路發表了中國近代歷史題材小說《行道天涯》。小說從孫中山臨終前的一段人生歷程切入，副標題爲「孫中山宋慶齡的革命和愛情故事」，表明旣寫偉人的革命行跡，也寫他們作爲一個「人」的情愛生活和人性表現。多有論者指出該作與馬奎斯《迷宮中的將軍》的相似之處。南方朔更以「後殖民論述」的角度加以解讀，指出原殖民地知識份子建立具有主體性的「歷史意識」的必要性，以及對歷史寬厚的「同情的理解」在歷史意識建構中的意義。⓭

從《玉米田之死》的不同敘述者的憶述片段連綴，到《台灣奇蹟》的變形設計、嘲謔筆調，顯示出平路在藝術形式上不拘一格、求新求變的性格，亦即張系國所謂的「顚覆」性。⓮而平路藝術上的最大特色，在於其作品的理性基調，或者說較強烈的議論性，如詹宏志就曾稱之爲「議論的小說家」。而這也是平路常遭人訾議的地方。對於這個問題，平路同意陳映眞關於藝術家和匠人的區別全然在於觀點的有無的說法。她說道：「小說家其實可以有『觀點』，在一個行銷至上的商業社會裡，正如同，任何批判的聲音——都可能被視爲強迫的意識形態。對於習慣閱讀傷逝基調作品的讀者而言，面對呈現理性思維過程的作品，因爲往日被動的閱讀習慣，一時竟覺得文中充滿不必要的理念。」⓯這正表白了她區別於一般浪漫蒂克言情式女性文學潮流的自覺。

平路的部分作品採用了後現代的藝術方法，具有鮮明的後現代色彩，但她的創作整體上又具有理性、深刻和現實批判性強等特點。這是和一般後現代主義的平面感、去中心、無深度等特徵不相符合的。這一不諧調的現象，再次說明了台灣的後現代文學，未必全然從外國引進，而是在作家的具體創作中呈現出了本土的特色——具有較強烈的社會性、政治性和現實性。或者說，在部分台灣作家看來，西方後現代的理論和藝術方式正適合於對當前台灣社會的觀察、分析和批判，因此樂意作爲一種策略加以移用，但亦僅是一種策略、工具而已。像張大春、平路這些作家，乃是藉西方後現代之「酒」，以澆自己心中之塊壘，並進一步表現出「變局裡中國人與時代背景的層層糾葛」⓰。

註釋：

❶汪宏倫，〈關於他的二三事〉，《聯合文學》，一九八七．十二。
❷唐小兵訪談，〈後現代主義商品和文化擴張〉，《文星》，期一〇九，一九八七．七。
❸孟樊，〈爲什麼反後現代？〉，《後現代併發症》，桂冠圖書公司，一九八九，頁一四八——一五二。
❹司馬中原，〈煉獄裡的天堂——兼序張大春的《歡喜賊》〉，《歡喜賊》，皇冠出版社，一九八九。
❺梅家玲，〈眾聲喧嘩中的《我妹妹》〉，《聯合文學》，一九九五．二。
❻陳映眞，〈撒謊的信徒，背離之路——張大春的轉向論〉，《聯合報》，一九九六．六．十。
❼見鄭清文參加《聯合文學》舉辦一九八八年度文學好書評審時的發言，《聯合文學》，一九八九．七。
❽詹宏志，〈舊事與新書〉，平路《五印封緘》，圓神出版社，一九八九，頁五。
❾林慧峰，〈訪平路札記詹宏志的評論〉，平路，《五封印緘》，頁一六。
❿同上，頁一二。
⓫平路，〈回憶台灣，描摹台灣〉（得獎感言），《小說潮——聯合報第十一屆小說獎作品集》，聯經出版公司，一九九〇，頁四一五。
⓬〈開創文學奇蹟——聯合報第十一屆小說獎短篇決審會議紀實〉，《小說潮——聯合報第十一屆小說獎作

品集》，頁二六八。

⓭南方朔，〈重塑革命者的血肉和心情〉，《聯合文學》，一九九五．四。

⓮張系國，〈旗正飄飄——爲平路新書作序〉，平路，《是誰殺了×××》，圓神出版社，一九九一，四。

⓯同❾，頁一三。

⓰平路，《五印封緘》封底。

第十四章　多媒體詩與後現代小劇場

第一節　羅青、王添源：詩對後現代情境的反映

後現代文學在詩領域的發展，比起小說來有過之而無不及。

七〇年代初被稱爲「新現代詩的起點」的羅青，八〇年代又以理論倡導和創作實踐，成爲後現代詩潮的擎旗人之一。羅青本名羅青哲，原籍湖南湘潭，一九四八年九月出生於青島，在襁褓中隨家人到台灣，一九七〇年畢業於輔仁大學英文系，一九七四年獲美國西雅圖華盛頓大學比較文學碩士，現爲台灣師範大學教授。著有詩集《吃西瓜的方法》、《飛躍與超越》（與紀弦合作）、《神州豪俠傳》、《捉賊記》、《隱形藝術家》、《水稻之歌》、《錄影詩學》；詩畫集《不明飛行物來了》、《螢火蟲》、《我發明了一種藥》；評論集《從徐志摩到余光中》、《詩魂貫古今：荷馬研究》、《詩人之燈》、《什麼是後現代主義》、《詩人之橋》。編有《小詩三百首》。此外，還有《羅青散文集》等。

羅青是個多產詩人，其創作具有兩個總的特徵。其一，創作視野寬，題材廣，角度多，變化大，對於新世代創作乃至整個台灣詩壇，常具有某種引領潮流的作用。他處理過的題材，從政治歷史到家常瑣事，從哲思理趣到愛戀情感，從古代武俠到現代都市，從宇宙天體到地上草木，幾乎無所不包。特別是其創作並不拘囿於某種定式，而是隨著時代、社會和個人經驗的變化而從一個重點轉移到另一個重點，並由此形成了對詩壇的兩次較大的衝擊波。其二，羅青的創作常具有中和兩端的性格，或者說，他是草根詩社「中庸」路線的忠實實踐者。例如，在詩的張力上，既不像六〇年代的現代詩「扭得太緊」，也不像七〇年代的鄉土詩「放得太鬆」，常以整體結構的張力代替單個詞句張力的過分經營，從而避免了偏枯。又如，他的詩素以理趣取勝，強調「知性的秩序」，但有不少詩卻由一刹那的頓悟發展而成，巧妙地平衡了感性和知性。羅青的這種「中庸」性格，顯然是詩壇追求平易明朗的時潮和個人的西方文學素養雙重作用的結果。

羅青對於詩壇的衝擊和震動，第一次發生在他剛登上詩壇，出版了處女詩集《吃西瓜的方法》的時候。當時余光中特地撰文，稱其象徵著六〇年代老現代詩的結束，七〇年代「新現代詩的起點」❶。這時及其後十餘年間，羅青不斷變化的創作展現許多以往台灣現代詩所沒有的新的因素和特點。例如，羅青有些作品中採用演算數學習題般思路清晰的推理過程，以表達某種人生的哲理；但它們又是圍繞一兩個精確、清晰的意象進行的。這種「感性的思索」，可能得益於英國玄學詩派。這類詩作出現於六〇年代台灣詩壇追求純粹經驗和潛意識表現的超現實主義風潮之後，作為一種反撥而凸顯其詩史上的意義。

又如，羅青一改六〇年代台灣現代詩因表現現代人離群索居的孤絕感和劍拔弩張的介入心態而形成的尖銳急切或囁嚅哽咽的語調，轉而採用寬宥從容、坦然天眞的語氣，呈現出對社會、自然的濃厚興趣和較和諧關係。這種情調充斥於羅青的早期創作，而在《水稻之歌》、《金喇叭》等作品中表現得更爲明顯。最能代表羅青這時期創作特色和對詩壇的貢獻的，是所謂「羅青式結構」的形成。他創造了一種一題數奏、交相反射的組詩形式，即在選好一個主題和中心意象之後，因題生題，就句引句，反反正正，側側斜斜，虛實相間，此呼彼應，分別從不同角度對主題加以詮釋、演繹，從而構成一個意象單純集中，但內涵十分繁富的多元空間。〈吃西瓜的六種方法〉即一典型例子。這類詩作爲一種詩結構方式的濫觴而對台灣現代詩的發展具有特殊的意義。八〇年代黃智溶的〈今夜，你莫要踏入我的夢境〉及〈我把一條河給弄丟了〉組詩等，可說是此種詩結構方式的延續和發展。

羅青對詩壇的第二次開風氣之先的衝擊，在於八〇年代中期對於「後現代」的積極倡導。他從對台灣社會文化的觀察入手，在〈後現代狀況出現了〉等文中，最早指出台灣社會在六〇年代至七〇年代即已萌發，此後不斷擴大的諸多後工業文明現象，並試圖在文學與社會的辯證關係上建立後現代文學的理論基礎。他力圖論證中國傳統文化本身就存在著若干「後現代」的素質，以增加後現代文學存在的「合法性」。同時，他又是後現代詩的身體力行的創作者。〈一封關於訣別的訣別書〉以多重後設的設計，對傳統的文體和創作方法論加以顚覆和解構。最引人注目的則是《錄影詩學》。無論形式上或內容上，它都呈露「後現代」的特色。後工業文明的一個重要特徵，是傳媒、資訊高度發達並在大眾生活中占有舉足輕重的位置。羅青試圖動用錄影機的機器語言及思考模式來寫詩。他認為，用「機器眼」來觀察、再現現象世界，能夠做到許多肉眼無法做到的事情，如望遠、顯微、變換色彩、慢動作……，還可加配音樂、發聲語言（配音）、文字語言（字幕）等，充分開拓人們視覺和聽覺上的經驗範疇。進一步言，鏡頭語言可讓西方的「定點透視法」和中國傳統的「散點透視法」、「手卷思考」等不同的思考模式綜合起來，這對現代中國詩人來說，十分值得參考。《錄影詩學》就是按這一思路創作出來的。詩中採用特寫、淡入、淡出、伸縮、跳動、剪接等手段「拍攝」現代都市乃至未來世界的一幅幅圖像，同時意猶未盡地以古詩詞為「配音」，使之與眞實的錄影放映更為接近。當然，詩人的主要目的還在於逼眞、傳神地展現後工業文明的現實景觀。後現代社會的零散化、平面化、多元化等特徵，用以往的創作程式未必能很好的表現，而用這種能拍攝角角落落的特寫鏡頭的「錄影」方式，顯示出極大的優越性。如以典型的「手卷思考」式古詩詞〈天淨沙〉為「音樂」背景的《錄影詩學》「例舉之一」中，詩人順著「枯藤，老樹，昏鴉……」的節奏，展現後現代都市的一幕幕。寫到「老樹」時，「鏡頭順著／一隻狗抬起的腿／上移到水泥柱渾圓的腰」：

特寫——紅色的「高壓危險，請勿靠近」
特寫——藍色的「三民主義，統一中國」
特寫——黑色的「民主人權，敬請賜票」

特寫——金色的「保留户推出歡迎訂購」

再上去，是搖搖欲墜的變壓器和半截孤零零的水銀燈，「變壓器夢囈似的振動著／嘶喊出一串模糊的口號／水銀燈獨眼似的眨動著／拍發出一組不祥的密碼／提示著各種各樣若隱若現的／危機」。就幾個特寫鏡頭所「拍攝」的張貼而言，既有政治的標語，也有一般的廣告。而政治標語中有官方的宣傳口號，也有反對黨的競選招貼；廣告中有公益性廣告，也有商業性廣告。「配樂」放送到「小橋」時，鏡頭對準了「一組四通八達的人行路橋」，連續六個「特寫」展現了更爲五花八門的標語、廣告，而路標指向四面八方，橋上「有扒手在活動」，遠處有不良少年在相互鬥毆，板橋方面嚴重塞車堵車，士林方向交通號誌燈失靈，往三峽方面則汽車在高架橋上抛錨。到了「人家」，錄影機鏡頭對準華西街的夜市：「中華毒蛇研究所的對面是／回春性病專門醫院／精割包皮的招牌（特寫）／鱷魚皮包的商標（特寫）／蛇鞭、蛇羹、蛇膽之後／是一堆又一堆價錢愈來愈賤的／進口蘋果（請搖動鏡頭）／大人小孩邊走邊吃／順便把蘋果種子隨意吐在／兒童樂園與動物園之間」。顯然，這裡所展現的是一幅後現代的紛亂雜沓、富而無禮的社會景觀，而詩的表現方式正十分適合於其表現的內容，也是屬於後現代的。不過，羅青的《錄影詩學》一書，除卷一外，其餘各卷雖冠以「文字錄影世界」、「文字錄影台灣」之類標題，但其形式，卻與一般詩作無異。因此，「錄影詩」能否繼續發展並得到廣泛的承認，還有待於時間的檢驗和進一步的實踐。

王添源是又一位以富有個性的詩作反映後工業文明狀況的詩人。他一九五四年生於嘉義，先後畢業於輔仁大學英文系、淡江大學西洋語文研究所。一九八六年以〈我不會悸動的心〉一詩獲該年時報文學獎新詩評審獎。著有詩集《如果愛情像口香糖》、《我用贋幣買了一本假護照》等。

王添源從十六歲開始寫詩，曾有詩作發表於《草根》詩刊。一九八八年出版的第一本詩集《如果愛情像口香糖》，是一部多題材、多形式的作品。這不僅因爲它收錄了長達十多年的時間跨度的詩作，還因爲王添源有心於各種中外詩歌藝術形式的借鑑和實驗。因此短至二、三行的小詩，長至數十行、上百行的長詩，以及商禽式的散文詩，乃至源自西洋的十四行「商籟體」，都在集子中出現。如果將內容和形式結合起來看，則顯示了從傳統向現代乃至後現代的嬗變，這其中體現的是詩人對於時代變遷的格外敏銳的感應。

應該說，王添源早期的詩作是比較傳統的。他甚至喜歡採古詩辭意，用現代詩的形式和語彙加以轉換和表達。如〈蒹葭〉、〈嘆逝者〉（一、二）、〈戰涼州〉等。這時他寫得較多的是情詩。像一般的情詩一樣，詩人或借景抒情，或托夢抒懷，或直表胸臆，頌揚情人的豐姿美貌，抒發對其純潔忠貞的愛戀之情。這些作品無論是情韻或形式，並無多少特異之處。然而就是這些以愛情爲題材的詩，也出現了一些脫俗之作。作於一九七八年的〈如果愛情像口香糖〉，以諧謔的假設語氣，將「雅」的愛情和「俗」的口香糖加以類比，揭示了愛情隨處都可以「再花五塊錢買一包」的變質，以及當前人們希望愛情「十味俱全／要什麼自己挑」，最好「一加一加一再加一／還是等於一」，並且「好吃又不黏嘴」，在「變淡變硬變得無味，時隨時可丟掉的心理，猶如埋藏於傳統聲調合唱中的一枚後現代的異音符。

也許隨着詩人心智的成熟並感應於都市文明的膨脹，王添源走出「傳統」而跨入了「現代」，創作基調也以知性的觀照取代了情感的抒發。這時不少詩作具有辯證的哲思和旨趣。如〈王牌投手與全壘打王〉一詩，猶如一個現代的矛與盾的寓言。這種辯證旨趣的延伸，即是矛盾語法的運用。如〈抱歉十九行〉中的戰車犁駛耕牛、地雷播種五穀、炸彈普降甘霖、兵書指揮農書、呻吟唱和頌歌等。而〈鄉愁和乳房〉整首詩就是一個怪異的矛盾情景：「乳房，成爲女人／取悅男人的玩具／之後／初生嬰兒／不再有／母親的乳汁／吸吮」，而「吸奶粉的男嬰／長大後，玩弄／女人的乳房，塡補／從小失落的／鄉愁」，可說對現代都市文明中的異化現象、女性處境作了有力的揭露和嘲諷。至於〈火柴和白髮〉等的散文詩形式和〈你的〉、〈再見〉等詩中的通篇排比羅列句型（如「你的亢奮與高潮／床知道／天的亢奮與高潮／雲雨知道」、「和平向戰爭說再見／子彈向槍膛說再見／紅色向綠色說再見／墳墓向搖籃說再見」等等），更令人想起五〇年代至六〇年代商禽、瘂弦等的一些現代詩作品。

然而，王添源最爲可貴的，也許在於對後現代情景的敏銳感知和把握。有關後現代理論的正式引入台灣，遲至八〇年代中期才見規模。而早在七〇年代，王添源就已對此有所觸及。如〈劉勰與巴布狄倫〉一詩中，在燈下閱讀《文心雕龍》的「我」，因著傳播媒體（收音機）的作用而有了中西、古今混雜的感覺。〈回響，一九七三〉中這樣的詩句：「生活美麗多姿／青春在我們身上流蕩／而明天將會怎樣，我們從不去想」，也多少已有點後現代的苗頭。當然，僅是苗頭而已。到了〈台北印象，一九八三〉，詩人對於後現代情景就有了十分強烈的印象和感觸：「錄影機日夜趕工／忙著複印整個城市的繁榮／電腦運作的速度／永遠追不上地攤增加的數目」。〈極速一六〇——給大度路的飆車騎士〉捕捉了後現代「新人類」的追求刺激的行爲模式。在〈給我一頭腦震盪的豬〉等詩作中，詩人將其早期就已形成的諧謔筆調發展到極致，並表現出後現代社會人們膚淺、冷漠、短期行爲的特徵：「給我一副不辨聲色的耳和眼／給我一顆不會愛恨恩怨的心／讓我過一段無須思索的歲月／給我一位不必厮守的伴侶」。詩的最後寫道：「給我一頭腦震盪的豬／我好殺之果腹」。豬本來就笨，再加上腦震盪，隱含著對思想缺乏的後現代特徵的影射意義；而殺了用來果腹，又暗示了消費時代的物欲膨脹的徵候。

得獎詩作〈我不會悸動的心〉，其實是一首可媲美於羅青〈錄影詩學〉、〈一封關於訣別的訣別書〉等的後現代詩潮的代表詩作之一。在內容上，它將割斷歷史，瓦解規則，英雄和理想消失，充斥著複製、包裝、謊言和冷漠的後現代社會型態呈現得淋漓盡致：「我不會悸動的心，無法辨認／主義和教條，原則與應變」、「英雄或／反英雄癱瘓已久，喪失創造傳奇／與神話的能力」、「慶典與祭祀的原意和引申／無人知曉，無人記憶，更無人爭執／遑論追求與探索」、「空言，流言，謊言／在風中傳遞，迅速的加工，誇張的／扭曲」、「標語、格言複印／地下道冰冷的牆壁，聖賢被擠壓在／書本裡，被精裝，包紮，囚禁在／靠著冷冷牆角的書架」。在形式上，該詩採用的是如「刺繡的亂針繡法和山水畫的亂披風皴法」（鄭愁予語），將五花八門、千奇百怪的各種意象雜陳「拼貼」在一起，同時也使早期創作就常採用的將神聖和猥瑣、高雅和鄙俗等並置類比，以顛覆人們的固有認知，產生諧謔效果的手法，到進一步的開發和運用。詩中每一節開頭反覆陳述著「我不會悸動的心」，固然是後現代的普遍冷麻木心態的一種現身說法式的眞實反映，也未嘗不是詩人面對社會文化衰頹的一種沉痛反語。只要聯繫詩人的另一首〈心悸十四行〉，就可知詩人所謂「不憎，不恨，不喜，不愛」的淡然沉著其實是故意裝出的，它的後面隱藏著多麼強烈的憤慨和深沉的憂慮！

近十多年來，王添源傾心於十四行詩的寫作，成爲張錯之後台灣詩壇又一位十四行詩創作的重鎭，並於一九九六年出版了十四行詩專集《我用膺幣買了一本假護照》。和向陽的「十行詩」相似，王添源的十四行詩表現出詩人將詩思約束於一種鬆散的現代詩格律中的自覺。當然，十四行詩本源於西方文藝復興時代，以此爲典範顯示了一個外文系出身的詩人借鑑外國優秀文學遺產的用心。王添源曾表示，既是「十四行詩」，就不能只是將詩排列爲十四行而已，而是要寫出這種詩固有的特色和韻味。因此他的這類詩，有些採用「前八後六」的義大利體，如〈寫在日曆上的詩〉、〈編輯部報告〉等，大部分則是前十二後二的兩節組成。由於近期的王添源多採用眾意象並列的技法，因此英國體十四行詩那種起承轉合的韻味，並未能再現多少，但最後兩句常是蓄勢之後的轉折、爆發、總結、深入，具畫龍點睛之妙，有著「合」的功能和味道。

這本十四行詩，特別是近期的作品，某種意義上說是〈我不會悸動的心〉的延續和發展。詩人繼續觀照和描寫屬於後工業文明的種種社會現象，只是視野更爲擴展，如〈香港——二十世紀最後庚午年杪〉、《廣州——二十世紀第二庚午年年杪》等，已將兩岸三邊納入視野。這些詩是知性的，也是批判的。如〈我們〉寫道：

我們活在這麼一個不安的年代，神話
解體，寺廟毀壞，英雄老去。我們，乾涸的
池魚，睜大灰色的眼睛，在虛空和空虛之間
張望天空的雲霓，填補失落許久，遙遠的
渴望與鄉愁。我們，流浪的漂鳥，隨著季節
遷徙，在時序錯亂，氣候失常之中遺失
方向；鼓翅，不知道該往南或往北？我們
喜好猜忌，勤於爭執的人，早已習慣
在定時炸彈和地雷中沉沉入睡，從不擔心
大樓倒塌，土石崩裂；從不祈禱，從不膜拜
從不仰望。因爲我們早已算好，唯有活過
恣意縱情的今天才是實際的目標。
至於明天會怎樣，我們，活在這麼一個
不安的年代，卻從來想都不想

從這首詩也可以窺見，意象紛陳雜列的「亂針繡法」和諧謔嘲弄的語調，其實是王添源詩創作的兩個最主要的、同時也具有後現代色彩的藝術手段和特徵。

第二節　夏宇：詩的解構和拼貼

夏宇本名黃慶綺，一九五六年生，原籍廣東，藝專影劇科畢業，著有詩集《備忘錄》、《腹語術》、《摩擦·不可名狀》等。在台灣詩壇，她被公認為典型的後現代詩人。這首先表現在她那強烈的「解構」傾向。所謂「解構」，常是抓住對象的弱點或偽裝加以揭示，從而使對象給人的本來印象全然瓦解，其精神實質，是一種對固有成規的反叛。夏宇的「解構」涵括了對某種傳統觀念、思維定勢、文學成規、故事原型等的顛覆。長詩〈南瓜載我來〉採用現代主義的史詩結構，但故事中的旅程不再是尋求自我的嚴肅心路歷程，而是一個具有搗蛋鬼心態的女孩的遊戲過程，這樣，夏宇就「由史詩敘事方式的偉大崇高之處入手，解構此敘事方式本身」❷。這是對故事原型和文體的解構。夏宇又常以降格模擬的方式，對某種文學典範，如整個台灣現代詩的抒情傳統加以嘲諷。像針對鄭愁予名詩〈情婦〉的〈也是情婦〉即一例。〈鞋〉一詩竟以中國女性一貫所忌諱的「破鞋」來比喻「我」和情人的關係，神聖的「愛情」在詩人出格的意念下被粗俗化；而〈今年最後一首情詩〉則以與前世情人的頭蓋骨相逢於垃圾場的奇譎場境，嘲弄了台灣女詩人筆下常見的超越生死的隔世之愛的情詩典範。在〈簡單未來式〉、〈墓誌銘〉

等詩中，夏宇甚至連「死亡」這一現代主義哲學主題，也以其一貫的戲謔態度對之，爲「我的壽衣太大棺槨太小／分配給我的土地有太多的螞蟻」而計較。這與現代主義或現實主義作品的「嚴肅」性格完全背道而馳。此外，夏宇還直接涉入「後設詩」領域，對語言文字的「寫實」功能加以審視。如《腹語術》十五則以語言文字本身爲焦點，「可以解爲詩人模擬現代人的各種語言方式」❸。《蛶蝣》則以台上化裝演戲，台下生活亦如演戲，以及新興的影視攝像手段，其形式雖改變，但「即興」地取材，「自由的剪接」的複製僞造本質並未改變的狀況，質疑了藝術符號能窮盡眞相的舊有認知。

從表面看，夏宇的詩採用口語式日常生活語言，寫的是最普通的日常事件和事物，而且常將一些俚俗瑣屑之物，如番茄、洋蔥、啤酒、麵包乃至鴿糞、細菌、小便、潰瘍、痔瘡、牙病、蒼蠅、螞蟻、牙蛀等一般難以入詩的鄙陋之物寫入詩中，這自然是對現實主義的使命感和現代主義的純粹性及其崇高風格的挑戰和解構。然而這種頑童遊戲般的俚俗描述中，實際上仍寄寓著某種生活哲學、人生感知，從而增加了詩的涵蘊而非單純的戲謔而已。只是貫穿在夏宇詩中的並非「劍拔弩張，形同鬥雞」（洛夫語）的介入心態，而是一種比較超脫隨和的人生態度。如〈現在進行式〉描寫每天在喝茶、抽煙、吃飯、做愛中平淡地過去，並未有驚天動地的大事件；而這種生活也並非毫無瑕疵，如〈魚罐頭〉以連新婚夫婦也難以相互了解的情境，揭示現代人際關係的疏離，但詩人並不特別強調機械文明壓力等社會原因，而是視之爲一種自然的、人生本來就是如此的狀況。她寫道：「詩的缺憾源於生命／生命不／曾圓滿」（〈歹徒甲〉）、「於是我們就服從了一個簡單的道理／以爲情節就是這樣進行發生的」（〈現在進行式〉）。

現代主義的嚴肅主題、急迫心態和苦澀味道因此被沖淡了。這令人想起瘂弦的部分作品如〈歌〉、〈如歌的行板〉等。它們都用羅列、陳述日常事物和行爲的方式，表達生存本來就包含著幸與不幸，你要生存，就得接受它的一種隨遇而安式的人生態度。這種將存在主義世俗化和軟化的傾向，實際上是夏宇等人所代表的，由現代主義向後現代過渡詩風的一種典型表現。

夏宇的詩就單個詞句而言，確實平白如話，但閱讀下來，卻不時給人以奇譎之感。或者說，她的詩巧妙地構成了一種平常和奇譎、愚拙與巧智之間的張力。「奇譎」性格主要由以下幾種方式獲得。其一，夏宇常有慧黠新奇、別具一格的比喻，如寫父親的老病：「他病了太久，像破舊的傘／勉強撐著／滴著水」（〈野餐〉）；形容在心靈上留下記憶：「不得不／留下腳印／謙虛和善地／在他們／水泥未乾／的心」（〈造句〉）等，均貼切自然而又戛戛獨造。其二，夏宇雖似寫日常事，但由於突破舊有規範，取材不拘一格，甚至鄙陋之物也可入詩，因此具有廣闊的選擇意象的天地，如〈節目單〉中將熊、鼓、劍、火柴、蟋蟀、雪等天南海北、罕見常見的事物混雜在一起，設置了年輕人拍賣熊和狗的場境，又在恰當時機揉入夢境，因而造成虛實相間、似眞似幻的詭異景象。夏宇還常將描摹筆觸推向極致，如將虛僞的述說者的嘴部動作如特寫鏡頭般地加以放大：「喉節和舌根之間／微微起伏　恰當的熱度和濕度／兩排憎惡的／牙關後面……」這種自然主義式的逼眞，在一般詩作中十分罕見，反倒形成一種奇譎的情趣。其三，夏宇雖爲女詩人中的異數，但仍保有女詩人特有的敏銳感覺和新奇想像，而且比一般女性更樂於將之袒露。如〈甜蜜的復仇〉將女性那種愛一次就令她永生難忘，喜歡長久地細加回味的與男性不大相同的愛情方式表露出來。此外，如〈愛情〉、〈蛀牙記〉以及描寫女性生殖原欲的〈姜嫄〉等，也可爲例。它們的新奇，不僅在於諸如將愛情回味比爲醃肉過程的別出心裁的比喻，更在眞摯、無所顧忌地袒露了一些爲男人無法想像、一般女子羞於啓齒的特殊感受。這些奇譎的詩境，正是夏宇的出類拔萃、超凡脫俗的精華所在。大智若愚，大巧若拙，常孕育奇，奇寓於常，這些特色使夏宇的詩與晦澀的現代派和平淡的寫實派均迥然不同，具有一種特殊的藝術魅力。

然而，上述勉強的詮解和論析，也許僅適用於夏宇的前兩部詩集。對於近著《摩擦．不可名狀》，一切詮釋的企圖似乎都面臨更嚴峻的挑戰。詩人似乎要使它成爲一部「色塊的拼貼」的詩集。首先，詩人將後現代的拼貼手法運用得淋漓盡致。她曾自述這部詩集的形成過程：將自己以前詩集《腹語術》一行一行（有時甚至一個詞或一個字）地剪下來，打亂後重新黏貼於相簿上，共組成了四十多首新的詩。不過，這種拼貼並非完全隨機的，而是有著內在的規則——或可稱之爲「意義色塊色彩學」的規則。羅智成曾試圖還原夏宇創作這些詩的幾個步驟：①內心裡先解散掉《腹語術》一書的所有作品；②把構成該書的所有字詞還原成獨立的「意義的色塊」；③重組這些「意義的色塊」成爲新的「被準確著色的」作品。或者說，夏宇試圖將印象派畫家的藝術觀念和手法移用於詩創作上，將文字視爲色塊，然後用色塊拼貼成意義的圖像，「用自己的『意義色塊色彩學』來代替我們日常生活的『語法學』重新編排文字」[4]。

儘管夏宇爲了使作品像「詩」，有時在句、詞之間添加了必要的連詞，但一來這些「詩」的剪輯拼貼而成的，二來作者對詞語與色彩之間的定義，只有她自己清楚，其他人只能靠猜測甚至一知，因此這些詩在理解、交流上有相當的困難。這也許是羅智成在評論這本詩集時，著重指出其藝術觀念上的意義，而沒有對具體詩作加以評析的原因。然而，這些詩也因此具有了一個鮮明的特點：爲讀者留下了極爲廣闊的自由感受、聯想的空間。加上詩人除了色彩外，也傾心於樂音，而音與色在夏宇詩中是可以相互感應、轉化的，因此在一些作品中，讀者還是可以借助一些與日常語法和普通閱讀經驗較爲接近的部分，獲得詩作賦予的豐富的美感享受。如〈音樂〉的開頭就有精彩之句：「推窗望見深夜的小城／只有雨讓城市傾斜／只有風是橢圓的城樓……」，這種特殊的感覺，可說是眾人心中或有而筆下絕無。〈耳鳴〉中以「耳朵的手風琴地窖裡有神秘共鳴」比喻耳鳴，頗爲新穎。而〈互相嫉妒〉、〈要求舉例〉等作中情緒、顏色和聲音等的感通互換，也頗有可觀者。至於〈簡單的意外〉：

月光穿過　　的白紗帘
　　　　著
存在的永恆
我們所錯過的彼此的身體
　　　　所充滿的
如果核　　醒

更直接填充題般地留出了讓讀者自由填加的空間，邀請讀者參與完成作品。在這意義不確定的後現代的時空中，夏宇順應時勢地規避了清晰、明確，而獲得了豐富。

第三節 杜十三、白靈：多媒體詩實驗

多媒體創作是「後現代文學」所熱衷的又一重要文學實驗。它同樣是資訊時代人們新的思考方式和審美經驗的產物。它將錄影錄音、電視雷射等新興科技手段以及繪畫、音樂等各類藝術，與傳統的依賴語言文字的文學創作相結合，從而極大地開拓了新的藝術領域。多媒體創作在詩領域最爲活躍，從八〇年代初開始，幾乎形成一股風潮。各種「詩的聲光」演出、現代詩多媒體發表會、視覺詩展覽、現代詩與民歌欣賞會、「詩的交響夜」乃至「藝術上街」活動等，以及「錄影詩」（羅青）、「電腦詩」（黃智溶等），屢見不鮮，延綿到九〇年代仍不絕如縷。它們使原本十分「尊貴」的詩文體，以較爲可親的面貌出現在大眾面前。以其理論和實踐對此頗多推動的有羅青、白靈等，而最爲典型的應數杜十三。

杜十三（一九五〇—　），本名黃人和，台灣濁水人，台灣師範大學化學系畢業，曾任《創世紀》詩刊主編，著有《黃花魂之歌》、《人間筆記》、《地球筆記》等詩集以及《行動筆記》等散文集。

杜十三的詩創作在意象經營方面有上乘的表現。他能較自然地將實景加以壓縮而造成語言上的「實

隙」，馳騁其巧思妙想而形成某種超現實的意趣。如他寫了一些「愛情詩」，但它們絕非風花雪月、悱惻的軟性濫情俗套之作，而是處理一種更深層的兩性關係。他的「情詩」常採用「你／我」對照構式，從兩性關係這一角度深入觸及「人」（包括詩人自己）的深層內裡。正如〈地圖〉一詩的副題所寫：「我們用心拼成一幅險峻的地圖，用來相互跋涉」。

然而，杜十三基本上是一個較多地從客觀現實中取材的詩人。經過早期耽於自我情緒剖白的階段後，他更將其視野轉向周遭的現實世界，顯露尖銳清醒的批判性和寬廣闊大的人間關懷，且仍保持著超現實意象經營的特色。如〈煤——寫給七十三年七月煤山礦災死難的六十七名礦工〉一詩，以礦工家庭的家破人亡爲本事，以幽明兩隔而又難分難捨的父子之情爲紐帶，更巧妙地以煤的黑和生活中的五彩繽紛（如米的白、菜的綠、拖鞋的紅、書包的黃等）的轉換對比，勾勒出一幅驚心動魄的人間慘景。該詩前後兩節分別擬爲受難礦工和他兒子的口吻，父親稱：「今後阿爸不再陪你了／因爲阿爸要到更深　更黑的地方／再爲你　挖出一條／有藍色天空的路來」；兒子則回答：「阿爸，你不要再騙我了／家裡面所有的色彩／其實，都是假的／……甚至連你啊　我想念的阿爸／不也是煤做的嗎？／他們說：煤不再值錢了／可是　阿爸／我卻寧願丟掉所有的色彩／陪著媽媽　姊姊／守在洞口／拚命的用眼睛去挖／挖出一具／黑色的／阿／爸」。這首詩被譽爲「數十年來探索礦工問題中，最爲深刻感人、切中要害而技巧脫俗驚人的傑作」[5]。在〈髮膚篇〉中詩人寫道：「肚臍發痛／是因爲／又在地圖上看到了台灣海峽」；「脫去圖案新潮台灣製造的衣衫／驀然發現／久睽的身體上／是一層紋理清晰中國製造的皮」；

「坐在台北窗前／把中國的歷史一遍遍的——／在日本製的鋼琴上彈過之後／……在如水的夜色中／捧住了五十年前南京城裡傳來的／一聲哀嚎」；「獨立的那一根／剪掉／以爲高舉一根髮絲／就能叫人更容易發現到你／走過來跟你握手嗎？」這裡詩人甚至透過詩的意象表達有關兩岸情結等敏感政治性問題的鮮明觀點。此外，如〈刀子〉關注不良少年，〈蛇〉涉筆風塵女子，在在顯示詩人社會關懷面的包容廣大。

然而，杜十三對於台灣詩壇的主要貢獻，還在於他對多媒體詩的理論建樹和藝術實踐。他認爲，經由「口唱」、「筆墨」、「印刷文字」等階段而臻至「後工業電波傳眞時代」，詩已不必再限囿於文字的表達，而可能隨著聲光、樂音、舞台而「演出」。早在一九八二年，杜十三就曾以郵寄方式舉辦「杜十三藝術探討展」，即將散文、新詩、舞台劇、繪畫、歌曲等五種創作輯印成冊寄交特定對象，再將讀者回覆的問卷整理彙總，寄返讀者，由此完成創作的全過程。這種「複數式創作方式」顯然是一項極具創意的實驗。一九八四年，杜十三出版《人間筆記》詩集，大膽嘗試以繪畫、散文和詩的形式來傳達詩在造型、演出、聲音等方面的複合意象。將多媒體詩實驗推向登峰造極的是一九八六年出版的《地球筆記》。該書其實是一部「有聲散文詩畫集」。它共分爲無聲卷、有聲卷、附卷等三卷。附卷爲杜十三有關「視覺詩」和「文學傳播理論」的兩篇論述；無聲卷分爲左、右兩卷，分別收錄散文詩與分行詩；有聲卷則爲置於書中被挖空的內頁上半部的一卷錄音帶，A面「詩的歌境」由杜十三作詞，陳黎鐘等演唱，B面「詩的聲音」爲趙天福等朗誦杜十三詩作。此外，書中還有大量的鉛筆畫、書法以及廣告式文、等。由此，讀者便可以從中獲得「各種藝術媒體綜合而成的視聽感應」，這顯然是一種全新的藝術享受。

杜十三的多媒體詩實驗並非嘩眾取寵的花樣，而是他面對大眾傳播時代的來臨，深刻思索文學的必然的變化而做的某種因應和嘗試。儘管這種嘗試還面臨著一些必須克服的難題，但其革新意義卻不容抹殺。正如林燿德所言：「杜十三企圖將詩人的觀念企圖、朗誦演唱的現場實況，都透過傳眞的印刷技術和錄音工程，將觀眾帶入創作活動的『第一現場』，這種突破性的視野和行爲，已使得文藝創作和後期工業文明的生活腳步相結合。現代主義的孤傲不群，正經由杜十三的努力，轉而邁入一條大眾化、消費化的可能途徑。」❻瘂弦也指出：「傳統詩（舊詩）固已成爲孤芳自賞的貴族文學，現代詩（新詩）也疏離於大眾生活之外，爲了彌補現代詩與群體生活的脫節現象，除了把握現代資訊的時空特質，運用科技媒體的新條件之外，現代詩更應該走進現代生活，透過視覺、吟唱、映象等多元藝術的交會共融，創造詩文學視聽的新領域，探索美感的新經驗。此外如街頭海報、貨品包裝、車廂廣告、鷹架看板、日常器物等，都可以輔助詩的傳播，讓詩的芳香，瀰漫整個社會。」❼這也許也是杜十三提倡多媒體詩的目的和理想之所在。

另一位在詩的多媒體化方面有突出貢獻的戰後新世代詩人是白靈。白靈（一九五一－　）本名莊祖煌，原籍福建惠安，台北工專畢業後赴美留學獲化工碩士學位。還曾就讀於台灣師範大學美術系（夜間部）。著有詩集《後裔》（一九七九）、《大黃河》（一九八六）、《沒有一朵雲需要國界》（一九九三），散文集《給夢一把梯子》，詩論集《一首詩的誕生》等。

在詩社譜系中，白靈既爲葡萄園詩社同仁，又爲草根詩社成員，而這兩個詩社的特色，在他身上都有顯著的體現。從七〇年代中期步入詩壇起，詩人走的即是《葡萄園》的健康、明朗的中國詩路線。這既包括形式上的擯棄晦澀、走向清晰，也包括內容上對現實的關注和對民族歷史文化的孺慕。比如，白靈的不少詩作涉及社會文化變遷的主題，這與當時正值高峰的鄉土詩潮有著某種程度的應合。在藝術上，白靈的詩創作以意境的營造見長，而這顯然從中國傳統詩藝中吸取了營養。

作爲一個具有較強烈的中華情結、時時關心著民族命運的詩人，白靈擅長以歷史、地理入詩是很自然的。其中最引人注目的，是一系列以日本侵華史實爲題材的作品。敘事長詩〈圓木〉寫的是抗戰時期日本七三一部隊以中國人爲「圓木」（實驗材料）進行活體解剖和細菌實驗的罪行，以及戰後以實驗記錄爲要脅和誘餌，迫使美國答應赦免其罪的經過。〈甍之復仇〉爲敘事散文詩，乃是以一九三七年日軍將南京朝天宮的千年鴟甍盜走的史實爲本事。這組作品所以特別地震撼人心，除了題材本身原因外，還因這些作品出色的藝術經營。如〈圓木〉巧妙地運用了反諷手段。〈甍之復仇〉則具有濃郁的魔幻寫實色彩。詩人將現實事件和歷史傳奇融爲一體，不僅鞭笞了日軍的強盜行徑，而且展現了中國文化那固有的以柔制剛、無法征服的內在力量。

在台灣詩壇上，八〇年代復出的《草根》是最早敏感於資訊時代的來臨，致力於利用新的資訊媒體進行詩歌改革和實驗的詩社。曾爲詩刊主編的白靈，與社長羅青以及創世紀詩社的杜十三等，成爲詩壇提倡新詩多媒體化最爲積極的三位詩人。一方面，白靈認爲電腦等科技的持續發展，資訊文明的變化性、多樣性和差異性等特徵，使人腦可能到達過去無法想像的地方去想像，產生新的產品；另一方面，白靈認爲這是一個「創造和消費漸漸合一的時代」，而文學的多媒體化，乃是文學試圖將其創作內容「包裝」成各種不同「面貌」，以較「可親」的形式去吸引讀者。❽為此，白靈伸出雙手迎接和擁抱詩壇出現的新氣象。如他參與組織了影響頗大的「詩的聲光」多媒體發表會，「試圖突破傳統的詩歌朗誦方式，藉助幻燈、音效、武術、舞蹈、默劇、相聲……使觀眾透過視覺、聽覺和即場思索，去捕捉詩質」❾。

然而，白靈並非詩的唯科技主義者。他熱情擁抱科技文明，卻仍試圖把握文學抒寫人性的本質。他認爲：現象是變動的，人性本質則是不易變的，如何在浮動變幻的現象中抓出生命底部的特質，並作出更多的發明和獨創，似乎也就盡了詩人的責任。因此他提倡的不是面對資訊、科技膨脹的詩的退縮，而是詩的主動向四面八方的發散。他稱：詩可以說是所有藝術文學的發動機，它不見得是看得見的語言文字，而經常是一種氣質。因此好的小說、戲劇、散文、音樂、繪畫，乃至好的歌詞、廣告詞也像詩，「詩好像成了這些互異的表現媒體後面共同的『心臟』」。值此很多人喜歡聲光而不喜歡文學藝術的時候，「我們應該把詩『注射』到眾多的大眾媒體中，注射到聲光中，讓聲光有機會與詩等高。讓易變的聲光也能閃爍些不易變的東西。讓聲光有機會閃爍著詩。」❿

同時，白靈從詩壇不同世代的創作中總結其各自的得失，以作爲詩人面對資訊文明新環境的因應。他認爲，戰後以至五〇年代中期出生的詩人，其童年恰好是台灣社會的轉型階段，而其求學結束時，又正值資訊文明進入台灣的初期，因此他們站在「當下」那點時，「不僅往後想與傳統牽手，而且也往前，想與未來搭線，因而表現在他們詩中的可說五味雜陳，感知並備，歷史和科幻兼收。」六〇年代前後出生的另一批詩人，其整個求學階段則處於台灣資訊時代由起步到以高速向前奔進的時期，他們面對的世界，是龐大而有多種選擇可能的實體，眼光所及是整個地球村乃至太陽鄉、銀河國，他們不像前輩詩人有濃密的鄉愁等待打發，也不像少壯派詩人有大鄉土小鄉土的界限要劃清，「他們的趨勢將是以更知性的態度來看待未來，這也使他們的作品可能過度抽離感性，而演變成如電子錶般，以邏輯思考的電流來衡量事物，並擊打冰冷的液晶體以顯現這世界，準確誠準確矣，卻過分的『涼』」。白靈並將這兩代年輕詩人一起和前輩詩人相比，「總感覺後兩代的詩人把感情隱藏得太多，總感覺他們以『心』感物的眞誠愈來愈稀薄，尤其少了一份『熱情』」。然而在知識愈益趨於專精的未來世界裡，「或許感性又成爲唯一變動較少的人生浮標了」。因此他寫道：「我們寄望於未來詩人的也將非止於『知性的』，同時也希望是『智性的』，那是需要一份智慧兩份熱誠的。」[11]

在文壇譜系中，白靈屬於所謂「五味雜陳，感知並備」的戰後出生的第一代年輕詩人，加上他對自身弱點的認知和對「智性」的追求，儘管他處身文壇科技、資訊潮流的浪尖，但他自己的詩創作，卻非純「知性」的，而是實踐著他那「一份智慧兩份熱誠」的要求。最典型的莫如《沒有一朵雲需要國詩集中〈卷四・櫻花二號〉的幾首詩。它們直接以代表著現代科技文明的雷射、試管嬰兒、人造衛終端機等爲題材，但卻將其擬人化，注入人的情感，或將它們作爲人的生存處境和生命本質的隱喻。當然，這種軟化、情感化題材的作法，其優劣得失仍有待人們的評說。同樣寫電腦、衛星等，與林燿德、林群盛等相比，白靈多了點人生、情感，卻缺乏應合於現代科技文明的那種強勁張力和咄咄逼人的氣勢。儘管如此，白靈對詩的多媒體化的富有創意的探索，極大地開拓了現代詩的多種面向和可能，爲台灣現代詩的發展作出了獨特的貢獻。

第四節　鍾明德、賴聲川與後現代「小劇場」運動

八〇年代初興起的台灣新一輪「小劇場」運動，與後現代文藝思潮也有較緊密的關係。「小劇場」始於一九八〇年四月正式成立的「蘭陵劇坊」。「蘭陵」的前身爲「耕莘實驗劇團」。一九七八年開始執掌該劇團的金士傑，敦請曾在美國從事戲劇活動，耳濡目染了西方前衛劇場的演員訓練方式和劇場概念的吳靜吉擔任指導老師，又由吳推薦了剛自美國取得戲劇碩士學位回來的李昂協助，從此播下了前衛戲劇運動的種子。

一九八〇年七月蘭陵在第一屆「實驗劇展」中上演的《荷珠新配》和《包袱》，實際上代表著蘭陵的兩個主要創作路線。一是「舊戲新編」，即從傳統戲劇中尋找新的舞台面貌；二是用全新的身體動作

代替語言的實驗。⓬結果，《荷珠新配》壓倒了在戲劇語言的實驗上更加前衛的，純由肢體、聲音、意象組成的《包袱》，爲大多數的觀眾所接受。此後歷經五屆「實驗劇展」，至「表演工作坊」的《那一夜我們說相聲》（一九八五年三月）再次引起轟動，其間的幾年堪稱台灣「小劇場運動」的第一階段，亦即鍾明德所謂的「實驗劇場」階段。

八〇年代中期起，以「環墟」、「河左岸」等爲代表，包括「筆記」、「洛河展意」、「奶精儀式」、「當代台北」、「零場」、「優劇場」、「臨界點」、「四二五」、「反幽靈」、「人子」、「受精卵」等劇場，興起了第二代的小劇場運動，被鍾明德稱爲「前衛劇場」階段。它實際上包括「環境劇場」、「後現代劇場」和「政治劇場」等三個新興潮流。「環境劇場」乃擯棄鏡框舞台，打破表演者和觀眾之間有形和無形的界限，努力「開發出一種屬於此時此地台灣的戲劇表演藝術」。「政治劇場」則喊出「小劇場是反體制」的口號，主張小劇場必須跟台灣現行的國民黨專政和資本主義文化劃清界線，讓小劇場成爲一個「社會行動劇場」，積極加入推翻或改造台灣當前體制的的工作。⓭如果說環境劇場是「前衛劇場」的起步，政治劇場是「前衛劇場」的擴展，那「後現代劇場」則是「前衛劇場」的美學核心。一個並不完整的名單列出的從一九八六年十月至一九八七年十二月出現的劇目：《闖入者》、《強暴瑪丹娜》、《一八一二》、《尋找——》、《流動的圖像構成》、《奔赴落日而顯現狼》、《兀自照耀的太陽》、《被繩子欺騙的欲望》、《一一一九八七一一》、《拾月》、《西遊記》、《馬哈台北》等，或多或少都帶有後現代的特徵。一時有這麼多的後現代的劇作湧現，雖不能否認外來思潮的影響和作用，但更的，還是本土社會、文化發展的一種自然的產物。鍾明德就曾指出「環墟」、「河左岸」等初[illegible]代創作具有「閉門造車」式的自發性。

鍾明德在「後現代劇場」的興起中扮演了旗手和鼓手的重要角色。鍾明德一九五三年出生於台灣屏東縣一農民家庭，台大外文系畢業後，赴美留學，獲紐約大學戲劇碩士，曾任台灣省電影製片廠編導，美國《世界日報》影劇專欄作家，現任教於台北藝術大學戲劇系。著有《紐約檔案》、《從馬哈／薩德到馬哈台北》、《在後現代主義的雜音中》等藝術評論、戲劇翻譯等專集，此外，還有詩集《抒情民謠》等。八〇年代中後期，除了在報刊上發表大量有關「後現代劇場」的評論文章外，又身體力行地加入此劇場的藝術實踐中，與朋友創辦了「當代台北劇場實驗室」，演出《尋找》一劇震動台北藝文界，又率先發起「台北劇場聯誼會」，以群體力量推動「小劇場」的蓬勃發展。一九八七年底，他帶領戲劇系學生演出後現代劇作《馬哈台北》，引起藝文界的極大關注和興趣。

鍾明德概括出後現代劇場的如下特徵。一是反敘事的結構和拼貼、剪接的運用。這時表演藝術「擺脫掉劇本（語言構物）的獨裁，改由劇場諸元素來共同交織出劇場工作者的視境（vision）」，或者說，情節、角色和中心思想等，不再那麼重要，而演出中的非語言性的層面，如視覺方面的場景、聽覺方面的音效、演員方面的身體和運動等等，逐漸成爲戲劇演出的焦點。在失去「劇本」這個主宰因素之後，「集體創作」和在「表演環境」裡「即興創作」成爲後現代劇場的主要工作方式。[14]二是片段化和不確定性的「精神分裂」症狀。後現代主義的劇場經驗將是主體被解構掉之後，觀眾直接涉入孤立的符徵之流（a flow of isolated signifiers）的經驗，或者說，觀眾將對個別的、差異的、鮮明的意象做直接反應，讓這些被片段化了的意象或被孤立了的符徵，在其潛意識中掀起軒然大波。[15]這種經驗，即詹明信所謂「精神分裂式的身心狀態」，拉岡所謂「傳意串鏈的斷裂」。在這種狀態中，觀眾將類如精神病患一般只能體驗到一個符號的純粹物質面，亦即「符徵」（signifier），而無法做「符徵」與「符旨」（signified）之間的兌換工作，他們將只看到一系列純粹而孤立的現在（presents），無法將現在的體驗跟過去和未來串聯起來，而每個符號的物質面或時間感中的「現在」都將被凸顯出來，成爲強烈、鮮明、尖銳而淹沒性的悸動。[16]三是對「再現」加以解構，呈現抵制性藝術和反獨霸性文化的特色。後現代劇場表現出對以往占據主流的「再現」系統的高度自省性。它常將演員的排演過程加以凸顯，甚至由演員直接向觀眾說明是導演要他們這樣表演的，這樣，劇場將不再是現實的「再現」，而是加入了眾多的虛構等主觀成分。與那些揭發和攻擊社會不合理現象的再現系統相比，後現代劇場「不再只關心這個或那個不合理現象，而是把注意力投注在意義產生的過程和結構」[17]。這些特徵，既是借助西方後現代主義理論，從當時湧現的後現代劇作中總結出來的，反過來又對台灣後現代劇場的發展具有一定的推動和指導作用。

八〇年代後期台灣後現代劇場的一個顯著趨向，是向著政治劇場的方向發展，甚至直接投身於社會政治運動。「環墟」、「河左岸」等的政治色彩益發濃烈，更出現了「零場」、「臨界點」等以批判、顛覆爲目標而組建的戲劇團體。它們從「形式革命」向著「社會革命」的延伸，使小劇場運動一時廣爲大眾傳播媒體和藝文界所矚目，如《民生報》和《自立晚報》等都將其列入一八八七年的「十大藝排行榜中。這種現象，與台灣「解嚴」後社會政治運動勃興的時代氛圍有極大的關係。但當編導及其他劇場工作者都狂熱地直接介入政治活動時，後現代劇場也就無形中走向消沉、淡渺了。

九○年代以後，台灣的小劇場運動進入了第三階段。由於強勢媒體的關注和「文建會」的參與，便有「非主流的台灣小劇場已被主流收編」之說。如一九九四年九月二十三日《中國時報》人間副刊籌辦的第一屆「人間劇展」開場時，就曾發生某些人士舉著「革命尚未成功」、「同志已遭收編」布條遊行的「抗議」事件。然而所謂「被收編」未必全然是壞事。如有論者稱：「台灣九○年代的小劇場已漸從八○年代全盤（global）政治性的抗爭劇場轉型成局部（local）政治性的抵制劇場。抵制或許比不上抗爭來得積極，但沒有革命者自戀式的自以爲是。抵制來自一種自覺，自覺到我們無法以完全超越的姿態來批判身處的文化，自覺到我們必須（也不得不）先接受被體制收編的事實，從而由內策反、抵制、甚至顛覆。」[18]從美學的角度言，九○年代的小劇場也出現了許多變化。這時的小劇場徜徉於古典和現代（後現代）、前衛和凡俗之間而建立了自己的又一種風格。它又恢復了改編舊的經典戲劇的興趣。但與《荷珠新配》的改編自中國傳統舊戲不同，這時的改編劇更多地取材自西方古典劇目。前者屬於本民族文化體系內的跨時代改編，後者則屬跨時代而又跨文化體系的改編，其面臨的難題和挑戰也更大。與第二階段的不要劇本不同，這時又有了劇本，但它與第一階段也有很大區別，這就是第二階段所時興的即興表演、肢體造型等後現代表演手段，以及對政治議題的關涉等特徵，已融入這時的創作和表演之中，成爲其藝術整體的有機成分。應該說，小劇場運動經歷了「正」、「反」兩個階段，已進入了「合」的第三階段，其進一步的發展，尚有待觀察。

除了金士傑及其《荷珠新配》外，賴聲川和他的《暗戀桃花源》也是小劇場運動第一階段舉足輕重的關鍵人物和重要代表作。賴聲川，一九五四年十月生，原籍江西會昌，美國加州柏克萊大學戲劇藝術博士，在台灣曾任藝術學院（現已改名爲台北藝術大學）戲劇系主任，現爲「表演工作坊」的藝術總監。著有戲劇集《我們都是這樣長大的》、《摘星》、《那一夜，我們說相聲》、《暗戀桃花源》、《圓環物語》、《西遊記》、《回頭是彼岸》等。

《暗戀桃花源》於一九八六年初次開演時，即引起強烈回響，成爲當時藝術潮流的一個表徵。此後在台灣及世界各地巡迴演出，數年後仍再次搬演，並拍成電影，又由葉姿麟改編爲小說。該劇實際上包含《暗戀》、《桃花源》兩個故事。《暗戀》寫一九四九年戰亂中相識於上海的一對熱戀情人江濱柳和雲之凡，因雲的一趟返鄉而失散。後江來到台北，建立家庭，但始終無法忘懷於雲。晚年罹患癌症，又聽說雲實際上也早已來到台北，就登報求見。數日後，雲出現於病房，述說自己也已結婚生子的經歷，後悵然離去。《桃花源》以陶淵明《桃花源記》爲底本，劇中人物主要有老陶、春花夫婦和袁老闆等。春花紅杏出牆，與袁老闆有染，造成家庭糾紛。老陶苦悶之餘往上游打魚，進入「桃花源」，遇見體貌肖似春花和袁老闆而性格迥異的白袍女子和白袍男子，在其薰染下，性情也轉趨溫和平靜，彬彬有禮，回家要帶春花同往桃花源，目睹的卻是已同居並生下小孩的春花和袁老闆的一場爭吵鬧劇。誠如呂影改編成小說的葉姿麟所言，這兩個故事交錯展現的，是「人在生活裡不管任何時空都有可能境，而在現實的困難裡既悲苦又喜樂的經營下去，微帶詼諧的幻滅之感」⑲。

然而這部劇作的奇特之處，更在於形式。在上述兩齣戲之外，它有個更大的故事框架，即兩個劇團爲爭一個舞台排演而產生的糾紛，因此它不僅是兩齣戲的交錯展示，更將戲的排演過程也搬上舞台。劇中人物大多擁有兩種以上的身分：既是戲中戲（《暗戀》和《桃花源》）中的角色，同時又具有戲中戲之外的演員身分。一齣戲排演時，不時被另一齣戲所打斷和穿插，甚至將一個舞台一分爲二，兩齣不同時代的戲同時排演，有時台詞竟奇妙地相互吻合，造成了古今對照和融合的奇異的藝術效果。這種戲中戲的設計，和後設小說、後設詩等有類似的旨趣，即揭示了藝術和現實的非複製的關係。如《暗戀》中的上海戀情一場，似乎是導演的親身經歷，排演中導演陷入回憶之中難以自拔，要求演員演出當時自己的感受，演員則因缺乏切身經歷而根本無法應命。這說明，一經藝術的中介，現實已無法完全地被複製和再現。劇作甚至直接揭示語言無法完全傳達眞相的困難，如《桃花源》中老陶爲妻子不貞而和春花、袁老闆爭辯時，三個人的語言能力似乎都趨於瓦解，「那個那個那個」地找不到適當詞彙表達自己的意思，只能比手劃腳，代替語言的功能。

顯然，《暗戀桃花源》具有小劇場運動第一階段的典型特徵。它有劇本，甚至有比較傳統的、能吸引人的故事情節，但同時又納入了集體即興創作、拼貼組合及其他後現代的表現技法和旨趣，其實已露出了向後現代劇場過渡的明顯跡象。

鴻鴻於一九九四年發表了《三次復仇和一次審判——民主的誕生》劇本，並由「密獵者」演出。該劇改編自古希臘悲劇、伊斯克勒斯的三部曲《奧勒斯提亞》（Oresteia）。原劇寫的是王族內部延綿幾代人的父弒女、妻殺夫、子戮母的相互仇殺。鴻鴻基本保持原作的故事架構，但將它壓縮爲可供一個晚上演出的長度，在《序曲》之後分三部十三場。序曲和第一部寫阿加曼儂率軍遠征特洛伊，爲了使大軍開拔，聽從神旨殺死親生女兒，以處女之血祭祀。王后對此心懷怨恨，又難耐空閨寂寞而與堂兄有了姦情。十年後阿加曼儂凱旋歸來，卻被王后設計殺害。第二部寫流浪在外的王子奧瑞斯特終於回來，殺死母親及其姦夫，爲父報仇。第三部鴻鴻刪去原作中奧氏亡命過程，著重寫雅典娜前來組成由陪審團投票表決的「民主」法庭審判奧氏，說服復仇女神並以自己的決定性的一票，達成對奧氏的寬宥。

在劇本末尾的「改編者按」中，鴻鴻舉陳了四個改編的重點。除了第三點「爲節省人力，由四名演員輪飾八名英雄人物」本爲小劇場因陋就簡的慣例外，其餘三點，如「強化歌隊間的意見分歧及健忘」、「強調政治人物與民眾關係的複雜性」、「由四位女演員重複扮演三組歌隊，表現出群眾情緒的反覆無常」等，都說明改編者旨在強調政治運動中民眾往往只不過是一群隨風搖擺、缺乏理性的烏合之眾。如第一部中歌隊代表的遺老，才剛恥笑爲了一個女人大動干戈毫不值得，下一刻卻卑躬屈膝迎接阿加曼儂的凱旋。第二部中的女奴先鼓動奧瑞斯特復仇，隨即又說他是殺人犯而群起攻之。加上鴻鴻在劇作中揉入許多現代的道具，如幾次凶殺用的都是手槍，奧瑞斯特上場時叼著香煙，阿加曼儂凱旋皮箱，雅典娜騎著自行車出現等，都提醒觀眾注意劇作對於當前台灣政治「民主」化過程和群眾影射作用。改編劇作將天神和英雄庸俗化，使全劇失去原劇的悲劇情調，處處充斥著輕謔的嘲諷。值得指出的，儘管改編者對當前「民主化」過程不無反省和嘲謔之意，但從最後的結局中，他反對以暴易暴，追求社會眞正公平、民主的理想，仍昭然若揭。

某種意義上說，《三次復仇和一次審判》表現出台灣小劇場運動第三階段的典型特徵，如從對現行體制激烈的全盤反抗轉向一種反省式的觀察和抵制；再次恢復劇本的應有地位並從古典中吸取素材，同時也保留諸如時空倒錯、即興表演、肢體動作等實驗成分等等。

註釋：

❶余光中，〈新現代詩的起點——羅青《吃西瓜的方法》讀後〉，《聽聽那冷雨》，純文學出版社，一九七四，頁七三。

❷鍾玲，《現代中國繆司》，聯經出版公司，一九八九，頁三五八。

❸同上，頁三六二。

❹羅智成，〈詩的邊界〉，《聯合文學》，一九九五．五。

❺林燿德，〈旋轉的惑星〉，《一九四九以後》，爾雅出版社，一九八六，頁三九。

❻同上，頁三七。
❼瘂弦，〈大眾傳播時代的詩〉，《中央日報》，一九八六．四．十一、十二。
❽白靈，〈「曲」要高也要和「眾」——文學的多媒體化〉，《聯合報》，一九八七．一．一。
❾白靈，《給夢一把梯子》，五四書店，一九八九，頁二一〇。
❿同上，頁二三〇。
⓫白靈，〈詩與未來〉，《給夢一把梯子》，頁二三八。
⓬黃瓊華，〈向下扎根的結果——蘭陵劇坊的誕生〉，《蘭陵劇坊公演節目單》，一九八〇。
⓭鍾明德，〈抵拒性後現代主義或對後現代主義的抵拒〉，《中外文學》，期二六九，一九九四．十。
⓮鍾明德，《在後現代主義的雜音中》，書林出版公司，一九八九，頁二六—二七。
⓯同上，頁二九。
⓰同上，頁一三。
⓱同上，頁三三。
⓲紀蔚然，〈收編與抵制——從台灣渥克的表演／文化策略談起〉，《中外文學》，一九九四．十二。
⓳葉姿麟，《暗戀桃花源．自序》，遠流出版公司，一九九二，頁九。

第十五章　人類文明歷史、現狀和前景的思索

第一節　現代主義的隔代遺傳和新變

在五〇年代至六〇年代的台灣文壇，現代主義曾一度占據主流地位，但在當時，卻頗遭早熟之譏。這是由於當時的台灣，尚屬封建色彩濃厚的農業社會，而一般說來，現代主義文學卻是資本主義高度發展時期的產物。台灣作家乃是由於特定時代壓抑、絕望的政治氛圍，或被迫離鄉別井的身世感懷，而產生了與西方資本主義社會中人的孤絕、疏離、迷茫、虛無等類似的心理狀態，並因此自然而然地從西方現代派文學那裡借來了表現其「刀攪的焦慮」（葉維廉語）的策略。從這個意義上說，台灣五〇年代至六〇年代的現代主義文學乃是本土社會條件所促成的對西方現代派文學一個共鳴和回響。它固然表現出某些躲避現實的傾向，其實它的產生仍有其心理上的現實根源。

然而台灣的現代主義文學在七〇年代卻遭到鄉土文學的猛烈衝擊和批判。雖然無可避免的仍有若干

肌質存留，但至少在表面上是偃旗息鼓，欲振乏力。這種情況到了八〇年代卻又有了新的改觀，現代主義文學出現了復甦甚至重新崛起的跡象。當然，這種復甦和重現並不意味著六〇年代的重複，而是一種否定之否定的螺旋式遞進過程，即八〇年代以來的現代主義，是作爲多元化文壇的一員而再興的。許多人對五〇年代至六〇年代的現代主義作了較爲客觀、公正的重新評價，原來對此頗爲忌諱的一些現代派作家也敢於出來爲自己以及現代主義作辯解。他們指出當時現代主義發生的某種歷史必然性及其對文學發展的正面意義，有的還再次啓用某些現代主義的觀念和理論分析當前的一些文學現象。類似瘂弦所稱：「一個老現代主義者的我，對早年服膺的東西仍然一往情深，衣帶漸寬終不悔。」❶這樣的表白，在其他作家的言談中也時有所見。

現代主義的復興更主要的是倚重於新世代作家的投入。年輕一代對於當年的現代主義運動，給予了充分的理解和適當的評價，有的並直接從前輩的現代派那裡吸取營養。如詩人羅青針對當年追求「國際化」、「世界性」的傾向指出：任何詩社的主張、觀點都有其特殊的時代背景，處於當時相當封閉的社會，與外界接觸不夠，大家希望向外發展，在當時可以說是「無法避免的心情」❷。由於在詩壇譜系上，有意無意地復興現代主義的新世代與六〇年代的現代派詩人之間間隔著高擎鄉土寫實旗幟的一代，因此有些新世代作家的現代主義傾向的創作被形象地稱爲「隔代遺傳」。如許悔之所受洛夫的明顯影響，就被這樣被形容著。❸

現代主義復興的最重要表現，在於現代主義文學的常見主題——對於孤獨、焦慮、惶惑、無感等機械文明重壓下的精神異化和人際關係的疏離等的揭示和表現——在新世代作家筆下大量湧現。如果說五〇年代至六〇年代的台灣社會並無產生現代主義的必然經濟基礎，當時的現代主義主要源於政治等其他原因所引起的類似的社會精神狀態，以及作家力圖透過文學指證自我價值和建構自我生存空間的追求，那八〇年代以來的現代主義由於產生於業已成形的工商社會而排除了「早熟」之嫌。即如屬於「鄉土派」的評論家彭瑞金也曾對此作過分析。他寫道：「在一九七七年的鄉土文學論戰裡，備受池魚之殃的『現代主義』一度使得我們的作家避開痲瘋感染一樣遠遠離開了它，然而透過王幼華、黃凡、雪眸、張瑞麟、戴訓揚……這些嶄新的小說家的名字，又在這片焦土上復甦了。在這批新一代的小說作品裡投胎再生的『現代主義』迥異於早先輸入的、被指責爲做作的、空有其架式而缺乏『現代』現實條件的、西方末流的現代主義。大約現代人所有的虛無的、價值倒錯、墮落的、憂鬱、憤怒的『現代』感思，已能平實地被捕捉，反映在作品裡，再也不是服膺現代主義教條的強說愁了。……可以肯定台灣文學必然要兼及這樣的文學流派或這樣的文學素質，才能豐富壯大。所以我以爲台灣現代主義文學的二度萌發，已經具備了適合培育它的溫床。」❹除了上面提到的作家之外，至少還可舉出張大春、東年、平路、林燿德、陳克華、林彧、夏宇、馮青、梁寒衣、張啓疆、黃啓泰、褚士瑩、陳裕盛、林群盛、駱以軍、王文華……等一系列名字，他們的作品（或部分作品）同樣代表了「新現代主義」的創作實績。

除了精神異化主題外，六〇年代現代派文學的抽象化、內向性和實驗性等特徵，在八〇年代以來的現代主義文學裡同樣有突出的再現和發展。以抽象化特徵爲例。正如呂正惠所分析的：五〇年代在國民黨獨特的統治方式之下，台灣知識份子被迫陷入一種極爲特殊的困境之中，「由於他們不能關懷當前的政治、社會問題（或者只能以國民黨所允許的虛假方式來關懷），他們雖然生活在這個社會中，但並不眞正屬於這個社會。因此，必然的，他們不能作爲某一具體社會的一份子而存在，而是作爲普遍人類的一份子而存在。他們的思想與創作不是從「社會環境」的立場去發展，而是從「人間境況」的立場去發展。從批判的角度來看，他們因爲被迫從社會中疏離（或『異化』）出來，他們只有面對自己赤裸裸的存在，而不得不考慮到自己的存在問題。」❺當時台灣現代派文學的兩大主題——展現現代人的生存困境和精神悲劇，演繹彰揚自我以實現人的生命價值的存在哲學——就是由此而產生的。諸如瘂弦所言「對於僅僅一首詩，我常常作著它本身原本無法承載的容量；要說出生存期間的一切，世界終極學，愛與死，追求與幻滅，生命的全部悸動、焦慮、空洞和悲哀！總之，要鯨吞一切感覺的錯綜性和複雜性」❻，洛夫所謂柏拉圖認爲詩只能模仿現象界不能模仿本體界，「可是詩人不信邪，偏偏從另一條路走進了宇宙的本體界」❼，乃至顏元叔所謂時代的危機迫使人們作生命、哲學的沉思，對於山林的歌頌或單純的人情的描寫，已不是現代文學的正宗等觀點，都是明顯的例證。新世代作家顯然也「隔代遺傳」了這種抽象化特徵，他們的作品普遍表現出的較強烈的理性色彩，就與此不無關係。當然，他們的此類創作也顯出與前行代不同的若干新變。其中之一，即是在當前世界一體化的大趨勢下，他們對地球和人類命運的思索，已不再是無法入地生根的前行代躲避具體現實的防空掩體，而是一種活生生的現實需要。因此他們縱筆於環境污染、核大戰等世界性問題，並對人類文明發展的歷史、現狀以及末日將臨、毀滅在即的前景，作了大量的描寫和預測。除了科幻小說外，以林燿德、陳克華等爲代表的一批前衛的新世代詩人、小說家，對此有較爲集中的表現。

第二節 陳克華：「死水」映現人類文明前景

陳克華（一九六一— ），山東人，台北醫學院醫學系畢業，曾爲《陽光小集》詩雜誌、「四度空間」詩社成員，復起的《現代詩》季刊執行主編，著有詩集《騎鯨少年》（一九八三）、《星球紀事》（一九八七）、《我撿到一顆頭顱》（一九八八）、《我在生命轉彎的地方》（一九九三）、《與孤獨的無盡遊戲》（一九九三）、《欠砍頭詩》（一九九五）等，以及與人合著《日出金色——四度空間五人集》一九八六）。

總的說，陳克華的詩作以探索和描繪現代科技文明條件下危機四伏的人類生存情境，表現現代人充滿不安和挫折感的心靈世界爲主題。他的部分詩作並不迴避對觸目可見的社會客觀現實的直接反映，如《建築》組詩中以若干篇幅描寫了建築工人的辛勞和危險；〈河豚的悲劇〉直指淡水河的污染；《烈女傳》組詩涉及送報女子、女童工、落翅仔、爲人情婦等都市下層女子的悲苦生活。然而更多的筆觸卻是描寫現代人在碩大無朋的鋼鐵、水泥叢林和螢幕海洋面前遭受心靈異化的情景。獲獎詩作《室內設計》展現了陳克華一種常見的表現方式，即採用組詩形式，分別以一系列普通事物（在該詩中不外馬桶、床、樓梯、煙灰缸、浴室、窗、電話、鑰匙、衣架、字紙簍、啞鈴、鏡子之類日常用品）爲描寫對象，卻僅抓住每一事物的某一特點，藉此推展自己對現代人的生活環境、行爲模式、相互關係和心靈世界的觀察和詮釋。如其中的一首〈傘〉寫道：「吸飽了雨水／擱在遺忘的門後，疲軟地／／夢遺了」，而這不也正是現代人（特別是上班族）朝不保夕的地位及其用後被棄置的孤寞、冷落心境的寫照？

在陳克華的詩中，最令人觸目驚心的是大量充斥的「性」意象、殘碎肢體的意象以及潛意識夢魘的描寫。如〈盟誓〉中的「他」先後「切下一根手指頭」和「摘下他珠灰的眼睛」贈「我」，又「裸伏在每一叢月光的岩頂／接受和風與露水的愛撫，久久／再弓起身子，對著滿月／向著朝陽射精」；而〈我撿到一顆頭顱〉中的「我」在「遠方一次肉體不堪禁錮的漲裂」後，先後撿到一只手指、一只乳房、一副陽具和一顆頭顱。肉體的自戕和自瀆顯然可視爲現代人封閉、孤苦心靈的一種紓解方式，而殘肢碎體的意象，又暗示著原本有靈有魂的「人」的有機體已如機械零件般地散落而變爲「非人」，而這何嘗不是機械文明之「功」？至於「性」，也是內心極度空虛、深感自我失落的現代人藉以證明自我存在，聊補寂寞孤苦的僅存方式之一，《建築》組詩中的〈斜塔．天窗〉一詩對此有較完整的呈露。詩人設置了一個奇幻的場境：面對一個「可以躺著觀察整個宇宙的」、被視爲「電腦的螢光幕」的天窗，「我們共同設計輸入的程式／……在心智的原始角落我們星子般遊戲」，然而即使「這世紀裡／最最精巧的電動玩具」，也無法填充內心的空虛，只好求助於「性」的刺激：「整夜整夜地，如七月雙子座／激烈然而溫柔地相互手淫著／一如互贈一朵純美的小花……」。然而「性」畢竟只能換取片刻的愉悅，充斥於這個轉瞬即逝的片刻之內和之外的是無止境的空茫，現代人反而因墮落而產生更大的痛苦。他們懷疑道：「這就是我們一向尋求取代的圖騰麼？」他們承認：「我需要一點引力。這紛亂嬗遞的時空呵／始終我們只是並肩躺著／攤開空白多時的心智，無力地／感覺這日漸成形的恐懼／正踏著獸的步伐舔過你我——／彷彿被攝進一架叛變人類的電腦裡，被放逐以／與淘汰的程式無休止地廝殺著……」在此，詩人將現代科技文明重壓下現代人的心靈悲劇，刻劃得淋漓盡致。

現代人的焦慮不安的普遍心態，不僅來自現實的挫折，同時來自對未來前途的擔憂。對此的呈示是陳克華詩作的又一重點和特點。在他筆下的人類未來更令人不寒而慄：「而混凝土已非最年輕的岩層／我們經過了太多相似的、鋼鐵構築的城市／如今卻被巨大蕈類所占據／（他們如何攝取能量呢）／隔著磷火飛舞的市街我眺見人類／每一具屍骸都還保留著驚嚇的姿勢／和不解的表情。」（《建築．空中花園》）「紅岩的山巔有傾頹的城池散置／精靈於叢林間出沒，蓮花開在泥淖。／就此絕望戰退了逐漸沒落的智慧——／『是巨大肉足獸與嗜血蕈橫行的年代』你宣布／『所有希望和快樂皆要學習冬眠』（〈雙重幻想〉）「B大樓。／一隻剛學會手淫的猩猩正操作電腦／規劃著他光明的未來」（《建築．空中花園》）。陳克華將高度工業文明的意象和最原始的意象並置一起，形成鮮明的對比和反諷，預示著一幅文明轟毀、人類滅亡、整個世界退回原始蠻荒的可怕前景，而這顯然是現代工業文明盲目發展所致。爲此人們深感無奈和絕望，有的想回返溫暖的子宮，有的想逃入原始的大海，成爲「相濡以沫」的魚，從頭開始在「水底的進化」。詩人陳克華爲人類的集體自我毀滅傾向敲響警鐘。

由於詩人懷著探測整個人類文明未來發展的宏大企圖，因此可作時空超越的科幻詩即成爲一種十分恰當、有力的形式。堪稱其早期代表作的長詩〈星球紀事〉和〈末日記〉等均屬科幻詩範疇。詩人虛構了太空中某一星球的悲劇。「人跳開這個腳下狹小的地域，從外太空回顧，人間眞是不堪回首。人也許慶幸那是那個星球的悲劇，但詩人要告訴我們的卻是：那個星球就是我們腳下的地球。」❽

從一九九三年夏至一九九五年初出版的三本詩集，延續著詩人一貫的主題，但也可見出若干變化和發展。如果說以前較多地著筆於現代文明的外部景觀和人的一般的心理狀態，近來則更向人的生命、欲望等深層次的精神領域掘進。或者說，以前寫得較多的是「外傷」，而現在則更多寫現代文明的「內傷」。如〈幻肢現象〉中出現這樣的場面：「他以殘餘的一隻腳站立，撐住傾斜了的地球／陽光被他的靈魂吸附／溫暖的風爲他的呼吸統御；／他以失去的手／舉起一杯透明的空氣／向著空間的四度神明祝飲——／上帝遺落的一只白手套／掙扎在門口的地毯上爬行／企圖伸向／那杯解除永遠之渴的苦汁」。這幅連上帝神明都已殘肢缺體、受苦受難的景象固然觸目驚心，但更令人驚悚的則是根本無從療治的「內傷」：「構築人性的支架和鷹木已經拆除／然而傷口陷入內臟的更深處／翻騰而且推擠／無從止血」。這種「內傷」的具體表現之一，即「愛」的變質和淪喪。詩人發現：愛，這「生命最源頭的咒語」，「爬滿了不知名的病菌——／診斷難難，因爲涉及知識和道德之外／一切的虛妄」（〈照會精神科〉）；也因此，他更深深感受到：「這大地原來一無所愛」——「在只剩下欲望肆虐的大地／一切都如以往的時序，死亡爬行如蛭／復吸附如蝗」（〈這大地原來一無所愛〉）。而接替淪喪、變質了的「愛」

的，必將是赤裸裸的「性」。〈欠砍頭詩〉將人體性器官和性行爲等直接鋪展於詩集中，就有著強烈的反叛、解構和諷刺意味，同時也是詩人愈發濃郁的「生命鄉愁」❾的體現。

須指出，陳克華對人類生存處境和生命本質的觀照，並不是全然抽象的，其中也有具體的社會環境的投影。或者說，陳克華的疑惑、絕望和世紀末頹廢，與台灣的現實社會環境和個人深切感受的生存境況息息相關。《與孤獨的無盡遊戲》詩集序言〈當我心無所愛〉開頭就引用了聞一多〈死水〉詩：

這是一溝絕望的死水
這裡斷不是美的所在
不如讓給醜惡來開墾
看他造出個什麼世界

陳克華寫道：「我行走在廿世紀末的台北，卻彷彿走在另一個阻絕的時空裡……眼見台北長出水泥和野草」。他感覺到：「生命的顢頇與無謂，已暗暗鑄成無可彌補、修葺、導正的境況」，「我正被這生活巨大的離心力以拋物線的速度推離了眞實、事實」；他迷惑著：「我該如何在這樣一個時代尋得一個位置？」感嘆著：「天地不仁，竟是此時生命的眞相。」因此他「只能像聞一多先生的〈死水〉一詩一樣，將生命讓給醜惡來開發，看看死水中能綻出什麼樣妖異魅惑的花來」❿。這正道出了詩人描寫那麼些醜怪意象的原因和用意之一。

還須指出，儘管陳克華一再斷言「這大地原來一無所愛」，但在近年出版的詩集中，我們也看到一些表明詩人其實「心有所愛」的作品，如《與孤獨的無盡遊戲》卷五「回答」一輯。特別是其中的〈放心篇〉、〈天竺〉、〈黑狗悲歌〉、〈回答〉等詩，流露出詩人強烈的人道情懷。也許「愛」正是詩的不可或缺的根本，即使表面看來最頹唐、絕望的詩人和詩作，其實內心也滾動著愛的熱流。

陳克華的詩具有鮮明的藝術特點。其一，氣勢宏大、詩思深刻的描寫。這不僅表現在其宏大的結構，奇崛、陽剛的語言等，更在於他的詩並不拘於表現一己的甚或某一社會集團的情緒，而是同時關注著整個人類文明的命運，具有涵蓋世界和宇宙的寬闊視野。象〈星球紀事〉那樣規模宏大、氣勢雄偉的科幻詩，在八〇年代初期的台灣詩壇上，還不多見。由此可見陳克華對於台灣科幻詩發展的重要貢獻。其二，意象炫奇的潛意識挖掘。陳克華詩中出現大量的夢境、科幻視境和超現實意象，這固然是詩人挖掘焦慮不安的集體潛意識，預言人類文明未來發展，顯露人的糾葛著各種欲念的深層精神活動和生命本質的需要，同時也爲詩作增添了藝術光彩。大量的潛意識和「性」意象的採用，顯然與詩人的醫生職業有關。但它們並非佛洛依德理論的學術性詮解，而是融入作品中的一種藝術營養。陳克華不憚於利用其專業知識資源，構成其創作的一個特色，也爲多元化的台灣現代詩創作增添一些新的質素。陳克華詩作的稠密的詩質、內斂冷靜的筆觸，對於生命核心的眞實、赤裸的觸探等，構成近年詩壇的一種新的景觀。他和林燿德等的創作集中代表了八〇年代以來台灣現代詩的一個明顯和重要的發展。

第三節　林燿德：站立於後現代對於現代的鄉愁

文壇多面手林燿德（一九六二—一九九六）集現代詩、小說、散文、戲劇、評論等文類創作於一身，卻有較爲集中的觀照焦點和一以貫之的風格脈絡。一方面，他感應於身處其中的現代機械文明而高揭「都市文學」旗幟，另一方面，他又對日漸逼近的後現代資訊文明有著格外敏銳的感受，並將此反映於作品中。因此，橫跨於「現代」和「後現代」成爲其創作的一個主要特徵。或者說，林燿德是台灣社會從工業文明向後工業文明過渡階段的具有前瞻性時代高度的文學精靈。

林燿德的「現代主義」特徵，首先表現在他將現代機械文明及其載體——「都市」作爲自己的審視焦點之一。他記錄著工商都市社會從外觀到內裡、從人的行爲到人的心靈的種種特徵和變化。在都市的外觀方面，他特別著意於對散布在各個角落的諸如路牌、銅像、公園、廣場、建築、道路等種種「都市符徵」的尋覓、觀察和描繪，因爲它們正記載著都市的變遷歷史。詩集《都市之甍》對此有較多的描繪。在都市的內裡方面，他的詩瀰漫著和傳達出一種焦慮不安、騷動不寧的基調。這種不安，首先因爲都市是一個競爭激烈、價值遽變、欲望膨脹的所在，更因爲詩人對於人類的個體乃至群體生存情境有著深厚的關切和危機感。詩人爲都市文明對人的異化感到不安，也爲核戰爭的威脅和人類佈滿陰雲的前途感到不安。《天空的垃圾》、《U235》、《世界大戰》等戰爭類作品以人道思想爲基調，表達對戰爭的憂慮和反戰意願；而性愛類作品著重於都市文明環境下人的被抽離愛情的性愛本質的透視，其中的「性」常被人們視爲用來驗證自我，暫時解除不安的一項簡單試驗。然而〈你不了解我的哀愁是怎樣一回事〉卻揭示連男女性愛也無法對人與人之間的隔閡稍加彌補。〈電腦YT3000的宣言〉則擬爲電腦的口吻指陳它們比起人類的種種優越之處，並宣稱：「即刻在地球生命史裡趕出墮落的人類」，表現出一種驚喜於現代科技文明的巨大能力，又對人類遭受異化力量反制的未來深感憂慮的心緒。新世代作家不同於前行代的對於「都市」既擁抱又排拒的複雜態度，在此表露無遺。

林燿德詩創作的「現代主義」特徵，還表現在對人的生命價値和宇宙規律等抽象問題加以歷史透視和哲學思索的強烈興趣。科幻作品〈木星早晨〉以星球爲道具加以想像和推演，揭示了神與魔同時並存、永恆對決的宇宙規律；並以神、魔作爲雙胞胎同時降生於地球的情節，暗示「現實人間瀕滅」的危機。詩集《一九九〇》的主體是一組總題《人類的詩》，以上世紀末至本世紀若干著名現代主義詩人、藝術家如馬拉美、韓鮑、巴德、阿波利奈等爲題材的長詩。詩中這些「世紀末」的靈魂，以其先知先覺率先進入新的世紀，但由於思想的特異、超前乃至行止的頹廢色彩，與現行社會規範格格不入，形成充滿寂寞、痛苦和潛意識夢魘的心靈，但對自我的追求和肯認使他們仍可能成爲大寫的「人」。如〈巴德〉中這位被法律判定爲精神錯亂的「柏林達達」代表人物，自詡爲「基督」、「世界總裁」、「夢幻的靈魂建築師」，宣稱自己寫的書比《聖經》更偉大，自然難以見容於傳統社會和世俗觀念。然而詩中巴德宣稱：

我要求獲得諾貝爾獎
理由是我發現宇宙中心的所在
那就是：
我

顯然，林燿德透過巴德之口，表達了肯定自我生命價值的現代主義主題。在〈文明幾何〉中，林燿德曾如此描寫「人」的幾何意義：「我們像移動的砝碼般／上下電梯／在都市雜錯的線條和光束中／成爲一顆移動的點」，在司機的後視鏡中，猶如「一堆無面目嘴臉底紙票與硬幣」，而在巴德身上，詩人似乎又找到了失落已久的大寫的「人」。

林燿德辭世後由文鶴出版公司出版的《不要驚動不要喚醒我所親愛》收錄作者後期有代表性的長篇詩作七首。其中規模最爲宏大的是〈軍火商韓鮑〉。此詩五易其稿，作者在詩末的「註」中，特別指出韓鮑乃現代詩之源頭，可見作者對此詩的偏愛和重視。該詩大體上以韓鮑（另譯藍波）晚年住院療病時的回憶，勾勒韓鮑從少兒時代的失怙和早慧，到青年時代與魏蘭的交情和交惡，再到十九歲憤而焚毀詩集脫離詩壇，從此流浪四方，先後當過馬戲團翻譯、採石場工頭，後在非洲經營軍火事業而致富，終因腿疾返回法蘭西的三十七年傳奇式生涯，其主題與〈巴德〉等類似，歸根結柢，即是對自我和「人」的肯定。詩作突出地表現了韓鮑的叛逆性格：「十八歲，他吸毒，蟄存在整個／巴黎最骯髒的角落，自瀆

／在自己飽食的陽具上／吐口水，苛薄地唾棄那些／被稱為詩人而活在中古時期／的騙徒們」。韓鮑因此無法為詩壇所容納：「全巴黎的食指／指向他的鼻樑；連寬大的雨果大師也不曾原諒」。面對此，韓鮑並不屈服妥協，而是堅決地棄絕詩壇永不回頭，走上自己選擇的人生途程。在黑非洲，他強烈感受到充滿原始生命力的「人類身世」和源頭，而他最深刻的思索和發現之一，乃是擺正了「人」與「神」的關係。他頓悟：「雕刻男子像的／神柱，不過是／一些普通的石塊」，「神與人／同性同形」。他對上帝發出這樣的質疑：「可恥的上帝啊你為何要流放我？／難道只因為我發現了你的秘密？」他並明確表示：「無父無天，我不再相信你如同不再／相信朽敗的魏蘭」；在與人面獅身像的對話中，他更吼出「人類，是上帝的創造者」的巨言。在歷經滄桑之後，他終於宣稱：「眾人皆稱京華蓋世／，環視巴黎／當年我只見到／一片　黑色廢墟」，並大聲宣告：「我是韓鮑：／軍火商韓鮑。／斷了一條腿的韓鮑。／絕對不承認自己寫過詩的韓鮑／寫過詩也絕對不承認自己是韓鮑的韓鮑」。顯然，林燿德特別青睞於韓鮑，同樣是出於對他那叛逆成規，追求自我，肯定「人」的至高無上尊嚴的強烈精神的崇敬，或者說，乃是對韓鮑身上所散發的現代主義精神的崇敬和認同。

此外，林燿德的「現代主義」特徵，還表現在許多作品中呈現的強烈的知性色彩、充沛的歷史感和「崇高」的美學風格。他的詩大多緣自深層意識，偏向理性的思考，加上龐碩的意象、宏大的架構、硬崛的語言，這些都是以平面零碎、庸俗膚淺、切斷歷史、消解理想主義等為特徵的「後現代」所難以涵括的。然而，這並不等於林燿德絕緣於「後現代」。相反，他堪稱台灣後現代文學思潮的擎旗手之一。

在他的文學世界裡，處處可以看到後現代的「解構」精神的躍動，而更主要的，則是他對於後工業文明資訊時代特徵的敏銳感應。這種感應，在他的小說創作中有較為集中的體現。

一、對後工業文明「作假」功能的透視

短篇小說集《惡地形》的大多作品以當代生活為題材。而這種生活的特徵，在於它是「都市」的，而且是機械文明發展到一個特殊階段——以電腦為中心的複製、傳播功能高度發達情況下人的行為和心靈的特徵。現代人面對機械常有的荒誕、自我失落感，這時也被置於資訊文明的背景下而有了新的表現。正如〈氫氧化鋁〉一開頭就描寫的：「當時的我，在步入A區域道路的前幾分鐘，突然喪失了遠近感，有一種被壓縮在平面中的氣氛包圍著我，我，似乎正攜帶著D，走進電動遊樂器上的卡匣裡，然後看見自己變成程式所塑造出來的主角，徘徊在顯示器中的迷宮，搜尋著寶物，一面閃躲各種怪獸的襲擊，然而我的一切終究是悲哀地收容於電子迴路的二次元平面之中……。」這顯然是一種前所未有的感受。難怪林燿德為「都市文學」下了這樣的定義：不一定要寫摩天大樓、股票中心，凡是描繪了資訊結構、資訊網格控制下生活的，都是都市文學。這種對於資訊時代來臨的敏感和側重描寫，正是林燿德文學前衛性的重要體現，也是林燿德和其他「都市文學」的最重要區別。

由於複製手段的發展和商業規律的作用，仿冒和造假成為後工業社會的一個主要特徵，對此的揭示成為林燿德短篇小說的重要主題。〈聖誕節眞正的由來〉、〈史坦答併發症〉、〈賴雷一日〉等「聖誕系

列」作品中的「聖誕老人」，正是一種假冒的典型。搶劫銀行的歹徒，因僞裝成逢人微笑的「聖誕老人」而得逞；賴雷擔任過的三個職業，包括色情電視中的替身演員以及站在商店門口與兒童顧客親臉頰的「聖誕老人」活廣告，也無一能與「作假」脫得了關係。正是在此資訊社會「作假」功能的肆虐下，對一切事物抱持不信任的懷疑態度成爲現代人的心理特徵之一。在他們眼中，無論是文字、訊息、理論、歷史乃至個人的身分都可能是冒牌貨。顯然，林燿德的這類描寫具有濃重的現實社會的投影。

二、跨入「後現代」對於「現代」的鄉愁

由於台灣實際上僅處於由工業文明向後工業文明過渡的階段，後現代的一些文化現象，主要在社會大眾的生活層面湧現，而在另一些層面，如以大財團爲金字塔尖的資本主義龐大封閉系統，知識菁英階層的思想觀念和意識形態，則以巨大的慣性依然存留著固有的「現代」樣貌。這一吊詭，在林燿德小說中得到體現。短篇小說〈惡地形〉中的B女郎和G女郎也許正代表著「現代」和「後現代」的區別。G是世俗、膚淺、追求現時感性享樂的，也是平庸、作假、無特徵、組合式的。儘管她不像B僅存在於明信片上而是活生生的「我」的情婦，但「我」不知她的來歷和將來，甚至她的像是所有女人的臉組合出來的面貌也顯得模糊和不復記憶；與她在一起，雙方進行的是無主題、無中心的閒談。相反，B卻是可以牢牢掌握住的清晰形象。她雖然存在於過去的時代（有她影像的風景明信片被人夾棄在舊書裡而後輾轉落到買書者「我」的手裡），但她那咄咄逼人的憂鬱而無奈的神情，那黑衫、黑髮與死白的面頰、白

色的「惡地形」背景所形成的強烈反差，以及它們所賁張出來的一股強大的反叛力量，吸引著「我」千里迢迢尋找那圖片上詭譎的泥岩區的眞實所在。找到這峻峭險惡的地形，「我」幻想著綁上石頭沉入湖底，在那凝結靜謐的時空中，將自己想像成一艘潛艇，又覺得不如化作一尾魚來得單純。化作魚就可以「努力游上那凍沍的青色領域」，不過四肢的撥動並不符合「水族的運動規律」，雖然擁有向上爬升的念頭，卻只能在湖底歪曲地扭動、翻滾，爲漆黑的岩石嘲笑，被碎石劃開魚鱗，想喊也喊不出來，而當放棄了掙扎，奄奄一息仰躺湖底時，才發現身上原來綁著巨大的石塊，而魚眼是無法合閉的，最後仍得定定地望著上方恐怖的壓力。無論是B女郎的神情和氣質，還是「我」的理想無法實現的孤獨困囿和馱負沉重的壓力感，均極具「現代」的品格。

小說中的「我」爲B女郎所吸引，這其中透露的是一種對已經或正在逝去的一個時代的濃郁鄉愁。這鄉愁並非來自田園的召喚，而是來自對「現代」的情感。「我」視具有後現代性格的G女郎爲殘白的軀殼，孜孜尋得「惡地形」並跳下湖以求得「一點微妙而飄渺的安寧」，所逃避的顯然是後現代社會的膚淺、喧囂和雜亂。這篇小說典型體現了作者所代言的知識菁英階層因著後現代的逼近而產生的對於「現代」的依戀和鄉愁。如果說以前的作品反映的多是站立於現代時空中的田園情結，那〈惡地形〉表現的卻是站立於後現代時空中的「現代」情結，由此顯現了作者格外敏銳的現實觸角和獨創性，同時也透露了台灣年輕一代作家對新的時代又迎又拒的複雜心態。

三、當代和歷史的拼貼

當林燿德寫完台灣歷史題材小說《一九四七．高砂百合》和《時間龍》等科幻作品時，其小說已涵蓋了從曠古蠻荒到緲遠未來的連綿時空。不過細察之，其審視的焦點仍落實於當代。他曾在一篇文章中表白道：近年所作的〈神獸考〉、〈獸統考〉、〈博物誌〉等以古代神異事物爲題材的詩作，它們「似遠實近，脫離現實卻指向現實」⓫。這對小說而言，也是完全吻合的。

《高砂百合》顯示作者探究台灣文化構成因素和組合型態的濃厚興趣。作者選擇泰雅人作爲貫穿全書的主線，乃因原住民族代表著最古遠的歷史和最原始的文化，是台灣所有歷史的參與者和見證者。作者的另一精心選擇則在於情節的時間支點。雖說是「歷史」小說，其情節主線的起訖時間卻被框定在一九四七年二月二十七日這一天的中午到午夜的十數小時內。這正是萊辛所謂臨近而未及頂點的「最富於孕育性的頃刻」，台灣現代史上一個最重要的歷史事件發生的前夕或序幕。這一頃刻既包含過去，也暗示著未來，具有無限的伸展性。作者藉此時間支點將島內包括漢族、高山族、日本人、西方人等在內的不同種族、身分、文化背景的人們的共時性活動集攏羅列，並據此上溯其各自的久遠淵源。這些活動似無關、實緊密相涉地交織在一起，使這一頃刻濃縮了台灣數百年來曲折坎坷的歷史，展現了台灣社會多元文化因素匯聚和激蕩的複雜型態及其釀造過程。對未來而言，這一刻又暗示著各族群均面臨著一個歷史的十字路口。日本殖民者固然已戰敗退出，但仍陰影不散，即如本島的平地漢族人和山地原住民，前者正「爲了財富和語言」而醞釀著一場自相慘殺，後者更面臨著極爲嚴重的種族生存危機——後代外流都市，民族神話、傳統的賡續將絕。這裡正充分顯露了小說的當代性，或者說，這部小說也不妨視爲八〇年代台灣的寓言。從二二八的戒嚴到八〇年代的解嚴，台灣同樣面臨著一個歷史的轉捩點，多元文化和多重社會矛盾匯聚的狀態依然存在，原住民日益嚴重的種族生存危機使人相信作者乃將近年的情況挪移、拼貼到二二八前夕的那一頃刻加以描寫。

《高砂百合》顯示作者對於歷史也採取了後現代式觀照。除了上述「拼貼」外，小說還處處可見「解構」。作者一方面對描寫對象的崇高神性加以消解。如安德肋神父從聖女的遺像中看到了「似全貞又似全然反叛了主的疑惑」；古威想學祖父那布．瓦濤的獵熊壯舉，但獵到的卻只是狗；執迷於中國傳統文化的漢詩人吳有，卻在行動上討好日本人。這些「神聖」事物的低俗化，構成一種反諷的意味。另一方面，作家又對歷史書寫本身的嚴肅性、眞實性加以質疑。如果說歷史乃由無數「分力」組成的「合力」所推動，它充滿著各種偶然性，這在台灣多種族群、多元文化型態下更是如此。由於某些連接環節的缺失，歷史看來總像是一個謎團。如那布．瓦濤徒手獵熊，卻因歸途中披著熊皮而被日本下級警官誤殺，他的死對於泰雅後代來說成爲一個謎。日軍殘餘吉田引爆炸藥自殺的沖天火光，對於泰雅人和西班牙神父而言，也成爲一個難於理解的異象。歷史謎團有時更因人的有意爲之而出現。如二二八事件發生當時有關的新聞報導，其眞實性也必須打上折扣——它們乃被反覆刪改後才見報的。小說中不時可見這樣的訴說：「歷史的淤泥是非常幽晦的」、「潔白的教堂掩蓋了歷史黑暗的灰燼」。正在書寫歷史的林燿德對歷史書寫本身的懷疑，正表現了一種清明的自覺意識，而這正是後現代文學對於仿造假冒氾濫的資訊社會現實的最深刻的觀照視角之一。作者消解了歷史的重量，卻使自己的作品獲得了歷史的和思想的深度。林燿德作品「似遠實近，脫離現實卻指向現實」的特徵，在這部充滿魔幻色彩的歷史題材小說中得到了充分的體現。

四、「未來」凸顯資訊文明特徵

科幻小說的加入，使林燿德縱橫於歷史、現在和未來的整體架構得以完成。這些科幻作品依創作的先後顯出了後現代性的逐步加強。較早的《雙星浮沉錄》虛擬了數百年後的人類生存景況，其特點在於具有較多的現實政治的投影。這一虛構的世界和當前地球上一樣，有戰爭、侵略、陰謀、暴力，有殖民者、奴隸、移民、難民，有宮廷政變、工商傾軋、政治交易、宗教崇拜等等。即如高層統治的「三駕馬車」，也不無現實政治的影子。如教主錫利加是非暴力主義者，抵抗派的防衛長官田宮和穩重派的總督盧卡斯，猶如現實政治中的鷹派和鴿派。小說將鋒芒指向政治寡頭的奸險、強權政治的殘暴、政治鬥爭的虛僞、商業法則的無情，乃至人性中的自私、殘忍等陰暗面。

作於八〇年代末的《方舟》和長篇魔幻科幻小說《大日如來》，減少了現實政治的影射卻指向了整個人類文明前景的探究。這兩部作品均以本世紀末爲背景，都有一個現代主義的主題——《方舟》展現了人被自己的製造物所異化的情景，《大日如來》則涉及善與惡永恆對決的母題。然而它們卻都以「後現代」的技巧、形式或素材來表現這些主題。如《方舟》中反過來控制人類、使人類「異化」的已非一般的機械，而是高智能的電腦主機。《大日如來》中的邪魔竟能用傳眞機將惡靈直接傳送到對手的房間裡，由此顯露資訊時代的鮮明特色。《大日如來》以善與惡、黑暗與光明相互依存、相互轉換的新奇設計——與黑暗軍荼利明王殊死搏鬥的黃袚，最後竟轉化爲將毀滅人類文明的黑暗大日如來——以及所謂「反宇宙」的構思，顯出新的非線性思維特徵。該作的通俗化傾向和「拼貼」的運用與黃凡的《上帝的耳目》有異曲同工之妙，但林燿德更經常透過都市景觀的直接描寫，凸顯資訊時代特點。如描寫搖滾舞廳的情景：雷射在大廳四壁掃描出彩色圖形，豹、獅、獨角獸、李登輝、維納斯、撒旦、恐龍、蟑螂、天狗等本來毫無關係的事物被雷射的奇異功效牽連在一起，聖母瑪利亞的慈祥輪廓在下一秒鐘異化成娼婦赤裸淫蕩的影像；一股集體潛意識釋放出來的焦慮感和孤寂感，被強勁的節拍和靴聲敲擊得粉碎；變異的燈光將所有的肢體動作切割得支離破碎，空間和時間在喧囂的舞廳中被凝縮成固體和半凝固的流體。在小說中俯拾皆是的這類描寫，可說將雜亂、零碎、割斷歷史、及時享樂的後現代社會特徵展露無遺。

然而上述兩作畢竟仍帶有現代主義的因素，一九九三年創作的《時間龍》，則更有一番新的脫胎換骨，儘管這部小說在人物和時空背景上，可說是《雙星浮沉錄》的續篇。它更多地鋪展了性和暴力的血腥場面，這一方面暗示著文明淪喪、人類益發走向殘酷的可怕夢魘，另一方面也展現了人類狂熱追求感官刺激的世界末日般的頹靡景觀。如果說《雙星浮沉錄》中還有人道、正義、理想的存在，那《時間龍》

中出現的卻是一連串無休止的僞裝和假冒、陰謀和顚覆。「奧瑪中央情報局長」羅哥被視爲擁立賈鐵肩的實力人物，其實只是沙庫爾手下的一粒棋子，他的僞裝造成了賈鐵肩的慘敗。大統領王抗在途中已被「掉包」，當假「王抗」宣布讓位於沙庫爾時，眞「王抗」卻被鎖入異次元空間。他爲掙脫牢籠費盡心血解完七十一道題，剩下的最後一道題竟是賭博般只能憑運氣決定生死命運的選擇題。這種要猴般的玩弄人的作爲，其殘酷性比直接殺人有過之而無不及，卻有一種後現代式的戲謔感。顯然，作者乃將「複製仿冒」這種當前台灣後現代文化中的突出現象放到未來時空中加以描寫，從而使未來幻想作品仍具有濃郁的當代性。

由此可知，儘管林燿德的小說在語言、手法、主題等方面常透顯出「現代」和「後現代」相結合的特殊色澤，但其小說整體上呈現一種後現代的觀照視角，或者說作者將自己和描寫對象都放在已經到來或正在到來的資訊時代的背景上。如果將曾作爲其詩集代跋的小說〈意識的彩帶〉視爲作者的自況或創作觀念的表白，那他顯然自詡爲「能夠出入電子情報網絡和現實世界的新人類」。當握住電話纜線時：

> 我可以分辨電子流動的節奏，不同的音位，不同的形狀，不同的色彩，在午後此刻，有數以千百計的人類透過我手下的電話線通訊……
>
> 我是透明的，任憑被電子訊號化約的芸芸眾生穿越我的生命。我在這條意識的大川中，找尋我所需要的情報。

儘管「後工業文明」本身的優劣仍有待人們的評說，《惡地形》等作品也曾表露對它的排拒，但它畢竟是由工業文明發展而來的新的社會型態，需要相應的新的思維方式和新的角度的觀照。而「後現代」也正是揚棄了前此的現實主義、現代主義等之後的一種新的藝術表現方式，是高屋建瓴地對當前的和以往的台灣社會作更有效觀照的重要手段之一。林燿德正是以其前衛作家的特異稟賦，超前地接受和感應著資訊時代來臨的種種訊息，並將它們及時地反映於作品中。但從另一方面講，他的小說所展開的綿長時空幅度、所表現的對人類文明前景的深沉憂慮、對人的深層意識的縱向發掘、對死亡等問題的哲學思索、對歷史書寫眞實性的質疑、對社會文化型態和內蘊的展現，以及對正在逝去的「現代」的濃郁鄉愁等，在在顯示著對於後現代的無高度、無深度、無歷史感的超越。敏銳把握最新的社會脈動又不失深刻的探源和前瞻，採用後現代的觀照視角而又對後現代有所超越，這或許正是林燿德小說創作的獨特個性和特殊價值之所在。

第四節　許悔之、侯吉諒：表達現代感思和抒寫人文情懷

許悔之（一九六六－　），本名許有吉，台灣桃園人，一九八七年畢業於台北工專化工科，先後與陳去非、楊維晨、羅任玲、黃智溶等共創《地平線》詩社（詩刊）、《象群詩季刊》、《曼陀羅詩刊》等。處女詩集《陽光蜂房》於一九九〇年由尚書文化出版社出版。

許悔之是作品入選爾雅版《中華現代文學大系．詩卷》、書林版《台灣新世代詩人大系》等重要詩選集的最年輕詩人，也是六〇年代中期以後出生的台灣詩壇更新世代的代表性詩人。在他們之前台灣詩壇數十年來先後經歷的現代、傳統、鄉土和後現代等詩潮起伏交替所積累的豐富經驗和資源，時代賦予的新的多元化的意識觀念，都爲「更新世代」的轉益多師提供了條件，而許悔之在這方面表現得格外明顯。

首先，許悔之表現出與六〇年代台灣現代主義詩派的「隔代遺傳」（林燿德語）現象。現代人的孤絕、疏離等在六〇年代被反覆刻寫而在七〇年代屢遭詬責的主題，又在許悔之筆下湧現。如長達一百七十多行的十七段組詩《剃去眉毛的人》多角度地呈現了現代人的心靈狀態，包括心靈被物質所凌遲（2）、追求理想和龜縮頹喪的兩難（1）、憐憫之心遭唾棄（7）、孤獨及孤獨英雄的悲哀（9、11）、無法忍受外界嘈雜而遁入內心（13）、被庸眾切割的恐懼（16），以及回歸母親子宮的想望（5）等等。在〈劫後〉等詩中，詩人以知性筆觸對現代文明和人類前途加以反省——面對戰爭和瘟疫的廢墟，詩人爲理想信仰傾倒、人類前途未卜而憂心忡忡，並質疑「光？是不是都要在輝煌燎燒的戰火／熄滅後，才頓然湧現？」「明晨的那個太陽／究竟會不會？／升起」。甚至在意象、語言等方面也時常可見對於前行代的某種承續，諸如「雷擊電焚中，你我是樹中之樹／因爲我清清楚楚地聽見／年輪推開樹幹長出樹肉時／叱咤的聲音／……你，是一株漂亮的梧桐／而我卻是一株苦楝／遭人攔腰砍斷……」（《剃去眉毛的人》）「來不及在月夜審視傷口／你反覆告訴我：一隻兀鷹／憤怒地啄傷自己後，墜落在／冰冷的牆外。

／我無言地聽著，同時／高舉雙臂／想把它們釋放在茫茫的夜空／……」等詩句，以及不時出現的諸如刺聾耳朵（《有人在風中》）、刮去眉毛（《夢的手記》）、割下耳朵（《割耳的人》）等潛意識夢魘般的自戕意象，都隱約可見洛夫、商禽等六〇年代現代詩人的影子。其次，許悔之又與林燿德、陳克華等將現代主義復甦於八〇年代詩壇，並將之推向「後現代」的新世代詩人有密切的淵源。如〈黑色年代〉中電腦螢幕、鋼鐵荒原、太空移民船等意象以及「機器族宣告占領地球」的「末日記」科幻場境；〈餘震〉中描寫「一隻獨角獸踽踽獨行在地球的邊緣」的洪荒景象的詩句等，與陳克華有幾分相似。而〈草地遺事〉中層層迴轉遞進的結構方式，也曾在黃智溶筆下出現過。在展現現代都市景觀的〈抽樣城市〉中，則可見林燿德式的「拼貼」。除了吸收這兩次現代詩潮的津液外，許悔之甚至嘗試了被稱為「新古典主義」的演繹中國古代文學典故以表達現代感思的創作，如〈魚〉即一例。當然，許悔之並不停留於吸收前輩詩人的藝術營養，而是在此基礎上進一步開掘藝術的礦源，發展出獨創性和個性化的藝術語言和意象。可以看到，許悔之的部分詩作似洛夫而無後者的「其聲發自被傷害的內部，淒厲而昂揚」的暴戾，似陳克華而無後者的游刃於歷史和未來、地球和外星空間的宏闊，從而顯露了一種屬於詩壇更新世代的特色。

這種特色要言之就在於中和了現代知性批判和傳統感性抒情，並透露了社會步向後現代的若干時代色彩。張錯曾對此有頗為中肯的評語：「許悔之的詩令人喜愛，因為詩如其人，晶潔瑩亮，在無數經驗之歌裡，不失其無邪之心，在新生代詩人群中，許悔之追隨現代傳統而純化現代傳統，因為即使在他高度的抒情語言裡，仍無自我夢囈與隔絕，相反，在詩的內涵裡，他展現給我們一個豐腴的世界，而在這世界的呈現過程裡，又隱隱顯示出已具大家氣度的風格與聲音……。」⓬抒情感懷酬答之作幾占半數的《陽光蜂房》，最適宜這一評語。詩人在〈斷恨刀——遙寄張錯與無聲中國〉、〈在記憶的邊緣〉等詩中，顯露了殷殷的民族情感；在〈哈雷來臨之後——寫給哥倫比亞火山大爆發裡的兩萬五千亡魂〉等詩中，傾吐其深厚的人道情懷；〈大寂無聲——歲暮過中華路平交道懷楊喚〉、〈關於斷柱——聞德國前衛藝術家Joesph Beuys之死〉等詩充滿對已故藝術家的憐惜、懷想和敬意；〈家譜〉則洋溢著對父母的深情厚意。這些詩顯露詩人與他人的感通契合和廣闊的人間關懷。然而給人印象最爲深刻的是某些抒情感懷詩中的充滿新穎創意的詩句和猶如生活小照般的構境。如「孤獨的意思是／曾經擁有／怎麼數也數不清的快樂」（〈孤獨〉）、「我要搭二五四到和平東路（同時帶著傘）／一定得將你從最後一堂楚辭裡／完全地接出來」（〈初夏軼事〉）、「你我相遇於風中／彼此用手掌／小心翼翼地將這段相逢／呵護成唯一的序／早在遙遠的三千年前／便寫入蒹葭的傳說裡／／如今／風翻開的每一頁／都不可圈點／是孤本，且永遠絕版」（〈繭之書〉）。似乎寫濫了的兒女情長的主題，因詩人戛戛獨造的經營而超凡脫俗。詩人曾稱：「語言對我的魅惑力往往大於我的企圖所及，它用來顚覆慣性知覺的力量，我還在努力練習……」正可以作這些詩句的註腳。當然魅力還不僅在此，而更在於它們「用心眼觀照了世界中隱晦的人的存在」⓭。人性本是複雜的，然而在機械文明籠罩的現代社會裡，人的生活狀態乃至人性都被納入公式裡。許悔之顯然不滿於此。他「企圖在人性經驗的公式化中展現出非公式的多種的面貌」⓮，也自然在「抑揚清亮的音節中含寓喟嘆」⓯。〈讓我在夢中〉寫女子對「性」的憧憬、驚喜和遲疑，〈心〉寫病中友人對生活的執著和眷戀，都在某種程度上展現了生命的固有龐雜和隱密。

瘂弦曾指出詩壇更新世代抱持著一種更樂觀、自由的人生態度，時刻要去擁抱生活、擁抱歡樂。許悔之一邊連接著前行代以及比他稍早的「新世代」，一邊又連接著和他同齡甚至比他更年輕的詩人。也許正是在表達現代感思和抒寫人文情懷兩極之間的某一點上，許悔之建立了自己作爲一個重要詩人的必不可少的獨特性。

侯吉諒是另一位結合了現代感思和人文情懷的抒寫，並具有現代主義的「隔代遺傳」性格的詩人、散文家。他一九五八年生，台灣嘉義人，中興大學食品科學系畢業，著有詩集《城市心情》、《星戰紀念》、《難免寂寞》；散文集《江湖滿地》、《在城市中耕讀》、《回家的路》、《海拔以上的情感》、《不是蓋的》等書。侯吉諒同時在書法、繪畫、篆刻等方面也有相當的造詣。

侯吉諒一九七七年發表第一篇作品，一九七八年因讀到余光中〈高速的聯想〉一文，冒昧給余光中寫信，得到回信並附贈〈超馬〉一詩，因看不大懂而開始閱讀現代詩並嘗試寫作。此後與余光中時有來往，其早期作品也有師承的明顯痕跡。一九八一年，在中興大學文藝季上認識洛夫，從此也受洛夫頗多指點。一九八四年《創世紀》三十週年，主編張默交棒，侯吉諒成爲編輯委員之一，並負責編務行政工作。

對於侯吉諒，寫詩最初只是一種純粹「個人的心情」。但當詩人置身繁華台北的工商社會，在夜深人靜案前久坐時，那些白天奔波在車浪人潮的大街小巷中，匆忙所見所聞的浮光掠影，便都一一倒帶重播，並漸漸沉澱出一些感受、一些道理以及一些思想，於是詩不再只是一種單純的感覺，抒情傳統的寫詩不再能夠滿足詩人自己。侯吉諒寫道：「當我們所處的時空，已經是這樣一個工商社會與科技文明不斷互相推進的資訊時代，當電腦與雷射已經逐漸改變我們的生活方式。一個人，一個生活在現代社會的詩人，怎麼能夠依舊放逐自己，而在那些風花水月、虛無吶喊、玩弄文字的象牙塔裡自嘆自憐，甚至自大自滿？……所以自然而然的，我調整自己寫作的焦點，對準現代眞實的生活，諸如食衣住行的謀生、人際關係的微妙、城市台北的繁華、現代人的寂寞……並且，更重要的，是嘗試加入更多的理性思考。」⓰

由此被稱爲「城市詩人」寫出的《城市心情》分爲四輯。其一「城市情節」寫著離婚、外遇、「商場情變」……透顯著兩情無法相悅或舊情變質、飄渺而去的無奈。其二「城市觀察」看到的是高樓的稜線、十字路口的車禍、紅綠燈以及「台北入夜後／無處可去的／寂寞」。那些「父母被分割成／工作應酬和麻將，剩下的／關心全換成鈔票／而學校又只注意頭髮和考試」的少男少女，只好占領西門町地下舞廳，「下午的時候／在麥當勞尋找速食的友情／來這裡，等待每一個黎明／要不就去北海公路飆車／與風追逐明天的腳步」(〈地下舞廳〉)。而那一群群的「都市無力症候群」，麇集於卡拉OK店——「因爲／缺乏快樂／和不快樂／的理由／所以我們需要一些／濃烈的情緒／然而／提神的咖啡才下肚／醉人的啤酒卻湧了上來，湧到／胸口。這一口悶氣／台北總是不風不雨的悶氣／無論如何也得吐出來」（〈卡拉OK六首〉）。其三「都市生活」涉及了地震對都市人的心理威脅、猶如路況演習的塞車事件，特別是深夜讀書寫字時被喧囂雜音的干擾（〈城市夜讀〉、〈赤壁車聲〉）。其四「城市思考」更透過領帶、電梯、小家電等用品和抽煙等行爲，進入都市人心理的隱密之處。如〈抽煙〉寫道：

公寓的電梯中相遇
掏煙點火是最能掩飾
不知如何寒暄的姿勢
呑雲吐霧中，彼此都可以
在任何陌生的社交場合
退守安靜牆角無需面具
借光點火更能輕易地
解開點頭微笑的僵局

可說將都市人彼此間相互隔膜而又力圖掩飾的心理刻劃得入木三分。詩的最後幾句：「只要你懂得／隨時用煙呼吸，那麼／日益現代化的寶島／就是理想國中的新樂園／你會活得很好／活得長壽」巧妙地融入了台灣三種最爲常見的香煙品牌名號（寶島、新樂園、長壽），形成了強烈的笑謔、反諷意味。

侯吉諒透過日常生活的點點滴滴寫出城市的外觀和內裡。面對都市的喧囂，他有著獨特的抵禦、化解的方式，這就是在爲世人所輕視、爲自己所喜愛的文學藝術創作中，重新找到「自己」。他寫道：「當我在台北這個繁榮的城市，看到那麼多的人在燈紅酒綠中用彼此的體溫互相取暖，在只有情節而沒有情懷的連續劇前度過一個個無聊的夜晚、在卡拉OK的嘶吼中發洩經由喇叭放大的寂寞……，在我小小的書房中，我就感覺我的生活是如此的豐盛而又定靜美好，詩、讀詩、寫詩，以及我所喜愛的文學、繪畫、書法、篆刻與音樂，都在安寧中讓我體會深邃的滿足與喜悅。於是我就更加明白，人生的意義，的確可以用非關金錢與權勢的角度來實踐，而且更爲牢固，不必外求。」⓱這些藝術創作活動，被侯吉諒當作詩和散文的素材。如《詩生活》卷丁「書法新寫」一輯是這樣的作品，獲得一九九二年時報文學獎新詩評審獎的《如畫》也是這樣的作品。《如畫》寫的是「讀江兆申先生水墨」，評審委員陳黎稱：「這首詩寫現代人對自然的想望，藉著一張山水畫的過程，描繪出大隱於市的現代人，如何經由藝術和想像尋找現代的桃花源。」「透過想像，陽台上隨風飛舞的蘭竹可以是宣紙上輕拂而過的從容筆意：你可以在遠處的松林構築心靈的家園，讓一株扁柏開出盛開的桃花；你也許可以把疾馳的車輛想像成風，自陰濁的溪水嗅出濃濃的墨香……只要你願意相信，在想像的國度裡，窮藝術家是最富裕的帝王，繁忙的現代人是雲深不知處的逸者，自然是可以無所不在的。」⓲儘管現代人面對「無所逃於天地間」的困境，「生命會自己尋找出路」（〈生命的出路（代自序）〉），侯吉諒的這一認定，再次得到印證。

雖然有人認爲侯吉諒部分詩作略嫌鬆散，但也可說他形成了自己的一種文字風格。不少詩句呈露新穎的意象和「一針見血的穿透力」[19]稍早如刻劃城市景觀的「高樓的稜線股票指數走向般╱以連續直角起伏的不規則線段╱向視線的╱焦點：道路的中央，雙黃線╱集中，消失。半空中幽浮著╱一團沒有溫度的光火」（〈車行遇雨〉）近期如寫人際隔閡的「每個人都冰涼的走著╱像剛蛻完皮的蛇，與你冷漠地╱擦身而過」（〈不連續主題變奏：時代瑣事〉）。

侯吉諒有段十分在理的話：「名利並非不好，但是太過於追求名利卻會使生命枯萎。文學藝術不見得會有什麼『用』，但的確可以治療因爲名利而受傷的心靈——當心靈需要休息的時候，生命應該要有文學藝術這樣的出路。」[20]抱持這種認知，侯吉諒以其深厚的人文情懷，爲現代感思尋得了抒解的通道。

註釋：

❶瘂弦，〈在城市裡成長〉，林燿德，《一座城市的身世》，時報出版公司，一九八七，頁一八。

❷〈藍星．創世紀．笠三角討論會〉，《笠》，期一一五，一九八三．六。

❸林燿德，〈許悔之論〉，《台灣新世代詩人大系》，書林出版公司，一九九〇，頁七四九。

❹彭瑞金，〈原罪的探索〉，《自立晚報》，一九八三．一．三。

❺呂正惠，《戰後台灣文學經驗》，新地文學出版社，一九九二，頁一六。

❻瘂弦，〈詩人手札〉，洛夫等主編，《中國現代詩論選》，大業書局，一九六九，頁一四六—一四七。

❼洛夫，〈論管管的《荒蕪之臉》〉，管管，《荒蕪之臉》序，普天出版社，一九七二。

❽簡政珍，〈陳克華論〉，《台灣新世代詩人大系》，書林出版公司，一九九〇，頁六六一。

❾林燿德，〈性裡，性外〉，《中國時報》，一九九五．一．十二。

❿陳克華，《與孤獨的無盡遊戲》，皇冠出版公司，一九九三，頁四。

⓫林燿德，〈UMA．幻獸．烏魯拖拉面〉，《聯合文學》，一九九四．七。

⓬張錯，〈無悔的許諾〉，許悔之，《陽光蜂房》卷首，尚書文化出版社，一九九〇，頁一八。

⓭林燿德，〈許悔之論〉，《台灣新世代詩人大系》，頁七五〇。

⓮張錯，〈無悔的許諾〉。

⓯許悔之，〈說話與沈默〉，《陽光蜂房》卷末，頁二二二。

⓰侯吉諒，〈城市詩人（自序）〉，《城市心情》，漢光文化出版公司，一九八七，頁五。

⓱侯吉諒，〈生命的出路（代自序）〉，《詩生活》，麥田出版公司，一九九四，頁一五。

⓲侯吉諒，《如畫》，平氏出版公司，一九九五，頁一二四—一二七。

⓳沈志方，〈穿古入今的矜持〉，《如畫》序，頁一四。

⓴轉引自李星瑤，〈以詩情填補繁華的空虛——侯吉諒素描〉，侯吉諒，《如畫》，頁一五五。

第十六章 「新人類」——文學的更新世代

第一節 「頽廢已經征服了台北」

台灣「解嚴」時，時序已逼近九〇年代。幾年內，「世紀末」、「頽廢主義」等，似乎突然成爲文化界的熱門話題之一。如《聯合文學》先後推出了《惡之華——新頽廢主義》、《中外文學十個世紀末》等專輯。這固然因爲上世紀末歐洲曾經刮起一陣頽廢之風而引起今人歷史重演的聯想，但更主要的，是這時的台灣社會確確實實沾染了極爲強烈的頽廢色彩。

某種意義上說，頽廢、虛無並非當今時代的「專利」。早在六〇年代存在主義之風刮過台灣時，就有一大批青年被視爲虛無和頽廢。然而，根據楊照的說法，九〇年代的頽廢和六〇年代的頽廢的最大不同在於：後者是白色恐怖政治下社會氣氛低凝中，從外面移植進來的莫可奈何；而前者卻實在是台灣社會財富累積沖倒了原有道德格局後，不得不然的本土現象。因此，六〇年代的頽廢、虛無基本上是精神取向的——現實的苦悶亟待尋找一個哲學式的出路，在哲學、精神的濃厚色彩影響下，當時的青年頹廢特質，往往吊詭地轉化爲對文學表達的熱切激情，詩、小說、散文的創作，在某種意義上發洩了這些寂寞、苦悶的情緒。相對照之下，九○年代的頹廢、虛無就和文學離得很遠。充裕的物質供應使他們的「新文化」帶有濃厚的感官色彩，他們要發洩的不再是壓抑體制下的苦悶，而毋寧是意義匱乏中的百無聊賴，他們對待問題的態度比較接近完全棄絕追尋意義的努力，改以金錢、物質換取不連續的片段刺激，在其間勉強體會一個同樣不連續的自我。❶

孟樊在〈頹廢已經征服了台北〉一文中也有類似的看法。他寫道：頹廢主義是現代資本主義危機之下的一種精神產物。在六○年代，受到歐美影響的台灣，由於工商業尙未完全發達，雖然在文藝創作上，有不少前衛作家已經感染到西方的頹廢風，但就當時整個文化界而言，文化風格基本上還是反頹廢的，畢竟當時資本主義才正在茁壯成長而已，尤其到了風格明朗昂揚的七○年代，迅速遠離農業時代的台灣，社會上普遍瀰漫著「向上」的精神，影響所及，連文藝創作多少也帶點戰鬥的精神。台灣社會眞正開始顯現頹廢的文化風格，起於八○年代，特別是解嚴之後的下半葉，其原因有二。其一，八○年代後，台灣才眞正進入工商業社會，同時也產生了資本主義成熟時期的社會弊病，如人的物化等；其二，加上解嚴（包括黨禁、報禁的解除，以及強人政治時代的結束等）所帶來的文化領域上的釋放，傳統的諸多禁忌（如髮禁、舞禁等）被一一解除。一夕之間，人們蘊積已久的頹廢感也跟著找到閘口，開始氾濫起來。這段其間，台灣社會所表現出來的頹廢感，明顯地可從北投大度路上瘋狂的飆車熱以及遍及全省南北的「大家樂」和「六合彩」簽注賭風看出來。而在九〇年代頭一年三毛的自殺，更成爲頹廢風潮極致的象徵。❷社會上的頹廢風潮，也必然在文學上有所反映。

正好與這股頹廢之風差不多同時登臨文壇的，是一群被稱爲「新人類」的年輕作者。他們比一九五〇年前後出生的「戰後新世代」，顯然更爲年輕些，堪稱文學的「更新世代」。「新人類」這一術語原爲日本作家堺屋太一所提出，本用以稱呼日本所謂「團塊世代」之後的另一世代，即大約一九六五年以後出生的青年。被引進台灣後，則鬆散地用以指涉相應的年齡層（大約十二至十五歲），出生、成長或移居現代大都市，接受過或正在接受教育的一代年輕人。所謂「新人類文學」，指的即這部分台灣青年所創作的文學作品。在台灣，較早使用這一名詞描述年輕一代的文學創作的，有陳映眞、葉石濤等，而林燿德於《聯合文學》第六十五期（一九九〇．三）上策劃的《新人類文學》專輯，可說爲這一文學現象作了較全面的後設的總結和必要的前瞻。這時候，這一稱呼才廣爲文壇所注意和接受，但它實際上早已存在於八〇年代的台灣文學中。當然，單從作者的年齡來界定一種文學類型也許失之生硬，如果以作品本身的特質和風格作爲歸類的標準，則不僅褚士瑩等一九六五年以後出生者理所當然地屬於「新人類」之列，而且一些年齡稍長的新世代作家，他們的部分作品以「新人類」爲主要描寫對象，反映出「新人類」特質，也應歸入「新人類文學」的範疇。隨著時序的演進，很快地又出現了「新新人類」──以年齡概分：三十歲以下的叫「新人類」，一九七一年以後出生、現年二十五歲以下者，則稱爲「新新人類」。❸

「新人類文學」內容方面的主要特點，在於對帶有「新人類」特質的種種都市次文化現象的反映。馬家輝在《都市新人類》一書中曾對「新人類」的特質作如下表述：新人類是新時代的「游牧民族」，他們是「富庶族群」、「樂觀族群」、「消費族群」、「感性族群」，特點爲：一，樂觀，凡事充滿期盼和活力；二，強調消費享受，特別是感性消費；三，追求「快速主義」和效率，瞬息變化萬千；四，服膺功利主義及個人主義，以錢作人生目標；五，模仿力、創造力、組合力強大；六，善用圖像思考，表層聰明，其實相當淺薄。❹馬森對於「新人類」也有類似的論述。他引用的是美國「意飛族」的概念。美國媒體把一九六五年前後出生的一代稱爲YIFFIES（Young, individualistic, freedom minded and few），台灣譯作「意飛族」，所指正對應於「新人類」。這一代是避孕藥廣泛使用以後出生的嬰兒，出生率的下降和非自願生育的減少，使得嬰兒出生後可以得到父母較周到的呵護，是身心發育較爲正常的一代。而他們的價值觀念跟上一代頗爲不同：「他們重視工作，但不會因此而犧牲一己的休閒娛樂和生活品味；他們在工作中追求自我滿足，但不一定計較頭銜、地位和薪資。在講究追求出人頭地的上一代的眼中，可能覺得這一代是不求進取；但在他們自己，卻以爲少背負一些競爭的焦慮，而多享受一些自得其樂的生活。」反映在文學作品中，對講究穿名牌衣服、抽名牌煙等生活情趣的描寫，遠遠超過了上一代所熱衷的感時憂國理想的抒發。❺這些特點，在台灣新人類文學創作者筆下，幾乎一一展現。

追求感性消費和刺激是都市「新人類」性格的最明顯特徵。這些新人類終日遊蕩於雷射光影之下，在迪斯可舞廳、電子遊戲室、柏青哥前消磨時日，飆車、鬥毆是他們的拿手好戲。如果說郭箏在《好個翹課天》、《彈子房》中初步刻劃了一群熱衷於翹課、打架、把馬子的都市小混混，那林燿德的《大東區》則對都市新人類的「感性族群」的特徵有更為深入的表現。小說同時鋪展的飆車、決鬥、性遊戲等三條線索將「新人類」缺乏理性，放任感官，追求速度、變化、刺激的性格刻劃得淋漓盡致。小克和喬芳妮的那場性關係表明，在這高度消費的社會裡，「新人類」已被嚴重地異化和物化，包括「性」也不例外，它成為不包含任何情感因素的純粹自然、本能的行動而已。男女之間不僅沒有愛情，甚至連一定時間的接觸也不必，要的只是一時的感官刺激和享受。在新人類文學作品中，這種速食式關係的描寫比比皆是，取代了傳統文學中的纏綿愛情描寫。由於生活的富庶提供了縱情享樂的可能，「新人類」成為「樂觀族群」，然而前人所具備的使命感、悲劇感已消失殆盡。他們試圖將文學當作自己「生活」的一部分去過，熱衷於透過文學構築一己的小天地。如褚士瑩表白道：「身為戰後未經烽火的一代，被批評為不再體受中國母親的苦難，但這不是罪惡，得失之間換把規矩而已。」又稱：「很早以前，就和自己作了約定，寫作只為了表達對世界小小的同情和關懷。讓信仰宗教的人格神留在那裡；讓信仰愛情的送子鳥留在那裡；讓信仰智慧的柏拉圖也留在那裡。我淺薄到只懂得知識，帶著我收集的蝦蟆，和幾個糖果，這樣夠好了，不用提到過去。」❻「新人類」固然內心充滿期盼，但他們期盼的是新的更大的刺激和某種即時的享樂，而非懷有什麼遠大的理想。他們有時也服膺個人主義，力圖建立強有力的自我，甚至對社會做出某種程度的對抗和我行我素的表現。如楊麗玲《失血玫瑰》中創作驚世駭俗畢業畫的匹仔，以及在交通高峰期假裝昏倒在馬路中央的少女阿杜等。但這種對抗也並非出於某種「使命感」，而是由於「沒什麼可憂傷而無法不憂傷」，「對一切渴望而感到極度的絕望」的心緒。他們固然擁有電腦、電視等前人所沒有的科技手段以及它們帶來的急遽膨脹的資訊，但也容易使自己的思維方式和行爲爲圖像、畫面所左右。陳裕盛的〈東區狼變〉即透露了一段資訊時代的「新人類」身處聲光圖像之中的特殊經歷和感受。儘管「新人類」是老年人難以理解又不得不理解和接受的一群，但有一點可以肯定，他們鮮活的生命力在都市中蓬蓬發散，充斥都市每個角落，帶動整個都市的蓬勃生機。這是閱讀新人類文學時，時時可以感受得到的強烈印象。正如這首詩所寫：

他們的出現，宣告了新時代的來臨。
他們慣於以圖畫、聲光來表達觀點。
他們擁有從前無法想像的富庶享樂。
他們不再背負傳統所賦予的使命感。
他們心目中的偉人已不再是……。
他們理直氣壯的以自己的模式生活。
他們重行架構了自成體系的神話學。
他們強調不去招惹別人也不被招惹。
他們是新族群、新部落，相濡以沫。

他們終將占領未來的版圖和全世界。❼

當然，並非所有的「新人類」都是「寫作只爲了表達對世界小小的同情和關懷」和「不去招惹別人也不被招惹」。在當前難以令人滿意的社會環境中，在有些「新人類」總覺得受到壓制而處於社會邊緣的情況下，他們致力於瓦解固有中心的「邊緣反抗」，具有強烈的抗議、杯葛性格，並不奇怪。❽即如描寫「頹廢」的作品，其本身未必是頹廢的，相反，它也是一種社會現實的反映。處在絕望的社會中，人們喜歡的是精神鴉片，而非正視問題，而頹廢作品「教我們即使沒有出路，也要有面對現實的勇氣」。即使有許多「新人類」眞的只是爲了構築一己的小天地，似乎也應給予充分的理解。如馬森寫道：由於五四以來的文評家都免不了以救國的大任放在文學作者的肩上，感時憂國的命題便成爲小說中的主流，新一代小說中的變化，看在上一代習慣於以憂國憂民的命題來衡量作品的文評家的眼裡，肯定會感慨萬千；「然而如果我們願意理性地來思考這個問題，我們就不能不承認：上一代的憂國憂民，還不是爲下一代創造一個安逸的生活環境嗎？在安逸的環境中成長的一代，不再涕泗橫流地背負著家國的重任，豈不也是上一代的期望嗎？」「我們不禁要問：一定要把街頭的示威遊行、號子裡的股價漲落寫入小說之中，才算反映了社會與經濟的狀貌嗎？是不是人們的生活方式、價値觀念、表達情感的方法、人與人的交接的態度，也會同樣地反映一個時代的精神呢？如果後者也同樣有它的意義的話，文評家就不得不放寬尺度，敞開心胸，才能看出『新人類』一代的作品的長處。」❾

在形式上，「新人類」文學也有與其內容相應合的一些藝術特點。如這類作品常具有剛勁風格，這是因爲它常擇用富有色彩、動感和力度的詞語，有意或自然地在行文中形成一股強有力的氣勢，而它所著力刻劃的「新人類」形象，本身即是一個充滿活力，講求快速效率，追求瞬息變化和刺激的人群。這種語言風格和人物性格特徵的直接吻合，顯然對於人物的塑造、氣氛的渲染、環境的描寫都大有裨益。其次，一些後現代的藝術手法和特徵，在「新人類」作家手中得到更廣泛的運用和發揮。如「拼貼」，楊麗玲的《背起一口井逃生》將某企業內部文件和一群青蛙的擬人化描寫反覆交叉地擺置在小說中，不僅文體迥然有別，排印的字體也不同，僅從外型看，整部小說就已如不同色彩的板塊的拼合。再次，「新人類」文學常具有俚俗化傾向，一些作品在人物對話中大量採用都市小混混圈內的語言。如林燿德的《大東區》中，吸毒稱爲「克藥」，第三者介入稱爲「參一腳」，輕佻的女孩子稱爲「騷馬子」，一對一的決鬥稱爲「釘孤丁」，等等。這種語言俚俗化傾向，表現出模糊純文學和俗文學界限的趨向。

總之，新人類文學十分注重探索和創新，層出不窮、無所拘束的實驗創作使新人類文學呈現出五光十色、多姿多彩的面貌。這和「新人類」本身具有較強大的組合力和創造力，喜歡變化和刺激的特質不無關係。新人類文學顯然掙脫了寫實主義的單一模式，脫離了對某種意識形態和「使命感」的執著，以它特殊的題材、主題和特異的形式，成爲近年來台灣文壇上不可忽視的存在。當然，作爲較年輕作者的創作，種種幼稚、生硬、不成熟，也不可避免地存在著。

第二節　陳裕盛：開闢暴力美學的另類空間

陳裕盛於一九六八年出生於台北，自稱從小就是一個叛逆性極強的「小惡魔」，長大後，更常有離經叛道之舉。據言其嗜好常人較難理解：騎車、跳舞、打電動玩具；對機車引擎的暴音和汽油的味道情有獨鍾；電影也頗多涉獵，偏好詭譎、恐怖、黑暗的片種。❿唸小學、初中時開始嘗試小說創作，高中（後改讀五專）時期出版了小說集《騙局》、《杜撰的愛情藝術》以及長篇小說《實驗報告》。一九九五年出版的《欲望號捷運》，收錄〈騙局〉、〈東區狼變〉、〈滅絕〉、〈喪鐘〉、〈伏特加與龍舌蘭〉等五篇小說，它們都寫成於八〇年代末，但經作者反覆修改，重新連接成富有奇特魅力的「時空隧道」。陳裕盛被視為最充分展現了「新人類」的各種特質的作家之一，其作品大膽、叛逆，充斥著暴力、激情和血腥，宣稱「將中國人諱言的性愛提升到暴力美學的層次」⓫，也成為一九九〇年前後台灣文壇最受爭議的作家之一。

陳裕盛棄寫實主義傳統模式如敝屣，又認為小說應該是屬於大眾的，必須富有可讀性，因此發揮天馬行空般的想像力，以「怪力亂神」、曲折生動的戲劇性情節吸引讀者，是其創作的一個顯著特點。他的小說不乏時空交錯的設計。如〈危機〉以珍珠港的某次空戰為起點，讓一九四七和一九八八年的人物，在前世和今生重複同樣無救的愛恨交纏，藉以揭示沉悶的生活、多變的愛情、核戰的恐懼、前世的陰影等現代人生活的四大夢魘。〈末日〉透過被革職的德商公司員工突然接到一九四五年的希特勒來自幽冥的電話的情節，質疑深陷厚灰重塵中的歷史迷點與人類好戰的獸欲原型，預示人類浩劫永無缺口的惡性循環。〈縱橫〉更有如科幻小說中時空隧道般的情節設計。二十世紀三〇年代中國廣州火車站的一名貧窮老實的年輕鏟煤工阿陽，工作時火車突然起飛，落在八〇年代美國紐約華埠，而阿陽須臾間也成皮皺身瘦的老人。火車落下時正砸在頹廢有過龐克族的美國新一派「零代族」的群聚之地，阿陽因此遭受攻擊，也目睹了零代族縱情酗酒、吸毒、性交、狂歡的生活方式。阿陽幸爲另一老人祖所救，不料祖乃同性戀者。被嚇跑的阿陽逃回火車頭，疲憊不堪中入睡，一覺醒來卻已置身於台北新公園之中。他正暗自慶幸周圍較好的環境和又回到中國人中間，卻沒有留意到身旁的一位老者正猥笑著愈坐愈靠近他……。小說情節雖然令人難以置信，但作者卻藉此生動地展示了人欲橫流的現代文明景觀，特別是對像零代族這樣的「新人類」的生活方式，有較深刻的呈現和反省。

然而陳裕盛對文學傳統的最大挑戰，也是其最受爭議之處，在於他的小說中充斥著的對性、暴力、血腥、死亡等的描寫。最早的〈滅絕〉、〈蝶屍〉、〈淚吻〉以及〈實驗報告〉等是如此，稍後的〈解放戰紀〉、〈黑色愛神〉等仍是如此。如《杜撰的愛情藝術》中的男主角帶著女友到旅館開房間，卻又心血來潮地招來妓女，將原有的情人捆綁住，當著她的面與妓女行淫穢性事，後又以刀刃鋒稜劃切女友的脊背，顯露一個性虐待狂的作爲。得獎中篇小說《岸骸殘夜》寫的是對一個性凌虐和凶殺狂的復仇故事。小說中的凶殺狂每每於夜晚尋覓公路上載馳著青年男女的摩托車，以大卡車撞擊之，造成車禍慘劇，致死男青年後，又將或傷或死的女青年擄掠至沙灘僻地，進行性凌虐後割下頭顱拋入大海，僅存無頭女屍於岸上。小說的男主角在遭遇此一暴虐事件而倖免一死後，背負一塑膠充氣女子駕車盤旋路上，終於誘來凶殺犯決一死戰。對於如此赤裸裸的血腥描寫，否定者認爲他以色情、暴力作爲吸引、刺激讀者的賣點，肯定者則認爲這些描寫「幾達讀者可以承受的臨界點」，實具美學的企圖，而非徒以煽情爲能事，「含有了開拓文學視野的價值」⓬。這一說法似可證之陳裕盛自己的表白。對於筆下向來無休無止的「性與暴力的糾纏」，陳裕盛寫道：「不想自辯，但放眼這片土地，每日所觸及的社會事件中，總免不了槍擊、販毒、強暴……」。他認爲，以鏡頭創造血腥暴力的電影導演可以說爲警世而暴力，爲反暴力而暴力，「我的筆下所欲陳述，卻是一個人性的眞相——一個不經詭辯巧妙掩護的冷酷世界」⓭。他還宣稱旨在以極端的方式與強烈的思辨質疑，透過顚覆性的敘述結構，對瘋狂的現實進行爆破，因而「出自我筆下的一切人類醜惡的精神狀態，都遠比眞實的人性，要強化許多——某方面看，卻又顯得含蓄」⓮。簡言之，陳裕盛並不否認其作品超出實際生活的誇張成分和極端傾向，但這些描寫，卻仍有著現實的根據，是以強化的手段對現實社會病態的一種以毒攻毒、以魔殉道、震聾發聵式的揭露。

從美學角度而言，陳裕盛也以其新穎、獨特的藝術風格而具有文學視野和創作空間的開拓意義。他眞誠地呈現了自己的喜厭好惡，自己的知識結構，自己的生活方式。如他的筆下人物熟知機車的品牌型號，著迷於飆車的速度；出入於舞廳酒吧旅館，熟稔於電子遊戲機、色情錄影等玩藝……。這些一方面眞實展現了作者所屬的「新人類」的重視感官享受的生活情景，將他們不同於老一代的、在富裕的都市社會背景下產生的生活方式、精神特徵展露無遺；同時又是作者屬於新人類的獨特美學風格的構成——陳裕盛擅長於透過音響、色彩等聽覺、視覺感官意象，渲染一種強烈的、令人震懾和戰慄的場面和情景，被稱爲「精緻的殘酷」⓯。它們也許並沒有十分深刻的寓意，對人性的挖掘也似乎淺嘗輒止，但這正吻合於作者所身處和敏銳感覺到的後現代的文化氛圍和特徵。誠如詹宏志對《岸骸殘夜》的評語：它是一個對白很少可是配樂很大聲的作品，它的故事是一個風格化的畫面的組合，並沒有一個眞正的意義在裡面。⓰這對陳裕盛的其他作品而言，也有一定的適切性。儘管人們對陳裕盛的作品還會有所爭議，但這些作品對於傳統美學規範的挑戰和突破，對於新的文學空間的開拓，卻是無可否認的。

第三節　駱以軍、王文華：都市新「雅痞」的生活情趣及苦楚

駱以軍、林裕翼、王文華、邱妙津等年輕作家與年齡相仿的陳裕盛、紀大偉等相較，顯然沒有後者那麼強烈的「膻色腥」色彩，但他們同樣反映了「新人類」的生活處境和生活特徵。當然，這幾位作家還各有特色。如駱以軍奇譎濃烈，林裕翼輕淡自然，王文華多寫旅外華人的異域生活，邱妙津則大膽涉入同性戀的情感世界。

駱以軍，一九六七年出生，安徽無爲人，畢業於文化大學中文系文藝創作組和藝術學院戲劇研究

所，曾獲聯合文學小說獎、時報文學獎小說獎等。駱以軍的小說較集中、鮮明地表現了「新人類」的生活方式特點。如「新人類」成長於電腦普及、電動玩具充斥的時代，玩電動玩具幾乎成爲「新人類」生活的一部分；另外，關於十二星座的認知遊戲，也曾在「新人類」中風靡一時。《降生十二星象》一作將此二種時髦的玩藝兒結合在一起加以描寫。小說中的「我」耽迷於電動玩具，在玩一種名爲「快打旋風」的遊戲時，每次投幣五元後總是毫不猶豫地選用春麗作爲自己的替身，部分原因是「每每她將對手打倒後，鬢髮零亂衣衫不整雀躍地露出十五歲少女欣喜若狂的嬌俏模樣，確乎是搔到你某一部分輕柔的寂寞的心結」——原來耽迷於此，重複地擊打出各種招數，爲的是塡補內心的空虛和寂寞，然而其結果往往仍是「不知爲何心裡空蕩蕩地無限寂寞」。終於悟出電動玩具中的每一個角色，其實都是有星座的，「我」記得他們所屬的星座，並且爛熟於那些星座的節奏和好惡，終有一天突然驚悚地想到：自己是什麼星座呢？原來人的自我主體早已被湮沒，成爲機械式的編組：「十二星座乍看是擴張了十二個認知坐標的原點，實則是主體的隱遁消失。他人的存在成了一格一格的檔案資料櫃。認知成了編排分類後將他們丟入他們所應屬的星座抽屜裡，而不再是無止境地進入和陷落。」小說採用現實和回憶交叉、跳躍的手段，穿插描寫了不同時代的情事以及主角的思考和議論，從而凸顯了「新人類」的生活方式特徵，以及他們鮮爲人知的內心苦楚。

從現代「雅痞」的特殊嗜好入手，最終展示其自閉、寂寞、傷痕累累的內心世界的創作手段，在得獎作品《手槍王》中有更淋漓盡致的運用。小說巧妙地將偷窺、復仇、作假、恐嚇、情變、雅痞的品味等素材和議題編織在一起，鋪設了兩條線索，一是小說主要敘述者「我」結識了一個收集仿眞手槍成癖的中年人，和他一起享受瞄準他人、或透過槍的瞄準鏡偷窺他人秘密的樂趣；另一是「我」的「哥哥」（或哥哥的同名人）陸標，一個從小倔強、自尊，有製作小兵模型嗜好和手槍收集癖的青年，服役後只能找個與其性情格格不入的商品直銷員的工作，在與同居的女人感情破裂後第三天上吊自殺。與駱以軍其他作品相似，小說的人物常因現實的挫折而將其心靈閉鎖，常要「跌入不自覺的冥想和自言自語」。一次在公車上，「陸標的腦中突然出現這樣一幅景象，藏身在人群裡的，許多個和他一樣的，面目因爲人們的漠不關心而逕自模糊下去的，跟他一樣，在懷裡兜著柄槍。」小說的結尾有著令人震攝的張力：那晚上，「我」和手槍王透過瞄準鏡窺看了陸標自殺的全過程：一輛一輛馳過的汽車的車燈，忽明忽暗地將自殺過程割裂成一張張圖片。「我」可以如此不動聲色地看著（現在並在小說中講述著）另一個人的自殺，作者雖未直言「冷漠」，但自有一股颼颼涼意令人寒徹腳底。駱以軍的這些小說告訴我們，「新人類」也並非完全的「享樂族群」。在當前都市社會環境下，他們也有一些難以言傳的內心悲苦。

駱以軍的另一特點，是對後設議題投以極大的興趣，並有較出色的經營。得獎作品《底片》試圖揭示小說敘述和事實眞相之間的曖昧關係，具有向寫實主義挑戰、質疑的旨趣。雖然這一題旨在九〇年代初的台灣已很不新鮮，但作者「並非只襲取『後設小說』的一些觀點及皮毛的技巧，而是緊緊地抓住了小說之爲虛構的特質，再加以匠心的安排，使本身的結構、邏輯無懈可擊」⑰。小說設計了多層次的自我瓦解的裝置。小說的敘述主角「我」是一個學習小說創作的學生，老師發給學生一些有著人的背影的照片，讓學生根據照片寫出這個人的身世故事。學生竭盡心力尋找相片中的「人」而不可得，後來發現這些照片並非眞實相片，而是老師自己拼造的。這是對小說反映「眞相」說法的第一層的質疑。「我」在尋人的過程中開始陳述往事，但作者不斷現身，表白自己對情節增刪的一些考慮，從而證明小說虛構的本質，這是對小說反映事實功能的又一層解構。至於作品中人物「我」和小咪所創作的「小說」本身又存在諸多不確定因素，如「我」一再說明所回憶描寫的當時的情景，已經「記不大清楚了」，或者「再度弄錯了」，那些事「從來就沒有發生過」；小咪則爲其「小說」設計了多種結尾。所有這些，都指向一個明確的旨意：敘述未必與眞相相吻合，未必能將事實完整、眞確地再現。蔡源煌認爲：這是交待小說失敗的一篇小說。⑱此說不無道理。另一篇得獎小說《紅字團》，特別是在人物、情節上與《紅字團》、《底片》等多所牽涉的《字團張開以後》，也都以作者和小說人物相互變換的連環套般互爲後設的關係，逼迫讀者注意小說虛構的本質。

王文華，一九六七年生於台北，祖籍安徽合肥，台大外文系畢業，台大外文研究所肄業。自中學時代起即以本名及筆名「湘弦」發表作品，大學時代除寫作外並積極投入實驗劇場工作，曾任「環墟劇場」演員及導演，並於校園內創立「寂寞芳心俱樂部」。曾獲第四屆聯合文學新人獎短篇小說首獎。著有小說集《寂寞芳心俱樂部》等。

說王文華是九〇年代新起的「新人類」小說家之一，不僅因他年輕，而且因他作品的題材主題和表現手法都充分表現出「新人類」作家的特徵。

首先，王文華充分感受並表現出九〇年代前後台灣社會的一種世紀末大都會的狂野和焦慮的氣息。這在前行代作家，甚至比王文華稍早的新世代作家筆下，都未曾表現得如此鮮明、強烈和中肯。成名的獲獎小說《校園連環泡》（原題《性．政治．強暴案》）就是一個典型的例子。某大學一位本來品學兼優的陳姓學生，出人意料地突然做出了凌辱被視爲「校花」的女同學林美珠的惡性事件。以此爲引子，小說著重鋪寫事件引起的社會各方面的反應。首先是搜奇獵怪的新聞媒體迅速、大肆地渲染和報導。其次，則是政治的涉入。而這與林美珠之父乃「被執政黨視爲鬼見愁的反對黨大將」有關。在電視節目舉辦的有關事件原因的有獎徵答中，諸如「林女刻意勾引陳，爲破壞其政治前途」、「陳與林父分屬統派和獨派，陳藉此給林父『一點顏色』看」等原因竟名列排行榜榜首，而林的父母也利用這一事件擺出受害者的姿態，以撈取民眾的同情和支持。其三，更爲重要的，是整個社會大眾的近乎「抓狂」的反應和表現。事件發生後，各種有關政治、暴力乃至色情的流言蜚語、小道消息四起，爆發了學生、民眾聚眾示威等情事；媒體將之愈炒愈熱，很大程度上是爲了迎合大眾「窺奇」心理，更有甚者，對事件眞相的猜測和對秘辛的窺探欲爲投機商利用，轉化爲股票投機乃至「六合彩」賭博的狂潮。作者的筆觸固然是誇張、醜化的，但卻十分眞實、有力地描繪出當前台灣社會騷動不安、狂野不羈的時代氛圍和氣息。

除了整個社會氛圍的呈露外，對於這種時代氣息下年輕的「新人類」不同於其前輩的性格、行爲特徵的表現，是王文華小說的又一重心。如《藍色洋尼姑》對「新人類」放縱「速食式」感官享受、及時行樂的傾向有著形象的描繪。小說寫的是兩對青年男女互換情人的交易，作者特意從一開始就不斷標出時間的流程：從一點零七分到一點三十分半個小時不到，他們已完成在酒店裡的相互介紹認識過程，而迫不及待地前往旅館開房間了。《瑪莉蘭》則以一個較爲傳統、拘謹的女青年「我」作爲對照，刻劃了一位大膽放縱、豪放大方、無所顧忌的「新人類」女性形象。

相應於內容，王文華的藝術表現手段也呈現出「新人類」的明顯特色。一是誇張、戲謔的筆調。這也許因爲在日趨成形的後工業文明社會裡，人們益發冷漠，對於千奇百怪的事象，益發熟視無睹，唯有採用誇張、廓大的描寫，才能引起人們的注意和興趣。而這種誇張的進一步發展，即是「變形」的運用。在《麥克雞塊受難記》中，作者描寫了一名大公司裡的財務經理被競爭對手陷害而變成麥克雞塊的故事。這種變形記故事當然不是王文華的首創。但無論在外國的現代主義大師卡夫卡等的筆下，或是台灣的吳錦發、王幼華等人的作品中，其人物的變形往往是自我內心焦慮、煎熬的結果。與此不同，王文華筆下人物的變形，卻直接是對手作了手腳所致，從法律上講，是一種殘害他人身體的赤裸裸的犯罪行爲。這無形中反映了這樣一種事實：後現代社會比起一般的資本主義社會，更爲混亂、雜沓、膚淺、暴戾，人們甚至已不再是爲諸如理想無法實現等原因而遭受內在精神上的折磨和痛苦，而是直接受到外力侵犯導致的身體戕賊、生命斷送的威脅，是一些更現實、直接的爾虞我詐、相互傾軋殘害導致的痛苦。

王文華的另一個藝術特點在新人類作家中更帶有普遍性。這就是圖像拼貼的特點。誠如蔡源煌所言：「王文華筆下的現實經常像一部電影，它的場景往往被拆散、打亂，而表面上一種暫時性的穩定狀態——例如說有故事情節或事情發生的先後順序——都是靠剪輯的特殊效果來維持的。」《寂寞芳心俱樂部——一個關於激情的故事》、《校園連環泡II》等均爲顯例。如前者在每一節前都有阿拉伯數字的編號，但其順序排列卻完全是錯亂的。針對這個問題，蔡源煌曾詢問了作者本人，即在構思和下筆之際是不是按照先後順序鋪述而後再打散重新拼湊？作者給予了否定的回答。也就是說，王文華一開始就是以跳躍的時間順序來思考現實的。蔡源煌寫道：「這再度印證了電視兒童這一代的作家對現實的認知已經不再斷然採取傳統的順時針順序，反而會跟著攝影機鏡頭的跳躍，隨興所至，使出渾身解數去捕捉一個場景。於是寫小說就跟拍電影一樣，先有了分場、分鏡腳本，再依場景、服裝的方便個別拍攝，最後再從一堆零亂的底片中剪輯出一個『現實』來。」⑲進一步言，這樣一種感知架構也許已成爲「新人類」作家普遍的思考模式，並直接在作品的形式中體現出來。

第四節　林裕翼、邱妙津：輕知識份子的品味和悲歡

林裕翼（一九六三—　）著有短篇小說集《我愛張愛玲》、《愛情生活》、《人間男女》、《在山上演奏的星子們》，長篇小說《今生已惘然》等。與駱以軍的片段、跳躍、零碎化的構思和語言相比，林裕翼有著頗符合傳統規範的優美流暢的文筆；而與陳裕盛、紀大偉等的強烈的臚色腥色彩相較，林裕翼的作品大多輕淡得如一縷縷青煙。如〈別愛陌生人〉一作採用自然客觀、不動聲色的語調，描寫夫妻、

兄弟之間像生意人的商業交往般的關係。如規定夫妻每人每月繳交多少錢作爲家庭生活費用、買房子每人出多少錢、產權爲兩人共有等，甚至夫妻房中之事也有明確規定；兄弟則對每星期輪流探望母親作了嚴格的規定。作者對此不作任何主觀的議論，而是不動聲色地平實地寫出，由此更使人感覺到現代人際關係極端疏離的眞相。

林裕翼的這種輕淡風格，和他致力於刻劃有別於現代主義痛苦掙扎的荒謬英雄的、世紀末台北「波西米亞式」輕知識份子的生活品味和性格的需要，正相吻合；另一方面，當他大量涉及在白先勇等人筆下常是撕心裂骨、火焚電殛般的同性戀感情時，這種似乎無事般的輕淡筆觸又使他的作品顯得與眾不同，別有創意。中篇小說〈在山上演奏的星子們〉是一個典型的例子。小說由於採用不同人物的敘述觀點而分爲「甲乙丙丁」和「子丑寅卯」等兩組，在結構上，給人散漫、冗長的感覺，但正是這種淡化情節的「散漫」描寫，營構出一種特殊的氣氛，從而傳達出這一人群的生活方式特色。小說中一群具有同性戀傾向的年輕人，相邀相約出入於酒吧、歌舞廳，或驅車前往海濱、沙灘遊玩，穿戴的是名牌的服飾，使用的是名牌的香水……，其間自然也產生了一些感情等方面的糾葛，然而並沒有發生驚天動地的事件，小說人物也沒有背負其他作家筆下同性戀者那不能見容於世俗的自卑感或罪惡感，而是很自然地無拘無束、自得其樂地生活著。作者以大量的筆觸，將視覺焦點對準人物的衣著、擺設、飲食、顏色等加以細膩的描寫，看似繁瑣，其實正凸顯了這些「新人類」對生活的敏感點和講究名牌、追求享受等生活品味和特徵，同時也透過這些敏感於彼此身上細小東西的描寫，顯示了這一人群人與人之間彼此的關懷。誠如李昂所言：「〈在山上演奏的星子們〉最大的特點，我以爲是表達出了台灣當前某類人的聲音：『輕知識份子』小小的快樂與不快樂，小小的名牌嗜好（並非眞正大件、價昂的名牌），小小的談論一下Woody Allen，小小的鬧件同性戀。這類的輕知識份子，事實上，已十分有別於過往現代主義描繪的人物，而毋寧更掌握了後工業社會的人物特性。」[20]

林裕翼如實地呈現「新人類」的缺乏意義的膚淺生活，但這種無意義是對象本身的特徵，並不意味著林裕翼作品的膚淺。相反，他致力於刻劃人生的困境、人性的眞相，特別是後現代社會中人的生存處境和心理特徵，這使他的作品具有某種深刻性。如〈分道揚鑣〉描寫幾個原來親密相處、同居一室的男生，由於其中有的交了女友，引起男生之間的矛盾和友情破裂。他們終於了解到：「對一個正常發育的男子來說，女人是必須的。有些事，同性間的關係永遠無法取代。」作品中流露的無可奈何的情緒和隱約中透露的對兩性與同性之間關係的思索，耐人咀嚼。又如〈粉紅色羊蹄甲樹上的少年〉中高中生「我」，爬上羊蹄甲樹看見平日所傾慕的早熟男同學阿莫和自己所景仰的男老師，像男女一般親密地擁抱在一起，這成爲他人生啓悟的成人禮。〈海邊情人們的素描〉中到濱海小城度假的兩男一女，女的曾經先後是這兩個男人的情人，而兩個男的後來又發展了同性戀關係，這種複雜關係的糾葛，使他們無法正常地承擔彼此的情愛而深感痛苦。雖然像〈僞春〉等作品也出現黑道老大製造的血腥等較濃厚的色彩，但林裕翼大多作品，淡淡地寫出一代年輕人瀟灑、時髦的外表下，其實十分空虛和孤獨的心靈。馬森評說道：「這是一本寫情的書，不管是同性之間，還是異性之間，這情都因爲不同的理由而無能發散出去。然而，每個人都活在自己的一方天地裡，一面咀嚼著孤絕的滋味，一面也能自得其樂。最難得的是這種在過去的作家可能認爲是可悲的處境，在『新人類』的感覺印象中，卻毋寧使人覺得是一種正常而可以接受的生活方式。」㉑

林裕翼較少寫「後設小說」，比較特殊的像《我愛張愛玲》，雖得獎並廣獲好評，但與駱以軍的《底片》相比，似略遜一籌。

邱妙津，台灣彰化人，生於一九六九年，一九九一年畢業於台大心理系，曾任職於張老師心理輔導中心和《新新聞》雜誌社，從事過電影拍攝，後留學巴黎第八大學心理學系臨床組，一九九四年轉入女性主義研究所，一九九五年六月三十日於巴黎自戕。著有小說集《鬼的狂歡》、《寂寞的群眾》、《蒙馬特遺書》以及《鱷魚手記》等。曾獲《中央日報》小說獎、《聯合文學》新人獎以及《中國時報》推薦獎，是個很有個性和才華的年輕作家。

第一本小說集《鬼的狂歡》是大學時代的作品，也是「新人類」色彩最爲鮮明的著作。作者在〈自序──抽象小說〉寫道：「回首這四年生命的彩帶，從黑至焦灼爛壞過色到斑斕燦亮，『存在』於短瞬間向我開顯它的奧秘後微笑不語，將我的知識一極接插上關於人性難以超拔深淵的怖慄，另一極則插上關於生命有機體自發成長意志的尊敬，這兩極在我的生命體裡交互放電，牽纏出我自身的奧秘。」如此神性和魔性、欲望和道德的交相碰撞，使邱妙津的小說人物多面臨著某種肉體或精神的困境，「這些人物各自有各自的難題要打發，卻又因爲這些難題的虛無性格誘使他們共同表現了某一世界觀——放棄了深情凝視世界的眼光，不了解也不妥協。」他們像紙飛機一樣拚命掙離大地，以衝向天空作爲和世界的決裂，卻終必被擲回世界，於是邱妙津努力「把朝外發展野心的眾人縮窄成往內退避生活的某人」，讓他們「個個在文中展露自我內在的性格，一種幾乎扭曲了生存的方法而不爲世容的性格」，這就是邱妙津之所以爲邱妙津的小說。㉒如〈臨界點〉的主角因天生的歪嘴和後天染上的香港腳痼疾，產生了自尊和自卑相交織的心理狀態——有時極度自尊的外表下潛藏著極度自卑，有時強烈的自卑又轉化爲過分的自尊，從而在個人生活和人際交往中出現種種怪癖的舉動，如以醜怪髒病爲美爲榮，以自己的容貌作爲自閉的理由和法寶，對似乎不在意自己的歪嘴的女朋友產生折磨報復的心理，以求得把「美」玩弄於股掌間的樂趣，等等。〈囚徒〉中的某報總編輯李文，想跳樓自殺時在樓頂上邂逅另一位厭世輕生的女子萍萍，兩人互勉將過去像扔垃圾一樣全部拋棄在廢墟裡，快樂地「從下一秒鐘活起」。然而李文時常爲萍將自己「暫時改良成善良、有愛心、聞得出陽光味道的品種」而心有不甘，視內心時或湧出的與人結合的渴望爲「原始的衝動」，視「愛」爲一種酷刑，並認爲活到一定歲數後還不能誠實面對「人就是自己一個」的眞相，是一種莫大的悲哀。上述兩文的主角都幾乎得到了「愛」，卻在最後一秒逃回個人閉鎖的天地。至於〈鬼的狂歡〉中在莫名情緒的鼓動下，將自己狂歡到死亡之中的特立獨行的青年，更典型地表現了「新人類」追求感性刺激的性格特徵。

在藝術手法上，這部小說也充分體現出「新人類」慣見的後現代特徵。如〈離心率〉雖有一個中心主題，但在形式上乃是若干不同時空、甚至不同敘事觀點的段落的拼貼，比起意識流小說的同一敘事觀點的流轉跳躍，顯得更爲零碎。〈玩具兵〉則有後設小說的設計。它實際上由三部分所組成：有關「我」及其他人物的故事敘述；「我」對作者寫作問題的議論；以及作者另加的用於補充說明的「按語」。作者不時和書中人物「我」直接對話，或透過「按語」說明「我」的身分等等，而「我」則直接透露作者爲何寫「我」、如何寫「我」……等創作問題，對作者的創作得失加以討論。此外，邱妙津早期小說最令人驚悚刺激的，是常有一些戛戛獨造的新奇比喻。如：「前日傍晚我把她帶到市郊，在那裡整球太陽肥肥圓圓地趴在河上，我站在橋的一端一直侷促難安，好像它就要從另一端滾過來一般……」。這類俯拾皆是的奇崛比喻、修辭，不僅表現了作者的豐富的想像才華，更主要的，是呈露了作者寫作的一種「姿態」。羅位育對於邱妙津有一中肯的評語：「她的文學是表演性格重於敘述性格。」或者說，邱妙津的小說表現自己更重於對別人的描述。無論是小說中人物的作爲，或是作者採用的種種新奇的藝術手段，其實都是作者自我的一種表演和呈現。

不過，邱妙津早期小說的自閉、虛無傾向，很快地就有所改變。度過十九至二十歲兩年的「最焦黑的地帶」，邱妙津開始「強迫自己去參與人，也學習如何讓自己被人參與，試著從頭建立與世界的新關聯」，於是「許多善良的人們游進我的海灣眷顧我的悲傷照料我的疲憊，他們溫柔地接納我，散發生命的熱情撞擊我對自己的想像力，使我慢慢有能量去再定義接納眞正的自己」。人生觀的改變也促使文學觀發生變化。邱妙津開始重視文學的價值和意義，並確立了獻身文學的理想和抱負。她寫道：「我終於知道我要的是什麼了，我要的是創造更多、知道更多、愛更多、會做更多事、懂得更多人生，其他的失去都不重要，其他的占有不了都不重要……我知道我要的是重新開始創作，唱歌，徹底展現我的美，我要的是去愛很多人。」㉓在〈自述〉一文中，她明確寫道：「我知道自己對寫作的決心，我必須先成為一個作家之後，才可能成為別的，我要把我的這一生奉獻給文學。」儘管一生中還可以完成別的事，如成立家庭、拍電影、治療病人、完成學位、教學、發表論文……，「但是，在我臨死之前我還是會惦記著要把那些最重要的、我經歷過的精神材料，以我最私人的方式表達出來，因為它們最接近我。」

這一改變也許最終導致了絕筆之作《蒙馬特遺書》中的殉情主題。該小說採用書信告白體，反覆述說著對根植於深層的內在自我和兩情相悅基礎上的眞摯感情的追求，有表白，有嘆喟，有懺悔，有對靈／肉、內在／外在等問題的哲學考辨。在此及其前後，邱妙津實際上已反覆思考了「死」的問題。《蒙馬特遺書》坦承了自己的男性化的女同性戀的性向，並反覆表白了對於絮這一具有「純粹的品質」女子的同性的愛戀情感，因為作者已視「純粹」為「我生命裡所要的一切準點」，宣稱「獻身給一個愛人，一個師父，一項志業，一群人，一種生命，這就是我想活成的生命」。然而這一冰清玉潔的情感並沒有得到絮的相應的回報，從而造成了「我」的心靈痛苦和創傷。由此「我」想到了自殺——那些一整年來深深埋藏在兩人心底的憤怒和敵意，那些冷漠、自私、傷害、不愛、背叛，「一切都只要投擲進我的死亡裡就好，一切都要結束在我達到死亡之上，一切我對她的恨及對我生命的不諒解，都要在我的死亡裡眞正地銷融，我要和她在我的死亡裡完全和解，互相諒解，繼續互愛……而我的死亡也是一次徹底向她祈求原諒與懺悔的最後行動，一次幫助她真正長大的最後努力……」。作者還表白道：與從前想從活著裡逃掉的欲望相反，「這次我決定自殺，並非難以生之痛苦，並非我不喜歡活著，相反地，我熱愛活著，不是爲了要死，而是爲了要生……」。在世俗觀念裡，自殺或同性戀常被視爲「頹廢」的一種極致表現，而邱妙津在辭世前一個多月所寫下的上述文字，卻充分指證了所謂「頹廢」的外表內，還可能存在著追尋意義、價值、理想的精神龍骨。值得注意的，使邱妙津走上自戕之途的，不僅是內在自我完善的要求，也是外在環境壓迫的結果。在同一篇小說中，作者還寫道：「世俗性，功利性，占有性，自私性，侵略性，破壞性，支配性……這些都是他人身上令我厭惡的性質，我也是因爲社會裡無所不在的這些性質而生病，受傷，逃開，簡單地說，因爲這種『他人性』而使我的生命被迫在他人面前不能『眞實存在』，受到扭曲和傷害，由於這些『他人性』，人類不能接受一個人眞實的樣子，甚至由於他人的不接受，自己也沒有能力活在自己的眞實生命裡。這是我的生命在社會裡受著劇烈的傷害，無法活在一種如我所渴望的眞實與尊嚴裡的因由。」㉔由此可知，儘管邱妙津「頹廢」的精神取向，使她的後期作品似乎更接近於前行代在六〇年代的那些現代主義的創作，但它們體現出的某些對於現行社會的叛逆性，仍使它們帶著「新人類」作家的明顯標記。

註釋：

❶楊照，〈新人類的感官世界——評邱妙津的《鬼的狂歡》〉，《聯合文學》，一九八二．四。
❷孟樊，〈頹廢已經征服了台北〉，《聯合文學》，一九九一．三。
❸林漢杰記錄整理，〈新新人類作家座談會〉，《聯合報》，一九九六．三．十一，版三三。
❹馬家輝，《都市新人類》，遠流出版公司，一九八九，頁三九—七四。
❺馬森，〈新人類的感情世界——評林裕翼的《我愛張愛玲》〉，《聯合文學》，一九九二．二。
❻褚士瑩，《吃向日葵的魚．自序》，尚書文化出版社，一九九〇，頁一〇—一一。
❼《聯合文學》，一九九〇．三，頁九三。
❽張新方，〈新頹廢派傾向的映畫——試談《阿飛正傳》〉，《聯合文學》，一九九一．三。
❾馬森，〈新人類的感情世界——評林裕翼的《我愛張愛玲》〉，《聯合文學》，一九九二．五。
❿陳裕盛，〈作者小傳〉，《聯合文學》，一九九一．十一，頁一一八。
⓫陳裕盛，《杜撰的愛情藝術》，尚書文化出版社，一九九〇。
⓬馬森，〈台灣作家必須面對大陸和海外作者的良性競爭〉，《聯合文學》，期八五，一九九一．十一。
⓭陳裕盛，〈一九八四……季節冬〉，《杜撰的愛情藝術》跋一。

⓮楊麗玲，〈以魔殉道的愛情劊子手〉，《杜撰的愛情藝術》跋二。
⓯林燿德，〈「另類」的空間——序陳裕盛《欲望號捷運》〉，陳裕盛，《欲望號捷運》，羚杰企業公司出版部，一九九五。
⓰詹宏志，〈評審印象〉，《聯合文學》，一九九一．十一。
⓱馬森，〈成功和失敗之間〉，《聯合文學》，一九九〇．十一。
⓲〈跨越九〇年代新人小說——小說獎決審記錄〉，《聯合文學》，一九九〇．十一，頁四二。
⓳蔡源煌，〈街頭新頑童〉，王文華，《寂寞芳心俱樂部》，允晨文化公司，一九九一，頁三。
⓴李昂，〈新人類的聲音〉，《聯合文學》，一九八九．十一。
㉑同註❾。
㉒羅位育，〈堂堂邱女子手中的紙飛機〉，邱妙津，《鬼的狂歡》，聯合文學出版社，一九九一，頁四—五。
㉓邱妙津，〈蒙馬特殘簡〉，《聯合文學》，一九九五．九。
㉔邱妙津，〈蒙馬特遺書．第十二書〉，《聯合文學》，一九九六．一。

第十七章　年輕世代的新人文傾向

第一節　人文主義文學的再興和新世代的作用

由於社會環境等差異，本源於同一文化母體的海峽兩岸當代文學，產生了若干各自的特點。其中之一，便是因對「人性論」的不同態度。在大陸，對於人性論（特別是抽象人性論）過去經常加以批判和抵制。在台灣，雖也曾有過圍繞「人性論」的爭論，但畢竟範圍、力度有限，「人性論」始終有著較大市場。影響所及，描寫平民百姓的日常生活及其人性表現的作品占有相當的比例，甚至在文壇形成了一條時隱時現的人文主義脈流。

這一脈流在五〇年代即由包括梁實秋、吳魯芹、余光中、夏濟安、夏志清、聶華苓……在內的《自由中國》、《文學雜誌》作家群所推動。他們在政治上傾心於自由主義，在形式上時或有古典主義傾向，在文化內涵上則具有人文主義素質。以健康、理性、均衡、道德爲標幟，強調文學應描寫人生、呈示人性，特別是展現靈肉調和的生命情態，在當時發揮了抗衡早已淪爲政治工具的「反共文藝」、沖淡文壇極端政治化傾向的作用。六〇年代，人文主義脈流對以唯美、頹廢、虛無和非理性爲特徵的現代派文學總體上持否定態度，但卻與富含人文色彩的現代派中溫和一翼相親和，甚至融入其中。六〇年代中期起，國民黨當局出於歌舞昇平的政治目的標榜「新人文主義」，從而也開始了對人文主義文學的「收編」。鄉土文學論戰中，二者相結合，以「抽象人性論」爲主要理論武器，共同反對較多揭露階級矛盾和社會黑暗面的鄉土文學。由此可知，八〇年代以前人文主義脈流實際上代表著五四以降中國新文學中與國民黨若即若離的自由派知識份子這一脈絡在台灣文壇的播遷和延續，某種意義上也重複了本世紀前葉它在中國政治舞台上以及現代文壇上的歷史命運。儘管人文主義脈流走過了一條曲折的歷程，有時甚至失去了獨立的存在，但它卻使文學應以「人」爲中心，著重人生、人性描寫的觀念深入人心，從而形成了台灣文學較強烈的人性挖掘的主題。影響所及，不僅人文主義文學如此，現代主義乃至現實主義文學，也或多或少有此傾向。

在六〇年代至七〇年代其勢不彰的人文主義脈流，八〇年代後獲得了重新崛起的契機。雖然在作家組成上主要由一批新世代作家所操觚，因此與梁實秋等自由派知識份子早已無甚淵源關係，但在文學理念和取向上，仍與前輩作家有著某種傳承關係。最明顯的莫過於「非政治」傾向的延續。而這與一些文學作家對台灣文壇屢屢出現的「文學政治化」現象的反思有關。七〇年代的文壇上，「三民主義」文學本身就是官方文藝政策，而鄉土文學也日益出現「使命文學」的傾向。七〇年代末的鄉土文學論戰實際上超出了「文學」的範疇而成爲一場涉及政治、經濟、思想文化領域的廣泛的社會運動，成爲想要保持現狀的既得利益集團和想要進行社會改革的非既得利益集團之間的一場對抗。論爭並未涉及多少文學創作本身的問題，卻最終造成了幾位重要鄉土文學作家（王拓、楊青矗等）的入獄，若干文學作家因直接投入政治運動而放鬆了文學創作，同時，也加深了不同派別作家之間的芥蒂和恩怨。這種情況引起了部分作家的思索。如小說家東年認爲這是一場以文學爲藉口所展開的「政治論爭，並且是一場兩敗俱傷的論爭」，「我們不難發現沒有誰是勝利者：在政治方面產生了嚴重的裂痕，在文學方面，同爲現代文學命脈的『鄉土文學』和『現代文學』均消乾了赤忱的熱血……」❶這種對「文學政治化」弊端的認知，乃是人文主義脈流在八〇年代重新崛起的前提。

「解嚴」前後，台灣一度出現政治「抓狂」現象，政壇和社會陷入多元、無序、非理性狀態。面對嘈嘈雜雜的政治喧嚷，更有許多年輕作家力圖透過文學創作的人文性加以對抗。九〇年代後，「解嚴」所釋放的政治熱能漸趨消沉和平定，隨之而來的是曾興盛一時的政治文學走向式微和新人文傾向文學的興起。朱天文以《荒人手記》獲時報百萬小說獎時自述道：「一介布衣，日日目睹以李氏爲中心的政商經濟結構於焉完成，幾年之內台灣貧富差距急遽惡化，當權爲一人修憲令舉國法政學者瞠目結舌，而最大反對黨基於各種情結、迷思，遂自廢武功的毫無辦法盡監督之責上演著千百荒唐鬧劇。身爲小民，除了閉門寫長篇還能做什麼呢？」❷可說典型地表現了一批作家的心態。一些原本感時憂國、富有使命感的作家，近來卻轉向更富有人性和文化內涵的描寫，更多地表現寬容、理性、和諧、平靜、友愛、合群等人生觀和處世態度。

如果說人文主義文學主要針對的兩個對象，一是社會的泛政治現象，特別是將文學政治工具化的傾向，另一是工業文明過度發展導致的重物質而輕精神的「物化」傾向，那前行代的人文主義文學側重於前者，新世代的人文主義文學則轉而側重於後者，從而更契合於人文主義的當代使命。

美國的新人文主義者白璧德曾認爲：現代社會混亂和危機的根源在於培根和盧梭所代表的兩種傾向，一是不斷地擴張人征服自然的力量的功利主義，一種是不斷地擴張人的自然情感的浪漫主義；它們本質上都是自然主義的，都泯滅了人與物之間的區別，因此他一再引述愛默生等的觀點，要求以「人的法則」取代「物的法則」。這種對現代物質文明弊端的深刻反省，正是新人文主義的最根本的題旨。台灣新世代文學新人文傾向的兩個典型表現——自然寫作和禪理文學——正分別抗衡、反撥著白璧德所抨擊的功利主義和浪漫主義的傾向。

白璧德所謂的功利主義固然帶來了工業文明和人類物質生活的極大豐富，但也造成了人與自然的嚴重對立，給人類帶來了大自然報復的危險。「環保文學」旨在消除自然（科學）與人對立的一面（如環境污染），而發揚科學與人相容、互促的一面。八〇年代趨於極盛的台灣環保文學，固然有與政治結合的一脈（宋澤萊的《廢墟台灣》是典型一例），但更爲強勁的則是自然觀察和人文知識性寫作的一脈，其中最著名的是本書上篇已論及的劉克襄的自然生態散文，不僅提供科學知識，而且喚起人們尊重自然生命的自覺。

八○年代中期以來，台灣文壇出現了一股歷久不衰、不斷擴大的談禪說佛之風。除了林清玄外，如年輕女作家黃靖雅、王靜蓉等，都有專書出版。其共同特點，是「以禪心爲骨，以人生體驗和生活感觸爲肉」❸，試圖貼近人群，體貼人們的需要和悲喜。按白璧德的說法，盧梭式的浪漫主義擴張人的自然情感，放縱人的自然欲望，而禪理散文則顯然是節欲的。它們所強調的，既非純宗教的，也非純生活的，既非縱欲的，也非滅欲的，此精神正符合於人文主義的要旨。如白璧德認爲人類的生活有精神面，有物質面；全主精神的是宗教，宗教必講棄捨，這一層面，陳義過高，壓抑人性，非常人所能；物質面即自然主義或科學主義，以滿足物質欲望爲鵠的，但人生有涯，物欲無窮，使人不能不面對大自然的報復。這兩種生存方式，過猶不及，但另有第三種辦法在，那便是人文的層面。人文主義是二元論的，顧及精神和物質兩者，講求節欲，或稱中庸之道，不廢物欲，卻能求得精神和物質的平衡，從而得到幸福。這些禪理作品既有宗教的理想，又有人生的情趣，書中不乏佛經的詮解，佛理的闡釋，但它們並非從概念到概念地宣講教條，而是取材於周遭的生活，重點在於體悟和表達題材所蘊蓄的人生啓示和生命哲理，強調個人的自我修練，具有鮮明的人間色彩。當社會普遍由貧窮轉向富裕，從而產生新的「富貴病」——心靈的孤寂、人際的疏離以及物欲的沉迷時，禪理散文無疑提供了醫治心靈飢渴和病變的一劑清涼藥方。

如上述，人文主義提倡「中庸」之道——非縱欲也非滅欲的「節欲」，表現於創作中，乃是注重描寫欲望昇華的「情感」。夏志清嘗言：「欲望碰到阻力，受到抑制，情感才會產生。」八○年代後，一些追求賣座的作家放縱、露骨地描寫「性」，而這種「性」往往已無情感因素在內，其作品也淪爲低俗的毫無藝術價値的商品。與此同時，台灣文壇卻出現一個値得注意的動向，即同性戀題材成爲創作中的一個熱門，並頻頻在大報文學獎中拔得頭籌。究其原因，乃近年來台灣社會觀念日趨開放和頹靡，兩性關係變得極爲混亂和無節制，一般的男女之「性」已再無壓抑，有的早已爲純粹的本能欲望所支配，對此的描寫也漸失去其人文意義。相比之下，「同性戀」目前仍受到社會的不同程度的抑制，當男女之「性」已減少其感情的濃度時，反倒是「同性戀」中更多地產生値得作家大書特書的驚心動魄、如醉如痴、至死不渝的感情。這類作品透過對「同性戀」的描寫，達到對「人性」和本能欲望受到阻力和抑制所產生的人的「情感」的極致的表現。與此同時，這些作品又表現出對於惡質化工業文明的抵抗。如朱天文談到《荒人手記》時又稱：「一個文明若已發展到都不要生殖後代了，情欲昇華到情欲本身即目的，於是生殖的驅力悉數拋擲在情欲消費上……這不是『同性戀化了的文明』呢？畢竟我是不能自外於我在的時代，所以寫出這樣一個東西，若算不上寓言，也是個病例吧。」❹這裡正顯露作品所蘊涵的揭示和批判日益嚴重的物欲化傾向的人文內涵，也見出這類同性戀題材作品與紀大偉、洪凌等的所謂「酷兒」寫作的區別。

現代的人文主義者面對傳統的頹崩和社會的失序，將「文化」視爲社會重新整合的寄望所在。如作爲白璧德新人文主義重要思想來源的安諾德在其《文化和混亂》的序言中稱：「這部論文的目的是打算把文化推薦作爲我們脫離目前困難的巨大助力……」❺近來不少台灣新世代作家可說遵循這一思路擴展其文學的視野和文化的關懷，從而使整個文壇出現「文學文化化」的趨向。他們面對日益嚴重的「物質巨人，精神侏儒」的文化淪落現象，憂心忡忡，試圖透過自己的創作爲社會注入高品味的文化營養，爲挽救世道的衰頹盡一己之力。他們有的在大眾消費潮流洶湧澎湃的背景下，堅持創辦高品味的文學、文化刊物，或創作精緻的文學作品。初安民在《聯合文學》的一篇「編輯室報告」〈世紀末華麗〉中引用某教宗所言：「拜文化之賜，人類才能過著眞正人道生活，文化也就是生存及延續生命的一種特別方式……人之所以爲人全在於他的文化，文化愈發達，他就愈有資格被稱爲『人』。」❻而該刊近年來出現的「文學文化化」傾向，某種程度上顯示了編者和作者們共同的以「文化」建構現代「人」的生命主體的努力。

台灣文壇人文知識性寫作的異軍突起，就是在這種背景下產生的。反對蒙昧主義，崇尚理性和智慧，主張探索自然，研究科學，追求知識，全面、和諧地發展個人的才智，這本就是人文主義的題中固有之義。而在當前，對知識、藝術的興趣和追求更有針對後現代思潮所帶動的文化否定主義和虛無主義風氣的反撥意義。除了劉克襄的「賞鳥」文學外，莊裕安、詹美娟等的創作，也都是明顯的例子。如詹美娟的小說《移站》描寫女主角隨著兩位在山區從事測量工作的朋友將原來的工作站遷移至另一指定位置。但小說的重心並不在具體的事件和情節，而是遷移過程中三位科學工作者透過羅盤和地圖對方位、路徑等的勘測，他們對以往登山經驗的回憶，以及一路上泥石林相、天色雨雲的景觀。小說由此夾入了許多科學知識性描寫，而這些描寫又常和「人」聯繫在一起，以此寫出人的活動、思緒、歷練和心智的成長，以及他們圍繞「人」所作的種種思索。如有關神話（也許代表著人文知識）、星星（也許代表自然科學）和人的談話，形象說明了科學（包括自然和人文科學）與人的相輔相成的關係，並點明了將「人」的問題作爲終極關懷的主題。

值得指出的，值此知識貶值、歷史消解的淺碟子文化環境中，知識性寫作的繁盛並得到推崇，其本身也許就是人文精神上升的一個明顯指標。而新世代作者由於教育背景的原因而普遍具有較完整的知識結構和良好的文化素養，因此知識性寫作既是他們可以得心應手的特長，也是他們實現其以「文化」挽世道之頹靡的人文理想的值得嘗試的方式之一。

種種跡象表明，一種以「人」的生命觀照、人性關懷、人生描寫爲本位的人文主義傾向正方興未艾。在當前，面對政治喧嚷、物質肆虐的雙重夾擊以及文化虛無的後現代場境，不少人期待和呼喚以文化價值、人文精神作爲今日社會建構之基礎。這就爲人文主義文學提供了發展的必要和契機。因此，它在數十年來時起時伏、曲曲折折的發展後，最終以某種形式上升爲文壇的主流，也並非完全不可能。而在這當中，新世代作家顯然扮演著最重要的角色。

第二節　朱天文：從少女真性情的流露到世紀末的觀照

一九九四年六月，朱天文以《荒人手記》摘取首屆《中國時報》百萬小說獎桂冠。實際上，這位出自傳奇式文學世家的女作家，在其長達二十多年的創作生涯中，早已數度領過文壇風騷。如由其爲代表的「三三體」文學，曾在年輕學子中風靡一時。她與侯孝賢、吳念眞等一起創作的電影《悲情城市》曾在威尼斯影展上獲獎，掀起八○年代台灣「新電影」浪潮。而使我們對她特別加以關注的，是她那呈現騰挪變化之勢的創作，與二十多年來台灣文學思潮的演變有著密切的感應，如她的作品在主題上的變化——從早期熱衷於少女情懷的抒寫到晚近集中於世紀末社會情態的觀照——某種意義上可視爲台灣文學發展的某一方面的縮影。特別是從人文主義文學的發展脈絡看，其特殊的意義就更爲凸顯。

朱天文的早期作品，大都以年輕學生的校內外生活爲題材。它們的第一個特點，是十分生動、眞實地寫出了正値荳蔻年華的青春少女的微妙心思，塑造了秀外慧中、率性眞誠的年輕女子形象。除了多愁善感、情思細膩等普遍特點外，朱天文還寫出了許多帶有私密性的少女情懷，如自恃年輕漂亮的驕矜，對有競爭力女友的妒忌，擔心辜負青春的悵惘，無緣無故地生氣和想要自殺，爲了體重增加一公斤而發誓不再吃巧克力，「人長得好看，到大學來，更是以爲每個男孩對自己有意思」的自作多情等。其中最特別的，是袒露了作者對於不少年輕男子的傾羨、愛戀之情。如對好幾位任課的老師，作品中的「我」都有過近乎暗戀的好感。〈記得當時年紀小〉一文中寫道：陳天音老師的課，我愛他的薄嘴唇，就決心把報告來做好；大四選修中文系的杜甫詩，不爲杜甫，「爲教杜甫的張之淦老師我喜歡」。除了年輕老師外，作者與之情深意篤、情意綿綿的男同學也有不少，甚至連女友之間也有類似戀人的情誼，如想要對仙枝託付終生（〈隴上歌〉）。由此可知，朱天文所寫，與其說是愛情，不如說是友情，是如清泉般沁人心脾的常人之情，誠摯的待人之道，一種賈寶玉式的施予廣泛而又不落色境的「天生情種」（〈俺自喜人比花低〉）般的愛。

朱天文的這種「泛愛」，其本質是一種對生活生命充滿熱愛、對自然萬物心懷感激、對世間百態給予寬容的眞性情，而它所否定的，是那種缺乏情調和詩意的「道學氣」。如〈販書記〉中描寫不爲爺爺所欣賞的男生，儘管懂得不少學問，卻令人覺得他氣息不通，原因就在這男生沒有「詩意」。爺爺稱：當著年輕姑娘講話，那言詞舉止之間總該有所不同罷，但是這男孩居然能視若無睹，可見是個沒情調的；學問無論做得怎樣高深，如果沒有性情，便仍是身外之物，到頭終歸一場虛妄，一切學問，必是詩意的才是眞學問。這或許也可以解釋朱天文格外注意寫出生活的詩意和性情的原因。

朱天文珍惜、感動於友情，從殷殷友情中感受到人世的幸福，從而對生命抱持著知恩圖報的感激心理，而這又源於一種年輕的喜悅，生命力的飛揚。作者對於生機勃勃的事物有著大歡喜，而這種生命力體現於未來的無限可能性和對成規陋習的突破。因此朱天文稱：「我喜歡危險這兩個字，因爲危險才是青春永駐。」（〈寫在春天〉）〈販書記〉中描寫雖然賣書的實際成績並不佳，但大家並不爲事情本身的成敗得失所囿，特別是妹妹天心，賣書成績最差卻興高采烈，「這種對將來無緣無故的喜悅，眞是非常年輕而明亮的糊塗」。同時由於「太喜歡這個世界上的一切了」，因此「連這個世界的敗壞和沉淪都不忍捨棄，還要眷戀，還要徘徊」（〈懷沙〉），其實乃是因爲有好有壞才是這個世界的本來面貌，人間的至情至性。正因爲如此，朱天文表示：「我寧可做一個世俗熱鬧的人，也不做聖女。」（〈我夢海棠〉）

朱天文還進一步將此種率性眞誠和生命力的飛揚上升至民族傳統文化性格和審美特徵的高度上。作者毫不掩飾她從古書、史書中受到傳統人文精神的薰染。她寫道：「我們讀經書的心情，也是好像面對親人講話，是我們的祖父忽然來到眼前，見著了他的人，就是見著了歷史的絕對信實，也是見著了生於這歷史裡的民族情操。」(〈仙緣如花〉)她宣稱：「我愛古詩源，我愛裡頭的世界永遠是這樣高曠亮麗的。」(〈有所思〉)她也從民俗中感受中國人豐厚的人文氣息：「想著中國的婚姻，眞是從一片廣大的人世裡生出來的」，而「新式的婚禮……沒有深廣的人世爲背景，等情感如烈火燃燒完了，就眞是完了，那場面的單薄實在令人氣短。」(〈之子于歸〉)作者更從自己的家庭中親身感受一種自然適意的氛圍：「我四周的一切好像都是沒有名分的，父親母親做的不像父親母親，我們做子女的不像子女，即與人家戀愛也不是回事，倒像是海邊玩沙的一群孩子，玩玩忘記其所以，太陽、月亮、星星統統落到浪濤裡去了。」(〈我夢海棠〉)而爺爺的告誡：「首先要把身上既有的障礙撤除，以赤子之心才能和萬物素面迎接。」(〈仙緣如花〉)更使傳統人文精神落實於可感可觸的日常家庭生活中得到體現。朱天文以此與西方現代社會相比，指出：美國人在產業經濟的席捲之中，已是根本不知道人與人之間，人與物之間還有情意這件東西了；而且美國式教育最傷害人的地方，就是隔絕了人對人對物的感激之心，一切都落在科學的方法論上，變得人愈來愈沒有感知的能力了。

朱天文早期作品以描寫眞性情爲主要內容，而其藝術形式也是與此緊密配合的。它們不求悲劇性的衝突，也不求故事情節的曲折，而是立足於「表現正常生活中正常人所發生的正常事件」(〈我們的安安啊〉），著筆於瑣碎的生活細節，透過它們寫出人的性情，特別是少男少女們的生活情趣。這一特徵，與張愛玲的影響不無關係。朱天文很早就心儀於夏志清所概括的張愛玲小說的風格——蒼涼。據朱天文所理解，「蒼涼」不是強大的悲壯，悲壯後面的情操是可名目的，而「蒼涼」是在「力量的背後有著蕩蕩莫能名的情操」，它並非如龍捲風的旋律，而如東方式的「擊磬」的音調，一擊是一個單音，像露水湧落湖心，清風徐徐的吹開漣漪，似乎連續又似乎不連續，有時上下不關劇情，照樣好得不得了，無損於戲的完整性（〈看《江山美人》〉）。此外，張愛玲提供了一種觀看世界的直觀方式，不靠手段、邏輯，不靠知識、學問，理直氣壯地寫她所看所想的，以一種比較自然生成的態度從事創作。這種特質，對很年輕就開始寫東西的人來說，似乎都找到了一個有力的支撐——因爲年輕不更事，既缺乏人生歷練，又讀書不夠，但只要心眼剔透，感覺敏銳，就可以放膽寫盡一切瑣碎和曲折。這也是所謂「張派」。當然，儘管出手亮眼可喜，卻因此耽溺其中，難以超脫，甚至成「腔」，就令人煩。❼這可說道盡了朱天文早期創作的個中奧秘。

如果說台灣六〇年代的現代主義文學著重表現特定時代氛圍下放逐者內心「刀攪的焦慮」，負載著極爲沉重的哲學思索和使命感，七〇年代的鄉土文學著重揭示社會生活中存在的階級矛盾和階級鬥爭，立足於爲貧苦階級申言，那朱天文及其「三三派」卻以著重對人的真「性情」的描寫、表達生命的喜悅和歡欣，以及對中國傳統人文精神的吸取和弘揚，顯示了與上述二者頗爲不同的人文主義的創作風貌。

從一九八三年起，朱天文開始參與電影文學創作，標誌著她的創作進入一個新階段。這時她跳出了較多描寫私密性少女情懷的限囿，對現實社會有了更廣泛的涉及和觀照。如與吳念眞合作的電影劇本《戀戀風塵》、《悲情城市》等。然而，即使是這些作品，也仍一脈相承地保持著前期創作的某些特徵和傾向。其中最明顯的，即是對人的生活的興趣甚於對政治和歷史的興趣。這正如張誦聖所概括：「這群作家始終以人道精神的角度來看待個人的生活；同時他／她們一向以個人而非社會政治的觀點去了解歷史。」如《悲情城市》表面上看是以重大歷史事件爲題材，其核心主題卻是「歷史如何侵犯了不涉政治的平凡人生活的故事」❽。它並未特意凸顯獻身意識形態的理想主義者所受的迫害，相反地，它描寫的若不是對政治不感興趣的人物，便是因生理缺陷而無法積極參與政治活動者，這和陳映眞同一時期的類似題材作品相比，具有明顯的差別。而且這種傾向是一種自覺的行爲。在〈悲情城市．序〉中，朱天文寫道：「當我們逐漸跨越出生存的迫切性走出一個較能活動自主的空間時，關心的焦點自然也不一樣。除了向來非楊即墨的派別之爭，路線之爭，意識形態之爭，似乎還別有一塊洞天可以拿來想像，思考。」在〈悲情城市十三問〉中，朱天文又寫道：「在黑暗與光明之間的一大片灰色地帶，那裡，各種價値判斷曖昧進行著。很多時候，辯證是非顯得那麼不是重點，最終卻變成是每個人存活著的態度，態度而已。作爲編導，苟能對其態度同聲連氣一一體貼到並將之造形出來，天可憐見，就是這麼多了。」❾所謂寫出「每個人存活的態度」，與早期作者致力於寫出人的眞性情的努力，顯然一脈相通。

朱天文的早期創作中充滿了對親情、友情、愛情的讚美感激和對青春與生命的禮讚：「生命是這樣的華麗喜樂，過都過不厭。」但是到了《炎夏之都》、《世紀末的華麗》等近作，充斥其中的卻是一種

「老去的聲音」（詹宏志語），一些「食傷」了的欲望，一種對生活的厭倦和無奈，一些人際關係的隔膜和疏離。如〈帶我去吧，月光〉中的母女倆因感情創傷而雙雙得了失憶症和慵睡症。〈肉身菩薩〉中同性戀的主角「三十歲已經是很老，很老了……生命流光，身體裡面徹底的荒枯了」，「臉像有層鹽霜」，「看起來好像跟每一個人都有仇」，成爲「一具被欲海情淵醃透了的木乃伊」。〈紅玫瑰呼叫你〉中的翔哥四十歲不到已呈老狀和性無能，並預見自己會在「老婆與兒子們用他完全不了解的語言交談中不斷猜測，疑懼，自慚，漸漸枯萎而死」。〈世紀末的華麗〉中的時裝模特兒米亞，不斷更換的華麗的衣裝內，卻是一顆空無、寂寞、蒼老的心靈——二十歲已「不想再玩」年輕人的愛情遊戲，找了一個四十多歲的有婦之夫同居，而眞正能夠患難與共的只有那些日見枯萎的風乾玫瑰。〈恍如昨日〉中「行遍寶島無敵手」的演講家的隱憂在於：「汲汲於浩繁新知，資訊異變爲欲望黑洞，全部投入也塡不滿，他已有點食傷了。高素質優裕生活的深暗層，他隱隱恐懼有朝一日會透透倒胃掉連字紙也不看時！」將這些收於《世紀末的華麗》中的短篇小說合起來看，其展現的正是當前台灣都市社會諸般景觀。它帶有無深度、無歷史感，消費膨脹，人欲橫流，理想破碎，複製和假冒氾濫等後現代亂象，也呈現著頹廢、厭世、隔膜、腐爛等世紀末景致。如果說這時朱天文的小說創作，其以人的生活和性情爲描寫焦點的特徵仍未改變，但其反映的生活內容卻有了很大的變化。這種轉變，固然因作者年歲漸長而自然地告別了青春寫作趨於社會觀察的深邃厚重，同時更緣於作者對於台灣社會轉型、時代變遷的敏銳感應。正因爲如此，朱天文小說的變化才能反映了「台灣文化及文學新動向」（張誦聖語），同時也代表著台灣戰後新世代小說家創作的新取向。

當然，與其他致力於描寫後現代社會狀況的作家相比，朱天文仍有其比較特殊的視角。如張大春主要對資訊傳播環節加以審視和質疑，林燿德主要描寫資訊時代的都市社會景觀和人的心靈特徵，朱天文則似乎更多地從情與欲的角度加以表現。這一點，在其獲獎長篇小說《荒人手記》中有更明顯的表現。《荒人手記》以一男性同性戀者自述的口吻，展現這一社會畸零族群的愛欲生活和孤獨、寂寞的內心世界。他們感染長年不癒的游離性、無根性，精神上早就塑成了拒斥公共體制的傾向，往往未敗於社會制裁之前倒先敗於自己內心的荒原。由此也可知，作者寫「荒人」（遭社會遺棄或遺棄社會之人）的意識更甚於寫同性戀者，她乃藉同性戀這一極具代表性的題材爲社會邊緣族群、乃至整個現代人群作心靈的寫照。作者筆下同性戀者的欲情世界，也和常人世界一樣，呈現光譜式的多樣色彩：有刻骨銘心之愛，也有「嫖」與被「嫖」的商品買賣行爲；有精神戀愛式的雅士，也有移情別戀的負心郎。其中頗令人玩味的，是費多這樣的「自戀的潔癖症候群」。這是「籠罩在愛滋和臭氧層破大洞底下長大的新生代」，他們寧願乾乾淨淨自慰，也不想跟人牽扯欲情弄得形容狼狽。他們不想當gay，因爲太麻煩。他們要一種絕對舒服無害的植物性關係，清淺受納，清淺授予，要避免任何深刻，惟恐夭折，因深刻具有侵蝕性，只會帶來可怕的殺傷力。他們的這種新的性觀念，典型反映出社會的後現代特徵。

無論是「我」這樣執著的一代或費多這樣消解的一代，都可說是「親屬單位終結者」。在他們追求的「色情烏托邦」裡，性不必擔負繁殖後代的使命，因此性無需雙方兩造的契約限制，於是性也不必有性別之異，性遠離了原始的生育功能，昇華到性本身即目的，「我們無能傳後的DNA驅力，無從耗散，若不是全數抛擲在性消費上，就是轉投資到感官殿堂，建之，鑿之，不厭其煩的雕琢之……」小說中的「我」反省道：「今後，若一時代大部分的男性，漸漸皆失去想要生殖後代的驅力，蠢力？這個時代大約亦已同性戀化矣。」這個遭受閹割的社會，顯然已走到「世紀末」，毫無前途，只有眼看著它不斷地敗壞下去。這裡顯示了作者對當代社會的強烈不滿和批判。

儘管人文主義推崇描寫正常的人性，而《荒人手記》描寫的是被視爲畸異的同性戀，但這部小說仍表現出濃郁的人文氣息。

其一，小說具有明顯的遠避政治、開掘人性的創作意圖。作者在得獎感言中曾稱：寫長篇成了「對現狀難以忍受的逃脫」，而避開政治後，作者著重於挖掘人性和開發自我。一方面，作者以極其感性之筆，描寫一個因不明生理作用而在欲情生活與一般人有異的特殊人群的內心世界，這本身是了解人性奧秘的一個不可忽視的領域。透過同性戀的描寫，作者展現了人類生命的一種存在型態，另一方面，作者力圖透過書寫發現自我，完成自我。她稱：「大概只有寫作的時候，作者才可以完全進入一個世界……寫到以前不知道的領域時，會進一步把自己的內在開發出來。」這是一個快樂而又很痛苦的過程，但開發自我，回饋自我的價值又勝於任何其他的價值。❿

其二，作品以欲情爲題材，但並不濫情，而是有所節制和約束。她寫道：「像A片那樣眞槍實彈的寫，乃至將之孤立出來誇張成怪獸的寫法，我也認爲是粗糙的、單薄的……所以我還是頑固的相信，有節制，有約束，才有情欲寫作。厲害的玩家，是在邊際上玩。」人文主義的一個特點，就是不欣賞無節制的「欲望」，而是更喜歡描寫欲望昇華的「情感」。朱天文選擇同性戀題材，絕非搜奇獵怪以增加作品的吸引力，相反，她寫的是情欲的節制和約束。前已述及，當頹靡的社會風氣下兩性關係變得極爲混亂和無節制，而目前仍受到抑制的「同性戀」中，反倒更多地產生値得作家大書特書的眞實戀情。對後者的描寫也就涵蘊著更豐富的人文內涵。

其三，小說含容了大量的人文知識性資料。作者遊走於東西文明、古今歷史之間，從老莊到傅柯，從羅丹、莫內到小津安二郎，從希臘神殿到聖彼德教堂，從宗教教義到藝術家語錄，從古代占星術到現代廣告文案……均隨手拈來，鋪衍成文。這些編織成人物精神上豐富多姿的表象，與其內心眞正的空虛寂寞形成巨大張力，因此是必要的「道具」。但無疑的，這些知識的「展出」本身也有其文學的趣味和吸引人的魅力。

如上述，朱天文從早期的青春寫作到近期的世紀末觀照，其中不無台灣社會變遷和文學思潮變化的投影，但她早期就已形成的一些創作特徵，如著重個人眞性情的表現而輕忽歷史與政治的涉入，推崇感性而排斥理性和學究氣，擅長細膩的細節和華麗詞藻等，用於近期對於台灣後現代社會現象的觀察和描寫，自有一番獨到之處。朱天文文學不是來自理論，而是來自自身的觀察和切身的體驗，情趣盎然，感性充溢，文采熠熠，別有一番風味。

第三節　鴻鴻、莊裕安：盡情享受生活和知識

人文知識性寫作的興盛，是近年來台灣文壇新人文主義傾向的重要側面。在這一脈絡中，莊裕安的散文創作具有一定的代表性。

莊裕安散文創作的獨特角度是旅遊和聆樂——描寫旅遊中飽覽的世界各地的人文景觀及其內在涵蘊，抒寫聆聽世界音樂大師作品時的感受、思緒並加以學術性的分析或知識性的介紹。從其部分著作的書名如《一隻叫浮士德的魚》、《寄居在莫札特的壁爐》、《巴爾札克在家嗎》等，就可略窺其題材特徵，而一九九四年吳魯芹散文獎授予他時評委們的綜合意見更中肯地指出其創作的特殊人文價值：「他作品中用力最多的旅行和音樂題材，雖在過去散文領域中常見，但在莊裕安集中火力經營，以他特有的幽默、恢諧的筆調，加上隨時跳動著知識與智慧火花的文字，使人耳目一新……除了文字風格和題材不落俗套，莊裕安對音樂、旅行……等題材的持續關注和處理，對現代社會也具健康、明朗的啓發，值得鼓勵。」⑪例如，他和劉克襄相似，提倡知性旅行，對一般台灣人缺乏人文內涵的庸俗感官之旅，不時加以反省。〈巴爾札克在家嗎〉一文描寫作者在法國旅行時，並不遵循《米其林》之類旅行指南，而是悉心尋找已被追求感官享受的現代人冷落的大文豪巴爾札克居所舊址，從中接受文學的和人格的薰陶，並寫出了融合豐富歷史文化資料和個人情採的遊記佳作。

莊裕安這種特殊的創作視角，是根據作者的特長和興趣（特別是後者）而擇定的。或者說，作者追求的是「眞性情」的表現。他在吳魯芹散文獎的得獎感言中稱：「人到中年，肌膚會皺褶和鬆垮，閱讀和創作一些好的散文，起碼可以追求到心靈上的『輕裘緩帶』。散文要『散』得恰到好處，很少不從自娛下手。據說評審先生小姐便看重我在旅遊和聆樂上的快意。追求自己喜歡的事物，同時又獲得行家的揄揚，那種飄飄然，眞像一件衣服掛到秋日和風的曬竿上。」⓬所謂「從自娛下手」，也許會被一些認定文學應首先描寫社會苦難的現實主義作家所詬病，但卻符合於人文主義的發揚個性，追求世俗的歡樂和幸福的基本精神。由此可印證其創作的人文主義性質。

値得指出的，莊裕安這種注重知識性寫作以及不求重大政治、社會性主題的表現，只求在隨意輕鬆中見出「眞性情」的創作特徵，並非個別現象，而是代表著一批台灣年輕作家的共同傾向。如被瘂弦稱爲「行囊輕盈，不求達到目的地，只看沿途風景的藝術朝山者」⓭的詩人鴻鴻等也是典型例子。

鴻鴻，本名閻鴻亞，一九六四年生，藝術學院戲劇系畢業，曾任影劇編導等，一九九三年起接任《現代詩》主編。著有詩集《黑暗中的音樂》，以及散文集、舞台劇本、電影劇本、電影報導等多種。

鴻鴻雖然只出了一本詩集，卻因其新穎的風格引起詩壇矚目。瘂弦曾將鴻鴻的詩作放到整個中國新詩發展的歷史過程中加以分析，指出不同於二〇年代至八〇年代各年代詩壇前輩，鴻鴻等一批更年輕的詩人直接把「詩」當作其快樂、自由生活的一部分。這種「無關心」的姿態，使他（們）的詩作中瀰漫著一種純潔而新鮮的自由、快樂的氣息。⑭

鴻鴻詩創作的「自由」，首先在形式上就充分體現。他的詩中既有傾訴體，向著某一特定對象喁喁吐露衷腸；也有敘述體，講故事般述說著童年的記憶、夢中的場境和日常的情事。他有時候注意押韻、對仗，〈山居草歌聊自娛〉甚至如五律古詩般齊整；有時候則汪洋姿肆，既有靈活多變的自由體，又有靠內在韻律和濃郁涵蘊取勝的散文詩，以及個別的「出格」之作，如試卷一般的〈超然幻覺的總說明〉。在自由體詩中，有的通篇採用每行二、三十字的長句，如〈天長地久〉，有時則用每行四、五字的短句，如〈超級馬利〉，而〈停電〉等還見出圖像詩的趣味。在意象的經營上，有的圍繞一個中心意象推衍輻射，如〈一封覆信〉中只有單一的深谷回聲的意象，卻曲盡其妙地表達了收到一封很久才回、又明顯是拒絕的覆信時那曲折、沉鬱的心情；另有些詩則採用並列、疊加的列車式意象群。在語言運用上，不少詩作採用流暢舒展的白話體，有的詩作卻採用經過濃縮凝練的類文言體，如〈習劍錄〉中的語言與內容固有的古典韻味頗能相互配合。有時甚至在一首詩中夾雜文言和白話，如〈交換〉中的「當你把日記寄到遠方旅行／而我的書信已退化爲詩／疏隔是緣於不肯改變你之一念／不來常思君／雖然相見亦無事」。由此可知，鴻鴻爲詩絕不拘囿於某一特定的理論或主義，也不大管它是屬於傳統的或現代的、本國的或舶來的，而是根據內容表達的需要，甚至只是根據一時的靈感或情思搖蕩而隨意靈活地採用各種形式。這種姿態，與稍長於他的部分新世代詩人相比，顯然有著很大的不同。後者具有很強的理論意識，卻難免因鍾情於某一理論而失去了無所拘束的靈活身段。

當然，鴻鴻的自由、快樂、將詩當作「生活」來享受的特徵，更主要表現在內容層面上。〈樹〉中詩人自喻爲「樹」，並由此衍展出「我」是生活中的種種——從第一節中「我」是枝條、葉子、樹漿、果實等樹的組成部分，到第二節中「我」是球棒、相框、衣櫥、床鋪等木製生活用品，再到第三節的「我」是「傘下的戀情」、「鉛筆在信紙上寫了又擦掉的思念」、「床上作過的夢流逝轉換」、「相框裡留不住的情懷過往」等人的豐富多採的實際生活，詩人無異於宣告「我」就是「生活」，「生活」就是「我」！當然，並非所有寫生活的詩人都能呈現出自由、快樂的氣息。鴻鴻能如此，乃是因爲他所寫的「生活」，本身即常是輕鬆、隨意、無目的、無野心的。如〈夢的換句〉中詩人寫道：「我夢見要和你去做一些重要的事情，但始終不知道爲什麼。／一任小蟲把我咬醒，／大部分人生由此而起。」〈寫給諾諾的童話詩．龜兔賽跑〉一詩更直接表現了一種與世無爭、自求適意的人生觀和處世哲學：「反正每次比賽中／總有人跑得快／有人跑得慢／總是有人先後抵達目標／有人要睡覺／／而我先睡著了／我喜歡睡飽了繼續跑／這只是一種／生活的方式／無論多快多慢／多早多晚／總是會跑到／／而當你睡著時／夢見我剛才夢見的／我已經悄悄來到了」。有此人生觀，詩人在實際生活中方能達到一種有情無欲的高華境界。冠於《黑暗中的音樂》詩集扉頁的幾行題辭，也許最典型地表現了這種自由、快樂的人生哲學與前人的極大不同。詩人寫道：

我去睡了

親愛的
請務必給我回音
我寧願在沉睡中被你喚醒
也不願輾轉反側直到天明

與詩經《周南・雎鳩》中輾轉反側、終夜難眠的年輕人不同，鴻鴻詩中這位熱戀者顯然能吃能睡，坦蕩自如，抱持順其自然的姿態，絕不爲「情」所役所傷。

鴻鴻能享受自由自在的生活，還因他力求掙脫陳舊規範束縛，對萬事萬物持有寬貸、喜悅的態度。人生如戲，戲如人生，散文詩〈布景〉中的青年男女做著一個相同的逃離正規場所、奔向自由天地的夢：「我們緊緊抱在一起，整個世界成爲一面空曠的布景，等著我們上場首演。鑼鼓喧天響起，我們卻共同從後台的小門，飛快地溜了出去。」而這個自由天地，即是那「紅外線攝影鳥瞰／或市政規劃書／所難以想像」的「秘密的地方」。在〈夢遊的門〉中，詩人更透過半夜各家的門一起脫鉤上街遊行的童話般的夢幻情景，歌唱那「每天執行嚴肅的職務／現在只是暫時放鬆自己」的「玩樂心情」。

顯然，詩人格外傾心、孜孜以求的，正是一種不爲物欲所絆、不爲「理性」所拘的快樂恣意的生活。而寫詩，正是實現這種生活目標的最好方式之一。鴻鴻在《黑暗中的音樂・後記》中寫道：「眼看世界愈來愈複雜，就愈來愈只想做簡單的事。在眾多藝術型態中，由於（或囿於）個性，以及惰性吧，我選擇了詩。」換句話說，鴻鴻寫詩也是爲了躲避愈來愈複雜——或者說愈來愈混亂無序——的世界。這個世界中的不少人爲某種意識形態或某個政黨、集團的利益而走上街頭，但未必就能給予社會良性的推動，卻常是適得其反，成爲社會混亂的製造者，扼殺了生活中眞正有價值的東西。這正如詩人在〈紀念冊．論勇敢〉詩中所告誡的：「賴上帝恩寵，孩子，你也成爲這消防隊英勇的一員；但有時／文風不動是必要的：請在行動之前務須看清。切勿把／儀表高華的鳳凰新生之火澆成灰燼。」鴻鴻對於這種非執著於一的自由隨意人生態度的表達，卻不可謂不執著。其實這也是一種對社會成規反叛的姿態。

說鴻鴻純粹是無關心、無目的，也不盡然。他也有一部分富有思想性的「重量級」作品。這些作品主要分爲兩類。一些是具有較深刻的哲理性，只是鴻鴻仍常以童稚、輕鬆的方式加以處理。如〈星星神話〉在一種輕淡、優雅的兒語中，款款訴說著人生的至理：「星星的神話是屬於每一則人生的／關於愛情，信仰，所有的追求和期望／任憑你怎麼想，但是你要去想／這樣，你將創造出你自己，和星星共同擁有的神話」。而恆心也是必須的：「星星的神話是從不反悔／入睡前，你必須認出其中一顆去夢中追隨／一再轉向更明亮的星星定會使你迷途／只有不變的軌道才能通往難以企及的燦爛」。另一類爲數不少的詩作，其主題是對人類文明及其前景的反省和思索。如〈小童和大龍〉以一個童話故事框架構築反諷場境：人們望眼欲穿、日夜企盼的「大龍」——或可視爲「文明」的象徵——未料卻是人類可怕的夢魘：「只見它慢慢回過身來，雙眼血紅，口中吐出了蛇信。」當然，作爲一個樂觀的年輕人，鴻鴻對文明前景也僅是迷惑、擔憂，並無陳克華、林燿德等筆下那樣強烈的批判性。如〈開往烏托邦的最後加班車〉營構了一個現代諾亞方舟的傳奇，顯示詩人對於人類文明的延續和改造再生也並未絕望。〈飛行：TO DEAR KATRINA〉中則寫道：「假如有故事我以後再說給你聽／因爲向前是太多喜悅的時光。」

鴻鴻的詩讀來那麼生趣盎然，給人以美的享受，還因詩人傾注較大的心力於詩的藝術經營上。除了靈活多樣的形式外，鴻鴻詩創作的藝術性，首先又表現在豐富想像力所引導的新奇意象、精妙比喻等方面。鴻鴻無論是抒情說理，都很少使用概念的語言，甚至明喻都不多見，而是經常採用暗喻或意象的直接呈示。如〈夜的賦格〉中寫天亮的過程，靠的是意象的直接演出：「於是淚滴風乾／夢魘蒸散／光線蔓延成樹木／林立於房屋間」。此外，多寫夢境，喜採用童話、傳說題材，經常運用幽默、反諷等，也是鴻鴻詩創作的顯著特徵。《紀念冊》組詩中有一首〈帶花到學校來的女孩〉借助神話傳說和奇崛想像創造了美妙的藝術境界：「吳剛每天砍伐的那株桂樹終於倒下，喜不自勝的他突見／慧麗纖巧的桂花落滿一地，不禁大叫苦也——那些／芬芳的花魂不但從此開遍月亮，且每天飛了一朵來到人間」。鴻鴻筆下很少習見套語，陳腐意象。其實，這也是源自詩人那無拘無束的生活態度和自由心靈，方能有如此瀟灑自如、充滿創意的想像。

其次，鴻鴻不作無痛之呻吟或濫情之呼喊，而是汲汲於捕捉生活中的一些直覺的感受，瞬間的情緒，並加以微妙地呈現。如散文詩〈晨光〉未有商禽那種探究生存本質的深沉，卻有鴻鴻自己對生活的眞實感動：學生早餐時，「突然有一剎那完全的寂靜——純屬巧合。然而吵嚷立即恢復，一切均無人知曉。但就在那一瞬間，我幾乎以爲我看到了你，親愛的，我以爲你將從窗外的陽光下走過，而流下淚來」。雖然語言平白無華，但一種瞬間的感動和昇華，使之成爲極富詩意的段落之一。

和同時代的年輕人一樣，鴻鴻興趣廣泛，對於當代大眾遊樂方式，並不完全拒之門外。然而，詩人「驚喜文字之深刻，迷人，仍是無可取代的」，稱：「一段古老的故事，或是赫塞、紀德的幾句話」，因更貼近坦澈自然的心靈，它所帶來的啓迪，往往遠勝當代種種追求時尚與刺激的文化現象⓯。因此，文學作爲詩人的「一種生活方式」，仍占有重要位置。在文學中，散文由於可直接傳達作者的觀念和想法，近來鴻鴻著力頗多，而詩卻始終是他的最愛。他宣稱：「對我而言，詩篇就像人生不可捉摸的黑暗深處，傳出的恬適音樂，未必能指明光明，卻爲恐懼與傷感帶來慰安。」⓰這確是對詩人那輕鬆、快樂的詩創作特徵的一個中肯的自我概括和表白。

莊裕安、鴻鴻等的創作，雖未觸及社會重大題材，但卻有較強的知識性和趣味性，作者自己從中也感受到創作的愉悅，同時，也是他們實現以「文化」挽世道之頹靡的值得肯定的嘗試。

註釋：

❶東年，〈將政治的政治還給政治，將文學的政治還給文學〉，《台灣文藝》，期八六，一九八四．十一。

❷朱天文、蘇偉貞，〈身體像一件優秀的漆器——情欲寫作〉，《中國時報》，一九九四．十一．十，版三九。

❸蘇摩，〈有花有月有樓台〉，黃靖雅，《一味禪‧花之卷》序，躍昇文化公司，一九九〇。

❹同註❷。

❺轉引自曠新年，〈學衡派與新人文主義〉，《北京大學學報》，期六，一九九四。

❻初安民，〈世紀末的華麗〉，《聯合文學》，一九九二‧六。

❼王之樵，〈如何與張愛玲劃清界限——朱天文談《張愛玲短篇小說集》〉，《中國時報》，一九九四‧七‧十七，版三九。

❽張誦聖，〈朱天文與台灣文化及文學新動向〉，《中外文學》，期二六二，一九九四‧三。

❾吳念真、朱天文，《悲情城市》，三三書坊，一九八九，頁二九。

❿鍾雲記錄整理，〈在孤獨的月夜裡唱歌——《荒人手記》、《沉默之島》新書發表會座談記錄〉，《中國時報》，一九九四‧十一‧十九、二十。

⓫詹美娟，〈轉換視野寫生命〉，《聯合報》，一九九四‧九‧二十二，版三七。

⓬莊裕安，〈曬竿上的喜悅〉，《聯合報》，一九九四‧九‧二十二，版三七。

⓭瘂弦，〈詩是一種生活方式〉，鴻鴻，《黑暗中的音樂》，現代詩季刊社，一九九三，頁XI。

⓮同上。

⓯鴻鴻，《黑暗中的音樂‧後記》。

⓰同上。

第十八章　台灣文學的邊緣戰鬥

第一節　王浩威：邊緣議題的開發

隨著多元化的社會文化的發展，特別是「解嚴」帶來的各種禁忌、束縛的鬆解，台灣文壇強化了對於「邊緣」文化現象的關注和「邊緣反抗」的自覺。一九九一年四月，《聯合文學》推出《地下・邊緣論》專輯。蔡源煌引用德勒茲和瓜達里的說法，以「根莖」作爲思考的圖像來說明「非主流」文學的特徵。根莖和樹木的根不同，根莖的根和果實往往是一體的，但樹木的根和它的花果則判然有別——根是根，果是果；樹木型的思考是以實質根據爲中心，沿直線發展，而根莖，像馬鈴薯，在地底下作不定向的蔓延，根毛糾結形成網狀，既無中心點，也沒有周邊幅員的局限，所以作爲思考的圖像，它代表隨緣隨興的多元化思維，更重要的是，它完全擺脫了統一結構的束縛。而作爲「非主流」文學，一是作品中敘述的結構被打散；二是它既然自甘屈居於體制之外，很多在體制內、系統內被視爲畏途、列爲禁忌的題材，在非主流文學的殿堂裡，便可以肆無忌憚地登堂入室成爲話題，「綜合這兩項特性，不論是反結構（反統合）或反慣例，都帶有非主流文學根本的反叛色彩。」❶南方朔則認爲：一切現在所謂的文化都是剪裁，將一切生活的「可能性」框定爲自己認爲的必然性，「從來，文化及藝術所建構的『虛假的必然性』，都會將它藉著工具主義的合理性以及唯心主義的理想化所虛構的文化形式，作爲使人們其他生活樣態成爲污穢的武器。人們日常生活無限選擇性所隱藏的自由被『去合法化』而擠入地下或邊陲。因此，一切的自由與解放，都必然從日常生活的基盤開始。」他並指出：「地下」或「邊陲」，正因它的未被一條鞭的「系統整合」，「地下」的鬆散、自主、無秩序，甚或狂悖，都反而會蘊藏著許多靠「習慣」而留存的生活內容，被壓迫者反而成了救贖支配者的酵母，「因此，台灣從來就有一個龐大的『地下』及『邊陲』，它被『主流』和『系統』驅趕，地下經濟、地下媒體、地下電台、隱藏在邊陲寫作的文字文化，以及城鄉廣大的俗民文化生活圈。這些都在解嚴之後，『地上』『地下』邊界的趨於消失而開始混拌競逐和相互衝突穿透。台灣歌曲由邊陲向中央穿透，閩南語教學進入大中小學，雙聲道電影電視，各種小劇場，以及用台灣作爲定位的繪畫反思，……等。」❷

在台灣文壇邊緣議題的開發中用力頗著、並取得較明顯成績的，有王浩威等。

王浩威一九六〇年生於台灣南投，高雄醫學院畢業後，曾於花蓮佛教慈濟醫院擔任主治醫生，現任職於台大醫院精神科。有時用筆名譚石、拉非亞等，著有詩集《獻給雨季的歌》，散文和文化評論集《在自戀和憂鬱之間飛行》、《一場論述的狂歡宴》、《海岸浮現》、《台灣文化的邊緣戰鬥》，編譯有

《阿米巴詩選》、《非洲黑人詩選》等。

在大學一年級時，王浩威因偶然出席了一場關於七等生小說的演講會而成為該校「阿米巴詩社」的成員。這時開始寫的詩，作者自稱為「浪漫主義氣息十足的鄉土詩」，卻頻頻在台灣全省的學生文學獎中得獎。同時，王浩威積極參與社會活動，常以「譚石」筆名在學校刊物上寫社論。由於學制七年，其學生生涯也就「跨越了好幾代各校學生中的異議份子」。一九八五年畢業後，被分到台北一「最神秘也最機密」的單位服役，卻以障眼法大量涉略了亞、非、拉第三世界國家的詩、小說和文化史。正式當了醫生後，仍積極參與文化、社會運動。這樣，王浩威「一路參加了阿米巴詩社、陽光小集、春風詩社、南方雜誌、夏潮／海峽、台灣新文化、現代詩、戰爭機器、島嶼邊緣、洄瀾文教基金會和台灣筆會」，在文學立場上，「永遠預設了一個社會優先性的立場」，只是稍不同於一般社會論的，是他將社會視為一「活體」，並在內心深處懷著對於前衛主義的嚮往。❸

也許正因為這種「分裂的人格，困惑的堅持」，加上八〇年代中期以來台灣反對文化發生的巨大變化和分裂，王浩威陷入了某種尷尬：「對A陣營來說，我可能是有B陣營的傾向；對B雜誌而言，我的A意識形態又太濃了。」❹這其實未必是一種缺失，相反，它說明重視社會性的王浩威並未陷入某種意識形態的偏執，而這也預示著他必然站立的「邊緣戰鬥」的立場。

文學、文化評論是王浩威文學成就的重要組成部分，其獨特之處，即在他採取的「邊緣反抗」的立場和角度。主流／非主流、中心／邊緣、地上／地下、官方／民間等對立統一的關係，成為他考察問題、分析立論的基點。在他心目中，非主流的、邊緣的、地下的、民間的事物，才是充滿生機和力量、具有光明前途的，才能衝破各種固有的桎梏，產生革命性、創造性的成果。以此為出發點，他考察了現代詩在當代台灣的發展歷史，對地方文學、原住民文學、同性戀文學等「邊緣」性的文學現象，投以特別的關注，並主持編輯、出版了高揭「邊緣戰鬥」旗幟的《島嶼邊緣》雜誌。

在〈一場未完成的革命〉等文中，王浩威以其特殊視角，考察了台灣詩壇現代主義思潮的興衰起伏。他認為，五〇年代至六〇年代紀弦、洛夫等揭櫫的現代主義，乃是一種美國式的現代主義。在二次戰後形成的冷戰結構和白色恐怖下，在歐美及其附屬國家和地區中，「純文學」、「純藝術」成為文人求自保的唯一旗幟。隨之而來的新批評，在「統一的、客觀的」教案下，抵抗了三〇年代文學的入世傾向及社會批評傾向，間接壓制了因資本主義危機而來的社會不滿情緒。這種美國式的現代主義，也就成為一種「安全」的現代主義。在台灣，被視為現代主義兩大根球的大陸李金發、戴望舒和台灣「風車」詩社、「銀鈴會」，其實並不強壯，而五〇年代至六〇年代的台灣整個社會情境，正處於政治上軍事戒嚴而經濟上採取嚴謹計畫經濟的社會結構下，「當時的詩人是在這種先天根基不足而後天環境綁手綁腳的情況下，發展出一套扭曲而突變的現代主義，不僅對整個社會只能發生裝飾性但不威脅安全的動作，甚至整個發展也隨著反共壓力的稍緩，而很快被吸納為主流的意識形態」❺。被收編入主流意識形態，對於現代主義未必是好事，「相對於國家的民間力量崛起時，現代主義也就成為反抗的目標了。失去生命的現代主義，自然很快地遭到鄉土文學挫敗」。不過鄉土文學似乎好景亦不長，儘管一九八〇年以後鄉土文學意識成爲新的創作力量之泉源，「然而，這泉源也很快地隨著解嚴的來臨，整個台灣進入全面商品化的消費／資訊社會，而再次被吸收成爲主要的宰制之意識形態」❻。王浩威因此重新寄託希望於前衛的現代主義，寫道：「對台灣的現代詩人而言，失去了消費市場的寵幸而不再是主流發言人，固然若有所失。但也唯有這種『被拋棄』的狀態，才可能恢復有機的自由。這時候，現代詩在商業社會的沒落，未嘗不是恢復『出生地乃是孤獨的個體』的狀態，使得事物從實用計畫中解放出來，恢復原作的活力，而占據一個充滿生機的邊緣戰鬥位置。置之消費商品的死地，而後詩的革命才產生。」❼也許由於主流／非主流、邊緣／中心等其實是不斷變動易位的，而王浩威卻矢志不移地站立於「邊緣戰鬥」的位置上，其擁抱的主義、流派、社團等，也就未必一成不變，這造成了上面所說的A疑之爲B，B又疑之爲A的「尷尬」處境。

站在「邊緣戰鬥」的立場上，王浩威對處於「邊緣」狀態的文學現象給予特別的關注，力圖發掘其被掩埋、忽略了的重要意義，賦予其在文壇應有的位置。其中地方文學、原住民文學乃至「酷兒」（同性戀）文學等，都成爲他關注的焦點。

王浩威對於建立地方文化主體性的強調，乃是有感於地方文化受從西方中心到台北中心等不同位階的中心的影響和支配，而失去其固有的主體性。他以他從小生長和工作過的花蓮地區爲考察對象，指出在花蓮被「發現」的過程中，不論從命名到位置，都以漢族或西方「發現者」的文化世界觀爲中心，證實了對原來居住者的「長久漠視的邊陲化現象」。他以花東小城鎮開始流行「抓娃娃」的電動遊樂器爲例，認爲這「最可以反映出各地的地方社區失去了它文化的主體性，而臣服在以台北爲中心的電子殖民主義下」❽。即使如「文建會」近年來在發展地方文化或社區文化方面表現出極大的企圖心，但從其發行的《文化通訊》等刊物上可看出，這其實不過是將台北的「凝視」更廣大地擴散罷了，「這個『凝視』，隱含了整個台北文化的幽靈，包括對地方文化『異國情調』似的期待與要求，不知眞的是鼓勵了地方文化，還是更進一步擴大以台北爲中心的文化陰影」❾。因此，如何自覺地處理這些影響，「也就成爲地方文化（包括地方文學）存在的一種必要策略」❿。

王浩威強調地方文化和文學，其目的之一乃是凸顯地方文學的特色，建立新的美學領域。他引用近年來後殖民論述和認同政治的理論，特別是黑人理論家史都華．霍爾（Stuart Hall）關於文化認同並非自外於歷史與文化而恆常不變，而是出現在不同情境而有不同再現的說法，認爲所謂的花蓮作家、台灣作家或中國作家，可能在不同的脈絡下，刹那間的認同將是隨時改變的，「在這樣情況下，我們討論地方文學與地方認同，其實是豐富了『台灣文學』大纛下的差異性。兩者之間是互相存在且互爲主體的」；對於花蓮作家，「要成爲台灣文學、中國文學，或花蓮文學，恐怕都不是主觀可以決定的。重要的是：花蓮，這樣的地方認同帶來的差異性，是個人文學創作一種可能的策略——擺脫文學歷史承傳影響的陰影，而建立新的美學領域」⓫。在〈花蓮文學的土地戀歌〉中，王浩威對鄉土文學論戰後，「鄉土」、「土地」被簡化爲一種同質性的代名詞，從而抹殺了文學的地方特色而深有反省。他寫道：「『鄉土』成爲台灣的代稱，存在於台灣內部的差異也就被忽略而抹殺了。這些消失於文學觀點中的差異，包括了：

族群、階級和性別，更包括了地方社群。在台灣文學史上，最被肯定的地方文學傳統應數臨分地帶文學了。然而，即使是這樣歷史悠久的地方文學，它的再現視野依然是整個台灣文學縮小的反映。如何從地方的差異來著手，包括歷史和空間的，將是另一種豐富了台灣文學論述的可能。」⓬

花蓮處於台灣地理上的「邊緣」，「原住民」則處於台灣族群圖譜的「邊緣」。王浩威在其擔任發行人的《島嶼邊緣》第五期（一九九二．十）上親自策劃了原住民專輯《宛如山脈的背脊》。該期刊物的封面、封面裡和封底分別採用日據時代日本人展現異國情調的「橫濱攝影」中台灣原住民歌舞團紀念明信片與封套正面的圖像。「封面說明」中發出質問：「直到今天，是否有關原住民的論述依然只是一種經由選擇和排除的再現過程呢？」該期「編輯報告」中更指出：「台灣原住民的文字歷史一直都是在漢人觀點的敘述中才得以浮現……這一期的《島嶼邊緣》，我們希望做出一些努力，不同於以前觀點的。這樣的反思也許只是一個起頭……盼望的是更多的回響。」王浩威還在《中國時報》發表了〈番刀出鞘——台灣原住民文學〉一文。文不長，但作者多從弱勢文化與主宰文化關係的角度立論，因此頗見深度。他首先指出，對於弱勢族群而言，主體性的建立往往是漫長而艱難的。因爲他們一開始就在不知不覺中接受了強勢者的語言，異化和主體性的崩潰剝離也必然發生。日據時期殖民者的「理番政策」，使台灣原住民被迫承認是日本天皇的子民，日語部分取代了原來的母語，而戰後國民黨當局的「推行國語」運動，「從個別的原住民來看，是結束了祖父母輩向孫子們傳述各族原有的傳說和生活經驗的可能性；從整個族群而看，將是傳統文化和價值觀的消失，不得不被吞噬進中文文化中而不留痕跡了。」接著，作者引入女性主義、後殖民論述等，指出莫那能的詩作可視為已進入弱勢文化面對主宰文化覺醒過程的第一階段，而田雅各《最後的獵人》，已開始對漢文化／主宰文化為中心的世界，呈現出反否定，並比較了另兩位原住民作家孫大川和柳翱（瓦歷斯．諾幹），一者呈現「黃昏的民族」的悲觀基調，一者視文字為文化自主性的戰鬥武器的不同特色。

王浩威的「邊緣戰鬥」的特色，在編輯《島嶼邊緣》中表現得淋漓盡致。在這本雜誌中，編者可說使出渾身解數，多角度、全方位地開發邊緣議題，對主流、中心加以解構。其中最引人注目的，有第九期的《女人國，假認同》專輯、第十期的《邊緣酷兒占領島嶼邊緣》專輯以及諸如《妖言》系列、《（非）男櫃解碼系列》等等。這些專輯、系列大量涉及男女情欲、性、同性戀等話題和題材。如《妖言》系列中，有程奇雲的〈豪放女手記〉、陳雪〈尋找天使遺失的翅膀〉等文，都極為大膽、露骨地描寫了性愛種種。由洪凌、紀大偉策劃的「酷兒」專輯，更以文字和照片等，赤裸裸地展現了同性戀者的身體和行為。當然，這些專輯的作者和編者，乃是將此作為其「邊緣戰鬥」的一個重要方面和手段。在他們看來，當前的社會存在著父系異性戀霸權，而他們對於女性情欲和同性戀的描寫，乃是集合邊緣力量對於中心霸權的反擊。他們宣稱：「沒有這些妖言雜音，便不可能改變、顛覆、摧毀、重組父權異性戀社會的陽具中心色情深層結構。」「女人出軌的情欲能量足以崩蝕父權異性戀體制的根本。」⑬

當然，王浩威未必直接撰寫這類文章。但這些卻共同構成他所編輯的《島嶼邊緣》的特色和目標。廖炳惠在評論《女人國，假認同》專輯的《島邊，倒鞭》一文中指出：「（《島嶼邊緣》的）修辭策略是聲色百般武藝均上場，而且不斷依附在主流資訊文化上，從中加以操弄、戲耍，而其社會運動則透過其他空間及異端論述的開拓去展開。」他以該期〈島嶼邊緣〉爲例，寫道：「……隨著目次，我們發現到一些假宣言、假徵人啓事、投書、海報、圖片、詩及文等，眞眞假假，令人既好笑又振奮，而最後的部分又以『倒邊』的方式呈現出另一種觀點，採用了主流文化的賣點（大事紀、書信、言情短篇、金賽夫人等），推出女同性戀的『心聲』及新聲。短短二十幾頁，圖文並茂而且善用雙關語，在戲弄之中顯出眞情：政治及運動訊息。直到我們看到這個部分，並爲其中的文字、圖像所打動，才理解到『倒邊』所謂的『與女同性戀團體首度結盟』確實貨眞價實，幾乎是匠心獨運了。」廖炳惠認爲：「島嶼邊緣正是要以這種詭譎而歡會式的手法，操弄、解構霸權。」⓮

王浩威的文學評論並不很多，但他在九〇年代興起的這股「邊緣反抗」思潮中，扮演了一個重要的角色，在投身這一浪潮中的新世代作家中具有代表性。

第二節　紀大偉、洪凌、陳雪：「酷兒」書寫邊緣情欲

某種意義上說，紀大偉、洪凌、陳雪、曾晴陽等的所謂「新感官小說」，凸顯了邊緣反抗的激進姿態。

新銳小說家紀大偉、洪凌等將英文「queer」譯爲「酷兒」並以此自詡。queer原義「怪胎」（稀奇古

怪之事物），也指稱「同性戀」。而「同性戀」確是他們熱衷描寫的內容之一。

其實「同性戀」很早就已成爲台灣小說題材。從八〇年代前行代作家白先勇的《孽子》，到九〇年代「新人類」作家楊麗玲的《愛染》，其間顧肇森、葉姿麟、梁寒衣、藍玉湖、黃啓泰、西沙、江中星……眾多作者的此類創作不絕如縷。一九九四年朱天文《荒人手記》和邱妙津《鱷魚手記》雙雙獲得《中國時報》的文學大獎，由此可見其盛。

一般的「同性戀」題材作品重在描寫情和欲的諸般面貌，面對傳統規範和主流文化，其人物基本上採取防衛自辯的姿勢。如楊麗玲的《愛染》以台灣第一個愛滋病死者弟弟的口吻述說作爲部分人類的一種自然生理現象的「同性戀」所遭世人的誤解，同時也告誡同性戀者在追求自我實現的同時，也應自我檢點，樹立專情相愛的正確愛情觀。儘管《愛染》比起《孽子》，多了一層同性戀者角度的自我省思意味，但總的說，並沒有超出防衛自辯、爲同性戀者尋求理解和同情的範疇。

與以前「同性戀」題材作品的採取守勢截然不同，「酷兒」意在質疑、鬆動乃至徹底顚覆在他們看來屬於一種霸權的傳統道德法律和社會體制。洪凌認爲：「在同志的平權運動裡，美其名爲了讓大眾接納同性戀者，以『我們也是正常的』呼籲來作訴求，我以爲眞的是很有漏洞。」紀大偉也表示：「只供人認同的心情故事並不能滿足我們……我希望在文學之內／之外看見錯亂逾越的狂歡節，因爲錯亂才能釋放出被主流文化掌控的能量和空位，平時被忽視的欲念和主體才能獲得基本的位置和相量。」⑮他們在解釋爲何不將「queer」譯爲「同志」時稱：「queer」本意就是尊重、喜愛歧異，不宜譯爲黨同伐異的「同志」；「酷」帶有頡頏色彩，是抵禦主流意識形態的態度，「兒」則期許和暗示情欲如兒童一般有著持續成長變動的潛力[16]；至於「出匭」一詞的採用，則因不滿足於「出櫃」（同性戀者公開其性向身分）的消極性而鼓勵更主動的「出軌」，遂以新造詞「出匭」涵蓋二者。這就將他們自覺、強烈的反抗、顛覆性格表露無遺。

紀大偉，一九七二年生於台中縣大甲鎮，台大外文系畢業，後就讀於外文研究所，著有小說集《感官世界》、《膜》等，翻譯小說《蜘蛛女之吻》，曾編輯《島嶼邊緣》雜誌之「酷兒」專輯。

同性戀是紀大偉熱衷的題材，科幻則是紀大偉最喜愛的藝術形式之一，因爲科幻作品中的豐富想像和隱喻，爲「酷兒」突破傳統主流秩序提供了極爲廣闊的空間。紀大偉小說處理的核心主題，則是身分認同的問題。在他看來，人都是從娘胎裡出來的，決定一個人的關鍵因素是後來的身分認同（包括政治理念和性別傾向等），而他著重探測的是，在人／獸、異性／同性愛、幻想／眞實的邊際，一個人如何知道自己的身分。[17]在科幻情節中揉合了同性戀情愫的《聯合報》中篇小說獎作品《膜》，是一典型例子。小說女主角、美容師默默，其實是一個人造的「生化人」，介於眞人和機器人之間，其思維感情與人無異，但所有的歷史記憶都是從外輸入，由電腦控制。她所從事的貌似爲人們創造或重建青春美麗的工作，其實是爲可能導致世界滅絕的戰爭服務的，但她自己對此卻一無所知，因這些在她思維、感覺裡，都已幻化爲一個正常人的生活。誠如吳念眞所認爲的：這是一篇有殺傷力的科幻小說，看完後有胸口被狠狠刺上一刀的感覺：「身體是別人的，是被改造的，所有歷史記憶是被輸入的，你做的事情是什麼你不知道，原來是夢……你只是一個大腦，當你要探察你的眞實來源的時候，卻發現完全不堪，你以爲自己在塑造美麗，其實是最醜陋的東西，而你卻不知道。就像我們支持一種主義、理念，或反對某些東西，最後卻發覺都只是謊言。」⑱也許正是在這個意義上，紀大偉宣稱：「《膜》是性政治文本，是酷兒的科幻小說，是僭僞的女性官能之作：既不寫實，不自然，也不道德。我們目前被迫認同的寫實自然，算是哪些人的道德呢？是誰所定義的呢？面對衣櫃，我的書寫免不了聲音與憤怒。」⑲

與一般同性戀題材作品相比，紀大偉的小說確實「酷」得多，因爲其中充斥著膻色腥風景，陰濕、瑣碎、怪譎的異色描繪。如新作《臍》，借用著名的佛洛依德心理分析案例中包括西蒙・佛洛依德本人在內的相關人名杜拉、K女士、西蒙等爲小說人物。作者「懷著惡作劇的嘿嘿心理」⑳，將西蒙設計爲一個具有雌性同性戀性向的男脫衣舞星，每日在專爲不喜女色的同性戀男觀眾開辦的舞廳表演；以前曾因被譏嘲爲「不男不女」而與人吵架，受傷住院期間受到護理義工杜拉的充滿母性的照料，從此留戀於她的懷抱，喜歡偎靠、入睡在她的懷裡。某次生日，杜拉購買一個帶有腰帶的的玩具陰莖作爲禮物贈送。小說中的「我」爲K女士，無法忍受丈夫的溫存呵護而離婚，後因乳腺癌割去雙乳，乾脆女扮男裝；在醫院中結識杜拉，兩人發展了同性戀關係。K後來自動離開杜拉，卻根據杜拉的日記，尋找杜拉曾去過的地方，感受她存在的感覺，由此認識了西蒙。在西蒙寓所，「他偎入我腹部凹處，我懷抱他」；爲了「好玩」，「我們穿戴那副人造陰莖上身，別無衣物：橡膠陰莖根部的腰帶圈在我腰際，黑色莖鞘沒入西蒙的地獄深淵。他的幽秘孔穴猶如另一枚臍眼」，拍立得相機即時彈出的照片中，「我們一女一男相連，塑料玩具是兩人之間的臍帶」。如果說白先勇、楊麗玲等的此類題材作品顯然仍未脫離寫實的基調，那紀大偉借用佛洛依德案例中的人名，顯示了極爲明顯的象徵意味。特別是小說人物忽男忽女，顚來倒去，其混亂怪譎，爲前者不可相比。其中K女士以女性主義意識作爲其雄性女同性戀性向的觸媒，西蒙對於世人稱其「不男不女」的嘲笑採取不理睬的躲避態度，實爲一種我行我素、自得其樂的張揚自我的姿態，比起白先勇等筆下悲觀自棄、乞討世人認可的「黑暗王國」中的同性戀人物，顯得更爲積極和張狂。由此可知，紀大偉的這種異色描寫，自然不能全以嘩眾取寵視之，它其實代表著作者反抗主流秩序的一種姿勢。

著有《肢解異獸》、《異端吸血鬼列傳》、《宇宙奧狄賽》等小說，並譯有惹內《竊賊日記》的洪凌（一九七一—），其作品由於充斥著「吸血鬼」意象，其「酷」比紀大偉有過之而無不及。其實，將「吸血鬼」素材引入當代台灣文壇的，並非始自洪凌。一九八九年梁寒衣獲得《聯合文學》小說新人獎中篇小說推薦獎的《黑夜裡不斷抽長的犬齒》，寫的就是「吸血鬼傳奇」。小說以極盡譏嘲之能事的犬儒式筆調，瓦解了宗教信仰的神聖性：聖徒尼古拉自以爲死後必可上天堂享福，沒想到醒轉來卻發現自己仍在墓穴中，並且變成身上長毛、嘴中長獠牙的吸血鬼；而外面的尼古拉市已因爲他的「使徒升天」的奇蹟而吸引來眾多的朝聖者，迅速發展成爲首要的觀光城市。尼古拉最初認爲是上帝在考驗他而強忍嗜血的欲望，後來飢腸轆轆而大開殺戒，由此引來更多的觀光客，使市民大發利市。小說最成功之處在於以令人莞爾的嘲諷筆調，透過特異題材對當前社會作了影射。

與梁寒衣有所不同，洪淩的「吸血鬼」與安・萊絲（Anne Rice）筆下的黎斯特（Lestat）等形象，有著更緊密的淵源關係。在他們看來，「吸血鬼」乃是「酷兒愛欲活動的先驅象徵」，因為除了口交、肛交等外，「吸血鬼還發展出『頸交』——從此，胃口過大的酷兒們不用耽心了！只要磨利獠牙，你所渴望的肉身就任你穿刺，毋須有孔洞才能插入」㉑。在其小說中，洪淩融合了科幻、後設、魔幻、色情等種種因素，呈現給讀者一個時空交錯、人魔混雜、欲情橫溢、腥香血色的世界。吸血鬼的現世交會，往往緣於前世的情分，經過隔世的等待，有的對以往已不復記憶，但一經接近，冥冥中總能相互感應交纏，完成以獠牙穿透彼此肌膚和頸項的血的盛宴。如〈在月光的陰影之上〉中的敘述主角「我」為法國大革命時代某無政府主義者、小說作家（或其不同輪迴的化身），第二人稱主角「你」為十九世紀德國某著名虛無主義哲學家，兩人實為同類的吸血鬼。「我」以後設口吻敘述：經過耐心地等待，就在下一頁，「你」、「我」即將重逢。在以前寫的另一篇小說裡，「我把自己化身為不斷被肢解、而後在破敗的屍身殘骸上浴血重生的狄奧尼索斯，你是我歷經挫骨揚灰依然永世惦念的摯愛」；而在現在所寫的小說中，「你」成為鍥而不捨的血液研究學者，來到書店，便敏感地為「我」的小說所吸引，而「我」正在那裡等候，兩人得以「投往對方的懷抱，以銳長如水晶柱的獠牙穿透彼此的肌膚、血液、靈魂」。又如〈獸難〉中尤利安・奧古斯汀為獸人合體、血肉激沸的豹人，戴孚蝶兒則為以冷凍意識、冰化肉體為存在基型的吸血種族，她們在十六世紀末就曾有過一段因緣，而在世界幾乎被核戰毀滅的二〇九九年的倫敦的某一嘈雜酒吧，兩人因特殊念波而相互感應、吸引，不顧灼熱陽體和涼冷陰質的交合將引起的冰火互噬、形毀神殞，將獠牙或豹牙插入對方噬咬邀約的肉體，引發出淒厲而又狂喜的叫聲。〈星光橫渡麗水街〉中的「我」（「特種異度空間少女」非戴拉）因負責調查十二件連續發生的「血字謀殺事件」，依靠電腦對凶手留言加以排比、分析，發現這一切都是「虛無閣樓」酒吧的樂團主唱、十三歲的小女孩所為。當她唱歌時，「我」即被迫闖入她的意識旋渦，目睹她的被女吸血鬼捕獲，從羔羊變為惡星的超自然生命旅程。女孩告知「我」，她幹出這些男體姦殺案乃是為了「設計一樁讓我感興趣的超自然案件」，那些沙豬屍骸的功用就是引「我」注意的誘餌。而「過去的二十九年我已經壓抑到極點，竭力忘記我的本性」，現在則「溜出我持續了二十九年的『人類化』生體程式」，「長嘆一聲，讓兩顆深埋於齒齦多年的長眠獠牙甦醒」，並將不斷抽長的利牙刺入她的體內，「我」和她「終極的快感就是在深入對方的同時也被對方穿蝕」。這篇小說的特異之處是所描寫的案件中的十多名被害者（獵物），都是炙手可熱的中生代軍政界男性，包括「立法委員」、「警政署長」等，小說對這些人加以嘲諷，在宰制／反宰制的糾葛中推進情節，因此增添了現實的批判意義。賀淑瑋在〈吸血鬼的異人世界〉一文中寫道：在近年的好萊塢吸血鬼電影中，使「觀眾深感顫慄的，恐怕不是吸血鬼的牙齒，而是那盤結在吸血鬼之間的，『似曾相識』的生命糾纏。鬼的情境彷彿是人自身困境的移植」。這話用來形容對此類電影頗感興趣的洪淩，也是十分合適的。

洪淩在回顧自己的創作時說道：「在『敲打樂』專欄裡，我們常有以酷兒炸藥與基進煙火冒犯『正常』讀者的經驗；而有些細心的閱讀者或評論者在我的小說集《肢解異獸》裡，更看到同性情欲的多種異化和變形，摻雜諸多通俗青少年反文化與感官現象：例如，在〈純眞罪行〉提及少年殺手與大學男教授的『畸情』、父子戀情結、反——反毒（當然也認同被體制擠壓醜化的罪犯）等元素；在擬仿電腦龐克與虛擬眞實（virtual reality）的〈記憶的故事〉裡，我刻意將敘事方法弄成一場角色扮演游戲（RPG）的形式——不但有雙頭蛇頭尾相舐／相弒的同性情欲／殺欲之並列對照，也將大量的MTV影像處理方式挪移到文字的場域，零碎化所謂的『主宰論述』（master narration）講究無縫隙、頭尾完整、自給自足的觀點。至於對漫畫的愛好與耽迷（特別是環扣著世紀末叛徒風採的日本第四代少女漫畫，如尾崎南血味濃烈的《絕愛——一九八九》，麻麻原繪里依雕琢出神話之愛恨辯證的《須夷樓閣》，CLAMP剔透又荒淫的《東京巴比倫》，還有在《鐵靖廢園》強調魔法、人工建構的肉身，陰陽同體以及未來冰冷景觀的華不魅……），這些素材的添加和插植似乎讓我的文本充斥著所謂的異國（exotic／異色（sensation）情調。」㉒

當然，洪淩也並非所有作品都這麼「酷」。如科幻長篇小說《宇宙奥狄賽》的筆觸就溫和、自然得多，內容上則包含著「永生未必是幸福」以及「反宇宙」等哲學命題和概念的鋪陳，與一般的科幻小說並無多大區別。

陳雪的小說在情色描寫方面比紀、洪等更為肆無忌憚。她的部分小說充斥著肢體感官、作愛場面的描寫乃至赤裸裸的性器展覽。皇冠出版社同時推出陳雪《惡女書》、曾晴陽《裸體上班族》、紀大偉《感官世界》、洪凌《異端吸血鬼列傳》的四本「新感官小說」，只有《惡女書》一書由出版社主動以「兒童不宜」的方式限制發行。誠如張芬齡所言：「陳雪在這本小說集裡，以近乎傾瀉的筆調書寫女同性戀人的沉淪與掙扎，失落與追求，狂亂與狂喜。在處理性愛的場景時，她更是以強光聚照式的字眼，攤開人物的肢體，直接訴諸讀者最原始的感官。」㉓當然，在這本包括四篇小說的集子裡，並不是只有情色性愛，作者塑造了若干社會畸零人物，並試圖揭示其人格形成的社會原因。如〈尋找天使遺失的翅膀〉中的「我」（草草）十二歲時父親車禍早逝，母親為供養女兒而當應召女，女兒上大學後卻自殺身亡。十二歲時「我」為母親感到羞恥而逃離家庭，十七歲開始以性的亂交當做對母親的報復，成為高中女生後奔波於學校和男人之間而成績依然頂尖，上大學文學院後，夜夜泡酒吧與男人進行性愛遊戲。小說透過小說人物草草所寫的小說，鋪展了另一段同性戀情——草草和「靠著男人對她的欲望營生」的女子阿蘇的同性戀感情。阿蘇美麗聰慧但敗德無情地玩弄男人，對「我」卻喜愛無比：「那些口袋塞滿鈔票的男人渴望獵取阿蘇的肉體，阿蘇渴望喚醒我已死寂的愛情」，而「我那在男人懷抱裡冰冷麻木的身體，在阿蘇的愛撫中就復活了，火熱地燃燒起來，變得那麼敏感、狂野……」，感到重返了自己、發現了自己，其實阿蘇可能是名為「蘇青玉」的母親的化身——由此女主角表達了對母親的眞實感情，也表達了對污濁、淫穢、視女性為玩物的傳統男性觀念的不齒和擯棄。

一九九六年九月出版的《夢遊一九九四》，比起《惡女書》，顯然更具有情節結構的完整性和敘述的順暢性，同時也更具有讀者可把握和理解的思想內容。或者說，它們顯得更通俗易懂了。

〈色情天使〉可說是以第一人稱「我」和第二人稱「你」為主角的「傾訴體」小說。內容為一名為「小鹿」的年輕女子，在她的男性情人、性無能的自閉畫家被其大膽的性行為驚嚇而嚎啕大哭並失蹤後，向他所作的自語式的傾訴告白，除了回顧因畫家酷似她的哥哥而「一見鍾情」地展開性愛關係外，並向他傾訴了自己多年來豐富複雜的愛恨情仇。其中包括與阿蕾的女同性戀關係，與某牙科醫生的只有性欲而沒有愛情的關係，還有與「老爺」的建立在金錢基礎上的、以少女青春肉體撫慰垂死老人靈魂的關係，與因小時候目睹父親被砍殺而有嗜經血癖的交通警察小巒的關係，特別是與她的親哥哥，由於相依為命、兩小無猜而由手足之親自然成長為男女情欲的亂倫之愛。女主角的多樣貌、多性向的愛欲生活，甚至已超出了「異性戀」、「同性戀」等「單性戀」的邏輯，而進入了「雙性戀」的範疇，而小說所要證明和顯示的，即是自然情欲的多樣性，以及不妨以平常心看待之的姿態。小說寫得如泣如訴，「我」和「你」的愛欲糾葛以及「我」和他（她）們的性愛關係相互穿插，其間的絞合轉換如水流無痕，藝術處理堪稱上乘。

另一篇小說〈蝴蝶的記號〉更透過人物的人生經歷和內心世界，賦予這些千姿百態、形形色色的自然情欲以人格的高尚性和道德的正當性。小說的主角、女教師蝴蝶似乎是一個乖順、平凡、生活美滿的女子。在中學時代曾有一段同性戀情，後來在母親的干涉下斬斷情緣，嫁給一個體貼上進的丈夫，並生下一個女孩，過著平凡而美滿的生活。未料邂逅一個同性戀女孩，再次點燃一段同性戀情。女主角因此陷入兩難之中：要像以往那樣多爲家庭、他人著想，當個溫順的太太，維持家庭表面的「美滿」，或是順應自己的自然本性，尊重自我，冒著家庭破裂的危險追求自然情欲的實現？小說由女主角又牽連出幾條支線：女主角學生時代與同學眞眞的同性戀情；女主角的兩個女學生的同性戀情；女主角母親老年發生的同性戀情等等。前兩者都因受到傳統觀念的阻止而導致悲劇的結局，而母親年輕時曾爲追查丈夫的外遇而費盡心機，晚年在兩情相悅的同性戀人那裡尋得了生活的希望，獲得了幸福生活的前景，並毅然提出離婚的要求。面對種種悲歡離合，女主角深自反省：「這是根生於我體內的本能，我只是不想再欺騙自己。」「那種爲了維持外人眼中的和諧美好而付出的代價完全扭曲了我的人生」，「我不要再來一次」。「我是只會愛女人的，我不只一次感受到這樣的呼喚，過去我都抗拒逃脫掉，然而我遇見了阿葉，一個仍像女孩子卻如此使我著迷的女人」，在兩人狂熱地做愛後，女主角想道：「在心愛的人面前是不需要害羞的，我從來缺乏的就是這麼放心大膽地表現自己的情緒和欲望，我一直小心翼翼戰戰兢兢深恐自己傷害別人、影響別人，甚至連做愛時都要考慮自己表現得夠不夠溫柔體貼……可是我不喜歡做這種人，我已經厭倦了。」「就算只有一次也好，我要讓自己再次能熊熊燃燒。」女主角甚至跳出情感的局限而對同性戀者與社會的關係有了更理性的思考：「我不認爲兩個女人不能撫養孩子，什麼是正常的家庭正常的小孩呢？悲劇不斷在我身邊上演，使我無法再輕易地順從別人的期望，滿足旁觀者無聊的評斷，也許孩子會問我關於爸爸的事，也許她會因爲別人的恥笑而受傷，但我會讓她明白，這世界上不是只有一種樣子，別人有爸爸，但妳有兩個愛妳的媽媽，我不會編織美麗的謊言來騙她，我要讓她知道，即使我們跟別人不同，但我們有屬於自己的世界，我們需要更多勇氣才能走下去，但我們絕不輕易放棄自己的希望……」顯然，小說人物顯示的道德的正當性，就建立在對「自我」的追求和對人類生活方式多樣化的認可上。

其他作家的同性戀題材的小說，或者將同性戀當做一種病態或社會問題，致力於探究產生同性戀的社會原因；或者描寫同性戀者在男權異性戀中心的社會環境中，孤獨慘烈的命運，對之表達同情。像陳雪這樣賦予同性戀者冰清玉潔的氣質、追求自我的人格力量和頗爲光明的現在與未來，是比較少見的。正如紀大偉所言：「陳雪的文本讓不一樣的聲音也有發言的機會。這些聲音在理性生活中是被壓抑的，沒有正當性……實則這些多樣的女同性愛欲卻得以在陳雪的字裡行間舒展開來，像是沸水中的茶葉緩緩綻放肢體和香味。」㉔陳雪試圖以她的筆，照亮這一社會的邊緣角落，表現了她衝破世俗觀念的邊緣反抗的姿態。

對於楊照爲《惡女書》寫的序言中所謂陳雪「刻意抽開了社會脈絡」、「將原本是實實在在的生活演出……改寫成一個沒有特定時空定點的普遍化故事」的說法，紀大偉頗不以爲然，寫道：「我們要反過來問，這個台灣社會給了同性戀什麼樣的脈絡？這個社會脈絡只被中產異性戀男性占據，它給了邊緣族群什麼樣的位置？不是同志/同志文學沒看到社會，而是社會沒看到同志/同志文學。……『社會』究竟是什麼？難道陳雪所寫的人生百態，瘋狂與夢境，就不算是社會的一部分了嗎？男人的生活才算是社會嗎？」紀大偉認爲：「其實陳雪寫『惡』就是在挑釁法統，她在擴大女同性戀的面目（而不是在逃避女同性戀身分），她在異性戀主流社會的夾縫中經營女性的、同性戀的次文化（而不是在逃避社會）。」㉕這就將陳雪的（也是他們這群作家共同的）邊緣反抗的立場，表白無遺。

從客觀上講，這類「酷兒」寫作無形中顯現了二十世紀末台灣社會的時代氣息——一種狂野色彩、敗德氛圍和悲鬱況味。從主觀上講，作者的根本目標即是以自己所站立的「邊緣」對抗、鬆動、瓦解「中心」。因此他們以各種「邊緣」的東西（如同性戀在異性戀中心體制中屬於「邊緣情欲」）爲書寫對象，以此作爲對現行道德法律、社會規範和主流秩序的顚覆和反叛。這樣，即使這些作品只描寫「性」，而其以邊緣顚覆中心的本質其實已涉入了廣義的「政治」。

從文學質地講，「酷兒」文學對邊緣議題的開發、對中心霸權的瓦解以及基本的反寫實風格等，都顯示它屬於後現代文學的範疇。因此它和稍早的林燿德、陳裕盛乃至張大春的後現代小說，或多或少有著某種延續性。正是在以「邊緣」身分對固有「中心」加以顚覆這一點上，最明顯地體現了「酷兒」與後者的精神聯繫。

第三節　張啓疆：邊緣族群的淪落和反省

一九九七年一月出版的《消失的□□》將張啓疆的「眷村小說」集爲一冊。「眷村小說」作爲描寫台灣社會從中心淪落至邊緣的某一特殊族群生活的創作，在此之前已有朱天文、朱天心、蘇偉貞、袁瓊瓊、愛亞、蕭颯、張大春等作家的經營。與這些作家相比，張啓疆有其不可替代的特色。如果說朱天心、蘇偉貞等早期的眷村小說飽含著對於眷村的款款深情和不忍，其認識價值在於對一種「眷村文化」的描寫和展現，那張啓疆更多地深入眷村人那惶惑、迷茫、失落的內心世界，更多地刻寫了逐漸淪爲邊緣族群的眷村父老兄弟那與時代、政治糾葛在一起的命運悲與喜。朱天心、蘇偉貞等近年來的眷村小說固然也有了對於眷村人的歷史和未來的反省與思考，但張啓疆的種種描寫、反省和思考顯得更爲深入，更爲觸目驚心。當然，這種效果的取得，與作者調動了象徵、魔幻、意識流等現代藝術手段有很大的關係。

對於離鄉背井的遊子，過去人們常用「飄萍」等意象來加以指涉。張啓疆則別出心裁地用「懸棺」來象徵眷村人的處境和命運：「守著奶奶的靈柩，我夢見一具黑棺橫插在斷崖上，不能入土的懸棺」。「懸棺」意象貼切、生動而又有多重的意蘊。它猙獰詭異，既象徵著眷村人（特別是第一代）那無處著落的處境和命運，又承載著某種歷史的詭異和神秘。這種對於歷史的詭異感，乃是他們特殊的經歷和心理狀態所鑄成的。他們經歷了硝煙瀰漫的「大時代」，被迫離鄉背境，落入有家不得歸的尷尬；到了台灣，也曾抱著「反攻」的希望，其實只是不可實現的迷思，卻陷入了與當地人未能融洽的牴牾之中，並在軍伍和眷村之外的社會生活中，受挫多於成功。隨著時間的推移和眷村的沒落，過去和現實的種種交疊穿插，他們那混合著鄉愁的歷史記憶，有意無意地遭到遺忘或篡改，因此呈現模糊一片，已到了難以分清眞假的地步。〈故事〉、〈遺囑〉等篇對此有生動的刻寫。前者中的敘述者「我」爲眷村的第二代（其實是不知親生父親是誰的私生子），他不斷聽到父親講述參加過台兒莊戰役的祖父帶著六個殘餘的士兵迷失於沙漠中的故事，而故事中祖父則反覆講述著一個以肉身對抗日寇的三千人大刀隊，在敵人的炮火下「灰飛煙滅」，化爲塵土的故事。小說充斥著各種夢魘、幻象、回憶、編造、心靈感應等錯綜神秘的心理活動。父親不時發出令人悚慄的哭叫：「我忽然記不起從前的事情了，兒啊！我忘了過去的一切，我們的過去都不見了嗎？」來到大陸的古戰場尋找父祖蹤跡的「我」，懷著「我不回來，台兒莊戰役，我們的過去會永遠消失」的心情，又覺得「或許，失蹤的是我，像一縷煙，飄過歷史的沼地、光陰的斷層，宇宙之外的另一種絕對時間」。三代人的這種種迷茫和疑惑，乃產生於一種想割斷，其實又割不斷，對自己的過去早已動搖，卻又難以忘卻的歷史情結裡。而這種心理並非個別現象，〈遺囑〉的老兵也有這樣的悲哀：「不過是寫給自己的一封信，怎麼一提筆凝神，腦袋就成了漿糊？上回和上上回也都是這樣。回憶似濁水，怎麼瞧怎麼想，都像噩噩渾渾，無著無邊的黃粱大夢。」由於歷史記憶的斷裂，眷村人的心靈遭受扭曲，因此，眷村成了「視覺的疊影」、「想像的渦紋」、「聲音的迷宮」，「在某種意義上，我們的村子又是一座夢想的國度，而且不是美夢的本身或終點，恰恰相反，它是噩夢的啓程，連接兩座峰頂的虹橋」（〈君自他鄉來〉）。

眷村人不僅丟失了歷史，其「家」和「國」也陷入吊詭之中。〈躁〉一作中智障、自閉的陳小弟（阿華）汲汲於製作積木模型並將它稱爲「國」，又是一個具有特殊象徵意義的意象。陳小弟似乎痴傻智障，但在製作模型方面卻有特長，其中有房屋，有道路，有城市的樓閣和霓虹燈，甚至有幽靈般能夠活動的小泥人。他似乎決意與他的「國」共存亡，當他知道眷村將改建，他的「國」即將和眷村一起被拆掉時，大發酒瘋，嚎啕痛哭，最後離奇失蹤，屍體被發現於某工地的蓄水槽內。陳小弟和他的「國」的故事，也許正影射著固守某種意識形態的官兵和眷村子民迂腐、愚昧如智障小孩一般。好在眷村人的心目中，「國」正逐漸爲「家」所取代。〈君自他鄉來〉中當了業餘畫家的眷村人在他的新宅中天天陷入有關過去的夢境中：「我老是在現在的方形客廳夢見從前的長廊。好幾次，我彷彿意識清醒地撫摸十年前斑駁的磚壁，十五年前失戀時捶牆撞頭留下的血跡，以及更早的時候，不識文字的我在主臥室窗玻璃上創作的鉛筆塗鴉。我用力觸撫那些褶痕，弄到手痛，欣喜激動得不肯醒來。夢中總有人提醒：『你是在做夢。』我寧願做個被夢者，永遠活在夢境，成爲某個自閉兒或我自己的兒子的驚夢對象；我的一生，因爲兒子的夢話而存在……」畫家妻子則對丈夫說：「你想得太多了，這裡就是我們家，你忘了，你曾從這裡搬出去，又搬回來，只不過從正義新村變成正義國宅。你不是說，現在的位置恰巧是老家的舊址，睡的床幾乎就是小時候擺放搖籃的地方，只不過從一樓升高到七樓。這裡才是我們自己的家，從前是國，現在是家，而且，你的兒子就要出生了。」（〈君自他鄉來〉）所謂「從前是國，現在是家」，也許可視爲作者希望眷村人能從虛妄的「理想」中解脫出來，回到更實在的現實生活中的勸誡。當然，這個「家」，已非原來意義上的「家」。原來的「家」，無論是故土原鄉或眷村「第二故鄉」，都已成爲眷村人飄渺、永久的夢境。

歷史記憶的混亂和家園的失卻，其實與眷村人未能樹立本土扎根意識，與本地生活融爲一體有關。張啓疆從小喜歡棒球運動，而棒球又因在台灣開展很普遍而被視爲一項「本土運動」，因此張啓疆很自然地將棒球作爲他的又一個常用的隱喻：「你們的故鄉不是本壘板，而是某個殘壘的壘包。」對於眷村子弟而言，棒球正象徵他們「離家或回家的循環遊戲」。張啓疆形象地寫道：「你們舉臂、抬腿、揮棒、投球，奔向一壘、盜上二壘或奔回本壘，每一個動作都像螺旋般的球線環繞著完封的球心。你們看不出隱藏在完全比賽裡的不完全的觀點，每一回合的『離家』其實是爲了『回家』，每一支強襲球，每一顆想飛的意志，如果不落入敵人的手套，就得回到原點。即使轟出大滿貫繞場一周，或和在地的孩子幹上一場群毆械鬥，以爲搶回父輩遺失的地盤，實則又誤闖了別人家的後院。從這點看，你們的家鄉乃是他鄉。」（〈君自他鄉來〉）上一代迷失在他們的歷史記憶裡，而下一代卻沉浮於現實的浪潮中，爲生存而奔波。透過棒球，張啓疆道出了眷村子弟對於「父親中國，母親台灣」的眷村那「割不斷，理還亂」的複雜心緒。典型的例子是曾獲得《中央日報》文學獎的〈消失的球〉。

在《消失的□□》一書中，曾被葉石濤稱爲「有深度地談到省籍對立」的〈消失的球〉，具有提綱挈領的作用，因省籍矛盾對於眷村來說，其實正是問題的關鍵——省籍矛盾的產生與眷村的特殊組織型態不無關係，反過來，省籍矛盾又深刻地影響著眷村一代又一代人的命運。如〈消失的球〉一方面描寫眷村子弟與本地的農家子弟，各自成幫結隊，在各方面相互競爭乃至相互爭鬥，而在一場球賽中失敗的陰影，緊緊籠罩著小說中作爲眷村子弟的第一人稱敘述者「我」，三十年後仍未消退，而當年的對手擢升爲今日的上司時，內心的鬱結逼使他寧願丟掉飯碗辭職他去。

當然，眷村子弟也並非都是生活的挫敗者。然而，即使有人發跡了，其心靈也烙下了特殊的印跡。或仍心存餘悸，或仍孤獨自閉，疑惑重重。在眷村眾多的「陳小弟」中，當年某個氣浮性躁、騖遠好高的陳小弟，靠著十分的努力和十二分的鑽營，攀上某家著名集團的總經理寶座。他眞的希望忘記過去的一切，或者根本沒有過去，或者，貧民窟的歲月只是志滿意得的他對過去的一段幻想。但穿金戴銀的他仍抑遏不住「回到老家」的衝動，好像自己是個蹺家的孩子，「緊接而來的問題更頭痛，自己的發跡經過，以及此刻回想過去的懵昧心境，會不會是從前那個頑邪的自己的一瞬錯覺？從頭到尾，他不曾離家半步？陳總經理的『未來』，只是過去那位端坐桌前假意背書的陳小弟，因爲作弊得逞而妄想日後投機致富的幻景？」長久以來，他「漸漸習慣與自己的影子交談，或者，在旁人眼中是自言自語，或者，是陳總幻想自己在一問一答。或者，長久以來，他已經變成自己對自己說故事的老爺爺……」。

張啓疆對於眷村子弟未能從較狹隘的眷村情結中解脫出來，樹立扎根本土的意念，與當地社會相融合的缺失有著深刻的反省。然而眷村子弟的不良處境，其實有著雙方面的原因。部分當地人秉持其狹隘的本土觀念，將眷村視爲外來之物而加以排斥。這也是眷村人悲愴命運的成因之一。〈失蹤的五二〇〉對於眷村子弟的淪落及其原因，有著生動的描寫和揭示。

〈失蹤的五二〇〉具有張大春《四喜憂國》式的黑色幽默意味。小說作爲眷村子弟的主角張台生，其父輩往往是那種「寧死也不願改變生前所信奉的眞話或謊言的人」。每年張台生生日時，父親總要爲他買生日蛋糕，蛋糕表面鐫著秋海棠圖形，父親以此激勵兒子有朝一日帶著他的骨灰打回大陸。張台生卻發現「秋海棠右下方缺了一塊，沒有台灣」。眷村子弟會唸書的，往往走上大學、留學之路，有些書唸不好的，則往往淪落爲街頭群氓和癟三。張台生即屬於後者。他背負父母的殷殷期望，卻身無長技、無所事事。爲了生活，成爲「職業街頭運動家」，受僱於人，在街頭運動中充當直接與警察對抗的馬前卒，用血淚傷痛換取一杯羹。深具諷刺意味的是，這些運動往往是所謂本地人發動的「民主」運動乃至台獨活動，而這本來是與眷村的父輩們格格不入的。因此遭來旁人「這孩子，怎麼對得起他的父母」的悲嘆。更令人悲憫的，這位爲本省人賣命的人，其實得不到本省人的認同。一天夜裡他和一群本省人遭遇，他大喊：「不要打，都是自己人，我和你們是同路人。」卻被那群人緊緊圍住，「幹，這個外省口音的，不是便衣就是抓耙子，給伊死。」拳毆腳踢，連咒帶罵，彷彿在發洩某種血海深仇。作者在反省之餘，也爲淪爲邊緣族群的眷村人發出不平之鳴。

在眷村小說中，張啓疆常運用象徵、意識流、魔幻等手段，製造詭異、悲淒或悲壯的氛圍和格調。眷村出身的張啓疆常以張姓的第一人稱爲敘述者，帶有現身說法的味道。除了眷村小說，張啓疆的其他作品也深具特色。極短篇小說集《如花初綻的容顏》，分爲「如花初綻」、「欲望拼貼」、「沙文專線」、「沼澤與內臟」、「血的流域」、「死的況味」、「後子宮時代」、「上帝之子」等輯。這些小說雖未必有個性十分鮮明的人物形象，更未必有曲折討喜動人的情節，但靠著作者剛勁的文字、奇詭的景觀、深邃的哲思，而有如散文詩般的格調和魅力。其兩大主題「愛欲」和「死亡」雖是古今中外文學的恆常主題，但張啓疆將此放置於「都市」的背景下，而有了與前輩作家不同的新的表現。《小說、小說家和他的太太》則收入了〈舉頭三尺有神明〉、〈流星號殺人事件〉、〈軍醫〉、〈上帝之子〉、〈殺無赦〉、〈S計畫〉等二十六篇長短小說。這些涵蓋現實和虛幻、寫實和後設等等諸多體裁、題材和技巧，而又扣住現代都市人的行為特徵和心理狀態的作品，顯示作者與同齡的林燿德走的是同一條路子。這也許是他們這一代作家的一種共同的特色。

第四節　陳黎、林宜澐：島嶼邊緣孕育的包容和戲謔

根據李瑞騰的考察，台北從清代起，就是文風鼎盛之地。到了當代，台北處於台灣政經的中心位置，也是快速現代化起來的都會，具備完全充分的文化發展之條件，「整個台灣的文學傳媒、出版社，以及文學性社團，大部分都在台北」，大部分的作家匯聚於此，大部分的文學活動集中於此，眾多的文藝運動也發生於此，台北成為台灣文學的一個無可懷疑的中心。[26]也許只有在文壇「南、北之爭」等特殊時刻，才顯現或許還有另一個在南部的準「中心」。至於其他地區如台灣東部的花蓮和台東，在地理的和政經的地圖上處於島嶼的邊緣，在文學地圖中似乎也自然成為「被遺忘的角落」。

當然，台北和花蓮（或台東、宜蘭，諸如此類）的「中心／邊緣」格局的涵義還不僅在此。正如前述王浩威所言：「資訊全球化或電子殖民主義，呈現在花蓮這一層面的，是幾個不同位階的中心輾轉傳

遞而下的。從西方中心，到台北中心（或台灣意識中心），而驅使花蓮也擬仿著一種『要這樣過日子才算是生活』的規模……這種包含了各類消費行爲在內的心智狀態，最可以反映出各地的地方社區失去了它文化的主體性，而臣服在以台北爲中心的電子殖民主義下。」[27]或者說，一種大眾的、流行文化上的對「中心」的屈從、臣服，才使這些邊陲城鎮，淪落於眞正意義上的「邊緣」。

然而從花蓮來到台北讀書，又回到花蓮教書的詩人陳黎（一九五四—　），在《島嶼邊緣》一詩中寫道：

在縮尺一比四千萬的世界地圖上
我們的島是一粒不完整的黃鈕扣
鬆落在藍色的制服上，
我的存在如今是一縷比蛛絲還細的
透明的線，穿過面海的我的窗口
用力把島嶼和大海縫在一起
在孤寂的年月的邊緣，新的一歲
和舊的一歲交替的縫隙

心思如一冊鏡書，冷冷地凝結住
時間的波紋
翻閱它，你看到一頁頁模糊的
過去，在鏡面明亮地閃現
另一粒秘密的扣子——
像隱形的錄音機，貼在你的胸前
把你的和人類的記憶
重疊地收錄、播放
混合著愛和恨，夢與眞
苦難與喜悅的錄音帶
現在，你聽到的是
世界的聲音
你自己的和所有死者、生者的
心跳。如果你用心呼叫
所有的死者和生者將清楚地

和你說話
在島嶼邊緣，在睡眠與
甦醒的交界
我的手握住如針的我的存在
穿過被島上人民的手磨圓磨亮的
黃鈕扣，用力刺入
藍色制服後面地球的心臟

顯然，以西方中心主義的眼光來看，在地圖上猶如一粒殘缺黃鈕扣的台灣島無疑處於世界的「邊緣」，而「我」所在的大海邊，更是邊緣的「邊緣」。然而這不僅沒有使我消沉、萎靡，相反，「我」自覺正站立於極有利的位置，能以「我的存在」爲線，做出將島嶼與大海縫合的壯舉，甚至向「中心」發出挑戰——將針刺入「藍色制服後面地球的心臟」，由此，固有的「邊緣／中心」格局被翻轉或全然瓦解，其中的關鍵，即在於「自我」存在價值的認定和主體性的建立。詩人的深刻之處還在於：其「自我」並非無來由的膨脹，而是包容了古往今來「世界的聲音」，具有極充實的內在。詩人無異於告訴我們：地理、歷史因素造成的「邊緣」不足爲據，「有容乃大」才是顛撲不破的眞理。這一認知在其他作品中也不時表現出來。陳黎是少見的未曾到島外旅行的台灣作家，但他絕非割斷了與世界的聯繫。他曾將

《晴天書》稱之爲「我給世界的信」㉘。該書的〈旅行者〉一文寫道：「……只要對世界懷抱渴望我就隨時在移動。我知道坐在教室裡的我的五十位學生是五十本不同的旅行指南，指向五十座不同的城；我知道我每天在街上，在市場邊碰到的人，他們的心跟世界上所有的名勝古蹟一樣的豐富……我可以複製：在我的城複製所有的城，在我的世界旅行世界。」抱此信念，他和妻子張芬齡一起閱讀了他所喜歡的外國詩人作品，並將之翻譯爲中文，因此有了《拉丁美洲現代詩選》、《聶魯達詩集》、《沙克絲詩集》、《神聖的詠嘆——但丁》等的出版；一起聆聽了古今中外不同類型的歌樂作品——從古典歌劇到通俗民歌，從布拉姆斯、荀白克到披頭四、羅大佑，並寫成了音樂欣賞專書《永恆的草莓園》，被稱爲「愛樂者的詩歌讀本，愛詩者的音樂手冊」。

陳黎的創作以詩和散文爲主。詩創作的時間最長，也顯出了騰挪變化之姿，但包容廣闊的人道情懷，一直是其詩作的主旋律。七〇年代所寫的《動物搖籃曲》、《廟前》等詩集，從小城花蓮「諸多鄙俗、扭曲的生活斷片」，認識到「現實的缺憾和錯亂」，雖然對生活中的種種乖謬多加嘲諷，但也對在不安和恐懼的人生波濤中沉浮的人們投予深切的關懷。如〈小丑畢費的戀歌〉一詩，不僅描寫淪爲喜劇機器的小丑演員的外貌和求生方式，更深入其情感世界，描寫卑微人物也有作爲一個「人」的尊嚴和追求，以及這種基本權利得不到尊重的內心悲苦。一九八〇年獲得時報文學獎的長敘事詩〈最後的王木七〉，擬爲喪生礦工王木七的口吻，追敘煤礦災變的慘狀，也展現罹難者家屬的悲泣，並對一些漠視小人物苦難的人們加以諷貶。經過八〇年代中期的一段沉潛，一九八八年復出的陳黎，其審視焦點向政治、歷史問題集攏，作品有的回顧二二八事件，有的抨擊獨裁政體，其中透露了對多元、寬鬆的民主社會的嚮往。如〈爲吾女祈禱〉希望女兒能生長在一個「植物園裡沒有禁忌的花草」、「大海裡沒有專制的指揮者／獨裁地要你歌頌一種和風／信仰一種藍色」的環境中。特別是企圖龐大、視野寬廣的長詩〈太魯閣．一九八九〉，「在這首詩裡，陳黎描繪太魯閣峽谷瞬息萬變、難以捉摸的多種面貌，暗示台灣複雜多變的命運；他企圖引領讀者回顧台灣的苦難，追尋它失落的文化，並且體認到台灣乃是一融合不同族群、不同生活方式、不同文化的熔爐。隨著時間的流逝，太魯閣或許再也無法回復到她最純粹、最本眞的面貌，但新的生命帶來新的溫馨、活力、和諧和甘美。全詩以太魯閣岩頂禪寺的梵唱作結，詩人悟出了生命大道：當人心壯闊如太魯閣的山水時，人間的愛恨、悲喜、成敗、苦樂都能一一被沉澱、包容或拂平，一如生活在太魯閣懷抱中的人民，接納了種族的差異和生命的甘苦。」㉙這種包容、涵納廣大的質地，實際上爲九〇年代後陳黎創作的又一次變化埋下了伏筆。

一九九〇年六月，陳黎完成了由七首短詩組合而成的系列詩作〈家庭之旅〉。它們後來成爲同名詩集的核心部分。該系列詩作以平和樸素的語言，擇取一個家族的若干生活片段加以描寫，呈示了生命中無可避免的缺憾——不孕的姑婆、失蹤的外公、溺水的伯父、自囚的堂叔、貪污的父親、流淚的母親、受傷的弟弟、漏雨的房屋、破裂的鞋子、殘缺的瓷碗，以及憂鬱的童年。透過這個家庭的悲愁和無奈，詩人坦露了他對生命悲苦本質的認知，而與此悲苦本質並存的，卻是人的堅韌的生命力和廣厚的包容力，是他們的親情、愛情和夢想。這些隱潛的音符，在最後一首〈騎士之歌〉裡成了主旋律。在這裡，圓融明亮的意象取代了陰鬱破碎的意象，諒解包容取代了淒楚無奈的情調，「諒解不完美的生命仍然是生命，領悟騎抵死亡的生命其實並未死亡」㉚。將這組詩和陳黎的早期詩作相比，可以很清楚地看到其創作蛻變的軌跡。同樣探討生命的本質、呈示生命的缺憾，早期多構築一個奇異的想像世界，而現在卻透過現實人生的描寫來表現；早期多以死亡作爲缺憾的解脫，現在卻試圖以世代相連的人間情愛加以彌補。總的看，九〇年代以來的陳黎，已大大減少了龐大沉重的歷史省思和政治介入，轉向朝自己曾經走過的生命角落尋求詩材和靈感，致力於日常人生的描寫，其境界顯得更爲包容和廣大。

與詩創作的騰挪變化不同，陳黎的散文具有較爲統一的風格。它們大多是清明、亮麗，充溢著生活喜感和人文情趣的。如《彩虹的聲音》中的〈條碼事件〉寫班上的女生聽信傳言，花幾個月的時間傾力搜集各種商品上的條形碼，準備向××仁愛之家換取輪椅，送給老人院，連作爲老師的作者也被動員加入，結果卻無功而返，成爲一場有趣的鬧劇。但陳黎認爲，換輪椅的目的在於得到快樂，而過去幾個月，大家已確實得到了快樂，何況「她們可以假設她們可以用五千部換到的輪椅向××仁愛之家換一部大號的輪椅，而五萬部大號的輪椅可以換一部無所不包、無所不容，可以回群星、動地球的特大號輪椅」。該書中另有一部分是陳黎十分熱衷的「聆樂」散文。在這些散文中，陳黎除了寫出自己欣賞作品時的感受和感動外，也經常對與作品有關的背景作知識性介紹，特別是樂曲作者的一些情感生活和人性表現，成爲陳黎涉筆的重點。如〈親密書〉介紹被米蘭昆德拉譽爲本世紀捷克兩個最偉大人物之一的作曲家楊納傑克。這位大器晚成的作曲家很早就對眞實的音響非常嚮往，喜歡自然的聲音和鳥叫，常常拿著筆記簿四處記錄聽到的聲音——不論是山雀振翅、鳴叫的聲音，市場女人的討價還價聲，工廠女工一邊等候情人、一邊和朋友閒聊的語言旋律，或者街頭巷尾人們的驚呼、問答，隻言片語。他記下他們抑揚的語調、說話的情緒，「彷彿一位企圖捕捉音樂和內心之間神秘環節的心理攝影師」。根植於鄉土使他的音樂具有一種強勁、鮮活的生命力。然而由於曾得罪了國家劇院的指揮，他長期在本地之外沒沒無聞。直到六十二歲那年迎來生命的轉捩點，不僅一夜成名，而且熱烈愛上了年輕少婦卡蜜拉，因此在他生命的最後十年，「他表現得像一個充滿活力的天才少年，不斷寫情書給他的愛人，也不斷創造出獨特、迷人，迥異於古今音樂風格的精彩作品」。一九二八年，楊氏首次與卡蜜拉度假時，為尋找她迷路的兒子而淋雨，染上肺炎，終告不治。也許出於對楊納傑克生命型態的理解和感動，使陳黎以楊氏的一首樂曲標題《親密書》作為自己詩集的書名。

在《彩虹的聲音．序》中，陳黎稱其「喜歡從平凡的事物中找尋長久存在的情趣」，也喜歡不平凡的東西，「乍聽乍看覺得不可思議的音樂、繪畫、文字、人物，細察之後才知道他們也是從平凡、瑣碎中轉化而來的」，而在平凡跟不平凡間游走的是「心」：「只要換一個角度看東西，你隨時可以找到新風景；只要固定一個角度看東西，你遲早會發現大樂趣。喜悅是無所不在的……《彩虹的聲音》是美麗的喜悅，來自平凡與不平凡的生命。」上述兩篇散文，正是從平凡事物中找尋長久存在的情趣以及從不平凡的東西中發現其原本的平凡、瑣碎的極佳例證，同時也說明了陳黎散文中躍動著的情趣和喜感，來自對生活的熱愛，也來自機智和廣大的包容心。

陳黎部分作品中所帶有的喜感，在花蓮另一位新世代作家林宜澐（一九五六－　）身上，表現得更爲突出。當然，作爲著有《人人愛讀喜劇》、《藍色玫瑰》、《惡魚》等短篇小說集的小說家，林宜澐更多的是戲謔和嘲諷，接續的是花蓮著名前行代鄉土文學作家王禎和的筆路。

在一次題爲「王禎和的小說藝術」的講座中，林宜澐認爲王禎和的小說裡有一種「原型」，即「對立的情境」。這是因爲他多所描寫的弱勢族群，其生命情境很容易就碰到一種對立的態勢。面對此，他們可能加以反抗，也可能沉默不語、逆來順受或自我解嘲，「把自己的一些痛苦、一些尷尬、一些難過，透過自我解嘲的方式給予合理化」[31]。所謂「對立的情境」，其實不僅是王禎和的，也是林宜澐作品喜感的重要來源之一。不過後者作品中「對立的情境」，並不局限於情節或人物之間關係，而是有著更廣泛的涵蓋。比如在人物的道德品格上，有善良和邪惡的並置和對立；在題材、主題上，有過去和現在、文明和愚昧、粗俗和高雅、哲學和常俗人事的並置和對立；在作品格調上，有現代和傳統、抒情和寫實的雜揉等。正是在這些嘉年華式的對立因素的並置和衝撞中，林宜澐鑄造了戲謔的喜感。如他的部分作品採用第二人稱「你」作爲小說主角，透過「我」的口吻，娓娓敘述「你」的故事，《藍色玫瑰》一篇更使男、女主角均以第二人稱「你」出現。這種和主人翁對話的敘述方式，具有與書中人物和讀者雙重的親和感，同時也使小說塗染了一層抒情的氣氛。然而，小說所描寫的，卻是芸芸眾生俗世的生活，高雅的抒情筆調和粗俗的鄉土風味混雜在一起，使人感覺一種強大的張力。相反素質的並置，時常構成一種笑料，也是林宜澐製造笑謔效果的主要手段。

從內容上講，林宜澐作品中「對立的情境」，主要植根於花蓮鄉土歷史和社會變遷中出現的一種特殊的「對立的情境」中。花蓮本是地處島嶼邊緣的小城市，並非台北、高雄等大都市；但近年來隨著工商、資訊文明的擴散和籠罩，花蓮也不再是傳統意義上的港街和鄉村小鎮，而是日漸工商化、現代化了。正是這種文明和愚昧、現代和傳統相交接的「對立的情境」，不斷地被作家所捕捉和描寫，也爲他們提供了取之不盡的素材。如《你的現場作品No. 1》描寫小城海濱的一次江湖賣藥場面。這種場面在大都市已不復存在，在小城卻還延綿不絕。然而，這種場面也已今非昔比了——代替傳統的「打拳賣膏藥」的，是以裸女以及用刀洞穿自己肚皮的刺激場面爲誘餌的推銷。《人人愛讀喜劇》的場面更爲聳人耳目。表演脫衣舞的「麗麗藝術歌舞團」爲了擺脫因警察管制而票房不佳的困境，以三輛電子花車發起一場宣傳廣告攻勢。在路上遇到一列更龐大的聖清宮進香團，團長當機立斷，「橫柴抬入灶」地插入進香團車隊，「這下有菩薩前呼後擁，橫著豎著都理直氣壯起來，阿雪的吶喊踩過幽幽梵唱，十八個女人的飛吻奔向兩旁迷惘的市民，這路上頓時騷動起來了」。這一傳統、道德的和現代、敗德的因素並置、混合在一起的場面，深具諷刺意味。

在〈王牌〉一作中，作者這樣描寫故事發生地點的柳鎮：「柳鎮人口有一萬，和許多偏遠的鄉下地方一樣，它往往陷溺在各式各樣的奇情傳言裡，這些風風雨雨有的可溯自遠代某些離奇的鄉野雜談，有的則是出於幾個饒舌鎮民想當然耳的推論，於是傳十傳百，許多歷歷如繪的故事就祖孫三代地被談得津津有味。」這樣的小城鎮，其實就是林宜澐小說的主要背景，而其描寫的人物，則如《惡魚》開頭所介紹的中山路和中正路交叉口所謂金三角地帶聚集的人群：「觀光客、流浪漢、婚姻挫敗者、彷徨的青少年、憂傷女人、意氣風發的政客、各種人渣」。作者力圖透過這種種描寫，展現當今時代小城的文化氛圍和市井生活特色。

《惡魚》、〈抓鬼大隊〉等小說在反映小城文化氛圍和市井生活特色方面頗爲典型。《惡魚》寫的是某報紙刊出城市下水道發現鱷魚的新聞，市長派清潔隊前往搜尋。在久搜未果的情況下，市長及其親信開始懷疑此乃政敵蓄意散布的抹黑市長的政治謠言，或是違建戶阻止拆房的詭計。市長於是宣稱「謠言止於智者」，發表否認鱷魚出現的鄭重聲明。然而，在小說具有魔幻色彩的敘述中，鱷魚是確實存在的，且具有人一般的思維能力。小說最後寫道：「一切是眞是假，只有鱷魚知道。」〈抓鬼大隊〉則寫一脫衣舞女在廁所裡因看到一張偷窺的鬼臉而嚇昏。此後，撞見鬼魅僵屍事件不斷報到警察局裡。警察追蹤「鬼」跡，也懷疑「鬼」根本是人裝的，於是精神病患、匪諜、金融投機者、無業遊民……都被列入懷疑對象中，最終卻都發現乃無稽之談。最後「鬼」忽然抓到了，被罩上大白布遊街示眾。原來是局長想出的絕招：讓警察局工友小郭權充一回被抓獲的「鬼」，以消除民眾的惶惑、恐懼心理。這兩篇小說寫的都是只有在「傳統」和「現代」交接的小城才會發生的「奇情傳言」，都鬼影幢幢，人獸混雜，眞假難辨、撲朔迷離，將小城現階段特有的文化氛圍展現得淋漓盡致。

除了展現小城的世俗風貌、市井傳奇外，作者還想進入人性的幽密，而人性總是既有善良、端莊、理性的一面，也有欲情、鄙俗、貪婪、愚蠢的一面，所謂「人渣」更是如此。這欲情、鄙俗、愚蠢的一面，即成爲林宜澐嘲諷的對象。像《人人愛讀喜劇》、《你的現場作品No.1》等作品，不僅在台上表演的受到嘲笑，台下的「看客」也不能倖免。不過林宜澐基本上不涉入現實政治議題，甚至沒有王禎和那種嘲諷西方經濟、文化殖民主義的主題。在一些地方，林宜澐採取一種特殊的「一箭雙鵰」式的嘲諷手法，就是將兩種不同事物並置或利用比喻中的喻體的順便一諷。如《你的現場作品No.1》中寫道：「……你步步爲營，你想掀起狂濤巨浪，你希望今晚這場比美拉斯維加斯的神奇藥膏銷售會可以激情得像某幾個超級立委的政見發表……」同一篇小說中還有：「依常理想，你不會死，從來沒有一位江湖郎中爲了要實現諾言而死亡。沒有，從來沒有，即使是中央部會首長也不曾因爲吹破牛而損傷過一絲毛髮。」《惡魚》中則有：「當這則新聞（按：指城市下水道發現鱷魚）和李登輝蒞臨本市視察並在溝仔尾夜市吃了一碗扁食湯的照片一起出現在市民的早餐桌時，許多人不由自主地冒了一身雞皮疙瘩。」這些描寫中對於某些政治人物的諷刺是顯而易見的，也表達了作者的不滿意緒，但也僅是順帶地微微一諷而已，仍未逸出林宜澐的整體風格之外。

由此可知，林宜澐作品和王禎和相似，比較屬於戲謔和幽默，而不屬於諷刺和批判。林宜澐曾將王禎和和黃春明作了對比：在黃春明《莎喲娜拉．再見》裡，類似民族主義的某種素質比較多，「他四平八穩站在那裡，清楚地告訴讀者這是對的，那是錯的」；而王禎和的《玫瑰玫瑰我愛你》就沒有這種批判的意圖，「他就是藉由顛覆許多狀況來博君一粲」。其作品中往往看不見可愛的人，人不是大壞就是小壞，「如果我們以道德標準來看可能是如此。但王禎和的作品讓人感覺他並不想在這點上窮追猛打，大肆批判一番，他就是呈現給你看，你說這叫壞，沒關係，反正就是這樣，人在某種情境、某種條件之下是會這樣的。從另一個角度看，這種方式反而呈現出許多人不曾發現的人性側面。……文學作品裡如果道德批判過於強烈，有時是蠻媚俗的」㉜。對王禎和的這一評論，拿來用於林宜澐自己，也是合適的。

林宜澐作品的戲謔喜感，除了得助於升降格摹擬嘲諷、童稚敘述觀點的反諷等藝術手段外，還來自通篇採用的俚俗、風趣的市井語言。這種語言風格與陳黎的端莊、高雅，猶如南北兩極。如陳黎在作品中稱妻子「我的太太」，而林宜澐小說中的敘述者「我」，卻是稱「我的老婆」。有些比喻，充滿了鄉野市井的世俗情趣。如形容時間之快：「五分鐘像狗那樣跑過去」；形容被管制：「以一隻已然被宰制的豬公那種姿勢，哇哇地在反鎖的房裡」；形容表情：「芳芳這時嘴巴笑得有葫蘆肚子那麼大」。至如「你忘情地吹起了口哨，你吹《桂河大橋》口哨聲的每一個尾音都像被電動按摩器壓住那樣地抖動」，則將現代新式電子用品也用於比喻，卻仍有著常民生活的情趣。這種語言風格，不僅造成謔趣，同時也有助於作者反映小城社會文化特徵的目的。如《惡魚》中清潔隊長和市長的一場對話：

「啊！市長。」隊長用力拍打了一下鋪有舒美桌墊的市長辦公室。「報告市長，我他媽的想起來了。」「不要說他媽的。」「幹！我想起來了。」市長拿起一根煙插入緊抿的雙唇，眼神炯炯：說啊，阿達先生。……

「他媽的」爲中國北方的罵人「三字經」，而「幹」其實是閩南話中「他媽的」的同義詞。作者在俚俗的語言中形象地表現了花蓮不同族群融合的文化型態特徵。

林宜澐的小說來自生活中一些使作者對周遭的人和事保持興趣的「簡單的感覺」，諸如看完電影後跟正在做衣服的二姐說劇情：「那凶手閃過一個影子，轉眼不見囉！留下三朵白花和一灘血跡，妳猜，凶手是誰？誰？」一旁是被風吹得格格作響的木窗、一個棗紅色的長方形矮桌、日文版的貴夫人時裝、溫暖的空氣。[33]這一特徵使林宜澐的小說「在生活中漂浮、流竄」，充斥著由鄉鎮、市井小民的俗世生活所散發出來的特殊的喜感。從作品的質地而言，林宜澐承續了王禎和的衣缽而又有新的發展。他的題材畛域橫跨鄉村和城市。與一般的前行代鄉土文學作家的悲天憫人的人道情懷相比，林宜澐多了一些面對日漸敗壞的社會風氣的戲謔和嘲弄；與台北的都市文學作家熱衷於對大都市現代、後現代文明的描寫相比，林宜澐更多地聚焦於島嶼邊緣花蓮小城的芸芸眾生，由此建立其創作的基調和特色。然而，一種寬和、包容的特質，卻與王禎和、陳黎等一脈相承。這令人相信，這種特質的形成，與花蓮的山水鄉土、歷史人文或許有某種特殊的聯繫。吳鳴認爲，在台灣的移民史裡，花蓮的開發比較晚，住民基本上都是移民，族群的分布較爲平均，原住民、客家人、閩南人和外省人等四大族群，都占一定的人口比率，彼此雜居，沒有什麼在地外地的問題，之間並沒有嚴重的矛盾衝突和敵意[34]。王浩威也認爲：由於在花蓮的歷史中，後來的人口幾乎是沒有太大的時間差距，「在短短的五十年之間，原先原住民自成天地的文化，突然陸續湧進了閩、客、日和外省人各種不同語言和不同的生活習慣。這種短暫的漢人歷史，出現在今天花蓮人民政治意識上的，也就相當地不同於西部台灣。這些差異，包括：客家族群的家族約束力明顯薄弱、福佬意識（特別是台灣意識抬頭的當前局勢）較少有被迫害的歷史情緒，外省意識亦同樣較少有被排斥的反應」㉟。或者說，花蓮人關心順應自然欲望的世俗生活較多，而對政治的關心相對較少。加上花蓮山青水秀，面對太平洋，背靠太魯閣，使花蓮作家得以陶冶於崇山大洋的寬闊胸懷之中。這種狀況，影響、造就了花蓮作家的特殊創作風格。而發揮、擴大花蓮文學的不同於台北等區域中心城市文學的固有特質，無形中也顯現了該文學的邊緣戰鬥的意義。

註釋：

❶蔡源煌，〈非主流文學的邏輯〉，《聯合文學》，一九九一．四。
❷南方朔，〈「地下」就是「中心」〉，《聯合文學》，一九九一．四。
❸王浩威，〈自在的堅持〉，《台灣文化的邊緣戰鬥》自序，聯合文學出版社，一九九五。
❹王浩威，〈分裂的人格，困惑的堅持〉，《一場論述的狂歡宴》代序，九歌出版社，一九九四，頁十一。
❺王浩威，〈一場延遲的現代主義革命〉，《台灣文化的邊緣戰鬥》，頁三九。

❻王浩威，〈一場未完成的革命〉，《台灣文化的邊緣戰鬥》，頁三〇。

❼王浩威，〈被拋棄而後能恢復生機〉，《台灣文化的邊緣戰鬥》，頁四八。

❽王浩威，〈地方文學和地方認同〉，《台灣文化的邊緣戰鬥》，頁一二六—一二九。

❾王浩威，〈從土地底層崛起〉，《台灣文化的邊緣戰鬥》，頁一五五。

❿王浩威，《台灣文化的邊緣戰鬥》，頁一二七。

⓫同上，頁一三三。

⓬同上，頁一八一。

⓭米非，〈本土女性聲之必要〉，《島嶼邊緣》，期一〇，一九九四・一。

⓮廖炳惠，〈島邊・倒鞭〉，《島嶼邊緣》，期一〇，一九九四・一。

⓯洪凌、紀大偉，〈同性戀書寫：新世代的冷酷觀點〉，《中國時報》，一九九五・九・二三。

⓰紀大偉，〈《荒人手記》的酷兒閱讀〉，《中外文學》，期二七九，一九九五・八。

⓱林添發，〈紀大偉異色的身分認同〉，《中國時報》，一九九五・十一・九。

⓲楊蔚玲記錄整理，〈創新與回歸——第十七屆聯合報文學獎中篇小說決審紀實〉，《聯合報》，一九九五・十・十五。

⓳紀大偉，〈感言得獎・獻給蛋膜〉，《聯合報》，一九九五・十・十五。

⓴紀大偉，〈心理劇的荒誕練習〉，《聯合文學》，一九九六・六。

㉑紅水鮮、紀小尾、蛋糕膜，〈小小酷兒百科〉，《島嶼邊緣》，期一〇，一九九四・一。

㉒洪凌、紀大偉，〈新世代的冷酷觀點〉，《中國時報》，一九九五・九・二三。

㉓張芬齡，〈勇敢的同性愛宣言〉，《中時晚報》，一九九五・十・二二。

㉔紀大偉，〈序〉，陳雪，《夢遊一九九四》，遠流出版公司，一九九六，頁六。

㉕同上，頁八—九。

㉖李瑞騰，〈台北：一個文學中心的形成〉，《鄉土與文學》，文訊雜誌社，一九九四，頁三九五。

㉗王浩威，〈地方文學與地方社群認同〉，《鄉土與文學》，頁一五—一六。

㉘陳黎，《晴天書・序》，圓神出版社，一九九〇。

㉙張芬齡，〈譯者導言〉，《親密書・英譯陳黎詩選》，書林出版公司，一九九七，頁二七—二八。

㉚張芬齡，〈詮釋陳黎的四首詩〉，陳黎，《親密書》，書林出版公司，一九九二，頁二六六。

㉛林宜澐編，《拜訪文學》，花蓮縣立文化中心，一九九六，頁八二—八三。

㉜同上，頁八九。

㉝林宜澐，《人人愛讀喜劇・自序》，遠流出版公司，一九九〇，頁五。

㉞吳鳴，〈發現花蓮〉，《拜訪文學》，頁七五。

㉟同註㉗，頁二八。

第十九章　新世代作家的特色創作

第一節　羊恕、汪笨湖：三教九流的浮世繪

近二十年來台灣文壇的多元化趨向，刺激了作家們豐富多采的藝術思維。新世代作家們不再拘囿於某一「主義」、某一範式，而是從自己特殊的生活和感受出發，自由靈活地傾力鑄造個人獨特的風格，貢獻了諸多頗具特色的作品。如郭箏、羊恕、汪笨湖、成英姝等，都是其中的佼佼者。

汪笨湖，一九五三年出生，台南縣人，著有小說集《落山風》、《嬲》、《男子漢大豆腐》、《四色拼盤》、《草地狀元》等，多篇作品被改編爲電影。

汪笨湖的作品在台灣文壇頗受爭議，因它們確實是一種「異數」。這種「異」，在取材上就表現出來。他著重寫的是鄉土社會最底層人群、特別是從事特殊職業者乃至無業遊民的生活——從小販、妓

女、尼姑到乩童、犯人、盜墓者，從江湖好漢到鼠輩宵小，呈現了鄉野傳奇的眾生相、三教九流的浮世繪。作者甚至特中求特、怪中求怪：不僅人物的身分、從事的職業特殊怪異，爲一般小說作者極少涉筆，而且人物常具有某種生理缺陷，如侏儒、「缺嘴」（兔唇）、「拖窗」（斜視）、臭嘴、年老色衰等等，作者由此展現了一個個鮮爲人知的特殊的世界（包括外在的和心靈的世界）。

〈陰間響馬〉寫的是一宗令人髮指的盜墓行徑。作案者包括三男（缺嘴、拖窗、外號「美國仔」者）和一女（綽號「紅毛」）。小說的情節並不複雜，其特異處在於對盜墓的過程做了十分詳細的描寫和渲染，包括時機（下葬前夕）的選擇，由「紅毛」放風、用鑽頭鑽出小洞放出臭氣、開棺剝屍和劫財，以及當時的景色、氣氛等，其細緻和逼眞，堪稱一絕，令人嘆爲觀止，也是小說最具藝術價值的部分。

當然小說並不止於奇異情景的呈現，而是包含著對社會不平的揭露和控訴。這些小人物，往往是爲了生存，無可奈何地從事偷雞摸狗的齷齪營生。如「美國仔」本爲山地青年，曾爲華西街殺手，被管訓出獄後，到煤礦當工人，在一次礦坑災變中，憑頑強生命力從死人堆中爬出，練出不怕死人的本事，轉而到殯儀館當洗屍工，由於有前科，凡是館內出現喪家物品失竊，總是首先成爲懷疑和調查的對象，「沒有八字命當好人，乾脆當活閻羅，就被缺嘴的拉攏走了」。同樣的，缺嘴「初到這個世界，上天已虧待他」，殘面兔唇，家窮身弱，注定未來毫無希望，由此形成了「憤世人生觀」，因從小在亂墳間放牛，後又幫「土公」拾骨，悟出「唯有死人不會頂嘴，不會反抗」，「死是最公平，美與醜，在地下，都是一張破碎的臉」，而這寄託著窮人對於社會公平的追求，或對於社會不平的特殊方式的解脫。

對於爲求生存而苦苦掙扎的底層小民，汪笨湖不僅同情於他們的處境，而且致力於挖掘他們身上存在的人性的光輝。處女作〈吹鼓吹，一吹到草堆〉是一典型之作。小說主角黃登教由於天生侏儒遭人譏嘲，總被人視爲「猴囝仔」，稱爲「矮仔豆」。但他率眞、坦誠，秉持自己的生活準則有尊嚴地存活著。他尊重自己的人格，勇於追求和維護自我的尊嚴。遇到有人辦喪事，他加入儀仗隊吹鼓吹，完全忘卻自己短人一截的身材，感到作爲一個「大人」的驕傲。當他受到屈辱時，他以「草枝有時也會絆倒人」的信念加以反抗，將輕視他的對手拖倒在地。由於他曾奮不顧身地從大水中救出一小孩，在恩土的撮合下，終得以娶妻生子，譜寫了一曲小人物追尋、肯定自我的凱歌。

汪笨湖之所以會引起爭議，或許是因爲他時常將人的充滿五情六欲的自然人性，毫無顧忌地加以袒露。如他描寫侏儒黃登教在結婚無望的時候，也曾看過脫衣舞表演，也曾因窺見女人穿著的紅色內褲而心猿意馬。代表作之一的〈落山風〉，其出身於醫生世家的男主角，因生活於長輩的蔭護下而失去自我，受父命到清明寺潛心讀書準備應試，孤獨寂寞中遇見帶髮修行的準尼姑素碧，啓蒙了原始的欲望，從偷窺其沐浴到在佛門禁地擁吻做愛，以此作爲對外在束縛的反抗和對自我的肯定：「這件事是我唯一能決定的大事……讓我獨立完成它。」在〈酒之器〉等其他作品中，那種理智上知道爲社會道德規範所不容，但在本能或感情的驅使下仍進行了的婚外戀故事，可說屢見不鮮。雖然汪笨湖的作品常因某些性愛場面的露骨描寫而遭非議，但它們一方面呈示了社會的壓抑，或社會風氣的頹靡放縱，另一方面則是某些人性眞相的眞實呈露，仍有其正面價值和意義。

汪笨湖小說的藝術特色，可說集新奇怪異、大膽露骨於一體。此外，作者採用了大量的民間俗語和方言，特別是對話中運用得最多，使作品具有濃鬱的鄉土情蘊和氣息。

以底層邊緣人群爲描寫對象，羊恕與汪笨湖有相似之處。羊恕本名夏家浦，一九五六年生，原籍湖南益陽，曾任軍職。著有《刀瘟》、《太平市場大事記》等小說集。

其實，羊恕的題材、人物包容廣泛，如〈大寒〉寫某老兵在婚姻問題上的坎坷以及因妻子捲「會」款而逃所陷入的困境；〈壘城〉寫眷村中的軍人家眷在特定氛圍中的平庸而又反常的灰色生活；〈太平市場大事記〉寫退伍老兵、年輕寡婦等在俗陋小街鎮的封建氛圍中的謀生艱辛；〈線外作業〉描寫上班族不堪生活的單調平庸而有一次充滿怪異舉動的越軌行爲；〈俟〉則刻劃一個性格怯懦但老實本分，將升遷得失看得很淡，其實也有其自尊和自我追求的工程技術人員。但他最有特色的，乃是刻寫盜賊罪犯、黑道幫派人物等社會邊緣人群的特殊生命情態的作品。〈刀瘟〉一作頗見代表性。

〈刀瘟〉的開頭就是一場黑道幫派火拚事件的描寫。小說的主角、痞子林旺莊爲了能繼續在道上混下去，硬著頭皮跟隨老鼠川仔前往山上廟前與阿添兄決戰，以洗刷羞辱。在倒戈者猝不及防的突擊下，阿添兄落敗，而將砍刀插入阿添兄胸膛的是林旺莊，從此旺莊在道上名聲大振，曾有過一段銀來金往的時期，但二、三十年後，早已日漸沒落，只能靠後來當了縣議員的老鼠川仔賞賜借給的一間茶室維生。與鬧翻了的原配妻子阿綢早已分居，另姘居了茶室女郎阿枝。最令旺莊揪心的是他的兒子們。大兒子彬仔成爲無法調教的問題青少年，長年離家出走，終於在打鬥中被人殺死。小兒子阿輝在父母心目中是「乖孩子」，旺仔在他身上寄託了全部的希望。然而最近阿輝的老師反映他有逃學的現象，母親阿綢更在他的床下發現了一把開山刀。阿綢爲「阮歹命，後生攏要給人殺死」的宿命而「起瘋」癱倒，旺莊則操起那把刀，追到學校要砍殺兒子。此外，小說還特地以旺莊的侄兒們在學業、事業上的成功作爲對比，凸顯旺莊的悲哀；透過當上議員的老鼠川仔因旺莊經常潛意識地要挖出他的老瘡疤——講出當年他在黑道上的作爲，而揚言要收回茶室等細節，顯現旺莊那接踵而至、層層纏繞、難以解脫的困境。

羊恕對於此類社會邊緣人群，固然描寫了他們的諸多惡習惡行，但同時也挖掘他們人性中的某些「善」的根苗。如〈蜘蛛俠〉敘述一個受刑期滿出獄的盜賊，在某高級飯店以嫻熟的技巧偷竊一個少婦的金銀首飾時，無意中發現這個帶著嬰兒的女子因遭薄倖男子的拋棄，起了輕生的念頭。儘管小偷盜竊得手並已遠離現場，卻躊躇起來，最終「反倒回頭朝著飯店的方向疾走，終於狂奔起來」，並衝上飯店頂樓，阻止了悲劇的發生。其實，世間十惡不赦的人畢竟是少數，許多「惡」人實際上是環境造就的，像蜘蛛俠這樣本性善良的人物才代表更普遍的眞實，含容了人性固有的豐富內涵。

由此可知，羊恕對於掙扎在底層和邊緣、貧窮和罪惡中的人們，給予了充分理解和同情，這使他的作品常有一種悲劇的基調。這是和汪笨湖有所不同的。羊恕的部分作品具有很強的故事性，生動曲折，另有些作品則靠描寫奇特古怪的人物及其生活細節來構成其藝術的魅力。無論何種方式，羊恕的小說語言都是活生生的、充滿原初氣息的鄉土語言或市井語言。這也許是他的小說最大、甚至是標記性的特點之一。

第二節　郭箏：遊俠幫派的古往今來

說郭箏（一九五五－　）是近年來台灣文壇最獨特的作家之一，並不過分。他本名陶德三，另有寫武俠小說的筆名應天魚，原籍湖北黃岡，世界新聞專科學校肄業。他自稱十六歲開始在街頭打混，十八歲進工廠做小工，十九歲嘗試寫小說，三十歲任《大人物》雜誌社副總編輯（並同時做工），後又任社會大學出版部總編輯，著有《好個翹課天》、《上帝的骰子》、《如煙消逝的高祖皇帝》、《見鬼的閏八月》等小說集，以及長篇武俠小說《少林英雄傳》、《龍虎山水寨》等。郭箏還擅長於電影劇本創作，曾多次獲得優良電影劇本獎。

郭箏小說的奇特，除了語言的恢諧幽默，充滿特殊人群的口語行話外，還因他致力於描寫所謂「痞子階級」的奇行異狀。郭箏在《最後文告》一作中曾寫道：「遊俠與幫派人物是中國傳統裡最奇特的品種。」而他們也就成爲郭箏小說中的主要人物。《中國盜賊史》虛構了「我們郭家」的百代譜系，以自嘲的筆觸，說明「我們郭氏家族簡直全都是痞子」，「大大小小，各式各樣的痞子、無賴、流氓、惡棍」。其實作者「醉翁之意不在酒」，他描寫這些郭氏祖先分別與不同朝代的英雄好漢、乃至帝王將相的關係，如一〇八代祖宗郭大缸與劉邦、第四十五代祖宗郭錫碗與宋江、第十九代祖宗郭瓦罐與李自成、第九十一代祖宗郭石槽與曹操……目的在說明這些「名人」，某種意義上說其實也是「痞子」，而歷史就是靠這些「痞子」書寫下來，世界就是靠這些「痞子」運轉下去，字裡行間頗有以「痞子」身分為榮的意味。《要命時刻》設置了古代一個腰斬盜犯的場境。盜賊伏一波被腰斬後，硬撐著半截身體站立起來，在其斷氣前的大半天裡，許多人來和他交談，他查清了出賣、陷害他的乃是盜賊幫派老大、師爺、某錢莊掌櫃等，並得知這些人都已得到報應、懲罰，同時也明白每發生一個案件，必要有一人出來當「替死鬼」的道理。小說對於古代中國社會官僚體制和黑、白道之間的關係有深入的呈現。

郭箏也寫現代的「痞子」。早期的名作《好個翹課天》敘寫七個高中生翹課一天的經過。這些結幫結派的「問題青少年」正處於青春生長期，既懷有對美好事物的嚮往，又充滿對世俗的叛逆和反抗。如他們對本應尊敬的校長、導師故意貶抑，對俗陋的校工老唐卻寄予莫大的同情；敘述者「我」對崔老師則充滿愛慕和崇拜，當心目中美好的形象一個一個地破滅時（發現了崔老師的敗行、看見所喜歡的女生與其男友從情人茶座出來），他們獲得了對人生的一種深刻的體悟。這些自稱為「海山七俠」的翹課學生確實就像現代的小「遊俠」一般。

日記體小說《如何處決一名嬰兒》寫的是一個被暴發的弟弟稱為「痞子」的兄長，在弟弟和弟婦雙雙在車禍中喪生，他成為弟弟倖存的嬰兒的法定監護人和弟弟財產的第二繼承人，因此興起了殺死嬰兒的念頭，並認定前來看望嬰兒的弟弟的岳母懷有爭奪財產的陰謀，與之極盡勾心鬥角之能事。小說由此揭示了現代工商社會對於人的心靈的扭曲。故事的最後，「我」幾次下定決心要對弟弟的遺孤下手終未實行，反倒對嬰兒有了感情，從而透露出一絲人性固有的光輝。《飛刀通緝令》透過社區棒球隊組建過程中，爲了尋找十八年前學校棒球隊的高手「飛刀小高」，而引發出對小高的投球狠準的天賦、冷酷凶狠的性格、火爆古怪的脾氣，以及犯罪坐牢經歷的追述和調查。小高後來來到汐止山上一個小廟裡雕刻神像，「小高的性格，小高的遭遇，小高的掙扎、歷練、痛苦與感悟，好像全都融合在那些線條裡」。小說同樣挖掘出「惡」人心靈中「善」的一面。

獲得第十屆洪醒夫小說獎的《上帝的骰子》，以第二人稱「你」爲主角寫了一個畸異的故事。多年以前，在一個高級企業擔任不太高級的主管職務的「你」帶著衣裝時髦的太太和玲瓏可愛的女兒路過一個齷齪討厭的小鎮，稍事停留時，看見幾個老漢正聚在空地上擲骰子。老漢邀請你參加，你雙手一攤，表示沒玩過。但過了一會兒，你卻加入了遊戲，太太尋來催促上路，你連理都不理。賭到半夜十一點，只好住宿於小鎮上唯一一家破舊不堪的旅社。第二天，生氣的妻子女兒先行返回台北，你就在小鎮住下來，每天按時去空地報到。當你決定離開的那一天，走向車站路過那場地，止不住手癢想擲最後幾把玩玩，連擲七把都是「十八」，你嚴肅地說：「這證明了神的存在。」你繼續待了下來，每天擲滿十二小時，「全神貫注在骰子撒出的弧度，落在碗底的角度，以及自己的手腕、手指所用的力道與旋轉度」。後來果眞能「參透造化的奧妙」。一次輸掉所有錢後，向人乞討了一塊錢，用此向人挑戰要連贏二十把，果然如願。從此你幾乎成了村民們心目中神一樣的人物，當警察將你拘留時，村民們起來抗議，將你救出。妻子帶著離婚協議書來找你，「你無知無覺的簽了字，讓出了台北的房子、車子、銀行存款和女兒」，你心裡想的是「你總有一天要做一只很大很大的海碗，和這片長滿了姑婆芋的空地一樣大，然後你用雙手捧起無數粒骰子，一古腦兒撒下去，那將是人類有史以來最壯觀的景象」。小說表層寫的仍是現代人不堪工作的重壓、生活的折磨，不惜拋棄一切金錢、地位，嚮往一種自由自在的俗民的生活；而更深一層的意旨則在於一種超越現實拘囿的理想追求。小說的特別之處在於有意渲染了一種神秘的氣氛，爲作品平添了一層哲學意味和浪漫情調，也提升了主人翁「參透造化奧妙」所追求的品格高度。如果將主人翁視爲「骰子王」的話，這篇小說和早幾年同樣入選年度小說選的〈彈子王〉，都不免令人想起阿城的《棋王》。

郭箏的嘲謔之筆並未局限於一般的社會問題，也指向了政壇的怪現象。《畫一張大白臉》中楊老實的父親三年前以龐大的田產爲後盾，將楊老實推向選舉台，落敗後，今年試圖捲土重來。在一次「平劇社」的聚會中，搞化學的張七宣稱發明了一種化學藥劑，可使化妝的色彩無比鮮艷，並將此顏料試塗於楊老實鼻子上，結果成爲一抹無法洗去的白點。在等不及張七再發明解藥的情況下，楊老實一不作二不休，將整張臉都塗成白的，沒想到卻歪打正著，引起轟動效應，「楊老實旋風從台灣頭一直刮到台灣尾」，並十分順利地當選。張七搖頭嘆息道：「我們想害楊老實選不上，不料卻幫了他個大忙。」在此過程中，人們關於小丑和奸雄的議論，最具反諷意味。最初有人建議借用京戲中的臉譜：「戲台上只有兩種白臉，一是全白的曹操，二是半白的小丑」，李鐵應道：「這豈不正合乎我們現在的政治環境？如非奸雄便是小丑。」後來楊老實眞的想採納這個意見時，張七認爲：台灣的政治人物有百分之八十都是小丑，因此小丑較具代表性，順順的意思則是奸雄更能凸顯台灣政壇特異的一面。後來楊老實聽從「全面也能代表半面，半面卻不能代表全面」的說辭，決定把整張臉都抹白。政見會上，起先固然引發了一陣哄笑，但楊老實以此為開場白：「我是奸雄也是小丑，像我這種人進到台灣的政治界才能眞正為民服務！」台下聽眾大聲叫好。此後所有的報章雜誌一律把楊老實當成台灣的政治英雄，有的說他「徹底揭露了台灣的惡質政治環境」，有的說他「以絕妙的反諷方式，引發人們對於民主制度的省思」，甚至稱他為「顚覆現有體制的急先鋒，摧毀金權政治的革命家」。其實，除了這些說法直接抨擊了當前「奸雄」當道、「小丑」橫行的政治環境外，「選民」和媒體對於楊老實的這些反應，本身也是絕妙的笑料。

長篇歷史題材小說《如煙消逝的高祖皇帝》可說將作者的許多藝術特點、創作主題融合在一起而又有新的開掘。小說以一個被李自成俘虜、而後跟隨其左右專門記載其行狀的小知識份子的視角，記錄「痞子階級」的李自成及其起義軍種種。像這樣由歷史人物擔任第一人稱敘述者，在以前的歷史小說創作中是罕見的，它無異於承認了本小說的虛構性。加上小說的正文主體雖保持著寫實的基調，但敘述者經常夾入的現代色彩的話語與故事發生的年代有著相當的「落差」，而敘述者有時更直接提醒讀者注意正統史書的欺瞞、記憶和文字的不可靠、自己只是在寫一個能吸引人的故事，或在書中琢磨、討論著要用什麼方法才能把人物寫活等。這樣，作者擺盪於敘事和後設敘事、傳統模式和後現代技法之間，賦予這部歷史題材小說特殊的「後設」趣味。小說的另一項新開拓在於對人性本眞的發掘。如小說對於李自成，並未只描寫他英勇善戰的一面，也描寫他兒女情長的一面，以及由於性無能而引發的與邢如煙、高傑之間的愛恨情仇。在小說最後，敘述者「我」從心理學、經濟學、社會結構、地理學等五個角度總結順高祖這個人的「實質成分和背景」時，竟認爲最高一層的動因是「飢餓」，宣稱「飢餓乃是指導人們行動的最高準則」，並寫了一段李自成吃人肉的陳年往事。作者一方面鋪陳、渲染人物的「痞子」行徑，另一方面努力解構、貶抑「痞子」的歷史觀，這些描寫的目的顯然在於避免過分拔高或一味貶低，而還筆下人物作爲一個「人」而非「神」的本相。至於作者在書中以許多當今事物的照片爲歷史故事插圖，具有嘲諷當代政治、社會現象的功效；小說中經常出現「我敢武斷的認爲，這傳統必將延續到我死後若干百年之後」之類話語，也往往包含著對現實政治人物和事件的影射意味，則是郭箏一貫特色的延續和光大。

郭箏小說藝術上的最大特點，在於能夠逼眞地再現「痞子」——遊俠幫派的生活，如《好個翹課天》中所出現的一些類如幫派黑話的語言，若非圈中人是絕對無法想像的。這說明，郭箏從小對痞子幫派生活的濃厚興趣，在作品中有明顯的投影。

第三節　成英姝：隨處取一瓢飲而見獨創

成英姝（一九六八—　）是近年來突現於文壇的「新星」。一九九四年四月至九月，《聯合文學》破天荒地連續刊載了這位「新銳作家」的十數篇小說，緊接著名家們的評點頻見於各媒體。至今已著有小說集《公主徹夜未眠》、《私人放映室》，長篇小說《人類不宜飛行》等。

成英姝的小說自有其讓人不忍釋卷之處，帶點幽默、滑稽的筆調，即其中之一。如〈眼睛的告白〉，其故事令人莞爾：「我」（小趙）娶了瞎眼的妻子于文，卻因禍得福，為給妻講述眼所見而練就了三尺長喙、如簧巧舌，由此令同事刮目相看並獲得上司的賞識，得以脫離困守六年的維修工生涯而占據業務組要職。小說的略帶誇張的語言也令人發噱。如在「我」發跡前、後吳小姐對「我」態度的遽變，「我」在餐會上為表對公司的效忠而發表廣告詞般大言不慚的演說，以及「我」為有機會站在與總經理隔鄰的便器小便而深感榮幸，但這只不過因為總經理辦公室的馬桶壞了等，都是很好的笑料。然而讀者很快地就想笑而又笑不出來了。在「我」離婚再娶總經理的侄女兒後，卻發現自己「做為眼睛的職責已經成了職業病」，甚至像「犯了毒癮」一樣。從新妻禮服的花式，新婚之夜的纏綿，到馬爾地夫沙灘的蜜月見聞，都迫不及待地要向前妻傾訴。儘管新妻已大吵了幾次，甚至割腕自殺，也無法改變這一軌轍：「我已經不能控制自己在每天晚上十點到于文前報到了，就像兩腿和腦袋分離似的，即使臉朝著反方向，腿自己也能把我帶到于文家，我懷疑就算我被人從脖子斬成兩段，下半身也會跑到于文那兒去描述這個了不得的經驗。」這種情景，用張大春的話說，是「在無望中發笑」，用較正規的文學術語，則叫「黑色幽默」。它展示的是一種現代人為某種外部異化力量所主宰、控制的無可奈何的荒謬場境。

當然，〈眼睛的告白〉無法與〈第二十二條軍規〉之類著作相比。對於「黑色幽默」，成英姝似乎只是隨手取一瓢飲，借用一番而已，並無意寫一篇嚴格意義的「黑色幽默」小說。類似的「借用」，在成英姝小說中並不少見。如〈公主徹夜未眠〉出自普尼契的《杜蘭朵》；〈生命中不能承受之失憶／失業〉單題目就讓人想到米蘭．昆德拉的小說，而作品打亂時間順序，將不同年份發生的事重新加以「拼貼」，消解歷史的延續性，以反映主角那雞零狗碎般的生活，頗有點「後現代」特色。成英姝「借用」的藝術手段不僅有「舶來」的，也有「本土」的。如《死掉一隻鸚鵡以後》的開頭，主角劉金全坐在馬桶上，在心臟病突然發作的短暫瞬間，回顧了自己的前半生，這情景，與張大春被稱爲魔幻寫實之作的《將軍碑》中老將軍武鎮東之靈魂神遊於既往歲月頗爲相似。〈我的幸福生活就要開始〉則「刻意『剽竊』了通俗劇中常見的『挽回愛人的心』的機械降神式意外災難」❶。此外，成英姝似乎想透過在各篇中重複出現、互有關係的人物網絡使她的各篇小說相互鉤連。這種設計，我們也曾在李永平《古陵春秋》中看到過。如〈聖誕夜的三根火柴〉的主角劉平爲劉金全之子而在〈死掉一隻鸚鵡以後〉中充當配角。他和〈我的幸福生活就要開始〉的主角琪琪、〈推銷員之死〉的主角林志穎等又都在〈生命中不能承受之失憶／失業〉中作爲主角的同事或熟人而被提及。有時某一篇小說中語焉不詳的部分情節或細節，卻在另一篇小說中得到複述和補充。這種安排，其作用在使作品系列化、整體化，從而給人予更眞實、深刻的感覺。

在藝術手段的「借用」中，最引人注目的莫過於一些著名童話故事框架的採納。〈六個尋找標靶人物的子彈〉的女主角遭綁票又神奇般脫險，並得到一把手槍六發子彈。這六顆子彈可任意殺死六個她所怨恨或討厭的人，這就像童話中的小孩得到仙人讓他（她）隨意挑選、實現三個願望的允諾。〈聖誕夜的三根火柴〉的主角失業於聖誕夜，飢寒交迫中爲抽煙尋得幾根火柴，而每燃亮一根火柴就出現一個幻象。這一情節更明顯化用了眾所熟知的安徒生童話《賣火柴的女孩》的故事框架以及六世紀魔法師梅林於火焰中見異象的傳說。這樣的安排使工商社會的污穢和童話世界的純眞形成強烈的對比。如安徒生筆下賣火柴小女孩幻覺中出現的畢竟還是一片光明和溫馨，而劉平卻連幻覺中出現的也是破碎、隔膜、怪異和無望，這就使作品增添了一層諧擬的諷謔效果。

成英姝對各種藝術手段和現成故事框架的刻意而又顯得十分自然的借用，形成其創作的一個特色。但成英姝並不止於此。她將這種借用擴大至內容的層面。廖炳惠稱：她「往往將流行的西方論述題目加以轉化……但又落實在台灣社會脈絡中」❷，可說一語中的。如〈尋找讀心的人〉這篇有點詭異色彩的小說，即融入了陽具崇拜、性別顚倒、女性的自我實現等女性主義的常見話題，又帶點後設小說的對虛構與現實關係加以反省的旨趣。

〈尋找讀心的人〉有個丈夫外遇的故事框架，主要寫的是男女之間的自然情欲。成英姝的其他小說，則大多涉及一個相近的主題。這就是現代都市人的孤獨、隔膜、焦慮和無望。這本是許多作家都曾描寫到的，成英姝的殊異之處在於經常營構了一種揮之不去的夢魘般的場境和氣氛，並著力描寫人物因現實的困迫而導致的某種心理的病變。〈那不是我丈夫〉中警方告知女主角其丈夫有被殺的可能，但丈夫的生或死，竟然無法在妻子的內心上激起一點漣漪，人與人之間的冷膜隔閡，可說達到了極點。〈六個尋找標靶人物的子彈〉的令人悚慄之處，也許還不在於訂婚宴席上綁架新娘的暴力犯罪和留洋博士新郎想要甩掉可能已成殘枝敗柳的未婚妻的齷齪心思，甚至也不在於事件發生後小報記者的著色渲染和同事的看好戲心理等所顯示的世態頹靡和人性弱點，而在於田琳脫險並意外得到槍械後列出的標靶人物名單。田琳爲六粒子彈要打十四個候選人而取捨難定，讀者卻要爲現代人與人之間只有怨恨沒有友情的情景所震驚。此外，〈我的幸福生活就要開始〉和〈公主徹夜未眠〉這兩篇敘述觀點有所變化情節卻相接續的小說，主角都是同一位罹患嚴重失憶症，同時又帶有潔癖、健忘、神經病和幻想症等心理障礙或病變的女子。前者寫這位女子因頭部撞傷而失憶，從此不認丈夫和女兒，正當她要追隨一位年輕鋼琴師而去時，丈夫工傷致殘，她只好留下來養家糊口。後者則寫此後十多年的情景——男人仍在做康復醫療而未見好轉，女人的失憶症延綿如初，最終離家出走，而長期提供資助的姑媽，也不堪重負而不再援手。小說在這一家庭實際上已陷入無法超拔的困境時戛然而止。它們以十多年的時間跨度渲染了小人物那噩夢般日復一日的無望的境遇。

雖然女主角「失憶」的表面起因是車禍，但顯然還有更深刻的原因。當她邂逅鋼琴店裡彈蕭邦曲子的年輕男子，便感覺自己「實際上是屬於這種高格調的人」，這時好像不健忘了。在丈夫受傷時，她曾有短暫的恢復記憶的時刻，這時她想：「要是能再失去一次記憶就好了……這一次一定會好好把握，狠狠地把丈夫和女兒都甩掉，眞正的開始幸福生活。」這正說明「失憶」很大程度上是她面對不稱心的環境，下意識中的一種自我防衛的心理反應，而有意無意地要忘掉並掙脫纏繞著她的平庸、困厄、無望的灰色生活，正是她罹患失憶症的根本原因所在。

成英姝對流行的西方論述的移用，其中最具深意的，應屬後殖民論述的融入。這主要就表現在反覆出現的「失憶」情節和「鸚鵡」意象等上面。邱貴芬曾引用後殖民論述認爲，「無史」或「歷史消跡」是所有被殖民社會的共同經驗。在殖民者發現一塊「新大陸」的歷史時刻裡，「新大陸」同時也發現自己化爲一張白紙，它原有的歷史、文化從此消跡，取而代之的將是殖民者所記載的歷史。❸這種歷史的失落也就是「失憶」。被殖民者的另一典型遭遇就是被迫「消音」。這種情景，那生理上有著能發音的喉嚨，卻受著主人的控制，只能咿呀學舌，完全失去了自己的語言的鸚鵡，正是一個形象的寫照。台灣文學歷來就有以「鸚鵡」等比喻這種境遇的作品，如李魁賢的詩作〈鸚鵡〉。在成英姝小說中，「鸚鵡」也被不斷地採用爲含有某種喻意的「道具」。〈死掉一隻鸚鵡以後〉等作中直接出現的「鸚鵡」起了畫龍點睛的作用，而〈推銷員之死〉中，作者頗見匠心地讓主角推銷「錄音帶」——一種只重複別人的話語而無自己語言的機械的「鸚鵡」。這位因自身的個性和顧及家人的考慮而「本分地生活了二十八年」的推銷員最終冒出了這樣的念頭：「我也失去記憶就好了。那樣的話，我一定要放膽地去做一些冒險的事，很冒險的」，可說是〈公主徹夜未眠〉中女主角心理狀態的再現。

對於現代人在生存重壓下產生的心理病變，其他作家大多著筆於空虛寂寞、妄想懷疑、失望絕望、乃至精神分裂、自毀自殺等，而成英姝卻別具一格地寫「失憶」，並以喑啞失聲的「鸚鵡」爲重要意象，其中不能不說有後殖民論述的投影，隱約中似乎也有某種深層的隱喻在。然而，這也僅是隱喻而已。和藝術手段的多方「借用」一樣，作者顯然並無意眞正演繹後殖民論述的文學主題，她關注的焦點，仍是現代人特別是中低層的現代都市人的處境和心態。〈生命中不能承受之失憶／失業〉中一段人物的心理活動耐人尋味：

> ……我覺得鸚鵡這種東西在用做小說裡的象徵物上具有相當的潛力，周而復始地吃著蘋果香蕉葵瓜子為生，從鐵架的左邊走到右邊又走回來，反覆說著別人教給它但是自己卻不明白的話。我甚至相信在這個世界上，有百分之八十五的小說都可以把鸚鵡放進去。

既然百分之八十五的小說可以鸚鵡為象徵意象之一，可見成英姝想寫的並非範圍畢竟狹小的政治，而是更普遍的現代人的困厄（囚於籠內）、異化（說自己都不明白的話）、單調和機械（周而復始地吃葵瓜子）等生存情景。而借用的西方流行論述，由於與所反映的台灣社會現實在精神上有相似之處，因此能發揮相當出色的象徵、隱喻作用，並帶給作品一種詭異、新奇的藝術效果。這在中文世界中似乎還沒有先例。這不能不說是成英姝小說最具創造性的藝術特色之一——用多方「借用」這一看似最無創造性的方式，顯示其最大的獨創性。

也因為只是一種隱喻和象徵，這種西方流行論述的化用，常產生一種諧擬嘲諷的效果。諸如後殖民論述等，本是一些關係國家、民族的政治性宏偉論述，而成英姝所寫，卻是平民百姓的私個性的生活。二者並置交插，自然對這些宏偉論述本身產生一種降格模擬嘲諷的意味。這也是成英姝的小說整體上洋溢著一股幽默氣息的原因之一。成英姝或者要透露一種重生活、遠政治的人生態度。這位出手不凡的新銳作家把西方的、中國的、傳統的、流行的、社會理論的、藝術形式的種種因素，那麼自然、了無痕跡地融入對當前台灣社會境況的描寫中。寫的絕對是當前的社會狀況，但隱約中又有深一層的象徵含蘊和諷喻意味，若有若無，餘音繚繞，讀者在捕捉這種含蘊中，自有一種趣味，也自會有某種思索和感動。

第四節　黃克全：金門鄉土孕育的存在哲學

來自金門的小說家黃克全（一九五二－　），也許因學生時代耽讀於祁克果、艾略特、詹姆士等的西方現代哲學、文學經典，起步時並未以家鄉作爲小說的背景，而是著力探討著抽象、普遍的人性質貌，追究「人心人性所衍化的諸多存在觀本身」❹。在出版了《蜻蜓哲學家》、《玻璃牙齒的狼》、《一天清醒的心》等之後，收有十七篇作品的小說集《太人性的小鎮》，終於把故事的背景放到了島鄉金門。儘管作者宣稱自己對社會變遷的觀察還很粗疏，眞正關注的仍是「人性的諸多可哀可凜的變貌」，但在對金門特定的時代社會氛圍的把握中，發現和挖掘存在哲學和金門鄉土的內在關聯，從而產生了既有哲學深度，又有鄉土活力的極富特色的作品，並理所當然地使金門文學在當代台灣文壇中占有了一席之地。

首先，黃克全的小說以金門的當代生活爲主要描寫對象，同時大量涉筆金門的地理、歷史和民俗風情等人文景觀，從而生動呈現了金門特殊的歷史文化底蘊和時代社會氛圍，具有鮮明的鄉土色彩。從史緣和地緣上看，金門是福建沿海緊臨廈門、同安、晉江等地而遙望台、澎的島嶼，在一九四九年以前，它和閩南一帶言相同，習相近，有著幾乎完全相同的歷史和文化。如在明、清時代，它和廈門一樣，是鄭成功等收復台灣的前進基地，也一樣經常受到倭寇的騷擾和土匪的劫難。抗戰時期，金門人民的抗日鬥爭和閩南沿海一帶連成一片。稍後，內戰的硝煙也照樣瀰漫到島上。這一切，在黃克全的作品中，或作爲故事的背景，或作爲情節的一部分時時出現。金門的不同於大陸又有別於台灣的特殊性，形成於一九四九年後海峽兩岸的嚴重對峙格局中。金門作爲國民黨當局的前哨陣地，重兵駐守，長期戒嚴，完全被「戰地化」了。因此黃克全小說中，地道、碉堡、炮彈、防空洞、信號彈……成爲無所不在的特殊「道具」，渲染了金門的特殊氛圍。除了這些外在景觀外，作者更注意捕捉人的內在意識、心靈感受和由此產生的各種怪異舉動。如首篇〈洞中之臉〉，描寫了在金門那嚴酷管控的畸形環境下知識份子的精神痛苦。小說主角韓老師表面的慷慨激昂下掩藏著的數十年仍未削減的自我衝突和煎熬，以及愛妻出於幫他解除痛苦而「大義滅親」檢舉他的舉動，都只有在金門這一特殊地點的特殊環境才有可能發生。可以說，對這種特殊的「戰地」景觀、令人窒息的凝重氛圍和被扭曲的民眾心態的較好把握和呈現，是黃克全這本小說集最令人欣賞的所在。

〈公審〉、〈地道〉、〈太人性的小鎮〉等篇都描寫了金門島民們對一些違背傳統道德行爲的寬宥或漠然。〈公審〉中一陣突發的小地震，使鎮民們對於三個輪姦犯的「公審」不了了之，從此再也無人過問。〈地道〉中的小孩阿龍發現新娘秀妝結婚前夕藏匿於地道中與情夫的「偷情」，在婚後數年仍不斷地延續著，而村民們其實大多知道此事而默許了。〈太人性的小鎮〉中溺死私生嬰兒的暴行，也被人們視爲理所當然，寬容地諒解了。這樣的情節，其意義自然可以有多種的解釋。它們或許是要揭示島民的冷漠和懦弱，猶如魯迅筆下揭示國民性弱點的「看客」形象；或許如作者自白的，乃是以驚嘆的心情寫出「村人對於道德的渾淪包容性格」；或許如彭瑞金所言，小說表達了金門在舊道德解體，新道德又蕩然無存情況下，一個金門人對於自己家鄉的憂慮。筆者則以爲，這種現象的產生，未必用島民的淳樸寬容或道德的眞空能夠完全解釋得了。如果說它表現的是島民們由於政治的高壓管束和特殊的戰地環境而導致的麻木，也許更爲中肯。當現實生活中有著更爲驚心動魄的關係自己身家性命的事件不斷發生時，發生於別人身上的「偷情」這類事，自然不會引起太多的注意了。從這個角度講，這些作品仍顯露了十分鮮明的金門本土特色。

對於人性的探究，本是黃克全文學創作的初衷。而他的探究，並不停留於道德的表面，而是進一步抵達哲學的深層。他描寫島民們常有一種樸素的因果循環觀念。如〈譙馬來〉中的譙馬來就認定：「天理昭昭不爽，什麼因便種什麼果，反過來看，今天有什麼果，完全是昔日你種下了什麼因。」出於這種信念，他才試圖用搶劫客船的方式，給心術惡劣但產業愈來愈發達的仇人王檀一個教訓。然而，復仇計畫挫敗，譙馬來被槍決，「因」和「果」的必然關係似乎沒有全然兌現。〈復仇〉一作中的主角春冬更有一種奇特的因果觀：人世的因果並非一條直線，「時間有時候會把『果』先拿出來給人看」，此後才顯現「因」。與此因果邏輯的混亂相應的，是島民們相信一切命定的宿命觀，小說因此時常籠罩著一種神秘主義的色彩。〈強暴〉中沒有條件娶妻而強姦了一名女子的凸生就認爲：不管他走那條岔路，都是一樣的──總有某件事發生，某件事不會。凸生並驚奇於這件事與幾十年前當小孩時目睹的另一強姦案的雷同：冥冥中總有命運安排的巧合和重複。這種神秘的巧合和重複甚至發生於〈酷刑〉中那先後在日本人和國民黨麾下充當特工的莫胥友身上。當他十二年後再次將一個刑死者屍體拋入外海時，驚人的相似情景，使他懷疑冥冥中有某種力量使歷史重現，頓時覺得一陣冰冷自腳底竄上胸口及肩膀。

神秘色彩最爲濃厚的，當數〈恐怖鐘聲〉一作。小說描寫了一個具有神奇預見能力的人物──歸國華僑拈光。在海外，他能預見自己妻子的紅杏出牆。回到金門家鄉後，他能預見家鄉今後的變化，能預告別人的血光之災，也能預見自己死亡的原因和情景：當村裡那口大鐘搬上山頂並敲響時，即是他死亡之時。這些最後均一一應驗。須指出，無論是因果關係的錯亂，或是冥冥中命運的擺布，還是生活中出現的神秘事物，它們都是對於「理性」的挑戰或顛覆。而這種非理性傾向，正是黃克全力圖表現的哲學理念的特徵之一。書跋〈在黑暗中工作〉一文中，黃克全欣賞於祁克果如下的一段話：「奮鬥的標的在於：熱情存在於越過『理性』之處」；而喚醒熱情的人常不被他自己的時代所了解，許多人在十分年輕時尚有一股熱情的衝勁，但當他們還幾乎是年輕時就變得理性了，因此「這個時代整個地被陷於理性之泥河中」，猶如一條船困在稀泥中，「沒有一枝篙可以觸及河床以便可以將船推行」；處處只見自我滿足及欺騙，而這種東西亦是常隨理性及理性之罪惡而來，「熱情之罪惡，及心之罪惡與理性之罪惡相較何等近於拯救」。顯然，黃克全服膺於這種理念，認爲單靠理性並不能窮盡人性的全部，現實中還有許多非理性所能解釋的東西，但這些才是活生生的、眞實的，它們構成生民的眞實生命和歷史。這一點，對於因特殊境遇而未能與時俱進，似乎仍停留於前現代階段的金門社會和島民而言，尤其顯得格外的突出。

儘管金門島上沒有豪華都會，只有樸質的小鎭和鄉村，但在黃克全筆下，仍出現了具有存在主義色彩的人物形象。當然，存在哲學亦屬於非理性主義的脈絡中。如〈夢幻之釘〉中的楊哲老師，從二〇年代至四〇年代，他的兒女、妻子先後因土匪綁架、日本憲兵酷刑以及美軍飛機轟炸而死於非命，他突然對人生產生了一種荒謬感和虛無感，認定「從身體感官出來的，都無非是夢幻而已」，人生的根本任務，是「認清生命的本質終究是一場幻象」。而上面提到的〈恐怖鐘聲〉中的拈光拋棄在海外富甲一方的產業回到故鄉，乃是爲了以坦然的心情迎接那一聲死亡的鐘鳴。他比起那些對日漸逼近的未來人生懵然無知的人們，顯然多了些許自我選擇的意味。這種自我選擇在〈洞穴〉中的烏力身上表現得更爲明顯。家貧、喜看閒書、潛心務農而不考公務員的烏力，從廢寢忘食的閱讀中感到自己有了與世俗不同的一張網，「這張網才能攔接住人世形形色色現象眞正的本質」。面對俗人俗事，他常湧出「一份謬幻之感」。他暗中在村後小石丘下挖出一個幾十尺深、口小內大漏斗狀的坑洞，並數十天藏身洞內，不管洞外父老鄉親的呼喚。小說中以第二人稱口吻的敘述者（「你」實爲「我」）感知烏力在明白眾人不可能了解一個「個人」單獨的行徑後，必定盼望另外一個「個人」走了跟他同樣的路途，於是鼓起勇氣鑽入洞內，發現烏力原來在洞壁上畫了一幅幅圖畫。直至十幾年後，敘述者才明白：烏力不是在躲避什麼，他需要的是在深層的黑暗的地方，突然有光源進來，照亮這黑暗，憑著這照亮黑暗過程的意象，讓人們警覺因循怠惰世俗的懵昧無知。作者在這裡塑造了一個從金門鄉土中走出的特立獨行的存在主義式的「孤獨英雄」。

從創作的角度看，作者面臨的問題也許在於：緩怠壅敝的金門鄉土能否與西方文明過度發展而產生的存在哲學交相匯融？這種在農業社會背景下的現代派文學表現，是否會有「早熟」之嫌？但只要回想五〇年代至六〇年代台灣文壇現代主義思潮發生時的情景，也許就會慨嘆二者驚人的相似。當時的台灣乃籠罩於驚魂未定的戰爭氣氛中，作家們因著被「放逐」的苦悶和「刀攪的焦慮」，並爲著突破「反共文藝」的極端政治化氛圍，移植和發展了現代主義的文學。此後台灣本島的社會政治、經濟型態發生了極大的變化，現代主義文學也隨之幾經起伏。而金門的情況卻極爲特殊，幾乎沒有什麼變化地長期置於「戰地化」的狀態下。在這種背景下產生的黃克全的現代派色彩的文學，特別是〈烈士〉等篇表現出嘲諷政治、消解政治權威性的意識傾向，也就可以理解了。《太人性的小鎮》一書的特點，就在於將道德的考辨、人性的剖解、哲學的探尋和金門鄉土緊密地絞結在一起。舉凡小說人物的種種愚昧、痲木、敗德、怪異、虛無……都與金門的歷史和現實所造就的特殊的社會環境、鄉土氛圍緊密相關。儘管作者在語言表現上也極有特色，如常以講故事的口吻敘述著離奇曲折的情節，常採用以第二人稱「你」（實際身分爲「我」）爲敘述者的傾訴口吻等，但最令人激賞的，還是作者對金門鄉土（它的歷史地理、民俗風情、生產生活型態，特別是它在特殊境遇中形成的特殊的社會氛圍等等）的把握和描寫。在以前，以金門為題材的文學作品並不多見，如果有，也常是「作家戰地訪問團」之類走馬觀花式的應景文字。唯有黃克全、張國治等的作品，堪稱道地的「金門文學」，而黃克全的小說比起張國治以炮戰等當代生活為焦點的詩作，更多了一點歷史的縱深感和鄉土的韻味。

註釋：

❶張大春，〈在無望中發笑──劃一根火柴談成英姝〉，《聯合文學》，一九九四．四。
❷廖炳惠，〈沃土與果實〉，《聯合文學》，一九九五．一。
❸邱貴芬，〈發現台灣：建構台灣後殖民論述〉，《中外文學》，期二三七，一九九二．二。
❹黃克全，〈在黑暗中工作（跋）〉，《太人性的小鎮》，晨星出版社，一九九二。

第二十章　融會中西文化思潮的文學理論批評

第一節　王德威的小說批評和鄭明娳的散文理論

當代台灣的文學理論批評歷來都從西方吸取了較多的營養，無論是台大外文系先後主辦的《文學雜誌》、《現代文學》和《中外文學》等刊物，或是現代詩人們創辦的同仁詩刊，都少不了對西方文學理論批評的引介。不過，所介紹的理論，未必是最新的，有的甚至是很久以前流行，而當時已顯過時的理論。六〇年代前後引入台灣、並對台灣文壇產生較大影響的「新批評」，就是典型的例子。這種情況，到了近十多年來，有了很大的改變。也許受惠於交通便利、資訊傳播快捷等客觀條件，並受躋身主流文化行列願望的驅使，戰後新世代的理論家和批評家們，往往能很快地感應並引入西方最新的哲學文化思潮和文學理論，並將之運用於台灣文學的批評活動中。如後現代主義、後殖民主義理論等的引入，都是明顯例子。

王德威是台灣最富有銳氣的年輕批評家之一，其評論重在小說兼及現代詩等其他體裁。他原籍遼寧，一九五四年生，美國威斯康辛大學麥迪遜校區比較文學博士，曾任台灣大學外文系教授，美國哥倫比亞大學東亞系副教授。著有文學評論集《從劉鶚到王禎和》、《眾聲喧嘩》、《閱讀當代小說》等。

就理論風格而言，王德威主要採取一種被改造過的印象式批評——來自學院，被廣博學識所充實的學術化了的印象批評，即根據對象的實際情況採取不同的觀照角度和詮釋策略，不求面面俱到而是挑出作品最有意義之處加以闡發。這種風格，和夏志清那種「旁徵博引，滔滔不絕，左右逢源，論斷篤定，無入而不自得的大師風範」❶有幾分相似，同時也有自己的突出特點，即更見現代性、系統性和史學的廣闊視角。

王德威小說評論的特點，在於擅長從主題類型學的角度，聯繫中國和外國古代、近代或現當代小說的傳統，在文學歷史發展的脈絡中，對對象作一歷時性的系統考察，從而得出較為深刻、新穎的觀點。如在〈玫瑰，玫瑰，我怎麼愛你？〉一文中，王德威頗富創意地闡發王禎和等人小說中的嘉年華式鬧劇衝動，並遠溯中國古代、晚清和現代文學中鬧劇模式的發展脈絡，從而發掘這些並不被視為文學正統的作品的意義。〈女作家的現代「鬼」話〉是又一明顯的例子。該文從張愛玲開始，經過施叔青、李昂、西西、鍾曉陽等，一直寫到蘇偉貞，並旁及西方女性作家的先例，敘述她們或寫鬼屋傳奇，或寫古堡怪譚，鬼影幢幢的氛圍，幽微陰森的故事，心事曲折情思反覆，愛欲煎熬輪迴情孽，人鬼相爭男女對立，「女作家的恐怖故事可以看作女性探討自身意識的表徵」，「將古屋古堡作為投射或轉移對性、婚姻，及死亡等欲望或恐懼的場合」。王德威寫道：「從張愛玲到蘇偉貞，我們幾位現代女作家張開了幽幽之口，傾訴了她們的聲音，或淒麗，或婉轉，皆足讓我們心中發毛。這些聲音既不感時憂國，也不健康寫實，但……它們形成了『好』的言談敘述之外的『惡』聲，搔弄、侵擾、逾越了尋常規矩。也因此，它們肯定了文學奇幻想像無遠弗屆的潛力，以及與政教機構互動的關係。」

王德威將其評論集之一取名爲《眾聲喧嘩》，可見他對於這個源出於俄籍批評家巴赫丁、而由他自己創造性轉譯的批評用語的傾心。而這一傾心乃因「眾聲喧嘩」本身所洋溢的多元、開放和反逆傳統觀念的氣息。王德威指出：「眾聲喧嘩」意指我們在使用語言、傳達意義的過程裡，所不可免的制約、分化、矛盾、修正、創新等現象。這些現象一方面顯現文字符號隨時空而流動嬗變的特性，一方面也標明其與各種社會文化機構往來互動的多重關係。在反駁「單音獨鳴」（monoglossia）之語言觀的前提下，「眾聲喧嘩」的理念可及於我們對文化、歷史、政治等人文範疇的再思。它或是提醒我們文藝「眞善美」風格的片面性，或是質疑單向史觀的目的性與不可逆式陳述，或是攪擾缺乏對話的政治「共識」，甚或是挖掘主體意識內「自我」和「他我」交相作用的潛流。值此政治局勢轉圜，兩岸文學有了更開闊的相互模仿、競爭或批判的空間，而作家與前輩間若斷若續的傳承關係和曲折繁複的脈絡，資訊時代外來流派的消長、新潮風格的傳抄，「均需我們以更謙虛開闊的心情思辨探究」。眾聲喧嘩「因指的是過去與現在、此岸與彼岸、創新與守成、高蹈與通俗等二元論式之間的重新參照組合」，正適合於這種需要。王德威宣稱，他並無意全盤否定傳統的批評，「但以爲我們的研究其實可以同中求異，作得更細膩、更具辯證潛力些。重爲大師、經典定位，找尋主題、風格、意識形態所歧生的意義，追溯作者『始』料未及的創作動機等，乃成爲亟待持續進行的工作」❷。如在〈初論沈從文〉一文中，針對評論界將沈的小說歸結爲牧歌田園式的愛情觀和內斂清淡的風格的一般觀點，王德威檢索《邊城》在清純愛情下的激情面，指出了在溫柔敦厚的故事表層背後，「天理人欲兩相膠葛糾纏的緊張」。這些「重爲大師、經典定位」的工作，均與「眾聲喧嘩」文學觀念不無關係。此外，王德威的文學批評本身也是多元開放、眾聲喧嘩的。一方面，他將古今中外的文學現象都納入視野，縱橫捭闔，相互比照，並非自限於某一特定範圍，特別是對大陸現當代文學涉略頗多，這對海峽兩岸文學的整合，大有助益。另一方面，他對各種文藝理論，均取「拿來主義」，廣泛借鑑各種西方批評方法，如運用原型批評理論，梳理從潘金蓮、王熙鳳到七巧、尹雪艷等中國小說中「壞女人」造型的變化。這種擅長於對某種創作傾向或流派作縱橫交錯的綜合考察的方式，使他常能發人之所未發，對對象作較爲全面、深刻、具有歷史縱深感和寬闊視野的論評，無論對於著眼於作品反映時代、社會的深廣度的現實主義批評，或是著眼於作品內部有機形式的和諧統一的「新批評」，都是一種反撥和超越。

鄭明娳，湖北武漢市人，一九五〇年生，文學博士，曾任台灣師範大學國文系教授，著有文學論集《現代散文縱橫論》、《現代散文類型論》、《現代散文構成論》、《現代散文現象論》、《當代文學氣象》、《古典小說藝術新探》、《西遊記探源》、《儒林外史研究》、《珊瑚撐月》以及散文集《葫蘆再見》、《教授的底牌》，主編《當代台灣文學評論大系》、《當代台灣女性文學論》以及各類散文選集多種。

鄭明娳在台灣理論批評界有兩個不甚尋常的特點，一是在台灣，出身中（國）文系者往往從事古典文學研究，出身外文系者才從事當代文學評論，而鄭明娳作為國文系科班出身的文學博士，卻付出較多心力於當代文學批評，這在以前並不多見。二是在台灣，無論是採傳統的「印象式批評」或學自西方的「新批評」，都比較側重於單篇作品、單個作家的微觀論析，而鄭明娳卻能跳出這一成規、風氣之外，在微觀研究的基礎上，又能對當代台灣文學乃至整個中國現代文學作出一些聯繫歷史文化背景、涵蓋廣大時空的宏觀的考察。如《當代文學氣象》一書中，〈論中國現代寓言文學〉、〈報導與文學的交軌——報導（告）文學初論〉、〈三、四十年代報告文學論〉、〈現代詩中古典素材的運用〉等文均可為例。《現代散文縱橫論》則既有對「現代散文」的八大類型及其寫作和欣賞等問題的「綜論」，又有從陸蠡到林彧的十位作家散文創作的「個論」，而後者由於包括出生時序分布在五十餘年間的前後五代作者，因此又可略見「史」的脈絡。這種特殊的知識結構（中文系背景）和理論方向（趨向宏觀）的結合，正反映了戰後新世代的特徵，也是鄭明娳在台灣文學理論批評界能獨樹一幟的原因之一。

雖然涉及面頗廣，但鄭明娳的最大貢獻，在於散文批評，其中意義最為重大的，又屬以現代散文「類型論」、「構成論」、「現象論」三書所構成的完整的散文理論架構。在此之前，台灣的散文批評一直是被忽略的薄弱環節，僅有的季薇《散文研究》、《散文點線面》、《散文的藝術》、梅遜《散文欣賞》、邱燮文等《散文結構》等書及余光中、楊牧等作家的單篇評論，或僅是介紹散文創作和鑑賞常識的入門書，或仍沿用中國古典文論範疇和印象式批評方法。而鄭明娳致力於系統的「散文基礎理論」的建立，使現代散文不僅在創作上，同時在理論上也能與現代小說、現代詩鼎足而三，其意義不可低估。

鄭明娳認爲散文的基礎理論有三，即類型論、構成論、思潮論，此三論的關係，就像互有交叉的三個圓，既有獨立的部分，也有互相疊合之處。如類型論和構成論的交集處形成結構論，思潮論和構成論交集而有技巧論，思潮論和類型論交集是主題論，等等。在「類型論」中，鄭明娳梳理現代散文的三大源流爲中國古典散文、傳統白話小說和西洋散文，並以寫作中主、客體因素的輕重劃分散文爲兩大類：主要類型和特殊結構的類型。前者從寫作客體劃分，包括情趣小品、哲理小品及雜文等，後者從寫作主體出發，包括日記、書信、序跋、遊記、傳知散文、報導文學、傳記文學等。思潮（現象）論試圖探討「個別作家思想論的彙總」，每一個時代「因人文環境、文類成長度及文學觀念」，未經約定而俗成地存在著的潮流；它面對的是「彙整時代的散文觀念、釐清它跟當時創作與理論間的互動關係，整理當時理論家的學說，並從歷史的角度，去判斷思潮籠罩之下，論爭的得失、理論的局限或者突破等等」❸。「構成論」重在散文創作中與內容緊密相關的形式因素的分析。它是一個以修辭論爲基礎，逐漸向外依次擴展至意象論、描寫論、敘述論、結構論的「層疊複合系統」，其間除了高位階的因素影響、複疊低位階的因素（如描寫論包含了修辭論、意象論，結構論涵括了敘述論、描寫論……）外，各論之間還存在很活絡的相互關聯。某種意義上說，「構成論」不僅是三論中的「重頭戲」，鄭明娳散文理論建構的個性特徵，也在此得到較充分的體現。

在《構成論》的第六章〈結論〉中，鄭明娳申明了建立「構成理論」整體觀的三項原則，其實也就是作者理論建構的特徵。

其一，「形質合一」，亦即作者在側重形式分析的同時，並不忽視「內容本質的地位」❹。其實，鄭明娳認同並揚棄、超越了一般所認爲的文學內容本質必先於形式而存在，因此內容決定形式，形式表現內容的觀念，更強調了「形式的本身就是本質的一部分」。她寫道：「我們相信作家的語言特質、修辭習慣，都跟他的思考模式息息相關；意象的塑造、描寫的習慣及敘述的方式，均同時反應了作者的品味；而結構的組合，亦可析出作家觀物的態度與文化意識。是以，在構成理論建構的同時，筆者並不忽略形式與形式批評在呈現理念上的功效，此所以《修辭論》中要討論修辭模式反映時代、地域及個人的文化色彩。」❺其他如現代文人自己創作的意象系統、選擇的描寫類型、習用的形式結構等等，也都可能反映出「他的時空背景及心理情境」。因此，在鄭明娳的理論架構中，形式不是消極、被動的，而是作爲「顯現理念的感性形象」而加以具體、詳細的分析，並不流於雕蟲小技式的侷促和瑣碎。

其二，「述作聯立」，實際上涉及繼承和創新的問題。它是針對散文理論建構的現狀而提出的措施。在西方文學史中，散文一直不被視爲重要文類，自然缺乏相關的理論；在中國現代文學的發展中，散文也不如現代詩和小說那樣受到理論家的關注，更遑論理論的建立。近年中國大陸出版的爲現代散文建構系統理論的專書如傅德岷《散文藝術論》，其理論方法和術語源於中國古典詩文理論甚爲明顯。鄭明娳認爲：古典文論已不敷當代散文使用，現代西方理論的適度引進，實是必要之舉，但如何融合中西既成理論，實非易事，「文學理論家甚少有人有意把中西術語指涉疊複之處稍做整合，更遑論針對術語、理論做通盤的貫通整理」。鄭明娳雖自謙要作此整合力有不逮，但她明確表示：「實應把前人已然思考的成果做爲自己發展系統觀的基礎；也唯有站在前人以及當代中外文學理論的基礎上，我們才有能力發展適合本土及當代的散文理論……所以，整合性的『述而作』乃是建構散文理論的應當途徑。」❻

鄭明娳的散文理論建構中，處處可見「述而作」的實例。如在修辭論中，鄭明娳認爲傳統修辭學限縮於辭格研究，誤導創作者過分雕鏤文句和矯造地表情達意，故應拓展修辭學的視野至風格學，將它放進一個結構的框架中去凸顯其意義，使它成爲積極推動作家思想、表現風格的動力。在意象論中，作者更著力地試圖將現代詩學理論引入現代散文理論。她認爲，中國古典詩、文皆有理論，但古人並未將其加以整合，因此古典散文理論強調造意而忽略造境，講究文章平面的謀篇佈局而忽略立體的時空設計，強調筆法的翻新立奇而不在乎意象的經營；即令如此，古典散文理論在整理後仍可供給現代散文諸多借鏡，但「現代詩學中有許多深具原創性、開展性的理論，足供散文參考，卻爲人所忽略」。鄭明娳試圖改變這種情況，最主要的即是意象理論的運用。她稱：「意象原本存在於任何文類的描寫之中，我們特別強調詩學意象，是因意象論的發展成熟在詩學中，詩學的意象處理最能刺激散文新生命的發展。」❼爲此，鄭明娳從單一意象、複合意象、意象群再到意象系統，樹立了散文意象論的完整架構。此外，現代詩學對於散文的影響還可包括其他，如詩主題的歧義性，乃至音樂及圖像的豐富理論，有助於散文聲采形成的理論；詩學中時空設計、邏輯思維等理念也可影響散文創作。如果說意象論主要從詩學中借鏡，那描寫論和敘述論則從現代小說理論中取得了營養。小說理論中的敘述觀點以及隱藏作者、編撰作者、敘述者和潛在讀者等概念的引入，可以使散文創作「逐漸吸收小說的優點，產生新的敘述模式，更新散文創作貧薄的體質」。當散文的描寫突破了原有的第一人稱限制視角，便可「由平面跳脫而爲立體、由單向轉而爲多向、由刻板轉爲活潑、由呆滯變爲生動」；經過視角及手法的轉換，「景物的光彩也會轉變、人物思想會有不同的面貌、事件的發生會有不同的詮釋」，從而拓展出嶄新的道路。此外，結構論最明顯表現了鄭明娳在「述而作」中的「作」（創造）的一面。她將一般所謂「起承轉合」、謀篇佈局意義上的「結構」，推展到「體勢結構」、「思維結構」的更高層次。所謂體勢結構係指「由風格形成的結構線，貫徹通篇散文呈現氣格發展的形勢起伏……換言之，風格反映在單篇作品中即形成體勢結構」[8]。所謂「思維結構」，更「涵蓋作者整個人格及思想的全貌」[9]。這裡她既吸收了結構主義所謂「作品的結構是一個內在的架構，是作者創作思路的原型，也是人類心靈的模型的一個重要表現」的說法，但又有自己的進一步的理論闡發和建構。

其三，「體用兼賅」。鄭明娳宣稱：本書的構成理論屬於後設理論的研究，她從事此項工作的方向，「乃是以後設理論爲體，以實際批評爲用，期望使散文的初步理論具有較大的實用價值」。因此，在將中西文學批評派別和術語引入本書論述體系時，都將其單純化，並不引經據典，作繁瑣考究，而是直接納入論評引證的範疇中選擇使用，特別是該書在詮釋理論時，直接選擇散文實例做具體的分析。這樣一方面使表達的觀念更清晰，建構的理論更具體，另一方面，它便於理論的直接現身並使用於實際批評中，從而賦予創作與閱讀更廣大發展的可能空間。

總之，鄭明娳以有代表性的中國（含台灣）現代散文精品爲實例，從不同角度闡述現代散文不同於其他文體的特徵，從而完成了把散文作爲一種不容忽視的、具有獨立美學價值的文體的定位，並進一步建構了包容全面的現代散文理論體系。儘管這些論述還不能說是十全十美，如有時爲求體系的完整而面面俱到，反而使一些精彩部分未能充分展開；對極爲豐富的中國古典文論的化用和融會，比起當代西方文學理論，也顯得較爲薄弱，但她獨闢蹊徑的理論建樹，無疑使台灣的散文理論批評，有了質的飛躍和突破。

第二節　簡政珍、孟樊的詩學理論和批評

在詩學領域試圖建立一個系統的理論體系的是簡政珍。簡政珍（一九五〇－　），台北縣人，一九七二年畢業於政治大學西洋語文學系，後又獲台灣大學英美文學碩士和美國奧斯汀德州大學比較文學博士學位。現爲中興大學外文系教授，《創世紀》詩刊主編。著有《季節過後》、《紙上風雲》、《爆竹翻臉》、《歷史的騷味》、《浮生紀事》、《意象風景》等詩集，《放逐詩學》、《空隙中的讀者》、《語言和文學空間》、《詩的瞬間狂喜》等詩論著作。

簡政珍堪稱台灣詩壇上繼葉維廉之後又一位兼擅創作和理論的詩人。比起詩作，其詩論也許是對詩壇的一項更大的貢獻。他曾對某些人所謂第一流人才從事創作，第二流人才從事批評的論調頗不以爲然，指出：廣義的批評家應該有三個層次——第一種是評論的文字因爲有了創作作品才能存在；第二種人是從作品中看到幽遠的文字世界，進而延展成見解；第三種人則是文學思想家，他有宏遠的文觀或詩觀，獨立於任何個別作品之外，從博覽的作品中思索文學的本質，及有關文學的美學問題，「這種人絕對是第一流人才」⑩。簡政珍顯然努力使自己站立於「文學思想家」的行列中。

簡政珍作爲「文學思想家」的特徵，一是建立了一個比較完整的詩論體系。它既包括詩的本體論，也包括詩的創作論和讀者閱讀（鑑賞）理論。而這幾部分並非相互游離，而是有著一以貫之的文學理念加以連接，從而形成一個環環相扣、自圓自足的有機整體。二是方法論上也有其貫穿始終的特色，這就是辯證的特徵。從本體論的詩與現實的辯證，到批評論的理論與創作的辯證，再到創作論的「沉默」、「空隙」與豐富內涵的辯證、騰空自我和書寫眞我的辯證……「辯證」充斥於簡政珍整個理論體系。其三，這一體系以現象學爲基石，擷取了包括存在主義、讀者接受理論、語言學、符號學、解構學、新批評……諸多現代文藝流派的因素，加以創造性的梳理、融合、發揮而構成，具有極飽滿的理論思辨的質地。甚至在他吝於量而精於質的實際批評文字中，也處處閃爍著對詩的本質體認和思想。

有關「詩人所爲何事」的本體性詰問，延展爲詩與現實的辯證，而這成爲簡政珍詩論的出發點。簡政珍反覆宣稱：「寫詩是詩人以書寫肯定自我的存有」。由於詩人並非一個抽象的存在，而是生存於現實之中，因此詩作永遠離不開現實，即使詩人一意躲避，現實仍如影隨形。對於一位要確立自我價值的詩人，「寫詩不是遁跡鏡中的淚痕和夢幻，也不是申訴自己身世的委屈」，而是要「隨著時代的脈搏呼吸」，伸出觸角「接收周遭的音訊影像」，「針對人生的有感而發」⓫。某種意義上說，書寫現實人生正是詩人存有的價值所在：「假如詩是人的作品，撇開人生，詩人所為何事？若詩用以遊戲，社會無處不在遊戲，何必有詩？」另一方面，簡政珍又強調詩對於現實的超越，而這種「超越」的關鍵在於詩人主體意識的投射：「我個人希望在有限的篇幅中，要求每行詩都賦予創作主體的思維。」他認為：只有當「我」的意識進入萬事萬物的時候，萬事萬物才存在。詩人賦予物象人本的精神，人本的精神是詩存在的理由，也是現實「模仿」的對象，「寫詩因此是詩人在某一瞬間感受到現實，或客體對內心的衝擊。詩人在那一瞬間看到生命在例行重複的日子裡甦醒，生命在因循的規轍裡歧異，而走上『正途』。人在這一瞬間驚異於客體的凡中帶奇。」從這個意義上說，詩不是現實世界的「再現」，而是現實世界的「重整」。而當詩人投射主體意識於客體，以詩人之心眼穿透「現實」的各種塗裝而逼近「事物的本貌」，同時詩人也能逼視自我，以創作銘記其一度的存有。簡言之，詩人作為一個人，必要在現實中才能「存有」；同時又需打上主觀思維的印記，才能在詩中顯現其「存有」。

詩重整現實和詩人主體意識投射的主要表現之一，是對詩的生命感和哲理內涵的追索。簡政珍認為，詩如果缺少哲學的厚度，現實事件過後，將連同垃圾一樣被丟棄，而哲理並非禪機，它必基於詩的生命感，即對「生命宿命的悲劇性存在」的感悟。他闡發海德格所言：人沒有拒絕被生下來的權力，人活在這個世界是「不得不」的存在，而世界可能張牙舞爪，甚至可能吞噬個人，人只有感知這些潛在的暗影，而又「墜入」或「投入」這個世界，存有才能顯彰。詩人的存有早命定和外在世界或「他」及未來的死亡糾葛辯證，因此，生命一定佈滿焦慮，恐懼，痛苦。感知死的存在無疑殷實了生命的智慧。而詩人能感受生命「不得不」的緊張感，詩將飽藏淚光血影的稠密度。「不得不」使詩人體會到詩路是宿命的依歸，當時代低俗到不需要詩時，詩人有「不得不」寫詩的悲壯。假如詩人看穿人生的虛實和假象，詩人「不得不」在詩行中展示生的本質，不得不在文字中傳遞語言的「眞言」。因此，詩的語言「不得不」稠密，詩所觸及的人生勢必是一種壓縮，使每一瞬間都非常厚實，每一個文字都是瞬間的狂喜。這樣，簡政珍由詩的本體論連接上了詩的創作論。

創作論揭示的是達成本體論要求的方法和技巧問題。在這方面，簡政珍最爲重視的是語言問題，最核心的概念則是「意象」和「沉默」。他認爲：寫詩是詩人與語言的對話和語言自己的對話，詩的語言即建立在文字的前後激蕩。由於語言是「存有的屋宇」（海德格語），有人就有意識，而意識總向外投射，有投射就有溝通，但最高層次的溝通卻是沉默，而完全的沉默又無法溝通，兩極對立的結果是：書寫文字重視沉默的本質，語言求其繁複稠密，充滿空隙。詩中舉凡標點、跨行、留白、隱喻、置喻以及其他有形無形的手法的運用，都能產生「空隙」，亦即「沉默」。如果說詩的文字書寫部分傳達知識，那未書寫的部分（空隙）則刺激想像，「沉默」正是發揮想像、賦予語言以飽滿涵義的關鍵。由於詩適度閉口保持沉默，因此更能發出多重聲音，喧囂或吶喊的文字反而使詩蒼白虛脫，語音之後，無以留下任何尾韻和餘響。

「意象」在簡政珍詩論中也具有舉足輕重的地位。他甚至認爲：「文學本體上以意象銘記存有」，而詩對現實加以重整的主要手段即「意象」。意象本身即是主客體相互作用的產物。詩人的主體意識投射於客體，客體形象因主體意識的摻入並經文字的中介轉化成意象，意象即是詩人透過語言對客體的詮釋。而「意象」在本質上是沉默的，它以視覺的無聲替代言語的有聲，以書寫的特質有別於口語。在具體的意象經營中，簡政珍推崇的是「巧思但自然」的意象。他認爲，感人的詩和意象，必定是情感的平衡點，造句自然；然而追求「自然」絕非要因循公式化的常理，因爲詩的意象不是人對事務的既定反應；詩不能被動反映人生，而要以新鮮敏銳的觀點看世界，因此需要超現實的想像；超現實的思維使詩富於巧思，其重點在於意象和現實間的虛中帶實；但若是意象和常理邏輯完全相違，它可能變成潛意識的囈語或取悅兒童的卡通。因此簡政珍認可的是：「意象從現實的常理和邏輯中逸軌，但它和人生虛實相濟的關係中，又有另一層次的邏輯。」

由此可知，簡政珍強調「沉默」實際上就是強調不落言詮的弦外之音、言外之意和語言多歧義的豐富性等。而這言外之「意」，並非一般的生活中的小感受、小思緒，而是較爲深邃廣袤的對人生的感悟和哲思，才需有「沉默」這「語言的屋宇」來加以盛容和涵納。簡政珍明白指出：「假如意象使詩從抽象概念中解脫，詩更高層次的意義是透過意象再進入抽象的哲學領域。」這種感悟和哲思包括對自我的審視，對時空的感知，對生死的考辨，對生命感和歷史感的追求等。

雖然簡政珍曾表白，在詩誕生的瞬間，並未顧及理論，但他的詩作和詩論之間，實際上存在著密切的關聯，即其詩論不無其自身創作經驗的融入，又成爲一種潛在的規範影響其創作，決定著詩人的總體風格和藝術生成過程的特徵。如果說簡政珍詩論的兩個最基本的要點，一是對飽含「沉默」的意象經營的注重，二是對含納豐厚生命感和哲學內涵的強調，那他的詩創作也正體現出這兩方面的鮮明特徵，可爲其詩論的印證。如他按其理論的軌轍處理了詩與現實的辯證關係。這些作品大多取材於周遭的現實生活，既包括當前紛雜繚亂的各種社會現象，也包括私個性的日常經歷和感受。然而它們並非如粗糙的「寫實詩」一般僅是對生活的機械、簡單的複寫，而是力圖透過表象直達普遍人性和宇宙世界的本質，表達對人生、生命的眞實感受和對民族歷史文化的深邃觀照。如長詩〈浮生紀事〉，寫的是夏秋之交往來於大陸和海島之間的若干見聞和思緒，但它並非流水帳式的記敘，而是打破時空順序，採用意識流和電影跳躍鏡頭式的剪輯手法，將歷史與現實、大陸與台灣、東方和西方、宗教和神話，以及浮生瑣事等揉合在一起，創造了一個源於現實又不同於現實的奇妙境界。該詩第二節中有這樣的詩句：「……更遠方／雷鳴一再／提醒一隻站在屋頂的公雞／不要忘了曙光乍現時／要喚醒人類趕走背後的影子／有人從背後拍著我們的肩膀／回頭是／一身毛髮的倒豎／一身溽暑突變後的寒意／當我看到／一個夜之火所燃燒的／零散的五官」。這也許用簡政珍自己的詩論加以解釋最爲適當。他曾寫道：人在生的一刹那就命定死，而只有先覺悟到這種命運，人才能展現及逼視存有，詩無以墮落成贊歌，因爲詩人在時間的缺口已看到死亡的獰笑，感受生死之必然，詩人在詩中道出人共有的命運。人經由沉思生死而變成智慧，詩從個人的感受觸發引起共鳴和哲思。假如詩有生命感，主要是詩在現實人生浮面的淺笑裡，已聽到死亡的嘆息。這可說道盡了詩人頻頻從「時間的缺口」窺探「死亡獰笑」的原因。

簡政珍詩藝的核心——「沉默」、「空隙」和意象的經營，在其詩作中也隨處可以找到例子。詩人透過各種手段營造意象，壓縮、凝練語言，使一些本來敘事性較強的段落，轉化成頗具詩的蘊味和情趣的場境。他曾寫道：「人耗費口舌來描述一件事情，來表達內心的感受，但喧囂冗長的言語不如一個沉靜的意象。」又稱：時光涓滴成渠，眨眼即逝，詩所觸及的人生勢必是一種壓縮，因此，詩的語言「不得不」稠密，它暗示對生命有限時間的尊重。這就將詩在藝術上的精練、含蓄的要求，提升至詩的本質的高度。顯然，簡政珍的詩缺乏流行抒情詩那種鏗鏘作響的節奏，他注重的是以充滿「空隙」和「沉默」的凝練語言取勝，爲此甚至有意犧牲討喜然而花俏的節奏。因爲他認定，詩的本質是沉默，水的驚濤駭浪會淹沒了眞正的聲音，水流只有無聲，才能聽到語言沉默的聲音。基於此，簡政珍形成了獨具一格的創作風格，也建立了他的詩論體系。

致力於詩學理論構築的，還有孟樊。如果說簡政珍的詩論體系傾向於自足、抽象，那孟樊的詩學理論則緊扣著台灣詩壇的實際狀況，有著比較強的「史」的意味。

《當代台灣新詩理論》就是孟樊建構詩學理論體系的代表之作。著者寫作此書，是有感於台灣新詩評論的「貧血」，詩壇長久以來繳不出像樣的「理論成績單」，而理論的貧瘠，影響著新詩的創作，「勢必使已呈羸弱之勢的新詩命脈加速停止它的跳動」⑫。該書共分十二章，除前二章分別爲〈新詩的語言與概念〉和〈新詩評論現況考察〉外，其餘各章論述了〈印象式批評詩學〉、〈新批評詩學〉、〈現代主義詩學〉、〈寫實主義詩學〉、〈政治詩學〉、〈大眾詩學〉、〈後現代主義詩學〉、〈女性主義詩學〉、〈地緣詩學〉、〈世紀末詩學〉。作者自稱該書「嘗試以史的編排角度，綜論各個不同的詩學面向」，而所謂「詩學」，則包含了「詩作、詩評和詩論探討」。〈女性主義詩學〉、〈後現代主義詩學〉等，是書中論述最爲翔實、最具創見的篇章。如前者分爲六節。第一節「女性主義的崛起」，概述女性主義文評的興起和台灣「女性主義詩領域」的亟待開發。第二節「性政治的詩學」，從詩選的編纂和詩史的詮釋等角度，論述「性（別）」呈現於文學上的「政治問題」：如重要詩選的選編者多爲男性，以及他們主導的詩選集入選者在比例上顯出貶抑女詩人的傾向；男、女作者寫作的「詩史」也有很大差異，如「女詩人的婉約風格這條詩史中的主軸，長期以來一直爲男性所建構的詩史湮沒不彰」，只有在鍾玲力著《現代中國繆司》中才得以凸顯。第三節爲對「陽具批評」的批評，指出「陽具批評」的觀念和語調常在男性詩人或批評家不經意的解讀文字中流露出來，並比較男、女評論者對同一對象的評論以說明問題。第四節「女性閱讀詩學」，主要探討「文學作品中女人形象問題」，著重對男、女詩人、批評家筆下的女性形象加以比較。第五節「女性中心批評的女性書寫」，論及女性主義對於女性書寫的意義和特點。第六節則爲「結語」。孟樊在論述過程中，大量引用了西方女性主義文學批評理論，對台灣的女性主義詩創作及其評論狀況作了詳細的梳理、考辨和分析，堪稱紮實、有見地的力作。

當然，正如孟樊自己所指出的，書中部分篇章略顯薄弱。其實，這和台灣的詩學理論建構不彰有關。也許因相關的詩評詩論著作偏少，因此〈寫實主義詩學〉、〈政治詩學〉、〈大眾詩學〉等章，似乎並不是對台灣該方面的詩學理論的闡述，而是對該類詩創作情況的論評。這使他的這部書更像「史」而非「理論」。即使如此，整本書中仍不乏精闢的理論見解。如〈地緣詩學〉中指出：新詩之研究不能只從縱向之歷史立論，亦應予考慮橫向之地理因素對於詩人創作之影響。從台灣的地理特性來看，一方面處於各地區乃至洲際之間的交通樞紐，成爲各種文化的交匯點，易於接收外來文化的影響；另一方面，由於海島四面環海的孤立性地理位置，又使之加重自己的本土文化，以此回頭重讀六〇年代的現代詩及七〇年代的寫實詩，「很容易便可嗅出前者之『洋味』及後者之『土味』，而不管是洋味還是土味，均可說是其來有自」。像這樣以地緣角度解釋台灣新詩發展中的「現代」和「鄉土」相糾葛的特殊文學現象之原因的，還不多見，具有新穎性和深刻性。

孟樊本是詩人出身，其文學評論的重心也在「詩」，特別是對於八〇年代以來的台灣詩壇生態和詩潮演變有極深入的即時觀察和精闢見解。然而他的視野並不局限於詩，甚至不限於文學而及於文化的層面。《台灣文學輕批評》一書實際上牽涉到更爲廣泛的有關文學、文化理論的一些重要問題。其中給人印象最深的，是關於文化評論已成爲創作的一個新文類的見解。作者寫道，台灣在後結構主義尚未流行起來之前，評論或論述文章不被認爲是一種創作，無法和小說、詩、散文等相提並論；然而八〇年代（特別是後期）以來，它卻成爲熱門的「搶手貨」，在副刊上攻城略地，吸引了眾多作家投身而入，儼然成了「重要的一種文類」。

文化評論的崛起及其在文壇地位的上升，有其多方面的複雜原因。一方面與台灣社會大環境的變動有關。孟樊寫道：「大概是處在『不安的年代』中的人們，亟須有人爲之提供『解釋』，甚至是『指引』，文化論述正好發揮了這樣的功能，而文化評論家也藉此取得了所謂『解釋權』，十足地成了文壇的『意見領袖』。」另一方面則和世界性的文學、文化思潮及其影響不無關係。孟樊指出：倘就八〇年代的台灣文學作品來看，可以說相當缺乏深度感，「這就使得文學評論家的角色更爲凸出，文學創作的技巧與思想，反而由後設的評論家來代作家（詩人及小說家）賣弄」，許多評論文章，「坦白說，比原著還精彩」。這樣的轉變，卻已有近代西方文學思想史演變的先例。孟樊在此引用結構主義學者李蒸幼的說法：十九世紀西方文壇的主要角色是小說家，小說家充當著文學思想家的角色；屆至二十世紀，特別是二次大戰以來，文學思想的功能則漸漸轉由文學批評家和理論家來承擔了，「這是人類文化思想史上一個有『戰略』意義的轉變」。西方小說事業年復一年的不景氣，文學理論的事業卻獲得了空前的發展，「一、二百年來曾強烈地打動過一代代知識份子的十九世紀小說中的心理、社會、人生分析的光彩，本世紀以來開始被文學和其他人文學科研究者的專深分析所遮掩。」這種趨向，難免波及到台灣，文化評論的興起，是很自然的。

孟樊的上述論述，既是對台灣文壇現狀的觀察，也顯示了孟樊提升文學理論批評的地位，推動台灣文學評論工作——孟樊謔稱爲「文學加工業」——向前發展的用心。他明確強調：「台灣文學的發展，如果沒有文學評論的努力，恐怕也會失色，顚簸難行。」台灣的文學評論近來雖有所起色，但總的說，還遠未建立文學創作與批評理論相互依賴、相互促進的辯證關係。孟樊試圖找出台灣文學評論長期衰弱不振的根源。其中一個重要原因，即是理論研究和批評實踐的脫節。他寫道：「事實上，戰後四十年的台灣文學史，不乏文學理論的翻新與重探，這工作在學界已有某種成果，而最近幾年從歐美回來的學者亦陸續介紹了不少新的理論進來，不可謂新的理論不受學者的重視。遺憾的是提倡或重探文學理論的學者，並不把他們的理論知識運用在台灣當代文學的批評上……反之，擔當實際批評工作者，也許是非學院派出身的，或因限於語言能力（包括古文與西文），或因理論知識的貧乏，只能固守一種既有的批評謀略，而『從一而終』。理論和批評分家的結果，失去指引創作路線的主動能力，使批評的方法仍在原地踏步」，迄今仍由「新批評」、印象批評等霸占著批評界。爲此孟樊提出：「當務之急在於使理論和批評兩者能重新交合，要麼使理論家將其理論『落實』在當代文學的批評上；要麼讓實際運用的批評家再『充電』成爲理論家，……即讓批評家與理論家的角色能夠重疊」，唯其如此，加上創作者的虛懷反省和努力，「創作和批評理論的辯證關係方能成立，而我們也才能擁有一個更豐盛、更健康的文壇。」

可貴的是，孟樊並非耽於理論的空談，上述觀念，實際上已貫穿於他自己的文學評論實踐中。他稱自己的書爲「輕批評」，正表明它乃有別於學院式的長篇大論，是作者對之高喊「偉哉」、「美哉」的Essay——結構上是非連續的、斷裂的，提供的是關於當代台灣文學的「說法」和「意見」，而非自成完整體系的理論著作。然而它又「輕中帶重」⓭，絕非目前流行的供人消遣娛樂的「輕文學」一類的東西，因它裡面處處融注著深刻的理論和思想。作者以輕鬆調皮的口吻「自序」道：因爲「輕」，書的分量不壓迫人，閱讀起來比較「可口」一點，不必戰戰兢兢，可取隨興式閱讀方式；然而書中每篇均有一個單獨、完整的理念，儘管有時因字數限制而無法詳盡地交代清楚，但重點一定「點」到。這就形象地說明了本書兼顧於「輕」與「重」之間的辯證法，而這也正是孟樊所提倡的文學評論的特徵。

該書「輕」中所帶之「重」，具體表現在以下幾個方面。一是密切追蹤當代西方較新的乃至最新的文學、文化思潮和理論，並不惜心力地加以引進和闡釋。孟樊曾感嘆台灣文壇只有「批評家」而缺少「理論家」，更遑論能成爲大師級人物的「思想家」，並視此爲批評界的眞正危機。他正是有感於台灣文壇的這種思想和理論的欠缺，希望透過此舉能對台灣文學理論批評的發展有所助益。例如，他對於東方主義、後殖民論述、新歷史主義等的文學、文化理論和觀念作了較詳細的介紹，對於「隱藏的作者」、「醜的美學」等概念以及後現代主義、新人類文學等文壇思潮和現象也詳加闡述。介紹時，孟樊並不糾纏於深奧的理論，也不求完整的體系，而是力求以淺顯曉暢的語言將要點、重點闡釋清楚。如對於接受美學的「隱藏性讀者」概念，孟樊時而引用原著，時而用自己的話闡釋道：「讀者」這一角色，並非作品發表後才參與進來，而是貫穿文學創作的全部過程。因作者構思新作時，心目中便會自然而然地預估其讀者的接受需要和可能性，不斷與這位預先存在的讀者進行對話，並憑藉文學技巧「有目的」地將其所預估的在本文的結構中體現出來。總之，「作品的本文中暗含著讀者的作用」。這樣的解說，可謂言簡意賅，使一個對創作具有指導意義的複雜概念，化爲一目瞭然、娓娓述說的淺顯道理，充分顯示「輕中帶重」的特點。另一方面，作者厚積薄發，爲了闡明一個理論或概念，常以精要筆觸追溯這一概念的歷史演變過程。如關於作品解讀中作者和讀者的關係問題，孟樊先從閱讀的「自由」問題著手，對舊傳統的、「新批評」的、特別是後結構主義的有關理論加以比較，指出：舊傳統的說法是讀者讀詩須以詩人的意志爲解詩的依據；新傳統的說法爲詩是一種既成品，它脫離詩人本身而客觀存在，任何人讀詩都必須根據現有的既成品——即詩本身的結構、形式來詮釋；最近一、二十年的更新看法則是：作者自己不僅不是唯一有效的解讀者，既成品本身也未必有既定的主體結構，不同的讀者有不同的詮釋觀點與方式，閱讀和詮釋是完全自由的。接著孟樊又透過所謂「詩人之死」提法的演變過程加以進一步的說明。原先詩人在詮釋自己的作品上具有君臨天下的地位；「新批評」的「詩人之死」意味著不是詩人而是「只有詩本身才能告訴你正在讀的是什麼東西」；在後結構主義興起時，牢不可破的主體已因機器複製而不再完整無缺，詩的本文若不經讀者閱讀、詮釋便無生命可言，這時的「作者之死正是爲了讓讀者再生」。透過這樣的比較，就能將後結構主義的這一重要觀念闡釋得一清二楚，並爲一般讀者所輕鬆、容易地接受。孟樊孜孜於新興理論的介紹，其目的在於提升台灣文壇創作和理論批評的水平。諸如「隱藏性讀者」、「詩人之死」等觀念，無論是對作家的創作，或是讀者的閱讀，都將產生一定的影響。孟樊的介紹，也由此顯示它的重要意義。

除了當代西方新興文學、文化思潮和理論的引介外，該書的「輕中帶重」還體現在作者將這些理論直接運用於對當代台灣文壇現象的觀察上，從而使自己獲得嶄新而又寬闊的觀照視野和詮釋角度。其中較引人注目的，有運用詹明信（大陸譯為傑姆遜）的後現代主義文化理論對台灣文壇現狀的考察，以及從後殖民論述中引發的對於處理東、西方文化關係問題上的反省。後者以《霸王別姬》在美國獲獎所引起的中國社會的反映，探討西方人的「東方主義」和國人的「西方主義」等不健康心態。孟樊指出西方人把西方當做中心，把東方當做「非我族類」的「它者」，為東方建構了關於「懶惰、虛偽、非理性」的東方迷思（myths），此謂「東方主義」；而東方人嚮往崇拜於西方觀點，以西方美學標準為檢證的典範，此一「唯西方是賴」的心態，可名之為東方人（中國人）的「西方主義」；二者是一體的兩面。孟樊認為需對此「挾洋以自重」的作為加以反省。「消極方面對潛存於帝國主義者白人文學觀背後的中心及權威意識須予以批判，不必再抄襲或模仿其文學創作（包括風格、形式、技巧等等）；積極方面則應開拓自己的文學空間，創作屬於自己的『非西方白人』的文學典範。」「我們的文藝創作必須植根於我們生存的網路中，如同薩伊德指出的，文化一定要與日常實踐聯繫起來，我們不必有布魯斯特、喬伊斯，但我們的電影、戲劇、音樂、美術、小說、散文、詩歌，都應和自己的歷史、土地息息相關。」

孟樊這裡強調文藝創作（自然包括文學評論和文化論述）應植根於自己的歷史和土地的現實主義精神，實乃貫穿於全書。如對於八〇年代以來台灣詩壇的多元化和無政府化傾向、對於現代詩壇的式微和「瀕臨死亡」、對於台灣文學思潮不同於西方的現代主義→現實主義→後現代主義的發展過程等，孟樊均著力挖掘其政治、經濟、文化等社會背景方面的原因。儘管如此，孟樊並非機械的或庸俗的唯物論者，其文學觀念與風行於七〇年代的「現實主義」也有很大的不同。孟樊的文學理論體系實際上是一個廣泛含納的開放空間。西馬、新馬和現實主義文學觀念，被他吸納並和現象學、闡釋學、符號學、後殖民論述、女性主義、結構主義和解構主義等種種新興文學理論融爲一體，並根據對象的不同而採取相應的批評策略。當然，由於文化論述的興盛畢竟是大勢所趨，上述理論大多並不局限於「文學」而是涉及哲學、歷史、社會學、人類學、心理學等眾多學科而涵蓋了廣泛的「文化」範疇，所以孟樊的文學評論總體上呈現出「文化論述」的品格。這種品格也許和孟樊頗爲推崇的、預期它的引進將對台灣文壇起良性作用的「新歷史主義」有幾分相似。孟樊指出，這種又稱爲「文化詩學」的最新思潮，並非狹義的文學研究，它強調「歷史和意識形態的文化批評」，橫跨了眾多社會科學領域，基本上是一種「跨學科的研究」；不過，它又是從「後結構主義的本文觀」著手的，因此它有使「非本文（歷史）」的和「本文」的兩類理論合流的趨向。孟樊的文學評論，何嘗沒有跨學科的、聚焦於文化的、融合「歷史」和「本文」的諸種特徵。而這種特徵，在新起的一批台灣新世代批評家中頗具代表性。

近年來，台灣文壇新湧現一批相當年輕的文學評論家。他們大多六〇年代以後出生，所受學院教育未必全然完整，並幾皆自外於學院門牆，具有「非學院」色彩；其論述文字雖不乏理論的依據，也能引經據典，但又不像學院派那樣容易被規範縛手綁腳，其爲文短小精悍，採用半學術、半散文的論述風格，字裡行間較富霸氣，具有較強的批判力；他們大多不以文學評論爲滿足，而是成爲文化評論的好手。《台灣文學輕批評》即呈現了這一批人的理論批評風格和特徵。他們代表著批評界一股新興的力量，也代表著一種新的風格和新的方向。

第三節　陳信元：搭建兩岸文學交流的橋樑

從一九四九年至七〇年代末，海峽兩岸文壇幾乎處於完全隔絕的狀態。台灣即使有少部分人從事中國大陸現當代文學的研究，也常是作爲所謂「匪情」研究的一部分，成爲政治的附庸。隨著海峽兩岸政治情勢的緩和，從一九七〇年代末期開始，這種狀況開始有了較大的轉機。中國大陸的一些文學雜誌和出版社，開始介紹和出版台灣文學作品，一些高等院校、文學研究單位，設立了專門機構研究台灣文學，或開設了台灣文學課程。台灣方面，從一九七九年五月起，中國大陸的「傷痕文學」被引入，風行一時；一九八三年前後，大陸的朦朧詩爲幾家詩刊相繼刊載；一九八六年起阿城的小說於「聯合文學」登場後，帶動了大陸小說的流行熱潮，延續至九〇年代。如《聯合文學》開闢「大陸文壇」專欄和「大陸新世代小說」、「江曾祺作品選」、「大陸『性禁區』文學特輯」、「京味小說」、「知青小說」、「兩岸文學」等專輯。《文星》雜誌策劃了「大陸新探．阿城旋風」特輯，刊登阿城小傳、談話錄以及評論。此外還有《台北評論》的「葉曙明專輯」、《人間》雜誌對大陸報告文學的介紹等。一九八八年五月，《文訊》等召開「當代大陸文學研討會」，爲台灣首次舉辦的探討新時期大陸文學的學術會議。隨著大陸新潮作品的輸入，它們「顯然不是以『匪情研究』或『大陸問題研究』模式所能掌握的」，於是，「熟悉西方文學理論的學者，輕而易舉地取代了第一階段的研究者，……開拓了大陸文學研究領域的視野」⓮。以大陸文學爲主的研究專著多所出現，如《文訊》主編的《當代大陸文學》、施叔青的《對談錄——面對當代大陸文學心靈》、蔡源煌的《海峽兩岸小說的風貌》、周玉山《大陸文藝論衡》、葉稚英《大陸當代文學掃描》等。此外，大陸學者的文學理論、學術著作，也爲台灣出版界大量地重新印行。海峽兩岸文學的交流，成爲近二十年來台灣文學發展的一個重要的新參數，對文學的發展和演變，具有十分巨大、深遠的作用和意義。而在向台灣文壇介紹大陸現當代文學的過程中，陳信元可說用力最著、成果最豐。誠如張放所言：台灣的報紙副刊、文學刊物「由於選稿人的偏愛與興趣的影響，介紹給讀者的並不一定是絕佳的作品。幸而台灣的有些對大陸當代文學具有研究的朋友，他們宛如顏淵一樣，雖然生活在車水馬龍的繁華都市，但卻能勤奮地從事大陸新文學的研究工作，陳信元是最辛勞而耐得住寂寞的作家」⓯。

陳信元，台灣省台中縣人，一九五三年出生，中國文化大學中文系畢業。其學術研究以文學史料的發掘、整理見長，除了學術專著《從台灣看大陸當代文學》外，編著有《周作人代表作》、《許地山代表作》、《魯彥代表作》、《中學白話文選》、《明清民歌賞析》等數十種。陳信元從八〇年代初開始熱衷於大陸文學資料的蒐集、整理和研究。由於大陸地廣人稠，文學作品卷帙浩繁，這種工作本應由公家機構來組織和承擔，陳信元卻以個人財力和人力來從事，自然十分辛苦。但陳信元卻樂此不疲並終有所成，其精神確實值得讚賞。台灣媒體稱「陳信元有座大陸文學寶山」，可說名至實歸。

《從台灣看大陸當代文學》全書分爲四輯。第一輯涉及的是兩岸文學交流的情況。先是〈大陸新時期文學綜述〉和〈大陸對台灣文學的研究概況〉，其後則是〈大陸文學在台灣〉、〈大陸作家在台灣〉等情況的介紹。前者對「文化大革命」後十多年來大陸文壇形成的「傷痕文學」、「反思文學」、「改革文學」三大主題以及「軍事題材文學」、「知青小說」、「鄉土文學」、「民俗文學」、「尋根文學」、「探索文學」、「通俗文學」等，分別作了論述，清晰明瞭，言簡意賅。〈大陸作家在台灣〉則主要介紹汪曾祺、劉賓雁、張賢亮、阿城、馮驥才、劉心武、古華、王安憶等大陸作家的「小檔案」。

第二輯實際上可分為兩大部分。一是論述大陸近年的若干文學思潮、文學現象或重要理論問題，包括〈大陸評論家談新時期文學的發展〉、〈現代派文學的大陸〉、〈大陸的文學尋根熱〉、〈大陸當代少數民族小說〉等。二是著重論述當代大陸的散文創作，包括〈五〇年代的大陸散文〉、〈六〇年代的大陸散文〉、〈文革後的大陸散文〉、〈描述「文革經驗」的散文〉（上、下）、〈大陸當代報告文學概述〉等。陳信元興趣於散文，對於大陸文學作品的蒐集是從散文開始的，因此對散文的論述最為詳細，是很自然的。

第三輯是對四篇有爭議小說的介紹和論述。這四篇小說是劉心武的〈班主任〉、盧新華的〈傷痕〉、從維熙的〈大牆下的紅玉蘭〉、蔣子龍〈喬廠長上任記〉等。

第四輯則為對十位著名作家的個論，包括〈人性的刻劃者——小論馮驥才作品〉、〈性愛與尋根——小論王安憶作品〉、〈架起心靈的立體交叉橋——小論劉心武作品〉、〈陝南山鄉的風俗畫——小論賈平凹〉、〈草原和青春的禮讚——小論張承志作品〉、〈談天說地話北京——小論陳建功作品〉、〈洋瓶子底兒的世界——小論鄭萬隆作品〉、〈尋找楚文化的根——小論韓少功作品〉、〈生命的讚歌——小論莫言作品〉、〈插隊「知青」的回想曲——小論史鐵生作品〉等。

《從台灣看大陸當代文學》（一九八九）一書顯示作者對大陸當代文學的觀察和研究雖未及深入，但已臻全面和系統——既有整體風貌的綜述（第一輯），也有代表性作家、作品的個論（第四輯）；既有某一流派、文體的描述（第二輯），也有對有爭議作品的探索（第三輯）。作爲一個原本以文學史料的蒐集和整理見長的文化出版工作者，陳信元的研究著作也仍帶有其專長映現的特色，即資料翔實、言必有據、論述全面、思路清晰、筆調樸實穩妥周全等。他是在充分了解當前研究情況（包括大陸和台灣理論學術界）的基礎上，進一步發表自己的看法。因此，不僅是大陸文學作品的一般介紹，也是對大陸文學思潮和文學研究狀況的把握；不僅滿足了台灣讀者對隔絕已久的大陸文學的好奇心，對於同根同祖、同爲中國人心靈記錄的海峽兩岸文學的重新整合，乃至世界性華文文學整體格局的建立，都有一定的價值和意義。

註釋：

❶陳幸蕙，〈編者按語〉，陳幸蕙編，《七十四年文學批評選》，爾雅出版社，一九八六，頁三一一。

❷王德威，《眾聲喧嘩．序》，遠流出版公司，一九八八。

❸鄭明娳，《現代散文構成論》，大安出版社，一九八九，頁六。
❹同上，頁二七三。
❺同上，頁二七四。
❻同上，頁二七六。
❼同上，頁二八二。
❽同上，頁二三五。
❾同上，頁二五三。
❿簡政珍，〈詩是感覺的智慧〉，《詩的瞬間狂喜》代序，時報出版公司，一九九一，頁七。
⓫簡政珍，《紙上風雲．序》，書林出版公司，一九八八。
⓬孟樊，《當代台灣新詩理論》，揚智文化事業公司，一九九五，頁五七。
⓭孟樊，《台灣文學輕批評．自序》，揚智文化事業公司，一九九四。
⓮陳信元，〈八〇年代台灣的大陸文學研究〉，孟樊等主編，《世紀末偏航》，時報出版公司，一九九〇，頁四九三。
⓯張放，〈序《從台灣看大陸當代文學》〉，陳信元，《從台灣看大陸當代文學》，業強出版社，一九八九。

結束語——台灣文學跨世紀

自七〇年代末的鄉土文學論戰後走過了二十餘年歷程的台灣文學，和整個中國文學乃至整個人類文明一起，已跨入二十一世紀。

筆者雖非預言家，但從二十世紀最後二十年、特別是近年來台灣文學的變化看，或許也能試著勾勒出台灣文學在跨越世紀時，其發展的大致輪廓和趨向。

首先從政治層面看，「政治文學」的崛起是近二十年台灣最重要的文學現象之一，它使台灣文學赫然增加其強烈的現實批判性。在八〇年代以前的「威權時代」，台灣雖然有反映階級矛盾和階級鬥爭的作品，但實際上並沒有以國民黨專制統治爲直接批判對象的眞正意義上的「政治文學」。八〇年代後，所謂「牢獄文學」、「人權文學」、「二二八小說」以及「五〇年代白色恐怖史」作品的出現，才宣告「政治文學」的眞正誕生。這些文學雖然隱含著某種「統」、「獨」之分野，但都以突破當局數十年的政治禁忌、批判國民黨的專制統治爲主要目標和特徵。然而隨著八〇年代後期的「解嚴」以及開放「黨禁」、「報禁」、釋放「政治犯」、二二八事件平反等所謂「民主化」進程，上述文學因其抨擊對象的似乎消失，而一下子失去其政治批判的著力點。進入九〇年代的「政治文學」，也因此面臨著新的轉折。順時應勢，「政治文學」將著眼點從「歷史」轉向了「現在」，主題從揭示政治「壓迫」轉到了揭示政治「亂象」。筆者所謂「時政文學」的出現，即這種轉折的表現。這種「時政文學」直接取材於當前政治人物的行跡以及剛發生、正在發生、臆測中即將發生的政治事件。一九九四年前後，因台灣當局的錯誤言行導致兩岸關係緊張時出現的《一九九五閏八月》等一大批假想大陸武力攻台情景的暢銷書；張大春以剛發生的眞實事件「尹清楓命案」及其牽連的軍購弊案爲題材的《沒人寫信給上校》；一九九六年三月總統選舉前夕出現的與選舉緊密相關的張大春《撒謊的信徒》、宋澤萊《血色蝙蝠降臨的城市》、王定國《台灣巨變一百天》等；乃至近兩年大量出現的呈露、揭發或影射具一定知名度政治人物的隱私，從而鼓動政壇風雲的所謂「八卦」作品，均屬此類。須指出，近年來台灣政治文學的主流和焦點，從反專制、爭民主逐漸轉向對於社會政治亂象的反映和一種亂世憤情的表達，是和台灣政治結構、社會矛盾和問題的發展變化緊密相關的，由於台灣當前社會政治生態和環境在短期內並不會有太大的改變，因此「政治文學」的這種發展趨向，還將延續下去。

近二十年來台灣作家在政治層面上最大的分歧和爭執，莫過於「統」、「獨」之爭，如八〇年代初即有所謂「中國結」和「台灣結」、「第三世界文學論」和「台灣本土文學論」等的論爭。由於種種原因，隨著所謂「本土化」、「自主性」、「台灣民族」、「台語文學」、「獨立文學」等含有特殊政治意涵的概念的不斷提出，「獨派」陣營似乎一度氣勢旺盛。然而近年來，情況出現了微妙的變化。以陳映眞、呂正惠等爲代表的文壇「統派」力量面對「台獨」思潮在台興風作浪的嚴峻形勢，奮起主動出擊，從理論上痛加批判，對「獨派」形成強大衝擊，在文壇樹立起反「台獨」的鮮明旗幟。其中較集中、明顯的對抗有：一九九五年台大教師陳昭瑛得到陳映眞、王曉波、林書揚等呼應的、與若干具有分離主義傾向的外文系教師圍繞「本土化」問題的論爭；一九九七年因紀念鄉土文學論戰二十週年引發的由原鄉土文學分裂的「統」、「獨」陣營的對峙；以及一九九八年陳映眞、呂正惠等對於張良澤「皇民文學合理論」的批判等。値得注意的，在這些鬥爭中，一些年輕的學者如陳昭瑛、陳光興等，成爲挑戰「台獨」派論述霸權的生力軍。陳映眞因此斷言：「對於知識、理論和邏輯粗疏，卻充滿法西斯獨斷和基本教義狂熱的台獨派諸論述，年輕的、前進的學界正開始批判的、比較科學的質問。」❶年輕一代的挺身而出，正顯示了反「台獨」論述發展壯大的前景。與此相反的，無論在實際創作或理論論述上，台灣文壇曾一度興盛的本土意識、分離意識乃至「台獨」論調，正趨於軟化和淡化。其原因，除了「台獨」論調本身理論上的貧瘠、非正義性，以及其教義性與現實可能性的矛盾外，似乎也是一種與現實政治和社會思潮發展相契合的必然趨勢。

其次從經濟層面看，相應於八〇年代以來台灣經濟、社會的都市化發展，「都市文學」一度成爲文壇最強大的潮流。年輕一代的作家，成長、生活於都市，與都市已融爲一體，他們當中富於都市文化意識的一群傾向於對資本主義工業文明作正面之肯定，樂於接受它所提供的方便快捷的生活節奏和種種自由發展的機會。他們伸出雙手擁抱都市，讚頌著都市中成長起來的勇於競爭、精明幹練的新人格，有的還敏銳感應著台灣在某些層面出現的後工業文明狀況，大膽引入西方後現代主義。

不過「都市文學」近年來似乎已有所回落，這固然與都市文學的兩位旗手黃凡的封筆、林燿德的早逝有一定的關係，但更主要的還是社會經濟、文化發展的內在矛盾所致。都市文明的進展伴隨著交通、環境、治安等種種觸目可見的社會弊端，影響更爲深遠且日趨嚴重的則是「物質巨人，精神侏儒」的物化傾向。一些作家對此憂心忡忡。但不同於早些時候鄉土文學以階級論爲武器對「都市」進行的剔骨挖疽式的直接揭發和批判，這批更年輕的作家對於都市文明的質疑，採用了人性和物性、精神文明和物質文明關係的視角，這就構成了人文主義的態度。同樣面對都市的種種善與惡，人文主義文學和鄉土文學的區別，在於後者留戀田園，想以鄉村對抗都市，傳統對抗現代；前者卻欲以知識、理性之光照耀人的心靈，透過富有人性和人文內涵的描寫，爲社會注入高品味的文化營養。不像批判性文學的咄咄逼人和採用政治、經濟手段的療治，人文主義顯得更心平氣和些，並試圖改以「文化」的手段來獲取更佳的療效。

這種新人文傾向的創作，近年來在台灣文壇日益高漲。除了劉克襄等的自然生態寫作、林清玄等的禪理散文作品外，莊裕安的旅遊和聆樂散文、鴻鴻的影劇藝術賞析散文等人文知識性寫作，也具有針對後現代思潮所帶動的文化否定主義風氣的反撥意義，是作者們實現以「文化」挽世道之衰頹的有益嘗試。人文主義對於台灣文壇的一個明顯的貢獻，是對於曾一度洶湧澎湃的大眾消費文化潮流的某種程度的遏制和削減。一九九〇年前後，大眾消費文化對於文學的衝擊曾使文壇深受困擾，成爲作家、理論家關注的焦點和熱門話題。近幾年這一話題的漸歸沉寂，並不完全是理論界的喜新厭舊，而是在嚴肅文藝界的自覺抵制下，大眾消費潮流的影響有所減弱，嚴肅文學的創作和出版，重新在文壇占據了主導的地位。這種局面的形成，人文精神發揮了它的特殊的功用。

台灣文壇這新一輪人文主義傾向的創作，與其作者作爲新世代作家的知識結構、文化素養有關。這些作者不同於戰亂中成長的前行代，已有條件接受較完整的教育，具備較高的文化知識素養；其創作既不像鄉土文學受制於時代變遷而不可避免地走向式微，同時又代表著現代都市人在物化環境中的某種精神追求。因此，這種新人文傾向的創作，無疑具有較大的發展潛力。

其三，從社會結構的層面看，近年來台灣文壇的一個明顯趨向，即「邊緣」的崛起。它是八〇年代台灣社會和文壇多元化趨向的延續和強化。雖然後現代思潮的風光已減，但它所宣揚的多元化、去中心等理念，卻已生根蔓延。在不少台灣年輕作者心目中，邊緣的、地下的、民間的、異端的、非主流的事物，才充滿生機和力量、具有光明的前途，才能衝破各種桎梏，解構固有的中心「霸權」，產生革命性、創造性的成果。爲此，他們常以「邊緣」自居，據此展開對「中心」的進逼和顚覆。

如本書已詳加論析的，台灣文壇對於「邊緣」議題的開發，有著多種角度或切入點。從地域文化的角度而言，有與台北大都市文化中心相對的地方文學、文化的倍受重視，甚至形成經久不衰的鄉土文史熱潮。陳黎等認知花蓮文化孕育於奇山秀水、包容不同族群的獨特氣質，致力於推動邊緣地區文學發展的努力，僅是其中一例。從族群關係的角度著眼，有相對於福佬族群的、處於台灣族群圖譜「邊緣」的所謂「弱勢族群」的文學，如原住民文學、眷村文學、客家文學等。特別是前者，代表著一個在長期不平等族群關係下，似乎早已喑啞無聲的邊緣族群的系統發言，表達了他們的抗爭或更深沉的文化扎根的企望。眷村小說則表達了外省赴台人員的後代，對於早已淪爲弱勢的「外省人」的生存處境和命運的關注。從性別的角度入手，則有試圖瓦解現行的男權社會和異性戀中心體制的女性主義文學、「同志」（同性戀）文學等。

「邊緣」的崛起使近年來的台灣文學獲得了極大的豐富，並以其蠶食、瓦解中心的較強革命性，對今後台灣文學的發展提供了更多的可能，而它自己也顯示著較廣闊的發展前景。

其四，從文化意識的角度看，八〇年代以來的台灣文壇，出現了「文學文化化」、「文學哲學化」的明顯趨向。如果我們用「多元化」來概括近二十年台灣文學發展的形式特徵，那用「文學文化化」來概括其內涵特徵，並不爲過。而且這一傾向是和整個中國文學、乃至世界文學發展的一個趨勢相吻合的。一方面，作家和理論家們熱衷於將外國（包括西方和第三世界）新興的哲學、文化思潮，諸如依賴理論、解構主義、後現代主義、女性主義、新馬克思主義、後殖民論述、新歷史主義、全球化思潮等等，同步或準同步地引入台灣文壇，並使之對台灣文學創作和理論批評產生實際的影響；另一方面，不少作家在實際創作中，努力使自己的作品含蘊更豐富的文化內涵，這種關注和努力，甚至使他們忽略或放鬆了人物塑造、情節設計、語言修辭等固有的文學追求。只要看看鄉土文學論戰時，王拓還寧願取「現實主義」這樣包含政治意涵但畢竟較爲規範的文學術語，而不願使用「鄉土文學」這樣具有特殊文化內涵的概念；但到了八〇年代，林燿德等年輕作家卻寧願打出「都市文學」的旗號，即如「後現代主義」，主要也是將它當作一個文化概念而非文學概念來使用的，就可體會其間某種微妙而又明顯的變化。一九九〇年前後台灣文壇出現的三個創作風潮，即模仿馬奎斯的「魔幻寫實」，向原始神秘的民族傳統文化領域縱筆的「仿馬潮」；模仿米蘭・昆德拉，小說中充滿大言洶洶的涉及文化、哲學廣泛問題的雄辯議論的「仿昆潮」；以及不斷暴露作者的寫作意圖和過程，對媒體和語言的反映眞相功能加以質疑的「後設潮」，則是實際創作中的例子。在出版方面，導引生活、涉及人生文化方方面面的勵志散文、禪理作品等，占有極大的市場份額。正如初安民所說：「舉凡政治的、宗教的、演藝的等等，都以跡近文學形式的包裝，拓展了文學的可能領域，同時也混淆了文學的界定內容。」❷

在此「文學文化化」的潮流中，依賴理論、後殖民論述和全球意識的出現，是一條頗值得注意的理論脈絡。全球化是近年來世界經濟和文化發展最值得注意的動向之一。這一潮流也必然對台灣社會和台灣文學產生影響。這一議題首先可追溯到八〇年代初陳映眞等從「依賴理論」和「三個世界理論」引申出來的「第三世界文學論」。這些理論認識到全球資本主義體系由「核心」、「半邊陲」、「邊陲」三層網絡所構成，台灣處於這三層網絡的「邊陲」地帶，有必要努力擺脫淪爲核心國家之附庸的地位，在文學上則應認同有著相似經歷、命運和共同任務的第三世界文學。它和當時彭瑞金、宋冬陽等提出的「台灣文學本土論」相抗衡，構成了台灣文壇「中國意識」和褊狹化了的「（台灣）本土意識」的一次交鋒。

如果說依賴理論曾作爲「統派」作家的理論武器，那九〇年代被引入的一度頗爲熱門的後殖民理論，卻經常爲一些「獨派」的學者、作家所利用。而這種利用，由於建立在一種錯誤的前提上，即認爲數百年來的台灣史是一部被殖民的歷史，台灣的歷代管轄者（包括明鄭、清廷以迄甫光復接收台灣的國民政府等）均爲與荷蘭、日本類同的「外來」「殖民」者，這就使得他們圍繞語言、歷史、身分認同等的論述，常令人有削足適屨、牽強附會乃至舛錯謬誤之感。如他們將部分從小習日語的台灣作家，在光復後改學中文而造成創作上的一時困難，等同於殖民地人民的「失語」、「消音」現象，藉此渲染所謂來自中國的「被殖民」的痛苦。這樣，後殖民理論並非用來清算美、日等新、老殖民主義在台灣的影響，而是被扭曲爲某些人宣揚其分離主義論調的工具。

後殖民論述在台灣的發展本身面臨瓶頸之時，卻又受到了「全球化」時代潮流的猛烈衝擊。「全球意識」（或稱「世界意識」）其實在八〇年代台灣即已出現，特別是在諸如科幻文學、環保文學、多媒體創作等領域，表現得特別明顯。如黃凡、林燿德的科幻小說、科幻詩常以外太空爲場域，以外星人爲假想敵，或表達整個人類爲自己的創造物（電腦、機器人等）所控制的異化主題。環保作家韓韓、馬以工，則率先發出了「我們只有一個地球」的警示。熱衷於多媒體詩創作的白靈、杜十三，敏感於「早上在東京看朋友，晚上在家看楊貴妃」的新時空感受，甚至萌發了「地球村」、「太陽鄉」、「銀河國」的憧憬。進入九〇年代以後，這種「全球意識」有增無減。近年來全球網際網路的建立，進一步解除了地域之間交往的藩籬，預示著整個文學面臨著一場深刻的變革。

從理論上說，全球化趨勢和世界意識對台灣目前存在的兩種民族主義——陳映眞式的中華民族主義和「獨派」的所謂「台灣民族主義」——都會產生衝擊。然而實際上，對後者（即「台灣民族主義」）的衝擊更大些。這是因爲前者（中華民族主義）早已根深柢固，而後者本身卻是一種褊狹的、逆時代潮流而動的意識形態，在它尚未成形時即遭衝撞，便有夭折之虞。一些本土意識強烈的台灣作家慨嘆：本土意識雖已甦醒，「但我們面臨了另一個世界主義的聲音」❸；台灣的新新人類稱「台灣這麼小，遜！地球村才是我們眞正的關心」，台灣的歷史記憶正逐漸在他們以及其他許多人的腦海中模糊、淡忘❹。不過，勢之所趨，這也許只能是一種無可奈何的嗟嘆。

相反，全球意識作爲一種開闊的文化視野和兩岸共同的文化趨向，它爲海峽兩岸文學、文化的整合，進一步營造了有利的氛圍。眾所周知，在兩岸關係領域近二十年來演示著的一個最重大變化，這就是同根同源的兩岸文壇結束了長達三十年的隔絕，開始了相互接觸和了解。文學既是社會生活的反映，兩岸的社會制度不同，其文學也必然走過了極其不同的發展道路，同時也都累積了各自不同的藝術成果和經驗。這就提供了兩岸文學相互切磋、取長補短的必要和可能。如果說最近二十年來台灣作家在國家民族認同和藝術觀照視角上，存在著「本土」的、「中國」的和「世界」的三種分野，相對而言，持「本土」意識的一脈由於其拘於一隅的褊狹性和某些意識形態的舛誤性，自行割斷了血脈的補充，必然地呈衰頹之勢；持「中國」視角的一脈由於極大地擴展了以前被隔絕和阻蔽了的文化視野，力圖扎根於民族文化的土壤中，在當前正方興未艾；而由新世代作家操觚的、涵納了「中國」和「本土」並不再是照搬西方的「世界」的視角，由於順應了時代的潮流，亦呈上升之勢。這就充分說明，所謂兩岸的整合並非僅是一個政治性的口號，更是藝術發展的內在要求。一個作家無法脫離他立足的土地而升天，無法割斷其文化的血脈而存活，也無法自我封閉而發展。顯然，一種寬闊的視野和綜合的路線，才能為跨世紀的台灣文壇開闢坦蕩的前景。

當然，文學的整合最終有待於政治的整合、社會的整合。但這僅是問題的一方面。文學的發展，本質上是一個文化的命題。一個社會的文化既受經濟、政治的制約，又可反作用於政治和經濟，有時甚至可能走在社會政治、經濟的前面。在這種情況下，文學、文化的整合，就將成為社會政治整合的先導和基礎。今日，人類已叩響了二十一世紀的門扉。二十一世紀，以中國人的聰明才智，必將結束海峽兩岸的分裂狀態，中華民族文學也必將實現整合，而跨入新世紀的台灣文學，將以其包容著台灣人民特殊經驗的多姿多彩的作品，極大地豐富中華民族文學的整體。這一點，是無庸置疑的。

註釋：

❶陳映真，〈台獨批判的若干理論問題——對陳昭英〈論台灣的本土化運動〉之回應〉，《海峽評論》，一九九五．四。

❷初安民，〈新品味〉，《聯合文學》，一九九二．二。

❸林金郎，〈從本土出發走向世界〉，《文學台灣》，期二八，一九九八．冬。

❹呂興昌，〈拒絕歷史不憶症〉，《文學台灣》，期二八。

後記

大陸對於台灣文學的研究，是在海峽兩岸緊張對峙關係得到緩和的背景下展開的。一九七九年大型文學刊物《收穫》創刊號上，重刊了白先勇的小說《永遠的尹雪豔》，被視爲大陸的台灣文學研究之始。在此之前，大陸學者對於台灣文學幾乎一無所知；在此之後，他們驚訝於這塊與大陸相比面積並不大、人口也不算多的土地上，其文學創作之活躍，其「文學密度」（指人口數量和文學產出的比例）之高，因此產生了極大的興趣，很快地掀起了一股熱潮。因著某種因緣際會，碩士研究生剛畢業的我，也捲入了這個熱潮之中。

不過，雖說很「熱」，但也遇到了一些困難，其中之一，就是資料的取得，特別是當前文壇狀況的最新資料，十分難得。於是，「滯後反應」被視爲大陸的台灣文學研究的一大瓶頸。我的工作單位廈門大學台灣研究所，雖然和其他高校單位一樣，經費並不寬裕，但對於資料的蒐集，從來不敢怠慢，訂閱了上百種台灣報紙和期刊，相關書籍也儘量購買。因此，我想利用這個有利條件，把工作重心之一，放在對當前的、動態的台灣文學的觀察和研究上。這可說是本書寫作最初的緣起。

本書撰寫時，已出版了好幾本「台灣文學史」類著作的大陸學界，正對自己的過去進行回顧和反思。有兩種代表性的意見，一是力倡「宏觀」，強調應樹立世界華文文學研究的整體觀念，加強綜合的研究；一是倚重「微觀」，認爲文學史的寫作應基於翔實的資料和扎實的個案研究，與其在不成熟的條件下，力不從心地寫出題目大而無當的浮泛之作，不如回過頭來，重做細緻的個案研究，爲眞正的文學史寫作打下基礎。這兩種筆者都贊同的觀點，深深地影響了本書的體例，使它帶有某種折衷的色彩。它的每一章大多描述著一種文學潮流或現象，一般先有個總論，然後是幾位代表性作家的個論。每一章節都有其相對獨立性，這樣或許便於讀者各取所需。此外，本書並非文學史著作，因此不求面面俱到，也不注重於作家之間的優劣評說與定位，而是著重於作品文化意涵和審美特徵的把握和闡釋。楊照曾認爲，文學批評的任務並非打分數，指出優缺點，而是挖掘作品的意義，或帶進不同文化資源與作品撞擊，製造新詮釋。此語深得吾心，也是本書的重心所在。但由此而產生的缺陷，比如「漏」掉了一些重要的作家及其創作，請讀者見諒。

需要說明的，本書是一個大陸學者對於台灣文學的隔海觀察，而且本來是以大陸讀者爲對象的，主要是向懷有興趣、卻又缺乏管道了解台灣文學近來發展情況的大陸讀者做些介紹，因此與以往的台灣文學史類著作相似，很大成份屬於概述、介紹的性質，以台灣學術界的標準來看，也許還不能算是很規範、很嚴格的學術著作，而且隔海觀察難免出現一些疏漏乃至錯誤。但它畢竟是一個大陸學者對於台灣的中、青年一代作家的較爲全面的觀察和心得，或許可提供台灣以外的另一種觀察的視角和樣本，應也有它的意義。

在本書出版之際，應感謝英年早逝的林燿德，沒有他，也許就沒有我對台灣「戰後新世代」文學的興趣和關注。感謝台灣聯合報系的東年、初安民、蘇偉貞、陳義芝、陳潔明、李宗霖，青年寫作協會的王添源、阿盛、廖素貞、張啓疆、陳裕盛，以及呂正惠、簡政珍、孟樊、李瑞騰、陳信元、何寄澎、廖咸浩、鍾喬、藍博洲、詹澈、王幼華、王浩威、陳黎、林宜澐、向陽、履彊、侯吉諒、袁瓊瓊等等無法一一盡舉的台灣朋友，他們爲本書提供了多方面的幫助。此外，還有一些台灣著名作家、學者、評論家，像余光中、瘂弦、陳映眞、羅門、鍾玲、施淑、蔡源煌、王德威、鄭明娳、詹宏志、陳昭瑛、彭瑞金、張誦聖、奚密、平路、楊照、廖炳惠等等，有的曾有數面之緣，有的則緣慳一面，但他們的著述，給我很多啓發和助益；而揚智文化事業公司慷慨斥資在台灣出版本書，在此一併向他們表示衷心的感謝。

朱雙一

戰後台灣新世代文學論　Cultural Map 11

著　　者／朱雙一
出 版 者／揚智文化事業股份有限公司
發 行 人／葉忠賢
執行編輯／晏華璞
登 記 證／局版北市業字第1117號
地　　址／台北市新生南路三段88號5樓之6
電　　話／(02)2366-0309 2366-0313
傳　　眞／(02)2366-0310
E-mail／tn605541@ms6.tisnet.net.tw
網　　址／http://www.ycrc.com.tw
郵撥帳號／14534976
戶　　名／揚智文化事業股份有限公司
印　　刷／偉勵彩色印刷股份有限公司
法律顧問／北辰著作權事務所 蕭雄淋律師
初版一刷／2002年2月
定　　價／新台幣500元
I S B N／957-818-362-3

國家圖書館出版品預行編目資料

戰後台灣新世代文學論 / 朱雙一著. -- 初版. --
台北市：揚智文化, 2002 [民91]
面； 公分. -- （Cultural map ；11）

ISBN 957-818-362-3（平裝）

1. 台灣文學 - 評論

829.8 90021362